Adolf Schlatter

Die Briefe des Petrus, Judas, Jakobus, der Brief an die Hebräer

Adolf Schlatter

Erläuterungen zum Neuen Testament

Band 9

ADOLF SCHLATTER

Die Briefe des Petrus, Judas, Jakobus, der Brief an die Hebräer

Ausgelegt für Bibelleser

Calwer Verlag Stuttgart

CIP-Kurztitelaufnahme der Deutschen Bibliothek
Schlatter, Adolf:
Erläuterungen zum Neuen Testament / Adolf Schlatter. –
Stuttgart : Calwer Verlag
Bd. 9. Die Briefe des Petrus, Judas, Jakobus,
der Brief an die Hebräer : ausgelegt für Bibelleser –
43. – 44. Tsd. d. Gesamtaufl.,
Unveränd. Nachdr. d. 1964 neu durchges. Ausg. – 1983.
ISBN 3-7668-0192-9

ISBN 3-7668-0192-9

43. bis 44. Tausend der Gesamtauflage
Unveränderter Nachdruck 1983 der 1964 neu
durchgesehenen Ausgabe

Druck: Gutmann + Co. GmbH, Heilbronn

Der erste Brief des Petrus

In Jerusalem und Palästina fand die Arbeit des Petrus und der anderen Jünger Jesu allmählich ihr Ende, weil es sich klar herausstellte, daß die Judenschaft sich dem Wort Jesu widersetzte und seine Gemeinde ausstieß. Dagegen war in den heidnischen Ländern, in Syrien, Kleinasien, Griechenland und Italien die Berufung vieler Heiden zum Christus geschehen und seine Gemeinde fest begründet. Ihr wandte sich nun auch die Arbeit des Petrus zu. Wir sind aber über diese Ereignisse nicht unterrichtet, da Lukas in der Apostelgeschichte die Arbeit des Petrus nur so weit beschrieb, als sie für Jerusalem geschah, und andere Erinnerungen an ihn von der Christenheit nicht aufbewahrt wurden. Aus unserem Brief erfahren wir nur, daß Petrus auch mit der Kirche Kleinasiens in Verbindung stand und daran mitarbeitete, daß die Verkündigung Jesu in ihr ihre reine und vollständige Frucht schaffe. Den Anlaß zu diesem Brief gab ihm eine neue Reise des Silvanus zu der durch Kleinasien hin zerstreuten Christenheit (5,12). Die Gemeinschaft zwischen Silvanus und Petrus ging in die Anfänge der christlichen Missionsarbeit zurück (Apg. 15,22), und die Verbindung des Silvanus mit den kleinasiatischen Christen war dadurch entstanden, daß er Paulus als dessen Gehilfe auf der zweiten Missionsreise begleitet hatte. Damals war Silvanus mit den Gemeinden von Lykaonien bekannt geworden und hatte er in Galatien die Arbeit, die zur Begründung der dortigen Gemeinden führte, zusammen mit Paulus getan. Nach dem Abschluß dieser Reise trat Silvanus aus der Arbeitsgemeinschaft mit Paulus aus; wir erfahren durch unseren Brief (5,13), daß er später Petrus unterstützte, als dieser sich bei dem zahlreichen und kräftigen Teil der Judenschaft aufhielt, der östlich vom Euphrat in Babylonien lebte. Daher nahm Silvanus, als er wieder nach den kleinasiatischen Christen sehen wollte, einen Brief des Petrus an sie als Zeichen dafür mit, daß alle die weit zerstreuten Gemeinden zu einer einzigen Kirche verbunden waren; denn sie standen im gleichen Glauben und im Dienst desselben Herrn und hatten unter der Führung des Apostels einen gemeinsamen Auftrag und einen gemeinsamen Kampf auszuführen. Dadurch macht uns der Brief sichtbar, wie Gott dem großen Werk der Apostel das Gelingen gab und durch ihre Arbeit die eine Christenheit schuf, in der alle aus allen Völkern zur einen Gemeinde verbunden sind, weil allen die Gnade Gottes gegeben war.

1,1.2: *Petrus, der Bote Jesu, des Christus, an die erwählten Fremdlinge, die in Pontus, Galatien, Kappadozien, der Provinz Asien und Bithynien zerstreut sind, nach der Vorsehung Gottes* (Röm. 8,29; Eph. 1,4; Apg. 13,48) *des Vaters, durch Heiligung des Geistes zum Gehorsam* (Röm. 5,19; Phil. 2,8; Hebr. 5,8) *und zur Sprengung des Blutes* (Hebr. 12,24) *Jesu, des Christus. Gnade und Friede werde euch reichlich zuteil.* In dem Namen, den Petrus der Gemeinde gibt, wird sichtbar, was ihn beim Schreiben bewegt; er denkt dabei an Gottes herrliche Gabe, die mit dem Wort Jesu zur Christenheit gekommen ist, und gleichzeitig an den schweren Stand, der ihr durch ihre Scheidung von der Welt bereitet ist. Das sieht aus wie ein harter, scharfer Widerspruch. Sind denn im Werk Gottes Erlösung und Not, Dank und Schmerz beisammen? Muß nicht, wo das eine ist, das andere fehlen? Beide sind aber in der Tat beisammen, nicht durch einen Zufall, sondern weil Gott es so will, der uns durch den Christus zu sich zieht. Gott hat die erwählt, denen er sein Wort gibt; damit ist uns die Herrlichkeit der göttlichen Gabe gezeigt, die uns durch die Kenntnis Jesu verliehen ist. Gottes Wahl gibt uns seine Liebe und zieht uns zu ihm. Nur so entsteht unsere Verbundenheit mit ihm, daß er uns erwählt, nicht so, daß wir ihn erwählen. Aber eben deshalb, weil Gott sie erwählt hat, sind die Erwählten nun Fremdlinge, und damit ist auf die Not hingezeigt, die sich mit dem Christenstand auf sie legt. Das läßt sich aber nicht voneinander trennen; denn dadurch, daß uns Gott durch seine Wahl zu sich gezogen hat, sind wir von der Welt getrennt und ihr fremd. Denn das hat zur Folge, daß wir nicht mehr wie die anderen denken und leben, und bringt darum eine tiefe Scheidung zwischen uns hervor, die sogar die natürlichen Verbände, in denen wir Menschen stehen, kraftlos zu machen vermag (Matth. 16,24-28; 10,34-39). Darum erfährt die Christenheit von der Welt her Widerstand und im besten Fall nur Duldung. Sie kann auch nicht mehr für sich erwarten; denn weil ihr Herr bei Gott ist, darum heben sich auch ihre Liebe, Hoffnung und Arbeit über diese Welt hinauf. Deshalb entstand die Kirche auch nicht so, daß die Völker sich in ihrer Gesamtheit dem Wort Jesu unterwarfen, sondern so, daß sich hier eine Schar und dort eine Gruppe im Glauben an Christus zusammenfand. Sie waren also noch zerstreut, noch nicht in eine sichtbare Gottesstadt hineingebracht, noch nicht zu einer vollendeten Gemeinde vereinigt, in der alle Hemmungen der Gemeinschaft abgetan und alle, die Gottes Eigentum waren, ohne Trennungen verbunden wären. Petrus denkt bei dieser Kennzeichnung der Christenheit deutlich an das letzte Ziel der Gemeinde, an die Gestalt, die ihr die neue Offenbarung Jesu verleihen wird. Dann sind die Erwählten nicht mehr Fremde und als Fremdkörper empfunden und nicht mehr zerstreut.

Alle Gemeinden, die in den vielen Ländern Kleinasiens entstanden waren, redet Petrus an. Pontus ist der Name für die Gegend an der Südküste des Schwarzen Meeres; südlich von ihr auf dem Hochland, das die Mitte Kleinasiens bildet, ist Galatien, östlich davon gegen Armenien hin Kappadozien zu suchen. Die Gegend zur Westküste hin nannte man damals die Provinz Asien und die Gegend zur Nordküste gegen den Bosporus hin Bithynien. Nur die Gegenden an der Südküste sind hier nicht genannt; es scheint, daß die christliche Verkündigung dorthin zuletzt gedrungen ist. Durch diese Überschrift des Briefs erfahren wir, daß die Christenheit noch viel eifriger an der Verbreitung des Wortes Jesu arbeitete, als wir es durch die uns bekannten Nachrichten wissen. Nach Galatien und in die Provinz Asien hatte Paulus das Evangelium gebracht; wer es dagegen in Pontus und Kappadozien zuerst verkündigte, ist uns unbekannt. Mitgewirkt bei der Ausbreitung der Kirche in jenen Gegenden hat jedenfalls auch dies, daß in ihnen eine starke Judenschaft vorhanden war. Alle Gemeinden aber sind, obwohl ihre Wohnorte weit voneinander getrennt sind, zu der einen Kirche verbunden und hören auf den Apostel, der ihnen die Botschaft Jesu bringt, die sie zur einen Kirche Gottes vereinigt.

Die Christenheit bekommt ihren herrlichen Besitz, der sie für die Welt fremd, dafür aber der göttlichen Erwählung teilhaft macht, von Gott selbst; in seinem Rat und Willen hat er seinen Anfang. Gottes Wille, der alles bestimmt, hat den Gang der Geschichte so geordnet, daß nun in allen Landen hin und her sich solche finden, die ihn kennen. Was sich damit in der Zeit vollzieht, hat einen ewigen Grund. Zur Ausführung kam der göttliche Rat durch die Sendung des Geistes; denn Gott macht die Gemeinde Jesu dadurch heilig, daß er ihr seinen Geist gibt. Durch ihn ist die Gemeinde Gottes Eigentum, und durch ihn wird sie zu Jesus geführt und erlangt seine Gabe. Nun gehört ihr das, was Jesus brachte. Was besitzt er denn? Den Gehorsam. Darin besteht Jesu Würde, und darauf beruht seine Macht und sein königliches Recht: Er hat Gott gehorcht und Gott sein ganzes Leben hingegeben, und seinen Gehorsam, mit dem er Gott gepriesen hat, hat er dadurch vollendet, daß er ihm auch sein Blut gegeben hat. Petrus nimmt den Ausdruck vom Opferkult im Tempel her; dort wurde das Blut der Opfer an den Altar oder am Versöhnungstag in das Allerheiligste gesprengt, damit der verschuldeten Gemeinde die Vergebung Gottes verliehen sei. So hat auch Jesus aus seinem Blut die heilige Gabe für Gott gemacht, durch die seiner Gemeinde die Versöhnung mit Gott bereitet ist. Daran, daß Gott Jesus durch seinen Gehorsam und sein Kreuz für uns zum Versöhner gemacht hat, und daran, daß er uns durch seinen Geist zu seinem Eigentum heiligt, erkennen wir, daß der Vorsatz Gottes an uns geschieht und wir seine Erwählten sind.

1,3-12

Die Herrlichkeit des Christenstands

1,3.4: *Gepriesen ist der Gott und Vater unseres Herrn Jesus Christus, der uns nach seinem großen Erbarmen durch die Auferstehung Jesu, des Christus, aus den Toten zu einer lebendigen Hoffnung neugeboren hat für ein unzerstörbares und unbeflecktes und nicht verwelkendes Erbe, das in den Himmeln für euch bereitet ist* (Kol. 1,5).

Auch Petrus folgt der in der Christenheit gültigen Sitte, die sie aus dem frommen Brauch Israels übernommen hatte, daß jede Handlung mit einem Gebet begonnen wird, das die Herrlichkeit Gottes preist. Er bleibt aber nicht nur aus Gewohnheit bei dieser Sitte, sondern sieht darin ein wichtiges Ziel seines Worts, daß es die Christenheit dankbar macht. Die Gemeinde, die die Jünger Jesu sammelten, war fähig und bereit, Gott zu loben, und sah darin ihre erste Pflicht und ihr wesentliches Merkmal. Petrus hilft ihr dazu, indem er ihr die Herrlichkeit der göttlichen Gabe beschreibt, die sie empfangen hat. Es ist ihr ein neuer Anfang des Lebens beschert; das bedeutet: Der Gemeinde ist nicht nur eine teilweise Änderung und Besserung des alten Standes gegeben, sondern jetzt erst ist ihr das eigentliche Leben verliehen, das sie vorher noch nicht hatte, das Leben, das Gott schafft; diesen Gott kennt sie jetzt in neuer Weise, nicht nur durch sein schöpferisches Werk in der Natur, sondern dadurch, daß er der Gott und Vater Jesu ist. Ihm dient Jesus als seinem Gott, der in ihm wirkt und regiert, weil er sein Vater ist, der ihm das Leben mit allem, was er besitzt, verleiht. Das göttliche Werk, durch das uns Menschen das Leben beigelegt wird, ist die Auferstehung Jesu; mit ihr begann nicht nur für Jesus der neue Stand der Herrlichkeit, sondern auch für uns ist damit die Geschiedenheit von Gott durch Sünde und Tod abgetan. Darum wird das Leben uns deshalb zuteil, weil Jesus in der Herrlichkeit der Auferstehung lebt.

Das Merkmal unseres neuen Lebens, an dem es zu erkennen ist, ist die Hoffnung. Mit dem Leben, das der natürliche Besitz des Menschen ist, ist uns noch kein ewiges Ziel gezeigt, mit dem der Tod überwunden wäre, und die menschlichen Gedanken, die sich vielleicht nach einem solchen Ziel ausstrecken, bleiben schwankende Wünsche und dunkle Ahnungen. Aber dadurch, daß Gott uns den Christus gegeben und ihn durch das Kreuz hindurch zur Herrlichkeit geführt hat, in der er bei dem Vater lebt und mit ihm regiert, ist uns das Ziel erkennbar gemacht, zu dem Gott uns führt, und die schwere Last, die das Leben ohne Ziel und ohne Hoffnung bisher auf uns legte, ist der Gemeinde Jesu abgenommen. Das ist für sie ein neuer Anfang des Lebens, eine Wiedergeburt. Unseren früheren Zustand heißen wir jetzt nicht mehr ein Leben, sondern ein totes Dasein, einen Wandel in der Finsternis. Freilich ist, was uns mit der Auferstehung Jesu gegeben ist, noch nicht der Lebensstand, den wir jetzt schon besäßen und an uns selbst wahrnähmen; denn das Ziel, das Jesus uns zeigt, liegt hoch über unserem irdischen und gegenwärtigen Stand. Weil aber unsere Hoffnung am Werk Gottes entsteht, ist sie lebendig. Sie besitzt Gewißheit und bleibt nicht unfruchtbar und wirkungslos in uns, sondern wendet unser Verlangen zu Gott hin und bestimmt unsere Lebensführung. Wir gehen nun entschlossen unserem Ziel entgegen, und darum ist der Tag, an dem uns diese Hoffnung geschenkt wurde, der Geburtstag unseres neuen Lebens.

Es gehört uns also ein Erbe, ein Eigentum, das wir noch nicht selbst verwalten, das aber dennoch uns zugeteilt ist, weil die Gnade Gottes es zu unserem künftigen Besitz macht. Dieses Erbe ist von ganz anderer Art als jedes gegenwärtige Gut. Petrus hat von Jesus gelernt, die Hoffnung nicht an das zu hängen, was uns jetzt schon gegeben ist, als ob wir nicht mehr als nur die Erhaltung unseres jetzigen Lebens und die Vermehrung unseres irdischen Glückes begehren könnten. Denn unsere Hoffnung hat in Jesus ihren Grund, der jenen Willen Gottes vollbringt, durch den alles zur Vollendung kommt. Daher steigt durch ihn unsere Hoffnung über alles empor, was jetzt unseren Besitz ausmacht. Alles Eigentum, das wir jetzt erwerben, ist vergänglich, und es kann sich daran eine Befleckung hängen, die aus unserem Besitz für uns eine Gefahr macht, weil er uns zum Bösen verlockt. Auch wenn er uns nicht verlorengeht, kann er doch für uns dürr und wertlos werden, einem Gewächs gleich, das verwelkt, weil wir seiner satt werden und an ihm nicht den Grund zu einer immer frischen Freude haben. Das aber, was Christus uns bereitet hat, steht nicht unter der Gewalt des Todes und ist nicht mit Unreinheit und Sünde verbunden und besitzt ewige Unerschöpflichkeit. Wir brauchen auch nicht zu fürchten, daß es uns geraubt werden könnte; denn es wird im Himmel für uns aufbehalten: Der im Himmel regierende Gott und der im Himmel verherrlichte Herr verwahrt es uns. Somit hat die Botschaft Jesu die Gemeinde, auch wenn sie im Kampf steht und vielleicht auf Glück und Leben verzichten muß, dennoch reich gemacht, und die Verheißung Jesu hat sich an ihr erfüllt, die den Jüngern einen Schatz im

Himmel versprach, den sie dann finden, wenn sie in der Gemeinschaft mit ihm auf das verzichten, was der Mensch seinen Schatz zu nennen pflegt (Matth. 6,19-24; 16,26).

Was haben aber wir zu tun, damit wir an dieses Ziel gelangen? Wäre der Weg dorthin unsicher und eine schwere, harte Bedingung von uns zu erfüllen, so entstände ja gerade aus der Herrlichkeit des Erbes eine peinliche Angst und Anstrengung. 1,5: *Die ihr in Gottes Kraft durch Glauben für die Rettung bewacht werdet, die bereitsteht, um in der letzten Zeit geoffenbart zu werden.* Wie unser Erbe, so stehen auch wir, die zu ihm Berufenen, in Gottes Hut. Es hängt nicht von unserer Anstrengung und Leistung ab; es ist die uns erteilte Gabe, und daß wir sie empfangen, das ist das Werk Gottes. Seine Kraft umgibt, hält und trägt uns bis zum Ziel. Unter Gottes Bewachung und Schutz bleiben wir dadurch, daß wir glauben. Darum ist der Glaube das Mittel, durch das uns Gott zum Erbe führt. Es geht uns nur dann verloren, wenn wir den Glauben aufgeben. Wenn wir glauben und solange wir glauben, haben wir den Sieg über jeden Angriff und die Bewahrung vor jeder Gefahr. Denn der Glaube und die Rettung sind beisammen. An denen, die an ihn glauben, bewährt sich Gott als der Erretter aus aller Gefahr und Schuld. Wir warten noch auf seine Hilfe, aber diese ist uns gewiß; die Hoffnung ist nicht mit Unsicherheit belastet, weil die Hilfe für uns bereit ist.

1,6.7: *In dieser frohlockt ihr, nachdem ihr jetzt für kurze Zeit, wenn es sein muß, durch mancherlei Versuchungen betrübt worden seid, damit das, was euren Glauben bewährt* (Jak. 1,3), *als kostbarer erfunden werde als Gold, das, obwohl es im Feuer bewährt wird, dennoch vergeht –, zu Lob und Herrlichkeit und Ehre durch die Offenbarung Jesu, des Christus.* An der vollkommenen Gabe Gottes entsteht der vollkommene Dank, in den sich keine Klage mengt. Die völlige Freude ist uns beschert und strahlt vom Ziel her schon in die Gegenwart hinein und gibt uns die Kraft zum Leiden. Denn jetzt ist es freilich möglich, daß Dinge geschehen, die uns tief verletzen und uns heißen Schmerz bereiten. Da die Verfügung darüber nicht bei den Menschen, sondern bei Gott steht, muß es nicht notwendig so sein. Es waltet nicht ein finsteres Geschick über uns, durch das uns der Jammer, der uns trifft, mit dunkler Notwendigkeit auferlegt wäre, sondern der göttliche Wille. Aber es ist möglich, daß Leiden über uns kommt, und wenn es kommt, dann muß es sein; dann hat Gott es uns geschickt. Aber es kommt nur jetzt; einst verschwindet es, und es wird uns nur in kleinem Maß zugeteilt. Als groß erscheint es uns nur dann, wenn wir nicht mehr auf das Erbe und das Ziel sehen und die lebendige Hoffnung wegwerfen. Dadurch, daß die Freude in uns lebt, die aus Gottes Werk kommt, wird die Anfechtung, die wir jetzt zu ertragen haben, leicht (2. Kor. 4,17.18). Dieses Leiden kommt auch nicht umsonst; es hat, weil es uns von Gott bereitet ist, einen heilsamen Zweck: Gott gibt uns durch das Leiden die Gelegenheit, zu zeigen, wie wir es meinen, ob wir redlich glauben und mit ganzer Hingabe gehorchen, wohin wir unsere Liebe wenden, ob wir sie Gott geben oder für uns selbst leben. Petrus gibt sich und allen, die in der Christenheit leiden, denselben Trost, mit dem Jakobus seinen Brief begonnen hat (Jak. 1,2). Die, die den Ruf Gottes von Jesus empfangen haben, sind dadurch besonders begnadet und werden darum auch in besonderem Maße geprüft. Zu ihrer Erprobung dient ihnen das Leiden deshalb, weil ihr Glaube dadurch die Bewährung bekommt. Es nötigt sie zu einer neuen und stärkeren Übung des Glaubens und bringt dadurch ans Licht, daß sie wirklich auf Gott trauen, das Wort Jesu als Wahrheit festhalten und seine Gabe über alles schätzen. Darum ist das uns versuchende Leiden mehr wert als jeder andere Gewinn, mehr wert als Gold. Es ist so kostbar, weil es uns zum Glauben antreibt. Denn wer glauben lernt, hat alles gewonnen. Durch den Glauben haben wir Gott für uns; denn er gibt seine Gemeinschaft allen, die an ihn glauben.

Weil Petrus von Leiden spricht, denkt er auch daran, daß reines Gold durch die Glut des Schmelzofens gewonnen wird. Deshalb schätzen wir auch das Gold, weil es dem Feuer standhält und durch nichts verändert wird. Dem Feuer entspricht das Leiden, dem bewährten Gold der bewährte Glaube. Aber diese Vergleichung hebt nicht auf, daß der Gewinn, den das Leiden der Christenheit bringt, unvergleichlich größer ist, als wenn sie Gold erwürbe. Das Gold darf sie nicht locken; Christus beschenkt sie nicht mit Gold; sie ist im Gegenteil, weil sie verfolgt ist, arm. Ihre Armut ist aber in Wahrheit ihr Reichtum; denn sie entbehrt, wenn ihr das Gold entgeht, nur das, was untergeht. Denn obwohl das Gold vom Feuer nicht angegriffen wird, gehört es dennoch zu den vergänglichen Dingen, die verschwinden, wenn die Herrlichkeit Gottes die neue Erde mit dem neuen Himmel schafft. Darum verleiht uns nur das, was uns zu Gott wendet und uns mit ihm vereint, den ewigen Besitz. Der Segen, den uns das Leiden bringt, kommt dann ans Licht, wenn Christus für uns offenbar wird und sein Urteil uns unseren Ort in Gottes ewiger Gemeinde gibt. Dann wird aus dem im Glauben getragenen Schmerz für uns Ehre und Herrlichkeit. Vor Gott macht uns das, was wir mit und für Gott leiden, groß, und das wird einst allen sichtbar sein.

1,8.9: *Ihn liebt ihr, obgleich ihr ihn nicht saht. An ihn glaubt ihr, obgleich ihr ihn jetzt nicht seht* (Joh. 20,29). *Und darum frohlockt ihr mit unaussprechlicher und herrlich gemachter Freude und bekommt das Ziel des Glaubens, die Rettung der Seelen.* Wieso hat Gott den an ihn Glaubenden eine Freude gegeben, die durch keinen Schmerz vernichtet werden kann? Das kommt daher, daß sie Jesus liebhaben. Die Liebe macht froh, und Jesus liebhaben zu dürfen macht ganz froh. Die Liebe zu Jesus ist aber deshalb in uns, weil wir an ihn glauben, seiner Sendung gewiß sind und auf sein Werk unser Leben gründen. Damit sind wir von uns selbst weg- und zu ihm hingewandt. Nun sieht unser Auge nicht auf uns, sondern auf ihn, und unser Leben dient nicht mehr uns, sondern ihm. Das schafft die Freude, die über allem steht, was uns selbst widerfährt. Wer sich selbst liebhat, muß sein Glück in dem finden, was ihm begegnet, und wird, wenn eine Not ihn trifft, unglücklich. Wer aber Jesus liebhat, begehrt, daß Jesu Wille geschieht, Jesu Werk wächst und Jesu Herrlichkeit sich offenbart. Er lebt für Gott und seine großen Ziele, und das gibt eine Freude, für die kein Wort mehr genügt, eine Freude, in die etwas von der Herrlichkeit hineingelegt ist, an der alles, was von Gott ist, sein Merkmal hat. Petrus nennt es eine große, wunderbare Sache, die einen verklärenden Glanz auf die Gemeinde Jesu legt, daß sie freudig leiden kann, weil sie ihre Liebe Jesus gibt. Darin wird etwas von Gottes Herrlichkeit an ihr offenbar.

Schon das ist für das menschliche Auge eine erstaunliche Sache, daß Jesus wirklich zum Ziel unserer Liebe und zum Grund unseres

Glaubens werden kann; er ist ja unsichtbar. Petrus denkt an den Unterschied, der zwischen seiner eigenen Gemeinschaft mit Jesus und der der späteren Christenheit besteht. Er selbst hat Jesus gesehen, und weil er ihn sah, ist er seiner gewiß und durch den Glauben mit ihm vereint. Er sah ihn bei seiner Arbeit durch das Wort und Werk, sah ihn, wie er zum Kreuz ging, und sah ihn in der Ostergestalt. Die Christenheit dagegen empfängt nichts von Jesus als sein Wort. Dennoch ist es uns verliehen, daß wir ihm unsere Liebe und unseren Glauben geben, obwohl wir ihn nicht in sichtbarer Gemeinschaft bei uns haben. Das Wunder kommt dennoch zustande: Der Unsichtbare wird uns in seiner Gnade und Herrlichkeit so gewiß, daß wir ihn bei uns wissen und unser Leben ihm hingeben, damit es in seinem Gehorsam geschehe und seinem Willen diene. Hat Gott uns das geschenkt, so wird auch, was uns jetzt noch fehlt, gewiß nachfolgen. Das Ziel, um dessentwillen uns der Glaube gegeben ist, wird einst erreicht werden, wenn wir das Leben in vollen und ewigen Sinn erlangen. Dann, wenn unsere Seele, in der wir unser Leben haben, von allem Verderben gerettet und vor jeder Gefahr des Sterbens geschützt sein wird, haben wir empfangen, was Jesus uns verheißen und wir im Glauben von ihm erwartet haben.

1,10-12a: *Über diese Rettung fragten und forschten Propheten, die über die euch gewährte Gnade weissagten, und sie forschten, für welche oder für was für eine Zeit der Geist des Christus, der in ihnen war, sie unterwies, indem er die dem Christus beschiedenen Leiden und die auf sie folgenden Verherrlichungen vorausbezeugte. Ihnen wurde es geoffenbart, daß sie nicht sich, sondern euch damit dienten.* Einzig im Wort hat der Christenstand seinen Grund; das ist aber kein schwacher Grund. Denn an der Weise, wie das Wort zur Kirche kam, wird die Herrlichkeit Gottes und die Größe seiner Gabe offenbar. Die ersten, mit denen die Verkündigung des Christus begann, waren die Propheten; es ist aber etwas Großes, daß die Christenheit nun erlangt hat, was die Propheten verkündeten, daß sie also mehr als das empfing, was den Propheten selbst gewährt war. Beide Tatsachen, daß das den Glauben wirkende Wort von den Propheten kommt und daß nicht schon die Propheten, sondern erst die Christenheit den Inhalt des prophetischen Worts erlebt, beweisen die Herrlichkeit des Christenstands.

Wie konnten schon die Propheten die Verkündigung des Christus beginnen? Sein Geist war in ihnen, derselbe göttliche Geist, der Jesus die Gemeinschaft mit dem Vater gab und ihn zum einzigen Sohn und zum gesalbten König der Gemeinde macht. Darum ist auch das prophetische Wort ein Zeugnis, obwohl es längst vorhanden war, ehe geschah, was es bezeugt. Denn der Geist weiß, was er schaffen wird. Darum enthält auch das Bild, das die Propheten vom Kommenden gaben, schon beides: das Leiden des Christus, der Israel gegen sich hat und seiner Sünde wegen stirbt, und seine Herrlichkeit, daß Gott durch ihn seine Gemeinde schafft und ihn zu ihrem Herrn erhöht. Aber die Verwirklichung dieser göttlichen Gnade, von der die Propheten redeten, war noch nicht für sie und ihre Zeit bestimmt. Da sie wußten, daß sie kommt, war auch die Frage in ihnen wach, wann sie komme; denn jede lebendige Hoffnung fragt, wann sie sich erfülle. Die Propheten erfuhren aber durch den Geist, der ihnen ihr Wort gab, daß das Heil Gottes, von dem sie sprachen, noch zukünftig war, daß sie es zwar zu bezeugen und dadurch sein Kommen vorzubereiten hatten, jedoch es noch nicht selbst empfingen. Dagegen hat die Christenheit jetzt erlangt, wonach die alten, heiligen Diener Gottes in sehnsüchtiger Hoffnung verlangten, ohne daß es ihnen schon gewährt wurde. Darin liegt die Berufung zur ganzen Freude und zum vollen Lob Gottes.

1,12b: *Dies wurde jetzt euch durch die verkündigt, die im Heiligen Geist, der vom Himmel her gesandt wurde, euch die Heilsbotschaft sagten. Engel begehren, in das hineinzusehen.* Die Weissagung, wie sie in der Schrift niedergelegt ist, ist das eine, aber nicht das einzige Fundament der Gemeinde; zu ihr kommt das Evangelium, und daran, daß dieses zu den heidnischen Völkern kam und nach Kleinasien getragen wurde, wurde wieder das herrliche Wirken Gottes offenbar. Damit dieses geschehen konnte, mußte zuerst der Pfingsttag kommen, mußte der Geist in denen Wohnung nehmen, die als die Boten Jesu zu den Völkern gingen. Weil der Geist von Gott herkommt, kommt er aus dem Himmel zum Menschen, und er kommt dazu, daß er nach Gottes Willen das göttliche Werk ausrichte. Jetzt erst konnte die Christenheit entstehen, jetzt, als der Geist die Boten ausrüstete, die im göttlichen Auftrag und darum auch mit göttlicher Vollmacht und Wirkung den Namen Jesu bezeugten. Da unter den Verkündigern des Evangeliums in Kleinasien Paulus einer der ersten war, erfahren wir hier, wie Petrus das Werk des Paulus in die göttliche Offenbarung einordnete, welche Stelle er ihm und seinen Mitarbeitern im Werk Jesu gab: Sie brachten das Werk der Propheten zum Ziel. Das konnten sie deshalb, weil Gott ihnen durch seinen Geist die Ausrichtung seiner gnädigen Botschaft übertragen hatte.

Es gibt noch andere Diener und Boten Gottes als die Propheten und Evangelisten: die Engel. Auch sie verlangen, die Gnade Gottes anzuschauen, wie sie sich jetzt der Menschheit gibt. Sie selbst stehen über der Menschheit am himmlischen Ort und haben einen reicheren Anteil an der Herrlichkeit Gottes als wir; aber aus der Gewißheit, daß Gott im Christus die Vollkommenheit seiner Weisheit und Gnade an uns erweist, entsteht der weitere Satz, daß dieses göttliche Werk auch das Auge der Engel auf sich zieht, weil es auch für sie ein tiefes, seliges Geheimnis in sich schließt. Daran soll die Christenheit erkennen, wieviel ihr Gott gegeben hat.

1,13–2,10

Der innerliche Gottesdienst

1,13: *Deshalb umgürtet die Lenden eures Geistes. Seid nüchtern und hofft ganz auf die Gnade, die euch durch die Offenbarung Jesu, des Christus, gebracht wird.* Das Ziel ist der Christenheit gezeigt; daraus entsteht ihre Pflicht, eben die, daß sie sich zum Ziel hinwende. Rüstigkeit, die bereit ist, wenn Gott ruft, und zu allem willig ist, wozu er sie beruft, ist die Frucht der Erkenntnis, die die Größe der Gabe Jesu ermißt. Dafür nimmt Petrus in der Erinnerung an einen Spruch Jesu (Luk. 12,35) das Gleichnis vom Arbeiter her; der macht sich dadurch zur Arbeit bereit, daß er sich den Gurt umbindet, in den er das lange, ihn hindernde Gewand stecken kann. Auch unsere Gedanken und Wünsche, die wir in uns tragen, haben die Gürtung, die Sammlung, Ordnung und Zucht nötig; sonst wird der Lauf zum Ziel gehemmt und die Gnade verdeckt, die uns zu diesem Ziel beruft und zum Lauf danach ausrüstet. Ein zweites Gleichnis nimmt Petrus vom Trunkenen her, der sich die Besinnung trübt und die Herrschaft über sich verliert. Wenn uns die Herrlichkeit des Christenstandes deutlich ist, erhalten wir den klaren Blick und den entschlossenen Willen; denn wir bedenken nun, was wir gewinnen, wenn wir in der Gnade bleiben, und was wir verlieren, wenn wir sie geringschätzen. Daraus erwächst das gewisse, zielbewußte Hoffen, nicht nur ein tändelndes Träumen darüber, was wohl kommen werde, oder ein mattes Wünschen, das wir beständig wieder fallenlassen, sondern ein entschlossenes Verlangen, zum verheißenen Ziel zu gelangen.

Es ist ja Gnade, was uns Jesus durch seine neue Offenbarung bringen wird; wie sollten wir nicht nach ihr verlangen? Auch wenn er als Richter kommt und sich als den Sieger über alles Böse offenbart, kommt er im Dienst der göttlichen Gnade und vollführt er ihr Werk. Denn er bringt der Gemeinde das Leben und den Reichtum der göttlichen Gabe und damit ihre ewige Vollendung. Darum entsteht aus dem auf ihn gerichteten Blick nicht Furcht und Angst, sondern die Hoffnung, und zwar eine vollständige, die die ganze Seele zu ihm hinzieht. Weil Christus der Vollender des göttlichen Werkes ist, bekommt alles, was er uns gibt, Vollständigkeit. Wie der Glaube aus der Kenntnis Jesu vollständig wird, weil er uns über unser Verhältnis zu Gott eine klare, befestigte Gewißheit gibt, und wie er die Liebe von den selbstsüchtigen Begehrungen befreit und sie vollständig macht, so macht er auch aus unserer Hoffnung ein ungeteiltes Verlangen nach seiner Herrschaft, in der uns die Fülle der göttlichen Gnade begegnet.

1,14-16: *Da ihr Kinder des Gehorsams seid, paßt euch nicht den Begierden an* (Röm. 12,2), *die ihr früher während eurer Unwissenheit hattet* (Apg. 17,30), *sondern nach der Art des Heiligen, der euch rief, werdet auch ihr im ganzen Verhalten heilig; denn es ist geschrieben: Ihr sollt heilig sein, weil ich heilig bin* (3. Mose 11,44). Hat uns Gott neugeboren, so sind wir seine Kinder, und darauf beruht unsere Hoffnung; das und nur das verschafft uns unseren Anteil an dem unvergänglichen Erbe. Daraus entsteht nun die Regel für unser Verhalten: Es ist das Merkmal des Kindes, daß es gehorcht. Also steht die Christenheit jetzt vor zwei entgegengesetzten Anforderungen, die uns beide für sich in Anspruch nehmen. Die Begierde, die uns trieb, solange wir von Gott geschieden waren, begehrt von uns, daß wir sie erfüllen, und Gott, der uns durch seinen Ruf mit sich verbunden hat, verlangt von uns, daß wir ihm gehorchen. Die heidnische Zeit, die für die Glaubenden vor ihrer Begegnung mit dem Evangelium stand, heißt Petrus die Zeit der Unwissenheit. Weil sie damals noch kein gewisses und klares göttliches Wort besaßen, waren ihre Gedanken über Gott leer und finster; darum trat auch ihren Begierden nichts in den Weg, und sie hatten Macht, den Menschen sich zu unterwerfen. Sie locken die Glaubenden auch jetzt noch, nicht nur durch das Beispiel der anderen, sondern auch kraft ihrer früheren Gewöhnung und durch ihre eigene Natur, und sie haben eine erregende, gefährliche Macht; denn sie sind mit der Lust verbunden, die die Kraft besitzt, uns inwendig zu bewegen. Dennoch wäre es, wenn die Christenheit auch jetzt noch den Begierden gehorchte, eine Anpassung an eine ihr fremd gewordene Gewalt, weil inzwischen der Ruf Gottes zu ihr gekommen ist und dieser ein anderes Verlangen und eine neue Liebe gibt, die uns von den Begierden befreien und zum Widerstand gegen sie tüchtig machen. Daher würden wir jetzt einem uns fremden Trieb gehorchen, wenn wir ihnen wieder dienten, obwohl sie von Natur unsere eigenen Begierden sind.

Das, was Gottes Ruf aus uns macht, entspricht dem, was Gott ist; denn er gewährt uns durch seinen Ruf seine Gemeinschaft mit uns. Er aber ist heilig, ganz rein und gut, ganz von allem geschieden, was unrein und boshaft ist. Seine Heiligkeit macht alle, die er mit sich verbindet, heilig. Seine unverletzliche Reinheit und Güte gibt jedem von ihnen die Regel und das Ziel. Da das göttliche Wort, das zu ihnen kam, ihnen die Heiligkeit als die Gabe Gottes verlieh, ist heilig zu sein nun auch ihre Pflicht, die ihr ganzes Verhalten umfaßt. Nicht nur bei besonderen Gelegenheiten, sondern in ihrem ganzen Wandel sollen sie heilig sein; denn an allem, was sie tun und lassen, muß sichtbar sein, daß sie das Eigentum Gottes sind. Immer haben sie so zu denken und zu handeln, wie die es tun, die Gott gehören, immer so, daß ihr Verhalten die göttliche Art an sich hat und mit ihr übereinstimmt. So kommt das Israel gegebene Gesetz in der Christenheit zur Erfüllung; denn darin besteht das

Grundgesetz, auf das die Gemeinde von ihrer Gründung her aufgebaut ist, daß sie heilig sei, weil Gott heilig ist. Gott schuf sie dazu, damit er an ihr offenbar mache, wie er ist. Darum trennt er alle, die er zu sich nimmt, von allem Bösen und macht sie mit seinem guten Willen eins. Nun besteht der Beruf aller, die in der Gemeinde sind, darin, daß sie die ihnen gegebene Heiligkeit in ihrem Verhalten bewähren. Wie wir ihn erfüllen, ist uns allen mit dem Wort gesagt, daß das Merkmal der Kinder Gottes der Gehorsam ist. Wir bewahren unsere Heiligkeit dadurch, daß wir nicht unseren eigenen Willen, sondern den Willen Gottes tun.

Noch ein Mittel zeigt uns Petrus, durch das unsere Hoffnung die rechte Art bekommt, so daß sie uns zum Empfang des Gehofften führt. Wir kommen ans Ziel, wenn wir in allem, was wir tun, mit Gott verbunden bleiben und darum heilig sind; und weiter dann, wenn die Furcht vor Gott in uns lebendig ist, die nicht verschwinden darf, wenn die herrliche Hoffnung mit ihrem hellen Licht unser Herz erhebt. Sie ist uns vielmehr unentbehrlich, damit unsere Hoffnung nicht verfälscht und zuschanden werde. 1,17: *Und wenn ihr als Vater den anruft, der ohne parteiische Gunst nach dem Werk eines jeden richtet* (Röm. 2,6; 2. Kor. 5,10; Matth. 16,27), *so wandelt während der Zeit eurer Fremdlingschaft in der Furcht.* Der menschliche Sinn verbindet mit der Würde, die uns die Heiligkeit gibt, den Stolz und Übermut. Sollen die, die mit Gott verbunden sind, nicht großtun, glänzen und regieren? Dieses anspruchsvolle Selbstgefühl ist aber das Ende der Heiligkeit und ihr Verlust. Denn es ist das sichere Merkmal, daß wir uns Gott widersetzen und nach unserem eigenen, nicht nach dem Willen Gottes leben. Das Merkmal der echten Heiligkeit ist vielmehr die Furcht Gottes. Wer ist Gott, der uns mit sich verbunden hat? Unser Vater; das ist der frohlockende Ruhm, den Jesus uns gibt. Aus Gott kommt, was wir, die wir glauben, sind; denn auf sein Wort ist unser ganzes Leben aufgebaut. Wir wissen aber von Gott mit völliger Gewißheit weiter, daß er das Recht verwaltet, sein Urteil über das Werk aller fällt und jedem nach seinem Werk vergilt. Er ist aber in seinem richterlichen Walten genau ebenso heilig, ebenso rein und gerecht wie in der Darbietung seiner väterlichen Gabe. Er beugt das Gesetz nicht nach Gunst und Willkür und läßt keinem das Schlechte hingehen, etwa deshalb, weil er sich für sein Kind hält und ihn als Vater anruft. Das war eine der großen Gaben, die Jesus seinen Jüngern gab, daß er sie, gerade als er von der vergebenden Gnade Gottes alle Schranken wegnahm, völlig gegen den Gedanken verschloß, er bringe ihnen die Gunst Gottes so, daß sein Gesetz für sie nicht mehr gelte und sein Gericht sie nicht mehr treffe, weil er ihnen auch Böses gestatte. Nicht zu Günstlingen Gottes, die seinen Willen auch mißachten dürfen, macht uns Jesus, der gehorsame Sohn Gottes, sondern zu Gottes Kindern; die Kinder Gottes stehen aber unter derselben Regel wie alle Menschen; Gott haßt und straft ihre Bosheit wie die aller. Das ist die Quelle der bleibenden Furcht vor Gott. Ich weiß, daß ich Gott gegen mich habe, wenn ich boshaft bin, daß er sich jedem Unrecht widersetzt, daß ich nicht heilig bin, wenn ich ungehorsam bin, und daß ich ihn nur dann für mich habe, wenn ich seinem guten Willen unterworfen bin.

Diese Furcht Gottes ist nicht die Angst vor ihm, die den Glauben austreibt; im Gegenteil, gerade weil ich ihn als Vater anrufe, fürchte ich mich davor, sein Richterspruch könnte mein Werk verwerfen und mich damit von seiner Liebe trennen. Je gewisser mir sein Vatername ist, je tiefer ich erkenne, daß ich, weil ich ihn als meinen Vater anrufen darf, die ganze Gnade, Macht und Herrlichkeit Gottes für mich habe, um so lebendiger und mächtiger wird in mir die Furcht, die wachsam die Grenze im Auge behält, wo ich mich von ihm scheide und unter seinen Unwillen falle.

Freilich kommt dadurch, daß wir noch an die Gefahr denken müssen, die unser Leben begleitet, ans Licht, daß wir noch nicht am Ziel, sondern noch in der Fremde sind. Wir stehen noch nicht in der vollendeten Gemeinde, sind noch nicht daheim, wo in der Gegenwart Jesu alle Gefahr, alle Möglichkeit des Falls und darum auch die Furcht vorüber ist. Aber für unseren irdischen Stand kann nur die Gottlosigkeit die Furcht Gottes verachten und wegwerfen. Jetzt ist uns die Zeit gegeben, in der wir unser Werk zu tun haben; unser Werk aber hat an Gottes gutem Willen seine Regel, und diese gilt ausnahmslos für jeden, wer er sei; denn Gott verleugnet seinen guten und gerechten Willen nie.

Einen neuen starken Grund, der unser Hoffen zugleich befestigt und reinigt, empfangen wir dadurch, daß wir in der Furcht Gottes erfassen, wie Gott uns zu seinen Kindern macht. Das tut er durch Jesus, durch das Kreuz Jesu, durch das er uns erlöst hat. Wenn wir dies erkennen, zieht es uns von allem Bösen weg. 1,18-21: *Da ihr wißt, daß ihr von eurem nichtigen Wandel, der euch von den Vätern her überliefert war, nicht mit vergänglichen Dingen, mit Silber oder Gold, losgekauft seid, sondern mit dem kostbaren Blut gleichsam eines Lammes ohne Makel und Flecken, des Christus, der vor der Gründung der Welt voraus erkannt, aber im letzten Teil der Zeiten offenbar geworden ist um euretwillen, die ihr durch ihn an Gott gläubig seid, der ihn aus den Toten auferweckte und ihm Herrlichkeit gab, so daß euer Glaube und eure Hoffnung zu Gott hin gewendet sind.* Daß die Furcht Gottes und die Gewißheit der Kindschaft Gottes einander zu durchdringen und zu stärken haben, zeigt Petrus an der Weise, wie Gott von uns abnahm, was uns von ihm trennte und aus uns sein Eigentum gemacht hat. Daß er uns zu sich rief, hat seinen Grund in der durch Christus vollbrachten Erlösung. Soll sich die Christenheit deshalb fürchten, weil sie nicht erlöst ist und die alte Schuld und Not noch auf ihr liegt? Umgekehrt: weil sie erlöst ist, darum fürchtet sie Gott. Wenn ich angstvoll frage: Bin ich erlöst?, so glaube ich nicht; wenn ich aber weiß, daß ich erlöst bin, und bedenke, wie ich es bin, dann entsteht die Furcht Gottes, die aus der Wahrheit und darum auch aus dem Glauben ist, und so bekommt die Hoffnung ihren festen Grund und wird rein.

Eine Erlösung brauchte die Christenheit, eine Tat Gottes, die sie frei machte, ihre Ketten sprengte und die Schuld vernichtete, die auf ihr lag. Warum denn? Vorher war ihr Wandel nichtig, nichtig ihre Religion mit ihren finsteren Gedanken über Gott, nichtig ihr Werk, mit dem sie ihrer Lust diente. Ein nichtiger Wandel besteht nicht im Gericht Gottes; er wird uns zur Schuld und zur Kette, die nur dadurch von uns abfällt, daß Gott sie löst. Die Macht, mit der die öde Sitte und die leere Religion auf der Menschheit liegen, kommt daher, daß wir sie ererben. Von den Vätern pflanzen sich Heidentum und Sünde von Geschlecht zu Geschlecht weiter. Darum müssen die Völker und jeder einzelne in ihnen auf die Stunde Gottes warten, in der er ihnen die Freiheit schenkt, so daß sie sich in Wahrheit zu ihm nahen und die Heiligung von ihm empfangen.

Der Tag der Erlösung ist mit dem Tode Jesu gekommen. Durch ihn wurde die Macht der Götzen und der Bosheit gebrochen. Mit ihm ist die Anrufung des Vaters durch die Kinder, die ihm gehorsam sind, Wirklichkeit geworden. Das hat er aber nicht durch ein irdisches Lösegeld bewirkt, etwa wie ein Sklave durch Gold- oder Silberstücke losgekauft wird, oder sonst durch einen irdischen Wert, der als Zahlungsmittel dient. Die irdischen Mittel, mit denen Verschuldungen beseitigt und Freiheit erworben werden kann, sind viel zu gering, als daß sie die Kette sprengen könnten, mit der uns das Recht Gottes bindet. Nur das, was Jesus Gott geben konnte, reichte aus, um die Menschheit von ihrer Schuld zu befreien und zu Gottes Eigentum zu heiligen. Er gab Gott sein Blut, und weil er dies tat, deshalb ist unsere Gottesferne überwunden, deshalb unsere Bosheit von uns abgetan, deshalb die Kindschaft Gottes uns gewährt. Darum entsteht an unserer Erlösung in Eintracht mit dem Glauben auch die Furcht, weil wir am Kreuz Jesu sehen, daß Gott in der Tat der gerechte Richter ist, der von seiner Gnade alles Böse fernhält und uns dazu in seine Gemeinschaft aufnimmt, damit wir ihm gehorchen. Am Gehorsam Jesu entsteht unser Glaube, an seiner Beugung unter Gottes Gericht unsere Freiheit von Schuld und Strafe. Das läßt uns eine Vermengung des Glaubens mit der Lust an der Sünde niemals zu.

Wie ein Lamm ist Jesus vor Gott gestanden, bereit zum Opfer und auf den Altar gelegt. Er hat das Vermögen zu diesem heiligen Gottesdienst; denn dieses Lamm war ohne Makel und hatte nichts an sich, was es untauglich für Gottes Altar machte, nichts, was ihm verwehrte, für uns der Erlöser zu sein. Hier ist ganzer Gehorsam verwirklicht, Gott die ganze Liebe dargebracht und dadurch uns die ganze Gnade erworben worden.

In der Gewißheit, daß Jesus durch sein Sterben am Kreuz den Willen Gottes getan hat, ist die Überzeugung eingeschlossen, daß er in seiner Kreuzesgestalt vor dem ewigen Blick Gottes steht, so daß Gottes ganzes Handeln an der Menschheit immer auf den vollkommenen Gehorsam Jesu begründet ist. Darum wurde diese dem nichtigen Erbe unterworfen, das das Leben aller eitel machte; denn ihre Befreiung sollte ihr hernach durch den gewährt werden, der ganz gehorsam war. Darum war und ist aber auch in der ganzen göttlichen Regierung überall zugleich die Gnade am Werk, die nicht zuläßt, daß die Sünde uns Menschen ganz von Gott losreiße; denn durch das reine Lamm kommt mit dem göttlichen Recht und Gericht auch die Gnade zu uns.

Vom menschlichen Standort aus lag es nahe, zu meinen, Christus sei erst spät offenbar geworden, erst kurz vor dem Ende der Zeit; die erste Gemeinde hoffte ja, daß die Offenbarung Jesu bald eintrete. Aber auch dafür lehrt Petrus die Christenheit danken. Weil erst jetzt der ewige Rat Gottes zur Vollführung kam, sind auch die jetzt Glaubenden in den Blick und Rat Gottes eingeschlossen. Er schuf auch ihnen die Möglichkeit, zum Leben zu gelangen und zu denen zu gehören, für die Jesus durch sein Lösegeld die Freiheit erworben hat.

Von Gottes gnädigem Rat sind die umfaßt, die glauben; darin, daß wir glaubend zu Gott gewandt sind, besteht unser Anteil an Gott, und eben dies, daß wir glauben, ist das Werk Jesu. Denn durch ihn empfangen wir die Gewißheit Gottes, die sich auf seine Gnade verläßt. Die Ungewißheit, den Zweifel und Verdacht gegen Gott nimmt Jesus uns ab, weil er auferstanden und in die Herrlichkeit Gottes erhoben ist. Der auferstandene und erhöhte Herr wirkt in uns die Gewißheit Gottes und die Zuversicht zu ihm. Nun fallen die finsteren Gedanken von uns ab, die uns Gott als arm oder als unseren Widersacher erscheinen lassen; wir hängen unsere Zuversicht auch nicht mehr an uns selbst, noch weniger an die Dinge der Welt, sondern geben sie Gott. Mit dem Glauben wird uns aber auch die Hoffnung geschenkt; denn am Christus ist das Leben und die Herrlichkeit erschienen, und an ihm dürfen wir, die wir in der Sterblichkeit, Schwäche und Niedrigkeit stehen, wahrnehmen, was die Gabe Gottes für uns ist. Auch unsere Hoffnung ist auf Gott gegründet, an den der Glaube sich hält, nicht auf uns selbst oder irgendeinen Menschen oder ein Ereignis und Ding dieser Welt, sondern wahrhaft und ganz auf Gott. Damit es eine Menschheit gebe, die wirklich auf Gott traut und auf Gott hofft, dazu ist Jesus gekommen, und dazu hat er das Kreuz getragen. Wir besitzen dadurch, daß wir an Gott zu glauben und auf ihn zu hoffen vermögen, den Segen seines Todes und seines Lebens.

Wodurch hat der Glaube die Vollmacht, uns als die Erlösten mit

Gott zu vereinen? Indem wir glauben, gehorchen wir der Wahrheit. Sie hat die Macht, und sie hat das Recht, uns innerlich so zu erfassen, daß wir alles Widerstreben lassen und uns ihr ganz ergeben. Nur der Wahrheit steht dieser Anspruch an uns zu. Wenn uns aber die Wahrheit gezeigt ist, ist es für uns heilige Pflicht, ihr zu glauben, und dadurch wird uns die Liebe geschenkt. Dann, wenn uns gezeigt wird, wie wir zur Liebe kommen, liegt der Weg, der uns zum herrlichen Ziel Gottes führt, klar vor uns.

1,22.23: *Habt ihr eure Seelen durch den Gehorsam gegen die Wahrheit rein gemacht zur ungeheuchelten Bruderliebe, so habt einander anhaltend und von Herzen lieb* (Röm. 12,10), *da ihr nicht aus einem vergänglichen, sondern aus einem unvergänglichen Samen wiedergeboren seid* (1. Joh. 3,9) *durch das Wort des Gottes, der lebt und bleibt.* Wir müssen erwarten, daß die Mahnung des Petrus sich nun auf die Liebe richtet. Denn die Jünger Jesu haben von ihm gelernt, daß der gute Wille, der dem Willen Gottes gehorcht, die Liebe ist. Wir haben sie aber nicht aus uns selbst; sie ist Gabe. Wie bekommen wir sie? Nur das reine, keusche Herz kann lieben. Wenn die Begierde in uns brennt, dann machen wir die anderen ihr dienstbar und nützen sie dazu aus, um uns Lust zu verschaffen. Die unkeusche Liebe ist falsch; sie erniedrigt und verzehrt die andern. Ist dagegen das Herz rein, so können wir unser Auge zu den andern wenden und sehen, wie wir die Gemeinschaft mit ihnen finden, wo Raum für unsere Gabe und unsere Hilfe ist und wie wir uns zu gemeinsamer Arbeit zu verbinden vermögen, die sich in gegenseitigem Geben und Nehmen vollzieht. Wie wird aber das Herz rein? Wie vergehen aus ihm die falschen Gedanken und blendenden Bilder, die die Begierden in uns hervorbringen? Durch den Gehorsam gegen die Wahrheit befreien wir uns innerlich von dem, was uns befleckt. Die Wahrheit schafft dann die Reinheit, und ohne sie gibt es niemals Liebe, niemals Gemeinschaft. Die Lüge hebt die Gemeinschaft auf und ist das Ende der Liebe. Die Wahrheit aber tritt in Jesus an uns heran, der uns mit seinem Blut befreit hat. In ihm ist wahrer Gehorsam, wahre Liebe zu Gott, darum wahre Liebe zu den Menschen, wahre Erkenntnis dessen, was sie bedürfen und was Gott ihnen gibt. Wenn wir der Wahrheit den Gehorsam leisten, den wir ihr schuldig sind, und ihr nicht nur unsere Gedanken, sondern auch unseren Willen öffnen, dann macht sie uns inwendig rein, und nun hat die Liebe in uns Raum, die Bruderliebe. Den Zweifel, ob wir denn Brüder haben, kann es nicht mehr geben, nachdem wir die Kinder des Vaters geworden sind. Daraus erwächst uns wieder eine herrliche, nie endende Aufgabe. Denn die Liebe fordert Kraft, Eifer, Beharrlichkeit. Aus dem Herzen muß sie kommen, so daß wir ungeteilt mit unserem persönlichen Anteil ihrem Zug gehorchen und das tun, wozu sie uns rät.

Wenn wir dabei nur auf die Menschen sehen, auf uns selbst oder auf die anderen, für die wir leben und arbeiten, dann wird die Liebe leicht matt, und der Mut zu ihr entfällt uns. Die Menschen sind wenig liebenswürdig und wir selbst zur Liebe wenig fähig. Aber wir sind ja nicht nur auf unser natürliches Vermögen angewiesen. Warum sind die anderen meine Brüder, und warum bin ich der ihrige? Wir sind wiedergeboren. Das Werk Gottes geschah an mir; soll ich nun mir selbst leben? Das Werk Gottes geschah an den anderen, meinen Brüdern; soll ich sie nun verachten und sich selbst überlassen oder gar entehren und schädigen? Damit die Liebe stark werde, haben wir zu erwägen, woher wir unser Leben haben. Mit unserer Kindschaft ist uns auch der Grund für Bruderschaft unter uns gegeben. Unser Leben ist uns durch das Wort Gottes erteilt. Das ist der Same, aus dem wir das wachstumskräftige Leben haben, und es gibt keine andere Kraft, die Leben zu schaffen vermöchte, als Gottes Wort. Dieses, nur dieses ist mit der Schöpferkraft eins. Weil Gott uns zu sich berufen hat, darum leben wir, und darum lieben wir.

Der natürliche Same ist vergänglich; was von Leben in ihm ist, endet, und der Same zersetzt sich. Gottes Wort endet nicht; denn es hat Gottes Art. Es macht ja seinen Willen für uns hörbar und in uns wirksam. Gott aber lebt und bleibt; er ist der Ewige.

1,24.25: *Denn alles Fleisch ist wie Gras und alle seine Herrlichkeit wie die Blume des Grases* (Jak. 1,10.11). *Das Gras wurde dürr, und die Blume fiel ab. Aber das Wort des Herrn bleibt für die Ewigkeit* (Jes. 40,6-8). *Das ist aber das Wort, das als Heilsbotschaft euch verkündigt worden ist.* Nicht erst Petrus preist das göttliche Wort und erhebt es über alles, was wir Menschen sind, sondern das hat schon der Prophet getan. Er hat aller Größe der Menschen und allen ihren Leistungen das Gleichnis im blühenden Schmuck des

Feldes gegeben, das im Frühling sein grünes und mit herrlicher Farbenpracht geziertes Kleid anzieht. All diese Herrlichkeit ist unter das Gesetz des Vergehens gestellt. Aber von oben her tritt in das immer wieder verblühende Menschenleben etwas Ewiges hinein, die Stimme des Schöpfers und Vollenders, der uns sein Wort schenkt, und jetzt ist das Unvergängliche da; jetzt ist uns eine neue, höhere Geburt verschafft und ein Leben verliehen, das nicht verblüht. Die Christenheit weiß, wo sie dieses Wort vernommen hat. Gottes Wort ist durch Jesus und seine Boten zu ihr gekommen, und dadurch sind ihre Glieder nun Brüder, denen die Bruderliebe geschenkt ist.

2,1: *Darum tut jede Bosheit weg und jede Verschlagenheit und Heuchelei und Neid und alle üblen Nachreden* (Jak. 1,20). Weil das Wort Gottes in unser menschliches Herz hineintritt, sind nun zwei Begehrungen in uns. Aus dem Wort Gottes entsteht die Liebe, und aus unserer natürlichen Art entstehen alle die Triebe, die die Gemeinschaft zerstören und uns gegeneinander verfeinden. Wir in unserem irdischen Stand können einander nicht so liebhaben, daß wir den Reiz nicht mehr spürten, die anderen zu schädigen und zu hintergehen und zu beneiden und mit boshaftem Geschwätz zu beschmutzen. Diese Triebe sind in uns Menschen da; aber im göttlichen Wort, das uns gegen die Wahrheit gehorsam macht, erhalten wir das Vermögen, Sünden dieser Art nicht nur gelegentlich, sondern ganz abzutun; das ist jetzt bleibend unsere Christenpflicht und unser Christenkampf. Wir haben uns in unserer Gemeinschaft miteinander gegen alles zur Wehr zu setzen und alles niederzuringen, was gehässig, unwahr und neidisch ist.

2,2.3: *Wie es die eben geborenen Kinder tun, verlangt nach der vernünftigen, unverfälschten Milch, damit ihr durch sie in das Heil hineinwachset, wofern ihr geschmeckt habt, daß der Herr gütig ist* (Ps. 34,9). Was gegen die Liebe streitet und darum aus uns verschwinden muß, sagte uns der vorangehende Vers. Aber die Ausscheidung des Sündlichen geht nur dadurch vor sich, daß wir das in uns hineinbekommen, was göttlich ist. Wenn nichts Neues in uns einträte, könnten wir das Alte nicht von uns tun. Petrus heißt das Wort zuerst den Samen, aus dem das neue Leben in uns entstanden ist; nun fährt er fort und heißt es die Milch, die dieses neue Leben nährt. Denn der Anfang und der Fortgang des Lebens wird durch dieselbe Kraft bewirkt. Das Mittel unserer Erzeugung ist auch das Mittel unserer Erhaltung und wird uns zur Nahrung, ohne die das neue Leben wieder abstürbe. Wir sollen daran denken, wie das Kind sofort das Verlangen nach der Milch mit auf die Welt bringt. Trinken muß es nicht erst lernen; das kann es von Anfang an. Niemand sagt ihm, daß es die Milch braucht und wo sie ist; es weiß, woran sein Leben gebunden ist und wie es sich erhält. So sollen auch wir wissen, wodurch wir am Leben bleiben, und mit derselben Richtigkeit und Sicherheit nach dem nährenden Mittel verlangen, wie wir es am Anfang unseres natürlichen Lebens taten. Die Nahrung, die uns erhält, liegt ja für uns bereit. Eine Milch ist für uns da, die Petrus deshalb vernünftig heißt, weil das uns nährende Wort in den Herd unserer Gedanken und Entschließungen eingeht und Kraft an die Stelle in uns bringt, aus der unser inwendiges Leben kommt. Diese Milch hat nichts Fremdes und Schädliches in sich, da Gott sie uns darreicht. Seine Gabe ist nicht giftig, sondern wirkliche Nahrung, lauter Heiligung ohne Anreizung zum Bösen, lauter Hilfe ohne Belastung und Verstrickung.

Ob ein Kind nicht umsonst nach der Milch sucht, sondern sie bekommt, sieht man daran, daß es wächst. Daß wir wachsen, das ist auch für uns der uns zugeteilte Beruf. Warum denn? Warum wollen wir nicht so bleiben, wie wir sind, nicht mit dem zufrieden sein, was uns geschenkt worden ist? Wir können nicht so denken, weil wir das Heil noch als Ziel vor uns haben; weil wir zugleich aber wissen dürfen, daß wir dieses Ziel gewiß erreichen, da Gott uns dazu berufen hat und dorthin bringt, sollen wir wachsen und die Nahrung in uns aufnehmen wollen, die unser Leben vorwärts bringt, und alles abtun, was das Wachstum unterbindet, uns krank macht und zurückbringt.

Nicht die Angst soll uns wach erhalten; nicht die Sorge treibt uns zum Fleiß an, sondern die Gewißheit, daß der Herr gut ist. Deshalb wollen wir erlangen, was er uns gibt, wollen wir zu ihm kommen und bei ihm sein. Seine Güte haben wir geschmeckt, erfahren und erlebt; sonst könnten wir ihm ja nicht glauben; sonst wäre uns seine gute Botschaft noch unbekannt.

Die Mutter der Liebe ist die Gemeinde, die allen ihren Gliedern das sie erzeugende und ernährende Wort zuträgt und alle in einträchtiger Arbeit zum gleichen Dienst Gottes verbindet. Wir können nicht wachsen, wenn wir uns voneinander trennen, und nicht in der Vereinsamung selbst das Wort uns geben, das die zum Wachstum nötigen Kräfte in sich trägt. Darum vollzieht Christus seine Sendung dadurch, daß er die Gemeinde herstellt; sie ist sein königliches Werk. Er erweist sich als den gütigen, gebenden Herrn dadurch, daß er die Gemeinde erbaut. Unsere Wiedergeburt geschieht darum dadurch, daß wir in die Gemeinde hineinwachsen. Das fordert aber von uns beständig den Entschluß, unsere Gemeinschaft mit Jesus festzuhalten und zu vertiefen. Darum mahnt Petrus 2,4.5: *Zu ihm tretet hinzu, zum lebendigen Stein, der von den Menschen verworfen wurde, aber bei Gott auserwählt und kostbar ist, und werdet selbst als lebendige Steine zu einem geistlichen Haus aufgebaut* (1. Kor. 3,16; 2. Kor. 6,16; Eph. 2,21.22), *zu einer heiligen Priesterschaft* (2. Mose 19,6; Offenb. 1,6), *um Opfer darzubringen, die der Geist wirkt, die Gott durch Jesus Christus wohlgefällig sind.* Der Schöpfer der Gemeinde, durch den sie entsteht und ihre Einheit hat, ist Jesus. Petrus heißt ihn nach dem Spruch des Psalms, mit dem schon Jesus selbst seine Sendung gedeutet hat, den Eckstein, den die Bauleute als untauglich wegwerfen und den Gott dennoch zum Schöpfer und Herrn seiner ewigen Gemeinde macht (Ps. 118,22; Matth. 21,42). Durch die Bekehrung zu ihm entsteht die Kirche, und durch die Gemeinschaft mit ihm bekommt sie ihre Eintracht und Verbundenheit. Unser Anschluß an ihn macht uns miteinander innerlich eins. Was uns von ihm trennt, scheidet uns von der Kirche, nichts anderes als das, das aber unfehlbar.

So entsteht also durch Jesus ein Haus, dessen viele Teile zu einem Ganzen zusammengefügt sind; es ist ein geistliches Haus, weil der Geist diese Gemeinschaft wirkt und nichts Äußerliches, nicht nur Sitte und Recht, Obrigkeit und Zwang sie stiften. Diese Gemeinschaft beruht vielmehr darauf, daß wir innerlich in Glauben und Liebe miteinander verbunden sind, weil wir alle innerlich mit Christus verbunden sind. Weil dieses Haus durch den Geist aufgerichtet ist, ist es Gottes Haus, von ihm und für ihn gebaut. Das ist nun der echte Tempel; in seiner Aufrichtung offenbart Jesus seine Sendung und bringt er ans Licht, daß er mit Recht den Christusnamen trägt und das vollendet, was in der alten Gemeinde erst begonnen war.

Der alte Tempel war nur ein Zeichen, an dessen Stelle jetzt Gottes bleibendes Werk, die Gemeinde, tritt. Der alte Tempel verhieß die Gegenwart Gottes; in der vom Geist vereinigten Gemeinde offenbart sie sich jetzt.

Jedermann in der Gemeinde dachte, wenn Petrus vom „Stein" sprach, der die Gemeinde trägt, an den Namen, mit dem Jesus ihm selbst sein herrliches Amt bezeichnet hat. Zum „Petrus", zum „Stein" hat er ihn gemacht, auf den er seine Gemeinde, das Haus Gottes, aufbaut. Petrus aber lenkt den Blick der Kirche nicht auf sein eigenes Amt und Werk, sondern hält ihr vor, daß alles, was er selbst zu vollbringen hat, ganz und gar aus Jesu Werk entstanden ist. Weil Jesus selbst der lebendige Stein ist, mit dem jedes Glied der Gemeinde verbunden wird, darum nannte er den, den er zuerst in seinen Dienst berief, „den Stein".

Weil am Hause Gottes alles lebendig ist, der Grundstein, der es trägt, und alle Steine, die sich auf ihm zur Mauer erheben, heißt Petrus die, die das lebendige Haus bilden, mit einem neuen Namen auch die Priesterschaft. Die im Christus Verbundenen dienen nicht nur einander und sorgen nicht nur füreinander; sie erheben ihre Augen zuerst zu Gott, geben ihm ihre Liebe, preisen seinen Namen und sagen sein Wort. Das größte Amt und Werk der Christenheit ist die Anbetung Gottes. Durch sie wird auch die ganze Arbeit, mit der die Gemeinde für ihre Glieder sorgt und mit der sie denen dient, die nicht zu ihr gehören, zum Gottesdienst. Wir können ja die Liebe nicht in zwei voneinander geschiedene Hälften zerlegen; indem wir sie Gott geben, tut sie auch für die Menschen die Arbeit, die für sie nötig ist, und indem wir sie den Menschen geben, bringen wir sie Gott dar. Eine heilige Priesterschar wird die Gemeinde Jesu deshalb, weil sie sich ihren Priesterdienst nicht selbst anmaßt und nicht auf ihre eigene Würdigkeit begründet. Das ergäbe das unechte Priestertum, das beseitigt werden muß, weil der Mensch damit sich anmaßt, was Gottes ist. Unser Gottesdienst hat seinen Grund in unserer Berufung, unser Zutritt zu Gott in unserer Annahme durch Gott. Weil Gott uns durch seine Gnade für sich geheiligt hat, darum haben wir das Vermögen zum priesterlichen Werk.

Geistlich sind diese Opfer, weil echte Anbetung Gottes, echte Liebe Gottes, echte Gaben, die Gott dargegeben werden, durch das

Wirken des göttlichen Geistes entstehen. Dazu braucht es Glauben, und der Glaube ist das Werk des Geistes. Es braucht dazu das reine Herz, das alle Bosheit abzutun und zu lieben vermag, und das gibt uns der Geist. Darum bestehen auch die Gaben, durch die wir Gott ehren, nicht nur in Stücken unseres Eigentums, sondern, wie wir selbst als lebendige Steine in das Haus Gottes eingefügt sind, so haben wir auch an dem, was wir selbst inwendig sind, das Mittel zu unserem Gottesdienst. Auch dann, wenn unser Opfer nicht nur im Gebet und im Wort besteht, wenn wir auch unsere Kraft, Zeit und Habe im Dienst Gottes einsetzen, muß unser Handeln, soll es ein Opfer sein, geistliche Art haben. Nicht der äußere Wert unserer Gabe oder die Größe unserer Leistung macht sie zum Opfer; Opfer ist, was im Geist geschieht.

Wir bringen das Opfer Gott in der Gewißheit dar, daß es ihm wohlgefällig ist. Wie könnten wir ohne diese Gewißheit beten, danken, dienen? Das ist ja das Ziel, das jedes Opfer sucht; wir begehren, daß Gott es annehme. Die Christenheit kann die Zuversicht, daß das, was sie für Gott tut, sein Wohlgefallen hat, nicht auf sich selbst stellen, sondern nur auf Jesus, den Sohn, der Gottes Wohlgefallen hat. Von dem, was Jesus ihr gibt und in ihr wirkt, weiß sie, daß es dem Willen Gottes entspricht. Sein Versöhnungswerk deckt auch die Flecken an ihrem Gebet und die Mängel an ihrer Liebe und bewirkt, daß sie sich mit froher Zuversicht zu Gott nahen darf, um ihn zu ehren, und daß sie erhört wird und empfängt, was sie mit ihrem Opfer bei Gott sucht.

2,6-9a: *Deswegen steht in der Schrift: Sieh! ich lege in Zion einen auserwählten, kostbaren Eckstein, und der, der an ihn glaubt, wird nicht beschämt* (Jes. 28,16; Röm. 9,33). *Darum wird euch, die ihr glaubt, die Ehre zuteil. Denen aber, die ungläubig sind, gilt: Der Stein, den die Bauenden verwarfen, wurde zum Eckstein, und: Er ist ein Stein des Anstoßes und ein Fels des Ärgernisses* (Ps. 118,22; Jes. 8,14; Matth. 21,42; Mark. 12,10.11; Luk. 20,17; Röm. 9,33); *sie stoßen sich an ihm, weil sie dem Wort nicht gehorchen, und dazu sind sie gesetzt.* Wie wir in Gott den Vater und den Richter haben, so tut auch Jesus gleichzeitig das Werk der Gnade und das des Rechts. Beides teilt ihm die Schrift dadurch zu, daß sie ihn mit dem Stein vergleicht; denn der Stein trägt den Bau, der auf ihm steht.

Damit ist das Heilandsamt Jesu gekennzeichnet, daß er aus den an ihn Glaubenden die Gemeinde Gottes macht. Er ist aber auch der Stein, an dem man sich stößt und fällt. Damit ist das richterliche Amt Jesu dargestellt, in dem er das Recht Gottes gegen die vertritt, die Gott verwirft. Auch dieses Gericht kommt in der Sammlung der Gemeinde zur Offenbarung. Denn sie umfaßt nicht alle, sondern vollzieht sich so, daß Jesus die vereint, die an ihn glauben, und sie von denen trennt, die ihn verwerfen. Obwohl Petrus Israel nicht nennt, war doch allen Lesern und Hörern seines Briefes klar, welche Ereignisse ihn zu diesem Wort bewogen. Zwischen der Judenschaft und der Christenheit hatte sich die Kluft gebildet, die niemand mehr schließen konnte. Das durfte aber für die Gemeinde Jesu kein Anlaß zu Zweifeln und innerer Lähmung sein, so daß sie sich hindern ließe, das Werk Jesu laut zu preisen und seinen Dienst mit Kraft zu vollziehen. Denn auch in dieser Trennung, so schmerzhaft sie alle traf, geschah die Regierung Gottes und das Werk Jesu. Nicht mehr die Judenschaft, sondern die im Namen Jesu Vereinten sind die Gemeinde Gottes, weil mit der göttlichen Gnade zugleich der Ernst des göttlichen Gerichts sichtbar wird. Dort wurde Jesus zum Eckstein des göttlichen Baues, hier zum Stein, der den Fall herbeiführte.

Schon die Schrift hat gesagt, wie diese Scheidung zustande kommt; denn sie gibt die Verheißung dem Glaubenden. Ob der Glaube an Jesus entsteht oder ob sein Wort abgewiesen wird, das bringt diesen völligen und bleibenden Unterschied hervor. Dem Glauben ist verheißen, daß er nicht enttäuscht wird, weil Gott sich mit seiner Hilfe und Gabe zum Glaubenden hält. Darum überhäufen Juden und Griechen in ihrem blinden Haß die Glaubenden umsonst mit Schmähungen; diesen wird die Ehre zuteil, die ihnen niemand rauben kann, die Ehre, daß sie als lebendige Steine in das Haus Gottes eingebaut sind und als die heilige Priesterschaft ihn preisen dürfen. Denen aber, die Jesus den Glauben versagen, bleibt die Ehre versagt, und die Beschämung wartet auf sie, die jeden trifft, der den Streit mit Gott unternimmt.

Wie wird aber die Gegenwart Jesu, obwohl die Gnade ihn sendet, dennoch für viele zum Gericht? Auch diese Frage beantwortet schon die Schrift durch das Gleichnis vom Stein. Der Stein wird von den Baumeistern als untauglich verworfen; darum kommen sie an ihm zu Fall. Der Mensch bestreitet Jesus, nimmt nicht wahr, daß er in der Sendung Gottes gekommen ist, hört in seinem Wort nicht den Ruf Gottes und sieht an ihm die Gnade Gottes nicht. Er lehnt das Angebot Jesu ab und tut seinen eigenen Willen. Daß es so ist, das ist durch das Kreuz Jesu zu einer für alle deutlichen Offenbarung geworden. Damit ist aber die Sendung Jesu nicht aufgehoben. Nicht der Mensch, sondern Gott behält recht, und darum wird aus dem Gericht, das der Mensch über Jesus hält, das Gericht, das den Menschen trifft. Durch das Kreuz Jesu wurde Israels Unrecht offenbar; damit endet sein Vorzug und sein besonderes Recht. Petrus richtet aber den Blick absichtlich nicht nur auf den Weg, den Israel ging; denn das gleiche göttliche Recht und Gesetz verwirklicht sich überall und an allen. Immer entsteht an der Verkündigung Jesu die Scheidung; immer ist ihr Erfolg ein doppelter: Zustimmung und Ablehnung, Glaube und Verwerfung, Gehorsam und Ungehorsam. So offenbart sich in heiliger Vollkommenheit durch ihn die göttliche Gnade und das göttliche Recht.

Auch im Streit des Menschen gegen Gott, wenn er Jesus nicht glaubt und ihm nicht gehorcht, ist nicht nur der Mensch am Werk; denn auch das menschliche Verhalten ist von Gottes Regierung umfaßt und wird von seiner Gerechtigkeit bewirkt. Die, die das Wort Jesu bestreiten und seine Gemeinde bekämpfen, sind dazu gesetzt. Das ist die von Gott ihnen zugeteilte Rolle, das von ihm ihnen übertragene Geschäft und Los. Gesetzt war Kajaphas dazu, daß er Jesus verurteilte, gesetzt Israel dazu, daß es die Gemeinde Jesu ausstieß, gesetzt die Ungläubigen in den griechischen Orten dazu, daß sie die Christenheit verhöhnten und bekämpften. Dazu gesetzt sind auch heute alle, die sich dem göttlichen Wort entgegenstellen. Was an ihnen geschieht, ist nicht das Werk der göttlichen Gnade, wohl aber das richterliche Werk des göttlichen Rechts. Daß damit Unrecht und Willkür an ihnen geschehe, sagt niemand, dem die Gewißheit Gottes gewährt ist. Wir wissen, daß Gott von aller Bosheit ganz geschieden ist und niemand unrecht tut. Wie sollte auch dieser finstere Gedanke in uns entstehen, während wir vor Augen haben, wie der Mensch sich gegen Gott sträubt, seinem Wort sich widersetzt und seine Bosheit behalten will, obwohl ihm die Fülle der göttlichen

Gnade in ihrer unwandelbaren Herrlichkeit im Christus entgegentritt? Wo Menschen von Jesus getrennt werden, da geschieht das vollkommene, von keinem Flecken verdunkelte Recht. Petrus leitet aber die Gemeinde nicht an, Gott über seine Gründe zu befragen und über sein Recht zu verhören; er sagt ihr in derselben Weise, wie es auch Paulus Röm. 9 tut, nur das, sie habe auch beim Streit des Menschen gegen Gott daran zu denken, daß der Mensch nie allein ist und nie nur mit seinem Willen handelt, sondern daß er seine Kraft und alles, was er ist, von Gott hat, auch dann, wenn er gegen Gott kämpft.

2,9b.10: *Ihr aber seid ein auserwähltes Geschlecht, eine königliche Priesterschaft, ein heiliges Volk, ein zum Eigentum erworbenes Volk* (2. Mose 19,6; Offenb. 1,6), *damit ihr die mächtigen Taten dessen verkündet, der euch aus der Finsternis in sein wunderbares Licht berufen hat* (Jes. 43,21), *ihr, die ihr einst nicht Volk, jetzt aber Volk Gottes, nicht begnadigt, jetzt aber begnadigt seid* (Hos. 1,6.9; 2,3.25; Röm. 9,25.26). Weil zwar Israel gefallen, aber die Absicht Gottes nicht vereitelt und seine Verheißung gerade dadurch zur Erfüllung gekommen ist, daß an die Stelle der Judenschaft die Gemeinde der an Jesus Glaubenden getreten ist, darum sagt Petrus mit denselben Worten, mit denen Mose am Sinai die Bestimmung Israels aussprach, der Christenheit, was sie empfangen hat. Der Beruf der Gemeinde bleibt von Anfang an derselbe, und das Werk Jesu besteht darin, daß er sie für ihren Beruf begabt und ausrüstet und das Ziel verwirklicht, für das Israel geschaffen war. Die Gemeinde entsteht durch die Wahl Gottes; darin besteht ihre Herrlichkeit und Ehre, daß sie aus der übrigen Welt von Gott herausgeholt und mit ihm verbunden wurde. Darum hat sie das Priesteramt, nicht als leeren Namen und täuschenden Schein, sondern in Kraft und damit zugleich als ihre unverbrüchliche Pflicht. Es ist ein königliches Priestertum, nicht nur der Ehre wegen, die es ihr verleiht, sondern auch um der Macht und Freiheit willen, die mit ihm verbunden sind. Da Gott regiert, sind die Seinen durch sein königliches Regiment die Freien, niemand unterworfen, und die Herrschenden, deren Werk bleibt und von niemand zerstört werden kann. Ein Volk sind sie, fest vereint zu gemeinsamem Leben, in dem jeder am Ganzen Anteil hat, aber ein heiliges Volk, weil ihre Gemeinschaft in Gottes Tat begründet ist und ihr Ziel daran hat, daß sie für Gott leben. Zu seinem Eigentum sind sie gemacht.

Darum darf die Gemeinde nicht schweigen. Sie hat nicht einen unbekannten Gott; denn Gott hat in herrlicher Sichtbarkeit für sie gehandelt und an ihr seine Größe kundgetan. Nun besteht ihr Dienst und ihre Pflicht darin, zu reden und zu verkündigen, was Gott an ihr getan hat. Finsternis lag auf uns, Unkenntnis Gottes, die nichts als die Menschen und die Welt sah, nichts als uns selbst. Da war dunkel, was wir sind und wohin wir gehen. Da kam der Ruf Gottes zu uns; er rief uns zu sich, und bei ihm ist das Licht, ein wunderbares Licht, das alle unsere Gedanken übersteigt. Nun haben wir Gott vor Augen in einer Herrlichkeit, die wir nicht ahnten, und seine Gnade ist so tief, seine Gabe so groß, wie wir es nie zu hoffen vermochten. Worin besteht jetzt unser Dank und Dienst? Darin, daß wir verkündigen, wie groß und gut Gott ist. Vorher waren wir kein Volk, sondern mit allen im Streit, Knechte unserer eigenen Begierden, die nichts suchten als ihr eigenes Glück. Jetzt sind wir ein Volk, miteinander vereint; denn wir sind Gottes Volk. Vorher waren wir hilflos, und Gottes Erbarmen war uns noch versagt. Jetzt ist es uns gegeben, und wir erfahren, wie gnädig Gott ist.

2,11–3,7

Die Christenpflicht im Staat und im Haus

2,11: *Geliebte, ich mahne euch, da ihr ja Gäste und Fremde seid, daß ihr euch von den fleischlichen Begierden scheidet, die gegen die Seele streiten* (Jak. 4,1). Wenn uns das irdische Leben die Heimat verschaffte und in dem jetzt Erreichbaren unser Ziel läge, dann wäre es richtig, daß wir auf die Begehrungen, die aus dem leiblichen Leben entstehen, achteten und uns um ihre Erfüllung bemühten. Aber wir sind ja Gäste, die an einem ihnen fremden Ort verweilen, und haben unser Ziel nicht in dem Glück, das uns dieser Leib bereitet, und in der Ehre, die uns die Menschen geben. Darum sollen wir unser Verlangen über den leiblichen Trieb erheben; dieser darf uns nicht mehr regieren und nicht mehr allein und unter allen Umständen seine Befriedigung fordern. Wir haben ihn zu zügeln, haben zu entsagen; denn die Erfüllung seiner Wünsche bringt uns nicht das Höchste und Ewige, wonach wir verlangen, sondern bereitet uns im Gegenteil die Gefahr, das zu verlieren, was wir durch Christus haben. Denn diese Begierden greifen die Seele an. Von der Seele redet Petrus auch hier, weil er an den Sitz und Herd unseres Lebens denkt. Er redet nicht davon, daß die vom Leib her kommende Begierde unser Denken lähmt und verwirrt, unseren Willen zerrüttet, unser Vermögen zu glauben verdirbt, sondern geht sogleich zur großen Hauptsache über, nämlich dazu, daß die Begierde uns um das Leben bringt; denn wir sündigen, wenn wir ihr gehorchen, und die Sünde stellt uns unter die göttliche Verurteilung, durch die wir dem Tod verfallen. Wir kämpfen also, wenn wir die falsche Begierde bezwingen, für unser Leben, für die Rettung unserer Seele, dafür, daß wir im Urteil Gottes bestehen mögen und unser Erbe erlangen. Die Lust, die uns die Begierde vorhält, ist also deshalb ein Betrug, weil das, was wir mit ihr zu gewinnen scheinen, uns den schwersten und unheilbaren Verlust brächte, den, daß wir selbst verlorengehen. Petrus denkt an das Wort Jesu, daß kein Gewinn für den Menschen Wert hat, wenn er durch Gottes Urteil um seine Seele kommt (Matth. 16,26).

2,12: *Macht euer Verhalten unter den Heiden löblich, damit sie das, wofür sie euch als Übeltäter verlästern, durch die löblichen Werke wahrnehmen und Gott am Tag der Heimsuchung preisen.* Der Gewinn des Lebens für uns selbst und die Ausrichtung unseres Dienstes fallen für die Christenheit völlig zusammen. Wenn sie den fleischlichen Trieben folgt, macht sie sich selber tot, gibt aber auch den anderen nicht, was sie ihnen schuldig ist, und versäumt die Pflicht, die ihr aus ihrem Verkehr mit den Heiden beständig erwächst. Sie ist denen, die nicht zu ihr gehören, ein reines, edles Verhalten schuldig; dazu muß sie die Freiheit vom fleischlichen Willen haben. Jetzt vermuten ihre Gegner bei ihr alles Schlechte; sie heißen sie gottlos und werfen ihr Staats- und Menschenfeindschaft und jegliche Verbrechen vor. Darum hat die Christenheit fleißig und tapfer jedes reine und edle Werk zu treiben. So stellt sie das, was ihr Glaube an Christus bedeutet, vor die Augen ihrer Widersacher hin und läßt sie wahrnehmen, was das Wort Jesu gibt und wirkt. Die Wahrnehmung einer vollendeten Tatsache hat aber die Kraft, uns zu überwinden und unsere Einreden zum Schweigen zu bringen. In dieser Hinsicht ist die Wirkung des Werks größer als die des Worts und das Auge stärker als das Ohr. Die Christenheit tut also ihre Pflicht noch nicht, wenn die anderen nur von ihr hören, was gut ist und was Gott uns gibt. Das sollen sie sehen, und erst dann, wenn sie dies auch sehen können, hat ihnen die Gemeinde gegeben, was sie ihnen schuldig ist. Nicht dazu hat die Kirche sich ans Werk zu machen, damit sie selbst gerühmt werde, sondern dazu, damit Gott gepriesen sei. Die Schmach, die auf sie gehäuft wird, soll ihr deshalb leid tun, weil sie auf ihren Gott und ihren Herrn fällt. Ihr Beruf ist ja, seine herrlichen Erweisungen zu verkündigen und die Menschheit zum Lob Gottes zu bringen. Dazu braucht sie aber notwendig das edle Werk, während jede Versündigung der Christenheit die Erkenntnis und Anbetung Gottes unter den Völkern verhindert oder doch erschwert. So leitet Petrus den Fleiß und die Anstrengung, die wir auf eine reine und fruchtbare Führung des Lebens zu verwenden haben, nach Jesu eigenem Wort (Matth. 5,16) aus unserem höchsten Verlangen ab, aus unserer Liebe zu Gott, die uns danach begehren läßt, daß unser Leben zu Gottes Preis und Ehre diene.

Macht die Christenheit den Nichtchristen sichtbar, was Jesus ihr gab, dann werden diese am Tag ihrer Heimsuchung Gott die Ehre geben. Wir Menschen brauchen, um Gott zu erkennen, notwendig sein Wirken, durch das er selbst uns seine Herrschaft und Gnade zeigt. Er muß uns einen Tag bereiten, an dem er uns heimsucht, nach uns sieht und sich uns offenbart; sonst nehmen wir ihn nicht wahr. Nicht die Christenheit bekehrt die Heiden, sondern Gott erleuchtet sie und führt sie in seine Gemeinde. Aber das edle Verhalten der Christenheit hilft dazu mit; es bringt die Heiden zur Besinnung, erschüttert ihren Verdacht gegen Jesus und macht sie für die göttliche Heimsuchung empfänglich.

2,13.14: *Unterwerft euch jedem, den Gott als Menschen geschaffen hat, um des Herrn willen; sei es dem Kaiser als dem, der über den anderen steht, sei es den Statthaltern, da sie durch ihn geschickt werden zur Bestrafung der Übeltäter und zum Lob für die, die das Gute tun* (Röm. 13,1-4; Tit. 3,1.2). Unter den besonderen Aufgaben, an denen die Christenheit die Kraft und Reinheit ihres neuen Wollens zu erproben hat, nennt Paulus zuerst das Verhältnis zum

Staat. Die Christenheit muß wissen, wie sie sich zu den die Völker regierenden Machthabern, zum Kaiser und seinen Vertretern in den Provinzen zu stellen hat. Sind diese Herrscher zu bekämpfen, oder hat die Gemeinde sich ihnen zu unterwerfen? Ein Anlaß zu dieser Frage entstand nicht nur daraus, daß uns die Unterordnung unter die Regierenden eine Beschränkung unserer eigenen Interessen auferlegt, sondern auch darum, weil die Kirche leicht meinen konnte, ihr Anteil an Gott entbinde sie vom Gehorsam gegen diese Herrscher. Was ging der Befehl des Kaisers das auserwählte Geschlecht und die königliche Priesterschaft noch an? Die Widersacher der Christenheit sagten ihr mit Leidenschaft nach, ihr Bekenntnis zum himmlischen Herrn bedeute den Aufruhr gegen den Kaiser und die Zerstörung des bürgerlichen Rechts. Deshalb ordnet Petrus das Verhalten der Kirche in derselben Weise, wie es Paulus Röm. 13,1 tat: Gehorcht, nicht obwohl ihr in Jesus euren Herrn habt – ein Streit zwischen dem Dienst Gottes und dem Staatsdienst besteht nicht –, sondern wegen des Herrn, eben darum, weil ihr ihm gehorcht und nicht euren, sondern seinen Willen tut! Wollten die Christen einwenden, die Herrscher seien ja Menschen, so antwortet Petrus: Sie sind Geschaffene, von Gott zu dem gemacht, was sie sind. Einem Menschen sich zu unterwerfen, so daß wir dabei nur einen Menschen über uns regieren lassen müßten, das wäre freilich hart; die Neigung zur Auflehnung entsteht immer, wenn wir im Staat nur eine menschliche Einrichtung und in denen, die regieren, nur die Menschen sehen; denn so wird die Unterwerfung unter die, die nicht mehr sind als wir, eine Erniedrigung, ein unfreier, entehrender Zwang. Der Mensch hat aber, weil er Gottes Geschöpf ist und besitzt, was ihm Gottes Schöpferwille gab, eine Ehre, die ihm nicht verlorengeht. Dem, den Gott geschaffen hat, kann man sich frei und willig unterwerfen ohne Verlust der Ehre und ohne Schädigung unseres Gottesdienstes. Das Anrecht des Kaisers an den Gehorsam der Christenheit wird damit begründet, daß er über alle anderen gestellt ist. Diesen Platz hat er nicht ohne, sondern durch die göttliche Regierung, und dies hat die Gemeinde dadurch anzuerkennen, daß sie die kaiserlichen Gesetze hält. Bei den Beamten, die im Namen des Kaisers die einzelnen Länder regierten, kommt weiter in Betracht, daß ihnen die Erhaltung der öffentlichen Ordnung und die Durchführung des Rechts übertragen ist. Das ist ein unentbehrliches, wichtiges und für alle heilsames Werk. Den Übeltätern muß widerstanden und die Strafgewalt gegen sie gebraucht werden; sonst wächst das Übeltun; und mit der Verfolgung des Bösen geht die Ehrung des Guten Hand in Hand. So dient auch das Amt der Herrscher dem großen und heiligen Ziel, für das die Christenheit als die auserwählte Priesterschaft ihre Arbeit tut. Beide arbeiten auf das Ziel hin, daß das Böse in der Menschheit überwunden und das Gute von ihr getan wird. Petrus verlangt ebensowenig wie Paulus von den Herrschern Hilfe bei der Ausführung des besonderen Amts, das die Gemeinde Jesu hat. Das Evangelium bekommt seine Autorität nicht durch den Willen der Machthaber; es besitzt sie, weil es das Wort des Gottes ist, der lebt und bleibt. Die Herrscher haben ihren eigenen Beruf und sollen diesen erfüllen; sie haben nicht das zu tun, was den Boten Jesu in der Welt zu tun aufgetragen ist. Aber auch das von den Herrschern auszuführende Werk hat seinen Grund im göttlichen Willen, der das Böse verwirft und das Gute verlangt und ehrt, und weil auch das Werk der Herrscher zur Erfüllung des göttlichen Willens mithilft, ist die Christenheit zu jedem Gehorsam gegen sie bereit.

2,15: *Denn so ist es der Wille Gottes, daß ihr durch Gutestun dem Unverstand der törichten Menschen den Mund verschließet.* Damit wendet Petrus die allen gegebene Regel V. 12 auf diese besondere Frage an. Was ist die Waffe der Christenheit gegen die Scheltreden, die ihr vorwerfen, daß sie das Staatsgesetz zerbreche, dem Kaiser die Ehre verweigere und die öffentliche Ordnung und Eintracht zerstöre? Wie soll sie sich für ihren Herrn wehren? Sie tue das Gute, wozu auch die entschlossene, aufopfernde Stützung des Staates und die Durchführung der staatlichen Ordnungen gehören. Durch Reden und Lehren verstummen diese Vorwürfe nicht. Sie entstehen ja überhaupt nur dadurch, daß die Menschen nicht sehen, was geschieht, nicht wahrnehmen, was ihnen Gott tut, sondern das Größte miterleben, ohne daß sie es verstehen. Diese Blindheit wird nicht mit Worten verscheucht; aber wenn das hilfreiche, heilsame Werk vor den Menschen steht, das nicht getan werden kann, wenn sein Täter nicht die reine, göttliche Liebe hat, dann wird auch der Unverstand wenigstens still, und das Lästern verstummt. Nun öffnet sich vielleicht das Ohr auch für das Wort Jesu. Durch diesen Dienst tut die Christenheit den Willen Gottes, der nicht will, daß der Mensch ein Tor bleibt und sein Wort verkannt, seine Gnade gescholten wird. Was ihr Bahn macht, gehört alles unzweifelhaft zum göttlichen Willen und zur Pflicht der Christenheit.

2,16: *als die Freien und nicht als solche, die die Freiheit zur Decke für die Bosheit brauchen, sondern als Gottes Knechte* (Gal. 5,13). Damit wehrt Petrus den Gedanken ab, mit dem sich die Widersetzlichkeit oder doch die Gleichgültigkeit gegen die staatliche Ordnung am schönsten rechtfertigen ließ und der auch die Judenschaft in die gefährliche Bahn hineintrieb, auf der es zum Aufruhr gegen Rom und zur Zerstörung Jerusalems kam. Damit, daß uns die Gewißheit Gottes gegeben wird, empfangen wir die Freiheit. Nun zerspringen alle Fesseln. Ist Gott für uns, dann sind wir allen Gewalten entronnen, und niemand ist mehr befugt, uns für seine Zwecke zu gebrauchen. Wer Gott gehört, ist frei. Verträgt sich damit der Gehorsam gegen die staatliche Ordnung, oder fällt auch er von uns ab als eine Fessel, die wie jeder andere uns knechtende Druck vergangen ist? Ihr seid frei, sagt Petrus; er muß es sagen, weil die Leugnung der Freiheit eine Leugnung Gottes wäre. Aber eben deshalb, weil wir frei sind, sind wir untertan. Durch unsere Befreiung bekommen wir das Vermögen zum Gehorsam, zum Wohltun, zum Dienen; denn sie befreit uns von den Begierden, die uns miteinander entzweien, so daß wir an uns raffen, was den anderen gehört, uns für uns selbst wehren und die anderen uns unterjochen wollen. Die Christenheit braucht keinen Schutz für die Bosheit; sie steht darum nicht im Kampf mit denen, die das Böse unterdrücken. In der Christenheit hat der Zank um die Macht und die Größe zu schweigen; daher streitet sie nicht deshalb gegen den Kaiser, weil sie es unerträglich fände, daß er über allen steht. Sie ist nicht nur von den Dingen und den Menschen, sondern ist auch von sich selbst frei gemacht und kann deshalb mit freiem Willen untertan sein. Wenn die Freiheit bei uns eine andere Wirkung hätte, so würde sich darin zeigen, daß wir unsere Freiheit dazu mißbrauchten, um unseren schlechten, verwerflichen Willen zu verdecken. Diese Versuchung begleitet die Freiheit stets; sie muß oft zur Rechtfertigung des Bösen dienen, weil auch boshaftes Handeln zu unserer Freiheit gerechnet wird. Das ist aber Abwendung von Jesus, weil wir dann, wenn wir auf ihn hören, unseren boshaften Sinn richten und unseren schlechten Willen verleugnen. Bosheit und Glaube an Jesus schließen sich aus; denn der echte Glaube an Jesus ist Frömmigkeit, ist Ehrung Gottes; durch ihn wird die göttliche Regel, die das Böse verwirft und das Gute heiligt, in uns unverrückbar befestigt. Darum ist der, der sich zu Christus hält, nicht imstande, zu sündigen, auch nicht unter der Berufung auf seine Freiheit. Denn er ist Gottes Knecht und gehört Gott; er unterwirft seinen Willen Gott und braucht sein Leben für ihn. Das ist der Grund unserer Freiheit, ohne den sie für uns nicht vorhanden ist. Daß keine Hand mehr nach uns greifen kann, kommt daher, daß wir das Eigentum Gottes sind. Damit ist aber auch die Benützung der Freiheit zum Sündigen abgetan; denn der Knecht der Sünde ist nicht Gottes Knecht.

2,17: *Ehrt alle; habt die Brüderschaft lieb; fürchtet Gott; ehrt den König.* So wird unser Leben nach allen Seiten hin in die Ordnung gebracht. Jedem können wir Ehre geben und brauchen niemand zu verachten. Und dies nicht nur deshalb, weil jeder die Ehre gern hat und es als wohltuend empfindet, wenn sie ihm erwiesen wird, sondern noch mehr deshalb, weil jeder für uns ehrwürdig ist, da ihm ja immer der Name gebührt, mit dem Petrus diese Betrachtung begonnen hat: Jeder ist ein Geschöpf Gottes. Über jedem Menschen steht noch das Auge Gottes offen, und in jedem Menschenleben ist noch die göttliche Gnade am Werk. Aus der Menschheit ist die Gemeinde derer ausgesondert, die in Gott füreinander zu Brüdern geworden sind. Hier hat jetzt die Liebe den Raum bekommen, in dem sie sich offenbaren und zeigen kann, was sie tut. Der Segen der christlichen Gemeinschaft besteht darin, daß sie uns die Gelegenheit zur Liebe gibt. Über den Menschen steht Gott; was soll er bekommen? Furcht sind wir ihm schuldig; denn er ist der Hüter des Rechts; wer Böses tut, der hat ihn gegen sich und zerbricht unter seinen Schlägen. Was bleibt aber noch für den Kaiser übrig, wenn unsere Furcht Gott gehört und niemand sonst? An die Furcht hat der Kaiser so wenig wie ein anderer Mensch Anrecht, aber an die Ehre hat er ein Anrecht um seines Amtes willen und um der Macht willen, die ihm zur Ausführung seines Amtes gegeben ist.

2,18: *Ihr Diener, unterwerft euch mit aller Furcht den Herren, nicht nur den gütigen und nachsichtigen, sondern auch den verkehrten* (Kol. 3,22-25; Eph. 6,5-8; 1. Tim. 6,1.2; Tit. 2,9.10). Besondere Hilfe hatten die abhängigen Männer und Frauen nötig, die nicht über sich selber verfügen konnten, sondern im Haus ihrer Herren lebten, vielleicht in der vollständigen Gebundenheit, die das damalige Recht den Sklaven auferlegte. Für sie bekam die Frage oft einen großen Ernst, ob sie nicht versuchen sollten, den Dienst loszuwerden und sich aus der Abhängigkeit, in der sie standen, zu befreien, wenn nicht mit Zwang und Rechtsbruch, so doch vielleicht mit Hilfe der Brüder, die ihre Freilassung bewirkten. Unterwerft euch! – sagt Petrus und gibt damit der Gemeinde dieselbe Regel, an die auch Paulus sie gewiesen hat. Diese Regel gilt nicht nur dann, wenn ihre Erfüllung leicht ist, weil der Herr verständig und gütig ist und seinen Verkehr mit seinen Dienern von Härte und Unrecht freihält, sondern auch dann, wenn er ihnen den Dienst durch seine eigene Verkehrtheit schwer macht. 2,19: *Denn dies ist Gnade, wenn einer um der Gewißheit Gottes willen Schmerzen erträgt und Unrecht leidet.* Gegen die Fügung der Gnade kann man sich nicht sträuben. Vor ihr flieht man nicht. Ist ihr Los Gnade, dann bringt es den Dienern eine gute Gabe der göttlichen Güte, die unerschöpflich ist. Aber wieso kann die Quälerei und Härte, mit der der Herr den Knecht vielleicht überhäuft, eine Gnade sein? Sie ist es dann, wenn er darum leidet, weil er Gottes und seines Willens gewiß ist. Diese Gewißheit kann er haben, wenn er weiß, daß er nach Gottes Ordnung tun muß, was er tut; so kann er seinen Dienst und darum auch das Leiden, das mit ihm verbunden ist, aus Gottes Hand nehmen. Das heißt Petrus Gnade in dem gleichen Sinn, wie er die Versuchung, weil sie den bewährten Glauben schafft, kostbarer als Gold genannt hat (1,6.7). Gnade ist ein solches Leiden, weil es dem Knecht die Gelegenheit verschafft, Gott den Glauben und die Treue und die Liebe zu bewahren und sie dadurch zu vollenden, daß er sie auch unter Schmerzen festhält. Solches Leiden gehört zu den geistlichen Opfern, mit denen die heilige Priesterschaft Gott preisen darf.

2,20: *Denn was ist es für ein Ruhm, wenn ihr sündigt und geschlagen werdet und es aushaltet? Aber wenn ihr Gutes tut und leidet und dies aushaltet, das ist Gnade bei Gott.* Mancher trotzige Sklave sah darin einen Ruhm, daß er alles, was ihm als Strafe für seine Bosheit und Trägheit angetan wurde, standhaft litt. Aber dieser Ruhm ist töricht und leer. Dagegen wird dann aus der Festigkeit, die sich durch keine Mißhandlung überwältigen läßt, ein echter Segen und Gewinn, wenn ein entschlossener, unerschütterlicher Wille fromm und redlich das Gute tut und dafür auch Schmerzen auf sich nimmt.

2,21: *Denn dazu wurdet ihr berufen. Denn auch Christus litt für euch und hinterließ euch ein Vorbild, damit ihr seinen Spuren folgt* (Joh. 13,15; 1. Joh. 2,6). Weil Petrus das Leiden um Gottes willen zur Gnade rechnet, kann er auch sagen, daß Gott die Knechte dazu berufen hat; denn Gottes Gnade empfangen sie durch seinen Ruf. Damit ist ihnen ein starker Trost gegeben. Sie würden ihre Geduld schwächen, wenn sie dächten, eigentlich widerspreche ihr Los der Liebe Gottes oder es stehe doch mit ihrer Berufung in keiner notwendigen Verbindung. Aber die schweren Erfahrungen, die sich an ihren Christenstand heften, dürfen sie nicht enttäuschen; keine Verheißung wird durch sie gebrochen, keine Hoffnung, die ihnen geschenkt ist, vernichtet; vielmehr ist ihnen die Aufgabe, Gott auch durch Leiden zu preisen, als Gottes Gnade und Gabe von Anfang an zugedacht und in ihre Berufung eingeschlossen. Denn sie sind zum Christus berufen. Christus aber hat gelitten, nicht aus eigener Schuld, weil er aus Gottes Weg gewichen wäre, sondern für alle, die er zu Gott beruft, eben dazu, damit er sie zu Gott berufen kann. Darum sehen wir alle an Jesus, daß es wirklich Gnade Gottes ist, wenn er uns den Schmerz schickt, damit wir im Schmerz ihn preisen. Er hat uns damit die Regel vorgezeichnet, der auch wir gehorchen dürfen, und uns den Weg gezeigt, der auch für uns der rechte ist. Nun macht uns Petrus die Spur Jesu deutlich, die uns die Richtung zeigt, in der wir uns in unserem Leben zu bewegen haben.

2,22: *Er tat nicht Sünde, und Arglist wurde nicht in seinem Mund gefunden* (Jes. 53,9). Mit dem Wort des Propheten preist Petrus zuerst die Reinheit Jesu. Denn das ist die erste und unentbehrliche Bedingung, wenn das Leiden Gnade sein und Gott verherrlichen soll. Nur dann wird dem Knecht die Not seines Dienstes zum

Segen und zur Freude, wenn er ohne Schuld leidet, nicht etwa deshalb, weil er Sünde tat und mit Trug und List seinen Herrn hinterging. Aber am Christus hat er ja den Herrn, der ihn von aller Bosheit trennt; war Christus doch selbst in ganzem Gehorsam und in ganzer Wahrhaftigkeit vollständig von ihr geschieden und hat darum mit Geduld gelitten.

2,23: *Er schalt nicht wieder, als er gescholten wurde, drohte nicht, als er litt, übergab es aber dem, der gerecht richtet.* Unschuldig litt Jesus, das ist das erste, und geduldig litt er, das ist das zweite. Damit gibt uns Jesus wieder das Vorbild, an das wir uns anschließen dürfen. Er hat sich nicht dadurch befleckt, daß er auf Schimpf mit Schimpf antwortete, und gab der Lust der Rache in seiner Seele keinen Raum. Denn er gestattete dem Leiden nicht, daß es ihn von Gott schied. Ihm übergab er sich, sein Leben, sein Werk, seinen Christusnamen mit dem ewigen Ziel, das er verheißt; ihm übergab er auch die Sünde Israels, daß er ihr das Ende bereite nach seiner Gerechtigkeit. Dadurch blieb die Geduld Jesu gegen den Bruch des Rechts und gegen die Anerkennung der Sünde geschützt. Er gewährt mit ihr dem Bösen keine Unterstützung; denn er hält ja an Gott fest und übt sie in der Zuversicht zu Gott. In seinen Händen ist das Recht sicher. Er sorgt dafür, daß die Bosheit nicht triumphiert, sondern das Ende findet, das ihr gebührt. So hat auch der Knecht und jedermann in der Christenheit zu leiden; wir alle haben uns vor aller Rachsucht zu hüten, nicht Böses mit Bösem zu vergelten und uns nicht selbst das Gericht anzumaßen; denn es soll dabei bleiben, daß Gott der Richter über uns alle ist und der Bosheit mit der ganzen Herrlichkeit seiner göttlichen Regierung widersteht.

2,24a: *Er trug unsere Sünden selbst mit seinem Leib hinauf auf das Holz, damit wir den Sünden absterben* (Röm. 6,2) *und für die Gerechtigkeit leben.* Jetzt hält uns Petrus den Segen des Kreuzes Jesu vor, die Frucht seines Todes. An ihr wird offenbar, daß das Kreuz Jesu wirklich Gnade ist, voll von unermeßlich reicher göttlicher Gabe. Wenn der Knecht oder sonst jemand in der Christenheit leidet, so schafft selbstverständlich dies sein Leiden nur eine viel kleinere Frucht. Denn der Beruf Jesu ist hoch über den der Seinen erhaben. Er ist der Sohn und der Herr; darum umfaßt die

Gnade seines Kreuzes alle und bringt allen die vollkommene Gabe Gottes. Aber auch so darf und soll jeder, der wegen seines Bekenntnisses zu Gott leidet, aus dem Kreuz Jesu die Gewißheit schöpfen, daß er nicht umsonst leidet oder umsonst stirbt, sondern daß Gott auch in dieses Leiden die Erweisung seiner großen Gnade legt.

Die Frucht des Kreuzes Jesu besteht darin, daß es unsere Sünden verschwinden macht. Er nahm sie mit sich ans Kreuz, so daß sie tot, abgetan und beseitigt sind; denn sie sind vergeben. Sünden sind dann weggetan, wenn sie verziehen sind. Damit sind sie, wenn auch manches Mal Folgen noch getragen werden müssen, dennoch bedeckt und um ihre Wirkung gebracht, als wären sie nicht geschehen. Das kann und tut die Schöpfermacht der göttlichen Liebe. Sie gab Jesus die Vollmacht, an das Holz, an dem er starb, die Sünden mitzunehmen, so daß sie mit seinem Tod tot, mit seinem Ende beendet sind. Das wäre unmöglich, wenn uns sein Kreuz nicht inwendig ergriffe, uns von aller Bosheit abzöge und an die gute, reine Regel Gottes, an die Gerechtigkeit bände. Nie verschaffte uns Jesu Kreuz die Vergebung, wenn es uns nicht heiligte, sondern im Bösen ließe. Aber Jesus ist dazu gestorben, damit wir von allem Unreinen und Verwerflichen frei werden und dem guten Willen Gottes ganz gehorchen, an ihm unsere Regel haben, unter die wir uns völlig und willig stellen, und in ihm das Ziel finden, für das wir leben. Wir empfangen durch das Kreuz Jesu die Möglichkeit und das Vermögen, für Gott zu leben, und für Gott leben heißt für die Gerechtigkeit leben. Uns die zu geben, dazu hat Jesus deshalb das Recht und das Vermögen, weil er gestorben ist.

2,24b: *Durch seine Strieme wurdet ihr geheilt* (Jes. 53,5). Jesus traf schmerzhaft der Schlag, und das ist für uns die Genesung. Krank ist der Mensch, solange die Schuld auf ihm liegt; daran geht sein Leben unter. Er ist dann geheilt, wenn er die Vergebung empfangen hat. Die Gemeinde, die an Jesus glaubt, hat sie und ist genesen, und dies ist ihr dadurch beschert, daß Jesus gelitten hat.

2,25: *Denn ihr gingt wie Schafe irre* (Jes. 53,6); *aber ihr wurdet jetzt zum Hirten und Aufseher eurer Seelen bekehrt.* Die Menschheit glich, ehe ihr Jesu Tod die neue Gnade brachte, einer verlaufenen Herde, für die kein Hirte sorgt. Jetzt aber ist uns der Hirt gegeben, und dadurch sind wir geheilt. Nun sind wir um ihn versammelt, ihm untergeben und damit von unserem Wandel ohne Ziel und Regel erlöst. Daß er aber als Hirt für uns sorgen kann und unsere Hut und Pflege in seiner Hand liegt, das hat er durch sein Kreuz erworben und uns dadurch bereitet, daß er unsere Sünden mit sich in den Tod genommen hat. So schuf er die mit Gott versöhnte Gemeinde, die im Frieden Gottes steht und deshalb der Gerechtigkeit gehorsam ist. Jesu Fürsorge und Arbeit gilt nicht äußeren Dingen, sondern der Seele. Er führt uns in das wahrhaftige Leben und wehrt von uns ab, was die Seele verdirbt; er gibt uns, was uns inwendig für Gott heiligt und mit ihm vereint.

3,1.2: *Ebenso ihr Frauen, seid den eigenen Männern untertan* (Kol. 3,18; Eph. 3,22), *damit sie, auch wenn einige dem Wort nicht gehorchen, durch das Verhalten der Frauen ohne Wort gewonnen werden, da sie euer keusches Verhalten in Furcht vor Augen haben.* Auch der christlichen Frau konnte es scheinen, sie habe nun ein höheres Recht als früher, das Recht, nicht zu gehorchen und nicht mehr wie früher dem Willen des Mannes sich unterzuordnen, vollends dann, wenn der Mann Heide geblieben war und dem göttlichen Wort den Gehorsam verweigerte. Dann war ja der Mann blind, während die Frau die Erkenntnis hatte; dann war der Mann auf dem sündigen Weg, während die Frau auf Gottes gutem Weg ging. Aber der Bruch der Gemeinschaft und die Auflehnung gegen den Dienst kann sich nie auf das Wort Jesu berufen und läßt sich nicht durch die Gnade Gottes rechtfertigen. Diese trennt uns nicht voneinander, sondern stiftet zwischen uns die Gemeinschaft; denn sie macht uns nicht herrisch, sondern willig zum Dienst, nicht eigensüchtig, sondern zum Opfer bereit. Darum lautet die Regel des Petrus auch für die Christin: Ordne dich unter; nicht regieren, sondern gehorchen, nicht den eigenen Willen tun, sondern auf den des Mannes achten, das ist Gottes Weg.

Das Wort hat der Mann weggeworfen und sich ihm verschlossen. Damit ist aber noch nicht das letzte Mittel erschöpft, das ihn zum Hirten seiner Seele führen kann. Die Frau kann ihm zeigen, was sie von Jesus empfangen hat, kann ihm sichtbar machen, wie der Mensch durch Jesus wird, und das, was wir sehen, ergreift uns stärker als das Wort. Dazu muß aber die Frau bei ihrem Mann bleiben und darf ihre Ehe nicht zerbrechen. So sieht der Mann, wie sie sich in allen Lagen des Lebens benimmt, sieht, daß sie von wilder Lust frei und keusch geworden ist, sieht, daß sie auf das Recht und Gebot Gottes schaut, es nicht mehr vergißt und übertritt, sondern Gott mit ganzer Seele fürchtet; und dies nicht mit einer zaghaften, ängstlichen Furcht, vielmehr mit der Furcht, die der Glaube in uns schafft, die es unmöglich macht, Gott zu vergessen, sein Wort zu verleugnen und sein Gebot zu mißachten. Sieht der Mann das, so kann auch er noch gewonnen werden. Dieses Ziel berechtigt die Frau zu jeder Aufopferung und kann ihr alles leicht machen, was ihr die Gemeinschaft mit dem Mann auferlegen mag.

3,3.4: *Ihr Schmuck sei nicht der auswendige, wobei sie ihre Haare flechten und sich Goldschmuck anlegen oder Gewänder anziehen* (1. Tim. 2,9), *sondern der verborgene Mensch des Herzens mit der unzerstörbaren Art des sanftmütigen und stillen Geistes, der vor Gott kostbar ist.* Für den Mann heißt Petrus die Frau leben, und dies ist ja das Ziel, das schon die Natur der Frau gibt und um das sie sich immer bemüht. Deshalb schmückt sie sich. Petrus zeigt ihr aber einen neuen Schmuck: nicht den, auf den die Wünsche der Frauen einzig gerichtet sind, solange sie nicht für Gott, sondern einzig für die Männer leben und nur die Liebe kennen, die aus dem leiblichen Trieb entsteht, sondern den, der zum reinen Verhalten stimmt und beweist, daß die Frau in der Furcht Gottes denkt und handelt. Nun legt sie sich den Schmuck nicht nur von außen um, sondern trägt ihn innerlich in sich und besitzt eine verborgene Zierde, die doch wirksamer ist als aller äußere Schmuck. Nun achtet sie darauf, wie der Mensch des Herzens aussieht, der sich von dem Menschen, den man von außen sieht, durch einen scharfen Gegensatz trennen kann. Der äußere Mensch kann gepflegt und geschmückt, der innere dagegen entstellt und verkommen sein. Der Schmuck, den die Christin inwendig trägt, besteht darin, daß sie statt der trotzigen und zornigen Leidenschaft die Sanftmut, statt des lärmenden Wesens die zur Ruhe und zum Frieden gebrachte Stille besitzt, und dies so, daß nichts ihren inneren Besitz angreifen und verderben kann. Denn sie empfängt ihn vom Geist, und das Werk des Geistes hat in sich eine sieghafte Kraft, die alles überwindet und selbst unzerstörbar bleibt. Beim Schmuck wird immer darauf geachtet, wieviel er kostet. Je kostbarer er ist, um so mehr wird er geschätzt. Auch den inneren Schmuck heißt Petrus kostbar, obwohl er nicht mit Geld erworben ist; denn Gott hält ihn wert. Sein Wohlgefallen ist bei der Frau, die in der Sanftmut und Stille ihr häusliches Amt besorgt.

3,5.6a: *Denn so schmückten sich einst auch die heiligen Frauen, die ihre Hoffnung zu Gott wandten, und sie unterwarfen sich den eigenen Männern, wie Sara Abraham gehorcht und ihn Herr genannt hat* (1. Mose 18,12). Weil Israel und die Gemeinde Jesu zusammen das einheitliche Werk Gottes in der Menschheit sind, gehören nun auch die christlichen Frauen aus den Heiden mit den Frauen zusammen, die die Mütter Israels geworden sind. Diese waren heilig, weil sie von Gott berufen waren, und dies zeigte sich darin, daß ihre Hoffnung auf Gott gerichtet war. Von ihm erwarteten und empfingen sie den Kindersegen; von ihm erhofften sie die Erfüllung seiner Verheißung, die ihre Kinder in den Bund Gottes stellte und zu den Vätern der heiligen Gemeinde machte. Dieser ihr innerer Anteil an Gott war ihre Größe, nicht äußerer Schmuck und Glanz. Das bewährten sie auch in ihrer Ehe dadurch, daß sie sich nicht neben oder über ihre Männer stellten, sondern ihnen untergeben waren. Als Beweis dafür erinnert Petrus an die Weise, wie Sara Abraham in Ehrfurcht als ihren Herrn anspricht.

3,6b: *Zu ihren Kindern seid ihr geworden, wenn ihr Gutes tut und vor keiner Einschüchterung erschreckt.* Die eine Gemeinde Gottes erstreckt sich durch die Zeiten hin; darum sind die, die im Christus Gott erkennen, auch Söhne Abrahams, auch Kinder der Sara. Hier besteht ein Zusammenhang, der noch weit wirksamer ist als die Blutsgemeinschaft: der inwendige Zusammenhang, der durch das eine und selbe göttliche Wort hergestellt wird, das als der lebendige Same uns neugeboren macht und als die vernünftige Milch uns nährt. Das gibt auch allen Frauen die klare Regel, die ihnen ihre Aufgabe zeigt. Alle Härte, Zank und Bosheit sollen überwunden sein; sie sind gütig und zum Helfen bereit. Dazu kommt noch eine zweite große Aufgabe; sie haben den heldenhaften Sinn zu bewähren, den keine Drohung einschüchtert, der alle Angst vor dem Leiden überwindet und Gottes Weg aufrecht geht, nicht gebeugt durch den Widerspruch und die Gewalt verkehrter Menschen. Für die zartere Natur der Frau ist das eine große Sache, nicht mehr nur eine Leistung der Natur, sondern durchaus die Gabe Gottes, aber eine Gabe, die die Frau dann bekommt, wenn sie nach dem Vorbild der heiligen Frauen ihre Hoffnung auf Gott setzt.

3,7: *Ebenso, ihr Männer, wohnt mit Erkenntnis beim schwächeren Gerät, dem der Frau, und teilt ihnen Ehre zu, da sie auch Miterben der Gnade des Lebens sind, damit eure Gebete nicht gehindert werden.* Es gilt auch dem Mann, daß er sich unterordne; denn da, wo die Regel Jesu regiert, gibt es keine eigensüchtige Herrschaft, keine nur auf die eigene Lust bedachte Machtübung. Gerade weil der Leib der Frau zarter und schwächer ist, verlangt der Verkehr mit ihr vom Mann besondere Rücksicht. Das schwächere Gerät ist leichter zerbrochen und geschädigt und hält keine gewalttätige Behandlung aus. Die Erkenntnis soll das Verhalten des Mannes bestimmen, nicht Unverstand und blinder Trieb und Leidenschaft, vielmehr die wache und aufmerksame Achtsamkeit auf das, was die Frau bedarf und was sie zu leisten vermag. Wenn nicht die Willkür, sondern die Erkenntnis die Ansprüche des Mannes an die Frau regelt, kann auch sie dem Manne willig und bereit ihren Dienst erweisen. Es hat dabei eine tiefe Bedeutung, daß Petrus für die Frau die Achtung und Ehre verlangt, nicht nur von anderen, sondern von ihrem Mann, nicht nur gelegentlich vor den Augen Fremder, sondern im beständigen und vertrauten Verkehr. Fehlt die Achtung, so entweicht die Liebe.

Ehrwürdig wird die Frau, weil sie an derselben göttlichen Gabe Anteil hat, die dem Mann die unaussprechliche Freude und den unerschöpflichen Beruf verleiht. Ein und dasselbe Erbe ist beiden gewährt, das Erbe, das in dem Leben besteht, das die Gnade Gottes schenkt. Es gäbe einen harten Widerspruch, wenn die Gleichheit im Anteil am Erbe im täglichen Verkehr dadurch zertreten würde, daß der Mann seiner Frau die Ehre versagte und sie behandelte, als stände sie tief unter ihm.

Noch ein aus eindringender Beobachtung stammendes Wort fügt Petrus an. Er sagt den Gatten: Ihr müßt beten können und könnt es nicht mehr, wenn ihre eure Ehe verwüstet. So können sie nicht mehr zusammen, aber auch nicht mehr einzeln beten. Dem Gebet geht die Erhörung verloren, weil es keiner Erhörung fähig ist, wenn wir in der täglichen Lebensführung die Regel Gottes verachten. Aber auch die Gebetsübung geht unter, weil am befleckten Gewissen das Vermögen zum Gebet abstirbt. Die Regel: Führt die Ehe so, daß ihr beten könnt, gibt mit großer Klarheit an, was in der Ehe rein und richtig ist und was gemieden werden muß.

3,8–4,6

Der christliche Beruf im Verkehr mit den Heiden

3,8.9: *Das Ziel ist aber, daß ihr alle einträchtig, mitleidig seid, die Brüder liebt, barmherzig, demütig seid, nicht auf Böses mit Bösem oder auf Scheltwort mit Scheltwort antwortet, im Gegenteil segnet, weil ihr dazu berufen wurdet, damit ihr Segen erbet* (Luk. 6,28; Röm. 12,14). Nicht nur in den besonderen Fällen, in denen sich die Schwierigkeiten als groß darstellen, wenn der Knecht den Herrn über sich hat, und erst noch einen boshaften Herrn, oder die Frau sich unter den Mann stellen muß, sogar unter einen heidnischen Mann, nicht nur dann hilft die Liebesregel der Gemeinde zur Erfüllung ihres Berufs, sondern sie zeigt allen in allen Verhältnissen, was gut ist. Die besonderen Mahnungen an diejenigen Glieder der Gemeinde, die eine besonders schwere Last zu tragen haben, haben ihr Ziel darin, daß alle ohne Ausnahme nach der Liebe handeln. Dann gibt es in ihrer Gemeinschaft keine Risse, keinen heimlichen oder offenen Zank, keine Härten, keine Gleichgültigkeit. Dann hat jeder Leidende andere zur Seite, die an ihn denken und sich um ihn annehmen. Dann ist die Hoffart aus der Gemeinde verbannt, und das ehrgeizige Bestreben, der erste zu sein und zu glänzen und die anderen zu übertreffen, ist vergangen. Dafür hat sie das Vermögen, auch in die kleinen Aufgaben den ganzen Fleiß zu legen und den Kleinen und Schwachen die ganze Liebe zu geben.

Als besonders dringend stellt sich die Aufgabe dar, die durch das Zusammenleben mit Nichtchristen entsteht. Die Gemeinde muß auf Ablehnung und Gegnerschaft gefaßt sein. Dann regt sich in uns leicht der Reiz zur Vergeltung; aber er muß überwunden werden, weil unser Beruf im Segnen besteht. Petrus wiederholt die Regel Jesu, nach der er von Anfang an das Verhältnis seiner Gemeinde zu denen, die sie bekämpfen, geordnet hat (Matth. 5,44). Das entspricht dem Ziel, das wir selbst als solche, die von Gott berufen sind, für uns selbst ergreifen. Denn wir begehren für uns selbst von Gott das Wort der Segnung, das uns sein Wohlgefallen gibt und seine Liebe offenbart. Wir können nicht für uns den Segen begehren, dem anderen dagegen das Fluchwort entgegenschleudern.

3,10-12: *Denn wer das Leben zu lieben und gute Tage zu sehen wünscht, mache seine Zunge still von Bösem und seine Lippen, daß sie nicht Trug reden. Er weiche dem Bösen aus und tue Gutes, suche Frieden und eile ihm nach. Denn die Augen des Herrn sind zu Gerechten gewandt und seine Ohren zu ihrem Bitten; aber das Angesicht des Herrn wendet sich gegen die, die Böses tun* (Ps. 34,13-17). Petrus sagt mit dem Psalm, was uns zum Glück und zum Leben führt. Wer das begehrt, muß seine Zunge regieren, muß das böse Wort, das die anderen schändet und verletzt, meiden, muß den Zank verscheuchen und den Frieden pflanzen. Das muß so sein, weil nur so das freundliche Auge Gottes sich zu uns wendet und nur dann unser Gebet den Zugang zu ihm hat, während er uns widersteht, sowie wir Bosheit üben. Daran aber, daß Gott gnädig auf uns sieht und hört, ist unser Leben und unser Glück gebunden.

Das Böse zu meiden, ist auch das einzige wirksame Mittel, um den Angriff der anderen zu verhüten und zum Frieden zu kommen. 3,13: *Und wer ist der, der euch Böses tun wird, wenn ihr Eiferer für das Gute werdet?* Die Seele Israels wurde damals bis in ihre Tiefe von denen aufgeregt, die sich „die Eiferer" (Zeloten) nannten; sie verlangten von jedem, der Gott treu bleiben und ihm eine starke Liebe erweisen wollte, daß er eifere, jede Rücksicht auf sich und andere weglege, jedes feige Zagen verscheuche und sich mit Gewalt allen Herrschern widersetze, die mit ihrer Macht der Herrschaft Gottes widerstanden, und allen Übertretern, die getrieben von ihrer Lust das Gesetz Gottes verletzten. Stark schallte damals der Kampfruf: „Es ist Zeit, für Gott zu eifern" aus der Judenschaft auch in die Christenheit hinüber. Petrus dämpft die starke Glut des Eifers nicht, zeigt ihm aber das richtige Ziel. Für das Gute, nur für dieses soll unser Wille zur Leidenschaft werden, die zu eifern vermag; denn nur dadurch wird das Ziel erreicht, das der jüdische Eiferer auf seinem falschen Weg verfehlt. Er schützt die Gemeinde nicht, sondern führt sie im Gegenteil in die schreckliche Not und in das furchtbare Sterben hinein. Dagegen gewinnt der, der für das Gute eifert, den Sieg. Denn mit dem Guten überwinden wir das Böse, weil die Güte stärker als die Bosheit ist. Segnen wir, so verstummt der Fluch der anderen. Setzen wir unseren ganzen Fleiß und unsere ganze Kraft daran, wohlzutun und zu helfen, nur daran, so wird der Haß still, und die Gefahr geht vorbei. Wenn es aber doch zum Leiden kommt, dann ist ein solches Leiden kein Übel mehr.

3,14a: *Wenn ihr aber um der Gerechtigkeit willen auch leiden müßt, so seid ihr selig.* Wie Petrus dem Knecht gesagt hat, daß es göttliche Gnade ist, wenn er wegen der Guttat mißhandelt und geschändet wird, so sagt er allen, daß sie dann, wenn sie deshalb leiden, weil sie recht handeln, daran einen starken Grund zur Freude haben. Damit wiederholt er das Wort Jesu (Matth. 5,10).

3,14b.15a: *Vor ihnen fürchtet euch nicht, und laßt euch nicht erschüttern; heiligt aber den Herrn Christus in euren Herzen* (Jes. 8,12.13). Wenden sich Angreifer gegen die Christenheit, so bekommt sie dadurch einen Anlaß, ihre Tapferkeit zu beweisen, die sich nicht vor menschlichen Drohungen und Gewalttaten beugt. Wie finden wir solche Tapferkeit? Wir Menschen sind leidensscheu; wenn uns Schmerzen bereitet werden, ergreifen sie uns mit zwingender Gewalt und treiben uns zu den Versuchen, der Not zu entrinnen. Petrus sagt deshalb mit einem Wort Jesajas, was zur Tapferkeit hilft. Wir haben uns die Heiligkeit des Herrn vor Augen zu halten und ihn wirklich als den Heiligen zu ehren, nicht nur mit Worten, sondern inwendig mit unseren Herzen. Den Heiligen können wir nicht verleugnen, vom Heiligen uns nicht trennen; seiner Treue sind wir gewiß, aber auch dessen gewiß, daß wir ihn bei jeder Verleugnung und Untreue gegen uns haben. Der Herr der Gemeinde, dem sie es mit der Tat zu zeigen hat, daß sie ihn heilighält, ist Jesus; sie hat in ihm den erkannt, den Gott zum Herrn und Christus gemacht hat.

3,15b.16: *Seid immer zur Verantwortung bereit für jeden, der wegen der Hoffnung, die in euch ist, von euch Rechenschaft fordert, aber mit Sanftmut und Furcht, mit gutem Gewissen, damit die, die euer gütiges Verhalten im Christus anfeinden, in dem, worin ihr verleumdet werdet, beschämt werden.* Keinem, der die Christen nach dem Grund und Recht ihres Glaubens fragt, soll die Antwort versagt werden. Das gehört mit zu ihrer Tapferkeit, während die Feigheit sich versteckt, die Gemeinde ins Dunkel drängt und den eigenen Glauben verbirgt. Als der Gegenstand, nach dem die anderen fragen, ist die Hoffnung der Christenheit genannt; denn diese ist ihnen, weil sie keine Hoffnung haben, vor allem auffällig. Die Christenheit wartet auf die Offenbarung der Herrschaft Jesu und frohlockt über das neue Leben, das ihr geschenkt ist und auf sie wartet. Was ist der Grund dieser Hoffnung? Warum heißen die Christen Jesus den Herrn über alles? Warum sagen sie, daß der Tod vergangen und das ewige Leben gewonnen ist? Jeder, der nach dem Grund dieser Hoffnung fragt, soll erfahren, worauf sie beruht, und die Gemeinde selbst soll ihn kennen und zur Antwort bereit sein. Sie wären nicht bereit, wenn sie selbst sich erst noch besinnen müßten, warum sie eigentlich glauben und hoffen, oder durch die Fragen ihrer Widersacher verwirrt würden.

Aber nun kommt alles darauf an, wie wir denen antworten, die von uns Rechenschaft begehren. Sie sollen einen sanftmütigen Bescheid erhalten, obgleich sie ihre Frage vielleicht mit stolzer Überhebung in verächtlichem Ton an uns richten. Es gilt hier wieder die Regel, daß nicht Gleiches mit Gleichem vergolten werden darf. Die Fragenden sind vielleicht kindisch in ihren Einwürfen, hartnäckig in ihrem Widerspruch, zweifelsüchtig und unverständig. Deshalb ist für den, der ihnen Rede zu stehen hat, die Sanftmut unentbehrlich. Mit ihr verbindet Petrus wieder die Furcht; denn es geht um eine heilige Sache. Über den Rat und das Werk Gottes reden wir, und wir haben dabei den Zweck im Auge zu behalten, den Fragenden zu Gott zu weisen. Hier wäre der sichere Übermut sofort die Widerlegung unseres Wortes; denn er drückte ihm den Stempel der Unwahrhaftigkeit auf. Und noch eine Bedingung muß erfüllt sein, wenn das den Christenstand verteidigende und andere einladende Wort gelingen und Kraft besitzen soll; das ist das gute Gewissen, das uns bezeugt, daß wir tun, was vor Gott recht ist, daß wir nicht nur vom Glauben reden, sondern glauben, nicht nur von der Liebe reden, sondern lieben, nicht nur auf die Erscheinung Jesu in Herrlichkeit hoffen, sondern ihm gehorchen. Ohne das gute Gewissen bekommt jede Verteidigung des Glaubens einen falschen Ton. Es ist kein Wunder, daß die Apologien des Christentums oft nichts wert gewesen sind. Sie fahren oft hoch einher in sicherem Stolz und wollen die anderen mit ihren Beweisen oder ihrer Redekunst überwältigen; aber die Flecken im Gewissen der Kirche machen auch ihr Lehren und ihre Verteidigung schwach. Wenn dagegen das Leben der Gemeinde im Christus geschieht und ihr Verhalten vom Gehorsam gegen seinen Willen zeugt, dann spricht auch das Gewissen ihrer Gegner zu ihren Gunsten, und sie müssen sich ihrer Verleumdungen schämen.

3,17: *Denn es ist besser, deshalb zu leiden, weil wir Gutes tun, falls Gottes Wille es so will, als deshalb, weil wir Böses tun.* Wir sollen nicht sagen, die Güte habe dann keinen Zweck und sei dann nutzlos geworden, wenn sie die Gegner nicht beugt und uns das Leiden nicht erspart; gegen die Bosheit sei die wirksame Waffe nur die Bosheit, gegen die List nur die List, gegen die Gewalt nur die Gewalt. Wenn gelitten sein muß, dann soll es der Guttat wegen geschehen. Wie in 1,6 erinnert Petrus auch hier daran, daß über allen menschlichen Plänen und Unternehmungen der göttliche Wille steht, ohne den uns kein Angriff trifft.

3,18a: *Denn auch Christus litt einmal der Sünden wegen, der Gerechte für den Ungerechten, damit er uns zu Gott hinzubringe.* Nicht nur den Knechten, sondern der ganzen Gemeinde hält Petrus den leidenden Christus vor; an ihm soll sie erkennen, was sie auch den feindseligen und boshaften Menschen schuldig ist und wie ihr auch im Leiden Gottes Gnade widerfährt. Nicht wiederholt, sondern einmal hat Christus gelitten, und dann hat für ihn die Herrlichkeit begonnen, in der er jetzt steht und bei seiner neuen Offenbarung sein Werk vollenden wird. Darin liegt für die Gemeinde ein Trost: auch ihr Leiden geht vorbei. Warum Christus leiden mußte, ist kein dunkles Rätsel. Er kam ja zu den Sündern, nicht nur um bei ihnen zu sein, sondern um für sie zu leben, für sie der Versöhner und Erlöser zu sein. Der Sünden wegen litt er, weil sie in der Welt vorhanden sind und er sie wegtun und durch sein Versöhnen bedecken will. Er selbst war der Gerechte; aber deshalb weigert er sich nicht zu leiden, während uns das nicht verschuldete Leiden leicht besonders hart ankommt und wie ein Unrecht erscheint, das Gott nicht zulassen dürfe. Wir haben es aber an Jesus vor Augen, daß der Gerechte litt, nicht nur durch die Ungerechten, sondern für sie, nicht nur deshalb, weil die Ungerechten ihn haßten und verstießen, sondern dazu, damit er sie von ihrer Ungerechtigkeit befreie und ihnen den Zugang zu Gott erschließe. Damit ist die Freude im Kreuz Jesu ausgesprochen. Jesus hat wahrlich nicht umsonst gelitten; denn er hat ja durch sein Leiden seine Gemeinde zu Gott geführt. Petrus zeigt aber noch mit einem neuen Satz, wie segensreich der Tod Jesu geworden ist.

3,18b-20: *Er wurde getötet im Fleisch, aber lebendig gemacht im Geist, durch den er auch hinging und den Geistern im Gefängnis verkündigte, die einst ungehorsam gewesen waren* (4,6), *als Gottes Langmut in den Tagen Noahs wartete, als die Arche bereitet wurde, in die wenige, das sind acht Seelen, durch das Wasser hindurch gerettet wurden* (1. Mose 7,7). Der Tod konnte Jesus treffen, weil er Fleisch war und unsere sterbliche Art sein eigen war. Weil er aber nicht nur unser Fleisch, sondern auch den Geist hatte, darum geschah noch etwas anderes an ihm als seine Tötung. Nun empfing er auch die Belebung, weil der Geist das Leben schafft, und er erhielt durch den Geist das Leben gerade deshalb, weil er nach seiner natürlichen, menschlichen Art den Tod gelitten hat. Nicht dadurch, daß er sein Fleisch schützte und behielt, sondern dadurch, daß er es in den Tod gab, trat er in dasjenige Leben ein, das ihm im Geist verliehen wurde. So war das Sterben für ihn kein Verlust, sondern ein Gewinn; es brachte ihm Erhöhung und Verherrlichung, nicht Not und Untergang.

Nun wuchs das Werk heran. Mit dem, was er selbst empfing, war er nicht nur selbst erhöht; sondern seine Verherrlichung dient seiner Sendung und wird für ihn zum Mittel, durch das er sein Heilandswerk zur Vollendung bringt. Als er im Fleisch war, richtete er sein Wort an die Menschen; als er aber durch den Geist lebendig war, konnte er dorthin gehen, wohin der Mensch nicht gehen kann. Nun wurde er der Bote Gottes auch für die Geister. Denn auch unter den Abgeschiedenen gab es solche, die der göttlichen Gnade bedurften, solche, die nicht in der Freiheit und im Licht, sondern im Gefängnis waren. In der Kraft seines Todes und seines Lebens trat Jesus nun mit Gottes Wort vor die gefangenen Geister. Wann er dies tat, sagt Petrus nicht, nur das eine, daß er es erst dann tat, als er das Kreuz getragen hatte und wieder lebendig war. Es wurde oft vermutet, es sei vor seiner Auferstehung geschehen, an dem Tage, an dem er nach seinem eigenen Zustand noch zu den Toten gehörte; da habe er am Ort der Toten sein Botenamt vollbracht. Diese Deutung geht aber über die Aussage des Petrus hinaus. Weil Petrus das Werk Jesu unter den Geistern nicht nur durch seinen Tod, sondern auch durch sein neues Leben begründet, ist eher daran zu denken, daß diese Offenbarung vor den Geistern das Werk des auferstandenen Christus ist. Auch darüber, was er mit seinem Wort bewirkte, hätte man später in der Kirche gern Aufschluß gehabt. Glaubten ihm nun die Geister, so daß sein Wort ihnen Erlösung brachte, oder bestätigte ihnen die Botschaft Jesu nur ihre Verurteilung? Auch über den Erfolg der Botschaft Jesu spricht Petrus nicht, weil er uns nicht über die Geister unterrichten, sondern den Christus verkündigen will; sein Werk ist eben durch sein Sterben von allen Schranken frei geworden, und so bewährt sich sein Leiden als segensreich. Darum gibt Petrus der Neugier, die gern wüßte, wie es im Jenseits ist, was Gott den Geistern gewährt und wie Christus sich ihnen offenbarte, keine Nahrung. Dazu ist dieses Wort nicht geschrieben, sondern dazu, damit die Christenheit freudig leide in der Gewißheit, daß sie dadurch nicht schwach, sondern stark wird und das Werk Gottes dadurch nicht zurückgeht, sondern wächst. Diese Erkenntnis gewinnt sie am Christus, der durch seinen Tod auch Tote in den Kreis seines Wirkens einschließt.

Petrus redet nicht von allen Geistern ohne Unterschied, sondern von denen, die in der Sintflut untergegangen waren. Sie sind in das Gefängnis gebracht, weil sie mit einem langen und boshaften Trotz ungehorsam waren. Das Gericht war ihnen angesagt, und die Langmut Gottes hatte ihnen eine lange Frist zur Umkehr gegeben; dennoch waren sie hart geblieben. Es war ihnen auch ein sichtbares Zeichen gegeben, das sie warnte und zur Buße anleitete: die Arche war vor ihren Augen gebaut worden. Erst dann, als sie ihre Sünde durch eine lange Unbußfertigkeit vollgemacht hatten, war das Urteil Gottes an ihnen zum Vollzug gekommen. Aber auch diesen Menschen, die von der Schrift in besonderer Weise als Sünder und als Gerichtete bezeichnet sind, brachte das Sterben und Auferstehen Jesu einen neuen Tag der göttlichen Gnade. So groß war der Segen seines Kreuzes und so reich dessen Frucht.

Petrus berührt aber nur mit einem einzigen Satz das Geheimnis, das den Ort der Toten für uns noch verhüllt; sofort wendet er sich wieder dem Werk Jesu in der Menschheit zu und spricht aus, wie es jetzt nach seinem Tod und seiner Auferstehung zur Größe kam. Dazu vergleicht er, was jetzt geschieht, mit dem, was in den Tagen Noahs geschah. Auch damals offenbarte Gott mitten im Gericht seine Gnade, die vor dem Gericht und Untergang errettet; es wurde eine Arche hergestellt, die diejenigen, die gerettet wurden, in Sicherheit brachte. Aber damals waren es nur wenige, nur acht Menschen; jetzt dagegen ist die Schar, die die Rettung erlangt, groß. Die große Gemeinde der Geretteten entstand dadurch, daß Jesus seine Jünger mit der Taufe zu den Völkern sandte. Auch das ist eine Frucht seines Kreuzes, weil die Taufe vom Auferstandenen kommt. Nachdem er gelitten hat, ist das in seinem Namen uns gewährte Bad unsere Berufung zu ihm und darum unsere Versöhnung mit Gott.

Darum verbindet Petrus die Erweisung der göttlichen Gnade in der Gegenwart mit der an Noah geschehenen auch dadurch, daß er auf das Wasser hinzeigt, das die göttliche Gnade hier und dort als ihr Mittel braucht. Bei der Sintflut war es für die im Ungehorsam Verharrenden das Strafmittel, für die von Gott Bewahrten das Mittel der Rettung; denn diese gingen, weil die Flut begann, in die Arche, und das Wasser hob und trug sie, bis sie die Arche wieder verlassen konnten. Ähnlich entsteht aus dem Ausgang Jesu das rettende Wasser, das die zu Gott gebrachte Gemeinde sammelt.

3,21: *Dies rettet jetzt im Abbild auch euch, nämlich die Taufe, nicht die Beseitigung des Schmutzes am Fleisch, wohl aber das Angebot eines guten Gewissens gegen Gott durch die Auferstehung Jesu, des Christus.* Das Wasser, das uns von Schuld, Gericht und Tod rettet und so mit dem Wasser verglichen werden kann, aus dem die Anfänger der neuen Menschheit gerettet wurden, ist die Taufe. Ihr gibt aber nicht die natürliche Wirkung des Wassers ihre rettende Kraft. Freilich bringt das Wasser auch unserem Leib eine Wohltat, da es allen Schmutz von ihm nimmt. Beim Bad der Taufe geschieht aber etwas ungleich Größeres. Eine Anfrage kommt durch die Taufe an uns, und ein Angebot wird uns in ihr gemacht. Wir werden gefragt, ob wir ein gutes Gewissen haben wollen, nicht nur im Verhältnis zu den Menschen, sondern an der innerlichsten Stelle unseres Lebens, in unserem Verhältnis zu Gott. Wir bedürfen eines Bades; denn wir haben im Blick auf Gott kein gutes Gewissen, kennen vielmehr unsere innere Not, wissen, daß wir mit Gott entzweit sind, uns vor ihm ängsten und ihn meiden. Nur Gott kann uns zum guten Gewissen helfen dadurch, daß er uns seine Verzeihung anbietet; damit macht er unserer Gottlosigkeit ein Ende und trennt uns von unserem verwerflichen Willen, so daß wir unserer Sünde widerstehen. Das geschieht dann, wenn wir auf das göttliche Angebot eingehen und es annehmen. Weil unser Gewissen das Urteil über unser inneres Wesen fällt und von uns verlangt, daß wir uns mit eigenem Willen richtig gegen Gott verhalten, darum ist es unmöglich, daß uns die Taufe auch ohne unseren Willen fromm und rein macht. Damit sie uns diese Reinheit verleihe und uns das gute Gewissen verschaffe, müssen wir nach dem Angebot Gottes greifen und auf seinen Antrag eingehen. Daher hat Petrus niemand zur Taufe gezwungen, sondern seine Botschaft mit der Frage geschlossen: Wollt ihr sie haben, oder lehnt ihr sie ab? Wer sie aber annimmt, bekommt durch sie das gute Gewissen; denn er hat damit getan, was Gott ihn tun heißt: Er hat Buße getan und Gott Glauben erwiesen; er hat sich selbst gerichtet, seine Bosheit nicht entschuldigt, sondern verworfen und seinen verkehrten Willen zerbrochen; er hat die Gnade Jesu erkannt und ins Herz gefaßt; er hat von ihm die Vergebung begehrt und empfangen und glaubt jetzt so, wie Gott es haben will. Jetzt ist im Verhältnis zu Gott das Gewissen gut; denn der Mensch ist nun an den Platz getreten, an den die Gnade Gottes ihn stellt.

Darum hat die Taufe errettende Macht, so unscheinbar sie ist, obwohl dabei nur Wasser den Leib berührt. Denn dieses Wasser ist das Zeichen und Mittel für den gnädigen Willen Gottes und für das Heilandswerk Jesu. Damit, daß wir gegen Gott ein gutes Gewissen empfangen, ist alle Not und Gefahr für uns vorbei. Keiner geht verloren, der vor Gott ein gutes Gewissen hat. Damit sind uns alle Gaben Gottes verliehen, und das herrliche Erbe ist für uns bereit. Das alles vermag uns die Taufe deshalb zu geben, weil Christus auferstanden ist. Darum ist sein Name die Bezeugung der versöhnenden und vollendenden Gnade und unser Anschluß an ihn der Eintritt in das Leben. Wie wir durch die Auferstehung Jesu neugeboren sind (1,3), so ist die Taufe durch seine Auferstehung für uns das Ende unserer Sünde und unseres Todes und der Anfang unserer ewigen Gemeinschaft mit Gott.

3,22: *Er ist zur Rechten Gottes und in den Himmel gegangen, und Engel und Mächte und Kräfte unterwarfen sich ihm* (Röm. 8,34). Damit ist das letzte Wort ausgesprochen, das uns Petrus über die Herrlichkeit und Segensmacht des Kreuzes zu sagen hat: dadurch ist Jesus zum Anteil an der Herrschaft Gottes gelangt. Nun sind nicht nur die Menschen, auch nicht nur die Toten unter seiner Macht, sondern auch die hohen Geister beim Thron Gottes. Deshalb hat er das Vermögen, uns zu Gott zu bringen, und deshalb ist unsere Taufe unsere Errettung und deshalb seine Auferstehung der Anfang unseres neuen Lebens. Wir sind mit dem verbunden, der in der Herrlichkeit Gottes regiert und dem die Engel dienen.

4,1.2: *Darum, weil Christus im Fleisch gelitten hat, bewaffnet auch ihr euch mit demselben Sinn; denn wer im Fleisch litt, hat von der Sünde abgelassen, damit er während der noch übrigen Zeit, die er im Fleisch zubringt, nicht für die Begierden von Menschen, sondern für Gottes Willen lebe.* Der zum Leiden bereite Sinn ist, wie jeder Blick auf Christus erweist, der rechte Sinn; er ist die Waffe, mit der wir den Kampf mit uns selbst und mit der Welt siegreich führen können. Denn die Bereitschaft zum Leiden und die Lust an der Sünde schließen sich aus; wo das eine Begehren ist, hat das andere keinen Raum mehr. Denn der sündliche Wille begehrt nach Vergnügen, nach Ehre, nach Größe, nach all dem, was uns emporhebt; das Leiden dagegen durchkreuzt unser eigensüchtiges Begehren. Man kann also dem sündlichen Willen nur dann gehorchen, wenn man den Weg Jesu verläßt und anders gesinnt ist als er, der sein Kreuz auf sich nahm. Im vollsten Sinn wird der Satz, daß das Leiden vom Bösen befreit, an Jesus deutlich, der allen Ansturm der Versuchung dadurch überwand, daß er das Kreuz auf sich nahm, und der aus allem Streit mit der Sünde dadurch herausgehoben ist, daß er gelitten hat. Nun ist er ihr Versöhner und ihr Richter, nicht mehr im Kampf mit ihr, sondern über sie erhöht, ihr Überwinder, der uns vergeben, uns heilen und vollenden kann. Das findet aber auch auf uns in unserem kleinen Maß Anwendung; denn wenn wir das Leiden um Gottes willen übernehmen, richten wir in uns eine feste Trennung vom Bösen auf. Wir haben damit den inneren Sieg errungen, unseren selbstsüchtigen Willen verleugnet und uns mit dem Willen Gottes geeinigt. Nun brauchen wir die Zeit, die uns noch gegeben ist, nicht mehr dazu, um unsere eigenen Wünsche oder die anderer Menschen zu erfüllen und uns selbst oder anderen zu gefallen; sondern nun leitet uns der Wille Gottes und gibt uns das Ziel für unser Leben. Das eben ist die Sünde, daß wir der menschlichen Begierde dienen, und das ist das gerechte und richtige Verhalten, daß wir den Willen Gottes tun; weil uns das Leiden dazu hilft, ist es eine göttliche Gnade und Wohltat für uns.

4,3: *Denn es ist der vergangenen Zeit genug, daß ihr damals den Willen der Heiden vollbrachtet und in Ausschweifungen, Begierden, Trunkenheit, Schmaus, Zechen und verwerflichen Götzendiensten wandeltet.* Kraft strömt der Christenheit zwar nicht daraus zu, daß sie sich ihre dunkle Vergangenheit beständig vorhält und damit in sich immer neu den Schmerz der Reue erweckt. Denn mit der Betrachtung unserer Sündhaftigkeit ist uns nicht geholfen; die Hilfe kommt uns von Gott her, der den guten Willen in uns schafft; sie kommt uns also aus der Erkenntnis des Christus, der uns die göttliche Gnade bringt. Darum hat Petrus mit den Christen bisher nicht davon geredet, was sie einst vor ihrer Taufe waren, sondern ihnen die herrliche Gabe Gottes gezeigt. Allein auch die Erinnerung an die dunkle Zeit, die vor ihrem Christenstand lag, konnte ihnen eine Kraft verschaffen, und diese macht Petrus nun für ihre Arbeit fruchtbar. Diese Christen sollen den Schmerz, der ihnen aus ihren dunklen Erinnerungen erwächst, nicht verlieren; er soll sie vielmehr entschlossen machen und mit um so größerem Eifer für ihre neue Pflicht erfüllen. Jetzt muß es ihnen leid sein, daß ihnen ein Teil ihres Lebens in leerem, finsterem Wahn und in häßlichen Gewohnheiten verstrich, in der Knechtung unter ihre heidnische Umwelt mit ihren Anschauungen und Sitten statt im Dienst Gottes. Daß nun die Gnade Gottes diese ihre Vergangenheit zugedeckt hat, dafür sind sie ihm dankbar; aber eben deshalb setzen sie den alten Weg nicht fort, sondern machen von der Zeit, die ihnen noch gegeben ist, einen anderen Gebrauch.

Als das Merkmal der heidnischen Art nennt Petrus ebenso, wie es Paulus Röm. 13,13 tut, die entzündeten Triebe, die den Verkehr der Geschlechter zum leidenschaftlichen Genuß mißbrauchen, die natürliche Gemeinschaft in Familie, Freundschaft und Volkstum durch zuchtlose Feste beflecken und die Religion durch die Verehrung von Götterbildern zum Wahn entstellen. Die Teilnahme an diesen Dingen mutete aber die heidnische Umwelt der Christenheit noch immer zu, und daraus entstand der Kampf gegen sie und ihre Verhöhnung. Die Christen konnten aber nicht daran denken, das alte Treiben wieder aufzunehmen und fortzusetzen. An dem, was geschehen ist, ist es genug.

4,4: *Darüber sind sie erstaunt, weil ihr nicht zur selben Ausgelassenheit und Schwelgerei mitlauft, und lästern.* Der Heide läuft mit großem Eifer sofort hin, sowie es eine Gelegenheit zu einem Fest gibt, bei dem es hoch und wild zugeht; denn er hat nichts Besseres, keine reinere Freude, keinen höheren Beruf. Darum findet er es auffällig, daß der Christ nicht mit ihm läuft, obgleich er früher auch an diesen Dingen teilgenommen hat. Daraus entstehen dann die Scheltreden; weil die Christen die alten Götter nicht mehr anbeten, gelten sie als gottlos, und weil sie am Schmutz nicht mehr teilnehmen, wird ihnen vorgeworfen, sie verachteten die Menschen und zerstörten die Gemeinschaft.

4,5: *Sie werden dem Rechenschaft geben, der bereit ist, Lebende und Tote zu richten* (2. Tim. 4,1). Den Streit, der aus diesem Grund entsteht, kann die Gemeinde nicht etwa durch Nachgiebigkeit oder aus Leidensscheu vermeiden wollen. Sie hat ihr Recht in Gottes Hand zu legen, und die Vollkommenheit seines richterlichen Werks ist dadurch festgestellt, daß ihm niemand entgeht, weder die Toten noch die Lebenden. In der Hand des Richters, von dem alle ihr Urteil empfangen, ist die Sache der Gemeinde wohl aufgehoben.

4,6: *Denn dazu wurde auch Toten die Heilsbotschaft gesagt, damit sie zwar nach der Art des Menschen im Fleisch gerichtet werden, aber nach Gottes Weise im Geist leben.* Die Christenheit soll, wenn sie angefochten wird, an die Größe des göttlichen Gerichts denken, das alle, auch die Toten, umfaßt. Wieso muß aber auch über die Toten noch ein Urteil ergehen? Wenn auch sie wie die Lebenden vor den Richter treten müssen, so bedeutet dies, daß auch ihnen der Weg zum Leben noch einmal geöffnet wird; sonst wären sie ja schon verurteilt. Wo gerichtet wird, geschieht sowohl Rechtfertigung als Verurteilung, sowohl Gewährung des Lebens als Verhängung des Todes. Darum führt Petrus hier, wenn auch nur mit einem einzigen Satz, weiter, was er schon mit 3,19 gesagt hat; er tut es hier zu dem Zweck, damit wir mit Zuversicht auf das Urteil Gottes warten, das über alle entscheidet und für jeden bestimmt, ob er am ewigen Leben teilhat oder nicht. Auch die Toten scheidet der göttliche Spruch in die, die er annimmt, und in die, die er verstößt. Denn das Wort, das uns seine Gnade anbietet und uns zu Christus beruft, ist auch zu den Toten gekommen. Dadurch ist auch ihnen die Türe zum Leben aufgeschlossen, das ihnen am Tag des Gerichts durch den Spruch des gerechten Richters zuerkannt werden wird. Diese Wendung wird freilich nur dadurch möglich, daß an den Toten nicht nur geschieht, was der Mensch mit seinem eigenen Tun vermag und schafft und was im Blick des Menschen steht, sondern daß Gott nach seiner eigenen Weise, nach der Herrlichkeit seiner Gnade und Macht an ihnen handelt, so daß an ihnen sichtbar wird, was Gott wirkt und gibt. Kommt zur Geltung, was der Mensch hat und kann, so bewirkt das Fleisch die Schuld, die Verurteilung und den Tod; kommt dagegen ans Licht, was der Weise Gottes entspricht, so tut der Geist sein Werk und schafft das ewige Leben. Im Tod, den der Mensch entsprechend seiner menschlichen, fleischlichen Art erleidet, geschieht ihm, was er verdient. Das ist sein Ende nach Gottes Recht durch das Urteil und Gericht Gottes. Aber damit ist noch nicht das letzte und bleibende Ende da, nur das Ende, das aus dem menschlichen Wesen und Willen erwächst, nicht das Ende, das aus Gott und aus dem Geist entsteht. Wenn Gott offenbart, was er an den Toten durch seinen Geist bewirkt, dann leben sie. Auch dieses Wort bleibt aber weit von allen Gedanken entfernt, die vorwitzig ins Geheimnis des Jenseits einzudringen begehren. Was Petrus die Christenheit bedenken heißt, ist dies, daß es sowenig für die Gnade wie für das Recht Gottes Beschränkungen gibt, daß die Toten Gott sowenig entzogen sind wie die Lebenden, daß Gott noch nicht zu Ende ist, wenn wir Menschen am Ende sind. Wir sind zu Ende mit dem Tod; Gott aber kann auch Toten sein gnädiges Wort sagen; wenn das Fleisch empfangen hat, was ihm gebührt, kann erst noch der Geist mit seinem Werk beginnen und auch dann noch Leben schaffen, wenn der Tod vorangegangen ist. Dieses Wissen kann und soll die Christenheit festigen in ihrer Geduld gegen alle, in ihrer

Hoffnung für alle, aber auch in ihrem Gehorsam gegen Gott und in ihrer Trennung vom heidnischen Wesen. Sie hat ja Gottes gerechtes und gnädiges Werk in seiner alle umfassenden Herrlichkeit vor Augen.

4,7–5,11

Die Arbeit in der Gemeinde

4,7: *Für alles ist das Ziel nahe. Darum werdet besonnen und nüchtern zum Beten.* Nicht nur einiges, sondern alles bringt Gott zur Vollendung; nicht nur einige besonders Auserwählte, alle führt er dahin, wo ihr Leben zur Reife und zum bleibenden Resultat gelangt. Nichts bleibt unfertig; alles wird vollendet. Keine Güte bleibt ohne ihre Frucht, keine Sünde ohne ihre Wirkung. In allem erscheint die fehllose Gerechtigkeit Gottes und ordnet alles recht. Dies ist eine Erwartung, die den Menschen ganz zu ergreifen vermag. Petrus hat aber, wie alle Jünger Jesu, dieses Ende mit seiner feierlichen Größe nicht in eine weite Entfernung hinausgeschoben; die Vollendung liegt ja in der Hand des Christus, auf dessen Offenbarung er mit einer starken Hoffnung wartet, die sie als nahe erfaßt.

Aus dieser Gewißheit soll aber nicht ein aufgeregtes Wesen entstehen, das sich einer jauchzenden Freude überläßt oder auch der Angst verfällt, auch nicht eine Schlaffheit, die sorglos das Ende abwartet, das ja bald kommen müsse; vielmehr erwächst daraus, weil sich die Christenheit entschlossen zum Ziel hinwendet, Besonnenheit und Nüchternheit. Denn die Herrlichkeit des Ziels macht es zu unserem großen Anliegen, daß wir es erreichen, und dazu brauchen wir unsere ganze Kraft, unsere ganze Aufmerksamkeit und ganze Treue. Dazu, daß das Ende so für uns komme, daß es uns Gottes Herrlichkeit zeigt, rüsten wir uns durch das Gebet, und zu ihm haben wir den gesammelten Verstand und den von jeder Betäubung befreiten Sinn nötig. Beten kann nur der, der klar denkt, nicht der in Täuschungen Versunkene, nur der Wache, nicht der, der die Herrschaft über sich verloren hat.

4,8: *Vor allen Dingen macht die Liebe gegeneinander anhaltend; denn die Liebe deckt eine Menge Sünden zu* (Spr. 10,12). Für das Ende ist die Gemeinde bereit, wenn sie als treu verbundene Gemeinschaft zusammenhält. Sie ist ja dazu geschaffen, daß die Liebe in der Menschheit eine Heimat hat und es an ihr sich zeigt, daß Gottes Liebe uns zusammenschließt. Dann mag viel Schwachheit, viel Verfehlung auf der Gemeinde liegen; wenn sie die Liebe hat, wird sie ihr vergeben. Das drückt Petrus, wie Jak. 5,20, durch das Wort aus den Sprüchen Salomos aus, das Petrus nicht nur auf das menschliche Vergeben bezieht, zu dem uns die Liebe tüchtig macht, sondern mit dem er das göttliche Vergeben beschreibt, das uns dann gewährt wird, wenn wir dem gnädigen Willen Gottes an den anderen in der Liebe dienen. Dieses Wort kann freilich mißbraucht werden wie jedes Wort, das uns die Größe des göttlichen Vergebens vorhält; dies geschähe, wenn wir die Sünde entschuldigen wollten und sie uns mit der Erwägung gestatten, daß dem, der die Liebe habe, auch Sündliches nicht schade. Das wäre deshalb ein Mißbrauch dieses Worts, weil die Gnade Gottes nicht unserer Bosheit zum Grund und zur Rechtfertigung dienen soll. Das Wort ist vielmehr denen zum Trost gesagt, die sich vor Gott und seinem Gericht fürchten. Ihnen zeigt Petrus den Weg, wie sie mit Freude und Zuversicht an das Urteil Jesu denken lernen. Jesus verurteilt keinen, der sein Leben in der Liebe für die Brüder fruchtbar macht. Wenn wir aber damit den boshaften Willen entschuldigen und stärken wollten, so tötete unsere Sünde unfehlbar unsere Liebe; denn die Lust am Bösen und die Liebe haben nicht miteinander in uns Raum.

4,9: *Seid gegeneinander gastfrei ohne Murren* (Röm. 12,13; Hebr. 13,2). Wenn die Brüder, die zusammen am selben Ort wohnen, einander das Haus und den Tisch öffnen, so befestigen sie die Verbundenheit, die die Gemeinde zusammenhält, und wenn sie dies gegen fremde, zureisende Brüder tun, so verstärken sie die Gemeinschaft, die alle einzelnen Gemeinden zu einer Kirche vereint.

4,10.11: *Dient einander mit der Gabe der Gnade, jeder, wie er sie empfing, als gute Verwalter der mannigfachen Gnade Gottes* (1. Kor. 4,1). *Wenn einer redet, so rede er, weil es Gottes Worte sind; wenn einer dient, diene er mit der Kraft, die Gott darreicht, damit in allen Gott durch Jesus Christus gepriesen werde, dem die Herrlichkeit und die Macht in alle Ewigkeit gehört. Amen.* Wo Liebe ist, geschieht gegenseitiger Dienst; sie macht uns ja willig, was wir haben, für die anderen zu verwenden. Zum Dienst aber braucht es Kraft. Allein die Gemeinde hat die Kräfte, die sie zum Dienen braucht, weil sie Gottes Gnade für sich hat und die Gnade uns ihre Gaben gibt. Also ist die Aufgabe der Christenheit so zu fassen: sie hat die Gaben, die sie empfangen hat, zu verwenden und nicht unbenützt zu lassen. Umsonst empfangene Gaben werden uns zur Schuld. Aber die Gemeinde hat sich auch nicht über ihre Gabe hinauszustrecken und sich Größeres vorzunehmen, als sie kann. Sie soll nur verwalten, nicht selbst schaffen, aber auch wirklich verwalten und nicht ungebraucht verderben lassen, was Gott gehört. Mannigfaltig heißt Petrus die Gnade Gottes; er denkt daran, daß die Gemeinde mannigfache Dienste nötig hat und durch verschiedene Funktionen für ihre mannigfachen Bedürfnisse die nötige Hilfe schafft. Die Gnade Gottes ist aber groß und reich genug, um der Christenheit alles zu geben, was sie zum Gedeihen ihrer vielfach gegliederten Gemeinschaft nötig hat.

Die beiden wichtigsten Arbeiten, die die Gesundheit und den Fortschritt der Gemeinde bewirken, sind die Verwaltung des Worts und die im engeren Sinn „Dienst" genannte Arbeit, die hilfreiche Fürsorge für die Lebensmittel und das Wohlsein der Schwachen. Das göttliche Geschenk, das uns eine heilsame Rede ermöglicht, besteht darin, daß uns göttliche Worte gegeben sind, Worte, die uns das Werk Gottes verkündigen und den Willen Gottes bezeugen. Das Geschenk, das wir zur Unterstützung derer bedürfen, die aus irgendeinem Grund leiden, ist Kraft. Wir beseitigen Not nur durch Kraft und bereiten den anderen, was ihnen heilsam ist, nicht ohne Arbeit und Anstrengung. Nun kommt aber in beiden Zweigen des christlichen Berufs alles darauf an, daß der Dienst wirklich mit der Gabe geschieht, die uns Gott gegeben hat, und sie für die Gemeinde fruchtbar macht. Nicht das eigene Wort soll der Redende in die Gemeinde legen, sondern Gottes Wort; er soll die Worte Gottes nicht für seine eigenen ausgeben, sondern sie so sagen, daß sie Gottes Worte bleiben, damit die Gemeinde den hört, der allein zu lehren und zu gebieten die Vollmacht und das Vermögen hat. Nicht bei sich selbst soll der Dienende das Vermögen zu seiner Arbeit suchen; sonst wird er, wenn er seine Schwachheit empfindet, träg und untätig; wenn er aber in eigener Kraft sich stark dünkt, verdirbt er seine Arbeit durch unmögliche Unternehmungen und unruhige Vielgeschäftigkeit. Darum soll er das tun, wozu ihm Gott das Vermögen gibt, und dies so, daß es an seinem Werk für ihn selbst und alle sichtbar bleibt, daß er es in der Kraft Gottes vollbringt. Dann bleibt alle Hoffart, alles Stolzieren und Prunken von der Arbeit der Gemeinde fern. Dann macht der Redende niemand zu seinem Schüler und Anhänger, sondern bindet alle im Glauben und Gehorsam an Gott; und der, dem Hilfe gebracht wird, wird dann dadurch nicht erniedrigt und beschämt, sondern dankbar gegen Gott gemacht. Dann wird Gott durch alles gepriesen, was die Gemeinde tut, und ihre Ehrung Gottes ist deshalb echt, Gott wohlgefällig und ein reiner Gottesdienst, weil sie durch Jesus zustande kommt. Denn durch ihn hat die Gemeinde die Gaben der Gnade, und durch ihn hat sie auch die Liebe, die die Gaben zu Gottes Ehre braucht. Gott aber ist der Ehr- und Anbetungswürdige, den die Gemeinde mit allem, was sie ist, aus ganzer Seele loben will und in Ewigkeit loben wird.

4,12: *Geliebte, erstaunt darüber nicht, daß ihr im Feuer seid, das euch dazu bereitet wird, damit ihr versucht werdet, als ob euch etwas Seltsames widerführe.* Noch einmal hilft Petrus der Gemeinde dazu, den Kampf mit denen, die sie ihren Haß spüren lassen und ihr zuwider handeln, richtig zu führen. Wie Gold im Feuer bewährt wird, so ist die Versuchung ein notwendiger Teil unseres Lebens, und sie erfolgt nach einer Regel, von der die göttliche Regierung nicht abgeht. Es muß an das Licht kommen, was in den Herzen ist, ob wir Gott mit Aufrichtigkeit und ganzer Seele ehren oder uns inwendig ihm widersetzen. Daß die Gemeinde Widerspruch erfährt, wird für sie zur Erprobung, zu dem „Feuer", in dem sie geschmolzen und geläutert wird. Es wäre also ein falscher Gedanke, wenn die Christenheit es seltsam fände, daß sie leiden muß, und meinte, es könnte auch anders sein. Durch solche Gedanken würde sie mutlos und unwillig. Der Kampf muß sein.

4,13: *sondern, da ihr am Leiden des Christus teilhabt* (Phil. 3,10; 2. Kor. 4,10), *freut euch, damit ihr euch auch bei der Offenbarung seiner Herrlichkeit freut und frohlockt.* Die Gemeinde hält sich dann richtig, wenn sie in der Anfechtung, die ihr widerfährt, die Freude festhält. Wieso ist es der Gemeinde möglich, sich in ihrer gefährdeten Lage zu freuen? Und wieso ist ihr das nicht nur möglich, sondern verhält sie sich in der Auseinandersetzung, so schwer sie sein mag, nur dann richtig, wenn sie diese mit Freude durchsteht? Ihr Leiden ist ihr Anteil am Leiden des Christus, und alles, was uns an dem Anteil gibt, was Christus ist und hat, ist ein reicher, voller Grund zur Freude. Um Jesu willen leidet sie; sie leidet deshalb, weil er bekämpft und abgewiesen wird, deshalb, weil die anderen ihm nicht gehorchen und seine Herrschaft nicht anerkennen, deshalb, weil er den Widerspruch der Menschen mit Geduld erträgt, ihn nicht mit der Macht Gottes niederschlägt, sondern sich als das Lamm Gottes bewährt und sein Kreuz auf sich nimmt. So wird auch der Weg der Gemeinde zum Kreuzesweg; wenn sie ihn geht, hält sie ihre Gemeinschaft mit Christus fest. Das macht sie froh. Denn nun vollendet sie sich ihre Gemeinschaft mit ihm dadurch, daß auch die Offenbarung seiner Herrlichkeit für sie geschieht; sie wird sich auch dann an ihm freuen, wenn er erscheint.

4,14: *Wenn ihr mit dem Namen des Christus geschmäht werdet, so seid ihr selig* (Matth. 5,11); *denn der Geist der Herrlichkeit und Gottes ruht auf euch.* Im Munde der Gegner der Christenheit waren die Namen Christus und Christ Schimpfworte, die nach ihrer Meinung die schwersten Verbrechen anzeigten, so daß sie diese Namen mit Abscheu und Haß aussprachen. In der Judenschaft kam es rasch so weit, weil sie Jesus als Betrüger und falschen Christus und die Christen als Abgefallene verdammten, und aus der Judenschaft flog der Brand auch in die Herzen der Heiden hinüber. Sowie diese merkten, was die Christenheit war, empfanden sie, daß durch sie alles angegriffen war, was ihnen als ihre Religion und Sitte bisher teuer war; dazu wurden bei ihnen die Namen Christus und Christ besonders leicht zu Scheltworten, weil sie nicht verstanden, was diese Namen bedeuteten. Für die Glaubenden umschließt aber der Christusname die ganze Herrlichkeit der göttlichen Verheißung. Er verbürgt ihnen die Gegenwart des Geistes, den Jesus seinen Jüngern gerade dann verheißen hat, wenn die Menschen sie bekämpfen und verurteilen (Matth. 10,19.20). Das ist ein überreicher Ersatz für alle Schmach, die uns Menschen antun; denn der Geist bringt die Herrlichkeit mit sich, da er ja Gottes Geist ist. Es ist die höchste Ehre, die uns widerfahren kann, wenn der Geist Gottes uns inwendig leitet, unsere Gedanken in seine Zucht nimmt und so gestaltet, daß sie aus der Wahrheit Gottes erwachsen, und unseren Willen regiert, so daß unser Werk gut wird und dem Willen Gottes entspricht. Das ist die höchste Verklärung des Menschen, und diese erlangt die Christenheit gerade dann, wenn sie wegen ihres Namens Schmach zu erleiden hat.

4,15.16: *Keiner unter euch leide als Mörder oder Dieb oder Übeltäter oder als Eindringling in fremdes Recht; wenn er aber als Christ* (Apg. 11,26) *leidet, schäme er sich nicht, sondern preise Gott mit diesem Namen.* Nur darauf hat die Christenheit zu achten, daß sie nicht eines Verbrechens wegen vor dem Richter steht. Dann freilich wäre alles Herrliche, was Petrus über das Leiden sagt, in sein Gegenteil verkehrt. Neben den immer vorkommenden Untaten, Mord, Diebstahl und boshafter Schädigung der anderen, nennt Petrus noch die unbefugten Übergriffe, mit denen wir in fremdes Recht eingreifen und uns eine unberechtigte Herrschaft über andere anmaßen. Zu dieser Warnung lag vielleicht ein besonderer Anlaß vor, weil auch ein unbesonnener Eifer in der Fürsorge für die anderen zu unberechtigten Eingriffen führen kann, etwa wenn Kinder ihren Eltern entzogen wurden, weil diese sie nach der Meinung der Gemeinde schlecht erzogen, oder wenn durch den Einfluß der Gemeinde das Recht des Mannes an seine Frau gestört wurde und ähnliches. Die Gemeinde soll darauf achten, daß die Beschwerden gegen sie einzig in dem Vorwurf bestehen können: „Ihr seid Christen", daß ihr also nichts vorzuwerfen ist als eben ihr Christsein. Wer so leiden muß, hat darin den Grund und das Recht, Gott zu preisen; er soll in dieser Lage sichtbar machen, daß er die Herrlichkeit Gottes vor Augen hat, und ihm dafür danken, daß er zu seiner Ehre leiden darf.

Deutlich ist an dieser Stelle nicht mehr nur von privater Verleumdung und Beschimpfung die Rede, nicht mehr nur von Scheltworten und Gewalttaten, die sich der heidnische Mann gegen die christliche Frau, der heidnische Herr gegen den christlichen Sklaven, die heidnischen Einwohner einer Stadt gegen ihre christlichen Nachbarn gestatten mochten; hier ist vielmehr daran gedacht, daß der Christ vor dem Richter über sein Christsein verhört und als Christ verurteilt wurde. Daraus ergibt sich aber für die Zeit der Abfassung des Briefs kein deutliches Merkmal, das uns nötigte, ihn von Petrus zu trennen. In der Judenschaft bekam der Christenprozeß rasch die

Gestalt, daß die Verurteilung zu Schlägen oder der Bann oder auch Todesurteile einfach deshalb erfolgten, weil der Angeklagte sich als Christ bekannte. Weil die Judenschaft in den Städten des Orients und Kleinasiens mächtig waren, schlossen sich auch die heidnischen Beamten diesem Verfahren an und bestraften die Christen lediglich deshalb, weil sie Christen waren und es blieben, trotz des Gebots, von ihrem Glauben zu lassen.

4,17.18: *Denn die Zeit ist da, daß das Gericht beim Hause Gottes anfange. Wenn es aber zuerst bei uns anfängt, was ist das Ende derer, die der Heilsbotschaft Gottes nicht gehorchen? Und wenn der Gerechte kaum gerettet wird, wo wird sich der Gottlose und Sünder zeigen?* (Spr. 11,31.) Vor dem Anbruch des göttlichen Reichs mit seiner Gnade und seinem seligen Leben steht die Offenbarung des göttlichen Urteils über die menschliche Bosheit. Erst kommt das Schwere, dann die Rettung; erst werden, wie Johannes es ausdrückt, die Schalen des göttlichen Zorns auf die Erde gegossen; dann kommt das Fest Gottes, das Hochzeitsmahl des Lammes. Das ist ein feststehender Grundzug in der Weissagung aller Apostel. Aber das Gericht kann nicht nur die Heiden treffen, die jenseits der Gemeinde sind. Es geht in der Regierung Gottes nicht nach Willkür und Gunst; vielmehr wendet sich das Recht Gottes vollends scharf und heilig gegen diejenigen, die sein eigen sind. Er erlaubt seinem Haus nichts Böses und läßt es nicht straflos durchgehen, als ob das Böse ihm nur an den anderen zuwider wäre. Darum trifft das Gericht, das dem Ende vorangeht, auch die Christenheit. Sie hat es zuerst zu erleiden und sich in ihm zu bewähren. Für sie wird es zur Versuchung, die sie zu überwinden hat, um den Kranz des Lebens zu gewinnen. Unter diesen Gedanken stellt Petrus den Haß, unter dem die Kirche in Kleinasien damals litt.

Dadurch wurde aber der Vorzug der Christenheit vor den anderen nicht gemindert; es wäre töricht, wenn sie deshalb klagen wollte, was ihr denn ihr Anteil am Christus helfe, wenn sie auch, ja zuerst ins Gericht müsse. Der Unterschied, der Gottes Haus von der gottfernen Welt trennt, besteht auch jetzt nach seiner ganzen, unschätzbaren Größe. Wenn der Ernst Gottes auch an seinem Haus sichtbar wird, so ist dies für den Glaubenden Anlaß, für ihren Christenstand Gott herzlich zu danken. Denn was sollte aus ihnen werden, wenn sie ihn nicht hätten? So wären sie ja ohne Hoffnung, und das Gericht Gottes brächte das Verderben über sie.

4,19: *Also sollen auch die, die nach Gottes Willen leiden, dem treuen Schöpfer ihre Seele dadurch übergeben, daß sie Gutes tun.* Was soll die Christenheit aus diesem weissagenden Vorblick auf das Kommende entnehmen? Glauben soll sie und ihr Leben Gott anheimgeben. Das ist die Lösung aller Schwierigkeiten, in die der Gang der Weltgeschichte sie bringt, das die Grundlage für alles, was zu ihrer Pflicht werden kann. Auch die Sterbenden sollen die Fürsorge für ihr Leben Gott übergeben, auch sie, für die die Bewahrung und Übung des Glaubens einen besonderen, verstärkten Ernst bekommt. Denn es ist leichter, dann an die Gnade Gottes zu glauben, wenn ihr Schutz uns umgibt, als dann, wenn wir uns zum Sterben bereit machen müssen. Aber auch die, die das göttliche Gericht, das kommen muß, mit tiefen Schmerzen trifft und in das Sterben führt, sollen nicht von der Gewißheit lassen, daß ihre Seele Gott gehört. Er ist ja der, der sie ihnen gab, der treue Schöpfer, der das, was er schuf, erhält und zur Vollendung bringt. Die Weise, wie wir unsere Seelen in Gottes Obhut und Fürsorge legen, ist, daß wir Gutes tun, unbeirrt durch den Widerstand der Gegner, auch wenn für uns daraus das Leiden kommt. Die Seele dessen, den das Leiden nicht am Tun des Guten irre werden läßt, bleibt geschützt in Gottes Hand.

5,1-5a: *Die Älteren bei euch* (2. Joh. 1) *mahne ich, der Mitälteste und Zeuge der Leiden des Christus, der ich auch an der Herrlichkeit Anteil habe, die geoffenbart werden wird* (Röm. 8,18): *Weidet Gottes Herde, die bei euch ist* (Joh. 21,15; Apg. 20,28), *nicht gezwungen, sondern freiwillig, im Blick auf Gott, nicht schimpflichen Gewinnes wegen, sondern mit Eifer, nicht wie solche, die über das ihnen Zugeteilte herrschen, sondern als solche, die ein Vorbild für die Herde werden, und ihr werdet, wenn der Oberhirte offenbar geworden ist, den unverwelklichen Kranz der Herrlichkeit bekommen. Ebenso, ihr Jungen, unterwerft euch den Älteren.* In den Gemeinden bildeten die Alten eine Gruppe für sich und ebenso die Jungen. Da der Unterschied im Alter auch für das innere Leben Bedeutung hat, wurde der Anteil der Gemeindeglieder an den gemeinsamen Anliegen nach dem Alter abgestuft. Die Alten taten die Arbeit, die für das innere Gedeihen der Gemeinde nötig war, durch Gebet,

Lehre und Zucht. Die das Äußere ordnenden Verrichtungen wurden den Jungen übergeben. Ein besonderes Amt in den beiden Stufen des Aufseher- und Dieneramts gab es damals in der Kirche Kleinasiens wohl schon überall; natürlich gehörten die Träger dieser Ämter zu den Alten. Petrus zeichnet aber die Männer, die die Ämter verwalten, nicht besonders aus; er wendet sich an den ganzen Kreis der Männer, die den Kern der einzelnen Gemeinden bilden und auf denen die Verantwortung für den Gang der Kirche liegt.

Petrus begründet sein Recht, an die Alten eine besondere Mahnung zu richten, mit dem Hinweis darauf, daß er Apostel ist, und die Weise, wie er sein besonderes Amt kennzeichnet, das ihn zum Leiter der ganzen Kirche macht, zeigt den treuen und vollständigen Gehorsam, mit dem er die Worte Jesu über die Macht, die er seinen Jüngern gegeben hat, bewahrt. Wie im ganzen Brief, so wird auch hier keine Spur davon sichtbar, daß Petrus mit seinem Apostelamt ein herrschsüchtiges und ehrgeiziges Streben verbunden hätte. Indem auch er sich zu den Alten in der Gemeinde rechnet, stellt er sich in die Reihe derer, denen die Fürsorge für die Gemeinden übertragen ist. Weil er dieselbe Arbeit tut wie sie, hat er das Recht, sie zu mahnen. Die Apostel haben freilich ein besonderes Amt, das sonst niemand mit ihnen teilt; es ergibt sich daraus, daß sie die Begleiter Jesu, also die Zeugen dessen waren, was Jesus gesagt und getan hat. Ihr Zeugnis verbürgt darum der ganzen Menschheit die Wahrheit des Evangeliums. Daran erinnert Petrus auch hier. Er hat es miterlebt, wie Jesus das Kreuz auf sich genommen hat und gestorben ist, und ist nun dazu bestellt, den Juden und den Griechen, der ganzen Menschheit und der Christenheit das Kreuz Jesu zu bezeugen; denn es macht ihre Schuld, zugleich aber auch die allen zugewandte Gnade Gottes offenbar. Von seinem Beruf, den leidenden Christus allen zu zeigen, spricht Petrus hier deshalb, weil sein Brief die Gemeinde zum Leiden stärken will; dies tut er so, daß er sie auf den Christus hinweist, der gelitten hat, damit sie an ihm sehe, daß sie leiden muß und wie sie ihr Leiden richtig trägt. Petrus würde nicht lügen, wenn er auch auf sein eigenes Leiden hinzeigte, etwa in der Weise, wie Lukas den freudig leidenden Petrus gezeichnet hat, der vor dem Hohen Rat gegeißelt und von Herodes zur Hinrichtung bestimmt wurde. Die Pflicht der Gemeinde, freudig zu leiden und ihr

Leben nicht zu schätzen, entsteht aber nicht daraus, daß Petrus mit ihr leidet, sondern daraus, daß Christus für sie gelitten hat. Damit, daß Jesus Petrus zum Verkündiger seines Kreuzes gemacht hat, ist aber noch nicht alles gesagt, was Jesus ihm gab. Denn der Apostel empfing von ihm auch die Verheißung, daß er seine Herrlichkeit mit ihm teilen wird, und auf ihr erbaut sich sein ganzes Apostelwerk.

Was die Pflicht derer ist, denen die Fürsorge für die Gemeinde übergeben ist, faßt Petrus in das Hirtenbild zusammen. Die Gemeinde ist die Herde Gottes. Daß sie Gottes Eigentum ist, das macht die Arbeit derer, die für sie zu sorgen haben, groß und ernst. Nun sollen sie ihr auch tun, was der Hirt der Herde tut; sie soll nicht ohne Nahrung und Pflege und Schutz verkommen, sondern von den Alten empfangen, was sie zu ihrem Gedeihen braucht.

Was zur Dienstleistung der Hirten gehört, lag ihnen und den Gemeinden klar vor Augen; denn das ergab sich unmittelbar aus den Bedürfnissen und aus dem Evangelium. Hierüber spricht Petrus nicht; dagegen kommt es ihm darauf an, wie die Arbeit für die Gemeinde zu geschehen hat. Drei Dinge nennt er, die deren Reinheit bedingen: sie muß frei sein vom Zwang, von der Gewinnsucht und von der Herrschsucht. Diese drei Dinge verderben die kirchliche Arbeit; sind sie dagegen ausgeschieden, so wird diese gelingen. Verschiedene Gedanken konnten einen Alten bestimmen, sich der Arbeit zu entziehen, so daß man ihn zu ihr nötigen mußte: wenn er die Verantwortlichkeit fürchtete, sich für untauglich hielt oder lieber für seine eigenen Anliegen, für sein Haus oder auch für seine eigene religiose Förderung lebte im Gedanken, wenn er nur das Heil der eigenen Seele gewinne, so sei das genug. In solchen Fällen tat er die Arbeit nur, wenn man ihn zu ihr zwang. Das ist ein schlimmer Schaden. Die Arbeit für die Gemeinde soll aus freiem Willen geschehen. Das läßt die Grundregel, nach der in der Christenheit die ganze Gemeinschaft geordnet ist, nicht anders zu. Diese Arbeit ist in der Liebe begründet, und die Liebe verträgt sich nicht mit dem Zwang. Wer erst zum Dienst genötigt werden muß, den treibt nicht die Liebe; er tut ihn nur der Menschen wegen, deren Aufforderung und Zureden er sich schließlich unterwirft. Er soll die Arbeit aber um Gottes willen tun. Im Ruf Gottes hat er den Grund für seinen Dienst zu finden, dann wird der Dienst ihm lieb, die Last leicht und seine

Verantwortung nicht schrecklich sein. Weiter darf hier die Rücksicht auf Geld, Gewinn und äußere Vorteile nicht mitwirken. Das wäre wieder kein williger Dienst aus entschlossenem Herzen; denn so wäre ja die Arbeit nur das Mittel und der Gewinn der Zweck, dessentwegen man sie besorgt. Endlich dürfen die Alten sich nicht zu Herren der Gemeinde machen, als wäre sie ihr Eigentum, das ihrem Willen unterworfen wäre. Freilich entsteht zwischen ihnen und ihren Gemeinden ein festes Band, dem vergleichbar, das zwischen dem Arbeiter und dem ihm überwiesenen „Los" besteht, das ihm zur Bearbeitung anvertraut ist. Es liegt auf ihnen die Verantwortung für die von ihnen Geleiteten; denn diese bilden den Bezirk, der an ihren Dienst gebunden ist. Aber der Dienst, der für die anderen zu tun ist, und der eigensüchtige Machtgebrauch sind gänzlich voneinander verschieden, und da der falsche Herrschaftsgedanke aus der Ordnung des Staats leicht auch in die Kirche hinüberdringt, wird er von Petrus nach Jesu eigenem und deutlichem Befehl abgewehrt. Der Einfluß der Alten auf die Gemeinde soll darin bestehen, daß sie Vorbilder für sie sind. Dann geschieht ihr Werk für Christus, der auch Hirt ist, nicht einer neben den anderen Hirten, sondern der Oberhirt, dem die Hirten und die Herde gehören und dem die Hirten verantwortlich sind. Die besondere Verheißung für die Hirten, die die Arbeit für die Christenheit redlich tun, entspricht der Regel Jesu, daß der treue Knecht an der Freude seines Herrn teilbekommt.

Den jugendlichen Teil der Gemeinde warnt Petrus vor unlenksamem Eigensinn, der dem Rat und der Anordnung der Alten nicht gehorchen mag. Die Folgsamkeit der Jungen ist zusammen mit der Fürsorge der Alten für alle die Bedingung, unter der die Gemeinde gedeiht.

5,5b: *Jeder binde sich die Demut um, einer zum Dienst für die anderen, weil Gott Stolzen widersteht, dagegen Geringen Gnade gibt* (Spr. 3,34; Jak. 4,6). Gemeinschaft und Eintracht gibt es in der Gemeinde nur dann, wenn der Streit um die Ehre, die Macht und die Größe ganz aus ihr beseitigt und jeder entschlossen ist, die anderen über sich zu stellen, ihnen die Freude und Ehre der großen Arbeit zu gönnen und ihnen bei ihr mit völligem Verzicht auf jeden selbstsüchtigen Genuß zu helfen. Nicht etwa einer besonderen Gruppe kommt es zu, auf das kleine Werk die ganze Liebe zu verwenden und das eigensüchtige Begehren nach dem, was glänzt, in sich zu ersticken, so daß dies etwa nur die Pflicht der schwächeren Brüder wäre; im Gegenteil, diese Regel gilt allen, gewiß auch den Schwachen, die nicht reden können, nicht viel zu leisten vermögen und kein Amt haben, aber ganz ebenso den an Gaben Reichen, die das Amt haben, tüchtige Arbeit tun und zu reden verstehen. Den natürlichen Trieb zieht es immer zu den wichtig und ehrenvoll erscheinenden Aufgaben; darum muß jeder sich mit wachem Entschluß immer wieder zum Kleinen und Unscheinbaren wenden und sich die Demut anziehen, wie der Diener sich den Schurz anlegt, an dem man sofort sieht, daß er nicht genießen, nicht geehrt sein, nicht bedient werden will, sondern zu jeder Handreichung bereit ist, die den anderen nützt. Mit demselben Wort, mit dem uns auch Jak. 4,6 die Weise Gottes kennzeichnet, macht uns Petrus klar, wieviel darauf ankommt, daß wir alle Hoffart in uns töten und mit völliger Lauterkeit klein werden. Sowie wir begehrlich nach unserer Größe und Ehre greifen, beginnen wir den Streit mit Gott. Gott versteht es aber, den Hoffärtigen zu beugen. Der Wille, mit dem ich mir meine Macht und Größe selbst verschaffen will, ist ein sündlicher und gottloser Wille. Mit solchem Streben vergesse und verleugne ich Gott und werfe die Liebe weg. Eine durch gottloses Trachten erraffte Größe ist aber nicht groß, sondern lauter Verlust, Schande und Fall. Dagegen erlange ich die echte Größe, wenn ich nichts für mich suche, sondern als ein Geringer unter den anderen stehe. Denn zu dieser Haltung bekennt sich Gott in seiner Gnade, und damit habe ich die wirkliche Ehre und die echte Macht.

5,6: *Darum demütigt euch unter die starke Hand Gottes, damit er euch erhöhe, wenn es dazu Zeit ist* (Jak. 4,10). Nicht vor Menschen haben wir uns zu beugen, als ob ihre Größe uns demütigen, ihr Vorzug uns beschämen müßte und ihre Macht uns Schranken setzte. Verhielten wir uns so, so gäbe das die unedle, knechtische Demut. Aber unter die Hand Gottes haben wir uns zu demütigen, unter diese starke Hand, die auch einen stolzen Sinn wohl zu beugen vermag. Es wäre ja lauter törichte Hoffart, wenn wir uns gegen diese Hand auflehnen wollten. Gibt Gott uns den geringen Platz, so haben wir ihn von ihm anzunehmen; legt er Schwäche auf uns, so sollen wir sie tragen, weil er sie auferlegt; umgibt er unser Leben mit einengenden Schranken, so haben wir uns in sie zu fügen, weil er uns so führt. Solche Beugung ist der Weg zur Erhöhung, während das eigensüchtige Streben nach Größe der Weg zur Erniedrigung ist. Denn das Ziel Gottes mit uns ist unsere Erhöhung. Er führt uns empor von Höhe zu Höhe in ewigem Aufstieg; denn er führt uns zu sich; und bei ihm ist die Herrlichkeit. Aber nicht dem gottlosen, selbstsüchtigen Sinn, der für sich kämpft und für sich arbeitet, bereitet Gott die Erhebung, sondern dem demütigen Geist, der sich unter Gott, nicht über ihn stellt, der sich seine Größe nicht selbst zu verschaffen sucht, sondern sie von Gott empfangen will. Darum ist die Beugung unter Gott der einzige Weg, der uns zur Größe führt.

Die Erhöhung erfolgt, wenn die Zeit dazu gekommen ist. Der hoffärtige Sinn will sich zur Unzeit erhöhen und mag nicht warten. Er will die Frucht ernten, ehe sie reif ist. Darin erweisen wir unsere Beugung unter die Hand Gottes, daß wir warten, bis Gottes Zeit gekommen ist. Nicht nur den einzelnen Christen, sondern auch der Kirche als ganzer konnte es leicht scheinen, es fehle ihr der freie Raum zum großen Wachstum; sie sei beengt, bedrückt, in den Schatten gestellt und mit schweren Fesseln beladen. Würde die Gemeinde beseitigen, was sie belastet und einengt, damit sie sich hoch aufrichte, um groß dazustehen, so würde sie nicht wirklich groß. Sie soll ihre Größe von Gott erwarten, und das kann sie nur, wenn sie sich ihm völlig unterwirft.

5,7: *Euer ganzes Anliegen werft auf ihn; denn er kümmert sich um euch* (Phil. 4,6). Die Hoffart und die Sorge weichen miteinander; die Hoffart greift nach dem, was uns begehrenswert scheint; die Sorge fürchtet sich vor dem, worin wir ein Übel sehen, und wir haben ja reichlich Grund zur Sorge. Verluste, Schaden und Leiden gibt es in unserer menschlichen Geschichte in Menge, und wenn wir sie kommen sehen, faßt uns die Sorge. Petrus sagt nicht, daß wir sie nicht spüren sollten; im Gegenteil, der Leichtsinn, der sich blind macht, um die Sorge zu vertreiben, ist eine schlimme Not. Aber wir sollen die Sorge nicht bei uns behalten, sondern sie weitergeben und auf den legen, der allein wirklich sorgen kann, weil er allein die Zukunft kennt und sie nicht nur kennt, sondern auch regiert. Darum machen wir uns von unserer Sorge auf die rechte Weise frei, wenn wir sie in die Bitte umsetzen: „Sorge du." Das können wir nicht, wenn wir nicht Gott vertrauen, der auf uns achtet und uns seine Fürsorge und Liebe zuwendet. Aber sein Auge und seine Gnade sind bei denen, die demütig ihm die Ehre geben.

5,8a: *Seid nüchtern, seid wach.* Die Befreiung von der Sorge, die wir im Aufblick zu Gott gewinnen, hat nichts mit träumender Sorglosigkeit gemein. Petrus rechnet zum Christenstand die Achtsamkeit, die alles abwehrt, was uns betäubt und zum Sehen und Handeln untauglich macht. Diese Notwendigkeit, die sich aus unserer Berufung zu Gott stets ergibt, wurde durch die schwere Lage der Gemeinde noch verstärkt. 5,8b.9: *Euer Widersacher, der Verkläger, geht brüllend wie ein Löwe umher und sucht, wen er verschlingen kann. Widersteht ihm, und seid durch den Glauben fest, da ihr wißt, daß dasselbe Maß von Leiden eurer Bruderschaft in der Welt bereitet wird.* Der Kampf, in dem die Gemeinde den Sieg gewinnen mußte, ging nicht nur gegen die irdischen und menschlichen Mächte, nicht nur gegen die natürlichen Triebe, gegen die alte, befestigte Sitte und Religion, gegen den heidnischen Kaiser und Staat und die Völkerwelt; ihr Kampf reichte ins Geheimnis des Jenseits hinüber. Ihr Widersacher ist unsichtbar. Es ist ein Kampf um das Recht; denn aus dem Verklagen, mit dem der Satan gegen die Sünde der Welt und der Christenheit das göttliche Gericht anruft und sich dem Werk der Gnade widersetzt, das durch die Botschaft Jesu in der Menschheit geschieht, erwächst ihm die Macht, die Gemeinde zu verderben und ihren Gliedern anzutun, was der Löwe dem Tier antut, das er ergreift. Der Angriff des Satans kann darin bestehen, daß er die Leidenschaft der Völker aufreizt und sie zur Verfolgung der Kirche treibt, oder darin, daß er in den Gemeinden Verwirrung und Streit anfacht und sie zum Gehorsam gegen das Gebot Jesu unfähig macht, oder darin, daß die Glaubenden innerlich erschüttert werden und mit versuchlichen Gedanken ringen müssen. Solche Vorgänge sind Zeichen des unsichtbaren Feindes; sie gleichen dem Gebrüll des Löwen, das allen Tieren die Nähe ihres mörderischen Feindes ankündigt, sie erschreckt und treibt, sich in Sicherheit zu bringen. So enthüllen auch solche Vorgänge das Wirken des Widersachers, der die Glaubenden zu Fall bringen will, und sie erzeugen immer ein angstvolles Erbeben. Ein tiefer Schrecken ergreift dann die Gemeinde; wird sie imstande sein, ihrem unsichtbaren Widersacher zu widerstehen? Aber nicht Furcht oder Flucht, sondern ein tapferes Widerstehen ist das richtige Verhalten für die Gemeinde. Ihr Sieg ist ihr Glaube, ihre Zuversicht zu Gott, die Christus ihr schenkt. Er macht sie fest gegen jeden Angriff, auch gegen die Sorge wegen ihrer Schuld, auf die sich das Verklagen ihres Widersachers stützt. Sodann soll jede Gemeinde zu ihrer Ermutigung daran denken, daß der Kampf so weit wie die Christenheit reicht. Alle, die im Christus zur großen Bruderschaft vereinigt sind, zu welchem Teil der Menschheit sie gehören mögen, erleiden dieselben Angriffe, haben denselben Druck auszuhalten und dieselben Versuchungen zu überwinden. Dies zeigt allen, daß es hier kein Ausweichen gibt, daß ihre Pflicht vielmehr darin besteht, aufrecht zu bleiben und dem Widersacher zu widerstehen; es zeigt aber auch allen, daß sie nicht notwendig unterliegen müssen: sie vermögen vielmehr, so ungleich die Macht der miteinander Ringenden ist, in diesem Kampf den Sieg zu gewinnen, weil sie dem Herrn gehören, der den Satan überwunden hat.

Vom Satan, der die Christenheit versucht, geht der Blick des Petrus zu Gott empor, an dem die Gemeinde ihren Schöpfer, Erhalter und Vollender hat. Wie die Gefahr, die sie abzuwehren hat, aus der unsichtbaren Welt kommt, so wird ihr auch die Hilfe von oben her zuteil. 5,10.11: *Aber der Gott jeder Gnade, der euch zu seiner ewigen Herrlichkeit im Christus berufen hat, wird euch, die ihr für kurze Zeit leidet, selbst vollenden, stützen, stärken, gründen. Sein ist die Macht in alle Ewigkeiten. Amen.* Die Vollkommenheit der göttlichen Gnade zeigt sich darin, daß Gott jede Gnade, deren wir bedürfen, für uns hat. Er versagt nie; darum darf die Gemeinde glauben, so glauben, daß sie durch ihren Glauben fest steht. Aus der empfangenen Gnade geht alles hervor, was wir weiter nötig haben, um zum Ziel zu gelangen. Empfangen haben wir den Ruf Gottes, das uns mit Gott verbindende Wort.

Sein Ruf hat die Verheißung bei sich, daß er uns zeigen wird, wie groß und herrlich er ist, und dies in Ewigkeit. Darum wirkt er selbst in uns, was uns bei ihm erhält und uns zum Ziel bringt. Mit dem, was uns noch fehlt, rüstet er uns aus und versieht uns mit allem, was zum Christenstand gehört. Gegen den Stoß, der uns ins Schwanken bringen könnte, ist er unsere Stütze; brauchen wir Kraft, um dem starken Gegner nicht zu erliegen, er hat sie; brauchen wir einen festen

Grund, damit wir nicht weichen und fallen, er selbst ist der Grund und Geber unserer Festigkeit, er, in dessen Macht alles ist und der in allem regiert.

5,12-14

Das Schlußwort

5,12: *Durch Silvanus, den nach meinem Urteil treuen Bruder* (Apg. 14,22.40; 1. Thess. 1,1; 2. Thess. 1,1) *habe ich euch kurz geschrieben und gemahnt und bezeugt, daß dies Gottes wahrhafte Gnade ist, in die ihr euch stellen sollt.* Weil Silvanus nach Kleinasien ging, darum schrieb Petrus an die dortigen Gemeinden; er brachte ihnen den Brief. Petrus benützt Silas zu diesem Dienst, weil er in ihm den treuen Bruder sieht. Zwar erinnert er ausdrücklich daran, daß ein solches Urteil über die menschliche Zuständigkeit hinausgeht, weil nur Gottes Auge alles sieht und einzig sein Urteil uns die Treue zuerkennen kann. Weil wir Menschen bei unserem Urteil über die anderen auf das beschränkt sind, was wir vor Augen haben, spricht es nie mehr als unsere Meinung aus. Aber darauf haben wir unser Handeln zu gründen. Da Petrus nach dem, was er sieht und weiß, zu Silvanus ein festes Vertrauen hat, übergibt er ihm seinen Brief. Sein Zweck ist die Mahnung, die die Gemeinden zum reinen Wandel und zum Leiden entschlossen und tapfer machen will, und diese Mahnung hat wiederum ihre Begründung darin, daß die Christenheit in dem, was ihr gegeben ist, die Gnade Gottes erkennt, die echte, treu gemeinte, vollständige Gnade, die ihr den Zutritt zu Gott gewährt und sie zu Gottes ewiger Herrlichkeit beruft. Ist es die wahrhafte Gnade, was die Christenheit im Evangelium mit der Erkenntnis Jesu erlangt hat, so soll sie sich durch nichts von ihr trennen lassen; dann ist es ihre Pflicht, mit Festigkeit bei ihr zu verharren.

5,13.14: *Es grüßt euch die Miterwählte in Babylonien und mein Sohn Markus* (Apg. 12,12.25; 15,39; Philem. 24). *Grüßt einander mit dem Kuß der Liebe. Friede ist für euch alle, die ihr im Christus seid.* Miterwählt mit den Gemeinden Kleinasiens ist die Christenheit des Landes, in dem Petrus seine Arbeit tat, als er diesen Brief schrieb. Babylon war bei den Juden der beständig gebrauchte Name für das östlich vom Euphrat liegende Land, wo starke jüdische Gemeinden wohnten, die mit Jerusalem in einer sehr regen Gemeinschaft und in beständigem Verkehr standen. Neben dieser Deutung findet sich in der Kirche von jeher die andere, die Babylon als Bezeichnung für Rom versteht, weil die Weissagung der Propheten gegen Babel in der Judenschaft und Christenheit auf Rom übertragen wurde. Deshalb war es nicht unmöglich, daß ein in Rom Wohnender sagen konnte, er sei in Babylon. Es ist aber kein deutlicher Grund vorhanden, der dazu zwänge, den natürlichen, ersten Sinn des Namens aufzugeben.

Von den Christen, die bei ihm sind, nennt Petrus nur einen Mann, Markus, offenbar im Gedanken, daß die Kleinasiaten ihn kennen, weil auch er am Aufbau und an der Unterweisung der kleinasiatischen Kirche mitgearbeitet hat. Das erfahren wir auch aus dem Brief nach Kolossä (4,10; vgl. 2. Tim. 4,11); es läßt sich aber davon, wie die Arbeit des Markus verlaufen ist, seit er sich von Paulus trennte und mit Barnabas zog, kein zusammenhängendes Bild geben. Mit Petrus war Markus vom Anfang seines Christenstandes an verbunden (vgl. Apg. 12,12), und es wird seinen tiefen Sinn haben, wenn der Apostel ihn seinen Sohn nennt. Durch Petrus erhielt Markus das Wort Jesu und damit sein Leben aus Gott.

Wie der ganze Brief die völlige Gemeinschaft sichtbar macht, die in der Christenheit alle verband, den Apostel mit den Glaubenden und die weit zerstreuten Christen miteinander, so endet er auch mit dem Zeichen, das diese Gemeinschaft bezeugt. Hätte Petrus selbst zu den Christen Kleinasiens kommen können, so hätte er sie mit dem Kuß der Liebe begrüßt. Nun sollen sie diesen Gruß nach der Verlesung seines Briefes einander geben und damit sichtbar machen, daß sie durch das Wort des Apostels in einem Glauben und einer Liebe zur Gemeinschaft miteinander vereinigt sind. Der Brief hatte viel zu mahnen; er sprach vom Kampf und vom Leiden der Christenheit. Aber das Schlußwort spricht noch einmal aus, daß all ihr Ringen und Arbeiten vom Frieden umfaßt wird, der sie schützt und bewahrt. Denn sie haben ihren Platz im Christus, der die an ihn Glaubenden mit seiner Gegenwart und Regierung umfaßt und an sich nimmt. Die in ihm ihren Ort gefunden haben, besitzen bei allem, was ihnen widerfährt, den Frieden.

Der Brief des Judas

1; 2: *Judas, ein Knecht Jesus des Christus, ein Bruder des Jakobus, an die Berufenen, die in Gott dem Vater geliebt und für Jesus Christus bewahrt sind. Barmherzigkeit und Friede und Liebe werde euch reichlich zuteil.* Unter den Brüdern Jesu wird uns nach Jakobus auch Judas genannt, sowohl im Evangelium des Matthäus 13,55, wo von der Familie Jesu die Rede ist, als auch in einem alten Bericht von der Christenheit Palästinas, nach dem sie von den Brüdern Jesu geleitet wurde.[1] Mit diesen Nachrichten stimmt es überein, daß in der Kirche der Brief eines Judas verbreitet worden ist, der sich vor seinen Lesern darauf beruft, daß er der Bruder des Jakobus ist. Jakobus war unter den Brüdern Jesu der wichtigste Mann, dessen Ansehen das der anderen Brüder überwog. Darum verstärkte Judas damit, daß er seine Verwandtschaft mit Jakobus hervorhob, das Gewicht seines Wortes; die ganze Christenheit wußte, daß Jakobus für die Bewahrung des Wortes Jesu und für den Aufbau seiner Gemeinde mit Kraft und Erfolg wirksam war. Seine Gemeinschaft mit Jesus drückt Judas in derselben Weise aus wie Jakobus, nämlich so, daß er sich seinen Knecht nennt (Jak. 1,1). Aus dem königlichen Amt Jesu ergab sich auch für die, die ihm von Natur am nächsten standen, dies als das eine große Ziel, daß sie ihm gehörten und ihm gehorchten. Ein Ortsname findet sich in der Adresse des Briefes nicht, so daß wir nicht wissen, wohin Judas ihn zunächst geschickt hat. Da er in Palästina wohnte, schrieb er ihn wohl für eine der Kirchen des Orients.

Dagegen preist auch Judas in der Überschrift des Briefs die

[1] Darüber steht eine alte Nachricht in der Kirchengeschichte des Eusebius.

Herrlichkeit des Christenstandes, indem er seinen Lesern gleich hier sagt, was die ihnen gewährte Berufung ihnen verschafft. Sie setzt sie in den Besitz der Liebe Gottes, der in vollkommener und herrlicher Wahrheit der Vater ist. Judas sagt aber nicht nur, daß die hier angeredeten Christen von Gott, sondern daß sie in Gott geliebt sind; damit will er wohl aussprechen, daß ihnen mit der Liebe Gottes alle Liebe gegeben ist, auch die der Brüder, die Liebe der Himmlischen und der Irdischen, aller, die Gott kennen und ihm dienen. Freilich besteht das eine große Hauptgut der Gemeinde darin, daß ihr die Liebe Gottes gegeben ist, ohne die ihr keine Liebe bliebe und keine zu helfen vermöchte. Der, dem die väterliche Liebe Gottes sich gibt, ist das Eigentum Jesu, und dies für immer; er ist in Gottes Hut für Jesus bewahrt, damit Jesus ihn zu sich nehme und seine Herrlichkeit an ihm offenbare. Die Hoffnung der Gemeinde spricht sich hier aus, die ihr Ziel in der Vereinigung mit Jesus hat und diese mit Gewißheit erwartet; denn die Liebe Gottes hat sie mit Jesus verbunden, und seine Gemeinschaft mit ihr ist unzerstörbar.

3: *Geliebte, da ich allen Fleiß daran wende, um an euch über unsere gemeinsame Rettung zu schreiben, wurde es für mich notwendig, mahnend an euch zu schreiben, daß ihr durch den Glauben ringet, der den Heiligen einmal übergeben worden ist.* Ich muß euch schreiben, sagt Judas; er hatte also zu seinem Brief einen ernsten, zwingenden Grund, und wir hören sogleich, worin er bestand. Freilich, wenn ihm das Schreiben eine Last wäre, die er scheute, so hätte vielleicht auch dieser Anlaß ihn nicht dazu bewogen, die Feder zu nehmen. Aber der briefliche Verkehr mit ihnen ist ihm ohnehin ein wichtiges, dringendes Anliegen, und deshalb sah er sich durch die Nachrichten, die er über die Leser erhielt, zum Schreiben gezwungen. Wie sollte er auch im Schreiben lässig sein, da es dabei um die Rettung geht, um das große Christenziel, das in dem Christusnamen Jesu beschlossen ist? Es ist die allen gemeinsam gewährte Rettung, die nicht der eine Teil ohne den anderen empfangen hat und empfangen wird. Der gemeinsame Besitz und das einheitliche Ziel macht willig bereit zur gegenseitigen Dienstleistung.

Der Zweck des Briefes ist die Ermutigung zu tapferem Ringen. Die Lage ist so, daß Judas jetzt von der Gemeinde die Anspannung ihrer ganzen Kraft, die volle Entschlossenheit und den tapferen Ernst verlangen muß; jetzt muß sie zeigen, was sie kann. Es ist eine Stunde, die von ihr die Bewährung fordert. Was für ein Ringen meint Judas? Jenes Ringen, zu dem der Glaube die Christenheit tüchtig und willig macht. Die Kraft, die sie in diesem Ringkampf sichtbar machen und beweisen soll, ist der Glaube. Daß sie den Glauben hat und behält, darum geht es jetzt in ihrer Anstrengung. Es steht also ein großes Gut auf dem Spiel. Denn der Glaube ist der Christenheit übergeben und in sie gelegt, nicht von ihr erfunden, nicht das Gebilde ihres eigenen Willens oder ihrer Phantasie. Niemand macht sich selber gläubig. Nur der Glaube, der uns gegeben ist, ist wahr, wirklich Gewißheit, die uns durchdringt und beherrscht, die alle unsere Gedanken und Begehrungen unter sich hat und alle zu Gott hinwendet.

Der Glaube ist der Christenheit dadurch übergeben, daß das Wort zu ihr gekommen ist, das ihr Jesus verkündigt und ihr sagt, wie Gott sich uns durch ihn offenbart. Dieses Wort kann die Gemeinde nicht selbst herstellen; sie hat es, weil es ihr verkündigt ist. Dazu gehört aber noch ein zweiter Vorgang, nämlich der, daß das Wort so zu ihr gekommen ist, daß es in sie hineingetreten ist, sie innerlich erfaßt, ihr seine Wahrheit deutlich und seine Gnade teuer gemacht hat. Dadurch, daß uns das Wort so faßt, daß es uns sich unterwirft, wird uns der Glaube gegeben. Er wird den Heiligen verliehen. Weil der Glaube das Band ist, durch das Gott uns mit sich vereint, gibt er uns Heiligkeit. Wir werden dadurch geheiligt und zu Gottes Eigentum gemacht, daß das Wort uns so beruft, daß wir hören. Die Gemeinde hat also ernsthaft danach zu ringen, daß sie sich als gläubig bewährt. Denn wenn sie den Glauben verlöre, hätte sie ihre Heiligkeit preisgegeben und gehörte nicht mehr zu denen, die Gott zu den Seinen zählt. Dazu wird der Glaube den Heiligen einmal gegeben; auch das zeigt der Gemeinde, daß sie jetzt ihre Kraft bewähren und den Kampf bestehen muß. Weil die Gabe Gottes an uns den Anspruch richtet, daß wir sie bewahren, kommt sie nicht mehrmals, nicht immer wieder, auch wenn sie abgewiesen wird. In unserer Berufung teilt sich uns die ernstgemeinte, vollkommene Gnade Gottes mit; sie bietet sich uns einmal an, indem sie in uns Glauben wirkt. Nun sollen wir den Glauben festhalten, nicht verlieren. Die Hoffnung wäre gefährlich, er werde uns später noch einmal gegeben werden, auch wenn wir ihn jetzt aufgäben.

4: *Denn es haben sich einige Menschen nebeneingeschlichen* (Gal. 2,4), *die längst vorher für dieses Urteil aufgeschrieben sind* (2. Petr. 2,3), *Gottlose, die die Gnade unseres Gottes zur Ausschweifung umbiegen* (2. Petr. 3,3) *und unseren einzigen Herrscher und Herrn Jesus Christus verleugnen* (2. Petr. 2,1). Nicht alle, die jetzt in der Gemeinde sind, gehören wirklich zu ihr. Es gibt unter den Christen, an die Judas schreibt, solche, die den Zugang zur Gemeinde nicht auf rechtmäßige Weise erworben haben und nicht so, wie man in die Gemeinde kommen soll – durch Buße und Glauben –, in sie gekommen sind. Sie haben somit ein Christentum, das Judas Sünde heißt. Dieses bringt aber die ganze Gemeinde in Gefahr und macht den Kampf zu ihrer Pflicht, in dem sie zu erweisen hat, daß der Glaube ihr gegeben ist.

Ehe er sagt, was er an diesen Menschen verwirft, stellt Judas neben den Satz, der ihr listiges Eindringen in die christliche Bruderschaft beschreibt, die Bezeugung der Klarheit und Festigkeit des göttlichen Urteilspruchs. Menschliche List ändert das Urteil Gottes nicht. Darin liegt die Torheit dieser Versuche, den Anteil an der Kirche für sich zu begehren und zu behaupten, obwohl man ihr innerlich fernbleibt; aber der Mensch kann doch den göttlichen Richter nicht betrügen und seinem gerechten Urteil nicht dadurch entgehen, daß er sich durch die Täuschung der Brüder die Mitgliedschaft in der Kirche verschafft. Das drückt Judas so aus, daß von solchen nicht zur Gemeinde gehörenden Leuten schon längst im Buch Gottes aufgezeichnet ist, daß sie dem Gericht verfallen sind. Ein Gericht sieht Judas auf ihnen liegen, weil sie ein unechtes Christentum haben – ein Christentum, das sie nicht vom Bösen befreit, sondern nur noch mehr darein verstrickt. Wenn sogar das Wort Jesu den Menschen nicht so zu Gott beruft, daß er geheiligt wird, dann ist er gerichtet, und dieses Urteil wird nicht erst gefällt, sondern steht schon längst im Buch des allwissenden Gottes und wird nicht etwa dadurch umgestoßen, daß solche Leute sich in die Christenheit drängen und sich einen christlichen Schein geben, der ihren inneren Zustand verdeckt.

Nun nennt Judas das, was er an diesen unlauteren Christen verwirft. Das erste ist: sie sind nicht fromm. Judas anerkennt keinen Glauben an Christus, der den Menschen nicht fromm macht, nicht Gott unterwirft, nicht an den Willen Gottes bindet. Ebenso unterscheidet Paulus in den Briefen an Timotheus und Titus das echte und das unechte Glauben dadurch voneinander, daß das echte dem Menschen die Frömmigkeit gibt, das unechte nicht.

Worin zeigt sich, daß jene unaufrichtigen Christen sich vor Gott nicht scheuen und ihn nicht ehren? Sie verbinden mit der Berufung auf die göttliche Gnade die wilde, zuchtlose Befriedigung der geschlechtlichen Triebe, und weiter geben sie nicht zu, daß Jesus der Herr der Gemeinde ist, er allein, er über alles. Dies und nur dies sind die Dinge, derentwegen Judas ihnen die Gemeinschaft verweigert und nicht zugibt, daß sie zur Kirche gehören, zu der Gemeinde derer, die in der Liebe Gottes stehen und für den Christus bewahrt werden.

Nicht das sagt Judas, daß die fleischlichen Triebe einigen Christen Not bereiteten und einen harten Kampf aufnötigten. Solche Nöte kamen zu allen Zeiten an viele heran; sie müssen mit dem Ernst, mit dem wir den reinen Sinn zu suchen haben, überwunden werden. Was damals neu in die Christenheit eindrang, war eine Lehre, die die Ausschweifung freigab und sie mit der Berufung auf die Gnade Gottes rechtfertigte; die Gnade mache den Menschen, so hieß es, heilig, mag er tun, was er will, und gebe ihm die Freiheit, die ganze Natur so zu gebrauchen, wie es ihm gefällt; nichts könne ihn zu Fall bringen oder ihm schaden, weil er ja in der Gnade stehe.

Daß die Gnade uns frei macht, ganz frei, das haben alle Boten Jesu in seinem Namen bezeugt, und das ganze Leben der Gemeinde ist darauf gegründet, daß sie aus Freien besteht, die keinen Herrn haben als Christus und kein Gesetz über sich haben als die Gnade Gottes. Deshalb haben aber die Jünger Jesu nichts Unreines und Verwerfliches zugelassen; denn das Böse kann nicht mit dem Willen Gottes, kann nicht mit der Gnade Gottes, kann nicht mit der Wirkung des Geistes verbunden werden, sondern bleibt von der Gemeinschaft mit Gott gänzlich getrennt. Freilich ist frei sein vom Bösen, nicht zum Bösen, ist frei sein zum Gehorsam gegen den guten Willen Gottes, zur Reinheit, nicht zur Unreinheit. Wenn aber der sündliche Wille unbereut und ungebrochen den Menschen treibt, dann ist für ihn der Schritt aus der Freiheit vom Bösen in die Freiheit zum Bösen klein, und aus der Gnade, die uns an Gott bindet, wird dann leicht eine Gnade, die uns die Erfüllung unseres Eigenwillens und seiner sündlichen Begehrungen erlaubt. Daß aber die Freiheit gerade dazu benützt wurde, um die Beschränkung, die uns die reine Ehe auferlegt, abzustreifen und einen wilden, genußsüchtigen Verkehr mit den Frauen zu pflegen, das hatte im Orient eine lange Vorgeschichte; denn dort war der Verkehr mit der Frau schon längst durch die Entzündung wilder Triebe verdorben und die Unreinheit in mannigfacher Weise mit den heidnischen Gottesdiensten verknüpft. Wie in der heidnischen Religion oft die Befriedigung der sinnlichen Lust zum Höhepunkt der religiösen Feier geworden war, so sagten nun auch diese neuen Christen, die göttliche Gnade bekomme für uns erst dadurch ihren vollen Sinn und gewähre uns erst dadurch die höchste Lust, daß Mann und Frau sich ohne Schranken zusammentun.

Darin lag eine vollständige Abwendung von Jesus und von seinem ernsten, reinen Wort, das sich gegen alle Bosheit wendet. Deshalb rechtfertigten diese Christen ihr Verhalten durch eine neue Lehre über die Mächte, die im Himmel herrschen. War denn der Mensch Jesus wirklich der einzige Herr, der Gekreuzigte wirklich der, in dem sich uns die göttliche Fülle offenbart und mitteilt? Diese Christen suchten den Verkehr mit anderen himmlischen Mächten; sie meinten auch, ihn zu besitzen und dadurch ihre geistige Vollkommenheit zu erweisen. Nach unten gegen den Naturtrieb hin waren sie zuchtlos, und dies waren sie auch nach oben gegen die Geisterwelt hin, die sie zu kennen meinten; beides aber stand in einem festen Zusammenhang miteinander. Sie sagten, sie hätten Erkenntnisse, die ihnen das Verborgene enthüllten. Wozu sollten sie sich noch heiligen, wozu den natürlichen Trieb regieren, wozu ihre Augen und ihr Gefühl keusch erhalten? Und weil ihnen ihr Christsein keine Pflicht und Arbeit gab und sie ihr Begehren nicht zu reinigen brauchten, darum bedurften sie eines anderen religiösen Stoffes, einer anderen Bewährung ihrer Begnadigung, und diese fanden sie in einer träumenden und prunkenden Theologie. Judas geht aber ihren besonderen Gedanken und Mythen nicht nach, sondern spricht nur das eine aus, daß die Herrschaft Jesu von ihnen abgeworfen wurde. Das machte die Gemeinschaft mit ihnen unmöglich und schloß sie aus der Kirche aus. Denn die Kirche ist die Gemeinschaft derer, die sich zur Herrschaft Jesu bekennen und bei der Gnade Gottes die Erlösung von allem Bösen suchen.

5–7: *Ich will euch aber erinnern, obwohl ihr alles mit einem Mal wißt* (2. Petr. 1,12), *daß der Herr, als er das Volk aus dem Land Ägypten rettete, zum zweiten Mal die umbrachte, die nicht glaubten* (4. Mose 14,35; 1. Kor. 10,5), *und daß er Engel, die ihre Herrschaft nicht bewahrten, sondern den eigenen Wohnort verließen, für das Gericht des großen Tages mit ewigen Banden im Dunkel verwahrt hat* (2. Petr. 2,4), *wie auch Sodom und Gomorra und die bei ihnen liegenden Städte, da sie in derselben Weise wie diese hurten und fremdem Fleisch nachliefen, als Beispiel dastehen, weil die Verurteilung zum ewigen Feuer auf ihnen liegt* (1. Mose 19,4-25; 2. Petr. 2,6.10). Keine Größe der göttlichen Gnade und Gabe ermächtigt zur Sünde. Das ist durch die frühere Erweisung Gottes mit der hellsten Deutlichkeit allen gezeigt. Es gibt keinen Gnadenstand, sei er noch so herrlich, der nicht durch Sünde wieder verlorengehen kann. Das weiß die Christenheit; sie erfährt es nicht erst jetzt durch den Brief des Judas. Sie braucht zur Abwehr ihrer Verführer nicht einen neuen Unterricht; vielmehr hat Judas nur an das zu erinnern, was jedermann in der Christenheit weiß.

Das erste Beispiel dafür, daß keine noch so reiche Erfahrung der göttlichen Gnade den göttlichen Ernst beseitigt und die Sünde straflos macht, ist die Geschichte Israels in der Wüste. Das Volk hatte von Gott selbst in wunderbarer Größe die Rettung empfangen. War es dadurch nicht gesichert und zu allem ermächtigt, was es begehrte? Aber dieselben Menschen, die Gott erlöst hatte, kamen in der Wüste um, weil sie nicht glaubten. Jede göttliche Hilfe und Gabe wird von uns umsonst empfangen, wenn sie uns nicht zum Glauben führt. Den Trotz, der murrt, und das Mißtrauen, das zweifelt, ließ Gott seinem Volk nicht zu; darum mußte die Generation, die das Wunder der Rettung erlebt hatte, sterben. Das sagt Judas denen zur Warnung, denen das Werk Jesu und seine verborgene stille Regierung zu gering scheint, als daß sie auf ihn vertrauen möchten.

Das zweite Beispiel nimmt Judas aus 1. Mose 6,2; er deutet diesen Vers auf Engel, die nach menschlichen Frauen begehrten. Er hat, wie wir auch durch Vers 14 wissen, die Auslegung dieser Stelle gekannt, die in dem mit dem Namen Henochs überschriebenen Buche gegeben war; danach müssen die aus dem Himmel herabgestiegenen Engel gebunden an einen finsteren Ort auf ihre Verurteilung am letzten Tag warten. Dieses Beispiel sollte alle kräftig warnen, die sich der unreinen Frömmigkeit ergaben. Denn die Engel stehen ja in einem besonders reichen Genuß der göttlichen Gnade. Sie haben ein Herrscheramt empfangen und am himmlischen Ort ihre Heimat. Aber das Empfangene muß bewahrt sein; sonst entsteht aus dem großen Vorzug der tiefe Fall und das schreckliche Gericht. Auch den einst herrlichen Engeln läßt Gott es nicht zu, daß sie ungestraft sündigen. Das dritte Beispiel steht zwar nach der einen Seite weiter von dem ab, was die Gemeinde sich deutlich machen muß, weil die Städte am Toten Meer nicht durch eine besondere Berufung und Offenbarung vor den übrigen Menschen bevorzugt waren; nach der anderen Seite hat es aber in diesem Zusammenhang auch wieder eine besondere Kraft, weil an Sodom und Gomorra sichtbar wird, was die Ausschweifung von Gott zu erwarten hat.

8: *Dennoch leben auch diese ebenso in Träumen, beflecken das Fleisch, verwerfen den, der die Herrschaft hat, lästern solche, die Herrlichkeit haben* (2. Petr. 2,10). Obwohl der Ernst Gottes in der Schrift und in der Geschichte deutlich bezeugt ist, gehen jene Neuerer denselben Weg. Das heißt Judas in Träumen leben. Da sieht das Auge nichts; willkürlich erdachte Gedanken erfüllen sie, verdecken ihnen die Wirklichkeit und bringen sie so unter ihre Herrschaft, daß sie völlig in ihnen leben. Sie geben ihren Anschauungen freilich andere Namen und versichern, sie seien echte Erkenntnis, sie seien die Wahrheit. Judas heißt aber jeden, der nicht merkt, daß sein zuchtloses, unreines Begehren ihn von Gott trennt, einen Träumer.

Das zeigt sich an der Art, wie die neuen Lehrer sich an den Werken Gottes vergreifen. Was machen sie mit dem menschlichen Leib? Sie entweihen und verderben ihn. Wie stellen sie sich zu der Herrschaft, die Gott Jesus gab? Sie lehnen sich gegen sie auf und erklären sie für abgetan. Wie urteilen sie über die höheren Mächte, denen Gott eine Herrlichkeit gab, die den Lebensstand des Menschen überragt? Sie werfen durch ihre kecken Theorien Scheltworte auf sie.

Was für Vorgänge die letzte Mahnung veranlaßt haben, wissen wir nicht, da Judas nicht im einzelnen ausführt, was die neuen Lehrer gegen das Geisterreich vorbrachten. Es ist ihm genug, daß sie zu lästern vermögen. Darin macht sich immer ein gottloser Sinn sichtbar. Wer fromm geworden ist und im Gehorsam Jesu steht, kann nicht mehr lästern.

9: *Aber Michael, der Erzengel, als er mit dem Verkläger rechtete* (Offenb. 12,7; Dan. 19,13.21; 12,1) *und mit ihm über den Leib Moses sprach, wagte nicht, ein Urteil der Lästerung auf ihn zu legen, sondern sagte: Der Herr schelte dich.* Weil die neue Erkenntnis viel über die Engel sprach, nimmt auch Judas sein Beispiel, an dem er die Anmaßung in solchen lästernden Reden zeigt, von den Engeln her. Die Erzählung, an die er erinnert, stand in einer jüdischen Schrift, die das Ende Moses im Stil der damaligen Schriftgelehrsamkeit ausgemalt hat. Sie ist aber heute nur noch verstümmelt vorhanden, so daß wir nicht mehr genau wissen, was in dieser Schrift über den Tod Moses erzählt war. Deutlich ist, daß ihr Verfasser die Angabe der Schrift, Gott habe Mose (5. Mose 34,6) begraben, so deutete: Mose sei vom höchsten der Engel, Michael, begraben worden; dabei sei ihm der Verkläger in den Weg getreten und habe ihm die Leiche Moses nicht überlassen wollen. Wahrscheinlich berief er sich auf das, was an Moses Verhalten sündlich gewesen war. Aber nicht deshalb erinnert Judas an jenen Bericht über Moses Tod, sondern wegen der Antwort, die Michael nach Sach. 3,2 dabei dem Satan gab. Dem Fürsten der Engel tritt der Satan entgegen, und dennoch nimmt der Erzengel das Gericht nicht in die eigene Hand; er spricht nicht selbst ein Wort, das die Bosheit des Satans schilt und ihn schändet, sondern der Engel ehrt Gott als den alleinigen Richter und wartet das Urteil Gottes ab. Die neuen Lehrer dagegen werfen mit ihren lästernden Urteilen ohne Scheu um sich. 10: *Diese aber lästern, was sie nicht kennen* (2. Petr. 2,12). *Mit dem aber, was sie auf natürliche Weise wissen, wie es auch die Tiere tun, die keine Vernunft haben, verderben sie sich.* Den großen Worten, die sich auf besondere Offenbarungen berufen, schenkt Judas keinen Glauben. Die Geisterwelt ist den Neuerern unbekannt, und ihre Theorien über sie sind Träume. Freilich haben sie daneben auch ein Wissen von mancherlei Dingen; aber auch das läßt Judas nicht als einen

Vorzug gelten, der sie als eine göttliche Gnade stolz machen dürfte. Ein Wissen, das uns die Sinne zuleiten, haben auch die Tiere, und der Gebrauch, den die neuen Lehrer von ihren Kenntnissen machen, ist unheilvoll. Sie haben an ihrer Bildung keine Hilfe zu ihrer Errettung, nichts, was sie erhöbe, reinigte und zu Gott hinwendete; vielmehr bereiten sie sich mit ihr das Verderben, da sie ihnen nur zum Grund der Überhebung wird.

11: *Wehe ihnen! Auf dem Weg Kains gingen sie dahin* (1. Mose 4,8), *und durch die Verführung Bileams wurden sie, weil sie nach Lohn begehrten, weggetan* (4. Mose 31,16; 2. Petr. 2,15), *und durch die Widerrede Korahs kamen sie um* (4. Mose 16). Drei Gestalten aus der Schrift sind zusammengestellt, an denen mit besonderem Ernst deutlich wird, was Sünde ist und was aus ihr entsteht. Kain steht jedenfalls deshalb da, weil er unter den Fluch Gottes fiel. Unstet und flüchtig, aus Gottes Nähe weggewiesen, zog er fort. So treibt das Urteil Gottes auch diese unreinen Christen einmal aus der heiligen Gemeinde weg. Wahrscheinlich steht aber Kain auch deshalb hier, weil er sich in Neid und Haß gegen den Bruder erhob. Wer lästern kann, kann auch hassen, und das ist Kains Weg. Bileam, der Prophet geht darauf aus, Israel zu verderben, weil es ihn reut, den Lohn zu verlieren, den ihm seine Weissagung eintrüge. Er stellt eine andere Seite an der neuen Bewegung dar. Sie rühmt sich, daß sie Geist besitze, und erklärt, sie kenne Gottes Rat und Werk. Aber dieser Geist bekämpft den Christus und seine Gemeinde und bemüht sich, sie zu zerstören. Dabei tritt aber dasselbe wie bei Bileam ans Licht: ein geknechteter Wille, der nach dem greifbaren Vorteil hascht und die angeblich himmlischen Kräfte dazu benützt, um für sich selbst zu sorgen. Hier dient die Religion dem Eigennutz, und die heiligen Dinge werden als Mittel des Gelderwerbs mißbraucht. Dann bleibt solchen „Propheten" freilich nichts übrig als die Empörung gegen Jesu Wort. Auch das dritte Beispiel, Korah, der sich gegen Moses Würde auflehnt und mit ihm um die Ehre und Herrschaft streitet, sieht deutlich auf die Vorgänge in den Gemeinden; denn wer das königliche Amt Jesu nicht anerkennen mag, unterwirft sich der göttlichen Ordnung nicht. Die neuen Christen wollen nicht gehorchen, nicht dienen, sondern fahren hoch einher und dulden niemand über sich.

12a: *Diese sind die, die bei euren Liebesmahlen für euch zur Klippe werden, da sie ohne Furcht mitschmausen und sich selber weiden.* Durch die Tischgemeinschaft, die die Christen miteinander pflegten, kam ans Licht, daß sie völlig und treu miteinander verbunden waren und alles miteinander teilten, die geistlichen und die leiblichen Güter. Sie setzten der Liebe keine Schranken, sondern nahmen sich in allen Stücken umeinander an. Darum beteten sie miteinander und aßen miteinander, nicht nur das eine und nicht nur das andere. Aber für den gemeinsamen Tisch der Christen waren Männer und Frauen, die mit der göttlichen Gnade die Zuchtlosigkeit rechtfertigten, eine schlimme Gefahr. Bei diesen Vereinigungen warben sie für ihre neue Frömmigkeit, und ihre Zuchtlosigkeit brachte in die Feier leicht die häßlichsten Flecken hinein und vertrieb die schlichte Genügsamkeit und Einfachheit. Diese Christen begehrten ja den wilden Genuß. Gerade weil die Gemeinschaft, die die Glaubenden miteinander verband, innig und vollständig war, war die Zucht für sie eine unentbehrliche Bedingung ihres Gedeihens. Wer sie angriff, arbeitete an der Zerstörung der Gemeinde, wie die vom Meer bedeckte, verborgene Felsklippe dem Schiff den Untergang bereitet.

Sie weiden, sagt Judas von den neuen Lehrern, nicht die Herde, sondern sich selbst. Er denkt an Hesek. 34,8. Mit dem Hirtenbild beschrieb die Gemeinde nach dem Wort Jesu (Luk. 15,4-6) und nach der Weissagung der Schrift das Werk eines treuen Arbeiters. Wenn aber der Hirt nicht mehr für die Herde, sondern nur für sich selbst sorgt, so ist das Grundgesetz, das den Dienst Gottes ordnet, zertreten. Darum sind solche Lehrer trotz aller ihrer großen Worte, mit denen sie von ihrer Erkenntnis Gottes und von ihrem Anteil an seinem Geist reden, unfruchtbar. Sie dienen nicht, fördern die Gemeinde nicht, tun keine für sie wertvolle Arbeit. Diese Unfruchtbarkeit stellt nun Judas durch eine Reihe von beredten Gleichnissen dar.

12b; 13: *Sie sind Wolken ohne Wasser, die von Winden vorbeigejagt werden* (2. Petr. 2,17), *im Herbst dürr gewordene Bäume ohne Frucht, zweimal erstorben und entwurzelt, wilde Wellen des Meers, die ihre eigenen Schandtaten ausschäumen, aus ihrer Bahn gewichene Sterne, für die das Dunkel der Finsternis für immer auf-*

behalten ist (2. Petr. 2,17). Verlangend sieht der palästinische Landmann nach den Wolken, ob sie ihm wohl Regen bringen. Nun können zwar Wolken heraufziehen, und doch fällt kein Tropfen Regen; der Wind scheucht sie fort. So sind diese großsprecherischen Christen mit ihren hohen Worten; sie haben den anderen nichts zu geben, was ihnen heilsam wäre und eine echte Erkenntnis Gottes vermittelte. Der herbstliche Baum ohne Laub und Frucht, vollends wenn er dürr und tot und ohne Wurzeln ist, stellt einen ähnlichen Gedanken dar. Was diese Christen haben und anpreisen, sieht zwar aus wie Glaube, ist aber von innen heraus zerstört und gänzlich ungeeignet, eine wohltuende Wirkung hervorzubringen. Rauschend schlägt die Brandung ans Ufer und spritzt hoch auf. So machen auch diese Männer großen Lärm, geben hohe Versprechungen und fordern für sich Unterwerfung und Verehrung. Was schließlich herausspritzt, ist aber nur der innerlich sie befleckende Schmutz. Der fallende Stern, der die geordnete Bahn verlassen hat und in die Tiefe fährt, endet im Dunkel. So verlöscht das blendende Licht dieser falschen Frömmigkeit und endet damit, daß das Gericht Gottes sie trifft.

14; 15: *Auch für diese hat Henoch, der Siebte von Adam her, geweissagt und gesagt: Sieh, der Herr kam mit seinen heiligen Zehntausenden, um gegen alle Gericht zu halten und alle Gottlosen zu überführen wegen aller Werke ihrer Gottlosigkeit, die sie begangen haben, und wegen aller harten Worte, die gottlose Sünder gegen ihn geredet haben.* Die Verkündigung des göttlichen Gerichtstages entnimmt hier Judas einem dem Henoch zugeschriebenen Buch, wohl deshalb, weil so die Anzeige des göttlichen Gerichts an den Anfang der menschlichen Geschichte zu stehen kommt und ein für allemal aller Gottlosigkeit den Ausgang zeigt, der auf sie wartet. Mit den himmlischen Heerscharen vereint wird Gott erscheinen, um Gerechtigkeit zu üben und aller Bosheit ihren verdienten Lohn zu geben. Auch das war Judas an dieser Stelle aus einem Henoch-Buch lehrreich, daß sie neben die Werke, mit denen die Menschen ihre Mißachtung Gottes zeigen, auch die harten, lästernden Worte setzt als eine Sünde, die das Gericht Gottes nötig macht und bei seiner Erscheinung ihre Vergeltung findet.

16: *Diese murren und schelten das Schicksal, weil sie nach ihren*

Begierden wandeln, und ihr Mund redet Maßloses (2. Petr. 2,18), *weil sie die Personen bewundern um des Vorteils willen.* In dem aus dem Buch Henoch zitierten Spruch war davon die Rede, daß sich die Gottlosigkeit in harten Worten zeigt, die gegen die Regierung Gottes gerichtet sind. So reden auch diese neuen Lehrer. Denn sie schelten die Natur und Welt und beklagen sich über den Zustand, in den Gott uns hineinversetzt, und über das Schicksal, das uns seine Regierung bereitet. Aber obgleich sie diese Welt schlecht und finster heißen, denken sie nicht daran, auf ihre Begierden zu verzichten; vielmehr sind diese und nur diese das, was sie bewegt, und eben deshalb, weil sie nach der Befriedigung ihrer Begierden verlangen, schelten sie die Welt und lästern sie das Werk Gottes. Ihre Worte fliegen über jede Grenze hinaus; alles wissen sie, alles können sie, alles verheißen sie. Daneben steht aber ihre Menschenverehrung mit ihrer Erbärmlichkeit. Sie erwarten voneinander und geben einander eine den Menschen feiernde Bewunderung, und daher rührt der ganze, stolze Prunk ihrer hochtönenden Worte. Damit verbinden sich eigensüchtige Rechnungen. Es bringt Vorteile, wenn man zu den neuen Meistern gehört, und ebenso, wenn man sie feiert und ihre religiösen Künste hoch erhebt. Damit ist das Gebot, das Jesus seiner Gemeinde gegeben hat, gründlich entstellt. Es leitet sie zur Beugung vor Gott an, die in Geduld auch das Schwere erträgt; dagegen lehrt es, der eigenen Begierde tapfer zu widerstehen und darüber zu wachen, daß nicht das fleischliche Begehren den Antrieb für das Handeln bilde; es verwehrt alle Verehrung der Menschen, läßt keinen Kultus mit Personen zu und leitet an, alles, was im Namen Jesu getan wird, vor der Befleckung durch die eigennützige Sucht zu bewahren.

17; 18: *Ihr aber, Geliebte, denkt an die Worte, die von den Aposteln unseres Herrn Jesus Christus schon früher gesagt worden sind, da sie euch sagten: Im letzten Teil der Zeit werden Spötter sein, die nach ihren eigenen, nach Gottlosigkeit verlangenden Begierden wandeln.* Wenn im eigenen Kreis der Christenheit die Sünde in ihren schlimmsten Formen sichtbar wird und ein schmutziges, gottloses Treiben hervorbricht, so kann das die Gemeinde wohl schwer erschüttern. Liegt darin nicht ein starker Grund zum Zweifel? Die Christenheit pries ja Jesus als den Erlöser vom Bösen, sah im Glauben ihre Gerechtigkeit, nannte die Kirche die Stätte des Heiligen Geistes, freute sich an ihrer Gemeinschaft, weil sie dazu helfe, vom Bösen bekehrt und geheiligt zu werden, und nun kam das Böse in ihrer eigenen Schar mit solcher Verderblichkeit ans Licht! Aber gegen diesen Anstoß ist die Gemeinde dadurch gesichert, daß ihr nie verheißen war, nur bei den anderen geschehe die Bosheit, bei ihr selbst nicht; vielmehr hat die Weissagung der Apostel die Kirche immer gewarnt und ihr gesagt, daß der Eintritt in die christliche Gemeinde noch nicht der unfehlbare Schutz gegen die Bosheit ist, daß vielmehr auch in ihr selbst wieder Fall, Unglaube und Auflehnung gegen Jesus hervortreten werden. Die Christenheit wird also durch solche schweren Erfahrungen nicht überrascht; sie ist gewarnt. Die Weissagung rechnet die Zerrüttung der Gemeinde zu den Zeichen der letzten Zeit, die auf die Nähe der Offenbarung Jesu hinweisen nach dem Grundgedanken, daß sich vor der vollkommenen Hilfe die tiefste Not und Schuld der Menschheit enthüllen muß und dies nicht nur bei Israel und den Heiden, sondern auch in der Christenheit. Der Spott gegen alles, was uns an Gott erinnert, ist als das bezeichnet, was den inwendigen Abfall von Gott besonders sichtbar macht. Den Drang, über das Göttliche zu spotten, bringt Judas damit in Zusammenhang, daß die Menschen sich ihrer Begierde ergeben und von ihr allein und völlig ihr Leben beherrschen lassen. Die Begierde kann aber die Erinnerung an Gott nicht ertragen und stößt sie als eine Störung weg; sie begehrt nach Gottlosigkeit, nach einem Leben, in dem es der Mensch mit nichts als mit sich selbst und seinem eigenen Willen und eigenen Glück zu tun hat. Sie wehrt sich darum gegen alles, was uns an Gott erinnert, dadurch, daß sie es verhöhnt.

19: *Das sind solche, die Spaltungen stiften, solche von seelischer Art, die nicht Geist haben* (Jak. 3,15). Die freien Geister erhoben sich hoch über die anderen Christen; daran zerbrach die Einheit der Gemeinde unrettbar. Sowie der Mensch sich selbst erhöht, sammelt er seine besondere Anhängerschaft um sich und sieht in seinen eigenen neuen Gedanken und seiner besonderen Lebensweise das Allerwichtigste. Dabei brauchten die neuen Christen wahrscheinlich dasselbe Wort, das Judas hier auf die Gemeinde bezieht, für sich selbst, um ihren Vorzug vor den anderen Christen auszusprechen.

Von sich sagten sie, sie besäßen den Geist, von den anderen, sie hätten nur die seelische Art. Der große, alles bestimmende Gegensatz in unserem Leben bricht auf, wenn Gott uns durch seinen Geist sich unterwirft. Dadurch tritt vor unser Auge der klare, scharfe Gegensatz zwischen dem, was menschlich, und dem, was göttlich ist, zwischen dem, was von unten kommt, und dem, was von oben ist. Den Geist fanden aber jene Neuerer nur bei sich; sie behaupteten, daß er erst in den Erkenntnissen, deren sie sich rühmten, und in der Freiheit, mit der sie alle Schranken zerbrachen, erscheine; die Jünger Jesu und die Gemeinde, die ihnen gehorchte, sollten ihn noch nicht haben. Bei diesen sahen sie nur die natürliche Stufe des menschlichen Lebens, auf der der innere Besitz ganz aus der Seele stammt und darum in den Schranken des menschlichen Vermögens bleibt. Judas übernimmt ähnlich, wie es auch Paulus 1. Kor. 2,14 tut, die von den anderen gebrauchten Worte. Das ergibt in der Tat den großen Gegensatz, der scheidend durch die Menschheit geht, daß es Menschen gibt, die nichts sind und haben, als was ihnen die menschliche Art und Lebendigkeit verschafft, und daß es dagegen andere gibt, die ihr Wort und Werk aus Gott durch den Geist empfangen. Aber diese Scheidung wird nicht da sichtbar, wo die Schwärmer sie suchen. Wo Christus abgewiesen und der Lust gedient wird, da ist der Geist nicht. Da herrschen im Gegenteil die Gedanken und Triebe, die der Mensch dann in sich hat, wenn er in sich selbst gefangen ist. Denn der Geist Gottes führt uns zu Jesus und hebt uns über die natürlichen Triebe empor. Er bringt auch keine Spaltungen hervor und macht nicht, daß wir uns selbst rühmen und eigene Wege gehen. Denn der Geist Gottes zieht uns zu Gott und führt uns darum zueinander. Nun arbeiten und streiten wir nicht für uns; denn das Werk des Geistes in uns besteht darin, daß er uns die Liebe gibt. Die großen Worte der Widersacher sollten also die Gemeinde nicht blenden und einschüchtern. Sie wandten freilich gegen die Warnung, die an den kommenden Abfall erinnerte, ein, sie treffe nicht sie, sie brächten ja der Kirche den großen Fortschritt und dem Christenglauben die Vollendung; denn bei ihnen und nur bei ihnen sei der Geist. Aber was sie dem Geist zuschrieben, war in Wahrheit das deutliche Kennzeichen dafür, daß nichts als die finstere, zerrüttete Menschenart in ihnen wirksam war.

20; 21: *Ihr aber, Geliebte, erbaut euch durch euren hochheiligen Glauben. Betet im Heiligen Geist. Bewahret euch in Gottes Liebe. Erwartet das Erbarmen unseres Herrn Jesus Christus zu ewigem Leben.* Vorwärts muß sich die Gemeinde bewegen; sie kann nicht bleiben, was sie ist. Bauarbeit hat sie zu tun, und der Bau ist noch nicht fertig und wird nicht fertig in dieser Zeit. Das Mittel aber, durch das sie nach innen und nach außen wächst, ist der Glaube. Ohne ihn ist sie nichts; durch ihn hat sie empfangen, was sie ist, und wird sie weiter empfangen, was ihr zum Wachstum hilft. Denn im Glauben besitzt sie den Anschluß an Gott. Der Glaube ist das Allerheiligste, was die Gemeinde hat; denn er ist das Werk Gottes; er erwächst aus der Sendung Jesu, aus seinem Ruf und Wort. Was heilig ist, muß bewahrt werden. Darum tut der keine Bauarbeit, sondern ihr Gegenteil, der in sich und den anderen den Glauben zerstört.

Der Geist ist der Christenheit gegeben, und was sie von ihm empfängt und durch ihn zu tun vermag, ist das Beten. Daran, daß sie beten kann, sieht sie, daß in ihr nicht nur das geschieht, was die Seele hervorbringt. Denn das echte Gebet ist Gabe. In ihm, nicht in Träumereien und angeblichen Erkenntnissen, bewährt die Christenheit, daß mit der Gegenwart Jesu der Geist Gottes bei ihr ist.

Die Liebe Gottes hat sich ihr kundgetan in der Sendung des Christus, an den sie glaubt, und in der Sendung des Geistes, durch den sie betet. Das zeigt ihr ihre Pflicht; sie bleibe in der Liebe Gottes und wehre alles von sich ab, was sie von ihr trennt! Darüber hinaus gibt es kein noch höheres Ziel, kein größeres Gut.

Dem, was der Christenheit noch fehlt, was sie unfertig macht und ins Leiden führt, soll sie die Hoffnung entgegensetzen. Sie soll nicht meinen, jetzt schon vollkommen zu sein, sondern warten. Was sie vor sich hat, das ist die Erweisung des barmherzigen Sinnes Jesu. Er wird in großer Gütigkeit als ihr Retter erscheinen. Darum ist die nach ihm ausschauende Hoffnung keine Last und versetzt sie nicht in Angst. Es ist nicht schwer, auf den zu warten, der barmherzig ist. Mit seiner Offenbarung wird sie dann zum ewigen Leben gelangen.

22; 23: *Und mit den einen von ihnen habt Erbarmen, wenn sie zweifeln. Reißt sie aus dem Feuer* (Sach. 3,2) *und rettet sie so. Und mit den anderen von ihnen habt dadurch Erbarmen, daß ihr euch fürchtet und auch das Kleid haßt, das vom Fleisch her schmutzig wurde.*[1] Gegen alle, die der Sünde der falschen Geistlichkeit verfallen, hat die Gemeinde barmherzig zu bleiben. So erfüllt sie das Gebot Jesu. Aber die Barmherzigkeit bekommt eine verschiedene Aufgabe je nach der Haltung der Irrenden. Bei den einen kann sie das tun, was sie für sie wünscht; da kann sie retten. Das sind die, die noch zweifeln und innerlich schwanken. Solange sie zweifeln, sind sie noch nicht ganz von der Wahrheit los und noch immer von der Wahrheit Jesu berührt, so daß sie noch nicht hemmungslos sündigen können. Es ist ihnen noch bang in ihrer selbstischen Freiheit und noch nicht wohl im Schmutz. „Da", sagt Judas, „greift zu und laßt solche nicht ganz versinken!" Wenn sie in ihrer Sünde hart geworden sind, kann man ihnen nicht mehr helfen. Solange sie noch schwanken, soll die hilfreiche Hand für sie bereit sein, die sie nicht ganz fallenläßt. Aber auch dann ist die Umkehr für sie ernst und schwer und der Rettung dessen zu vergleichen, der aus dem Feuer herausgerissen werden muß. Mit dem, der in Feuersgefahr ist, disputiert man nicht; da helfen auch keine langsamen Mittel. Für ihn selbst kommt es jetzt darauf an, daß er einen raschen Entschluß faßt, die Verbindung mit den stolzen Geistern ganz aufhebt und sich aufrichtig dessen schämt, was er bisher für seine Vollkommenheit gehalten hat.

Auch mit denen, die nicht zu retten sind, soll die Gemeinde nicht unbarmherzig umgehen; im Gegenteil, auch ihnen hat sie die vollkommene Liebe zu geben. Aber hier kann die Barmherzigkeit nicht mehr tun, als daß sie sich fürchtet und jede Gemeinschaft aufhebt. Nicht nur den Menschen, der sich unrein machte, hat sie zu meiden, sondern auch den Rock, an dem der Schmutz klebt, zu hassen. Das meint wohl, daß die Christenheit sich von jeder Berührung und Gemeinschaft mit solchen fernhalten soll. So übt sie in diesen Fällen die Barmherzigkeit. Dieses Verhalten ist nicht unbarmherzig, nicht Bruch der Liebe, weil solchen Sündern nur durch den Ernst, mit dem die Gemeinde sie meidet, deutlich werden kann, was sie tun. Sie kann sie nur warnen, sie nur an das Gericht Gottes erinnern, und dies tut sie dadurch, daß sie sich von allem fernhält, was mit ihrer Sünde in Beziehung steht.

[1] Dieser Vers ist nicht unverletzt überliefert und läßt sich nicht mehr mit Sicherheit wiederherstellen.

24; 25: *Der aber, der euch ohne Anstoß behüten und ohne Makel mit Frohlocken vor seine Herrlichkeit stellen kann, der alleinige Gott, unser Retter, hat durch Jesus Christus, unseren Herrn, Herrlichkeit, Größe, Macht und Gewalt vor jeder Zeit und jetzt und in alle Ewigkeiten. Amen.* Durch alles Schwere und Gefährliche, das in der Christenheit hervortritt, wird ihre Gewißheit nicht erschüttert, daß Gott sie zu seinem herrlichen Ziel führt; denn diese ihre Gewißheit gründet sich nicht auf Menschen, sondern auf Gott. Darum steht in unserem Brief beides nebeneinander, daß in der Christenheit die schlimmsten Sünden geschehen können, die das Gericht Gottes trifft, und daß die Christenheit einen sicheren Heilsstand hat, nicht fallen muß, sondern behütet und vollendet wird. Jenes Urteil trifft den Menschen; diese Zuversicht entsteht im Blick auf Gott. Sie bewirkt, daß der Brief mit der Anbetung Gottes schließt. Denn die Gemeinde hat es ja vor Augen, daß Gott ihr durch Christus seine Größe und Macht offenbart. Wie das Werk Christi in den ewigen Rat Gottes zurückreicht, so umspannt es auch nicht nur die Gegenwart, sondern geht unvergänglich weiter und hinauf zum ewigen Ziel.

Der zweite Brief des Petrus

1,1.2: *Symeon Petrus, ein Knecht und Bote Jesu, des Christus, an die, die den gleich kostbaren Glauben wie wir erlangt haben durch die Gerechtigkeit unseres Gottes und des Retters Jesus Christus. Gnade und Friede werde euch reichlich durch die Erkenntnis Gottes und Jesu, unseres Herrn, zuteil.* Aus der Art, wie dieser Brief den Brief des Judas wiederholt, und aus dem Unterschied der Sprache, die ihn vom ersten Brief des Petrus trennt, ergibt sich deutlich, daß hier nicht Petrus selbst, sondern ein anderer Christ zur Kirche spricht. Er schrieb, um der Christenheit zu sagen, worin das rechtschaffene Christentum besteht, und wählte für seine Ermahnung diese Form, weil nicht das, was der Verfasser selbst meint und will, sondern das, was die Apostel der Kirche übergeben haben, ihren Anteil an der Gnade Gottes fest und ihren Dienst Gottes richtig macht. Den Verdacht, der Verfasser müsse dabei ein schlechtes Gewissen gehabt haben und habe irgendwelchen Betrug im Sinn, brauchen wir nicht zuzulassen; er wählte diese Weise, zur Christenheit zu sprechen, weil er mit Ernst und Überzeugung danach strebt, daß die Gemeinde nicht aus der Bahn weiche, die ihr die Apostel gezeigt haben, sondern bewahre, was sie von ihnen empfangen hat. Darum setzte er auch nicht den Namen eines anderen Apostels, sondern den des Petrus über seinen Brief; denn Jesus hat Petrus zum ersten seiner Boten gemacht, und die Kirche ist durch sein Zeugnis entstanden. Sie bleibt deshalb dann auf dem Weg Jesu, wie er ihr von Anfang an gezeigt worden ist, wenn sie das nicht verliert, was Petrus ihr verkündigt hat.

Obgleich wir aus 3,1 sehen, daß der Verfasser den ersten Brief des Petrus kennt, richtet er seinen Brief doch nicht nur an die Kirche Kleinasiens; er will nicht nur einem besonderen Teil der Kirche, sondern der ganzen Christenheit zeigen, worin alle das Ziel ihres Christenstandes zu erkennen haben. Darum sagt er von denen, denen sein Wort gilt, nur das eine, daß sie den Glauben erlangt haben, der die Gemeinschaft zwischen den Boten Jesu und der Kirche herstellt. Den Glaubenden gilt die Verheißung und das Gebot, die die Jünger Jesu uns in seinem Namen geben. Der Glaube schafft aber zwischen allen, denen Gott ihn gewährt, eine starke Gleichheit, auch zwischen dem ersten der Apostel und den anderen Christen, weil der Glaube vor Gott überall den gleichen Wert hat. Gott erhört ihn und begabt ihn mit seiner Gnade in derselben Weise für alle. Das wäre anders, wenn der Glaube seine Kraft durch uns bekäme, durch das, was wir selber sind und leisten. Dann wäre, was der Glaube uns verschafft, beim einen größer, beim anderen kleiner, je nach der verschiedenen Leistung des Glaubenden. Er entsteht aber nicht durch unseren Willen und erlangt die Gabe Gottes nicht durch unsere Leistung, sondern besteht gerade darin, daß Gott unsere Zuversicht von uns selbst wegzieht und auf seine Gnade gründet. Er aber sieht auf jeden Glauben und gibt allen, die sich zu ihm wenden, seine Liebe, Hilfe und Gemeinschaft. Darum bringt der Glaube uns allen denselben Gewinn und hat für alle denselben Wert, und darum vereinigt er uns auch zu einer vollständigen Gemeinschaft, bei der jeder den ganzen Anteil an Gottes ganzer Gnade hat.

Die Gerechtigkeit Gottes und Jesu ist der Grund, aus dem uns das Recht und Vermögen zu glauben geschenkt ist. Das sollen wir nicht so mißverstehen, daß wir uns unseren Glauben als unser Verdienst anrechneten, etwa so, daß wir im Glauben den Lohn für das Gute sähen, das wir taten, ehe wir ihn empfingen. Die Gerechtigkeit Gottes besteht nicht im Lohnen und Strafen, nicht einzig darin, daß er unser Verhalten sieht, richtet und vergilt; vielmehr ist das Hauptstück an der Gerechtigkeit Gottes, durch die er uns seinen reinen, guten Willen zeigt, dies, daß er uns unseren Anteil an seinem Heil nach seiner eigenen Güte und Herrlichkeit zuteilt. Er zeigt uns seine Gerechtigkeit dadurch, daß er unser Heil schafft, seine Gnade an uns offenbart, uns unsere Sünde verzeiht, vom Bösen uns trennt, uns sich untertan macht und uns durch sein Wort und seinen Geist in seiner Gemeinschaft erhält; dies alles aber tut uns Gott eben dadurch, daß er uns im Glauben zu sich zieht. Indem er so gnädig und herrlich an uns handelt, erweist er uns die fleckenlose Reinheit und Richtigkeit seines Willens, seine Gerechtigkeit. Weil aber die Gerechtigkeit Gottes und die Gerechtigkeit Jesu eins sind, darum zeigt uns Jesus seine Gerechtigkeit dadurch, daß er uns deshalb von allem Bösen rettet, weil wir an ihn glauben. Weil er uns mit dieser vollkommenen Gnade zu sich beruft, ist es offenbar, daß er selbst ganz eins mit Gottes gutem Willen und von allem Bösen ganz geschieden ist.

Die Gaben Gottes, die Jesus uns bringt, sind die Gnade und der Friede. Der gnädige Wille Gottes wendet sich im Christus zu uns, hebt den Zwist zwischen uns und ihm auf und behütet uns vor allem, was uns angreifen will. Den vollen, immer wachsenden Anteil an seinen Gaben erlangen wir dadurch, daß wir Gott erkennen. Gott erkennen bedeutet, daß wir ein offenes Auge für Gottes Werk und Regierung bekommen, daß wir sehen, was er tut und gibt, und vernehmen, wo sein Wort zu uns kommt und wohin es uns führt. Weil Gott uns durch Jesus beruft und begnadigt, darum ist die Erkenntnis Gottes eins mit der Erkenntnis Jesu. Dadurch, daß wir merken, wozu uns Christus gegeben ist, was uns seine Gabe verleiht und wohin seine Herrschaft uns führt, erkennen wir Gott, und mit dieser Erkenntnis sind die Gnade und der Friede Gottes in ihrer Fülle bei uns.

1,3-11

Die Pflicht der Christenheit

1,3.4: *Da uns ja seine göttliche Kraft alles, was zum Leben und zur Frömmigkeit dient, durch die Erkenntnis dessen geschenkt hat, der uns durch die eigene Herrlichkeit und Tüchtigkeit gerufen hat, durch die uns die kostbaren und größten Verheißungen geschenkt sind, damit ihr durch diese an der göttlichen Art Anteil erhaltet und dem Verderben entflieht, das durch die Begierde in der Welt ist* (1. Joh. 2,17). Alle Mahnungen und Forderungen, die der Brief der Christenheit sagen will, haben darin ihren Grund, daß ihr die göttliche Gabe geschenkt worden ist. Der Verfasser würde nicht schreiben, warnen, mahnen, wenn die Gemeinde Jesu nicht das herrliche Geschenk Gottes empfangen hätte. Er beschreibt es mit den beiden Worten: Leben und Frömmigkeit. Indem Gott uns das Leben verleiht, ist uns der Schutz und Schirm gegen den Tod und der unvergängliche, ewige Anteil an Gottes Liebe und Reich gewährt. Das ist ein unausdenkbar großes Geschenk, und doch ist damit noch nicht genug gesagt; denn es kommt weiter darauf an, was inwendig in unserem persönlichen Verhältnis zu Gott aus uns wird. Das sagt das zweite Wort: wir dürfen und können fromm werden, dürfen Gott ehren, ihn anbeten und ihm dienen. Alles, was uns von der Gottlosigkeit trennt und fromm macht, damit auch alles, was uns vor dem Verderben schützt und uns jenes Leben verschafft, das uns für immer lebendig macht, ist uns geschenkt. Nicht spärlich, nicht mangelhaft ist für uns gesorgt; es ist uns kein Grund zur Beschwerde gelassen. Es ist ja die Kraft Gottes, die uns zu ihm führt, und die göttliche Kraft tut nichts halb und läßt nichts unfertig; sie macht aus der Gabe Gottes ein vollkommenes Geschenk. Das Mittel, durch das wir die göttliche Gabe erlangen, ist, wie schon die Überschrift des Briefes sagte, die Erkenntnis Gottes, und gemeint ist auch hier die echte Erkenntnis, die allein so zu heißen verdient, in der wir das Werk Gottes wahrnehmen, das er für uns und an uns tut. Darum erkennen wir Gott dann, wenn wir vernehmen, daß er uns ruft. Können wir es fassen, daß uns Gott sein Wort schickt, in dem seine Gnade uns sucht, dann ist uns alles geschenkt; dann haben wir das Leben und haben die Frömmigkeit. Denn die Anbietung der göttlichen Gnade, die uns sein Wort darreicht, geschieht nicht um dessentwillen, was wir Menschen sind, sondern um der Herrlichkeit Gottes willen, weil er uns auf Grund seiner Kraft und Vollkommenheit zeigt, wie gut und groß er ist. Weil Gott in seiner Herrlichkeit und Kraft bei seinem Wort ist, darum macht es uns lebendig und fromm.

Damit, daß wir das göttliche Wort besitzen, durch das wir berufen sind, haben wir das erlangt, was uns die göttliche Verheißung in Aussicht gestellt hat. Das ist nicht nur menschliches Glück oder menschliche Vollkommenheit. Denn Gott verbindet uns mit sich selbst, und dadurch werden wir zu Gottes Bild. Was er ist, wird durch sein Geben auch zu unserem Eigentum. Durch Gottes Wahrheit werden wir wahr; durch Gottes Liebe lernen wir lieben; durch Gottes ewiges Leben empfangen auch wir die unvergängliche Herrlichkeit. Ohne die Berufung, die Jesus uns bringt, haben wir die Art der Welt, und diese ist von Gottes Art verschieden und mit ihr im Streit. Das Merkmal der menschlichen Art ist die Sterblichkeit; das Merkmal Gottes ist die unvergängliche Herrlichkeit. Daß Sterben und Verderben unser Los ist, hat seinen Grund darin, daß wir die Begierde in uns tragen, aus der unser Kampf mit dem guten Willen Gottes entsteht. Dadurch aber, daß Gott uns zu sich nimmt, können wir aus unserer Begierde flüchten; damit entfliehen wir auch der Verwüstung unseres Lebens, die sie uns einträgt, entfliehen dem Verderben. Jesus hat uns den Weg bereitet, daß wir eine neue Natur erhalten, statt unserer menschlichen Art die göttliche Art; denn durch ihn nimmt Gott uns bei sich auf.

1,5-7: *Und eben deshalb wendet allen Eifer an, und reicht durch euren Glauben Tüchtigkeit dar, durch die Tüchtigkeit die Erkenntnis, durch die Erkenntnis die Enthaltsamkeit, durch die Enthaltsamkeit die Standhaftigkeit, durch die Standhaftigkeit die Frömmigkeit, durch die Frömmigkeit die Bruderliebe, durch die Bruderliebe die allgemeine Liebe* (Röm. 12,10; Hebr. 13,1). Aus dem Reichtum der göttlichen Gnade entsteht unser Verlangen, auch unsererseits Gott das darzureichen, was wir ihm als unseren Dank und unsere Gabe darzubieten haben, und wir haben ein weites Feld vor uns, auf dem unser Eifer sich zeigen und unsere Kraft sich regen kann. Weil Gott uns viel gegeben hat, dürfen auch wir viel darreichen. Es ist viel von uns erwartet, weil uns viel verliehen ist (Luk. 12,48).

Alle unsere Gabe an Gott und all unser Dienst Gottes hat im Glauben seinen Grund. Denn erst dadurch, daß uns der Glaube gegeben ist, wird es uns möglich, zu tun, was Gott wohlgefällig ist, und dazu beizutragen, daß sein gnädiger Wille an uns und durch uns geschieht. Wir arbeiten mit der Kraft und den Gaben, die wir empfingen. Mit dem Glauben ist uns aber die Fähigkeit gewährt, uns mit unserem ganzen Willen um die göttliche Gabe zu bemühen. Denn wir sehen durch den Glauben ein, daß wir Tüchtigkeit brauchen, uns entfalten, bilden und die Kraft, die wir besitzen, mehren müssen. Wir dürfen nicht schwach und unbrauchbar bleiben; denn wir haben eine Arbeit zu tun und einen Dienst zu erfüllen. Wieso entsteht aber die Pflicht, tüchtige Menschen aus uns zu machen, aus dem Glauben? Gott würdigt uns seiner Berufung und stellt uns in sein Reich und in seine Gemeinde hinein. Wie sollten wir schlaff und lässig sein und das Vermögen unbenützt lassen, das er uns gab? Nun strengen wir uns an, so tüchtig zu werden, als es uns möglich ist.

Wenn der Glaubende aus sich einen tüchtigen Menschen macht, hat er den Grund zu der Fähigkeit gelegt, die uns besonders unentbehrlich ist und einen besonders hohen Wert besitzt; nun erlangen wir die Erkenntnis. Wir brauchen helle Augen, um richtig zu urteilen, Klarheit, um das Wahre und Nötige sehen und sagen zu können. Von unserer Erkenntnis hängt unsere eigene Arbeit ab; ohne sie fehlt uns aber auch das Vermögen, anderen zu raten und ihnen zu zeigen, wie sie ihre Kraft fruchtbar machen und Gottes Willen tun.

Mit der Erkenntnis gewinnen wir Macht über uns selbst, Stärke im Widerstand gegen die sündlichen Triebe, Sieg über unsere eigenen Gedanken und Wünsche. So kommt unser Inneres in Ordnung; wir vermögen auf alles zu verzichten, was uns am Dienst Gottes hindert. Ist das Auge nicht hell, so blenden uns die falschen Begehrungen; haben wir dagegen sehen gelernt, so unterscheiden wir richtig, was uns hindert und was uns frei macht und fördert, was uns schwächt und was uns zur Erfüllung unseres Auftrags nach Gottes Willen hilft. Wir dürfen nicht weichlich gegen uns selbst sein, sondern haben uns tapfer der göttlichen Zucht zu unterwerfen. Dann stehen wir auch gegen alle Anfechtung von außen fest und können das Leiden, das in dieser Welt ist, ohne Schaden erleiden, uns zum Segen. Wer nicht über die Lust Herr ist, hat auch die Geduld nicht und kann den Schmerz nicht so tragen, daß er ihn nicht schwächt, sondern stärkt.

Jetzt können wir fromm sein, jetzt Gott ehren und unser Leben vor seinen Augen führen. Wir können es nicht, solange die Lust uns verwirrt und die Anfechtung durch die anderen uns erschreckt. Wenn wir aber den Sieg über uns selbst besitzen und mit Festigkeit unsere Last tragen, dann lernen wir den Weg Gottes gehen, so denken und so handeln, wie die Gewißheit Gottes es von uns verlangt.

Jetzt haben wir auch die Ausrüstung zur Bruderliebe. Geben wir Gott, was Gottes ist, so geben wir auch den Brüdern, was ihnen gebührt, und stellen uns mit Willen in die Gemeinschaft hinein, um für die zu leben, die mit uns im gleichen Glauben und Dienst Gottes vereinigt sind. Aber auch jetzt sind wir noch nicht am Ende; denn es steht eine noch größere Aufgabe, ein noch höheres Ziel vor uns. Gott verbindet uns nicht nur mit den Brüdern, sondern mit allen Menschen; er vereinigt uns nicht nur in der christlichen Gemeinschaft mit denen, die dasselbe inwendige Eigentum, dieselbe Erkenntnis Gottes, denselben Glauben wie wir haben und im Gebet mit uns verbunden sind; die Gnade Gottes macht uns vielmehr zu ihrem Werkzeug für alle; wir haben allen nach unserem Vermögen zu dienen und unseren Verkehr mit allen nach dem Gebot der Liebe einzurichten. Wenn wir nicht einmal die Brüder liebten, wie sollten wir gegen alle die Liebe haben, auch da, wo tiefe Trennungen zu überwinden sind, wo die Fähigkeit zu vergeben und in Geduld zu tragen nötig ist, wenn die Gemeinschaft nicht zerreißen, sondern hergestellt werden und erhalten bleiben soll? Wenn wir aber im brüderlichen Verband gelernt haben, aus der Liebe zu denken und zu handeln, dann sind wir zum Dienst an allen gerüstet. Jetzt ist die Gabe, die wir Gott darzubringen haben, vollständig und das Feld, auf dem wir unsere Arbeit zu tun haben, ganz bestellt.

1,8: *Denn das stellt euch, wenn es bei euch vorhanden ist und sich vermehrt, nicht untätig und unfruchtbar hin für die Erkenntnis unseres Herrn Jesus Christus.* Die innere Ausrüstung, die wir für den Christenstand brauchen, erwerben wir nicht so, daß wir sie ein für allemal fertig zu eigen hätten. Denn jede dieser Aufgaben umfaßt einen weiten Raum zum Wachstum, je nach dem Maß, das uns gesetzt ist. Bei keinem kann aber sein innerer Besitz einfach bleiben, wie er ist, sondern all das, worum wir uns im Glauben bemühen, will sich beständig vermehren und entfalten. Hier gibt es für jeden ein Fortschreiten ohne Aufhören. Haben wir die Liebe, die gegen alle gütig ist, und die Bruderliebe, die sich mit denen verbindet, die Gott zu sich berufen hat, und die Frömmigkeit, die Gott vor Augen hat, und die Stärke, die das Leid zu tragen und die Lust zu zügeln weiß, und das klare Auge, das Gottes Wege sieht, und den starken Willen, der gehorchen und handeln kann – und das alles deshalb, weil wir durch Jesus die Gewißheit Gottes und seiner Gnade haben, dann können wir nicht mehr müßig dastehen und fragen, wo es denn für uns Arbeit gebe; nun geht der Dienst an, und Werk kommt zu Werk, Tat zu Tat. Dann arbeiten wir auch nicht umsonst, nicht verkehrt und ohne Ertrag. Nun trägt unser Christenstand Frucht für Gott und Frucht für die anderen.

Was wir für uns selbst dabei gewinnen, das ist die Erkenntnis Jesu, der helle Einblick in die Größe seiner Gnade, in die Kraft seiner Herrschaft, in die Herrlichkeit seiner Sendung und seines Ziels. Mit der Erkenntnis Jesu beginnt unser Anteil an Gott; denn wir bekommen seinen Ruf dadurch, daß das Wort Jesu uns erfaßt und in uns eingeht. Aber die Erkenntnis Jesu ist ebenso wieder das Ziel, die letzte, kostbare Frucht, die sich aus unserem Christenstand für uns ergibt und nach der wir mit ganzer Sehnsucht verlangen. Das begehren wir, zu sehen und zu erfassen, wie herrlich und mächtig Jesus die Gnade Gottes an allen und an uns selber offenbaren wird, und dies erfassen wir in dem Maß, als wir mit redlicher Anstrengung so an den anderen handeln, daß wir für sie Werkzeuge der göttlichen Gnade werden. In der Erfüllung unseres Dienstes wird es uns klar bewußt, was Jesus ist und gibt.

1,9: *Denn der, dem das fehlt, ist blind in Kurzsichtigkeit, weil er vergaß, sich von seinen alten Sünden zu reinigen.* Es gibt freilich auch ein anderes Christentum, das nicht zur Erkenntnis Jesu kommt und darum auch nicht erkennt, was der Mensch in seinem natürlichen Zustand ist, woher seine inwendige Not kommt und wie ihm geholfen wird. Ganz fehlt das Sehvermögen freilich auch einem solchen blinden Christen nicht, schon weil uns allen unsere natürliche Ausrüstung dieses Vermögen gibt. Aber sein Blick erfaßt wie bei einem Kurzsichtigen nur das Nächste und reicht nicht zu Jesus hinan; er sieht nicht, was Jesus will und schafft, und vernimmt nicht, was die Regierung Gottes wirkt. Und weil er kurzsichtig ist, ist er auch müßig und fragt: „Was soll ich denn tun?“ Und wenn er sich doch ans Werk macht, so wird daraus ein unbrauchbarer, nutzloser Versuch, der nur hindert, statt daß er hilft. Das blinde Christentum entsteht da, wo die inwendigen Güter, die sich den Glaubenden darbieten, nicht angeeignet werden. Das geschieht aber da, wo man die alten Sünden festhält und den alten, schlechten Willen nicht ernstlich und vollständig von sich tut. Der Brief bleibt dabei, daß das Wort Jesu allen ohne Unterschied gilt, was auch von Sünde und

Bosheit in ihnen gewesen sein mag. Die Gemeinde Jesu ist für alle offen, nicht nur für die Reinen und Guten. Allen wird die Taufe angeboten, allen das Kreuz Jesu als ihre Versöhnung mit Gott gezeigt. Aber der, den Gott in die Gemeinde gestellt hat, soll nun daran denken, daß er seine schlechten Gedanken und Wünsche abtun darf und kann, und sich von ihnen reinigen. Das geschieht nicht mit einem Male, sondern bildet die Arbeit, die sich immer mit der Gabe verbindet, die wir nach unserem Brief Gott darreichen dürfen (V. 5ff.), mit jenem Eifer, der auf den Erwerb der Tüchtigkeit gerichtet ist. Sehen wir auf den Gang der Kirche in der auf die Apostel folgenden Zeit, so besitzt dieses Wort eine große weissagende Kraft. Weil die Christenheit vieles vom schlimmen Erbe aus ihrer griechischen Zeit behielt und ihre heidnische Vergangenheit innerlich nicht überwand, wurde sie träg und unfruchtbar, und die Erkenntnis Jesu wurde ihr verdeckt.

1,10a: *Deshalb gebt euch vielmehr Mühe, Brüder, daß ihr eure Berufung und Erwählung fest machet.* Wenn wir vergeßlich nicht mehr bedenken, was an uns der Reinigung bedarf, werden wir schlaff und träge; der rechte Christenstand aber gibt uns die entschlossene Rüstigkeit, die sich mit Eifer nach dem Ziel streckt, allerdings nie so, daß wir meinen könnten, daß wir uns das Leben und die Frömmigkeit selbst bereiteten. Geschenkt ist uns das neue Leben; wir haben es nur deshalb, weil es uns gegeben ist. Darauf beruht unser ganzer Anteil an Gott, daß er uns zu sich berufen hat, nicht darauf, daß wir uns zu ihm erheben. Sein Wort macht lebendig und fromm; sein Wort aber finden nicht wir, sondern es findet uns und macht uns gläubig. Mit unserer Berufung empfangen wir auch unsere Erwählung. Damit, daß Gott uns ruft, wendet er uns seinen gnädigen Willen zu und sondert uns für sich als sein Eigentum aus, und sein Wille ist fest, der sichere Grund des ganzen Heils. Aber die Berufung, die uns gegeben ist, will uns dazu bringen, daß wir sie hören und ihr gehorchen, und die uns erwählende Liebe ist uns dazu geschenkt, daß wir sie annehmen und in ihr bleiben. Dazu gehört unser Wille, unser Eifer, unsere gesammelte, kraftvolle Anstrengung. Eine Berufung, der der Mensch sich widersetzt, eine Erwählung, die er ausschlägt und verachtet, fallen dahin. Sie werden nicht fest, nicht bestätigt, weil ihnen die Vollendung fehlt. Wir stellen unseren Fleiß und unsere Freiheit an den falschen Platz, wenn wir sie an den Anfang setzen, als könnten wir uns unseren Anteil an Gott erwerben; aber wir verfehlen alles auch dann, wenn wir unseren Fleiß und unsere Arbeit ganz unterlassen und von Gottes Ruf und Wahl erwarten, daß sie uns ohne sie ans Ziel bringen. Uns ruft Gott, und dies dazu, daß wir auf ihn hören und zu ihm kommen; uns erwählt er, und dies dazu, damit wir ihm gehören und ihm uns untergeben. Dadurch, daß wir nun mit Fleiß auf dem Weg Gottes fortschreiten, bringen uns der Ruf und die Wahl Gottes an unser ewiges Ziel.

1,10b.11: *Denn wenn ihr das tut, werdet ihr nie straucheln; denn es wird euch so der Eingang zur ewigen Herrschaft unseres Herrn und Retters Jesus Christus reichlich dargereicht werden.* Nicht Furcht, nicht Angst entsteht aus dem eifrigen Bemühen, das aus dem Christenstand eine ernste Arbeit macht. Denn wir schreiben ja die Gnade Gottes nicht unserer eigenen Leistung zu und achten nicht so auf uns, daß wir Christus vergäßen. Im Glauben hat all jene eifrige Arbeit ihren Grund, und im Glauben meinen wir nicht, wir seien allein, Gott aber fern und Christus tot. Wir strengen uns vielmehr dazu an, damit wir seine Gabe erhalten; denn sie ist uns dazu gegeben, damit wir sie ergreifen. Darum geschieht die Anstrengung in der frohen, dankbaren Zuversicht, daß wir nicht fallen, sondern den Zutritt erlangen, wenn das königliche Amt Jesu in seiner Größe und Herrlichkeit sichtbar wird. Daß die Herrschaft Jesus gehört und an allem Geschaffenen offenbar werden wird, das ist die Überzeugung, die sein Wort seiner Gemeinde gibt. An sie heftet sich keine Sorge, kein Zweifel. Aber auch darüber, ob wir Anteil an ihr erhalten, entsteht keine Ungewißheit. Dieser Anteil wird allen nicht kümmerlich, nicht zusammen mit Sorge und Not, sondern reichlich dargereicht, allen, in denen ihre Berufung den Eifer entzündete, nach dem Verheißenen zu begehren, und die sich dadurch darauf rüsteten, daß sie sich von den alten Sünden reinigten und für Gott fruchtbare Menschen wurden.

1,12-21

Das die Gemeinde tragende Wort

1,12: *Deswegen werde ich euch immer daran erinnern, obgleich ihr die Erkenntnis habt und durch die gegenwärtige Wahrheit gestützt seid* (Jud. 5; Röm. 15,14.15; 1. Joh. 2,21.27; Kol. 1,5.6). Die Christenheit wird den immer wachen, unermüdlichen Eifer, durch den sie sich ihre Berufung erhält, dann bewahren, wenn sie auf das apostolische Wort beständig hört, das sie ermuntert und nicht einschlafen läßt. Zwar besitzt die Christenheit die Wahrheit als die ihr verliehene göttliche Gabe. Das Wort ist bei ihr, das Gott ihr gab und durch das er ihr seine Gemeinschaft gewährt; darum ist sie nicht unwissend und wandelt nicht im Dunkeln. Sie hat den Apostel und seine Briefe nicht deshalb nötig, weil sie selbst von Gottes Licht getrennt und zu seiner Erkenntnis unfähig wäre. Nicht deshalb bemüht sich der Verfasser, das Wort des Petrus der Kirche zu erhalten, weil er meinte, sie könne den Apostel nicht entbehren und sei mit dessen Tod von Gott verlassen. Ein solches Urteil wäre nicht aus dem Glauben; denn es bände die Wirksamkeit der göttlichen Gnade an die des Menschen. Weil die Gegenwart Gottes der Gemeinde nicht verlorengeht, ist auch die Wahrheit bei ihr gegenwärtig und macht, daß sie nicht schwanken muß. Damit ist aber der Wichtigkeit des apostolischen Amts und der apostolischen Schrift nichts abgebrochen; vielmehr haben gerade die, die das Wort Jesu empfangen haben und in der Hut der Wahrheit stehen, die Erinnerung nötig, und gerade sie haben für sie das offene Ohr. 1,13-15: *Ich halte es aber für gerecht, euch zu erinnern und dadurch zu ermuntern, solange ich in diesem Zelt bin, da ich weiß, daß der Abbruch meines Zeltes* (2. Kor. 5,1) *plötzlich geschehen wird, wie es mir unser Herr Jesus Christus kundgetan hat. Ich werde mich aber bemühen, daß ihr euch bei jedem Anlaß nach meinem Weggang daran erinnern könnt.* Weil Gott selbst zu den Glaubenden spricht und seine Wahrheit in ihnen leuchten läßt, wird es zum Beruf des Lehrers, sie an die ihnen verliehene Erkenntnis zu erinnern. Dadurch belebt er die ihnen geschenkte Gewißheit und stärkt ihre Entschlossenheit, ihr ganzes Verhalten ihr untertan zu machen und der ihnen gegebenen Wahrheit gehorsam zu sein. Dazu diente dem Apostel zunächst das mündliche Wort; denn seine Arbeit hatte an den persönlichen Beziehungen, die ihn mit seinen Hörern verbanden, ihre Voraussetzung. Aus der Arbeit des Apostels, die sein Leben ausgefüllt hatte, erwuchsen aber schließlich seine Schriften, mit denen er sein Wort der ganzen Kirche übergab. Ihr Zweck war, der Kirche das apostolische Wort auch für die Zeit zu verschaffen, in der ihr kein Apostel mehr dienen konnte. Diese Zeit kam, weil das Leben des Petrus wie das aller Menschen dem Aufenthalt im Zelt, der Wohnung derer, die wandern müssen, gleicht; diese ist denn auch so eingerichtet, daß sie rasch abgebrochen und leicht fortgeschafft werden kann. Nicht das hat Jesus zum Beruf des Apostels gemacht, daß er immer bei der Kirche bleibe und ihr zu jeder Zeit mit seinem Wort Mahnung und Leitung gebe. Petrus geht wie alle, die im Zelt wohnen, weg; dann ist die Zeit da, in der die Kirche keine Apostel mehr hat. Aber damit verliert sie deren Wort nicht; denn sie besitzt es durch die Schrift für alle Zeit. Der Abbruch des Zelts geschah bei Petrus plötzlich, nicht in der langsamen Weise, wie uns die Natur das Ende durch das Alter oder durch Krankheit bereitet. Menschliche Hände brachen sein Zelt dadurch ab, daß sie ihn kreuzigten. So hat es ihm der Herr selbst gesagt, als er ihm bei seinem Abschied verhieß, einst werde er ihm nachfolgen, und als er nach der Auferstehung mit ihm über sein Ende sprach (Joh. 13,36; 21,18.19). Ohne ein einziges Wort der Klage denkt der Verfasser des Briefes an das für Petrus errichtete Kreuz; er heißt es auch nicht eine schwere Last, daß Jesus ihm diese Weissagung gab; vielmehr sieht er darin eine Wohltat Jesu, die Petrus in der treuen Erfüllung seines Dienstes stärkte. Denn wer nicht weiß, wann die Stunde da ist, in der er aufbrechen muß, sorgt dafür, daß er bereit ist, sein Amt vollendet und der Kirche übergibt, was sie bedarf. So die Ungewißheit des Endes zu benützen, haben die Jünger von Jesus gelernt. Sie wurden durch ihn wach und treu, weil sie nicht wußten, wann ihre Stunde kommt.

1,16: *Denn nicht deshalb, weil wir mit Klugheit ausgedachten Fabeln nachgingen, haben wir euch die Kraft und Ankunft unseres Herrn Jesus Christus kundgetan, sondern weil wir zu Augenzeugen seiner Größe geworden sind.* Unentbehrlich ist das apostolische

Wort der Kirche deshalb, weil der Apostel ihr zu sagen vermocht hat, was mit Jesus geschehen ist. Er ist der Zeuge der Geschichte Jesu, auf die nun für immer das Leben der Kirche begründet ist. Dieses Amt, zu bezeugen, was Gott an Jesus getan hat, geht auf keinen anderen über; hier sind nur die zuständig, die es miterlebten und von ihm in seine Gemeinschaft berufen waren. Darum gibt es für die Apostel keine Nachfolger und für ihre Schriften keinen Ersatz. Deshalb hat die Kirche am Neuen Testament ihr Fundament. Das hat freilich nicht zur Folge, daß der Apostel seinen Beruf schon mit der Erzählung der Geschichte Jesu vollständig erfüllte. Eine solche Beschränkung läßt das königliche Amt und Werk Jesu nicht zu. Da Gott ihn zum Herrn über alle gemacht hat, ist ihm die Macht gegeben, mit der er alles regiert, und darum bringt er seine Herrschaft durch seine neue Offenbarung zur Vollendung. Daher sind seine Boten dazu gesandt, dies der Welt kundzutun und allen zu sagen, daß Jesus ihnen jetzt und in der Zukunft die Gnade Gottes bringt. Es ist daher nicht möglich, daß aus dem Evangelium nur eine Erzählung, aus dem Apostel nur ein Geschichtsschreiber wird. Denn er bezeugt der Gemeinde, wer Jesus ist und sein wird, nicht nur, wer er einst war. Aber die Anbietung der göttlichen Gabe, die uns gegeben ist, und die Verheißung des Ziels, dem wir entgegengehen, haben ihren Grund in dem, was Jesus in seinem menschlichen Leben gewesen ist und durch seine irdische Arbeit vollbracht hat. Denn an der Herrlichkeit, die er damals besaß, wird uns die ewige Herrlichkeit erkennbar, die ihn jetzt zu unserem Herrn und Retter und einst zu unserem Vollender macht.

Das wäre anders, wenn das Evangelium eine Dichtung wäre, wie es solche in den mancherlei Religionen in reicher Fülle gibt. Nicht alle diese Mythen sind kindisch und töricht; es gibt auch solche, die Weisheit in sich tragen; sprachen doch die Völker in diesen Dichtungen ihre tiefsten Gedanken aus. Wenn nun die Apostel Christus verkündigten, dann war der nächste Eindruck der Hörer immer der, auch das sei ein Mythus, eine erdichtete Fabel, zwar eine schöne, tiefe, weise Fabel, aber eben doch nur eine Dichtung, denen gleich, die sonst in den Religionen überliefert waren und die gottesdienstlichen Gebräuche erzeugten. Es stand aber mit der Botschaft des Petrus anders. Er verkündigt das königliche Amt Jesu auf Grund dessen, was er erlebt und gesehen hat; sein Wort hat das volle Gewicht der Wahrheit, weil es bezeugt, was geschehen ist.

1,17.18: *Denn als er von Gott, dem Vater, Ehre und Herrlichkeit empfing, da für ihn von der erhabenen Herrlichkeit eine solche Stimme kam: Dieser ist mein geliebter Sohn, an dem ich Wohlgefallen habe, haben wir, als wir bei ihm auf dem heiligen Berg waren, diese Stimme, die aus dem Himmel kam, gehört* (Matth. 17,5). Als Beispiel dafür, daß Petrus der Kirche verkündigte, was er erlebt hat, dient dem Brief die Verklärung Jesu; hier hörte Petrus die göttliche Stimme, die Jesus als den Sohn bezeichnete, dem Gottes Liebe und Wohlgefallen ganz gehört. Diese kurze Anspielung auf die Verklärung Jesu setzt voraus, daß die Gemeinde über das, was Jesus tat und was an ihm geschah, unterrichtet ist; die Evangelien liegen ja in ihrer Hand. Nicht vom Lichtglanz, der an Jesus erschien, wird gesprochen, auch nicht von den beiden Propheten, die zu ihm kamen, sondern einzig von der Stimme Gottes; denn das königliche Recht Jesu beruht auf der Weise, wie Gott sich zu ihm hält. Seine Herrschaft erwächst daraus, daß er der Sohn Gottes ist. Darum hat das Zeugnis Gottes für ihn die entscheidende Wichtigkeit; dies gibt dem glaubenden Anschluß an ihn seinen Grund. Deshalb wird hier auch nicht eine Machttat Jesu erzählt, mit der er wunderbar half, sondern an das Zeichen erinnert, das an Jesus selbst geschah und die Vollständigkeit seiner Gemeinschaft mit dem Vater offenbar machte; denn damit bekommt die königliche Verheißung Jesu die Sicherheit. Auch die Ostergeschichte ist nicht angeführt, obwohl die Jünger durch sie zu Zeugen der Herrlichkeit Jesu geworden sind. Das Evangelium besteht aber nicht in der Beschreibung des Auferstandenen, sondern erzählt uns die Arbeit Jesu auf Erden, wie er Israel berufen, die Jünger unterwiesen und das Kreuz getragen hat. Auch in das irdische Werk Jesu trat aber das göttliche Zeugnis hinein und brachte ihm die Verherrlichung. Weil Petrus das miterlebte, darum folgte er Jesus nach bis zum Kreuz, und deshalb hat sein Wort die Glauben schaffende Kraft des Zeugnisses. Heilig wird hier der Berg genannt, auf dem die Geeintheit Jesu mit dem Vater sichtbar wurde, weil er der Ort einer Offenbarung Gottes war.

1,19: *Und fester ist das prophetische Wort, das wir haben. Ihr tut wohl, wenn ihr auf dieses achtet als auf eine Lampe, die am finsteren Ort scheint, bis der Tag hell wird und der Morgenstern in euren Herzen aufgeht* (Röm. 13,12). Mit dem Evangelium, das das Werk Jesu verkündigt, erhielt die Kirche von den Aposteln zugleich das Alte Testament, das Wort der Propheten; sie hat auch an ihm ein Fundament, auf das sie sich erbaut. Denn auch dieses Wort ist fester als alle Mythen und Dichtungen, in denen sich die Weisheit der Völker aussprach, und gibt der Gemeinde die Leitung und Erinnerung, deren sie bedarf. Freilich gibt uns die Weissagung noch nicht das, was uns ihre Erfüllung bringen wird. Erst am vollendeten Werk Gottes entsteht seine volle Erkenntnis, erst an der erschienenen Gnade die ganze Klarheit und die Freude, die nichts mehr trübt. Darum ist das prophetische Wort hier mit der Lampe verglichen, die in der Nacht brennt. Kommt der Tag, dann ist die Lampe nicht mehr nötig. Deshalb verachten wir sie aber nicht; denn bis zum Anbruch des Tages ist sie unser Licht. Der Tag kommt für die Gemeinde dann, wenn Christus erscheint und die irdische Zeit zu ihrem Ende kommt. Dazu, daß sie die Hoffnung festhalte und von ihr geleitet auf ihr Ziel zugehe, hilft ihr das prophetische Wort. Kommt der neue, helle Tag Gottes, der uns das ewige Leben beschert, dann kommt uns das Licht nicht nur von außen; dann wird es inwendig in uns hell, und in unserem Herzen wird dann alles neu. Dann weicht die Dunkelheit, die uns jetzt den Blick beschattet, und dann nehmen wir die Herrlichkeit und Gnade Gottes in neuer Weise wahr. Darum sagt der Brief, daß der Morgenstern, der das Ende der Nacht anzeigt und die Nähe der Sonne verkündet, einst in unseren Herzen aufgeht.

1,20.21: *Und macht euch zuerst dies deutlich, daß keine Weissagung der Schrift von uns die Erklärung bekommt. Denn nie wurde eine Weissagung durch den Willen des Menschen gegeben, sondern vom heiligen Geist getrieben, redeten Menschen aus Gott* (2. Tim. 3,16; 2. Kor. 2,17). Soll die Weissagung der Propheten für die Gemeinde eine Hilfe und Anleitung sein, so darf sie nicht übermütig und willkürlich mit ihr verfahren, sondern muß in bescheidener Unterwerfung unter die Regierung Gottes auf sein Werk warten. Wenn sie meint, sie könne mit der Weissagung selbst festsetzen, was geschehen wird und wie sich die Verheißung erfüllen muß, dann dient sie ihr nicht als Licht; sie macht sich vielmehr durch einen solchen Mißbrauch der Weissagung töricht und blind. Denn so überläßt sie sich träumerischen Erwartungen, die ihr Auge für die Regierung Gottes und für ihre eigene Aufgabe verhüllen. So machte sich Israel aus der Weissagung eine Decke, die ihm die Gabe Gottes verbarg, so daß es Jesus kreuzigte, und ebenso kann die Christenheit an das Wort, das auf die letzten, großen Ziele des göttlichen Werks hinweist, voreilige Theorien heften, die sie nicht stärken, sondern nur blenden und lähmen. Jede Weissagung ist ein Geheimnis, das erst noch einer Erklärung bedarf. Diese finden wir aber nicht durch unseren Scharfsinn oder unsere Phantasie, auch nicht durch ein leidenschaftliches Hoffen, das mit heißem Verlangen nach dem Ende begehrt. Einzig das Werk Gottes stellt fest, was die Weissagung meint. Sie empfängt ihre Deutung durch das, was geschieht, nicht durch das, was wir meinen, schließen und fordern. Die Weissagung soll nicht Gottes Werk ersetzen, sondern uns auf das, was er tun wird, aufmerksam machen. Diese bescheidene und ehrfurchtsvolle Behandlung gebührt dem Wort der Propheten deshalb, weil es eine Gabe Gottes ist. Es stammt nicht aus dem menschlichen Willen, etwa aus der Hoffnung der Propheten oder aus dem Wunsch der Gemeinde, als ob sie selbst ihr Ziel bestimmen könnte. Die Weissagung redet vom Ziel Gottes, das in seiner heiligen Größe als ein Geheimnis hoch über unseren Gedanken steht. Wie konnte es aber dazu kommen, daß Menschen über den Willen Gottes Auskunft gaben? Das kam deshalb zustande, weil Gott in seiner Gnade Menschen durch seinen Geist bewegte. Nun schöpften sie ihr Wort nicht aus ihrem Willen, sondern aus Gott, der ihre Gedanken durch seinen Geist dazu brauchte, um uns seine Verheißung zu geben und uns zu zeigen, wozu er uns beruft und wohin er uns führt. Wenn wir aber bedenken, daß die Verheißung von Gott herkommt, so hüten wir uns, sie eigenmächtig zu deuten, wie es uns gefällt, und werten und brauchen sie so, wie es uns das Gleichnis von der Lampe sagt, für deren Licht wir dankbar sind, bis der Tag anbricht.

Kapitel 2

Das die Gemeinde verführende Wort

Die Christenheit wird nicht nur von außen her angefochten; sondern in ihrer eigenen Mitte entsteht ein unechtes, unfrommes Christentum, von dem sie sich scheiden muß. Die Gefahr, die der Brief des Judas der Gemeinde zeigte, war nicht vorbeigegangen; vielmehr breitete sich die von Judas bekämpfte Bewegung in den Gemeinden aus; alle müssen sich gegen sie rüsten und sich deutlich machen, daß sie diese Art von Christentum nicht zulassen können, ohne daß das apostolische Wort verworfen wird. Die Grenze zwischen dem unreinen und dem reinen Christentum bestimmt der Verfasser dadurch, daß er die Sätze des Judas wiederholt und erweitert. Er überträgt sie ohne Bedenken auf Petrus, obwohl er sagt, diese Bewegung sei erst später gekommen, nicht schon damals, als Petrus noch selbst die Kirche leitete; denn nach seiner Überzeugung haben alle Apostel die unreine Frömmigkeit, die heidnische Begierden pflegt, mit derselben Entschiedenheit verworfen. Der Brief des Judas gilt ihm daher als ein sicheres Zeugnis dafür, wie die Apostel über solche Dinge geurteilt haben.

2,1.2: *Es gab aber auch falsche Propheten im Volk, wie es auch unter euch falsche Lehrer geben wird, die verderbenbringende Parteiungen einführen werden, da sie den Herrn, der sie erkauft hat, verleugnen, wodurch sie plötzliches Verderben über sich bringen, und viele werden ihren Ausschweifungen folgen, um derentwillen der Weg der Wahrheit gelästert werden wird* (Jud. 4). Schon in Israel gab es ein doppeltes prophetisches Wort: neben der echten Weissagung, die der Geist Gottes den von ihm Berufenen gab, eine unechte Weissagung, die sich zwar als göttliches Wort ausgab, jedoch aus den Gedanken und Wünschen der Propheten stammte. Ebenso tritt auch in der Christenheit neben den echten Lehrer, der ihr das Wort Jesu im Gehorsam gegen die Wahrheit sagt, der unechte, der ihr ein Wort als göttlich anbietet, das er nicht von Gott empfangen hat. Das Merkmal, das dieses Christentum als falsch erweist, zeigt der Brief nach dem Vorgang des Judas darin, daß die neuen Lehrer Jesus nicht als ihren Herrn anerkennen und im Verkehr mit den Frauen dem natürlichen Trieb jede Befriedigung gestatten. Das Recht Jesu an uns, das ihn zu unserem Herrn macht, beruht darauf, daß er uns erkauft hat. Durch sein Kreuz, durch die Hingabe seines Lebens in den Tod, durch die er für uns zum Versöhner geworden ist, hat er uns zu seinem Eigentum gemacht. Darum ist die Auflehnung gegen seine Herrschaft Undank. Wir sind ja durch die Gnade, die Jesus durch sein Kreuz für uns erworben hat, an ihn gebunden. Aber seine Gnade führt diese neuen Lehrer nicht dazu, ihm untertan zu sein; sie hindert sie nicht, sich von ihm loszusagen. Zu dem Wort des Judas ist weiter der Hinweis auf den Erfolg hinzugefügt, den diese Lehrer finden. Man könnte denken, ihre unsauberen Gedanken und Handlungen stießen alle ab; sie wirken aber im Gegenteil als Lockmittel, dem viele folgen. So entstehen eigene religiöse Vereine, deren Häupter diese neuen Lehrer sind. Beide Teile, die Christenheit und die neue Frömmigkeit, können unmöglich in Gemeinschaft miteinander bleiben. Die Christenheit kann die Herrschaft Jesu nicht verleugnen; sie kann auch nicht davon lassen, daß sie alles unkeusche Wesen meidet; die neuen Lehrer aber wollen die Herrschaft über die Gemeinden haben. Darum entsteht hier eine Trennung, die unaufhebbar ist. Die, die sich von Jesus trennen, bereiten sich dadurch den Untergang; sie erschweren aber auch vielen den Zugang zur Gemeinde und werden für deren Arbeit zu einem schlimmen Hindernis. Denn die, die neben der Kirche stehen, können nicht unterscheiden, was echtes und unechtes Christentum ist; so legen sie die lasterhafte Unnatur der neuen Lehrer der Gemeinde Jesu zur Last. Was sie an jenen sehen, gilt ihnen als eine Frucht des Christentums. So fallen Schmähungen auf Jesus und sein Wort, das uns doch den Weg der Wahrheit zeigt.

2,3: *Und aus Habgier werden sie mit erdichteten Worten um euch werben. Für sie ist das Urteil schon längst nicht müßig, und ihr Verderben schlummert nicht* (Jud. 4). Bei dem religiösen Eifer der neuen Lehrer wirken auf Gewinn bedachte Berechnungen mit. Je größer der Kreis ihrer Anhänger ist, um so gesicherter ist ihre eigene Stellung, und um so größer sind ihre Einkünfte. Darum machen sie sich eifrig an die Christenheit heran und sprechen dabei nicht offen aus, was sie eigentlich denken. Sie reden die christliche Sprache und preisen ihre neuen Dinge unter falschem Namen an. Aber die Gefahr, in die sie die Gemeinde dadurch bringen, widersteht das göttliche Recht mit seinem heiligen Ernst. Der gerechte Richter sorgt dafür, daß solche Verführung nicht ungestraft bleibt. Diesen unreinen Christen ist das Urteil in Gottes allwissendem Gericht schon längst gesprochen.

2,4-6: *Denn wenn Gott Engel nicht verschonte, als sie sündigten, sondern sie in Ketten der Finsternis in die Unterwelt verwies und sie überantwortete, damit sie für das Gericht verwahrt werden! Und die alte Welt verschonte er nicht, sondern bewahrte Noah, den Herold der Gerechtigkeit, mit sieben anderen, als er die Flut über die Welt der Gottlosen brachte* (1. Mose 8,18), *und er verbrannte die Städte Sodom und Gomorra zu Asche und verurteilte sie zur Zerstörung, indem er sie zum Beispiel derer machte, die in der Zukunft gottlos sind* (Jud. 6,7)! Kein Vorzug schützt die, die die Gnade Gottes zur Sünde mißbrauchen, vor dem Gericht. Das zeigt der Verfasser wie Judas an den gefallenen Engeln, die nun im unterirdischen Gefängnis auf ihre Verurteilung warten; dann an dem durch die Flut weggerafften Geschlecht, wobei er an 1. Petr. 3,20 denkt, wo Petrus vom Ungehorsam der damaligen Menschheit sprach; schließlich, wieder im Anschluß an Judas, am Untergang Sodoms und der neben Sodom liegenden Städte. Der Brief bezeugt aber durch diese aus der Schrift geschöpften Vorgänge nicht nur den Ernst, mit dem das göttliche Recht aller Bosheit widersteht, sondern auch die Vollständigkeit der göttlichen Gnade, die sich auch dann bewährt, wenn der gerechte Zorn Gottes sich in schweren Strafen offenbart. Die ganze alte Menschheit übergibt er dem Tod; aber Noah mit seinem Haus rettet er; sind es auch nur acht Menschen, so machen sie doch für alle offenbar, daß Gott auch im Strafen seine Gnade erweist und sie denen gibt, die der Gerechtigkeit dienen und sich nicht zum Bösen bewegen lassen. Ein Herold der Gerechtigkeit war Noah, weil er nicht in den boshaften Willen der anderen willigte, sondern Gott untertan blieb und sich zu seinem gerechten Urteil in Glauben und Gehorsam bekannte. Darin liegt für alle, die der Verführung widerstehen, die Verheißung, daß das strenge Gericht Gottes, das im Ende dieser neuen Christen sichtbar werden wird, ihr eigenes Heil nicht unsicher macht und ihren Eingang zur Herrschaft Jesu nicht in Frage stellt. Nur haben sie denselben Weg zu gehen, den die Alten gingen, die der Rettung teilhaft wurden; sie müssen sich von der Sünde der Menschen scheiden und bei dem guten Willen Gottes bleiben. Denselben Gedanken stellt nun der Brief auch am Untergang Sodoms dar.

2,7.8: *Und den gerechten Lot, der durch den Wandel der Zuchtlosen in Ausschweifung litt, rettete er. Denn der Gerechte quälte mit dem, was er sah und hörte, da er ja unter ihnen wohnte, Tag um Tag die gerechte Seele wegen ihrer gegen das Gesetz streitenden Werke.* Auch wenn die Gefahr der Verführung abgewehrt wird, legt doch das unechte Christentum auf die treue Gemeinde eine schwere Last. Dies wird an Lot dargestellt, der das wilde Treiben in Sodom täglich mitansehen mußte und es nicht mitansehen konnte, ohne daß es ihn schmerzlich quälte. Sünde mitansehen zu müssen, ist immer eine bittere Qual. Diesem Schmerz darf sich die Gemeinde nicht entziehen, da sie nicht in die neue Weise einstimmen darf; sie soll aber überzeugt sein, daß sie eben deshalb, weil sie jetzt durch den Fall der anderen leidet, die Rettung von Gott erlangt.

2,9.10a: *Der Herr weiß Fromme aus der Versuchung zu retten* (1. Kor. 10,13), *Ungerechte aber auf den Tag des Gerichts zu verwahren, damit sie gezüchtigt werden, namentlich die, die im Verlangen nach Befleckung dem Fleisch nachgehen und den, der die Herrschaft hat, verachten* (Jud. 7.8). Der Segen, den solche Erfahrungen der Christenheit bringen, besteht darin, daß ihr damit die Versuchung bereitet wird, durch die sie die Bewährung erlangt. Zugleich wird die göttliche Hilfe, deren sie bedarf, um den Sieg zu gewinnen, nicht ausbleiben. Sie wird denen zuteil, die aufrichtig Gott vor Augen haben und ihn ehren wollen. Gott fehlt es nicht an Mitteln, sie zu bewahren. Dagegen ist für die zuchtlose, sinnliche Begierde, die den Menschenleib mißbraucht und entweiht, und für die Hoffart, die keinen Herrn über sich erträgt und sich gegen den empört, den Gott uns gegeben hat, die Strafe bereit.

2.10b.11: *Waghalsig und eitel erbeben sie nicht, solche zu lästern, die Herrlichkeit haben, während Engel, die an Stärke und Kraft größer sind, vor dem Herrn kein lästerndes Urteil auf sie legen* (Jud. 8.9). Auch hier ist wie bei Judas die Keckheit der neuen Lehrer, die in scheltenden Worten über die jenseitigen Geister reden, zum Merkmal ihrer Unfrömmigkeit gemacht. Sie spüren das Gewicht der Worte, die andere verdammen, nicht, sondern sagen sie ungescheut. Reine Geister wissen dagegen, wie schwer ein richtendes Wort wiegt, das dem anderen die Gemeinschaft aufsagt und ihn von der Gnade Gottes trennt. Die Anspielung auf die Erzählung über die Bestattung Moses ist hier entfernt, da dieser Lehrer den Gebrauch der jungen jüdischen Bücher durch die Christenheit nicht unterstützen will. Er faßt darum den bei Judas stehenden Satz in eine allgemeine Regel, die es ausspricht, daß auch die höchsten himmlischen Geister das richterliche Amt Gott allein zuschreiben und sich nicht mit boshafter Wollust an der Erniedrigung der Gefallenen erfreuen.

2,12: *Diese aber werden wie unvernünftige Tiere, die Teile der Natur und zum Fang und Untergang geboren sind, da sie die lästern, die sie nicht kennen, mit dem Untergang jener auch untergehen und den Lohn der Ungerechtigkeit erhalten* (Jud. 10). An die Tiere erinnert die Art, wie die Irrlehrer sich verhalten, einmal deshalb, weil den Tieren die Vernunft fehlt, sodann deshalb, weil der Tod die Tiere trifft als ihr von der Natur ihnen bestimmtes Los. Darum bringt auch die Auflösung der irdischen Welt den Tieren kein ewiges Leben. Den unvernünftigen Tieren gleichen die neuen Christen durch die lästerlichen Worte, die sie gegen die jenseitigen Mächte reden, obwohl diese ein völliges Geheimnis für sie sind. Darum gleichen sie den Tieren auch in ihrem Ende; denn sie vergehen am Tag Gottes, wie das Tier vergeht. Dieser Ausgang ist der Lohn ihrer Bosheit.

2,13: *Sie halten das Wohlleben am Tag für ein Vergnügen, sind Schmutz- und Schandflecken, schwelgen bei ihren Liebesmahlen und schmausen mit euch* (Jud. 12). Es ging lustig bei diesen neuen Christen zu. Bei nüchternen Menschen gehört der Tag der Arbeit, und das festliche Mahl wird auf den Abend und die Nacht verlegt; diese Männer hatten aber immer Zeit zu einem Fest und hielten es immer für schön und vergnüglich, und weil sie selbst Schmutz in sich trugen, brachten sie ihn auch in jede Gemeinschaft mit, an der sie teilnahmen, und hängten an alles häßliche Flecken. Nach der christlichen Sitte vereinigten sie sich am gemeinsamen Tisch, machten aber daraus nicht eine schlichte Feier, bei der die Gemeinde in der Danksagung die inwendige Freude fand. Weil ihnen die Liebe und die aus Gott strömende Freude fehlte, machten sie den Genuß und Prunk eines üppigen Mahles zum Hauptinhalt eines solchen Festes. Auch wenn die Christen ihre Mahlzeiten hielten, fanden sie sich ein, da sie ja auf ihren Anteil an der Kirche nicht verzichten wollten; sie befleckten aber das Mahl durch ihre zuchtlose, genußsüchtige Art.

2,14: *Sie haben Augen, die voll von der Ehebrecherin und unermüdlich im Sündigen sind, ködern Seelen, die nicht gefestigt sind, haben ein Herz, das in Habgier geübt ist, Kinder des Fluchs.* Die wilde Erregung ihrer sinnlichen Triebe macht, daß sie die Frauen nur mit unkeuschen Gedanken ansehen können. Das Bild des Weibes, das sich bestrebt, den Mann zur Buhlschaft an sich zu ziehen, hat sich mit solcher Macht in ihre Seele gesenkt, daß sie keine Frau mehr mit reinem Blick betrachten, und weil ihre Lust nach Befriedigung verlangt, gehen sie auf den Fang aus und versuchen, wer den Köder verschlucke, den sie ihm hinhalten; Christen, die inwendig fest geworden sind und im Glauben die Tüchtigkeit darreichen (1,6), fangen sie freilich nicht. Aber es gibt ungefestigte Seelen, die sich erschüttern und umstoßen lassen, und solche ausfindig zu machen und zu mißbrauchen, ist ihr Geschäft. Zum Wohlleben braucht es Geld, und wie man dieses sich verschafft und mehrt, das wissen sie. So kommt an ihnen ans Licht, wie ein Mensch wird, wenn der Fluch Gottes ihn von seiner Gnade und Gemeinschaft trennt.

2,15.16: *Sie verließen den geraden Weg und gingen irre, da sie dem Weg Bileams, des Sohnes des Beor, folgten, der den Lohn der Ungerechtigkeit liebhatte* (Jud. 11). *Er bekam aber eine Zurechtweisung für sein Vergehen: das stumme Lasttier redete mit der Stimme eines Menschen und wehrte der Tollheit des Propheten* (4. Mose 22,28). Von den drei Beispielen, mit denen Judas nach der Schrift die Sünde darstellte, nimmt dieser Brief nur das des Bileam auf; denn der in der Irre gehende Prophet, den der mit Sünde erworbene Lohn lockte, gab zu diesem unreinen Christentum, das sich auf den Geist berief, eine besonders kräftige Parallele. Zugleich zeigte es nachdrücklich, wie groß die Torheit ist, zu der die Sünde den Menschen bringt. Der Dünkel der unreinen Christen, die sich für weise hielten, hatte gar keinen Grund; denn die Sünde macht jeden, den sie regiert, zum Toren. Dies zeigt die Schrift an Bileam, der als Prophet hoch gefeiert war und sich deshalb als der Erleuchtete erschien, der mit seinem Spruch das Schicksal der anderen bestimmte und ihnen Fluch oder Segen austeilte, während ihm durch seine Eselin gezeigt werden mußte, daß er sich verfehlte.

2,17: *Diese sind Quellen ohne Wasser und Nebel, die der Sturm forttreibt; ihnen ist das Dunkel der Finsternis aufbehalten* (Jud. 12.13). Ein Lehrer, in dessen inwendigem Leben die Unordnung regiert, kann niemand nützen und nicht in einem fruchtbaren Dienst anderen die guten Gaben Gottes geben. Der Brief hat aber die kraftvolle Darstellung der täuschenden Unfruchtbarkeit dieser Frömmigkeit, die wir bei Judas finden, abgekürzt. Die ausgetrocknete Quelle und der vom Wind verscheuchte Nebel, der den ersehnten Regen nicht bringt, genügen ihm, um zu sagen, daß die Verheißungen dieser Männer trüglich sind. Sie führen nicht zur Wahrheit, nicht zum Licht und zum Leben; denn weil sie unter das Gericht Gottes fallen, ist die Finsternis des Gefängnisses ihr Los.

2,18: *Maßloses, was doch nichtig ist, reden sie* (Jud. 16) *und ködern mit den Begierden des Fleisches durch Ausschweifungen die, die erst wenig von denen fortgeflohen sind, die im Irrtum wandeln.* Wie Judas, so wirft auch unser Brief diesem Christentum vor, daß es in seinen Verheißungen und Anpreisungen alles Maß verliere. Es prunkt mit den höchsten Worten, sagt von den nach dieser Weise Glaubenden, sie seien schon auferstanden, lebten im Geist, hätten alle Gefahr der Versündigung hinter sich und seien mit den himmlischen Mächten vertraut. Aber das sind leere Worte, eine prunkende Großtuerei ohne Kraft und Wahrheit. Der Erfolg, mit dem die Bewegung sich ausbreitet, hat einen ganz anderen Grund. Sie wächst deshalb, weil sie die Begierden anreizt; wer sich aber zu einer schmutzigen Handlung verleiten ließ, ist gefangen und für immer an seine neuen Freunde gefesselt. Möglich wird diesen Lehrern ihre Wirksamkeit deshalb, weil die Christenheit erst vor kurzem aus dem Heidentum herausgerufen war und viele früher eine dunkle, wilde Zeit durchlebt hatten. Viele kannten die heißen Begierden durch ihre frühere eigene Erfahrung. Sie waren zwar, als sie das Wort Jesu annahmen, zur Taufe kamen und in die Christenheit eintraten, von diesen Sünden weggeflohen. Aber es gab solche, die noch nicht weit von der heidnischen Sittenlosigkeit weggekommen waren, und für sie war das unreine Christentum eine schwere Gefahr.

2,19: *Sie verheißen ihnen Freiheit und sind doch selbst Knechte des Verderbens. Denn wem jemand unterliegt, daran ist er geknechtet.* Unter den Ehrennamen, die das neue Christentum für sich brauchte, stand obenan der Selbstruhm: „Wir sind die Freien!" Damit wurde alles gerechtfertigt, was die Apostel sündlich und unrein hießen. Wie konnte noch von Sünde bei ihnen gesprochen werden, wenn doch Gottes Gnade und Gottes Geist denen, denen sie verliehen sind, die vollkommene Freiheit geben? Wir haben aber keine Freiheit, ehe wir von der Bosheit frei sind. Denn aus der Bosheit entsteht das Verderben, und der, der dieses leiden muß, ist im ernstesten Sinn ein Knecht, ein Gebundener, der leiden muß, was er nicht will. Niemand begehrt das Verderben; es kommt über den, der ihm verfällt, mit einer Zwangsgewalt, deren er sich nicht erwehren kann. Indem diese „freien" Christen trotz der Freiheit, deren sie sich rühmen, erleben müssen, daß aus ihrer Sünde ihr Untergang wird, vergehen alle ihre großen Worte über ihre Freiheit und erweisen sich als Trug.

2,20-22: *Denn wenn sie den Befleckungen der Welt durch die Erkenntnis des Herrn und Retters Jesus Christus entflohen sind, aber wieder in diese verstrickt werden, dann ist das letzte für sie schlimmer geworden als das erste* (Matth. 12,45). *Denn es wäre für sie besser, daß sie den Weg der Gerechtigkeit nicht erkannt hätten, als daß sie ihn erkennen und von dem ihnen übergebenen heiligen Gebot wieder umkehren. Denn es traf bei ihnen ein, was das wahre Sprichwort sagt: Ein Hund wendet sich wieder zu dem, was er selber ausgespien hat* (Spr. 26,11), *und: Ein Schwein, das gewaschen wurde, geht, um sich im Kot zu wälzen.* Der Zustand derer, die sich in die alten heidnischen Sünden, nun mit christlichem Schein, zurückreißen lassen, ist gefährlich, gefährlicher, als er vorher war, gefährlicher als der Zustand derer, die in keine Gemeinschaft mit Christus getreten sind. Eine nur äußerliche, vergebliche Bekehrung beweist die Macht, mit der die Sünde den Menschen beherrscht, und bringt ihn vollends in ihre Gewalt. Eine solche Bekehrung zeigt, daß ein Mensch vom Bösen nicht lassen kann und will, wie das Tier seine Art nicht lassen kann. Mit diesen letzten Sätzen spricht der Brief aus, weshalb die Gemeinden zum entschiedenen und beharrlichen Kampf gegen die neuen Lehrer verpflichtet sind. Der Verfasser hofft nicht, daß die neuen Lehrer selbst wieder gewonnen werden könnten; er übergibt sie der göttlichen Verwaltung des Rechts. Aber die vielen, die sich zuerst ernsthaft vom heidnischen Wesen schieden und nun wieder in dieses zurückgelockt werden, haben ein Anrecht auf Schutz. Um sie geht der Kampf. Denn für sie ist es ein schweres Unglück, wenn der Anfang der Reinigung von ihrem verkehrten Wollen unvollendet bleibt und, statt fortgesetzt zu werden, in der alten Sünde endet. Der, der wieder in sie fällt, fällt tief. Davor soll sich die Christenheit mit ernster Sorge fürchten, und darum darf sie die neuen Lehrer nicht gewähren lassen, sondern hat ihnen alle Gemeinschaft zu versagen und sich ganz von ihnen zu scheiden. Daß die Kirche darin die Pflicht erkenne, die das apostolische Wort ihr auferlegt, das war für den Verfasser ein wesentlicher Beweggrund, weshalb er schrieb.

Kapitel 3

Die Erwartung des Endes

3,1.2: *Damit schreibe ich euch, Geliebte, schon den zweiten Brief und erinnere euch durch sie und ermuntere euren lauteren Sinn, damit ihr an die Worte gedenkt, die schon vorher von den heiligen Propheten gesagt wurden, und an das Gebot des Herrn und Retters, das euch die zu euch gesandten Apostel brachten* (Jud. 17). Die Christenheit, die der Verfasser kennt, las und schätzte den Brief des Petrus, den wir jetzt den ersten nennen. Der Verfasser erinnert an ihn, weil Petrus durch ihn die Gemeinden in der tapferen, reinen Führung des Lebens unterstützt hat, wie es der Verfasser jetzt wieder im Namen des Petrus tut. Lauter ist der Sinn, in den fremde, dem Wort Jesu widersprechende Gedanken keinen Eingang finden und in den sich keine sündliche Begierde einnisten kann, die den Gehorsam hindert und das Auge vom Gebot des Herrn ablenkt. Der Kirche wird das Zeugnis gegeben, daß sie bisher entschlossen und treu das Wort Jesu bewahrt hat. Sie bedarf nur der Ermunterung, die sie nicht ermatten läßt. Immer soll die Verheißung vor ihr stehen, die sie bei den Propheten liest, die ihr das Ziel zeigt, zu dem Gottes Regierung sie bringen will, und immer auch das Gebot Jesu, das ihr sagt, wie sie in seiner Gnade bleibt und wodurch sie sie verliert. Das Gebot Jesu haben der Christenheit die Männer gebracht, die für sie Apostel gewesen sind, weil sie ihr im Auftrag des Christus das Evangelium sagten und die Glaubenden zur Gemeinde vereinigten.

3,3.4: *Und bedenkt zuerst das, daß im letzten Teil der Tage Spötter mit Spott kommen werden, die nach ihren eigenen Begierden wandeln* (Jud. 18) *und sagen: Wo ist die Verheißung seiner Ankunft? Denn seit dem Tag, da die Väter entschliefen, bleibt alles so, wie es vom Anfang der Schöpfung an war.* Wie Judas, so hebt auch dieser Brief an der Weissagung der Apostel hervor, daß sie die Kirche vor dem Abfall in ihrer eigenen Mitte warnten. Auch in der Christenheit wird es Leute geben, die über das Evangelium lachen. Unser Brief denkt aber bei diesem Wort nicht mehr nur an das unreine Christentum, sondern noch mehr an den Anstoß, den die Verheißung Jesu und die Hoffnung seiner Jünger vielen bereiteten. Da sie sagen, diese Verheißung und diese Hoffnung seien unerfüllt geblieben, spotten sie über Jesus und die Apostel als über Toren, die sich mit leeren Hoffnungen betrogen. In solchem Spott sieht der Brief das Kennzeichen, daß der Mensch nicht begehrt, den Willen Gottes zu tun, sondern darauf bedacht ist, seine eigenen Wünsche und natürlichen Triebe zu befriedigen. Wäre er dem göttlichen Willen gehorsam, so machte er sich über Jesus nicht lustig und würfe auf seine Verheißung keinen Hohn.

Den Spöttern gilt das Wort Jesu als widerlegt durch die unveränderliche Festigkeit der Natur. Alles bleibt so, wie es von Anfang an gewesen ist. Die Verheißung redet aber von einem Wirken Gottes, das die Welt erneuert, den Himmel und die Erde bewegt und den ganzen natürlichen Bestand unseres Lebens verändert, da sie uns statt desselben das ewige Leben durch Auferstehung in Aussicht stellt. Ist eine solche Verheißung nicht Torheit, wenn wir uns deutlich machen, wie fest die Natur ist? Geht an ihr die Zeit nicht vorüber, ohne sie zu verändern? Die Verheißung Jesu stützt sich auf die allmächtige Herrlichkeit Gottes, dessen Wille alles neu zu machen vermag. Wenn aber die Gewißheit Gottes matt wurde, dann entstand leicht aus dem Anblick der Kraft und Größe der Welt ein starker Zweifel, der die Verheißung, die Unmögliches begehre, als Torheit wegstieß. Das neue, unreine Christentum trug mit dazu bei, daß die Hoffnung der Christenheit gelähmt wurde. Seine Anhänger meinten schon am Ziel zu sein; sie hatten mit nichts mehr zu kämpfen und nichts mehr zu fürchten. Was sollten sie noch auf die Verheißung warten? Statt dessen genossen sie mit heißer Begierde alle Lust, die ihnen jetzt erreichbar war. Die Hoffnung der Christenheit erschien von diesem Standpunkt aus als ein kindischer Traum. Aber diese Gedanken blieben nicht nur auf die besonderen Gruppen beschränkt, die sich neben der Kirche der Apostel einrichteten, sondern drangen dann auch durch die ganze Kirche hindurch, weil der Blick auf die Majestät der Natur ihnen Kraft verlieh.

Die Hoffnung wurde auch deshalb matt, weil das erste christliche Geschlecht bereits dahingegangen war, ohne daß es das Ziel erreicht hatte, nach dem es sich doch mit innigem Verlangen und großem Ernst ausgestreckt hatte. Die Väter der Christenheit mußten sterben, ohne die Verwandlung der Welt, auf die sie warteten, erlebt zu haben. War es nicht besser, die Hoffnung aufzugeben? Doch wandte sich der Spott nicht allein oder zuerst dagegen, daß die christliche Verheißung das Ende in nahe Aussicht stellt; er ging tiefer und griff ihren Wundercharakter an, daß nach ihr die ganze Natur sich verändern sollte, die doch seit ihrem Entstehen immer unverändert blieb.

3,5-7: *Denn die, die das wollen, verbergen sich, daß es von alters her Himmel gab und eine Erde, die durch Gottes Wort aus Wasser und durch Wasser bestand; durch sie kam die damals lebende Welt vom Wasser überflutet um. Die jetzt bestehenden Himmel und die Erde sind aber durch dasselbe Wort für das Feuer aufgespart und werden für den Tag des Gerichts und des Untergangs der gottlosen Menschen bewahrt.* Dem Spott, der sich auf die Festigkeit der Natur beruft, hält unser Brief das Geschlecht der Flut entgegen, das mit demselben Grund sagen konnte, die Welt sei zu groß und die Natur zu fest, als daß das Gericht Gottes es treffen könnte. Und doch ging jene Menschheit eben durch den Himmel und durch die Erde, wie sie damals waren, unter; denn sie brachten über die Menschen, die Gott strafen wollte, die Flut. Das stand mit der Beschaffenheit der Welt, wie die Schöpfungsgeschichte sie beschreibt, in Übereinstimmung. Denn aus dem Wasser, das den Weltraum füllte, trat die Erde hervor, und sie besteht, wie man damals häufig annahm, dadurch, daß sie auf dem Wasser der Tiefe liegt. So hatte es das Schöpferwort Gottes gemacht, und darum waren auch der Himmel und die Erde bereit und imstande, das Urteil Gottes auszuführen, das die Menschheit zum Tod in der Flut verurteilte. Nun ist freilich nach der ausdrücklichen göttlichen Verheißung nicht mehr eine Wasserflut das Ende der jetzt lebenden Menschheit; ihr bringen nicht die Brunnen der Tiefe und die Wasser in der Höhe den Tod, wie es damals geschah, als die erste Menschheit unterging. Aber es gibt noch andere Kräfte, die dem Willen Gottes dienen, wenn er sein Urteil an der Welt vollstrecken will. Die Weissagung sprach vom Feuer als dem Mittel des künftigen Gerichts; für dieses sind jetzt die Himmel und die Erde durch dasselbe göttliche Wort aufbehalten, das einst das Wasser, in dem die Menschheit unterging, aus ihnen hervorbrechen ließ. So umgibt die Natur freilich den Menschen mit einer Festigkeit, die ihm eine volle Zuversicht gewährt. Das göttliche Wort ist ja ihr Fundament, und dieses schwankt nicht. Es findet auch nicht sofort jede Gottlosigkeit ihre Strafe; vielmehr stehen alle die reichen Gaben der Natur auch denen zu Gebot, die den Willen Gottes verachten. Der Brief warnt aber die Gemeinde davor, daraus den Schluß zu ziehen, das Gericht sei unmöglich und der Gottlose sicher; vielmehr trägt und erhält das göttliche Wort die Welt so lange, bis Gott den Tag des Gerichts anbrechen läßt.

Wie die Einreden, die in der Christenheit gegen die christliche Hoffnung hervortreten, aus der Denkweise der Griechen stammten, so nimmt auch der Brief die Antwort, mit der er sie überwindet, aus einer damals verbreiteten Überlieferung. Wir finden in jener Zeit nicht selten die Erwartung, daß das Ende der jetzt bestehenden Natur dadurch eintrete, daß Feuer sie auflöse; dann beginne eine neue Welt. Auch die jüdischen Lehrer stellten diese den Weltlauf abschließende Feuerflut neben die Wasserflut, die in der Urzeit das göttliche Gericht über die Menschheit gebracht hatte. Von dieser Erwartung unterscheidet sich die Verheißung, die die Apostel zum Fundament der Hoffnung der Gemeinde machen, dadurch, daß diese die Hoffnung der Gemeinde einzig und vollständig auf die neue Offenbarung Jesu richten. In der Verkündigung der Wiederkunft Jesu besteht ihre Weissagung; denn die Gemeinde gelangt dadurch an ihr Ziel, daß der Herr sie in seiner Herrlichkeit mit sich vereint. Darüber treten alle anderen Fragen zurück, auf welche Weise und durch welche Mittel die Welt aus ihrem jetzigen Zustand in die ewige Vollendung hinübergebracht werde. Nachdem aber die Einrede, die sich gegen die Erwartung des göttlichen Gerichts auf die herrliche Sicherheit der Natur berief, sich in der Christenheit ausgebreitet hatte, benützt der Brief die vorhandene Lehre vom Weltbrand dazu, um das Verlangen der Christenheit über die Natur emporzuheben; er will sie gegen den Eindruck schützen, als widerstreite die Größe und Sicherheit der Natur der Verheißung Jesu. Er verfährt dabei mit großer Besonnenheit und bewährt sich in der Art, wie er diesen Gedanken benützt, als ein tüchtiger christlicher Lehrer. Denn er hält ihn von allen phantasievollen Ausmalungen rein, benützt ihn dagegen geschickt und eindrücklich dazu, um die Erwartung der Christenheit für sie zur Quelle der Kraft und Tüchtigkeit zu machen; denn dieser Vorblick auf das Ende führt sie zur Heiligung ihres Wandels.

3,8: *Dieses eine sei euch aber, Geliebte, nicht verborgen, daß ein einziger Tag vor dem Herrn wie tausend Jahre und tausend Jahre wie ein einziger Tag sind* (Ps. 90,4). Vor allem soll die Christenheit die Berechnung des Endes unterlassen; denn dieses tritt zu Gottes Zeit ein. Wie sollte aber der Mensch sich einbilden, er wisse, was die Zeit für Gott bedeutet? Was uns lang und was uns kurz erscheint, bekommt sein Maß durch unser menschliches Empfinden, durch die Vergleichung der Zeiträume mit der kurzen Frist unseres Lebens. Aber die Tage, an denen die Welt sich wendet, setzt der Ewige fest, für den das nicht kurz ist, was wir kurz heißen, und das nicht lang, was wir lang nennen. Für die Herrlichkeit seines Blicks und seines Werks ist die kurze Frist lang, die lange kurz. In seinem Zweck stimmt dieser Satz mit dem überein, was die apostolische Predigt nach der eigenen Anweisung Jesu der Gemeinde immer eingeschärft hat. Diese Predigt hat nie Berechnungen des Endes zugelassen, sondern die Gemeinde immer der göttlichen Regierung unterworfen, auf deren Führung sie in Gehorsam zu warten hat. In den anderen Briefen wird dies aber einfach durch die immer gültige Regel erreicht, die uns in Glauben und Gehorsam Gott untertan macht. Unser Brief fügt dagegen die Erwägung dazu, daß alle solche Rechnungen so mit unserer menschlichen Zeit rechnen, als ob sie für Gott dieselbe Bedeutung hätte wie für uns.

3,9: *Der Herr verzögert die Verheißung nicht, wie einige darin eine Verzögerung sehen, sondern er ist langmütig gegen euch, da er nicht will, daß einige umkommen, sondern alle zur Buße gelangen.* Im Gedanken, die Verheißung komme langsam, liegt immer eine Anklage gegen Gott, und eine solche läßt der Brief nicht zu; denn wer sich über das langsame, zaudernde Verfahren Gottes beschwert, macht sich ganz verkehrte Gedanken über Gottes Ziel. Er wirft mit solchen Anklagen einen Flecken auf die Güte Gottes, als sei er nicht bereit, uns seine höchste Gabe, die uns die völlige Errettung bringt, zu gewähren. Wenn aber Gott der Menschheit neue Frist schenkt, so hat das einen anderen Grund; es kommt nicht aus der Unlust Gottes, uns zu erlösen, sondern im Gegenteil aus seiner tragenden und schonenden Geduld; sie gewährt denen noch eine längere Frist, die jetzt dem Gericht verfielen, aber sich noch von ihrer Sünde scheiden und sich zu Gott bekehren können. Solche Langmut Gottes haben nicht nur die Menschen jenseits der Christenheit, nicht nur Juden und Heiden nötig, sondern auch die Christenheit; denn auch in ihr gibt es Leute, die die Reinigung von ihren alten Sünden vergessen haben und nur durch Umkehr zu der Gnade Gottes und zum verheißenen Erbe gelangen können. Wer klagt, die Verheißung Gottes bleibe lange aus, denkt nur an das Heil, von dem die Verheißung spricht; aber zur Vollendung des göttlichen Werks gehört auch die Vollstreckung des Rechts, auch das richterliche Werk Gottes. Wenn die Gemeinde an dieses denkt, lernt sie, die Zeit, die ihr gegeben wird, als eine Wohltat zu schätzen. Denn diese Zeit macht es ihr möglich, das Sündliche zu beseitigen und das Neue zu beginnen, das sie für das bereit sein läßt, was kommen wird.

3,10: *Der Tag des Herrn wird aber kommen wie ein Dieb* (1. Thess. 5,2.3; Matth. 24,43); *an ihm werden die Himmel mit Sausen vergehen, die Elemente erhitzt sich auflösen und die Erde und die Werke auf ihr verbrennen* (Offenb. 20,11). Gewißheit und Ungewißheit verbinden sich mit dem Vorblick auf das Ziel, das uns die

Weissagung zeigt. Der Tag Gottes wird kommen, aber plötzlich, nicht von menschlicher Klugheit berechnet, nicht vom menschlichen Willen beschlossen und herbeigeführt. Dann löst sich die Natur, so stark und herrlich sie ist, plötzlich im Feuer auf, und auch das Festeste in ihr, die Grundstoffe, die unveränderlich scheinen, erweisen sich dann als vergänglich. Bei den Elementen denkt der Brief wahrscheinlich an die Stoffe, aus denen die Natur zusammengesetzt ist, an den Stoff des Himmels und der Erde, an das Wasser und die Luft. Dann vergeht auch alles, was die menschliche Hand auf der Erde als Zeugnis menschlicher Macht und Kunst errichtet hat.

3,11-13: *Da sich dies alles so auflöst, wie müßt ihr durch heiligen Wandel und Frömmigkeit sein, die ihr auf die Ankunft des Tages Gottes wartet und nach ihm verlangt, um dessentwillen sich die Himmel in Glut auflösen und die Elemente erhitzt zerschmelzen! Wir warten aber nach seiner Verheißung auf neue Himmel und eine neue Erde, in denen Gerechtigkeit wohnt* (Jes. 65,17; Offenb. 21,1). Was bleibt bestehen, wenn sich der ganze Weltbestand auflöst? „Wir werden bleiben", antwortet die Christenheit; denn für uns kommt dann das Heil, für uns das ewige Leben. Dem widerspricht der Brief nicht; im Gegenteil, auch er redet deshalb von der alles ergreifenden Veränderung, weil nicht in dieser Zeit und Welt, sondern erst in einer neuen Welt Raum für das ewige Leben, Raum für das königliche Werk Jesu und für die Vollendung der Gemeinde ist. Der Brief verlangt aber von der Christenheit, daß sie die Größe ihrer Erwartung empfindet und ihre Gewißheit auf einen festen Grund stellt. Sie will das Leben ergreifen, während alles vergeht, und unversehrt durch das Feuer hindurchschreiten, dem nichts in der Welt widerstehen wird. Wann hat sie ein Recht zu einer solchen Erwartung? Dann, wenn sie sich durch ihren heiligen Wandel und durch Frömmigkeit wirklich als berufen und erwählt erweist und ernsthaft meidet, was ihr das Gericht Gottes zuzöge. Wenn sie ihr Leben in den Dienst des Bösen stellt, wird aus ihrer Erwartung des Endes ein Übermut. Darum kann auch die christliche Hoffnung nie Ungeduld hervorrufen und keine Vorwürfe gegen Gott erzeugen, warum er so lange zaudere. Denn sie gibt der Christenheit einen hohen Beruf, für den sie ihre ganze Kraft zu verwenden hat. Die Zeit, die ihr noch gegeben ist, ist für sie nicht leer, so daß sie sie verachten und müßig vergeuden könnte. Sie hat sie vielmehr dazu zu brauchen, um heilig zu wandeln, wie es ihrer Verbundenheit mit Gott entspricht, nach dem Sinn Gottes und zu seiner Ehre. Denn sie will dann vor ihm bestehen, wenn er alles erneuert; sie will in seinem allmächtigen Schutz geborgen sein, wenn vor der Glut des Feuers alles vergeht. Diese Aussicht macht die irdische Arbeit der Gemeinde wichtig, den heute ihr gegebenen Tag kostbar und schließt jeden Unmut gegen die Regierung Gottes aus.

Je größer das Ziel ist, auf das die Erwartung der Gemeinde gerichtet ist, um so bedeutungsvoller wird die ihr jetzt noch gegebene Zeit. Sie begehrt nicht irdisches Glück, auch nicht ein ewiges und seliges Leben nur für sich selber. Die Verheißung Gottes ist viel größer, und sein Werk, das seine Herrlichkeit offenbaren wird, geht weit über solche Hoffnungen hinaus. Einen neuen Himmel, eine neue Erde verheißt er. Warum eine neue Erde? Was fehlt der jetzt bestehenden Welt? In ihr ist noch nicht die Gerechtigkeit daheim; auf dieser Erde, unter diesem Himmel geschieht noch viel Unrecht. Da steht der Mensch gegen Gott auf, und da verdirbt er mit seinem schlechten Wollen sich selbst und die anderen. Darum bringt uns die Natur auch den Tod und mancherlei Not; darum zeigt sie uns nicht mehr von der Herrlichkeit Gottes, sondern liegt wie eine Decke vor dem, was im Himmel ist. Aber der ungerechte und verwerfliche Zustand des Menschen bleibt nicht ewig. Das Ende ist ein Himmel und eine Erde, in der alles gut und alles heilsam ist, alles dem guten Willen Gottes gehorcht und alles als ganz gerecht im göttlichen Wohlgefallen steht.

3,14.15: *Deshalb, weil ihr das erwartet, Geliebte, gebt euch Mühe, daß ihr vor ihm ohne Flecken und Makel im Frieden erfunden werdet, und seht in der Langmut unseres Herrn die Rettung.* Wer nach der neuen Welt begehrt, die die Heimat der Gerechtigkeit ist, der hat eine lebendige Hoffnung, die ihn bewegt, so daß er alles, was er tut, an seiner Hoffnung mißt und in ihren Dienst stellt. Das bringt Entschlossenheit, Zielbewußtheit und Kraft ins Christentum hinein. Nun richtet sich unser Eifer darauf, daß alles, was uns befleckt, verschwindet. Nicht nur vor Menschen, sondern vor dem wollen wir als die Reinen stehen, der die Welt zur Gerechtigkeit erneuert. Mit ihm begehren wir Frieden zu haben, daß er nicht gegen uns, sondern für uns sei und uns nicht unter seine Verurteilung, sondern in seine Gnade stelle. Und wenn die Jahre sich noch häufen, die Gott auch der ungerechten Menschheit gibt, und die Zeit sich noch weithin erstreckt, so ist dies für die Christenheit nicht ein Grund zum Zweifel und zur Klage, sondern sie erkennt darin den gnädigen göttlichen Willen, der uns die Rettung bereitet. Denn damit, daß allen, der Christenheit wie der ungerechten Menschheit, immer neue Zeit gegeben wird, erweist ihr Christus seine Langmut, sein Vermögen zu vergeben und zu tragen, seinen Heilandssinn, der niemand rasch verwirft, sondern lang auf die Menschen wartet und ihnen den Weg ins Leben offenhält, damit sie umkehren und alles überwinden, was sie schändet und befleckt. So fügt sich die Gemeinde nicht unwillig in Gottes Werk, auch wenn es anders ist, als sie zuerst erwartete, sondern unterwirft sich seiner Regierung mit ganzem Herzen. Denn das Werk Gottes wird vor ihren Augen immer größer, immer herrlicher, weil der Reichtum seiner sie heiligenden Gnade ihr immer deutlicher wird.

3,15b.16: *wie euch auch unser geliebter Bruder Paulus nach der ihm gegebenen Weisheit schrieb, wie in allen Briefen, da er in ihnen darüber spricht. In ihnen ist einiges, was schwer zu verstehen ist, was Unwissende und Unbefestigte verdrehen, wie auch die anderen Schriftstellen, zu ihrem eigenen Untergang.* Die Gemeinde hat auf den Herrn zu warten. Sie tut das dann richtig, wenn sie dafür sorgt, daß sie ohne Flecken und Makel vor ihm stehe, nicht so, daß sie über die Wege Gottes klagt und murrt, sondern so, daß sie in ihnen die Tiefe des Reichtums und der Weisheit Gottes erkennt. Über all dies hat auch Paulus zur Christenheit gesprochen. Vermutlich bewegen besondere Vorgänge, die wir nicht mehr kennen, den Verfasser zu dieser Bemerkung. Vielleicht hat es Verhandlungen und Streit über einzelne Stellen in den Briefen des Paulus gegeben, die vom Tag des Herrn und seiner Nähe reden: etwa so, daß die Gegner der christlichen Hoffnung sich darauf beriefen, auch Paulus beschreibe das Ziel des Glaubens, die Rechtfertigung und die Auferstehung, so, daß der an Christus Glaubende sie schon erlangt habe; oder sie sagten, in der Ankündigung der baldigen Offenbarung Jesu habe Paulus sich getäuscht; wieder andere mochten mit Worten des Paulus eine aufgeregte, ungeduldige Verkündigung des Weltendes begründen. Jedenfalls will der Verfasser die Kirche an die Briefe des Paulus als an eine Quelle der Ermunterung und Lehre erinnern, mit der der Reichtum des apostolischen Worts für immer bei ihr ist. Die Freude an ihnen soll sich die Kirche nicht dadurch stören lassen, daß manches Wort des Paulus mißbraucht wird. Jenes neue Christentum, vor dem der Brief im 2. Kapitel warnte, konnte leicht die großen Worte des Paulus über die Freiheit und den Geist so wenden, daß die Meinung des Apostels gründlich verfälscht und offenkundige Sünde durch die Berufung auf ihn verteidigt wurde. Der Verfasser gibt zwar zu, daß für einen solchen Mißbrauch der Briefe in ihnen selbst ein Anlaß vorhanden sei, weil manches Wort des Paulus an den Leser einen hohen Anspruch stellt, wenn er es verstehen und richtig verwerten soll. Aber den Anlaß zum Mißbrauch geben die tiefen, schweren Worte des Paulus nur denen, die sie mißverstehen; es wäre unrichtig, wenn die Gemeinde deshalb seine Briefe beiseite legte und unbenützt ließe. Mißverstehen aber müssen sie die, die mit schwachem Geist und schwankendem Willen verführerische Gedanken bei sich einlassen und mit ihnen die Worte des Paulus vermengen, statt daß sie aufmerksam auf den Apostel hörten und mit Entschlossenheit dem göttlichen Willen gehorchten. Wenn die Briefe des Paulus deshalb aus der Kirche verschwinden sollten, so müßte dasselbe auch mit den anderen Büchern geschehen, aus denen die Gemeinde sich über das Werk und den Willen Gottes unterrichtet. Denn jeder Spruch der Schrift, nicht nur das, was Paulus schrieb, kann mißbraucht und zur Rechtfertigung des verkehrten Willens benützt werden. Wer dies tut, hat die Schuld nur bei sich selbst zu suchen und darf sie nicht auf die Schrift oder auf Paulus schieben. Dient ihm die Art, wie er Paulus deutet und benützt, zum Verderben, so bereitet er sich dieses selbst.

3,17.18: *Darum, Geliebte, da ihr dies zum voraus wißt, hütet euch, daß ihr nicht durch die Verirrung der Zuchtlosen mitgerissen werdet und aus dem, was euch stützt, herausfallet, Wachset aber durch die Gnade und Erkenntnis unseres Herrn und Retters Jesus Christus. Ihm gebührt der Ruhm sowohl jetzt als am ewigen Tag.* An der Warnung fehlt es der Kirche nicht. Paulus hat ihr gezeigt, wie sie in rechter Weise den Herrn erwartet; Petrus hat es auch getan, und der Verfasser erneuert durch seinen Brief das warnende

Wort der Apostel. Die Kirche sieht also deutlich die Grenze, die die Wahrheit von der Verirrung scheidet; sie kann sich gegen den Stoß, den ihr die werbende Arbeit der Verführer versetzt, schützen. Sie hat die Stütze bei der Hand, die ihr den festen Stand ermöglicht; denn sie kennt, wie es ihr im Eingang des Briefes gesagt war, die göttliche Gabe, die ihr geschenkt ist, und weiß, wie sie sie so aufnimmt, daß sie sie erlangt. Statt daß sie sich aus dem guten Weg Gottes hinausstoßen läßt, besteht ihr Beruf darin, daß sie wächst und ihre Erkenntnis, Kraft und Arbeit mehrt. Was sie vorwärts bringt, ist die Gnade Jesu, die sie mit immer neuen Gaben ausrüstet, und die Erkenntnis Jesu, durch die ihr seine Herrschaft und Herrlichkeit mit zunehmender Klarheit deutlich wird. So kann sie mit immer reicherer Gewißheit an ihn glauben und sich zu ihm bekennen. Darum kann die Gemeinde bereit und willig sein, Christus zu loben und ihm die Anbetung zu geben, die seine ewige Herrlichkeit preist.

Der Brief des Jakobus

Kapitel 1,1-18

Die gläubige Überwindung der Anfechtung

1,1: *Jakobus, ein Knecht Gottes und des Herrn Jesus Christus, an die zwölf Stämme, die in der Zerstreuung sind* (Matth. 19,26; Apg. 26,7; Offenb. 7,4-8). *Freude sei euch.* Jakobus hat bei seinem Brief nicht an die Gemeinde einer besonderen Stadt gedacht, sondern an das, was der ganzen Judenschaft not tat. Die Teilung des Volks in die zwölf Stämme war zwar schon längst, zum mindesten seit die assyrischen Könige Samaria verbrannt hatten, zerstört. Die Judenschaft hatte aber mit starkem Glauben die Verheißung der Propheten ergriffen, daß bei der Erneuerung der Gemeinde auch die verlorenen Stämme wieder mit ihr vereinigt werden. Denn sie sah in der ursprünglichen Gliederung des Volkes die unvergängliche Anordnung Gottes. Indem Jakobus seinen Brief den zwölf Stämmen übergibt, drückt er aus, daß er sein Wort an das heilige Volk in seiner Gesamtheit und Vollständigkeit richtet, wie Gott es gebildet hat. Er erinnert aber zugleich daran, daß der Zustand der Gemeinde sichtbar macht, daß sie von ihrem Ziel noch weit entfernt ist. Denn sie war nicht mehr in ihrer Heimat vereinigt; sondern die größere Hälfte des Volks war in viele kleine Gemeinden hin und her aufgelöst und überallhin durch die anderen Völker zerstreut. Das bewog Jakobus auch zur Absendung seines Briefs. Soweit das Volk in Jerusalem beisammen wohnte und sich im Tempel versammelte, diente er ihm mit dem Wort; er dachte aber auch an die, die in der Ferne waren, und ihnen sendet er seinen Brief.

Jakobus teilt Israel nicht schon in der Aufschrift des Briefs in Ungläubige und Gläubige, sondert die Synagoge und die Kirche nicht voneinander ab und trennt die Gemeinde Jesu noch nicht vom heiligen Volk des Alten Bundes; er will, soviel an ihm liegt, zum ganzen Israel reden, weil er als ein Knecht Gottes und des Christus zu ihm spricht. Deshalb soll ihn ganz Israel hören. Daß er der Knecht Gottes und Jesu ist, ergibt nicht einen zwiespältigen, sondern einen einträchtigen Dienst. Jakobus ist Gottes Knecht, darum ist er Jesu Knecht; er ist Jesu Knecht, darum ist er Gottes Knecht. Er dient Jesus, bezeugt das Wort Jesu, preist den Namen Jesu, rüstet Israel für das Reich Jesu; dadurch dient er Gott, redet er das Wort Gottes, verherrlicht er den Namen Gottes und zeigt er Israel den Weg in das Reich Gottes. Er ist Gott untergeben, kann Gott nicht widersprechen, sondern muß sich Gott dargeben mit seiner ganzen Person und Kraft, damit Gott ihn als Werkzeug für seinen Willen brauche; darum erkennt er in Jesus seinen Herrn, dem er sich mit allem, was er ist und tut, unterwirft, wie ein Knecht seinem Herrn gehört. Dasselbe gilt auch für Israel; es ist nur dann Gottes Volk und Gemeinde, wenn es das Volk und die Gemeinde Jesu wird. Auch Israel kann nicht anders Gott dienen als im Dienst Jesu. Gottes Knechte sind Jesu Knechte. Wenn Israel Jesus verwirft und ihn nicht zum Herrn über sich haben will, entläuft es dem Dienst Gottes und ist es gegen seinen Herrn abtrünnig und treubrüchig. Aber die Aufschrift des Briefes bedeckt noch den Unglauben und das Widerstreben Israels. Jakobus möchte gern allen, die zu den zwölf Stämmen gehören, mit seinem Wort dienen. Sie sind ja Gottes Volk, von Gott zu seinem Eigentum gemacht und darum verpflichtet, aufzumerken, wenn ein Knecht Gottes zu ihnen spricht. Und sie sind das Volk, das für Christus vorbereitet war, die für Jesus geschaffene Gemeinde, die von ihm die Verheißung empfangen und zur Vollendung gebracht werden soll. Darum darf Israel das Ohr dem nicht verweigern, dem Christus als seinem Knecht sein Wort übergeben hat. Die an Christus Glaubenden gehören zu den zwölf heiligen Stämmen in besonderem Sinn; denn nur sie sind das wahre Israel, das wahrhafte und bleibende Volk Gottes. Die Scheidung zwischen ihnen und denen, die ihren Herrn verwerfen, wird der Richter, der vor der Tür steht, bald vollziehen. Für Jakobus war es darum noch

Zeit, ganz Israel herbeizurufen, damit es höre, was ein Knecht Gottes und des Christus ihm zu sagen hat.

Den Unterschied zwischen sich und Jesus hat Jakobus in heller Klarheit ausgedrückt. Ich bin, sagt er, sein Knecht, und er ist mein Herr. Es redet hier nach aller Wahrscheinlichkeit jener Jakobus, der ein Bruder Jesu war und darum bei der Gemeinde Jerusalems und in der ganzen Kirche in hohem Ansehen stand.[1] Er zeigt aber nicht auf seine Verwandtschaft mit Jesus hin. Jakobus vermischt nicht Fleisch und Geist; er stützt sich nicht auf den äußeren Vorzug seiner Person und stellt sich nicht nach seinem natürlichen Wesen der Kirche zur Verehrung dar. Was seinem Wort Macht und Wahrheit gibt, ist nicht dies, daß er mit Jesus verwandt gewesen und mit ihm aufgewachsen ist, sondern dies, daß er Jesus als seinem Herrn dient und durch ihn ein Knecht Gottes geworden ist. Darum kann er Israel zeigen, wie es Gottes Wort bewahrt und Gottes Willen tut.

Daß Jakobus nicht an die Heiden schrieb, soll uns nicht zu argwöhnischen Gedanken reizen, als hätte er die Heiden verachtet und nicht zur Kirche des Christus gezählt. Die Treue, mit der die apostolischen Männer Israels das göttliche Wort trotz aller Verfolgung darboten, gehörte ebensogut wie die Heidenpredigt zu ihrem Apostelberuf und entsprach dem ausdrücklichen Gebot und Beispiel Jesu. Nahm Jakobus sich in besonderer Weise Jerusalems an, so konnte er sich doch daran freuen, daß das Evangelium auch weithin zu den Heiden kam. Er sah aber seine eigene Aufgabe darin, Israel das Wort Gottes zu bringen (vgl. Gal. 2,9), und bei diesem seinem Beruf ist er geblieben und ist nicht von der Heiligen Stadt gewichen, bis die Juden ihn töteten.

Der Brief paßt vielleicht nicht zu unseren Vorstellungen davon, wie eine heilsame und förderliche Predigt an die Juden lauten müßte. Warum erzählt Jakobus den „zwölf Stämmen in der Zerstreuung" nichts von Jesu großen Werken, von seiner Geburt, von seinem Kreuz und seiner Auferstehung? Es mag uns scheinen, das hätte Israel vor allem nötig gehabt, und dadurch wäre es zum Glauben an Jesus erweckt worden. Jakobus hatte aber in Jerusalem viele Juden vor sich, die die Werke und Zeichen Jesu kannten und

[1] Gal. 1,19; 2,9.12. Vgl. Apg. 12,17; 15,13; 21,18; Matth. 13,55; 1. Kor. 15,7; Judas 1.

wußten, daß die Apostel ihn als den Auferstandenen verkündigten; sie wurden aber deshalb doch nicht an ihn gläubig. Dem Hohen Rat war mächtig bezeugt worden, daß Jesus der Sohn und Gesalbte Gottes ist, von Gott selbst durch seine Auferweckung aus dem Grabe kundgemacht; aber dies hatte den Hohen Rat nicht ergriffen. Auch draußen in den zerstreuten jüdischen Gemeinden ist viel über Jesus gesprochen worden. Gerade weil sich an manchen Orten Heidengemeinden bildeten, wurde auch den Juden der Name Jesu bekannt. Allein sie wurden deshalb nicht gläubig. Wo lag das Hindernis? Das zeigte der Christenheit ihre eigene Erfahrung; auch unter den gläubigen Juden gab es Männer, die trotz ihres Bekenntnisses zu Jesus von der bösen Art nicht frei wurden, die mannigfach Israels Not war, sondern sie auch in die christliche Gemeinde hineinbrachten; so zeigen es uns Lukas an Ananias und Sapphira und Paulus an den falschen Brüdern in Galatien und Korinth. Diese Christen gewordenen Juden glaubten das Evangelium, ohne daß es ihnen half; wo lag bei ihnen das Hindernis? Darüber gab das Wort Jesu Jakobus Aufschluß; er wußte, wie Jesus mit Israel geredet hatte; er hatte es nicht so getan, daß er ihm seinen königlichen Namen vorhielt und ihm die Herrschaft Gottes nach ihrer wunderbaren Macht und Herrlichkeit pries, sondern so, daß er es an die allen deutlichen Worte des Gesetzes band; er bemühte sich, den Gottesdienst Israels von aller Entstellung zu reinigen und es zur Buße anzuleiten, damit aus gottlosen Juden fromme Juden werden. Dann erst konnten sie sehen und verstehen, daß in ihm Gottes gnädige und ewige Herrschaft bei ihnen war. Nach dieser Regel Jesu spricht Jakobus zu Israel; er will die jüdische Frömmigkeit von aller sie verderbenden Unwahrhaftigkeit reinigen. Mit großer Klarheit zeigt er Israels Schaden und was ihn heilt. So räumt er die Hindernisse weg, die der Erkenntnis des Christus widerstehen, und sorgt dafür, daß sie in Israel kraftvoll und rein, zur Rettung und zum Segen, erwachsen kann. Wer auf Jakobus hört, wird Jesus nicht kennenlernen, ohne an ihn zu glauben, und nicht an ihn glauben, ohne daß ihm geholfen ist.

1,2.3: *Für ganze Freude haltet es, meine Brüder, wenn ihr in mancherlei Versuchungen fallt, da ihr erkennt, daß das, was euren Glauben bewährt, Standhaftigkeit bewirkt* (1. Petr. 1,7). Den Gruß, der den Lesern Freude wünscht, nimmt Jakobus aus der gewöhnlichen Sitte, die Briefe zu beginnen. Dieser Gruß hat aber bei Jakobus eine besondere Bedeutung; denn er kann uns die vollkommene Freude zeigen, die unter allem Druck standhält und sogar durch die Versuchungen begründet und gesteigert wird. Mit der Versuchung fängt Jakobus seinen Brief an, weil sie ein ernstes Hauptstück in unser aller Leben ist. Gottes heilige Güter lassen sich nicht mit einem raschen Griff aneignen, sondern jedem Anfang folgt die Erprobung nach. Gottes Gaben gehören uns erst dann, wenn die Versuchung überwunden ist. Ob diese uns als Lust oder als Schmerz nahetritt: Es kann eine starke Erschütterung mit ihr verbunden sein. In der ersten Christenheit war dies besonders deutlich; denn wer sich zu Jesus bekannte, mußte oft einen harten Kampf auf sich nehmen. Es konnten große Opfer von ihm gefordert werden. Das hielt viele zurück und erschütterte auch manchen Glaubenden. Darum hilft Jakobus zuerst denen, die in der Versuchung stehen, und zeigt ihnen, warum ihnen mit den Versuchungen der Grund zu einer reinen, vollständigen Freude gegeben ist. Rein wäre unsere Freude nicht, wenn unser Herz sich teilte, sich halb dem Schmerz und Unwillen ergäbe und nur mühsam bedächte, daß die Versuchung uns heilsam ist. Mit einer solchen Teilung des Herzens ist Jakobus nicht zufrieden. Bringt uns das Leben heftige Schmerzen und harten Druck, so werden wir der Versuchung freilich nur einen mühsamen und angestrengten Widerstand entgegensetzen. Doch will Jakobus, daß wir unser Herz hüten, daß es sich durch diese Empfindungen nicht fangen lasse, sondern sich darüber halte und den Segen der Versuchung mit einer Freude ermesse, die uns ganz erfüllt. „Wenn ihr in mancherlei Versuchungen fallt" – das ist gegen unsere Ungeduld gesagt, die es verdrießt, wenn immer wieder in wechselnder Gestalt und unvermutet der Kampf neu anfängt und jeder gewonnene Sieg sogleich wieder zu einer neuen Aufgabe führt, die aufs neue ihre Versuchung bei sich hat. Dann ficht den verzagten Sinn der Überdruß an; er meint, es sei endlich genug. Jakobus sagt uns aber, daß wir uns gerade wegen der Mannigfaltigkeit und wechselnden Menge der Versuchungen freuen sollen. Zugleich wehrt er mit diesem Wort auch dem kecken Trotz, der sich die Versuchungen selbst bereitet und, weil er sie nicht fürchtet, sondern sucht, in ihnen unterliegt. So fallen wir nicht in die Versuchung, sondern laufen in sie hinein.

Der erste Gewinn, den uns die Versuchung bringt, besteht darin, daß sie unseren Glauben bewährt und kräftig macht. Denn den Glaubenden legt die weise und gnädige Regierung Gottes die Versuchung auf. Solange wir in Gottlosigkeit oder auch in eigensüchtiger Frömmigkeit für uns selber leben, ist nichts in uns, was erprobt und bestätigt werden könnte. Wenn wir uns dagegen im Glauben zu Gott hin wandten und in Gott den Grund unseres Lebens fanden, dann wird durch die Widerfahrnisse, die wir erleben, erprobt, ob wir uns redlich und entschlossen an Gott halten. Dann nötigt uns unser Erleben immer wieder, uns mit neuem Glauben Gott zu neuer Treue zu ergeben, und das macht die Versuchung für uns heilsam und nötig. Damit erlangen wir weiter die geduldige Festigkeit, die beharrliche Unüberwindlichkeit, die nicht mehr von Gott weicht und Christus nicht mehr fahrenläßt, sondern, wie Paulus sagt, „alles duldet, alles trägt" (1. Kor. 13,7), weil wir mit ihm fest und für immer verbunden sind. So fällt uns die Verheißung zu: „Wer bis ans Ende beharrt, wird erlöst werden" (Matth. 24,13). Wie soll uns aber die Kraft der Beharrlichkeit auf andere Weise zukommen als dadurch, daß wir das überwinden und in uns tilgen, was uns von Gott abziehen will? Darum sollen wir uns herzlich an allem freuen, was uns kräftig macht, bei Gott zu bleiben und Christus die Treue zu halten, so daß wir ihm so gehören, daß auch die Versuchung uns umsonst angreift.

Gleich der erste Spruch unseres Briefes leitet uns zu einem heldenhaften Sinn an. Wer zur Versuchung spricht, ob sie auch peinlich und schmerzlich sei: „Du sollst mir lauter Freude sein, weil du mich zum Glauben nötigst und mir die Geduld bringst", der läuft seine Bahn als ein Held. Woher schöpft der Glaubende diesen hohen Mut? Gleich dieses erste Wort macht deutlich, wie völlig Jakobus in der Güte Gottes ruht. Er spricht: „Wenn ich nur dich habe!" Über dem einen Gewinn, daß er Gott mit festem, bleibendem Glauben ergreift, verwandelt sich ihm alle Not in Freude. Er schätzt Gott über alles; so hell leuchtet ihm das Angesicht Gottes. Auch dies wird gleich an diesem Wort sichtbar, wie einig Jakobus und Paulus sind, obgleich das Zeugnis eines jeden von ihnen seine besondere Gestalt und Fassung hat. Der erste Hauptteil des Römerbriefes endet mit dem Satz: Ich bin gewiß, daß mich nichts von der Liebe Gottes im Christus scheiden wird; in all dem überwinden wir weit (Röm. 8,37-39); Jakobus fängt damit an, daß alle Versuchung lauter Freude ist, weil sie den Glauben bewährt und die Beharrung wirkt. Ebenso tritt der Unterschied, der das Wort beider Apostel verschieden macht, schon hier klar hervor. Bei Paulus bildet das frohlockende Wort des Glaubens das Ende und Ergebnis einer reichen Lehre, die uns zeigt, was Christus für uns getan hat: er ist für uns gestorben und auferstanden; er hat unserer Sünde und unserem Fleische das Ende bereitet und uns dafür die Gerechtigkeit und den Geist erworben. Darum zeigt Paulus auch, wenn er vom Sieg und von der Freude des Glaubens spricht, ausdrücklich auf Christus hin: von der Liebe Gottes, die im Christus ist, vermag uns nichts zu scheiden, weil wir durch den überwinden, der uns geliebt hat. So macht er den Grund sichtbar, auf dem unser Glaube steht, und zeigt uns die Wurzel, aus der er erwächst. Jakobus dagegen führt uns durch ein einziges, kurzes Wort auf diese Höhe hinauf; aber auch er spricht als der Knecht Jesu und wäre nicht imstande, uns als freudige Leute in den immer neuen Kampf hineinzustellen, wenn er nicht am Christus die herrliche Gnade Gottes wahrnähme. Paulus stellt vor den Jubel des Glaubens die reiche Belehrung; denn er sprach zu den Heiden, für die der Glaube ein neues Erlebnis war, von dem sie, ehe sie Christus kannten, nichts wußten. Jakobus dagegen redet zu Israel, das Gott und seine Güte kennt und schon längst zum Glauben angeleitet ist. Der Bibelvers ist ihm wohl bekannt, daß Gott gut ist, weil seine Gnade ewig währt. Nun denn, wer seine Zuversicht zu Gott hin wendet, der kann sich der Versuchung nicht weigern, sondern muß sie für lauter Freude halten; denn sie macht den Glauben fest und verhilft zur Treue, die beharrt.

Wir erlangen durch die von uns bestandene Versuchung noch etwas Größeres, was neuen Grund zur Freude gibt. 1,4: *Die Standhaftigkeit soll aber ein vollendetes Werk haben, damit ihr vollendet und unverletzt seid, weil euch nichts fehlt.* Was uns der Glaube einträgt, ist uns noch nicht ganz gezeigt, wenn wir nur an unsere Leiden denken. Es ist freilich ein Hauptstück der Frömmigkeit und ein großes Gut, daß uns mit der Bewährung im Glauben die Geduld gegeben wird, die uns auch im Leiden stark macht. Zum Leiden tritt aber als das zweite Hauptstück unseres Lebens das Werk hinzu. Auch dieses wird durch die Versuchung nicht gehindert; vielmehr wird es uns dadurch geschenkt, daß unser Glaube bewährt und unsere Tragkraft gestärkt wird. Denn ohne die Geduld, die sich nicht irremachen läßt und nicht zerbricht, bleibt alles, was wir tun, ein bloßer Anfang und Versuch. Ein ganzes, fertiges Werk, das zu seinem Ende kommt, kann nur aus einem fest und still gewordenen Geist entstehen, der das Ziel nicht mehr aus den Augen läßt, nicht schwankt und nicht von Gottes Weg weicht. Jakobus will, daß uns ein frucht- und nutzloses, träges Leben, wobei wir für Gott nichts tun mögen, eine Last ist, die uns quält; er will auch, daß wir das wertlose Stückwerk verabscheuen, das nur den Schein und Namen des Fleißes und der Hingebung hat, aber immer wieder daran verdirbt, daß wir uns nicht ganz in den Dienst Gottes ergeben und mit unbefestigtem Sinn in der Menge unserer Anläufe straucheln. Deshalb sollen uns auch die Versuchungen als ein Segen und Gewinn gelten: Sie rüsten uns zum vollkommenen Werk und machen uns dazu tüchtig. Wer nichts leiden will, kann auch nicht handeln, und wer sich selbst nicht überwindet, kann Gott nicht dienen. Ein gelingendes, ganzes Werk kommt aber nicht ohne unseren Willen und Entschluß zustande; es wächst nicht von selbst gleichsam als eine natürliche Frucht aus uns heraus. Darum spricht Jakobus nicht bloß in beschreibender Weise: „Die ausharrende Standhaftigkeit hat das vollendete Werk", sondern er mahnt: „Sie soll es haben." Es kommt nicht zustand, wenn wir nicht darauf bedacht sind und es suchen.

Erst mit dem ganzen Werk sind wir selbst fertig und ganz, ohne Mangel in irgendeinem Stück. Der Jude, der sich vom Gesetz fassen ließ, begehrte nach der Vollkommenheit; er wollte alles tun, was Gott von ihm verlangt, das Gesetz ganz erfüllen, von der Sünde ganz frei bleiben und Gott mit dem ganzen Herzen lieben. Die, die an Jesus glaubten, strebten mit ganz neuer Kraft nach der Vollkommenheit; denn sie erkannten in Jesus den, der ihnen Gottes vollkommene Gnade brachte. Darum zeigt uns Jakobus, wie ein vollkommener, ganzer Mensch aus uns wird. Wie denn? Durch den

Glauben, nämlich durch den bewährten Glauben, der die geduldige Beharrlichkeit bei sich hat, aus dem darum ein Werk entsteht, das ganz getan wird. Ohne das vollkommenc Werk gelten wir dem Apostel als unfertige, verstümmelte Menschen, denen ein wichtiges, unentbehrliches Stück des Lebens fehlt. Er treibt uns nicht zu einer hastigen Vielgeschäftigkeit, in der wir nur uns selbst verlören, auch nicht zu einem glaubenslosen Werkdienst, der die Güte Gottes vergißt und verleugnet. So entsteht niemals ein vollkommenes Werk. Wohl aber erlaubt Jakobus uns nicht, nur innerlich in den Gedanken und Empfindungen unseres Herzens fromm zu sein, ohne daß unser Wollen und Tun davon ergriffen und gestaltet wird. Ein unverdorbenes Auge sieht auch alsbald, daß Erkenntnis und Tat, Inwendiges und Auswendiges in unserem Leben zusammengehören; wir können nicht unsere Gedanken zu Gott wenden und die Tat ihm versagen; wir müssen uns, wenn wir die Erkenntnis Gottes, Glauben und Liebe in uns tragen, zum Werk hinbewegen, so daß unser inwendiges Gut sichtbar und für die anderen fruchtbar wird. Nur das sind die ganzen Menschen, die nach ihrem Glauben tun.

Nur Unverstand kann darüber streiten, was größer und wichtiger sei, der Glaube oder das Werk. Es hat jedes seine Stelle in unserem Leben, und eins ist an seinem Ort so unentbehrlich wie das andere. Die Herrlichkeit des Glaubens besteht darin, daß er zu der Gnade Gottes emporblickt und seine Gabe dankbar preist. Die Größe und Würde des Werks besteht darin, daß Gott uns Raum gibt, in der Welt ihm zu dienen; wir dürfen unsere ganze Kraft daransetzen, daß sein Wille durch uns geschehe. Wenn wir Gott den Glauben versagten und wenn wir ihm das Werk versagten, haben wir einen verdorbenen, zerrütteten Geist. Es sterben auch stets der Glaube und das Werk miteinander ab. Beide haben für uns ihre Schwierigkeiten. Wir haben einen ungläubigen Sinn, machen uns gegen die Güte Gottes hart, hegen gegen ihn undankbare und arge Gedanken und sind blind für seine Werke. Wir haben aber auch einen trägen Willen und machen aus unserem Leben eine Tändelei, wollen uns selber leben und sträuben uns gegen den Dienst Gottes, als wäre er ein hartes Joch. Dabei suchen wir für jede Bosheit einen schönen Titel und Schein. Wegen unseres vermeintlichen Glaubens versäumen wir das Werk, und wegen unserer angeblichen Werke sind wir hoffärtig und machen uns ungläubig. Deshalb steht bei den Aposteln beides: eine reiche, helle Anleitung zum Glauben und ein ernster, dringender Antrieb zum Werk.

In drei Worten hat uns Jakobus den Weg zur Vollkommenheit beschrieben: Glaube, Beharrung, Werk. Aber gibt es Vollkommenheit ohne Weisheit? Vollkommenheit, wenn unsere Seele von törichten Einbildungen und finsteren Gedanken voll ist? Kann denn ein törichter Mensch ein vollkommenes Werk vollbringen, und fallen wir in der Versuchung nicht oft deshalb, weil es uns an Weisheit fehlt? Weisheit ist diejenige Erkenntnis, die uns zum Handeln tüchtig macht; ohne sie bringt unser Werk den anderen und uns selbst nur Schaden. Oft aber, wenn uns unsere Lage zum Wirken beruft, wird es uns zur bitteren Not, daß uns die Voraussetzung dazu, die Weisheit, fehlt. Allein wenn wir den Mangel an Weisheit spüren, so darf uns dies nicht dazu verleiten, daß wir verzagen und das Werk unterlassen; es soll uns vielmehr dazu bewegen, daß wir um sie bitten. 1,5: *Wenn aber einem von euch Weisheit fehlt, so bitte er Gott, der allen in Einfalt gibt und nicht schilt, und sie wird ihm gegeben werden.* Jakobus kann uns den Sieg in jeder Versuchung verheißen und uns zum vollkommenen Werk und zum fehllosen, unverkürzten Christenstand anleiten, weil uns Gott mit seinem Licht nahe ist und uns seine geraden Wege zeigt. Wir wandern nicht im Dunkeln; denn die Weisheit ist die Gabe Gottes. Jakobus wiederholt mit seinem Spruch die Verheißung Jesu: „Bittet, so werdet ihr nehmen" (Matth. 7,8), und das andere Wort: „Ich gebe nicht, wie die Welt gibt" (Joh. 16,24). Daß Gott allen gibt, ist das Merkmal seines unerschöpflichen Reichtums und seiner alle umschließenden Gnade. Dazu kommt seine Einfalt, die von versteckten Hintergedanken frei ist, als wollte er mit seiner Gabe zugleich noch einen Vorteil für sich selbst erjagen. So ist es beim menschlichen Geben die Regel; wir kommen schwer dazu, ohne selbstsüchtige Nebenabsichten zu geben, nur um den anderen zu dienen und nicht um zugleich auch für uns noch irgend etwas zu erreichen. Man muß bekanntlich auch gegen die Gaben der Menschen auf der Hut sein; sie fangen uns auch mit ihrer Güte. Gott aber gibt einfältig, einfach dazu, damit uns geholfen ist. So gibt er auch Weisheit wirklich dazu, damit der, dem sie fehlt, erleuchtet wird und den richtigen Weg erkennt.

Auch schmäht er uns nicht. In der Bitte liegt das Geständnis unseres Mangels und unserer Verirrung. Wenn wir nun Gott wie einen Menschen behandeln, dem wir uns nicht in unserer wahren Gestalt zeigen dürfen, weil er uns schelten würde, so verschließt uns die Furcht den Mund und macht uns zur Bitte zaghaft. Gott ist aber der einzige, gegen den wir aufrichtig sein können, ohne daß sich für uns Schmach und Bitterkeit daran hängen; er ist der einzige, der uns nicht schilt. Man hat in der Kirche vielerlei Künste erfunden, um den Willen Gottes zu erkennen und Leitung zu finden, wenn es uns an Weisheit gebricht: Beichtväter und Konzilien und Päpste und Zeichen verschiedener Art. Aber nicht geglaubt hat man der Verheißung, daß der, dem es dunkel vor seinen Augen ist, Gott bitten darf, daß Gott mit seiner Leitung ihm nahe ist und Licht und Einsicht schenkt, wenn sie ihm fehlen. Jetzt begreifen wir auch, warum uns Jakobus so eifrig und kräftig zum Werk antreiben kann: er treibt uns auch zum Bitten an. Wenn unser Bitten mit fester Zuversicht nach oben geht, haben wir die Kraft zum tüchtigen Werk.

Nur an eins erinnert uns Jakobus, damit unser Bitten uns wirklich zur Klarheit führe, die das Gute und das Böse, das Gerade und das Krumme richtig zu unterscheiden weiß. 1,6: *Er bitte aber im Glauben, ohne zu zweifeln; denn wer zweifelt, gleicht der Brandung des Meeres, wenn der Wind sie treibt und bewegt.* So hat es auch Jesus seinen Jüngern gesagt (Mark. 11,22ff.). Der Zweifelnde spaltet seine Gedanken und Wünsche und faßt miteinander in sein Herz, was sich nicht verträgt. Er denkt sich Gott gut und schlecht, zum Geben willig und unwillig. Er hofft auf Weisheit und verzweifelt an ihr; er bittet und denkt, es sei doch umsonst. Da heißt uns Jakobus das Meer betrachten, das bei starkem Wind seine Wellen an den Strand wirft. Auf und ab wogt es, hin und wieder, ohne Ziel und Ruhe. Hierin haben wir unser Abbild, wenn wir es im Aufblick zu Gott nicht zum Glauben bringen. Dann ist in unserem Innern nichts mehr fest; wir haben keine Überzeugung, keine Gewißheit, keinen Willen, kein Ziel mehr. Denn ein Gedanke stößt den andern, ein Wunsch den andern um; Hoffnung und Verzagtheit streiten sich; jetzt sind wir guter Dinge und hoffärtig und jetzt trostlos und niedergeschlagen.

1,7.8: *Denn jener Mensch soll nicht meinen, daß er etwas vom*

Herrn erhalten wird, ein Mann mit zwei Seelen, der in allen seinen Wegen haltlos ist. Obgleich der zweifelnde Mensch voll von Vorwürfen und Argwohn gegen Gott ist, kann er dennoch anspruchsvoll beten und sich bitter beschweren, wenn er es umsonst tut. Er meint, er werde etwas vom Herrn empfangen. Jakobus streicht ihm diese Meinung durch; denn er wird Gott so finden, wie er im Grund seines Herzens von ihm denkt. Er wirft Gott Härte und Ohnmacht vor und klagt, daß er ihm nichts gibt; so gibt er ihm auch nichts. Er heißt das Beten nutzlos und vergeblich; so betet er auch vergeblich.

Was ist also Glaube nach der Anleitung unseres Briefes? Daß wir die Macht und Güte Gottes mit ungeteiltem Herzen ehren, auf seine Gabe mit getroster Gewißheit ohne Mißtrauen warten und all unser Denken und Wünschen durch den Blick auf Gott so gebunden halten, daß kein Widersprechen gegen Gottes Wahrheit und Gnade in uns ist. Dann findet auch der Glaube Gott so, wie er ihm glaubt; er heißt ihn gut – Gott ist ihm gut; er heißt ihn den, der einfältig gibt – Gott gibt ihm auch.

Um uns den Schaden zu zeigen, den wir mit unseren Zweifeln uns selbst antun, heißt Jakobus den Zweifelnden einen Mann mit einer doppelten Seele. Hätte er zwei Köpfe, so hieße ihn jedermann eine Mißgeburt und Ungestalt. Nun hat er zwei Seelen und ist dadurch nicht weniger verunstaltet. So ist er aber nicht durch ein natürliches Mißgeschick, sondern durch seine eigene Schuld; er hat dem Namen Gottes nicht alle seine Gedanken und Wünsche unterworfen und von der Wahrheit Gottes nicht seine ganze Seele durchglühen lassen, sondern seine finsteren Gedanken der Erkenntnis Gottes entgegengestellt und seine verkehrten Begierden gegen den Zug, der ihn nach oben leitet, festgehalten. Der Name und die Wahrheit Gottes ist ihm nicht unbekannt; er ist nicht blind wie einer, der gar nichts sieht; er betet ja; aber er tut es zweifelnd. Es ist göttliche Wahrheit in ihm; aber sie erfüllt und regiert ihn nicht ganz und gar. So hat auch Paulus als die Wurzel unserer Verirrungen das hervorgehoben, daß wir die Wahrheit in Ungerechtigkeit darniederhalten, statt ihr zu gehorchen (Röm. 1,18), während wir im Glauben mit Abraham die Zusage Gottes mit ganzem Ja oder Nein ergreifen (Röm. 4,19).

Mit doppelter Seele findet der Mensch keinen Stand in allen seinen Wegen. Von innen her breitet das Schwanken sich über sein ganzes Leben aus. Welchen Weg er gehen mag, Ruhe und Festigkeit findet er auf keinem. Er zerstört und durchkreuzt beständig seine eigenen Taten. Neben seine Frömmigkeit stellt er Gottlosigkeit, und von der Gottlosigkeit wendet er sich wieder zum Gottesdienst. Er wechselt ab zwischen Sünde und Reue, strebt jetzt nach dem Unsichtbaren und läßt es wieder fahren und findet doch auch in dem, was vor Augen liegt, keinen Halt. So läuft er ratlos hin und her, und seine Kraft verzehrt sich im fruchtlosen Widerstreit. Das schreibt Jakobus an Israel, den ruhelosen Wanderer durch alle Lande. Er leuchtet damit tief in das Herz seines Volkes hinein. Was fehlt ihm? Israel kann Gott nicht vergessen und verleugnen und mag ihm doch nicht im Glauben untergeben sein. Es ehrt und entehrt Gott, preist das Gesetz und übertritt es, ist fromm und unfromm zugleich und betet eifrig und fleißig, aber glaubenslos. Der Mann mit der doppelten Seele, sagt ihm Jakobus, kommt in allen seinen Wegen nicht zur Ruhe.

Jakobus öffnet uns in diesen ersten Sprüchen den Weg in die Höhe und richtet die Gebeugten auf. Er zeigt uns, wie aus der Versuchung die Freude wird und wie wir die uns fehlende Weisheit erlangen. Darum spricht er noch von einer anderen großen Schwierigkeit in unserem Leben, die manchen schwer bedrückt, und hilft uns zum Sieg über sie. Der eine ist ein geringer Bruder, der andere ein reicher Mann. An beide tritt dadurch eine Versuchung heran. Beiden gibt Jakobus heilsamen Rat. 1,9-11: *Es rühme sich aber der niedrige Bruder seiner Höhe, der reiche dagegen seiner Erniedrigung, weil er wie die Blumen des Grases vorübergehen wird* (1. Petr. 1,24; Jes. 40,6.7). *Denn die Sonne ging auf samt dem Glutwind und machte das Gras dürr, und seine Blumen fielen ab, und die Schönheit seines Angesichts verdarb. So wird auch der Reiche bei seinen Wanderungen welken.*

Die Judenschaft war damals nach ihrer äußeren Lage durch schroffe Gegensätze zerrissen. Glänzender Reichtum und vollständige Armut standen grell nebeneinander, und der Besitz gab in der Synagoge große Macht. Soll nun der geringe Bruder, dem der Vorteil und die Ehre des Reichtums fehlen, sich dadurch bedrücken lassen? Gerade deshalb, weil sie ihm fehlen, soll er sich für hochgestellt und reichbegabt halten und eine warme Freude und einen dankbaren Sinn in sich tragen. Nicht zur Klage und zum Murren, sondern zum Dank und zum Ruhm hat er Grund, weil er durch seine Niedrigkeit hochgehoben ist. Gerade für ihn, den Armen, macht Gott seine Gnade wirksam und verleiht ihm seine ewigen Gaben. Darum soll er sich nicht unzufrieden seiner Armut schämen und nach Reichtum begehren, sondern soll es für seine Ehre und seinen Vorzug achten, daß Gott auch ihm, dem armen Mann, seine Gnade offenhält und ewiges Leben gibt.

Und der Reiche? Soll er sich hoffärtig seines Reichtums wegen überheben, oder soll er erschrecken und seinen Reichtum als ein verderbliches Geschenk verwünschen? Auch ihn heißt Jakobus sich rühmen und dankbaren und freudigen Sinnes sein, aber nicht deshalb, weil er reich ist und den Glanz und die Macht des Geldes besitzt, sondern deshalb, weil alle diese Güter von ihm abfallen und er aus seiner Höhe heruntersinkt zu den Niedrigen hinab. Das soll ihn nicht ängstigen und bekümmern; vielmehr soll er darin das erkennen, was seinen Ruhm ausmacht und ihm Zuversicht und einen frohen Sinn gewährt.

Jakobus spricht gegen die Gedanken aller Menschen. Wie soll ein Reicher sich daran freuen, daß er aus seiner Höhe herunterfällt? Wenn er kein anderes Gut hätte als das, das ihm genommen wird, müßte er über seinen Verlust freilich jammern. Wenn er aber arm wird und seine Schätze ihn verlassen, dann findet er das, was Jakobus allein in Ehren hält: nun hilft ihm Gott. Was er an Gott hat, wie das Ewige größer ist als das Irdische und der Geist mehr als das Fleisch, das sieht er gerade dadurch, daß er beim Verlust seines Reichtums keinen Schaden leidet, vielmehr den größten Gewinn erlangt; denn nun findet er sein wahrhaftiges Erbe, dessen Wert er, solange der Reichtum ihn täuschte, nicht erkannte. Darum soll er nicht mit Grauen an den Tag denken, da er sein Geld nicht mehr hat; er soll sich vielmehr freuen, daß er, wenn er das alles verliert, nichts verliert, weil er nun Gottes Kind und Erbe wird.

Jakobus will beide, die Reichen und die Armen, über die Befangenheit in dem, was vor Augen liegt, emporheben. Dem Armen sagt er: „Was trachtest du nach dem, was der Reiche hat? Sieh, wie reich du eben als Armer bist!" Dem Reichen sagt er: „Auch du bist ein armer Mann; dein Reichtum fällt von dir ab, und daß er verschwindet, ist für dich die Hilfe und bringt dir große Freude." Das entspricht der Wahrheit, auf die Jakobus zu Beginn seines Briefs hinwies, daß die Versuchung für den, der sie besteht, die große Freude bei sich hat. Jakobus schließt die Reichen und Armen im selben Ruhm zusammen, dessen Grund über allem äußerlichen Gut liegt.

Weil uns aber der Reichtum blendet, so daß wir meinen, er sei unsere sichere Habe, die uns nie verlorengehe, vergleicht Jakobus dieses Glück und diese Größe mit dem Rasen, den die Farbenpracht glänzender Blumen schmückt. Es braucht nur einen einzigen heißen Tag, an dem mit den Strahlen der Sonne zugleich der heiße Ostwind sein Werk tut, so verschwindet diese ganze Pracht. In dasselbe Bild hat schon der Prophet die Nichtigkeit alles menschlichen Lebens auch in seiner höchsten Macht und Kunst gefaßt (Jes. 40,6). Der Reiche entzieht sich durch den Schmuck und Glanz, den er seinem Leben zu verleihen vermag, der Nichtigkeit und Vergänglichkeit des menschlichen Wesens nicht. Zwar gibt ihm sein Vermögen die Mittel zu mancherlei Unternehmungen. Er reist hin und her des Handels oder des Vergnügens wegen, und weil dieses alles mit Gepränge vor sich geht, zieht es die Augen auf sich. Er ist nicht wie der Arme an die Scholle gebunden. Aber er vermag sich mit all dem nicht vor dem Verwelken zu schützen, sondern bleibt allen anderen darin gleich, daß er wie sie vergeht.

Jakobus benützt nur die erste, nächstliegende Wahrheit, um uns von der Knechtschaft unter das Geld frei zu machen. Er gibt damit den Grund zu dem Ruhm, zu dem er die Reichen und Armen aufgefordert hat, noch nicht völlig an. Wüßte der Reiche nur dies, daß er abdorrt und sich mit seinem Geld nicht helfen kann, wie sollte er sich dessen rühmen, daß er erniedrigt wird? Und auch der Arme hat damit noch keinen Grund zum Ruhm. Auch er gleicht der Blume des Grases. Der Ruhm entspringt daraus, daß über dieser Nichtigkeit für uns ein Reich höherer Güter steht, in dem der Kranz des Lebens empfangen wird, von dem das folgende Wort redet. Jakobus macht mit diesem ersten Spruch zunächst die Bahn frei zu dem Ruhm, zu dem er uns anleitet. Er führt einen Schlag gegen den Aberglauben, der das Geld verehrt, damit der Glaube entstehe, der sich Gottes freut. Diese andeutende Weise, die verlangt, daß wir mit eigenem Nachdenken die Bahn weiter verfolgen, auf die der Brief uns stellt, ist den Sprüchen eigen, in denen Jakobus nach dem Vorbild alttestamentlicher Weisheitsbücher zu Israel spricht.

1,12: *Selig ist der Mann, der die Versuchung erträgt; denn nachdem er bewährt worden ist, wird er den Kranz des Lebens erhalten, den er denen verhieß, die ihn lieben* (Dan. 12,12). Der verwelkenden irdischen Lust stellt Jakobus den anderen Weg gegenüber, der sowohl in seinem Anfang als in seinem Ende jener Lust völlig entgegengesetzt ist. Am Anfang steht nicht das Genießen und Behagen des Reichtums, sondern die Versuchung mit ihrer Gefährlichkeit, ihrem Kampf und ihrer Bitterkeit. Dennoch, wer sich der Versuchung unterzieht und in ihr aufrecht bleibt, der ist selig; denn auf die Bewährung, die er so erlangt, folgt das Leben. Leben, nicht verwelken, ist das Ende dieses Weges. In dieses eine Wort faßt Jakobus die ganze Zusage Gottes. Solange wir noch der Blume des Grases gleichen, ist das Leben für uns noch nicht erschienen. Jakobus sieht es aber mit einer lebendigen Hoffnung vor sich; denn es wird als Kranz, als Zeichen und Lohn des Sieges, denen geschenkt, die Gott lieben. Auch das steht wieder in einem deutlichen Gegensatz zum vorangehenden Spruch. Wer sich durch das Geld blenden läßt, schätzt und ehrt andere Dinge mehr als Gott. Wer aber Gott wert hält und höher achtet als alles übrige, der hat Gottes Verheißung für sich, daß er leben wird. Würden wir Jakobus fragen: „Wo hat Gott versprochen, daß wir leben werden?", so würde er nicht nur auf Worte der Schrift, sondern auch auf die Auferstehung Jesu hinzeigen, die die Zusage Gottes in sich schließt, daß leben wird, wer ihn in Ehren hält. Nun ist das erste Wort des Briefes vollends deutlich geworden, und wir sehen, warum Jakobus jeden Kampf und jedes Opfer für lauter Freude halten kann. Er hat zuerst an die kräftigende Wirkung erinnert, die die Versuchung auf unseren inwendigen Menschen ausübt. Nun läßt er unseren Blick noch weitergehen zu dem, was die Zukunft für uns aufbewahrt, und zeigt uns dort den Aufgang des wahrhaften Lebens. Weil dieses der Kranz ist, mit dem Gott den schmückt, der die Versuchung bestanden hat, wird unser ganzes irdisches Leben zu einem Freudentag.

1,13-16: *Keiner sage, wenn er versucht wird: Ich werde von Gott versucht. Denn Gott wird nicht vom Bösen versucht und versucht selbst niemand, sondern jeder wird versucht, wenn er von der eigenen Begierde hervorgelockt und geködert wird. Hernach, wenn die Begierde empfangen hat, zeugt sie Sünde; die Sünde aber gebiert, wenn sie vollendet ist, Tod. Irret nicht, meine geliebten Brüder.* Jakobus hat bisher mit gläubigem Mut von der Versuchung gesprochen und gesagt, daß sie wohl zu ertragen und zu besiegen ist. Damit aber seine Verheißung für uns Geltung habe, müssen wir uns vor der Versündigung hüten, zu der die Versuchung uns reizt. Die schweren Zeiten, in denen wir uns erproben müssen, werden uns dann gefährlich, wenn uns der helle, reine Blick auf Gott verlorengeht und Murren und Unwille gegen ihn in uns aufkommt. Es scheint uns leicht, Gott sei unser Widersacher, der uns die Steine in den Weg lege, über die wir straucheln, und unseren Gang schwer und gefährlich mache, umringt von den vielen Reizungen zum Bösen. Ein solcher Vorwurf gegen Gott ist das Gegenteil des Glaubens. Wenn er sich im Herzen festsetzt, ist die Versuchung nicht mehr Freude und führt auch nicht zur Bewährung, sondern zur Entheiligung des göttlichen Namens. Jakobus erinnert uns zuerst an die Heiligkeit Gottes; er ist von allem Bösen vollständig geschieden. Wer andere zum Bösen reizt, ist selbst für das Böse zugänglich. Gott aber ist von allem Bösen ganz geschieden und treibt auch uns nie zum Bösen an. Wird uns der Blick auf Gott dunkel, dann wird unser Auge auch für das blind, was in uns geschieht. Wir beschuldigen Gott und entschuldigen uns, schelten Gott als unseren Feind und loben und pflegen den wirklichen Feind, der uns ums Leben bringt. Unser Widersacher, durch den wir fallen, ist die Begehrung, die in uns selbst entsteht. Sie entzündet sich an einem Köder, der Lust verheißend mit lockender Macht vor unser inneres Auge tritt. Das ist der versuchliche, entscheidungsreiche Augenblick. Unser Verlangen ist die Bewegung unserer eigenen Seele und doch uns noch fremd, noch nicht in unseren Willen und damit in den Kern unserer Person aufgenommen. Sie ist in uns als eine Regung, die in uns selbst erwacht, die wir nun aber beschauen, ob wir sie billigen oder verwerfen, ob wir ihr folgen oder sie wegstoßen. Geben wir den Widerstand gegen unser Verlangen auf, so daß es uns erfassen darf und zu unserem bewußten, entschlossenen Willen wird, dann empfängt die Begierde. Nun ist sie befruchtet, von uns selbst kräftig und wirksam gemacht, und das, was sie hervorbringt, ist nun Sünde, die verwerfliche Tat, die uns schuldig macht.

Die Begierde, die sich erst als lockende Macht in unserem Auge spiegelt, heißt Jakobus noch nicht Sünde; doch ist auch sie nicht unschuldig und rein, sondern eine böse Äußerung unserer verwerflichen Art. Aber mit dem Wort Sünde benennt er hier unsere eigene, persönliche Tat. Die Verfehlungen, die wir uns als unsere eigene Schuld zumessen müssen, entspringen daraus, daß wir mit unserer Begierde eins werden und sie zu unserem Willen machen; damit gewähren wir ihr die Macht über uns und verhelfen ihr dazu, daß sie ihr Ziel erreicht. So geschieht Sünde, und diese wird nun der Keim einer neuen Frucht. Aus ihr erwächst, wenn sie fertig wird und ihr nichts widersteht, was sie hindert und heilt, der Tod. Begierde, Sünde, Tod, das ist die Reihe von Wirkungen, die wir selbst hervorbringen. Das sind nicht Gottes Werke, sondern unsere eigenen Taten. Sonst wird im Alten Testament und besonders von Paulus betont, daß wir auch mit unserem Fall und unseren Sünden der Macht Gottes nicht entrinnen; seine Hand hält und formt uns auch bei unserem Sündigen; sein Gericht verhärtet, wenn wir ihm widerstehen, unser Herz, und er gibt uns in die Gewalt unserer Begierden dahin (vgl. Röm. 1,24; 9,18). Beide Sätze der Schrift müssen zusammengefaßt werden und ordnen miteinander unser Verhalten gegen Gott. Wir dürfen nichts in unserem Leben von der Regierung und Wirkung Gottes ausnehmen, auch nicht unsere Sünde mit all der Zerrüttung, die sich aus ihr ergibt. Wir haben im Blick auf sie in Furcht und Beugung den Ernst Gottes zu ehren, der uns unserer Bosheit anheimgibt, daß wir sie haben müssen. Darum wird uns auch gesagt, daß Gott uns in die Versuchung bringt, weil das, was in uns ist, offenbar werden muß. Es ist die Gabe der göttlichen Gnade, daß er uns nicht in die Versuchung führt; Jesus heißt sie uns im Gebet bei Gott suchen. Allein auch dann, wenn wir den richterlichen Ernst Gottes anschauen, haben wir darauf zu achten, daß wir keine Flecken auf ihn werfen, sondern ihn in seiner Geschiedenheit von allem Bösen als den Heiligen ehren, und darauf dringt Jakobus. Das Böse, das wir in uns haben, erhielten wir nicht von Gott. Keine Fügung unseres Lebens wäre für uns versuchlich, wenn nicht unsere eigene Begierde sich an ihr entzündete. Immer kommt das Böse aus uns selbst, aus der in uns selbst entstandenen Bewegung unseres eigenen Willens, und unsere Anklage und Beschuldigung kann sich nur gegen uns selbst kehren, niemals aber gegen Gott. Jakobus heißt es einen gefährlichen Irrweg, wenn wir auch das, was wir an uns verwerfen und richten müssen, für die Wirkung Gottes ausgeben wollten. Es kommt viel darauf an, daß wir nicht Gott anklagen und uns rühmen, sondern uns anklagen und Gott preisen.

Israel war sehr bereit, über Gott zu klagen. Es war ein mürrischer Sinn in das Volk gekommen, und seine Gesetzeslehrer verleiteten es dazu. Es hielt sich selbst für fromm und tat nach seiner Meinung seine Schuldigkeit Gott gegenüber reichlich; aber Gott tat das seinige nicht; er machte vielmehr seinem Volk den Weg schwer, stellte harte Anforderungen an die, die ihm dienen wollten, half ihnen nicht in ihren Nöten und war schuld, daß es mit Israel nicht besser stand. Woher kam denn die menschliche Art, die so viel Sünde und Fall zur Folge hatte? War sie nicht das Werk Gottes? Jakobus warnt vor solchen Gedanken; sie führen in die Sünde hinein, nicht von ihr weg; sie leiten uns nicht zu Gott, sondern in die Unbußfertigkeit.

1,17: *Jede gute Gabe und jedes vollkommene Geschenk kommt von oben herab, vom Vater der Lichter, bei dem keine Veränderung und kein Schatten von einer Wandlung ist.* Die Gaben Gottes zeigen uns, wie er sich zu uns stellt und was wir von ihm erwarten dürfen. Sie sind gut und vollkommen. Gott gibt nichts Schädliches, auch nichts Halbes mit einer verkürzten Güte, die erlahmt, ehe sie ihr Werk zum Ziel bringt. Alles Gute und Vollkommene ist allein von ihm uns geschenkt. Wir dagegen kehren die Wahrheit um: am Bösen soll Gott schuld sein; vom Guten legen wir uns selbst die Verdienste bei. Jakobus zeigt uns den wahren Gott, den Geber jeder guten Gabe. Für alles Gute heißt er uns aufwärts blicken und danken, bei allem Bösen einwärts sehen und uns selbst anklagen. So teilen wir richtig zwischen dem, was uns zugehört, und dem, was Gottes ist.

Nur Gutes und alles Gute gibt uns Gott; denn er ist der Vater der Lichter. Die Lichter am Himmelszelt braucht Jakobus als Zeichen der Herrlichkeit Gottes, aber auch nur als ihr Zeichen. Von diesen sichtbaren Lichtern, die den Tag und die Nacht regieren, steigt sein Gedanke zu den unsichtbaren Lichtern empor, die den

Thron Gottes umgeben, zu den reinen, herrlichen Geistern, in denen die Herrlichkeit Gottes in ihrer höchsten Fülle erscheint und sein Licht offenbar wird. Darum nennt er ihn „den Vater" der Lichter, nicht nur ihren Schöpfer. Denn diese Lichter sind voller Leben, und das Verhältnis Gottes zu ihnen ist väterlich. Sie tun in der Herrlichkeit ihres Wesens kund, was Gott gibt, daß nur Gutes und Vollkommenes von ihm ausgeht und das Böse nicht zu seinen Werken zählt. Der Gott, der den Himmel mit der Fülle seiner Lichter geschaffen hat, schafft auch auf Erden nicht Finsternis, Sünde und Tod. Denn er wandelt sich nicht, während der sichtbare Himmel Veränderungen, Wandlungen und Verfinsterungen zeigt. Seine Lichter gehen auf und unter, verändern ihren Ort und verlieren dadurch ihr Licht. Darum bleibt der sichtbare Himmel noch weit hinter der Größe Gottes zurück und macht seine Herrlichkeit nur in einem schwachen Abbild sichtbar. All das hat keine Ähnlichkeit in Gott. „Er ist Licht und ist keine Finsternis in ihm" (1. Joh. 1,5), und aus diesem ungetrübten Glanze strömen uns die guten und vollkommenen Gaben ohne Wechsel zu.

Wir haben an uns selbst die Güte Gottes erfahren. Denn er ist nicht nur der Vater der himmlischen Lichter, sondern ist auch unser Vater geworden. 1,18: *Weil er wollte, hat er uns durch das Wort der Wahrheit geboren, damit wir in gewissem Maß der Erstling aus seinen Geschöpfen seien* (Offenb. 14,4). Gott selbst hat uns das Leben gegeben, hat es uns eingepflanzt, hat es gepflegt und behütet, bis es Kraft und Bestand in uns gewonnen hat. Darum sind wir seine Kinder, die er zur Gemeinschaft mit sich geschaffen hat. Das gab uns noch nicht die natürliche Geburt, sondern die neue, höhere Lebensmacht, das Wort, das Gott in uns hineinlegte, damit es uns bewege und regiere und die Wurzel unseres Denkens und Wollens sei. Dieses Wort, das in uns lebt, stammt von oben; es ist das Göttliche in uns; durch dieses Wort ist Gott in uns wirksam, macht er uns seinem Willen gehorsam und versetzt er uns in die Gemeinschaft mit sich, durch die wir seine Kinder sind. Dieses Wort ist das, was uns vor Gott in Ewigkeit lebendig macht. Das vermag es uns deshalb zu geben, weil es Wahrheit ist. Die Wahrheit zerbricht nicht; darum erscheint uns das Leben durch sie. Das Wort, durch das Gott sich uns kundtut und uns zu sich beruft, ist wahr. Darum besteht darin, daß wir es empfangen, unsere Geburt und darin, daß wir es besitzen, unser Leben.

Wie kam dieses Wort zu uns? Gott wollte es so. Es ist seine eigene Gnade allein, die es uns verliehen hat. Wir haben uns das Wort nicht selbst erworben; es kommt zu uns, erfaßt uns, geht in uns ein und füllt unser Herz. Gott selbst sendet es nach seinem eigenen, gnädigen Willen; wir können ihm nur danken und uns anbetend vor seiner Güte beugen, die uns den Besitz seines Worts verliehen hat. Oben (V. 12) hat uns Jakobus gesagt: „Der Kranz des Lebens ist euch verheißen"; hier sagt er uns: „Nicht erst einst, wenn die Herrschaft Gottes vollkommen erscheint, werdet ihr das Leben haben; ihr habt es aus Gott empfangen; es ist schon jetzt euer Eigentum. Denn ihr habt das Wort, und wer das Wort der Wahrheit in sich hat, verdirbt nimmermehr."

Ein solches Wort, das Wahrheit ist, war schon Israel gegeben, ein Wort, das ihm den wahrhaftigen Gott verkündigte und seinen Willen in Wahrheit auslegte. Wen dieses Wort zur Liebe führte, von dem hat Jesus gesagt, daß er ein Kind Gottes geworden ist (Matth. 5,45). Nun war aber das göttliche Wort Israel nochmals durch Jesus und seine Boten verkündigt worden, und das echte Israel, das ein offenes Ohr für Gottes Wort besaß, hatte es angenommen. Da kann Jakobus vollends mit tiefer Verwunderung über die herrliche Güte Gottes ausrufen: „Durch das Wort der Wahrheit hat er uns geboren nach seinem Willen."

Damit ist uns ein großer Vorzug gegeben; denn damit sind wir gleichsam die Erstlingsfrucht auf dem großen Feld Gottes. Alles, was ein Geschöpf Gottes ist, ist dazu gemacht, daß es ein Zeugnis seiner Güte und ein Spiegel seiner Herrlichkeit sei. Dieses Ziel ist durch das Wort der Wahrheit erfüllt. Wie auf der Feldflur Israels die erste Frucht, die reif wurde, für Gott auf den Altar kam, so sind Gottes Kinder aus allen ausgesondert; sie gehören ihm, dienen ihm, sind als das Volk seines Eigentums ihm geheiligt. Das ist die Würde und Ehre der Gemeinde Gottes in der Welt. Es liegt eine reiche Hoffnung in diesem Wort, die weit größer ist als das, was jetzt schon in der Gemeinde durch das Wort geschaffen ist. Am Ende der göttlichen Wege gelangt nicht nur der kleine Kreis derer, die jetzt das Wort der Wahrheit kennen, sondern die Schöpfung zur Freiheit und

Herrlichkeit. Dieses Ziel ist mit dem, was wir jetzt als Gottes gute und vollkommene Gabe erlangt haben, noch nicht erfüllt. Und doch ist das, was für das Ganze der Menschheit noch in der Ferne liegt, für uns schon zur Gegenwart geworden. Wir kennen Gott, haben ihn zum Vater, haben seine Gnade in uns und sind zum Leben gekommen. Wir sind nicht mehr nur auf die Hoffnung verwiesen, sondern haben im Wort eine vollkommene Gabe von oben bei uns. Wo bleibt da das Murren gegen Gott?

Der Christenweg öffnet sich durch diese Worte hoch und groß vor uns: wir dürfen die Versuchung willkommen heißen, da wir durch sie bewährt werden; Gott leitet uns, wenn wir mit gläubigem Bitten Weisheit suchen; weder die Armut noch der Reichtum kann uns verwirren; denn unser Ruhm entsteht nicht aus unserem Geld, und sein Verlust macht uns froh, nicht betrübt; Gott steht als der Gute in Vollkommenheit vor uns; gegen ihn haben wir keine Klage im Herzen; wohl aber kennen und richten wir die Verderblichkeit unserer eigenen Begehrung; mit dem Wort der Wahrheit hat Gott uns ins Leben versetzt, und wir stehen vor dem unausdenklichen Geheimnis, daß wir Gottes Kinder sind. So reich ist die Botschaft von der Gnade Gottes in unserem Brief!

Kapitel 1,19-27

Der rechte Hörer des Worts

Im Wort ist uns die größte Gabe Gottes verliehen, weil Gott uns durch sein Wort lebendig macht und für sich heiligt. Dennoch schätzen wir das Wort gering und verfehlen uns mannigfach an ihm. Darum gibt uns Jakobus Anleitung, wie wir es hören sollen. 1,19: *Ihr wißt es, meine geliebten Brüder. Es sei aber jeder Mensch rasch zum Hören, langsam zum Reden, langsam zum Zorn.* Nicht davon will Jakobus sprechen, wie herrlich die Gabe Gottes ist, die uns an der Wahrheit Anteil gibt und sein Wort in uns pflanzt. Vom Vorzug derer, die Gott kennen und zu seiner Gemeinde geheiligt sind, war in Israel und in der Christenheit viel die Rede. Das stand im Blick aller und wurde laut gepriesen. Jakobus will deshalb von der Pflicht reden, die uns die Gegenwart des Worts bei uns auferlegt, und von unserer Unart, mit der wir uns an ihm versündigen. Das erste Übel ist, daß wir zum Hören träg und unwillig sind und, statt zu hören, selbst reden und mit unserem Gerede das Wort begraben oder uns gegen das Wort zornig erregen und es wegwerfen. Der Spruch des Jakobus ist eine gute Regel für jede Lage, auch für den Umgang mit den Menschen. Er sieht aber dabei vor allem darauf, wie wir das göttliche Wort behandeln. Über dem Geräusch unseres vielen Redens verlieren wir die aufmerksame Achtsamkeit auf das, was das Wort uns in unserer jeweiligen besonderen Lage zu sagen hat. Die ernste Aufgabe, zu ermessen, was das göttliche Wort uns zeigen und geben will, durchzieht unser ganzes Christenleben. Aber wir sind rasch mit dem Hören fertig, sind alsbald klug und weise und fahren mit unserer eigenen Rede los, mit der Folge, daß das göttliche Wort unter unserem Geschwätz begraben wird. Wenn Jakobus in der Synagoge das Wort der Wahrheit sprach, gab es alsbald großen Lärm, die Disputation begann mit ihrem Streit für und wider das Wort, und das Wort blieb ungehört. In derselben Gefahr steht auch jede christliche Gemeinde. Jeder sagt seine Meinung, verficht seine Überzeugung und gibt seinen Rat; damit wird zugedeckt, was das göttliche Wort uns sagt und der göttliche Wille verlangt. Mit den vielen Worten entsteht zugleich der Zorn; denn das Wort trifft mit seiner beugenden und reinigenden Kraft den Menschen im Innersten. Er hört es nur, wenn er mit einem demütigen Sinn sich weisen läßt. Entbrennt er zum Zorn, so hat er kein Ohr mehr. Der Zornige ist voll von seinem eigenen Recht und seiner eigenen Weisheit; er nimmt das Wort nicht mehr an.

1,20: *Denn der Zorn des Mannes vollbringt Gottes Gerechtigkeit nicht* (Eph. 4,26). Als der Verteidiger und Schirmer des Rechts erhebt sich der Zornige in seinem Eifer und eilt zur Tat, die große Folgen haben kann. Aber was er anrichtet, ist nicht Gerechtigkeit. Er selbst meint zwar, er habe recht und, was er tue, sei Gerechtigkeit; aber es ist nicht die Gerechtigkeit Gottes, nicht das, was Gott als gerecht anordnet und verlangt. Das Urteil des Zornigen und das Urteil Gottes über das, was Gerechtigkeit ist, liegen weit auseinander. Der Mann geht in seinem Zorn seinen eigenen Weg, nicht Gottes Weg; er tut seinen eigenen Willen, nicht Gottes Willen; wenn er aus seinem Zorn erwacht, muß er sich gestehen, daß er unrecht tat. Er fühlt sich dabei als Mann und bäumt sich in männlichem Stolz auf; Jakobus aber heißt uns aufwärts zur Gerechtigkeit Gottes blicken. Nur wer ihr dient und so handelt, daß das, was vor Gott recht ist, aus seinem Tun entsteht, erspart sich zuletzt Scham und Reue. Dazu führt uns aber nicht der Zorn, sondern das stille Hören des Wortes.

1,21: *Darum legt jeden Schmutz und Überschuß der Bosheit ab, und nehmt mit Sanftmut das euch eingepflanzte Wort an, das eure Seelen zu retten vermag* (1. Petr. 2,1). Weil der Zorn uns mit Gott in Zwiespalt bringt, sollen wir uns dem Wort mit Sanftmut unterwerfen, mit dem gelassenen Sinn, der das helle Licht der Wahrheit auch mit ihrer strafenden Kraft erträgt und die Eigenliebe und Eitelkeit opfert. Jakobus heißt das Wort „eingepflanzt" und ermuntert uns dadurch, es aufzunehmen, weil es uns nahe und faßlich ist. Das Wort kommt zu uns nicht durch unser Verdienst. Gott hat es uns gebracht, nicht nur an unser Ohr, sondern auch in unser Herz, so daß es uns mit der Macht seiner Wahrheit und Heilsamkeit ergriffen hat. Würden wir aber das Wort, das uns ergriffen hat, nicht auch unsererseits ergreifen, so wäre es zwar durch Gottes Gabe in uns da, aber ohne unseren Willen, und bliebe so aus der Mitte unseres Lebens hinausgedrängt. Nehmen wir es aber mit Willen auf, so wird es unser wirklicher Besitz. Wie unsere eigene Begierde in uns aufsteht und uns lockt, so daß wir sie in uns aufnehmen und uns zu eigen machen, so steht auch das von Gott uns eingepflanzte Wort vor uns und spricht zu uns, damit wir es bei uns einlassen. Weisen wir es ab, so entsteht das geteilte Herz und die doppelte Seele (1,6), der die Wahrheit umsonst gegeben war.

Um das Wort aufzunehmen, müssen wir den Schmutz an uns beseitigen. Denn das Wort ist rein und macht rein; es streitet gegen alles, was uns beschmutzt. Wir haben aber beständig für unser inneres Leben etwas Ähnliches nötig wie für unseren Leib, der täglich gereinigt werden muß; denn auch inwendig hängt sich immer wieder Befleckendes an uns, und dies muß ebenso ernstlich abgetan werden wie der Schmutz an unserem Leib. Schmutz und Bosheit gehören zusammen; beide müssen weichen, wenn das Wort bei uns einkehren soll. Von der Bosheit sagt Jakobus, daß sie im Menschen in überschüssiger Reichlichkeit da ist. Sie strömt immer wieder aus uns heraus; eben das gibt der Mahnung Nachdruck und Gewicht: „Tut sie ab!"

Mit dem Wort nehmen wir dagegen den Retter unserer Seele in uns auf. Von der Seele spricht Jakobus als vom Herd und Ort des Lebens. Sie trifft der Tod mit seiner zerstörenden Macht, und in ihr blüht wiederum das Leben auf. Weil unser Weg zwischen Tod und Leben hindurchgeht und sich nach beiden Seiten hin wenden kann, darum bedarf unsere Seele eines Retters; er ist für uns mit dem Wort vorhanden, das die Macht hat, uns das Leben zu geben. Auch Jakobus spricht mit der ganzen Schrift: „Glaube nur!" Denn wo Gottes Wort ist, da ist die Errettung der Seele ins ewige Leben; das Wort wird aber durch Glauben erfaßt. Nur sind wir noch nicht die rechten Hörer, wenn wir nur Hörer sind.

1,22: *Werdet aber Täter des Wortes und nicht nur Hörer, wodurch ihr euch selbst betrügt* (Matth. 7,24.25). Nachdem Jakobus das Wort aufs höchste gepriesen und uns zum Hören gemahnt hat, weil wir dadurch unsere Seelen retten, kann niemand mehr zur Geringschätzung des Wortes verleitet werden, wenn Jakobus nun von der Tat und ihrer heiligen Notwendigkeit spricht. Vielmehr läßt er uns darum nicht mit unserem Hören zufrieden sein, damit das Wort nicht von uns verachtet und verworfen werde, sondern sein Ziel an uns erreiche und seine Frucht in uns schaffe. Er heißt es einen Selbstbetrug, wenn wir uns in unserem Hören gefallen, uns deshalb fromm dünken und doch das Wort nicht tun. Diesen Selbstbetrug hat auch Jesus gekennzeichnet im Bild jenes Toren, der ein Haus zu haben meinte, während es ihm doch in der Wasserflut zusammenbrach, weil er es auf Sand gebaut hatte (Matth. 7,26). Das Wort, das wir hören, ist freilich die größte Gabe; es ist von Gott, ist Wahrheit, ist Leben. Allein das alles ist es für uns nur dann, wenn wir ihm mit redlichem Gehorsam untertan werden. Sonst macht uns das Wort schuldig und wandelt sich zur Anklage gegen uns, weil wir es gekannt und ihm doch widerstrebt und es verachtet haben. Würden wir es ehren und glauben und lieben, so täten wir es.

1,23.24: *Denn wenn einer ein Hörer des Wortes und nicht ein Täter ist, der gleicht einem Mann, der sein natürliches Gesicht im Spiegel betrachtet. Denn er beschaute sich selbst und ging weg und vergaß sofort, wie er war.* Öffnen wir dem Wort nur unser Ohr, nicht mehr, dann gleichen wir einem Mann, der einen Blick in den Spiegel wirft. So steht für einen Augenblick sein Antlitz in heller Deutlichkeit vor ihm; wendet er sich ab, so verschwindet das Bild sofort wieder, und er kann es auch in der Erinnerung nicht deutlich festhalten. Das Wort tut uns für unser inwendiges Wesen denselben Dienst, wie ihn uns der Spiegel für unser Gesicht tut, das uns angeboren ist. Es macht uns mit uns selbst bekannt und stellt uns unser Bild vor unseren Blick. Es zeigt uns, was unsere Sünde und unsere Gerechtigkeit ist, was uns fehlt und was uns durch Gottes Gnade gegeben ist. Das sollte uns doch erfassen und bewegen. Aber dem, der das Wort nur hört, geht es genauso wie dem, der in den Spiegel blickt. Nur für einen Augenblick steht sein Bild vor ihm. Dann läßt er wieder alles versinken und verschwinden. Er wird durch das Wort unterwiesen, wie es mit ihm steht; aber er rührt sich stumpf und unbeweglich nicht von seinem Fleck und handelt in der alten Verblendung über sich selbst als ein Tor, der nicht weiß, was ihm schadet und was ihm hilft, und den man nicht aus seinem Schlaf erwecken kann.

Das Gleichnis, das uns Jakobus hier gibt, will uns nicht nur zeigen, wie flüchtig und nichtig ein solches Aufnehmen des Wortes ist, sondern uns zugleich deutlich machen, wie widersinnig und unglaublich verkehrt eine solche Behandlung des Wortes ist. Wir vergessen uns selbst, nicht etwa entlegene Dinge, die uns nicht ernsthaft berühren; nein, von uns selbst handelt das Wort, von unserem Tod und unserem Leben, von unserer Sünde und unserer Gerechtigkeit, von unserem Gott und unserem Herrn, von dem, was unsere eigene, ganz persönliche Existenz ausmacht und beherrscht. Das sollte uns doch packen und bewegen; wir aber sehen vergebens in den Spiegel, den uns Gott gegeben hat, lassen uns in unserer Verblendung nicht stören und verbergen uns, was wir geworden sind und was weiter aus uns werden wird.

Bei diesem Spruch des Jakobus bleibt es auch dann, wenn wir so eifrig zuhören, daß wir gern davon reden, gern darüber nachdenken und unser Vergnügen darin haben, das Wort in unserem Geist zu bewegen, es uns klarzumachen, vielleicht ein ganzes System von Erkenntnissen daraus zu bilden und diese fleißig zu predigen und eifrig zu verteidigen. So sind wir immer erst Hörer, und solange wir nur Hörer sind, sind wir auch vergeßliche Hörer. So vergessen wir das Wort gerade dann, wenn wir es am deutlichsten und wirksamsten bei uns haben sollten, dann, wenn wir handeln. Dann sind es andere Dinge, die uns innerlich erfüllen, unser Begehren an sich ziehen und unser Urteil regieren. Das Wort dagegen muß dann auf der Seite stehen, als wäre es uns unbekannt. Nur der Täter des Wortes hört es wirklich so, daß er es nicht vergißt.

Wie sollen wir es denn machen? 1,25: *Wer sich aber zum vollständigen Gesetz, dem der Freiheit* (2,12) *herabbeugt und dabei bleibt und nicht ein vergeßlicher Hörer, sondern ein Täter des Werkes wird, der wird durch sein Tun selig sein.* Mit dem Wort ist uns unser Gesetz gegeben; denn es spricht zu uns als ein heiliges, göttliches Gebot, das uns binden und führen will. Dann erst haben wir das Wort recht besehen und erfaßt, wenn wir darin das Gesetz Gottes erkannt haben. Wer aber im Wort das Gesetz erfaßt, den führt es zum Werk. Zwei Dinge fügt Jakobus bei: wir sollen das vollständige Gesetz ins Auge fassen, nicht nur einen Teil der Gebote, den wir uns nach unserem eigenen Gutdünken auswählen. Er heißt uns den ganzen, vollkommenen Willen Gottes in uns aufnehmen; nur durch diesen finden wir das vollständige Werk (V. 3) und werden wir wirklich Täter des Wortes. Sodann heißt Jakobus uns das Gesetz Gottes nicht fürchten, als wäre es ein lastendes Joch; es ist uns vielmehr als Weg zur Freiheit gegeben. Solange wir das Gesetz einen harten Herrn schelten, dem wir uns nur gezwungen und widerwillig untergeben, ist unser Gehorsam nicht echt und ganz.

Jakobus schaut auf die Verirrung, die den Gottesdienst Israels verdarb. Es beschäftigte sich eifrig mit dem Gesetz, aber nicht mit dem vollkommenen Gesetz, sondern mit Einzelheiten und Kleinigkeiten, durch die es sich schmücken wollte, während es die Hauptsache im Gesetz zur Erde fallen ließ (Matth. 23,23). So wurde ihm das Gesetz auch nicht zur Pforte in die Freiheit, sondern lag als ein mühseliges Joch auf ihm, dem es sich unwillig entzog. Kann uns aber das Gesetz Freiheit geben? Es scheint ja, als ständen das Gesetz und die Freiheit hart widereinander. Sowie aber sein Gebot so von uns aufgenommen wird, daß wir ihm gehorchen und es tun, schenkt uns das Gesetz die Freiheit. Denn es wird dann unser eigener Trieb und Wille, die Lust und Freude unserer Seele: wir dienen

Gott gern und willig. Nun nimmt es uns die Ketten des Eigenwillens ab, die uns sonst hemmen und ohnmächtig machen. Dienen wir dem Willen Gottes mit fröhlichem Herzen, so sind wir über alle Mächte emporgehoben, die uns verderben. Der Sünde und dem Tod, der Welt und dem Teufel – allen sind wir entronnen, sowie wir dem Gesetz untertan geworden sind. So kann uns keine Furcht mehr knechten, keine Gefahr mehr schaden. Gott ist mit uns, und wir stehen als die Freien da.

Wer das Gesetz in seiner wahren und heilsamen Bedeutung erfaßt und dabei bleibt, gehorcht dem göttlichen Gesetz nicht umsonst. Aus unserem Gehorsam erwächst eine reiche Frucht, die selig macht. Es ist die eine und selbe Gnade Gottes, die unseren Glauben erhört und unser Werk für uns zum Mittel unserer Seligkeit macht. Sowenig Gott uns vergeblich auf ihn trauen läßt, so wenig läßt er uns ihm vergeblich dienen. Unser Glaube bleibt nicht unerhört und unser Werk nicht unvergolten. Dieselbe Gnade Gottes tut beides, und sie ist nicht geringer, sondern ebenso groß und gnädig, wenn sie unsere Tat mit ihren guten Gaben vergilt, wie wenn sie unserem Glauben zur Erfüllung hilft. Paulus hält das göttliche Gesetz an unsere Sünde hin; da tritt dessen heilige Erhabenheit und Macht hervor. An unserer Sünde wird es zur unüberwindlichen Mauer zwischen uns und Gott, zu dem Urteil, das wider uns steht, zur Waffe in der Hand der Sünde, mit der sie uns den Tod bewirkt. Dagegen stellt Jakobus das göttliche Gesetz mit dem Gehorsam zusammen; nun wird uns auch im Gesetz die Freundlichkeit Gottes offenbar; denn es lockt und treibt uns zum Dienst Gottes. So wird es unser bester Freund, unser heilsamer Führer, an dessen Hand allein die Freiheit von uns gefunden wird.

Denen, die Gott mit der Tat dienen wollen, gibt Jakobus noch eine weitere Mahnung, weil sich auch in unseren Gottesdienst viel Verderbnis eindrängt. Wir heißen vieles „Gottesdienst", was es nicht ist; so machen wir aus unserem Gottesdienst ein Mittel der Selbsttäuschung und des Wahns. 1,26: *Wenn einer meint, er diene Gott, obwohl er seine Zunge nicht zügelt, sondern sein Herz betrügt, dessen Gottesdienst ist nichtig.* Das Wort wird nicht nur dadurch für uns das Mittel des Gottesdienstes, daß wir es hören und damit die kostbare Gabe, die von oben zu uns kommt, die Wahrheit, empfangen, sondern es wird auch dadurch zu einem wichtigen Teil unserer Frömmigkeit, daß wir es sagen. Jeder, der Gott dienen will, übt deshalb das Reden eifrig. Er begleitet alles, was er erlebt, mit frommen Worten und braucht sie in seinem ganzen Verkehr mit den andern. „Zügelst du dein Wort?“ fragt Jakobus; „regierst du es? Oder sprudelt es unüberlegt, ohne Besinnung und Prüfung, ohne Zucht und Ziel aus dir heraus?“ Wenn wir reden, ohne zu bedenken, was wir sagen, und ohne zu erwägen, zu wem wir reden, ist auch das frömmste Wort nicht Gottesdienst. Fährt das Wort ohne Zügel dahin, so entstehen sofort all die Dinge, von denen Jakobus in Kapitel 3 spricht. Dann wird die Zunge zum Übel, zur Gefahr, zum Gift für die anderen, weil unser Wort sie verwirrt, ihre Begierden erweckt, ihr Gewissen betäubt, Zank schafft, Trennung stiftet und die Gemeinde zerreißt.

Die Frömmigkeit besteht aber nicht nur in Worten, sondern ist die Sache unseres Herzens; denn mit dem Herzen wird geglaubt, und aus dem Herzen kommt die Liebe. „Betrügst du dein Herz?“ fragt Jakobus; „redest du ihm ein, du seiest fromm, auch wenn es deine Not empfindet, du habest recht, auch wenn es wahrheitsgemäß dein Verhalten verurteilt?“ In der Religiosität der Menschen spielen die Versuche, sich selbst zu bearbeiten und zu rechtfertigen, das eigene Empfinden zu ersticken und das Gewissen zu beschwatzen, eine große Rolle. Wenn wir uns aber dadurch eine fromme Haltung geben, daß wir uns selbst betrügen, dann tragen wir auch im Verkehr miteinander die frommen Masken und bauen unsere Gemeinschaft miteinander auf den Schein. Wenn aber die Wahrhaftigkeit, die die Stimme des Herzens aufrichtig hört, und die Besonnenheit, die die Herrschaft über das Wort bewahrt, notwendig zu unserem Gottesdienst gehören, dann wird er eine uns täglich neu obliegende Arbeit, mit der wir nie zu Ende kommen und aus der sich nie ein Grund zum selbstgefälligen Ruhm machen läßt.

Es gibt einen Gottesdienst, an dem kein Makel haftet, der darum das Wohlgefallen Gottes hat. 1,27: *Ein reiner und unbefleckter Gottesdienst vor Gott und dem Vater ist das, nach Waisen und Witwen in ihrer Not zu sehen, sich selbst unbefleckt von der Welt zu bewahren.* Die Gelegenheit fehlt uns nicht, den Dienst zu üben, den unsere Liebe zu Gott ihm gern erwiese. Wenn wir uns der Hilflosen annehmen, so bewähren wir uns damit als Diener Gottes und erstatten ihm Ehre und Dank. Mögen wir Gott opfern, was wir wollen, alle Zeit, alles Geld, das wir haben, mögen wir in den schönsten Lobgesängen seine Herrlichkeit preisen; wenn daneben die Bedrängten rat- und hilflos dem Kummer und der Entbehrung überlassen sind, so ist unser Gottesdienst nur Einbildung.

Auch an unserer eigenen Person haben wir einen Gottesdienst zu üben, nämlich uns selber zu bewahren; denn unsere Lage ist gefährlich. Denn das, was uns gefährdet, hat große Macht über uns. Das ist unser Anteil an der Welt, mit dem beständig die Gefahr verbunden ist, daß sie uns „befleckt". Bei der „Welt" denkt Jakobus nicht an Dinge, etwa an den Besitz oder an die Nahrungs- und Genußmittel, sondern an die Menschen, mit denen wir im Alltag zu tun haben. Aus der Berührung mit ihnen entsteht „Befleckung", wenn sie die Wirkung hat, daß auch wir Gott vergessen, weil die anderen ihn nicht achten, und daß sich auch in uns die falsche Begehrlichkeit entzündet, weil sie die anderen alle erfüllt. Unsere Frömmigkeit kann nicht darin bestehen, daß wir uns von der Welt trennen. Wir haben in der von der Natur gegebenen Gemeinschaft mit den Menschen unseren Ort und an ihr den von Gott uns geschenkten Beruf. Wohl aber besteht das hohe Ziel und große Werk der Frömmigkeit darin, daß sie uns für alles, was im Verhalten der Menschen um uns her unrein und gottlos ist, unempfänglich macht.

Für die Witwen sorgen, uns selbst unbefleckt bewahren, nicht das eine oder das andere, sondern beides ist uns aufgetragen. Man hat oft in der Kirche die zwei Hälften dieses Wortes geteilt. Die einen leitet das erste Wort: sie treten deshalb hinaus in die Welt und unternehmen mancherlei, was den Schwachen und Leidenden wohltun wird. Einen anderen bewegt das zweite Wort: er hält sich in der Stille und hütet sein Herz, daß es vom Treiben der Welt nicht angesteckt werde. Aber nicht das halbe, sondern das ganze Wort des Jakobus nennt uns unsere Aufgabe. Auch hier ist, was uns Jakobus sagt, aus manchen Worten Jesu erwachsen. Dem Schriftgelehrten hat Jesus am Samariter gezeigt, wie man Gott nach seinem Gesetz dient, und am Priester und Leviten, wie man das Gesetz Gottes versäumt (Luk. 10,25-37). Er hat jede Gabe auf dem Altar für wertlos erklärt, solange uns das Unrecht, das wir nicht abstellen, vom Bruder trennt (Matth. 5,23-26). Er hat die Sorge Israels um die Reinigung von der Schüssel weggezogen und nach innen gewandt zu dem, was wirklich befleckt (Matth. 15,10.11.15-20). Das Wort Jesu hat Jakobus von der Heuchelei des leeren Gottesdienstes frei gemacht.

Kapitel 2,1-13

Die Gerechtigkeit gegen die Armen

Gottesdienst hieß es Jakobus, daß wir uns der Hilflosen annehmen. Wie schwer machen wir aber den Armen das Leben durch die stete Verachtung, die auf sie fällt! Darum macht uns Jakobus deutlich, daß sich das ungerechte Urteil über die Armen und Reichen und der Glaube an Jesus nicht miteinander vertragen. 2,1-4: *Meine Brüder, habt den Glauben an unseren Herrn Jesus, den Christus der Herrlichkeit, nicht zusammen mit ungerechter Gunst. Denn wenn ein Mann mit goldenen Ringen in einem glänzenden Kleid in eure Versammlung tritt und auch ein Armer in einem schmutzigen Kleid eintritt und ihr auf den seht, der das glänzende Kleid trägt, und sagt: Setze du dich mit Ehren hierher! und zum Armen sagt: Stehe du dort oder setze dich unten an meinen Schemel, habt ihr jetzt nicht den Zweifel in euch hervorgebracht und seid zu Richtern geworden, die boshaften Absichten gehorchen?* Ein parteiisches Verfahren, das Gunst und Ungunst ohne Recht und Grund verteilt, den einen erniedrigt, den anderen erhöht, den einen hintansetzt, den anderen bevorzugt, gegen die Wahrheit nach der Willkür des eigenen Beliebens, wird für die, die an Jesus glauben, zur Sünde. Das Beispiel, das Jakobus gibt, erläutert, was er meint. In die Versammlung kommt ein Mann, dessen Reichtum von weitem an seinen goldenen Ringen und seinem glänzenden Rock sichtbar ist. Er wird aufs freundlichste behandelt, der ehrenvolle Sitz wird ihm zugeteilt. Es kommt ein anderer, dessen schmutziges Kleid ihn als arm kennzeichnet. Eines solchen Menschen wegen gibt niemand seinen Sessel her. Mag er nicht stehen, so mag er sich auf den Boden setzen! Warum wird ein solcher Unterschied zwischen beiden gemacht? Nur darum, weil der eine reich und der andere arm ist. Das heißt Jakobus eine boshafte Ungerechtigkeit.

Er wendet sich hier ausdrücklich an die, die an Jesus glauben. Wenn die anderen Juden den Armen roh behandeln und herzlos entehren, so ist das begreiflich; ihr Herz hängt an den Dingen dieser Welt und kennt nichts Besseres als sie. Aber wer an Jesus glaubt, weiß, daß Geld nicht unser einziges Gut ist, weiß, daß Gott uns nicht nach unserem Gelde schätzt, weiß, daß in Jesus Gottes Liebe, Reich und Leben für alle ohne Ansehen der Person erschienen sind; er kann darum den Armen nicht mehr verachten und mißhandeln, als hätte er auf Ehre keinen Anspruch. Deshalb sind die an Jesus Glaubenden berufen, der entwürdigenden Behandlung der Armen ein Ende zu machen und diese nicht auch an ihrem Teil fortzusetzen. Daß die Jünger Jesu dazu imstande waren, trug wirksam dazu bei, daß ihre Gemeinde wuchs und von der Judenschaft nicht erdrückt werden konnte. Sie war in Jerusalem für viele Arme die hochgeschätzte Zufluchtsstätte, an der sie vor der Entehrung geschützt waren, mit der die anderen alle die Armen beluden. Darum zeigt Jakobus, daß die neue Ordnung des Lebens, die die Christenheit bei sich durchführte, notwendig mit dem Glauben an Jesus verbunden war, und warnt die Glaubenden davor, ihre Kraft dadurch zu schwächen, daß sie die Armen nach dem alten jüdischen Maß verachten.

Hier nennt Jakobus Jesus mit Namen; er heißt ihn den Gesalbten der Herrlichkeit. Gott ist es, der ihn uns sandte, der Gott, der die Herrlichkeit ist, wie er die Majestät ist (Hebr. 1,3). Wer an Jesus glaubt, dankt dem herrlichen Gott, daß er im Christus zu uns gekommen ist und uns zu sich gezogen hat. Wenn nun dennoch der Rock und das Geld den Wert der Menschen für uns bestimmen, „seid ihr dann nicht", fragt Jakobus, „mit euch selbst im Streit?" Wir verlassen so den Ort, an den uns der Glaube an Christus stellt, und vergessen die Gaben, die uns mit ihm gegeben sind. Im Glauben an Jesus ehren wir Gott als den, der allein die Herrlichkeit hat und gibt; wir setzen unser Leben in die Güter, die wir bei Jesus finden. Wie sollten wir trotzdem die Menschen wieder nach einem ganz anderen Maßstab messen und ihnen Ehre und Schande zuteilen, als stände nicht Jesus, der kein Geld besaß, dafür aber die Herrlichkeit Gottes bei sich hat, als unser Herr vor unserem Blick?

Jakobus dringt überall auf das eine, daß wir kein geteiltes Herz haben, daß es uns mit unserem Glauben ernst ist und er uns in allem, was wir tun, leitet und erfüllt. Wir sollen nicht hin und her schwanken, jetzt Christus und dann den goldenen Ring schätzen, jetzt die Armen rühmen, weil sie mit dem Evangelium Gottes begnadigt seien, und dann sie hintansetzen, als wäre jede Erniedrigung ihnen gegenüber erlaubt. Daß wir ernst machen mit dem, was wir im Glauben an Jesus erkannt und ergriffen haben, das macht uns zu Tätern des Worts; das ist jenes Werk, ohne das unser Glaube eine Lüge und ein totes Ding ist.

Im harten Übermut gegen die Armen liegt eine Verleugnung des Christus und Gottes, zu denen wir uns doch mit dem Mund bekennen; ebenso liegt aber auch ein Unrecht gegen die Menschen darin. Wir machen uns damit zu Richtern über sie, die selbstherrlich ihren Wert bestimmen und ihre Ehre ihnen zuteilen. Aber unser Urteil stammt so nicht aus der Wahrheit und aus gerechten Gründen; es dient boshaften, eigensüchtigen Absichten. Wir nehmen den Maßstab, den wir dabei verwenden, von unseren verkehrten Begierden her.

Nicht dazu leitet uns Jakobus an, daß wir die Reichen schon um ihres Reichtums willen schelten und kränken. Jakobus will auch nicht, daß wir die Unterschiede, die sich in der Stellung der Menschen ergeben, künstlich verdecken und verleugnen; das würde die Einfalt und Wahrheit unseres Verhaltens zerstören. Was Jakobus aus unserem Verkehr miteinander entfernen will, ist nur die unwahre Schmeichelei einerseits, die ungerechte Härte andererseits. Es soll in unserem Umgang mit den Menschen sichtbar sein, daß Gott uns mehr gilt als das Geld und es uns deshalb wichtiger ist, wie die Menschen sich zu Gott verhalten, als wieviel Geld sie haben.

Darum lenkt Jakobus unseren Blick auf die Gabe Gottes hin, die auf dem Armen ruht. 2,5-7: *Hört, meine geliebten Brüder: Hat nicht Gott die für die Welt Armen erwählt zu solchen, die reich durch den Glauben und Erben der Herrschaft sind, die er denen verhieß, die ihn lieben* (1. Kor. 1,26; Offenb. 2,9)? *Ihr aber habt den Armen entehrt* (1. Kor. 11,22). *Üben nicht die Reichen gegen euch Gewalt, und zerren nicht sie euch vor die Gerichtshöfe? Lästern nicht sie den guten Namen, der über euch genannt worden ist?* Die vor der Welt Armen, die die Güter nicht haben, die die Menschen schätzen, und darum in deren Urteil nur als arme Leute gelten, hat Gott erwählt; ihnen hat er gerade deshalb seine Gnade geschenkt, weil sie ihrer bedürftig sind und keinen Helfer und Tröster haben als ihn. Dadurch hat Gott sie hoch erhoben und geehrt. Die Erwählung Gottes macht gläubig, weil sie den Erwählten zu Gott zieht, so daß er nur auf Gott seine Zuversicht setzt. Der Glaube ist aber der echte Reichtum; denn dahin, wo Glaube ist, kommt auch die Gabe Gottes. Ist doch der Glaube keine leere Hoffnung; er empfängt, was er glaubt, und die Gnade Gottes kommt mit der Fülle ihrer Herrlichkeit zu ihm herab. Die Erwählung Gottes gibt ferner an der Herrschaft teil, in der Gott sich und seinen Christus offenbaren wird. Die von Gott Erwählten haben die Verheißung, daß er einst königlich für sie handeln und seinen unermeßlich reichen und herrlichen Willen an ihnen vollenden wird. Auch für die Armen wird sich die Herrschaft Gottes offenbaren; denn er gibt denen Anteil an ihr, die ihn lieben. Daß wir Gott als den Höchsten und allein Guten über allem, was sonst existiert, schätzen und in Ehren halten, dazu bedürfen wir nicht des Gelds; dieses kann uns vielmehr dabei ernstlich stören, weil es uns eine andere, falsche Liebe ins Herz zaubert, die uns den Blick auf Gott verdunkelt und das Geld mächtiger und wichtiger als Gott erscheinen läßt. Nun wissen wir, woran Jakobus bei der „Höhe des geringen Bruders" dachte, von der er 1,9 redete. Wir sollen ihm helfen, sich ihrer zu rühmen, dadurch daß auch wir in unserem Verkehr mit ihm die Gabe Gottes ehren, die ihm verliehen ist.

Während die Verheißung Gottes und der Glaube uns bei dem Armen nichts gelten, übersehen wir am Reichen seine Ungerechtigkeit und seinen Streit mit Gott, als wären das unschuldige Kleinigkeiten. Jakobus erinnert an die böse Macht, die in den Gemeinden Israels das Geld den Reichen gab. Sie übten einen harten Druck aus und machten sich mit ihrem Geld die ganze Gemeinde dienstbar. Es war für sie leicht, sich auch die Richter, die dem Rechte helfen sollten, willfährig zu machen. So wurden die Gerichtshöfe das Mittel, durch das die Reichen jedermann in Schrecken hielten und den, der ihnen zuwider war, vernichteten. Die Reichen waren zugleich die Widersacher Jesu und seiner Gemeinde und benutzten ihre Macht zur Verfolgung der Christen. Daran erinnert Jakobus hier die, über die der gute Name genannt worden ist. Das ist der

Name des Christus, in den die ganze Verheißung Gottes eingeschlossen ist. Sein Name wurde über ihnen im Gebet angerufen, als sie getauft wurden, und sie dürfen sich deshalb nach ihm nennen; denn sie gehören ihm als seine Knechte und sein Eigentum. Aber derselbe Name, der ihre Hoffnung und ihren Ruhm ausmacht, wurde von den Reichen mit Schmach und Lästerung bedeckt. Der Nazarener und sein Kreuz waren nicht nach ihrem Sinn. Nicht das ist die Meinung des Jakobus, daß die Glaubenden daraus Haß und Groll schöpfen sollten, wohl aber, daß sie die lügnerische und feige Verehrung der Reichen lassen und es im Umgang mit ihnen deutlich machen sollen, daß der Name Jesu in ihren Augen in der Tat ein herrlicher Name ist, so daß, wer ihn lästert, sich selbst das Urteil spricht.

Jakobus macht hier eine der Ursachen sichtbar, durch die in der Judenschaft der Unglaube und die Ablehnung Jesu stark wurde: sie erlag der Verführung des Geldes. Gegen diesen bösen Feind hatte schon Jesus gestritten. Deshalb sollen die an Jesus Glaubenden diese Wurzel des Unglaubens nicht immer wieder bei sich hegen, sondern mit der Tat beweisen, daß uns der Anschluß an Jesus aus dieser Knechtschaft befreit. Nur dann kann die Gemeinde Jesu der durch das Geld gefährdeten Judenschaft die Hilfe bringen, die sie braucht. Werten dagegen die Jünger Jesu den Reichtum und die Armut ebenso wie die Judenschaft, so rauben sie ihrer Verkündigung des Christus die Kraft.

2,8.9: *Zwar tut ihr wohl, wenn ihr das königliche Gesetz erfüllt nach dem Spruch: Du sollst deinen Nächsten lieben wie dich* (3. Mose 19,18; Matth. 22,39). *Wenn ihr aber ungerechte Gunst erweist, vollbringt ihr Sünde und werdet vom Gesetz als Übertreter überführt.* Jakobus hat zur Wahrheit und Gerechtigkeit im Verkehr mit allen, ob sie arm oder reich seien, gemahnt und verlangt, daß wir bei allen über die äußeren Dinge hinwegsehen und darauf achten, wie sie sich zu Gott verhalten. Die Schrift gibt uns aber noch ein anderes Gebot, das der Liebe. Auch der Reiche ist in das Wort eingeschlossen, das uns zur Liebe gegen unseren Nächsten beruft. Sind wir ihm somit nicht jede Rücksicht, Höflichkeit und Ehrerbietung schuldig? Wenn ich ihm dienstfertig und zuvorkommend meinen eigenen Sitz einräume und ihm jede Gefälligkeit und Ehre erweise – fordert denn nicht das Liebesgebot mich zu solchem Handeln auf? Jakobus stimmt bei: „Wenn euer Verhalten", sagt er, „Gehorsam gegen das Gebot der Liebe ist, dann ist es rein und recht." Er heißt das Liebesgebot das königliche Gesetz, wohl deshalb, weil es dem, der es erfüllt, königliche Ehre und Hoheit gibt. Wer ihm gehorcht, tritt in den Dienst der göttlichen Güte, überbringt den Menschen deren gute Gaben und wird für sie zum Geber und Helfer nach Gottes gnädiger Art: ein königliches Amt und Geschäft. Aus dieser königlichen Regel dürfen wir nicht fallen; wir haben bei jedem Schritt ihr gehorsam zu bleiben, so daß alles, was wir den anderen gewähren oder versagen, nach ihr geschieht. „Wenn ihr aber", fährt Jakobus fort, „den Reichen trotz seiner Ungerechtigkeit und Gottlosigkeit hoch erhebt, den Armen aber trotz seines Glaubens und der Gnade Gottes tief erniedrigt, so ist das nicht die Erfüllung des Liebesgebots, sondern das ist Sünde, fertige, zur Tat gewordene Sünde." Diese feige, unsaubere Liebe, die das Recht und die Wahrheit leugnet, darf sich nicht unter den Schutz des Liebesgebotes flüchten; denn diese unreine Güte und Nachgiebigkeit hat böse, eigensüchtige Wurzeln und tut auch den anderen nichts Gutes, sondern schadet ihnen. Dem Armen macht sie den Glauben schwer, weil ihm ja auch von denen, die ihn mit ihm teilen, handgreiflich gezeigt wird, daß ihnen der Glaube als nichts und die Gemeinschaft mit dem Christus als leer gilt. Den Reichen dagegen macht sie in seiner Sünde hart und bestärkt ihn in seiner Unbußfertigkeit. Weil die ungerechte Gunst niemand wohltut, sondern nur Unheil stiftet, darum ist sie im Gesetz geradeso ernst verboten, wie die Liebe geboten ist. In seinem Licht sind wir Übertreter, wenn wir keine bessere Liebe haben als solche Erweisungen einer verdorbenen Gunst. Jakobus läßt nicht zu, daß wir die Liebe von der Gerechtigkeit trennen, als wäre die Liebe der Freibrief zum Unrechttun; er macht unsere Liebe wahr und gerecht und trifft darin zusammen mit der Regel des Paulus: „Die Liebe freut sich nicht an der Ungerechtigkeit, sondern freut sich mit der Wahrheit" (1. Kor. 13,6). Zerbrechen wir mit unserer Freundlichkeit und Höflichkeit die Wahrheit und die Gerechtigkeit, so ist der Name „Liebe" viel zu rein und groß für sie.

Vor der Übertretung des Gesetzes sollen wir uns fürchten. Israel hat es aber verlernt, sich vor dem Gesetz zu fürchten; es hat sich seine Übertretung leicht gemacht, weil es meinte, es könne mit seiner (vermeintlichen) Erfüllung des Gesetzes dessen Übertretung zudecken und reichlich entschuldigen. Es ist aber ein Mißbrauch des Gesetzes, wenn wir mit ihm die Sünde beschönigen und rechtfertigen, statt sie zu richten und zu verwerfen. Das Gesetz ist gegen die Sünde gegeben, um sie zu treffen und zu vernichten, nicht, um sie zu schützen und zu pflegen. 2,10.11: *Denn wer das ganze Gesetz hält, aber in einem Stück fällt, ist an allem schuldig geworden. Denn der, der gesagt hat: Du sollst nicht ehebrechen, hat auch gesagt: Du sollst nicht töten* (2. Mose 20,13.14). *Wenn du zwar nicht ehebrichst, dagegen tötest, so bist du ein Übertreter des Gesetzes geworden.* Jakobus heißt uns die Bedeutung eines einzigen Fehltritts ermessen: er ist Bruch des ganzen Gesetzes. Jakobus gibt uns das Größte zu: alle Gebote sollen wir gehalten haben; nun kommt aber ein einziges, das uns nicht behagt, so daß wir es wegwerfen: dieser eine Fall bewirkt, daß wir nicht nur dieses einzelne Gebot, sondern das Gesetz als Ganzes gebrochen haben, so daß es nun als unser Verkläger gegen uns spricht. Das übertretene Gebot ist genau ebenso heilig wie das gehaltene; es ist in derselben Weise Gottes Gebot. Liegt es mir daran, den Willen Gottes zu tun, so kann ich keine Auswahl aus seinen Geboten versuchen, kann nicht das eine als verbindlich, das andere als übertretbar betrachten. Wer gegen ein einzelnes Gebot fehlt, bricht nicht nur dieses eine; er verwirft die Gültigkeit und Heiligkeit des Gesetzes, leugnet das Recht und die Macht Gottes und beginnt den Streit mit ihm. Es ist also Blindheit, wenn wir meinen, mit dem vielen Guten, das wir vollbringen, könnten wir unser Böses leicht entschuldigen. Es gibt für das Böse in der ganzen Welt keine Entschuldigung, am allerwenigsten im Gesetz Gottes. Das Böse ist verdammlich und legt sich als Schuld auf uns, von der uns nichts in der Welt erlösen kann. Die verschiedenen Gebote des Gesetzes, z. B. das der Liebe und das der Gerechtigkeit, lassen sich nicht voneinander trennen, so daß wir zwar das eine halten müßten, nun aber dafür das andere übertreten dürften. Das Gesetz wird nur ganz gehalten oder ganz übertreten. Für die Sünde gilt nicht: „einmal ist keinmal"; hier gilt umgekehrt, daß die eine Sünde unsere ganze Existenz verdirbt und all unser Gutes wertlos macht. In diesem Ernst in der Beurteilung der Sünde sind alle Apostel völlig einig. Wenn Paulus den Juden bezeugt, daß er mit den Werken des Gesetzes doch nicht gerechtfertigt werde: warum gelten denn seine guten Werke alle vor Gott nichts? Weil sich neben ihnen in seinem Leben die Übertretung des Gesetzes findet und all seine Erfüllung des Gesetzes auch nicht eine einzige Übertretung zu decken und zu rechtfertigen vermag. Das Gute, das wir vollbringen, ist niemals eine Ermächtigung und Erlaubnis zum Sündigen. Das ist derselbe heilige Ernst, wie ihn hier Jakobus in der Zusammenfassung aller Gebote zu einer unteilbaren Einheit erweist. Das Ziel, dem beide Apostel diese Wahrheit dienstbar machen, ist nach der Art ihrer Predigt verschieden. Paulus erinnert an die Folgen jeder Sünde, damit wir im Glauben uns an die göttliche Gnade halten, die allein unsere Sünde bedeckt und allein uns rechtfertigt. Jakobus heißt uns den Ernst jeder Sünde erwägen, damit wir redlich mit den Menschen umgehen und nicht in heuchlerischer Eitelkeit uns unserer Liebe rühmen und zugleich daraus einen Vorwand zum Unrecht machen, sondern das ganze Gesetz in seiner unverletzlichen Majestät gehorsam ehren.

2,12: *So redet und so handelt als solche, die einst durch das Gesetz der Freiheit* (1,25) *gerichtet werden.* Das ist die rechte Art, das Gesetz zu ehren, daß wir es in allen Dingen vor Augen haben in der Gewißheit, daß es uns unser Los zumessen und unseren Platz vor Gott bestimmen wird. Wer wider das Gesetz ist, wird das Gesetz wider sich haben als eine Macht, die ihn vom Reich Gottes ausschließen wird. Wer sich dem Gesetz in Aufrichtigkeit unterworfen hat, wird durch das Gesetz zum Leben gebracht. Jakobus wiederholt damit das Wort Jesu, das uns sagt, daß auch das kleinste Gebot, falls wir es übertreten, in der königlichen Offenbarung Gottes uns um unsere Ehre und Größe bringen und uns klein machen wird (Matth. 5,19). Eben jetzt, da Jakobus das Gesetz als den Herrn beschreibt, den niemand entthronen wird, dessen Spruch mit unerschütterlicher Macht zur Geltung kommen und über unser Geschick entscheiden wird, heißt er es absichtlich nochmals das Gesetz der Freiheit. Er weckt in uns die Furcht vor dem Gebot Gottes; aber es liegt ihm daran, daß diese Furcht nicht unrein und undankbar sei, als wäre das Gesetz ein harter Herr und schlimmer Druck. Das Gesetz ist uns zum festen Grund der Freiheit gegeben. Wer nach der

Freiheit begehrt, muß das Gesetz ergreifen und in seinem Herzen tragen. Gerade dann wird es als das Gesetz der Freiheit an uns offenbar, wenn sein Spruch und Urteil über uns ergeht; dann hebt es die, die ihm gehorcht haben, aus aller Not und Knechtschaft zur Freiheit des ewigen Lebens empor.

2,13: *Denn das Gericht ist unbarmherzig für den, der die Barmherzigkeit nicht übte. Barmherzigkeit rühmt sich gegen das Gericht.* Wir wissen ganz genau, wann das Gesetz wider uns stehen und uns wie eine feurige Mauer vom Reich Gottes ausschließen wird: für die Unbarmherzigen hat es kein Erbarmen. Dasselbe hat uns Jesus gesagt (Matth. 5,7; 6,15; 7,1; 18,33). Davon ging ja die Rede aus, daß wir die Armen oft mit einer Roheit behandeln, die völlig außer acht läßt, wie Gott sich zu ihnen stellt, und hieran schloß sich die Erörterung über das Liebesgebot, seinen Mißbrauch und seine rechte Erfüllung an. Diese besteht darin, daß wir barmherzig werden gegen alle, gegen die Reichen und die Armen, und dies nicht nur in der Rührung unseres Herzens oder in lieblichen Worten, sondern so, daß wir Barmherzigkeit tun. Dann hört das Gesetz auf, eine schreckliche Macht für uns zu sein; vielmehr darf sich die Barmherzigkeit auch im Blick auf das Gericht mit Zuversicht und Freudigkeit rühmen. Sie geht im Gericht Gottes nicht unter, sondern wird von ihm geschützt, erhöht und gekrönt.

Fragen wir nach dem Grund, der der Barmherzigkeit solche Wirkung verleiht, so liegt er darin, daß der Spruch: „Barmherzigkeit rühmt sich gegen das Gericht“, zuerst von Gott selbst gilt. Die Barmherzigkeit Gottes wird nicht gebunden und gehemmt von seinem richterlichen Eifer, der das Böse vertilgt, sondern waltet in herrlicher Freiheit über ihm, wendet das Gericht zu unseren Gunsten und macht, daß es uns nicht zum Unheil wird. Weil über dem Gesetz und Gericht Gottes seine Barmherzigkeit waltet, darum beschert uns das Gesetz die Freiheit und das Gericht den Kranz des Lebens.

Kapitel 2,14-26

Der verdorbene Glaube

2,14: *Was nützt das, meine Brüder, wenn jemand sagt, er habe Glauben, dagegen keine Werke hat? Vermag wohl der Glaube ihn zu retten?* Die Majestät des göttlichen Gesetzes, der Ernst des Gerichts, dem wir entgegengehen, und die helle Verheißung, die der Barmherzigkeit gegeben ist, sollten die Macht haben, unseren harten Sinn zu erweichen. Allein wir stärken unsere unbarmherzige Härte durch viele Mittel, und eine der schlimmsten Selbsttäuschungen bereiten wir uns dadurch, daß wir unseren Glauben rühmen, uns seinetwegen für geborgen halten und damit alle Willigkeit und jeden Fleiß, den Willen Gottes zu tun, ersticken. Die Judenschaft hielt sich für gläubig und rühmte sich dessen eifrig; denn sie glaubte an den einigen Gott, während die Heiden in törichtem Wahn über Gott befangen waren. Noch mehr wurde der Glaube in der christlichen Gemeinde gepriesen, weil Jesus seine Jünger durch Glauben an sich gezogen und ihrem Glauben den Gewinn der ewigen Güter zugesagt hat. So hat uns auch Jakobus von der Macht und Gabe des Glaubens Großes gesagt: wir dürfen uns seinetwegen an der Anfechtung freuen (1,2.3); er lehrt uns so beten, daß unser Bitten uns Gottes Gaben bringt (1,6); wir werden durch ihn reich und Erben des himmlischen Reichs (1,12). Noch mächtiger hat Paulus unter den Heiden den Glauben an Christus gepredigt als die einzige Gerechtigkeit der Sünder, die aber für sie eine vollkommene Gerechtigkeit ist, weil sie uns Anteil an allem gibt, was Christus für uns erworben und gebracht hat. Seither wurde der Glaube in der Kirche vollends hoch gerühmt und als der Weg zur Seligkeit gepriesen. Und alles Hohe, was von ihm gesagt wird, ist nicht zu hoch, wenn es mit reinem Herzen geschieht, das sich aufrichtig Gott untergeben hat. Jakobus sieht aber, wie sich die verdrehte Art des Menschen auch hinter dem Ruhm des Glaubens behaupten kann und ihn zu ihrer Decke macht, so daß uns der Glaube dadurch statt zum Segen zum Verderben wird. Darum nimmt er einen ernsten Kampf gegen jene Trägheit und Bosheit auf, bei der wir sagen, daß wir Glauben haben, aber von Werken, mit denen wir den Gehorsam gegen den guten Willen Gottes erweisen, nichts wissen und nichts wissen wollen. Von einem solchen Bekenntnis und Ruhm des Glaubens sagt Jakobus, daß er nichts nützt.

Jakobus redet nicht gegen, sondern für den Glauben; er heißt den Glauben nicht nutzlos, will vielmehr gerade dies erreichen, daß er nicht nutzlos ist. Er hat so gut wie alle anderen Apostel von Jesus gelernt, daß uns im Glauben an Jesus die Gnade und das Reich Gottes offen sind. Daß unser Glaube uns wirklich diese Frucht bringe, daran ist Jakobus gelegen; er will uns den Weg zeigen, wie er uns wahrhaft zur Rettung dient. Wir berauben uns nämlich seiner Frucht, wenn wir sagen: „Wir haben Glauben", und uns unter Berufung darauf das Werk ersparen; unser Glaube hilft uns nicht, wenn er uns gefällt als der bequeme Weg, auf dem wir Gott leicht und ohne Anstrengung zufriedenstellen und damit von allem Gottesdienst in der Wahrheit und in der Tat entbunden sind. „Der Glaube", sagt Jakobus, „wird dich nicht retten." Ein Mensch, der nichts anderes als gläubig sein will, wird sich samt seinem Glauben draußen finden und das Reich Gottes sich verschlossen sehen.

2,15-17: *Wenn ein Bruder oder eine Schwester keine Kleider hat und die tägliche Nahrung entbehrt und einer von euch ihnen sagte: Geht im Frieden, wärmt euch und sättiget euch, ihr ihnen aber das nicht gebt, was der Leib bedarf, was nützt das? Ebenso ist auch der Glaube für sich allein, wenn er keine Werke hat, tot.* Wir können uns an der Liebe zu den Menschen klarmachen, wie es mit dem Glauben an Gott steht. Wenn wir einen Armen, dem es an Nahrung und Kleidung gebricht, mit lieben, freundlichen Worten abfinden, was nützt das? Gegen den Hunger und die Kälte hilft nur die Tat; es gilt, dem Bedürftigen nicht nur von der Kleidung und Speise zu sprechen, sondern ihm beides zu verschaffen. So wird auch der Glaube ohne das Werk zum leeren Wort. Wir können auch an dieser Vergleichung des nutzlosen Glaubens mit der nutzlosen Liebe sehen, wie wenig Jakobus den Glauben schilt. Ein Wohlwollen, das an der Not der anderen Anteil nimmt, kann etwas Köstliches und Liebliches sein; ja, es ist das Beste, was wir einander geben können. Was wird aus der Wohltat, wenn kein Wohlwollen in ihr ist, aus der Hilfe, wenn sie nicht einem teilnehmenden Sinn entspringt, der den

Schmerz des anderen mitträgt? Nutzlos und schädlich wird das Wohlwollen nur dann, wenn es das Ganze ist, was wir einander gönnen und geben. Das Wohlwollen ist uns als Antrieb und Kraft zur Tat verliehen; lassen wir es nicht hierzu ausreifen, sondern im bloßen Geschwätz verklingen, dann freilich haben wir aus dem, was groß und heilig und wirksam ist, etwas Häßliches und Nutzloses gemacht. Wie das Wohlwollen, so ist auch der Glaube eine im Herzen lebendige Regung, die zunächst im Wort ihren Ausdruck findet. Wir preisen im Glauben die Wahrheit und Gnade Gottes, nehmen seine Gaben auf und freuen uns der Kindschaft als seine Hausgenossen. Das sind richtige Erkenntnisse und Empfindungen des Herzens, in denen uns deutlich wird, wie gnädig Gott sich zu uns hält; das ist ein Licht, das in unserem Inneren von oben her aufgegangen ist und mit Recht unsere Zunge bewegt, daß wir von Gott und seiner Gnade reden, sie bekennen und rühmen. „Sind aber", fragt Jakobus, „Worte das Ganze, was daraus erwachsen soll? Darin liegt der Antrieb und die Kraft zum Werk!" Wenn wir aber, obwohl wir glauben, dennoch zum Werk nicht willig sind, dann ist unser Glaube tot, genau ebenso, wie das Mitleiden mit dem Armen, das ihn mit Worten abspeist, etwas Totes ist.

Wie vom Leichnam jede Regung und Wirksamkeit gewichen ist, so daß er, in Ohnmacht gebunden, nur noch das Schattenbild des lebendigen Leibes darstellt, so ist der tote Glaube ohne alle Frucht und Kraft, unfähig, die Quelle irgendeiner heilsamen Wirkung und Veränderung zu sein, nur ein Schattenbild von dem, was er sein könnte, wenn er Leben in sich hätte. Jeden Glauben, wie er sei, heißt Jakobus für sich allein, wenn er vom Werk getrennt ist, tot. Mag er noch so reich an fester Überzeugung, hellen Erkenntnissen, warmen Gefühlen sein: wollen wir Gott nur Glauben erzeigen, nichts mehr, wollen wir nichts tun, vielmehr unser Werk ihm vorenthalten und nicht unter sein Gebot und Wort stellen, dann wird unser Glaube uns ebensowenig retten, als ein Leichnam stehen, gehen und reden kann.

Damit fällt nicht der leiseste Schatten auf die Fülle und Größe der göttlichen Gnade. Die Spitze dieses Worts kehrt sich lediglich gegen unsere Heuchelei, die nicht tun mag, was uns zu tun befohlen ist; diese Trägheit wird dadurch vollends bösartig, daß wir sie erst noch mit dem Glauben verbinden und durch den Glauben rechtfertigen und sagen, wir hätten ja Glauben, das sei genug. Was Jakobus hier sagt, entspricht den vorangehenden Sprüchen genau. Denen, die mit den vielen Geboten Gottes, die sie erfüllt haben, ihre Sünde entschuldigen wollen, sagt er: „Eure ganze Erfüllung des Gesetzes ist nichts; die eine Sünde macht euch ganz schuldig." Denen, die sich damit decken wollen, daß sie Hörer des Worts sind, sagt er: „Ihr betrügt euch selbst; euer Hören des Worts hilft euch nichts." So sagt er auch denen, die unter Berufung auf den Glauben sündigen möchten: „Euer Glaube ist nichts; eure Sünde wird euch verderben mitsamt eurem Glauben." So zerstört Jakobus alle Entschuldigungen, mit denen eine unreine Frömmigkeit die Sünde schützen will. Dasselbe Ziel hat Paulus mit großer Kraft verfolgt. Wozu macht uns Gott sein unsichtbares Wesen deutlich und gewiß? „Damit du, o Mensch", antwortet Paulus, „ohne Entschuldigung seiest" (Röm. 1,20; 2,1). Es liegt auch Paulus daran, uns jede Rechtfertigung zu entwinden, mit der wir unsere Sünde beschirmen möchten. Weil wir auch unseren Glauben gern zur Entschuldigung für uns brauchen, nimmt uns Jakobus auch diesen Ruhm.

Wie der Jude das Gesetz Gottes in mancherlei Satzungen zerschnitt, von denen nach seiner Meinung die eine gehalten, die andere gleichzeitig übertreten werden konnte, so trennte er auch das Werk und den Glauben voneinander, als wären dies zwei Gebote, von denen der Mensch das eine oder das andere zur Ehre Gottes vollbringen könne. Er dachte sich, Gott habe zwei Gebote gegeben: nach dem einen habe der Mensch gewisse Lehren zu glauben, nach dem andern gewisse Werke zu tun. Wenn er die Wahrheiten, die ihm die Bibel sage, glaube, so sei das für sich eine Frömmigkeit und Gerechtigkeit, die Gott angenehm sei; wenn er die vorgeschriebenen Werke vollbringe, so sei das wiederum für sich eine Frömmigkeit und Gerechtigkeit, die Gott ebenfalls angenehm sei. Der eine zeichne sich durch seine Werke, der andere durch seinen Glauben aus. Zu einem solchen Stückwerk wird unsere Frömmigkeit immer, wenn sie unser eigenes Gebilde und die Frucht unserer eigenen Bemühungen und Anstrengungen ist. Menschenwerk ist Stückwerk. Wir flicken an unseren Gedanken, damit etwas Göttliches an ihnen sei, und flicken an unseren Werken, damit sie wenigstens zum Teil nach der

Regel Gottes geschehen. Etwas Ganzes entsteht auf diesem Weg nicht. Anders ist gestaltet, was aus dem Geist Gottes geboren ist. Da entspringt von innen her die lebendige Bewegung, die alle Fähigkeiten unseres inwendigen Menschen erfaßt und tätig macht: da kommt Licht in die Gedanken und Glaube ins Herz, Gehorsam in den Willen und Kraft in die Tat. Da reichen der Glaube und das Werk einander die Hand; eins hebt und fördert das andere. Aus dem Glauben entspringt die Willigkeit zum Werk, aus dem Werk das Vermögen und die Fähigkeit zum Glauben. Diese Einheit und Ganzheit ist das Zeichen und Merkmal des Lebens. Leben aber fabriziert nicht der Mensch; Leben gibt Gott.

2,18: *Aber jemand wird sagen: Du hast Glauben, und ich habe Werke. Zeige mir deinen Glauben ohne deine Werke; auch ich werde dir durch meine Werke den Glauben zeigen.* Wer den Glauben und den Gehorsam voneinander trennt und sich damit zufriedengibt, daß er Glauben habe, dem sagt Jakobus: „Wie willst du deinen Glauben sichtbar machen? Das kannst du nicht, sondern du siehst, wenn du für Gott nichts tust, genau wie ein Ungläubiger aus, und kein Mensch kann es dir anmerken, daß du wirklich Gott in Ehren hältst und seine Verheißung als wahr erfassest." Worte sind noch kein Beweis dafür, daß wir glauben, am wenigsten dann, wenn das, was wir sagen, und das, was wir tun, einander widersprechen, wenn unser Wort durch unser Werk widerlegt und als Einbildung und Unwahrheit erwiesen wird. Solange wir uns nicht ans Werk machen, ist unser Glaube ein verstecktes Geheimnis, das sich in keiner Weise anderen zeigen und bewähren kann. Auch daran zeigt sich, daß der Glaube in dieser Gestalt etwas Totes ist; denn was sich nicht offenbaren kann, sondern unter einer Hülle begraben liegt, ist tot. Wer das Werk hat, hat es besser. Er kann nicht nur sein Werk vorweisen, sondern eben damit seinen Glauben kundmachen. „Bei mir", sagt Jakobus, „sieht man, daß ich im Glauben stehe und was Glaube ist und vermag, daß ich Gott nicht verleugne, daß seine Güte mir vielmehr teuer ist und seine Verheißungen mir höher stehen als alles in der Welt. Der Zeuge für meinen Glauben ist die Weise, wie ich handle. Weil ich mich redlich auf Gott stütze, darum handle ich so, wie es nur der kann, der ihn vor Augen hat, der sich von seinem Wort tragen läßt und in seiner Gnade den festen Standort hat, in dem seine Seele ruht."[1] Auch durch diesen Satz hat Jakobus den Glauben und die Werke in eine innige Einheit miteinander gebracht. Er dringt aufs Werk, weil ihm der Glaube ein ernstes Erlebnis ist, das die Seele Gott untertan macht. Darum regiert der Glaube auch den Willen und die Tat und wendet uns ohne Vorbehalt und Teilung zu Gott, so daß unser Verlangen und Streben aus dem Glauben heraus geboren und von ihm geformt und geleitet ist. Dadurch wird unser Glaube, ob er auch zunächst im Grund des Herzens verborgen ist, offenbar. Nur solcher Glaube ist wirklicher Glaube.

Wie schlimm aber die Trennung von Glaube und Werk uns verdirbt, läßt uns Jakobus an den gefallenen Geistern sehen. 2,19: *Du glaubst, daß Gott ein einiger ist. Du tust recht. Auch die Geister glauben und beben.* Gott ist der Einige; das war die große Wahrheit, die Israel geschenkt war, die sein Bekenntnis bildete und seinen Vorzug vor den Heiden begründete. Sie bleibt auch die fruchtbare Wurzel aller Erkenntnis Gottes und alles wahrhaften Gottesdienstes. Daß Gott der Einzige und Unvergleichliche ist, dem weder in der sichtbaren noch in der unsichtbaren Welt etwas zur Seite gestellt werden könnte, das ist der Eckstein aller Zuversicht zu Gott.

„Das glaubst du und denkst, du seiest darum fromm und nicht ein blinder Heide, sondern Gott wohlgefällig, da du ihn ja nach seiner Wahrheit vor Augen hast." Aber diese Erkenntnis unterscheidet dich von den teuflischen Geistern noch nicht. Auch dort ist Wahrheit; auch dort wird Gott nicht geleugnet, sondern in seiner heiligen Majestät unzweifelhaft gekannt. Das Wissen, wer Gott ist, lebt auch in der Hölle. Aber dort ist die Wahrheit kein Segen und keine heilsame Gabe, sondern eine richtende Macht. Aus dem Blick auf Gott entspringt im Reich des Teufels die Höllenangst. Die Geister beben, weil sie glauben und gewiß sind, daß Gott der Einige ist, den niemand entthronen wird. So wenig vermag der Glaube für

[1] Das ist der Hauptgedanke des Verses, und so weit ist er klar. Die ersten Worte: „Aber es wird jemand sagen: Du hast Glauben, und ich habe Werke" sind entweder ein Einwand, der Jakobus gemacht wird. Man wendet ihm ein: „Der eine hat dies, der andere jenes, jeder hat ein verdienstvolles Stück der Frömmigkeit", worauf Jakobus antwortet: „Der Glaube bedarf des Werks, weil er sich sonst gar nicht zeigen und bewähren kann." Oder diese Einrede richtet sich gegen den, der den toten Glauben hat. Einem solchen, der sich doch seines Glaubens rühmt, wird jemand entgegenhalten: „Du hast Glauben, ich habe Werke", und der, der das Werk hat, wird jenen beschämen; denn er kann in seinem Werk seinen Glauben dartun, während der andere gar nichts hat, kein Werk und auch keinen Glauben, den er zeigen könnte, nichts als einen leeren Ruhm.

sich allein zu erretten und selig zu machen; er kann im Gegenteil zur erdrückenden Last werden, zum Quell der Unseligkeit, zur Kette, die in die Verlorenheit hinunterzieht. Jakobus hatte in der Nähe Jesu wiederholt den Schrei der Besessenen gehört: „Jesus, du Sohn Gottes, was haben wir mit dir zu schaffen?“ (Matth. 8,29.) Das war Glaube, Bekenntnis der Wahrheit, eine Überzeugung, die nicht nur als lockere Meinung in der Seele der Redenden vorhanden war, sondern sie gewaltig durchdrang. Aber es war nicht der Glaube, der selig macht. Warum nicht? Die Wahrheit Gottes lebt hier in der Seele und bleibt ihr dennoch fremd. Wer satanische Art in sich hat, hat sich vom Gehorsam gegen die Wahrheit losgesagt und stellt sich gegen Gott, den er doch kennt, in Empörung und Streit. Das ist der böse Riß, der durch sein Wesen geht. Während die Wahrheit in ihm ist, weil Gott sie ihm nicht verbirgt, sondern ihm seinen Namen kundtut, ist dennoch er selber nicht in der Wahrheit, weil er sich ihr nicht unterwirft. Zu solcher Zerrüttung ist es ein Anfang, wenn wir Gott das Werk versagen. Handeln müssen wir in irgendeiner Weise, da uns das Leben dazu nötigt. Wollen wir nicht unter dem Antrieb des Glaubens an das Werk gehen, so werden andere Triebe und Begierden unser Werk regieren. Was wir nicht für Gott tun, müssen wir gegen ihn tun. Dann nimmt uns aber, was wir von Gott wissen und glauben, jede Entschuldigung und wird uns, wenn uns dafür die Augen aufgehen, zur Qual und Last, die uns erbeben macht.

2,20.21: *Willst du aber, o leerer Mensch, erkennen, daß der Glaube ohne die Werke unwirksam ist? Wurde nicht unser Vater Abraham aus Werken gerecht gesprochen, da er seinen Sohn Isaak auf den Altar brachte* (1. Mose 22; Hebr. 11,17)? Nun greift Jakobus zur Schrift. Sie hat dem Glauben die höchste Verheißung gegeben und uns an Abraham gezeigt, wie Gott den Glauben als Gerechtigkeit sich wohlgefallen läßt. Dennoch ist der ein leerer Mensch, der nicht einsieht, daß der Glaube, von den Werken getrennt, völlig unfruchtbar und nutzlos ist. Denn gerade Abraham zeigt, wie der Glaube und das Werk untrennbar zusammengehören. Ihn hieß Gott seinen Sohn auf den Altar legen. Das war eine Tat, mit der Abraham seinen ganzen Willen Gott hingab und ihm vollständig gehorchte, und deswegen urteilte Gott von ihm, daß er gerecht war. Weil Abraham Gott den Sohn nicht versagte, sondern sich selbst bezwang und Gott mit dem höchsten Opfer ehrte, darum gab ihm Gott das Zeugnis, daß er vor ihm gerecht sei, seinen Willen getan habe und seine Gabe empfangen werde. Die Tat Abrahams war nicht möglich ohne den Glauben; denn sie kam dadurch zustande, daß Abraham Gott über alles stellte und sich die Güte und Macht Gottes durch nichts verdunkeln ließ. So sehen wir an seinem Opfer den Glauben und das Werk in einem; beide dienen und helfen einander.

2,22: *Du siehst, daß der Glaube mit seinen Werken zusammenwirkte, und von den Werken her bekam der Glaube Vollständigkeit.* Nicht allein die Erkenntnis Gottes und die Hoffnung zu Gott und die Gewißheit der göttlichen Gnade, die Abraham in seinem Herzen trug, sondern dies zusammen mit seiner Tat hat ihn zum Vater Israels und zum Erben der Verheißung gemacht. Hätte Abraham Gott nur geglaubt und, als das Opfer von ihm gefordert wurde, sich von ihm abgewandt und ihm den Gehorsam versagt, dann wäre er von Gott nicht gerechtfertigt, sondern verworfen worden; sein Glaube hätte seinen Ungehorsam nicht unschuldig, sondern noch schuldiger gemacht. Weil aber der Glaube mit dem Werk zusammentrat, darum empfing er Gottes Lob und Gerechtsprechung. Wie uns Jakobus im Eingang des Briefes zugerufen hat: „Haltet es für lauter Freude, wenn ihr in die Versuchung fallet" (1,2), so preist er hier die Versuchung Abrahams wegen ihrer herrlichen Frucht: dadurch, daß Abraham sie bestanden hat, ist sie für ihn das Mittel der Rechtfertigung geworden; wie er dort gesagt hat, daß die Versuchung den Glauben bewährt macht (1,3), so sagt er hier, daß der Glaube durch die Werke seine Vollendung erlangt hat. Dadurch, daß Abraham Gott das Opfer brachte, wurde sein Glaube nicht leer und unwahr, sondern innerlich gekräftigt und der Erfüllung teilhaftig. Wie hätte Abraham irgendwie Glauben zu Gott im Herzen tragen können mit einem bösen Gewissen, das ihn anklagte, daß er die Versuchung nicht bestand, den Befehl Gottes verwarf und den Sohn ihm vorenthielt? Mußte er sich selbst verdammen, wie sollte er Gott glauben? Gewiß hätte ihn Gott auch wieder aufrichten können, auch wenn er in der Versuchung fiel. Aber Gott hätte ihn wieder aufrichten müssen; er selbst hätte es nicht gekonnt. Er hätte zu neuem Glauben eines vergebenden Wortes Gottes bedurft, das seinen Fall getilgt hätte. So dürfen und müssen auch wir wider alle Selbstbeschuldigung und bei aller Erkenntnis unserer Ungerechtigkeit Gott Glauben erweisen, weil wir Jesu Versöhnung und Gottes Verzeihung empfangen. Darum dürfen wir nicht den Spruch unseres eigenen Gewissens, sondern Gottes Vergebung für wahr und gültig halten. Solcher Glaube ist uns aber nur durch das möglich, was Gott für uns tat; soviel an uns liegt, haben wir uns die Gewißheit der göttlichen Gnade durch unser Sündigen unmöglich gemacht. So hätte sich auch Abraham durch Ungehorsam den Glauben zerstört; weil er sich aber ganz Gott ergab und als Glaubender gehorsam war, darum konnte er sich freudig Gottes getrösten und sich mit Gewißheit auf seine Gnade verlassen; nun war sein Glaube ganz und darum wahr.

2,23: *Und der Spruch wurde erfüllt, der sagt: Abraham glaubte aber Gott, und es wurde ihm zur Gerechtigkeit gerechnet* (1. Mose 15,6; Röm. 4,3; Gal. 3,6), *und er wurde Gottes Freund genannt* (Jes. 41,8). Zuerst hat Abraham nur geglaubt; denn Gott berief ihn zuerst noch nicht zur Tat, sondern hielt ihm seine Verheißung vor und redete mit ihm von dem, was Gott selbst an ihm tat. Daß Abraham dies nicht verachtete, sondern das göttliche Wort als wahr und gültig ergriff, das diente ihm zur Gerechtigkeit vor Gott. Das war aber nicht das Ende seines Wegs und nicht das letzte Wort, das Gott mit ihm redete. Dieser Spruch wartete noch auf eine Erfüllung. Es mußte sich erst noch zeigen, ob Abraham wirklich Gott glaubte und die Rechtfertigung erlangte; das erprobte sich damals, als ihm Gott das Werk auferlegte, und als er jetzt dem Wort Gottes fest anhing, da war jenes Wort zu seiner Erfüllung gekommen, das ihn gläubig und um seines Glaubens willen gerecht genannt hatte. Darum erhielt er den Ehrennamen „Freund Gottes". Er hätte aber nie die Freundschaft Gottes erlangt, wenn er nicht getan hätte, was Gott ihn tun hieß.

2,24: *Ihr seht, daß der Mensch aus Werken gerechtgesprochen wird und nicht nur aus Glauben.* Handeln muß der Mensch nach der Anweisung Gottes; dadurch wird ihm die Gnade Gottes zuteil. Den Willen Gottes muß der Mensch tun; dann stellt Gott ihn zu den Gerechten. Nicht das sagt Jakobus, daß Gott alle unsere Werke in sein Gericht bringe und aus der ganzen Reihe unserer Taten sein

Schlußurteil ziehe. Jakobus leugnet die Vergebung Gottes nicht, die vieles bedeckt, was wir taten, und vieles nicht zu seinen Folgen kommen läßt, weil uns Gott verzeiht. Nicht aus den Werken, aber aus Werken, sagt Jakobus, wird der Mensch gerecht, durch das, was er nach Gottes Willen tut. Das ist die Weise der göttlichen Gnade, daß sie die bösen Werke uns vergibt und die Werke des Gehorsams uns zum Grund der Segnung macht.

2,25: *Wurde nicht auch Rahab, die Dirne, in derselben Weise aus Werken gerechtgesprochen, da sie die Boten aufnahm und auf einem anderen Weg entließ* (Jos. 2; 6,25; Hebr. 11,31)? Neben den Vater Israels, den gerechten Abraham, stellt Jakobus die Rahab, die kanaanäische Dirne. Beide fanden die Gerechtigkeit auf demselben Wege. Auch Rahab hatte Glauben. Was sie vom Gott Israels, von seinen mächtigen Zeichen und von der Erlösung seines Volks aus Ägypten gehört hatte, hatte sie überzeugt, und sie wandte sich von den Göttern ihres eigenen Volkes ab zu Israels Gott. Aber der Glaube allein hätte ihr nicht geholfen. Wäre sie noch so gläubig gewesen und hätte die Kundschafter verraten, so wäre sie mit dem ganzen Jericho untergegangen. Aber weil sie die Männer rettete, ihr eigenes Leben wagte und ohne Zaudern und Furcht tat, wozu der Glaube sie trieb, darum wurde sie allein unter allen Kanaanitern in die Gemeinde Israels eingepflanzt; die götzendienerische Dirne wurde ein Glied des heiligen Volks. Wir lernen dadurch zugleich, von welcher Art die Werke sind, die uns zur Gerechtigkeit helfen. Abraham brachte Gott das Opfer; Rahab rettete die Brüder. Dort tat die Liebe zu Gott ihr Werk zu Gottes Ehre, hier die Liebe zum Nächsten das ihrige zum Heil des Menschen. Beide Arten von Werken bilden zusammen den uns aufgetragenen Gottesdienst.

So faßt denn Jakobus seine Mahnung zum Schluß in ein durchsichtiges Gleichnis. 2,26: *Denn wie der Leib ohne Geist tot ist, so ist auch der Glaube ohne Werke tot.* Das Werk und der Glaube gehören zusammen wie Geist und Leib. Werden beide voneinander geschieden, so entsteht der Tod. Ein vom Geist getrennter Leib, der zum Leichnam wird, ist das Bild für einen Glauben, dem die zu ihm gehörenden Werke durch Ungehorsam genommen sind. Wie aber der lebendige Odem des Geistes den Leib erhält, bewegt und tätig macht, so fährt in unseren Glauben dann ein lebendiger Odem und macht ihn wirksam und fruchtbar, wenn wir uns mit redlichem Willen ans Werk machen. Nur durch die Werke wird unser Glaube davor geschützt, daß er sich nicht in eine heuchlerische Einbildung verwandelt, die zuletzt mit der bittersten Enttäuschung enden muß.

Bricht Jakobus mit seiner Warnung irgend etwas vom Evangelium ab? Nein! Wann darf ich mit Paulus sprechen: „Durch Glauben bin ich gerecht"? Wenn ich das Werk Gottes betrachte, Christus erfasse und bedenke, wie reich das göttliche Erbarmen, wie groß die Liebe Jesu, wie mächtig sein Versöhnen ist, dann darf und soll ich sagen: „Deine Gnade ist vollkommen; deine Vergebung deckt meine ganze Sünde; ich kann nur glauben und die Gabe hinnehmen, die du nach deiner eigenen Erbarmung mir schenkst; deine Gnade macht alle meine Sünde nichtig und stellt mich in eine vollkommene, ewige und vor dir bleibende Gerechtigkeit." Christus nach dem Reichtum seines Werks darzustellen und uns die versöhnende Kraft seines Todes nahezubringen, das war das Amt des Paulus. Darin geht er Jakobus voran. Aber dieses selbe Wort: „Ich bin durch Glauben gerecht" kann eine gottlose Lüge und Heuchelei sein. Wann? Wenn dies die Antwort sein soll auf die Frage: Was will ich Mensch für Gott tun? Was soll mein Gottesdienst sein? Antworte ich: „Glauben, das will ich wohl, aber im Gehorsam ein Werk vollbringen, mag ich nicht", so ist das Gottlosigkeit. Wenn ich erwäge, was ich Gott geben will, so kann ich nur antworten: Alles, den Glauben und die Werke; nichts soll ihm vorenthalten sein. Glauben will ich und seine Gnade als unendlich achten und sein Werk an mir preisen als die vollkommene Beseitigung meiner Sünde und als meine vollkommene Erneuerung zu seinem Bild in lauterer Gerechtigkeit; aber ebensosehr will ich tun, was mich Gott tun heißt, damit mein Werk ein Dienst Gottes sei und mir nicht zur Verdammung, sondern zur Rechtfertigung diene.

Wer Jesus liebhat, hat beide Worte im Herzen, das des Paulus und das des Jakobus. Denn es ist die Art der Liebe, daß wir die Güte des Herrn in ihrer herrlichen Vollkommenheit preisen, demütig unsere eigene Verwerflichkeit und Unwürdigkeit ermessen, einzig Jesus für unsere Gerechtigkeit, unsere Ehre und unser Leben halten und wissen, daß wir daran nur deshalb Anteil haben, weil er uns gnädig ist in der Kraft seines Todes; das heißt glauben.

Es ist aber ebenso die Art der Liebe, daß sie sich emsig und ernst an die Arbeit macht, ihm willig dient und sein Gebot gern erfüllt, dies führt zum Werk.

Zu streiten, ob das Werk oder der Glaube unentbehrlicher sei, ist Kinderei. Wer das eine oder andere in sich tilgt, macht sich todwund und wird erfahren, daß das, was ihm bleibt, nicht mehr lebendig, sondern nur noch ein toter Leichnam ist. Wir müssen glauben; denn Gott lebt, und Jesus lebt, und seine Gnade ist volle Wahrheit, und wir lügen und entehren sie, wenn wir ungläubig sind. Wir müssen handeln; denn wir sind lebendige Menschen, lebendig nicht nur durch die Schöpfung Gottes, sondern auch durch die Erlösung des Christus, und aus dem Leben entspringt die Tat.

Unsere älteren evangelischen Lehrer, Luther voran, haben nie daran gezweifelt, daß uns das Werk notwendig ist; aber sie haben Anstoß genommen an dem Wort, daß Gott uns aus unseren Werken rechtfertige, daß er uns um unseres Tuns willen die Sünden vergebe und das ewige Leben zuteile. Sie fürchteten, das ziehe uns vom Glauben ab. Nun können wir freilich das Werk uns selbst zum Schaden betreiben – dann, wenn wir uns durch dasselbe ungläubig machen, eitel und hoffärtig oder auch verzagt. Darum hat es seine volle Wahrheit, daß unsere guten Werke uns zur Seligkeit schädlich sein können, dann nämlich, wenn sie uns eitel machen. Nur kann ganz ebenso auch unser Glaube uns zur Seligkeit schädlich sein, dann nämlich, wenn er uns träge macht. Jakobus denkt aber nicht an solche Werke, mit denen wir den Glauben durch Hoffart austreiben und zerstören; er will nicht, daß wir ungläubig werden, Gott verachten, Christus geringschätzen, als brauchten wir ihn nicht, uns selbst verherrlichen, als könnten wir uns selbst erlösen, und schließlich dabei in Verzagtheit und Jammer versinken und Gott schelten, als sei seine Gnade arm und schwach und zu unserer Rechtfertigung nicht bereit. Mit ganzem Glauben heißt er uns zum ewigen Gott und seinem gnädigen Willen aufschauen, bei dem Rechtfertigung zu finden ist auch für den Sünder, für jeden, der sich ihm ergibt. Man kann das Werk falsch, in ungläubigem Sinn lehren und betreiben; man kann auch falsch vom Glauben reden und den Glauben mit einem bösen Willen haben, und diese Gefahr ist der Kirche immer nahe. Damit wir nicht in sie fallen, dazu ist Jakobus uns gegeben.

Kapitel 3,1-12

Die aus den Worten entstehende Gefahr

Um das Werk zu vollbringen, das unseren Glauben lebendig macht, bedürfen wir der Lehre; denn die Lehre zeigt, wie wir den Willen Gottes tun. Deshalb kamen die jüdischen Gemeinden jeden Sabbat zusammen und pflegten die Lehre; ebenso vereinigten sich auch die christlichen Gemeinden dazu, um sich gemeinsam deutlich zu machen, wie sie richtig handeln und den Dienst Jesu nach seinem Willen üben. Weil die Lehre diesem hohen Ziel dient, ist auch hier eine Warnung nötig. 3,1: *Werdet nicht in großer Zahl Lehrer, meine Brüder, da ihr wißt, daß wir ein größeres Urteil erhalten werden.* Jakobus spricht gegen das selbstsüchtige Vergnügen und Behagen, mit dem wir das Wort verwalten. Es tut uns wohl, wenn andere sich unter unser Wort stellen und nach unserer Anleitung ihr Verhalten ordnen. Statt nach dieser selbstgefälligen Befriedigung zu haschen, sollen wir das Urteil bedenken, dem wir entgegengehen. Wer sich ans Lehren macht, übernimmt ein großes Werk. Das Wort kann tief dringen und wirksam in das Geschick der anderen eingreifen, es kann sich in ihren Herzen festsetzen und dort vieles anrichten. Ist es ein heilsames Wort gewesen, aus der Wahrheit Gottes geschöpft und von der Liebe beseelt, dann ist es gut. Aber wenn unser Wort aus unserem Unverstand entsprang oder unserem Zorn und Haß zur Waffe diente, dann wird die starke Wirkung unserer Rede für uns unheimlich und ernst. Wir werden auf diese Weise ein größeres Urteil erhalten; denn wir wagten Größeres, als wenn wir nicht nach der Leitung der anderen streben, sondern still und bescheiden unseren Christenlauf vollführen. Tun wir die Arbeit eines Lehrers in der Demut und Furcht vor Gott, seiner Wahrheit mit treuem Ernst untertan, so mag unser Reden und Lehren uns auch ein größeres Lob und Erbe bringen. Aber Jakobus heißt uns bedenken, daß kein Leben ohne Fall verläuft.

3,2: *Denn in vielem fallen wir alle. Wenn einer im Wort nicht fällt, der ist ein vollendeter Mann, imstande, auch den ganzen Leib zu zügeln.* Nicht, um uns einzuschüchtern, ist diese Erinnerung gegeben; wir sollen nicht feig verstummen, wenn es gilt, den Namen

Gottes und Jesu mit unserem Wort zu preisen und anderen ein Wort der Mahnung und Unterweisung zu sagen. Wir sollen nicht unter das scharfe Wort fallen, das Jesus gegen den Knecht geredet hat, der das Talent seines Herrn verscharrt. Aber vorsichtig machen will uns ein solches Wort und den Leichtsinn brechen, mit dem wir unser Reden als etwas Geringfügiges behandeln, das leichthin abgemacht werden kann; in Wirklichkeit fällt uns nichts so schwer, wie das richtige, fehllose Wort zu finden. Wer Herr über sein Wort ist, der ist völlig Herr über sich selbst. Den ganzen Leib, heißt es, leitet er; denn ihn zu regieren ist unser erstes und wichtigstes Geschäft, aus dem sich alles, was wir sonst in der Welt wirken, ableitet. Von unseren Gliedern geht der Trieb nach innen, wo er die Begehrung erzeugt, und die Wirkung nach außen, indem diese die Tat erzeugt. Darum ist es unser Beruf, unsere Glieder zu regieren, und Jakobus heißt nur den einen fertigen, vollkommenen Menschen, der nicht in seinen Leib versunken und von ihm gefangen ist, so daß ihn der Leib mit seinem Trieb und Stoß beherrscht, der vielmehr seinen Leib sich unterworfen hat, daß er ihm gehorchen und nach dem Trieb des Geistes seinen Dienst ausrichten muß. Dabei ist aber das Hauptstück, wie wir unser Wort regieren. Ist es gezügelt und beherrscht, dann haben wir sicher auch die anderen Triebe unseres Leibes dem Geist gehorsam gemacht.

3,3-5a: *Sieh! wir legen die Zügel in den Mund der Rosse, damit sie uns gehorchen, und lenken ihren ganzen Leib. Sieh! auch die Schiffe, die so groß sind und von starken Winden getrieben werden, werden durch ein ganz kleines Steuer gelenkt, wohin sie der Wille dessen, der das Schiff führt, lenken will. So ist auch die Zunge ein kleines Glied und rühmt sich großer Dinge.* Wie der Reiter durch den Zügel im Mund des Pferdes dessen ganzen Leib wendet, wie er will, so üben wir, wenn wir unseren Mund beherrschen, die Herrschaft über alles, was in uns ist, auch über unser Auge, daß es uns nicht verlocken kann, und über unsere Hand, daß sie nicht nach Verbotenem greift. Denn alles, was durch unsere Seele zieht, spiegelt sich im Wort. Unsere Zunge regt sich nach dem Trieb aller unserer Glieder und begleitet jede Regung und Bewegung unserer Natur. Was aus ihr an Empfindung und Begehrung hervorbricht, sei es gut oder böse, gießt sich aus ins Wort. Über unser Reden müssen wir die Herrschaft gewinnen; dann zieht dieser Zügel unser ganzes Leben und Handeln in den Gehorsam gegen Gott hinein. Deshalb gleicht die Zunge dem Steuer, das auch nur ein kleines Gerät am großen Leib des Schiffes ist und dieses doch leitet trotz des mächtigen Drucks, mit dem der Sturm es aus seiner Bahn hinauszudrängen sucht. Das Steuer, das unserem Leben die Richtung nach oben oder nach unten gibt, ist das Wort.

3,5b.6: *Sieh! welch kleines Feuer, was für einen Wald zündet es an! Auch die Zunge ist Feuer. Die Welt der Ungerechtigkeit, die Zunge, ist unter unsere Glieder gestellt; sie befleckt den ganzen Leib und zündet das angeborene Rad an und wird von der Hölle angezündet.* Nun überdenkt Jakobus die Menge von Bosheit und Zerrüttung, die von der Zunge her aus dem Wort entspringt, so daß sie einem Feuer gleicht, das von einem kleinen Brandherd aus einen ganzen Wald verheert. Suchen wir bei irgendeinem zerrütteten und verdorbenen Lebenslauf den Anfang und Grund des Elends – immer waren Worte dabei im Spiel und gaben den Anstoß. Sie waren die Funken, die den Brand in die Seele brachten und ihn wieder aus ihr hinaustrugen in die anderen hinein. Darum heißt Jakobus die Zunge die Welt der Ungerechtigkeit, den Ort, wo alles Unrecht wohnt und seine Heimat hat. Wo immer Menschen geschädigt, verletzt und zertreten werden, wo Gottes Ordnung und Recht zerbrochen wird, da hat die Zunge eine ihrer Taten verübt. Wenn sie dem Zügel nicht entränne, gäbe es kein Unrecht in der Welt. Nun hat sie aber mit ihrer feurigen Macht und mit der Fülle von Unrecht, das sie bei sich aufbewahrt, ihren Platz mitten unter unseren Gliedern als ein Teil unseres eigenen Wesens. Wo ist nun der, der sich rühmen könnte, der nicht reuig bekennen müßte, daß auch er sich durch das Wort verfehle? Die Zunge haftet ja an uns selbst, ficht uns nicht nur von außen her an, sondern ist unser Glied und Eigentum, sie, die auf alles, was wir sind und tun, die bösen, uns schändenden Flecken spritzt. Falls Jakobus vom „angeborenen" Rad sprach, dachte er vielleicht an den Kreislauf unseres Lebens, der nie stillsteht, sondern beständig vom Ruhen zum Wirken, vom Empfangen zum Geben, vom Schmerz zur Freude, von innen nach außen, vom Blick auf Gott zum Blick auf die Welt übergeht. Dieser Kreislauf bleibt aber nicht in seinem geordneten Gang, sondern dreht sich wie ein feuriges Rad in erhitzter Unruhe und sprüht seine Funken umher, bis die Glut ihn verzehrt und die Kraft zusammenbricht. Vielleicht hat aber Jakobus von dem „zur Natur gehörenden Rad" gesprochen und damit die Sonnenscheibe gemeint und an den Tag des Gerichts gedacht, an dem die Sonne mit versengender Glut das Unrecht bestrafen wird, das die Menschheit mit ihrer Zunge angerichtet hat. Wie dem sei: weil die Zunge die Brandstifterin ist, die alles in Verwirrung bringt, widerfährt ihr, was sie verdient. Weil sie die verheerende Glut um sich her verbreitet hat, muß sie jene quälende Glut erleiden, die im Gleichnis Jesu den in der Glut schmachtenden Reichen zwingt, Lazarus um einen Tropfen Wassers zu bitten (Luk. 16,24). „Mit euren die anderen verderbenden Worten", sagt Jakobus, „bringt ihr euch selbst um das Leben und macht euch zu Kindern der Hölle" (Matth. 23,15), wie uns auch Jesus warnt: „Deiner Worte wegen wirst du verdammt werden" (Matth. 12,37).[1]

3,7.8: *Denn jede Art von wilden Tieren und Vögeln und kriechenden und im Meer lebenden Tieren wird bezwungen und ist der menschlichen Art unterworfen. Aber die Zunge kann keiner der Menschen bezwingen, das nie haltmachende Übel, voll von tödlichem Gift.* Die Tiere macht der Mensch sich untertan, auch die wilden unter ihnen und die, die wie die Bewohner des Meeres durch ihren Wohnort vor ihm geschützt scheinen. Dennoch bezwingt der Mensch sie alle und macht sie alle sich untertan nach der Ordnung Gottes von der Schöpfung her. Aber der Herr über alle Dinge um sich her ist ein schwaches Wesen, wenn er seine eigene Zunge bewältigen sollte. Hier wird der kühne Held und Weltbezwinger zum ohnmächtigen Sklaven; es bleibt ihm nichts übrig, als sich reuig anzuklagen, wenn wieder ein böses und törichtes Wort von ihm unheilstiftend in die Welt hinausgedrungen ist und die Zunge sich wieder als ein böses Ding erwiesen hat, das weder Ruhe noch Halt finden kann. Jakobus erinnert an die zerfahrene, unstete Art unseres

[1] Schwerlich sagen diese Worte, daß die böse Glut, die wir in unserer Rede haben, von unten stamme und vom Reich des Teufels aus in unsere Seele komme. Lüge und Haß sind freilich die Eingebungen des Teufels, und wenn die Zunge sich mit ihnen füllt, ist sie von unten inspiriert (Joh. 8,44). Es verbindet sich aber mit dem Wort „Hölle" immer der Gedanke an das endgültige Gericht; darum hat im Neuen Testament der Verkläger nicht jetzt schon seinen Ort in der Hölle, sondern wird am Tag des letzten Gerichts in sie gebracht (Matth. 25,41).

Wortes. Es flackert hin und her; jetzt ist es fromm, dann unfromm, jetzt lieblich, dann giftig, jetzt freundlich, dann durchsäuert von Haß und Neid. Es will uns nicht gelingen, unser Wort einheitlich zu machen, so daß einzig der Geist der Wahrheit und Liebe in ihm herrscht. Geist und Fleisch bemächtigen sich seiner; was von oben und was von unten stammt, gießt sich darin aus; wir geben es Gott und dem Teufel zum Werkzeug hin. Darum ist es ein haltloses Übel, in dem ein häßlicher Zwiespalt zutage tritt.

3,9.10: *Mit ihr segnen wir den Herrn und Vater, und mit ihr fluchen wir den Menschen, die zur Ähnlichkeit mit Gott geschaffen sind* (1. Mose 1,27). *Aus demselben Mund kommen Segen und Fluch heraus.* Jakobus spricht zu frommen Leuten, die Gott preisen. Ihnen dient die Zunge als Mittel zum Gottesdienst; sie übt die Anbetung Gottes. Aber dicht daneben steht das Fluchwort, das, mit bösem Haß erfüllt, gegen die Menschen losfährt. Segen und Fluch wechseln ab! „Gepriesen ist Gott!" – das war bei manchem Anlaß eine Israel vertraute Sprache, und es war ihm oft ernst mit seinem Lobpreis Gottes. Dennoch war es mannigfach bereit, den Fluch zu sprechen über Heiden, Samariter, Zöllner und Christen, über alle, die ihm widersprachen. Die Häupter Israels, die frommen Lehrer und Priester, die Gott täglich lobten, sagten dennoch mit leichtem Herzen: „Verflucht ist das Volk, das nichts vom Gesetz versteht" (Joh. 7,49) und: „Verflucht ist, wer sich an den Gekreuzigten anschließt." Der segnende Lobpreis galt freilich Gott, der Fluch den Menschen. Aber der Mensch ist Gottes Bild. Würden wir Gott wahrhaftig heilighalten, so würden wir auch sein Bild an den Menschen um uns her ehren. Unser Fluch läßt die Ehre Gottes nicht unverletzt; denn er fährt wider den los, den Gott werthält und als sein Abbild gestaltet hat.

3,11.12: *Es ist nicht notwendig, meine Brüder, daß dies so geschehe. Läßt wohl die Quelle aus demselben Loch das süße und das bittere Wasser sprudeln? Kann wohl, meine Brüder, ein Feigenbaum Oliven oder ein Weinstock Feigen tragen? Das salzige Meer kann nicht süßes Wasser bringen.* Wir halten den Zwiespalt in unserem Wort leicht für unvermeidlich und meinen, wir kämen nicht allein mit dem Segnen durch; der Fluch müsse als die scharfe Waffe, mit der wir uns gegen die Menschen wehren, auch dabeisein.

So wollen wir einer Quelle gleichen, die süßes und bitteres Wasser gleichzeitig sprudeln läßt; jedes Gewächs hat aber seine bestimmte Frucht, die seiner Art entspricht, und jedes Gewässer seinen bestimmten Geschmack, sei er salzig oder süß? Jakobus wiederholt hier das Wort Jesu von der festen Einheit, die unser ganzes Wesen bestimmt und nicht zuläßt, daß Böses aus gutem Grund, Gutes aus bösem Grund erwächst (Matth. 7,16; 12,23). Er spricht auch hier gegen das geteilte Herz, das zugleich Gott lieben und die Menschen hassen, Gott dienen und die Menschen verderben möchte. Es wird uns keine solche Teilung unser selbst gelingen. Entweder ergeben wir uns redlich Gott, machen unsere Zunge zum Werkzeug des Segens und tilgen den bösen Brand, der in sie fährt, oder unsere Anbetung Gottes wird uns nichts helfen, und unserer Zunge wird widerfahren, was ihr Jakobus V. 6 androht. Er rückt uns auch hier wieder unseren herrlichen Beruf vor das Auge, ganze Menschen zu werden, deren Wort völlig ohne Wechsel und Widerspruch der göttlichen Gnade und Güte dient. Zum Segnen sind wir berufen, nur zum Segnen. In diesem Beruf liegt das reiche, ganze Evangelium Gottes.

Kapitel 3,13-18

Die verdorbene Weisheit

Vom Hören zum Glauben, zum Reden, zum Erkennen und Wissen, das ist der Weg, den der Brief des Jakobus in wohlgeordnetem Gang durchmißt. Überall streitet er gegen den Stolz und den übermütigen Leichtsinn, der unter frommem Schein und Namen Böses hegt und pflegt. Auch in die Weisheit, ohne die uns das Handeln nie gelingt, kann sich eine schlimme Zutat mischen, die sie gänzlich verdirbt. 3,13: *Wer ist unter euch weise und verständig? Er zeige durch sein löbliches Verhalten seine Werke in der Sanftmut der Weisheit.* Jakobus stellt die Weisheit und die Verständigkeit zusammen; jene gibt uns den Plan, der unserem Handeln sein Ziel gibt, und diese erfaßt mit klarem Urteil die Zustände und Verhältnisse, in die wir handelnd eingreifen. Darum sind uns beide unentbehrlich. Mögen wir an Gedanken reich sein und kühne Pläne in uns tragen – sie scheitern, wenn uns das verständige Urteil über das, was die Menschen um uns her bedürfen und zu leisten imstande sind, fehlt. Wiederum greift der Weltkundige und scharf Blickende fehl und bleibt unfruchtbar, wenn er nicht mit erleuchtetem Auge die Ziele erschaut, auf die er sein Handeln zu richten hat. Um unseren geistigen Besitz zu beurteilen, braucht Jakobus denselben Prüfstein, mit dem er den Glauben geprüft hat: ist er etwas Totes oder Lebendiges? „Zeige die Werke", sagt er dem, der sich für weise ausgibt; „nicht deine Worte laß mich hören, nicht deine tiefen, schimmernden Gedanken; deine Werke allein zeigen, ob du weise bist." Alle Begabung, die wir von Gott empfangen, gilt Jakobus als unsere Ausrüstung zur Tat. Wenn uns die höchsten Erkenntnisse gegeben wären und wir an Klarheit des Blicks alle überragten, aber in unserem Werk unfruchtbar blieben, so wären wir nur um so größere Toren, je weiser wir wären. Aus dem löblichen, richtigen Wandel sollen diese Werke hervorgehen; sie sollen nicht nur bei besonderer Gelegenheit als eine Ausnahme in unserem Leben auftreten, sondern das Ergebnis unseres Wandels sein und aus der Art hervorwachsen, wie wir uns stets unter den Menschen bewegen und mit ihnen umgehen. Noch eine andere Bedingung fügt Jakobus bei. Die Weisheit macht nicht hoffärtig, hart und herrisch, sondern gelassen, biegsam und still. Wenn unsere Werke nicht von der Sanftmut ihr Ziel und ihre Regel erhalten, dann dürfen wir sie nicht als weise rühmen. Was im Zorn und im Hochmut geschieht, das hat immer die Torheit getan.

3,14.15: *Wenn ihr aber in eurem Herzen bitteren Eifer und Parteisucht habt, so rühmt euch nicht gegen die Wahrheit und lügt nicht gegen sie* (1. Kor. 3,3). *Diese Weisheit kommt nicht von oben herab, sondern ist irdisch, seelisch, teuflisch* (Phil. 3,19; 1. Kor. 2,14; Judas 19; 1. Tim. 4,1). Nun hält uns Jakobus den Spiegel vor, wie es der Weisheit unter den Menschen geht. Ist irgendwem ein Stück Erkenntnis gegeben und sein Geist durch irgendeinen hellen Blick reich geworden, so erhebt sich alsbald die gegen die anderen gehässige Eifersucht und das eigennützige, parteisüchtige Treiben. Wir strekken und erhöhen uns selbst und erniedrigen die anderen, und das Gezänk um den Ruhmeskranz und die Arbeit für den eigenen Vorteil beginnt. Wenn ihr dergleichen im Herzen habt – vielleicht verbergt ihr es sorgfältig und wacht über eure Gebärden und Worte, daß es niemand merken soll, wie gern ihr alle anderen verdunkeltet und allein alle Bewunderung und Verehrung auf euch zöget –, so beginnt ihr, auch wenn ihr es nur im Herzen habt, mit eurem Ruhm weise zu sein, den Streit gegen die Wahrheit. Denn die Weisheit gestaltet das Herz und ordnet das inwendige Leben. Sie läßt darin keinen Raum für die verderblichen Regungen des bösen Eifers. Eine Weisheit, die sich gegen die Wahrheit auflehnt und sie mit Lügen bekämpfen und vertreiben will, ist nicht echt. Die Weisheit und die Wahrheit lassen sich nicht trennen. Wer Weisheit hat, wird wahrhaftig. Jakobus gibt zwar zu: „Ein scharfes Auge mögt ihr haben und mehr wahrnehmen, als andere sehen; ihr mögt ein weiteres Sehfeld umspannen, eure Gedanken höher steigen lassen und einen kräftigeren Geist als andere haben, der mehr umfaßt; aber diese Weisheit kommt nicht von oben herab, ist also keine gute und vollkommene Gabe“ (1,18). Es gibt Weisheit, die von oben kommt, die das Licht Gottes in unsere Seele strahlt, die ein gnadenvolles Geschenk der ewigen Wahrheit ist. Aber diese löscht die Eifersucht aus und bläht nicht auf, eben weil sie Gabe und Gnade von oben ist. Darum beugt sie und setzt die Seele in den stillen, seligen Dank, daß sie die Weisheit nicht als ihren Raub ergreift, sich selbst zur Verherrlichung. Darum erleuchtet die Weisheit, die von oben kommt, nicht nur, sondern sie heiligt und reinigt auch zugleich.

Wenn unsere Weisheit uns durch Hoffart vergiftet und zu Fall bringt, ist sie irdisch, seelisch, teuflisch, während die von oben herabkommende himmlisch, geistlich, göttlich ist. Irdisch ist sie, auf der Erde gewachsen und nur das Irdische umfassend. Ihre Pläne sind durch irdisch begrenzte Ziele bestimmt, während das Werk Gottes ihr verhüllt ist. Aber eine Weisheit, die uns Gott in den Schatten stellte, wäre ja der Gipfel der Narrheit. Sie ist seelisch, durch die Regsamkeit der Seele erworben, unser eigenes Gebilde, wie es durch die in unserer Seele liegenden Kräfte zustande kommt, geschieden vom Walten und Wirken des göttlichen Geistes, der allein uns zum Anteil an der Wahrheit Gottes leiten und Gedanken in uns erzeugen kann, die mit dem Willen Gottes zusammenstimmen. Oder wenn das, was in unserer Seele ist, nicht aus uns selber stammt, dann ist es teuflisch und kommt, ob wir es wissen oder nicht, aus einer finster gewordenen geistigen Region. Dann sind wir von bösen Mächten ergriffen und gebraucht. Es kreuzen sich in der Menschheit zwei verschiedene geistige Ströme; der eine entspringt oben, der andere unten. Beide geben inwendig Hellsichtigkeit, Energie, Steigerung unseres seelischen Lebens. Aber der eine heiligt, der andere zerrüttet.

3,16: *Denn wo Eifer und Parteisucht ist, da ist Haltlosigkeit und jede schlechte Tat.* Wo die Eifersucht und die unreine Gier lodern, aus der Weisheit Ehre und Vorteil zu ziehen, da fehlt die inwendige Festigkeit und Beständigkeit. Jakobus legt den Finger wieder auf dieselbe Stelle wie dort, wo er uns den Schaden der Glaubenslosigkeit und die Entartung unseres Worts vorhielt (1,6; 3,8). Er zeigt auch hier auf den zerfahrenen, widerspruchsvollen Gang dessen hin, der sich durch einen nur menschlichen Eifer regieren läßt. Seine Weisheit ist kein ruhig und beständig scheinendes Licht. Er schwankt, weil er den flüchtigen und widersprechenden Interessen des Augenblicks nachjagt. Mit dem Eifer, der für die eigene Ehre streitet, wird uns aber alles Schlechte möglich. Wir haben uns der Zucht und Leitung entzogen, die uns beschirmen würde, und die Waffe weggeworfen, mit der wir uns wehren könnten. Wir haben unser Auge krank gemacht; darum gibt es für uns keine Schranke mehr, die uns vom Bösen trennt.

3,17: *Die Weisheit dagegen, die von oben kommt, ist zuerst keusch, sodann friedlich, nachgiebig, leicht zu überzeugen, voll von Erbarmen und guten Früchten, frei von Zweifel, frei von Heuchelei.* Das erste Merkmal der Weisheit von oben ist die reine, unverletzliche Weihe, die sie selber hat und jedem gibt, in dem sie wohnt. Sie erregt nicht glühende Phantasien und wilde Triebe, stellt vielmehr in unserem inwendigen Leben Ordnung her. Einem unkeuschen Mann gibt Jakobus nicht zu, daß ihm seine Überzeugungen und Pläne durch die Gabe und Wirkung Gottes geschenkt seien. Denn an dem, was von oben kommt, haftet stets die Gewißheit, die uns seinen Mißbrauch verbietet und uns sorgsam damit umgehen heißt, in der Furcht, daß wir die göttliche Gabe verlieren, wenn wir sie entweihen. Das Göttliche sieht stets so aus, daß man es nicht mit unsauberen Händen anrühren darf.

Sodann stellt diejenige Weisheit, die von Gott stammt, in allen Verhältnissen Frieden her, weil Gottes Gaben keinen Streit entzünden. Sie ist weiter nachgiebig und anspruchslos, weil sie nicht nach Herrschaft und Macht begehrt. Sie ist offen für den Rat der anderen, während eine selbstische Weisheit eigensinnig ist; denn sie hat den Dünkel, bei sich allein weise zu sein. Die göttliche Weisheit ist ferner barmherzig, während uns die niedere Weisheit hart und zu strengen Zuchtmeistern gegen die macht, die uns unmündig scheinen. Aus dem Erbarmen erwachsen auch die guten Früchte, die für die anderen wohltätigen und heilsamen Erträge, im Gegensatz zu dem nutz- und fruchtlosen Gedankenspiel und Wortgeklingel, in dem die falsche Weisheit sich ergeht. Mit dem Bisherigen zeigt uns Jakobus, wie die Weisheit von oben sich im Verkehr mit den Menschen bewährt. Die beiden letzten Worte deuten noch auf die Ordnung und den Frieden hin, den sie in unserer eigenen Seele schafft. Sie bringt nicht Zweifel hervor. Fehlt unserer Erkenntnis der lebendige Hauch des Geistes, so mag es leicht geschehen, daß viele Gedanken viele Zweifel schaffen und daß mit der Mehrung des Wissens die Gewißheit verlorengeht. Ein weiter Raum, in dem uns vieles sichtbar wird, liegt offen vor unserem Blick; dieses viele aber zieht den Geist hin und her, und er verliert die Einfalt und innere Geschlossenheit, so daß er die ihm dargebotene Wahrheit nicht mehr fest ergreifen und bewahren kann. Solcher Schaden stammt nicht aus der Weisheit Gottes; sie raubt der Seele die Kraft des Glaubens nicht, stellt sie vielmehr völlig unter Gottes Regierung, so daß sie in Glauben und Gehorsam ihm ungeteilt ergeben ist. Endlich ist diese Weisheit ohne Heuchelei, während unsere eigene Weisheit uns leicht zu Schauspielern werden läßt, die mit großer Kunst einen falschen Schein um sich verbreiten. Die Erkenntnis, die aus Gott stammt, braucht keine Hüllen; sie stellt sich offen im Licht dar.

3,18*: Die Frucht der Gerechtigkeit wird aber im Frieden gesät für die, die Frieden schaffen* (Matth. 5,9). Weil die Weisheit uns zum Wirken fähig macht, muß sie sich daran erproben, daß uns als ihre Frucht die Gerechtigkeit erwächst; denn nur dasjenige Werk besteht vor Gott, das Gerechtigkeit schafft. Darum sind die Weisheit und die Gerechtigkeit beisammen. Wer in der Weisheit lebt und wandelt, der vollbringt, wie es 1,19 heißt, Gerechtigkeit Gottes, und er schafft in der Verwaltung des Lehramts auch in anderen als Frucht Gerechtigkeit. Diese wird aber im Frieden gesät, nicht in Leidenschaft und Streit. Jakobus sieht auf die Gemeinden, die sich in der Judenschaft und in der Christenheit um die heilige Wahrheit zusammentaten. Es ist aber für uns Menschen schwer, eine Gemeinde zu bilden und miteinander zu leben ohne Streit und Zank. So waren die jüdischen Gemeinden durch allerlei Parteiung unter sich entzweit, und vor allem lebten sie in Hader und Streit mit den Christen; wiederum gab es in der Christenheit von Anfang an manche Schwierigkeiten, die die Gemüter aufregten und Reibungen, oft auch harten Streit erzeugten. Da sagt Jakobus allen und zumal denen, die als die Weisen gelten und es nicht nur scheinen, sondern es auch sind: Wer Frieden zu schaffen weiß, hat als köstliche Frucht für sich und andere Gerechtigkeit erlangt. „Ist es euch darum zu tun, daß euer Werk mit Gottes Recht und Willen im Einklang ist und vor Gott euch zur Gerechtigkeit gerechnet wird, dann seid auf den Frieden bedacht." Im Streiten läßt sich der Same der Gerechtigkeit nicht ausstreuen; sie gedeiht nur im Frieden. Denn der Zorn des Mannes vollbringt nicht die Gerechtigkeit Gottes (1,20), und wo die Eifersucht brennt, ist jedes schlimme Tun möglich (V. 16).

Kapitel 4,1-10

Gegen das Hadern mit Gott und mit Menschen

4,1: *Woher sind Kriege und woher Kämpfe bei euch? Kommen sie nicht daraus: aus euren Lüsten, die in euren Gliedern Krieg führen* (1. Petr. 2,11)? Eben noch sprach Jakobus vom Frieden, wie unter seinem Schutz die Gerechtigkeit gefunden wird. Israel aber war keine friedliche Schar. Woher kommen diese Kriege und Kämpfe? Jakobus anwortet: „Ihr wollt euch ergötzen und macht daraus eure Beschäftigung, euch Vergnügen und Lust zu bereiten; ihr braucht viel Vergnügen, sonst wird es euch weh ums Herz." Sollte das, mögen wir fragen, sündlich sein? Die bösen Folgen sind aber handgreiflich: „das bringt euch gegeneinander in Kampf und Krieg und hat zur Folge, daß ihr alle miteinander verfeindet seid." Es braucht wenig Einblick ins Leben, um die Wahrheit dieses Wortes zu erkennen. Bei unserer Jagd nach Lust und Ergötzung stoßen wir zusammen; dann verwandelt sich das Verlangen nach der Lust in den

Eifer und Zorn gegen die, die sie uns zu rauben oder doch zu schmälern scheinen. Jakobus lenkt aber unseren Blick sofort nach innen. „Krieg ist unter euch, weil er in euch ist. Ihr verliert“, sagt er, „in euch selbst den Frieden; denn eure Lüste, die in euren Gliedern hausen, sind eine streitbare Schar und beginnen von dort aus einen Krieg. Sie setzen sich in euch fest und nehmen eure Glieder in Beschlag, so daß euch von eurem Leib her das Verlangen und der Hunger nach Lust und Ergötzung zieht und plagt und nicht zur Ruhe kommen läßt, vielmehr euch beständig hetzt und stört und in eurem wahren Wohl schädigt.“

Nun stellt Jakobus die unselige Verwirrung dar, die die Judenschaft gequält hat. 4,2.3: *Ihr begehrt und habt nicht, mordet und eifert und könnt es nicht bekommen, kämpft und führt Krieg. Ihr habt nicht, weil ihr nicht bittet. Ihr bittet und empfangt nicht, weil ihr verwerflich bittet, um es in euren Lüsten aufzubrauchen.* Die jüdischen Gemeinden waren tief zerrüttet. Jeder war voll von hungernder Begehrung; er darbte aber und konnte seine Begierde nicht befriedigen; so wurde sie für ihn zum Stachel und zur Qual. Nun stellten sich die dunklen Gedanken ein, die aus dem Haß entspringen. Die, die den Weg zur Macht und zum Glück versperrten, sollten weg, und dazu wurde auch der Mord nicht gescheut. Die Fanatiker griffen rasch zum Dolch, der den angeblichen Lästerer traf, und die Besitzlosen bedrohten die Besitzenden. Aber die neidischen Pläne und eifersüchtigen Ränke erwiesen sich wie immer als trügende Mittel, die das erwünschte Ziel nicht erreichten. So gab es nur Streit und Krieg. Jeder maß dem anderen die Schuld am allgemeinen Elend zu, und wer glücklicher zu sein schien, galt den anderen als ihr Widersacher. Bei all diesem heftigen Tumult und dieser mühevollen Anstrengung war das Ende doch: alle standen mit leeren Händen als arme Menschen da. Und doch waren ihnen Gottes gute Gaben nahe, und jeder konnte sie erhalten, der sie von ihm erbat. Nicht Morden und Streiten, sondern Bitten öffnet die Türe zum Glück, nach dem sie verlangten; denn es ist Gottes Gabe. Er gibt Freude und Seligkeit ins Herz; sie aber suchten sie, wo sie nie zu finden sind; sie stürzten sich aufeinander, um einander zu berauben und zu beerben, und doch war Gott, der alle gern mit seinem Segen fröhlich macht, ihnen nahe; aber sie vergaßen ihn und baten ihn nicht, sie, das beständig und eifrig betende Volk. Deshalb fährt Jakobus fort: „Ihr bittet freilich, aber ohne Erhörung, ohne daß ihr die guten Gaben Gottes bekommt, weil euer Bitten verwerflich ist; denn ihr wollt die Gaben Gottes nur dazu verwenden, eure Lust zu befriedigen." Einem Bitten, bei dem wir nur an uns selbst denken, das Erbetene nur für uns selbst verwenden und uns damit gute Tage verschaffen wollen, ist die Verheißung nicht gegeben; denn Gott läßt sich nicht zum Diener unserer eigensüchtigen Begierden machen.

4,4: *Ihr Ehebrecherinnen, wißt ihr nicht, daß die Freundschaft mit der Welt Feindschaft gegen Gott ist* (1. Joh. 2,15)? *Wer darum ein Freund der Welt sein will, stellt sich als Feind Gottes hin.* Solche Beter, die durch ihr Gebet zur Befriedigung ihrer Lust gelangen wollen, heißt Jakobus Ehebrecherinnen. Er redet nicht von Frauen, die in böser Gier die Scham töten und die Treue brechen, sondern die Männer heißt er so, die mit ihren geteilten Herzen solchen Frauen gleichen und wie sie eine doppelte Liebe und Freundschaft suchen, die Freundschaft Gottes und der Welt zugleich. Der Spruch scheint mit einem raschen Sprung auf einen neuen Weg zu treten. Jetzt ist nicht mehr von Mord und Krieg die Rede, die aus der bösen Begehrlichkeit entstehen; jetzt hält Jakobus der Judenschaft ihr Bestreben vor, sich mit den anderen Völkern zu befreunden und sich bei ihnen Ansehen und Gunst zu verschaffen, obwohl sie damit die Freundschaft Gottes preisgibt und zum Widersacher Gottes wird. Es liegt aber nur scheinbar eine Lücke in der Rede vor. Jenes wilde Streiten und dieses Werben um die Gunst der Menschen sind zwei Zweige an demselben Stamm; auf beiden Wegen macht der Mensch seine kranke Lust zur Führerin, der er folgt. Weil er sich vergnügen will, drängt er sich an die „Welt" heran und wirbt um ihren Beifall; denn er will auch an Reichtum, Ruhm und Größe teilhaben, an allem, was die „Welt" schätzt. Daß der Ruf Gottes ihn in die für Gott geheiligte Gemeinde hineinversetzt hat, das genügt ihm nicht. Er begehrt nach einem besseren Glück und will sein Herz mit dem nähren, was der Mensch, der Gott nicht kennt, ein Glück heißt. Weil ihm aber dies nie gelingt, zerbricht er die Gemeinschaft, treibt den Frieden weg und stürzt sich in den Kampf, der jeden mit jedem entzweit. Mit erleuchtetem Blick zeigt Jakobus hier, wodurch

Jerusalem sich den Sturz bereitet hat. Im Innern von blutigem Hader zerrissen und gleichzeitig nach außen hin eifrig bemüht, sich den anderen Völkern gleichzustellen und unter ihnen eine gewichtige Rolle zu spielen, versank die Heilige Stadt.

Jakobus heißt Israel bedenken, was es mit seinem geteilten Herzen gewinnt. So sagt es Gott die Freundschaft auf und tritt ihm dreist und trotzig als sein Widersacher entgegen. Jakobus hat bei Abraham an den herrlichen Namen erinnert, daß er Gottes Freund genannt war. Denselben Namen bietet Gott auch seinen Kindern als ihr Gut und ihre Ehre an. Er hält ihnen seine Liebe offen und hat es ihnen erlaubt, mit Vertrauen zu ihm emporzusehen und alles Gute von ihm zu erwarten. Das heißt ihn zum Freunde haben. Aber das bindet auch unsere Liebe an ihn und macht es uns zur Pflicht, ihn zu ehren, seinen Willen heiligzuhalten, ihm zu Dienst zu sein, ihm zu leben. Wie Jesus Israel sagte, daß es nicht zwei Herren dienen kann und nur dann im Dienst Gottes steht, wenn es ihm ganz untergeben ist, so sagt ihm Jakobus, daß es nicht nach zwei Seiten hin Freundschaft pflegen kann, sondern nur dann mit Gott Freundschaft hält, wenn er allein sein Freund bleibt. Die Freundschaft mit den Menschen bindet uns an ihre blinde und böse Art. Wenn wir sie gleichwohl neben Gott ehren, unsere Hoffnung auf sie setzen und unseren Trost bei ihnen suchen, so führt uns das unvermeidlich, einerlei, ob es uns gelingt, ihre Freundschaft zu erlangen, oder ob wir von ihnen mißhandelt und zurückgestoßen werden, in den Streit und Hader mit Gott. Treten wir aber Gott als seine Widersacher in den Weg, so werden wir ihn gegen uns haben, wie wir gegen ihn sind, und werden es spüren, daß er unserem bösen Trachten kräftig widersteht.

4,5.6: *Oder meint ihr, daß die Schrift umsonst sage: Mit Neid verlangt er nach dem Geist, dem er in uns Wohnung machte; er gibt aber noch größere Gnade? Deshalb sagt er: Gott widersteht Stolzen, gibt aber Geringen Gnade* (Spr. 3,34; 1. Petr. 5,5). Jakobus sagt noch mit dem Wort eines anderen Mannes,[1] welche völlige Hingebung Gott von uns verlangt und wie reichlich er sie lohnt. Gott

[1] Mit Sicherheit läßt sich der Sinn dieses Satzes nicht angeben. Es scheint, daß Jakobus hier einen Spruch aus einem anderen Buche anführt. Ein Bibelspruch ist er nicht, sondern er wird aus einer anderen Schrift stammen, die damals in Israel gern gelesen und als heilige Wahrheiten enthaltend geehrt worden ist, wir wissen aber nicht, aus welcher.

will, daß der Geist, den er uns gegeben hat, sein Eigentum bleibt, und läßt nicht zu, daß wir ihn anderswohin wenden und an andere Dinge verknechten. Das ist eine Art heiliger Mißgunst, die es keinem anderen gönnt, daß er über unseren Geist Herr sei, unsere Liebe an sich kette und unser Leben sich unterwerfe. Wir sollen einzig ihm gehören; er teilt sich nicht mit anderen in die Herrschaft über das Menschenherz. Sein Recht hiezu beruht darauf, daß unser Geist und Leben gänzlich seine Gaben sind. Er verlangt nur nach dem, was sein eigen ist, weil er es uns gegeben hat. Dieser feste Griff, mit dem Gott uns völlig an sich zieht und uns nicht die Freiheit läßt, von ihm zu weichen, ist Gnade. Denn er gibt ungleich Größeres als das, was er uns versagt. Nicht um uns zu verkürzen, sondern um uns den Reichtum seiner Gaben zu verleihen, zieht er uns so ganz an sich. Das sagt aber jener Spruch nicht ohne Grund und Wahrheit. Er spricht den Sinn und die Regel Gottes aus; darum darf man mit der Freundschaft Gottes nicht spielen.

Deswegen lautet die Regel Gottes so: den Hoffärtigen Widerstand, den Gebeugten Gnade. Gegen Hoffart tritt Gott als der Hohe auf in seiner Majestät und richterlichen Gewalt, die es dem Menschen zeigen kann, daß er nicht größer wird als Gott, wie er sich auch in seiner Hoffart aufrecken und strecken mag. Aber den Geringen und Gebeugten, der nichts hat, als was Gott ihm gibt, und der nichts ist, als was Gott aus ihm macht, hebt er empor in seine Gnade und empor in seine Herrlichkeit. Das ist der Weg, den Israel zu gehen hatte, und wir auch. Israels Unglück war, daß Gott nicht seine einzige Liebe war, in der es still sein reiches Genügen hatte, sondern daß es zugleich lüstern nach der Welt haschte, mit den anderen in den Wettbewerb trat und auch groß und reich wie sie werden wollte. Die Weise, wie ihm geholfen werden kann, ist, daß es sich vor Gott beugt.

4,7-10: *Darum unterwerft euch Gott. Widersteht dagegen dem Verkläger, und er wird von euch fliehen* (1. Petr. 5,8.9). *Nahet euch zu Gott, und er wird sich zu euch nahen. Macht die Hände rein, ihr Sünder, und die Herzen keusch, ihr, die ihr zwei Seelen habt; tragt Leid und trauert und weint. Euer Lachen verwandle sich in Trauer und eure Freude in Bestürzung. Demütigt euch vor dem Herrn, und er wird euch erhöhen* (1. Petr. 5,6; Luk. 14,11; 18,14; Matth. 23,12).

Wir haben jeden Versuch, uns über Gott und gegen Gott zu erheben, aufzugeben, ihn ernsthaft als unseren Herrn zu ehren und unseren Willen mit ganzem Gehorsam dem seinigen zu unterwerfen. Nun ist der Mensch freilich weich, biegsam und willfährig, aber an der falschen Stelle: nachgiebig gegen den Satan, hartnäckig und widerspenstig gegen Gott. Jakobus sagt: Gott sollt ihr unterwürfig sein, dem Satan aber widerstehen. Hier hat die unbeugsame, aller Lockung verschlossene Festigkeit ihren Platz. Dazu fügt er die große Verheißung, daß der Widerstand gegen den Satan nicht vergeblich ist. Wir sind gegen die Mächte, die von unten stammen, geschützt, sowie wir uns von ihnen abwenden. Unter die satanische Herrschaft fällt nur, wer darunter fallen will. Nur dürfen wir nicht vergessen, daß wir dem Satan nur dadurch Widerstand leisten können, daß wir uns Gott unterwerfen. Wir können unseren Willen nur dadurch dem Satan entziehen, daß wir ihn Gott hingeben, unser Herz nur dadurch vor dem Satan schützen, daß es Gottes Eigentum wird. Wer sich gegen Gott weich und biegsam macht, macht sich gegen den Satan fest und hart.

Sich Gott unterwerfen heißt, zu Gott nahen. Wer gegen ihn in der Auflehnung verharrt, sagt sich von ihm los und reißt eine tiefe Kluft zwischen sich und Gott auf. Dann bleiben freilich die guten Gaben Gottes aus, das Gebet führt nicht zum Empfangen, und der gute Geist Gottes verschließt dem bösen Geist den Zugang zu unseren Herzen nicht. Warum? Doch nur darum, weil wir uns von Gott entfernt halten. Treten wir zu ihm heran, so macht er sich für uns zum gegenwärtigen Gott. Damit ist uns wieder das ganze Evangelium vorgelegt. Das ist die Zusage der vollkommenen Gnade mit ihrer Vergebung und Offenheit für alle, wie Jesus sie im Gleichnis vom verlorenen Sohn uns versprochen hat. Nähern wir uns Gott, so läßt er sich finden. Er trägt es uns nicht nach, daß wir in die Ferne traten, und nötigt uns nicht, in der Ferne zu bleiben, nachdem wir von ihm gewichen sind. Die Ferne verschwindet, sowie wir uns nähern. Das ist die Gnade; sie zu verkündigen hat Jakobus bei Jesus gelernt.

Wie nähert man sich Gott? Durch die Buße, in der wir uns von dem trennen, was an uns verwerflich ist. Alle trüglichen Mittel, die uns zu Gott bringen sollen, wirft Jakobus weg. Wie wurde ein Mensch ferne von Gott? Er sehe seine Hand an, die zum Werkzeug für Unrecht und Bosheit gemacht wurde. Er beschaue sich in seinem Inneren, wie es in zwei Hälften zerteilt ist, wie neben der Erkenntnis Gottes der Hader gegen ihn steht und neben dem Segnen das Fluchen und neben dem göttlichen Gebot die lüsternen Begehrungen. Die Flecken an der Hand und der Krieg in der Seele scheiden von Gott. Damit wissen wir auch, wie man ihm nahe kommt. Das Unrecht mit seinen häßlichen Flecken muß weg von der Hand und die argen Gedanken hinaus aus dem Herzen. So wird ein Mensch Gott nahe bei sich finden; ein anderes Mittel, Gott herbeizulocken, gibt es nicht. Dazu hat uns die Gnade Gottes den Schmerz der Reue gegeben, und ihr Schmerz hat lösende Kraft. Er trennt von dem Unrecht, das die Hände befleckt, und dem Zwiespalt, der die Herzen zerreißt. Darum sollen wir dieses Leid nicht fürchten; denn es ist uns heilsamer als die Lust, die in unseren Gliedern streitet und den Krieg in der Welt und in uns selbst erregt. Sind wir aber dem Zauber des Lustbegehrens entronnen, haben wir den Schmerz über die Zerrüttung unserer Seele in uns empfangen und sind ihm nicht feig und lügnerisch ausgewichen, haben wir ihn vielmehr Wurzel schlagen und sein reinigendes Geschäft vollbringen lassen, dann sind wir vor Gott demütig geworden. Der stolze Sinn ist gewichen, die Ansprüche sind verstummt, und die Meinung, alles auch ohne Gott zu können, ist zerronnen. Es ist ein armes und geringes Wesen aus uns geworden, das auf Gott geworfen ist und aus seiner Gnade lebt. Jetzt wird er uns erhöhen. Den vor ihm gering und arm Gewordenen deckt er mit seiner Gnade, die Leben und Herrlichkeit in sich schließt. Jakobus legt uns hier die Worte aus, mit denen Jesus Israel zur Umkehr berief: Selig sind die Armen im Geist, die Leidtragenden, Sanftmütigen, nach der Gerechtigkeit Hungernden und Dürstenden (Matth. 5,3-6); seliger der Zöllner, den ein böses Leben zu Boden drückt, als der aufgeblähte Gerechte, der sich an sich selber freut (Luk. 18,13.14). Denn wer gering und leer sich Gott ergeben muß und auf Gott und seine Gabe gewiesen ist, an dem wird die Gnade Gottes groß.

Kapitel 4,11–5,6

Gegen jeden Übermut

4,11: *Redet nicht gegeneinander, Brüder. Wer gegen einen Bruder redet oder seinen Bruder richtet* (Matth. 7,3; Röm. 2,1; 14,4), *redet gegen das Gesetz und richtet das Gesetz. Wenn du aber das Gesetz richtest, so bist du nicht ein Täter des Gesetzes, sondern ein Richter.* Die Buße in ihrer ganzen Majestät haben uns die vorangehenden Worte beschrieben, den vor Gott weinenden Menschen, der vor Gott zerbrochen ist und sich ihm unterwirft. Eines der wirksamsten Hindernisse der Buße ist aber das böse Gerede, mit dem einer den anderen erniedrigt und ihm seine Sünden vorhält. Dadurch verhindern wir die Buße bei den anderen wie bei uns selbst: bei den anderen, weil sie sich scheuen, in unser Gericht zu fallen, und die schmerzenden Wunden, die unser Wort ihnen schlägt, fürchten, und bei uns selbst, weil wir uns durch die Verdammung der anderen selbst erhöhen und mit unserem Unwillen über ihre Sünde uns selbst zu rechtfertigen suchen, als wären wir selbst dadurch ins Recht gesetzt, daß andere nicht besser sind als wir. Darum warnt uns Jakobus davor, über andere als die Richter zu reden, und zeigt uns das Sündliche solcher Worte von einer neuen Seite. Wir wollen die anderen schlagen und ihre Sünde brandmarken und bedenken nicht, wie weit unser Wort reicht. Es trifft das Gesetz. Denn das Gesetz mißt dem Menschen das zu, was ihm obliegt und gebührt. Handelt er recht, so hat ihm das Gesetz den Weg gezeigt und seine Pflicht bestimmt. Wenn uns das nicht gefällt, wenn wir den anderen schelten und verlästern, so trifft unsere Rede das Gesetz, dem er dient und das ihn tun heißt, was wir schelten. Sündigt er und gibt er damit Grund zur Klage und Beschwerde, dann ist es wieder das Gesetz, das ihm zumessen wird, was ihm gebührt. Damit ist aber unser gehässiger Sinn nicht zufrieden; wir glauben nicht, daß das Gesetz mit heiliger Macht der Sünde widersteht, und machen darum uns selbst daran, den Fehlenden zu erniedrigen und zu kränken. So schelten wir wieder das Gesetz, als sei es ohnmächtig und lässig und tue nicht, was seines Amtes ist, als müßten wir ihm helfen, die Bosheit zu verdammen und den Schuldigen zu treffen, als wäre es ohne unsere bösen Zungen mit seiner Herrschaft schlimm bestellt. Wir sollen aber das Gesetz nicht richten, sondern tun; uns dünkt es jedoch angenehmer, unser eigenes Urteil hoffärtig an die Stelle des Gesetzes zu bringen, als ein Täter des Gesetzes zu sein.

Jakobus hat eine starke Überzeugung von der Macht des göttlichen Gesetzes, von seiner Unverletzlichkeit, Gültigkeit und siegreichen Wirksamkeit nach der Weise aller Worte Gottes: er spricht und es geschieht. Das macht ihn still. Ihm gilt das Gesetz als von Gott gesetzt; darum setzt es sich mit unaufhaltsamer Kraft durch. Aber wir in unserem Übermut tun, als ob es keine heilige Gottesordnung gebe, die zwischen dem scheidet, was gut und was böse ist, der jeder Mensch unterstellt ist und der keiner sich entziehen kann. Dieses kräftige und wirksame Gottesgesetz regiert ohne die Hilfe unserer bösen Zungen; es macht das Gute offenbar und bindet das Böse. Aber wir glauben nicht an seine Heiligkeit, und zwar gerade dann nicht, wenn wir uns scheinbar für das Gesetz ereifern und die Fehlenden schelten. Dadurch versündigen wir uns an Gott, der das Gesetz gegeben und ihm seine Macht verliehen hat.

4,12: *Einer ist Gesetzgeber und Richter, der retten und verderben kann. Wer bist aber du, der du den Nächsten richtest?* Mit unserem unbedachten Reden stellen wir uns selbst als die Gesetzgeber und Richter hin und setzen uns damit an die Stelle Gottes. Diese Hoffart demütigt Jakobus. Er läßt Gott sein Amt, zu bemessen, was jeder seiner Knechte soll und darf und wie er seine Widersacher beugen wird. Gott kann retten; das vergißt, wer mit hartem Sinn die anderen aufgibt, als gebe es keine Aufrichtung für sie. Gott hat die Macht zu verderben; das bedenkt der nicht, der die Fallenden mit seinen Quälereien plagt und erniedrigt. Gottes Hand wird treffen, was sich nicht erretten läßt, und die Schläge seines Zorns sind schwer. Wer das bedenkt, wird, wenn er die anderen sündigen und fallen sieht, still. Und wie wir Gott bei unserem Richten aus dem Auge verlieren, so vergessen wir auch uns selbst und unsere eigene Art; wer sind denn wir, die wir über andere Menschen das Urteil fällen?

4,13-16: *Wohlan, die ihr sagt: Heute oder morgen werden wir in diese Stadt ziehen und da ein Jahr verweilen und handeln und Gewinn machen; die ihr nicht wißt, was der morgende Tag enthält, wie es dann mit eurem Leben steht. Denn ihr seid ein Dampf, der für eine kurze Zeit sichtbar wird und darauf verschwindet; statt daß ihr sagt: Wenn der Herr will, werden wir leben und dies oder jenes tun. Nun rühmt ihr euch aber damit, daß ihr großtut. Jeder solche Ruhm ist böse.* Hier kennzeichnet Jakobus den Menschen, der seine Pläne für Jahre macht und über seine Zeit und Kraft verfügen will, als wäre er ihr Herr, und völlig vergißt, wie gebrechlich und zerstörbar das menschliche Wesen ist und wie rasch und völlig er verschwindet. Diese Wahrheit ernst nehmen wehrt dem hoffärtigen Übermut. Die Bibel erinnert uns freilich nicht nur an die Nichtigkeit unseres Lebens. Mit dieser Erkenntnis wären wir noch nicht beraten; sie könnte uns träg und stumpf machen und in eine willen- und tatlose Ergebung versetzen, die alles kommen läßt, wie es eben kommt. Wir sind zum Handeln, zur umsichtigen Tatkraft verpflichtet; wir haben Pläne zu entwerfen und mit Rüstigkeit für die Zukunft zu sorgen. Deshalb lautet die Anweisung des Jakobus so: Macht eure Pläne; faßt eure Entschlüsse; handelt in regsamer Ausnützung eurer Zeit; aber vergeßt nicht, daß ihr unter dem Willen Gottes steht; ihr habt das Leben, weil er es euch gibt, und habt Raum und Kraft für eure Unternehmungen, weil er sie euch gewährt. Diese Einsicht tötet die Tatkraft nicht; im Gegenteil, sie begründet und stärkt sie. Nur der Übermut hat ein Ende, bei dem wir mit unseren Unternehmungen prahlen und uns wegen unserer Kraft und Tüchtigkeit groß dünken. Ein solcher Ruhm ist nicht wahr und darum böse; denn wir vergessen dabei wieder einmal Gott.

4,17: Darum hat der, der weiß, Gutes zu tun, und es nicht tut, Sünde. Diese tätigen Männer, die auf Jahre hinaus ihre Pläne fertig haben und wissen, wo und wie sie den Gewinn erhaschen werden, sind im nächsten Augenblick träg, schlaff, unwillig, irgend etwas zu tun, stumpfsinnig und unbeweglich, dann nämlich, wenn es gilt, Gutes zu tun. Da ist ihre Tatkraft plötzlich verraucht, und dieser schlaffe Unwille macht sie vor Gott schuldig. Weshalb leitet Jakobus dieses Urteil aus der vorangehenden Beschreibung des reisenden Kaufmanns ab? Was ist das für ein „Darum", mit dem er den neuen Vers beginnt? „Darum, weil du tausenderlei mit Eifer tust und in deiner energischen Arbeitsamkeit hoch einherfährst und damit prahlst und prunkst, wo es deinen Vorteil gilt, darum liegt es als Sünde auf dir, wenn du Gutes siehst, das im Bereich deines Vermögens liegt und recht gut von dir getan werden könnte, und es doch nicht tust". Gerade unsere Emsigkeit im Dienst des eigenen Vorteils macht uns die Trägheit in allem Guten zur Sünde, bei der uns Gott behaften und die er uns als Schuld anrechnen wird.

Hier tritt erst der letzte Grund zutage, warum Jakobus dem gewinnsüchtigen Übermut die Nichtigkeit der natürlichen Existenz entgegenhält. Das Zuviel von Arbeitsamkeit und Tatkraft hat ein Zuwenig neben sich. Derselbe Mann, der mit Vergnügen für ein Jahr nach dieser oder jener Stadt reist, um dort Gewinne zu machen, versündigt sich dadurch, daß er sich mutlos und kraftlos vom Guten abwendet, das ihm vor den Händen liegt, wenn er sie nur regen wollte. Es sind uns damit zwei gänzlich verschiedene Lebenshaltungen vergegenwärtigt. Die eine zielt auf das Gute, zu dem wir dadurch ausgerüstet werden, daß uns Gott den Blick dafür schenkt und uns zeigt, wie es zu verwirklichen ist. Ist uns ein solcher Blick geschenkt, der wahrnimmt, wie das für die anderen Wohltätige und Heilsame hergestellt werden kann, so liegt darin die Berufung zum entschlossenen Fleiß und zur rüstigen Tat. Damit ist uns der Weg gewiesen, auf dem unsere Kraft für die anderen und für uns selbst fruchtbar wird. Den anderen Weg führt uns das selbstsüchtige Begehren. Da bewegen sich unsere Pläne und unsere Arbeit nur um den eigenen Vorteil und Gewinn. Das bringt zuerst eine rege Anspannung unserer Kräfte und eine emsige Ausnützung unserer Zeit hervor. Aber so stellen wir unseren ganzen Lebensbau in die Luft. Wir haben dann uns selbst gedient und sind nicht mehr als ein flüchtiger Hauch und haben die Hand, die uns hält, vergessen und, was Gott uns tun heißt, nicht getan. Darum endet solch eine Regsamkeit und Tatkraft beim Nichts.

Wir werden uns nun nicht verwundern, daß Jakobus uns auch über den Reichtum noch etwas Besonderes zu sagen hat. Er erscheint ihm in einem anderen Licht als der gewöhnlichen Meinung der Menschen. Ein reicher Mann – ein glücklicher Mann, denken sie, und die Reichen selbst geraten leicht unter die Herrschaft dieser Meinung und lassen den Strom der Lust voll durch ihr Leben rauschen. Jakobus tritt in einen vollständigen Gegensatz gegen dieses Urteil. 5,1-3: *Wohlan, ihr Reichen, weint und jammert wegen eurer Plagen, die über euch kommen. Euer Reichtum ist vermodert, und eure Gewänder haben Motten zernagt. An euer Gold und Silber hat sich Rost gesetzt, und ihr Rost wird gegen euch zum Zeugnis dienen und wie Feuer euer Fleisch verzehren. Schätze sammeltet ihr in letzten Tagen!* Um die Reichen ist es Jakobus bang; er fürchtet für sie das schwerste Elend, das für sie an derselben Stelle entsteht, an der sie sich nach ihrer Meinung ihr Glück geschaffen hatten. Denn das, was sie aus ihren Schätzen machten, bringt das Elend über sie. Sie häuften sie auf und ließen sie verderben; in ihre prächtigen Gewänder kam die Motte; sie hatten sie nur, um sie zu besitzen, und brauchten sie für sich selber nicht, noch weniger für andere. An ihr Gold und Silber setzte sich der Schmutz und Rost des Alters an, der als Verkläger gegen sie zeugen wird; denn er überführt sie, daß die Mittel, die Gott ihnen gab, unbenützt in ihrer Hand verdarben, weil sie nur ihnen selbst dienen sollten. Sie wußten Gutes zu tun und taten es nicht.

Jakobus heißt die Reichen nicht deshalb jammern, weil sie viel Geld haben, sondern zeigt auf die Weise hin, wie sie ihr Geld brauchen. Er weiß so gut wie wir, daß Reichtum ein großer Vorteil sein kann; er bietet die Mittel zu Großem, nicht nur zu viel Genuß, sondern auch zu großem Werk und reicher Frucht, die als ein edler und reiner Gottesdienst Gott preist und dem Bruder hilft. Er warnt aber vor dem Betrug des Reichtums, vor dem Wahn, als sei er uns dazu gegeben, damit wir ihn haben, als sei er der Zweck und nicht das Mittel, als sei er uns nur für uns selbst gegeben. Die Reichen, die Jakobus jammern heißt, haben nicht verstanden, warum Jesus uns den ungerechten Haushalter als Vorbild hinstellt (Luk. 16,1 ff.); sie haben vielmehr überlegt und emsig dem Gewinn von Geld gelebt. So machen wir uns freilich aus unserem Besitz einen Strick, der uns erwürgt. Der Rost am Gold, der zeigt, daß es ruhig und unbenützt in der Schatzkammer des Reichen lag, wird ihn töten; denn er ist das Wahrzeichen seiner Schuld, derentwegen Leib und Seele durch Gottes scharfes Gericht verderben.

Die Schuld des Reichen wird dadurch besonders schwer, daß er die letzte ihm gegebene Frist nur dazu zu verwenden weiß, um sich Reichtum zu verschaffen. Jakobus ist erfüllt vom Ernst der Zeit. Christus war gekommen und hatte Israel eine letzte Frist gebracht.

Ernst stand seine Warnung über dem Volk; sie deutete auf die eilende Vergeltung Gottes und den Schluß des Weltlaufs hin. Die Zeit war kostbar und kam nicht wieder, wenn sie unbenützt verstrich. Es waren letzte Tage. Wozu benützte sie Israel? Die Toren häuften Schätze auf. Aus der Frist, die ihnen als ein Geschenk der göttlichen Geduld noch gegeben war, zogen sie als nichtiges Resultat nichts als einen Haufen Gold.

5,4-6: *Sieh! der Lohn der Arbeiter, die eure Felder ernteten, den ihr zurückbehalten habt, schreit, und die Rufe der Schnitter sind zu den Ohren des Herrn Zebaoth gelangt* (3. Mose 19,13; 5. Mose 24,14.15). *Ihr schwelgtet auf der Erde und triebt Üppigkeit; ihr füttertet eure Herzen am Schlachttag. Ihr verurteiltet, mordetet den Gerechten; er widersteht euch nicht.* Nicht nur kein Segen, sondern ein Fluch ist ihr Reichtum für die Menschen geworden. Die Macht, die er ihnen gab, haben sie zur Bedrückung und Benachteiligung derer benützt, die ihnen dienen mußten. In den Hütten ihrer Bauern, die die Feldarbeit auf ihren Gütern zu leisten haben, regiert die Not, sogar in der Erntezeit, sogar dann, wenn ihnen durch die Arbeit ihrer Schnitter der reiche Ertrag eingebracht worden ist. Jakobus sagt, auf dergleichen Unrecht achte Gott. Die Reichen haben sich selbst alles gegönnt und sich mit einem reichen Maß von Lust und Wohlbehagen vollgestopft. Guter Dinge waren sie auf der Erde. Das ist ein bedeutsamer Wink; er sagt dasselbe, was Jesus am reichen Manne darstellte, der herrlich und in Freuden lebte, auch auf der Erde, weiter nicht. Dann endete die Herrlichkeit jählings (Luk. 16,19 ff.). Die schonliche Sorgfalt und kluge Kunst, mit der die Reichen ihr Herz vor jedem Schmerz behüteten und mit der Erfüllung jedes Wunsches beglückten, trieben sie am Schlachttage, während schon das rächende Schwert ihnen nahe war und es galt, das Leben zu retten.

Noch eine Schuld hat ihnen Jakobus vorzuhalten. Die Macht, die ihnen das Geld gibt, hat sie auch zu Verwaltern des Rechts bestellt. Sie haben dieses Amt mißbraucht, um den, dessen Sache gerecht war, zu vernichten. Der litt es geduldig und gab seine Sache Gott anheim; damit ist sie nicht begraben. Die Schuld fällt auf diese Richter und wird sie erdrücken. Wenn Jakobus vom Gerechten spricht, der sich töten lassen muß und das willig duldet, ruht sein

Blick sicher auch auf Jesus. Aber er spricht nicht von ihm allein. Was Israel Jesus tat, war nicht ein einmaliger Fall, nicht eine besondere, einzelne Verirrung. Das Geld hat Israel verblendet, daß es an dem, der eine gerechte Sache hatte, oft genug zum Mörder wurde. Dieses Unrecht brennt als starker Schmerz im Herzen des Jakobus und läßt ihn weinen; darum möchte er, daß auch Israel mit ihm weinte und seine Reichen vornean.

Kapitel 5,7-20

Die Hilfe von oben

Nicht mit Worten, die vor Versündigungen warnen und Bosheit strafen, schließt Jakobus. Wie er seinen Brief damit begann, daß er uns für jeden Kampf mit der freudigen Gewißheit rüstete, daß wir überwinden können, so schließt er ihn, nachdem sein Bußwort sowohl der Christenheit als der Judenschaft einen starken Antrieb zur Furcht, zur Selbstbesinnung und zur Reinigung ihrer Frömmigkeit gegeben hat, damit, daß er uns zeigt, wie die Hilfe kommt. 5,7a: *Darum seid geduldig, Brüder, bis zur Ankunft des Herrn.* Harter Übermut, schamlose Ungerechtigkeit und das stille Dulden derer, die der Gerechtigkeit dienten, sind uns beschrieben. Für die, die den Weg Gottes gehen, ergibt sich daraus die Pflicht, sich in Geduld zu fassen. Jetzt geschieht noch Sünde und Unrecht, ohne daß sie es hindern können. Jetzt müssen sie sich zum Leiden bereit halten. Dadurch kann freilich das Herz leidenschaftlich bewegt, gegen die übermütigen Reichen erbittert und mit der Regierung Gottes unzufrieden werden, und die dankbare Freude an seiner Gnade kann ihm verlorengehen. Jakobus leitet aber die Gemeinde in eine andere Richtung. Sie soll geduldig sein, und sie kann geduldig warten; denn der Herr kommt.

Aus demjenigen Israel, zu dem jene kecken Krämer und gottvergessenen Reichen gehörten, hebt sich für Jakobus wieder der engere Kreis heraus, den er in besonderem Sinn seine Brüder heißen kann. Ihm kann er einen Trost geben, der das Herz still macht und vor aller Erbitterung bewahrt: „Es kommt die Zeit, da der Herr bei euch ist; darauf wartet! Laßt das Schelten und Richten; laßt das weichliche Verzagen, seid zum Leiden willig; geht euren Weg, ohne euch an der Welt zu beflecken. Wenn der Herr wieder gegenwärtig ist, wird alles gut; dann hat der Druck ein Ende, das Leiden trägt euch reiche Frucht, und der Glaube führt euch zum Empfang der Herrlichkeit."

„Bis der Herr kommt", so konnte Jakobus zwar jedermann in Israel mahnen und trösten, weil alle auf den von Gott geschenkten Heiland und König Israels warteten. Aber diese Hoffnung hatte verschiedene Gestalt und Kraft in denen, die Jesus noch nicht kannten, und in denen, die Jesus ihren Herrn nannten, ihn erwarteten und sich darauf freuten, daß er mit seiner Gnade und Macht einst bei ihnen sein wird. Für sie war der Trost, den die Ankündigung der Ankunft des Herrn enthält, hell und durchsichtig; sie wußten, auf wen sie hofften, kannten seine Verheißung und wußten sich mit ihm verbunden. Denen, die Jesus kennen, die auch in besonderem Maß am Leiden Anteil haben, gilt dieses Wort zunächst: „Seid geduldig bis zur Gegenwart des Herrn!"

5,7b: *Sieh! der Landmann erwartet die kostbare Frucht der Erde und ist ihretwegen geduldig, bis er den Früh- und Spätregen erhalte.* Als Beispiel für die mit friedevoller Gewißheit ausgerüstete Geduld dient Jakobus der Landmann, der mit aller Ungeduld zum Wachstum der Frucht nichts beizutragen vermag, sondern sich still fügen muß, bis der Regen kommt: der Frühregen, der den Winter beginnt und die Bestellung des Ackers möglich macht, und der Spätregen, der die aufgekeimte Saat befeuchtet und ihr Wachstum bedingt. Ohne diese Regenzeiten ist all seine Arbeit umsonst. Er muß aber auf sie warten, und erst dann, wenn sie ihm gegeben sind, fällt ihm die reiche Ernte zu. Wenn der Herr kommt, dann ist die Zeit der Ernte. So hat auch Jesus den Tag, an dem er in der Herrlichkeit Gottes offenbar werden wird, den Erntetag genannt und hat uns damit einen großen Trost gegeben. Mit dem Ausblick auf die Ernte können wir unser Herz fest und beharrlich machen und das törichte Begehren abtun, das sofort den Genuß und die Frucht von allem haben will, was wir im Dienst Gottes vollbringen; wir lassen ihm Zeit, daß er nach seiner Ordnung die Erntezeit am Tag Jesu herbeiführe.

5,8: *Darum seid auch ihr geduldig. Stützt eure Herzen, weil die*

Ankunft des Herrn nahe herangekommen ist. Wir müssen nicht wehrlos sein, wenn uns die Stöße treffen, die uns inwendig ins Schwanken bringen. Gegen alle verzagenden und aufbrausenden Regungen, die sie inwendig erschüttern, kann und soll sich die Christenheit dadurch wappnen, daß sie mit Gewißheit und Einfalt auf ihre Vereinigung mit Christus sieht. „Sie ist euch", sagt Jakobus, „nahe"; er hat wie alle Apostel innig auf Jesus gehofft.

5,9: *Seufzt, Brüder, nicht gegeneinander, damit ihr nicht gerichtet werdet. Sieh! der Richter steht vor der Tür* (Offenb. 3,20). Es sollte dem Mißmut und Zorn nie gelingen, in uns die Liebe zu töten. Füreinander, nicht gegeneinander soll sich unser Seufzen und Bitten an Gott wenden; es soll die Barmherzigkeit und rettende Macht Gottes anrufen, nicht seine richtende Gewalt. Wer den Richter gegen die anderen anruft, ruft ihn gegen sich selbst auf. Denn Gott handelt ohne Ansehen der Person mit fehlloser Gerechtigkeit an uns allen. Soll seine Barmherzigkeit dem Gericht die Bahn frei lassen, so trifft dieses auch unsere eigene Sünde, nicht nur die fremde, die uns Not macht. Diese Mahnung verstärkt Jakobus durch die Erinnerung an die Nähe der Offenbarung Jesu. Der Richter ist schon im Begriff, bei uns einzutreten. Was uns zum Trost gesagt ist, daß wir Christus sehen werden, schließt zugleich einen tiefen Ernst ein. Wer Christus sieht, sieht den Richter. Jakobus will nicht, daß wir uns nur am Trost erquicken; der Ernst der Hoffnung, der uns reinigt und geduldig macht, darf nicht vom Trost getrennt werden. Unsere Reinigung, durch die wir uns für den Tag Jesu bereitmachen, besteht aber darin, daß wir einander ein völliges Vergeben erweisen und ohne Vorbehalte miteinander verbunden sind.

5,10: *Nehmt, Brüder, zum Beispiel für das Leiden und die Geduld die Propheten, die im Namen des Herrn redeten* (Dan. 12,12.13). Der Weg ist der Gemeinde Jesu durch die Propheten vorgezeichnet, deren Amt und Größe darauf beruht, daß sie im Namen Gottes geredet haben. Sie waren mit ihrem Wort an den Auftrag und Befehl Gottes gebunden, mußten sich auf ihn berufen und seinen Namen über ihre Rede setzen. Das war ihre Ehre und Auszeichnung. Daraus ergab sich aber für sie auch die Pflicht, sich ins Leiden zu fügen, Schmerz nicht zu fliehen und in Geduld zu warten, bis Gott eingriff. Sie haben aber am göttlichen Wort Stille und Festigkeit gelernt und es jedem vorgelebt, wie er als ein weiser Ackermann den Dienst, den Gott ihm übertragen hat, ausrichten und auf die Ernte warten soll.

5,11: *Sieh! wir preisen die selig, die bestanden haben. Von der Standhaftigkeit Hiobs habt ihr gehört* (Hiob 1,21) *und das Ziel des Herrn gesehen; denn der Herr ist reich an Barmherzigkeit und ein Erbarmer* (Ps. 103,8; 111,4). Auch Hiobs Beispiel hat eine große stärkende Kraft. Jetzt preist ihn jeder selig, weil wir das Ziel, zu dem Gott ihn führte, vor Augen haben und wissen, wie die Barmherzigkeit Gottes an ihm offenbar wurde und seiner Anfechtung ein Ende setzte. Zu diesem Ende kam Hiob jedoch nur darum, weil er sein Leiden in Geduld trug und in der Versuchung standhielt. Er gab Gott nicht den Abschied, als sein Segen von ihm wich, und verleugnete ihn nicht, als er ihm seine Gaben nahm; vielmehr bewahrte er Glauben in seiner Seele; er sah die Güte Gottes nicht mit Augen und ehrte ihn dennoch und unterwarf sich dem Willen Gottes, als er ihn erniedrigte. Es ziemt sich nicht, wenn wir zwar die preisen, die geduldig sind, aber uns selbst weigern, mit Beharrlichkeit zu tragen, was als Last uns zugewiesen ist. Wer die selig nennt, die wie Hiob duldeten, der mache auch sein eigenes Herz fest zur Geduld!

5,12: *Vor allem aber, meine Brüder, schwört nicht, weder beim Himmel noch bei der Erde noch sonst einen Eid, sondern euer Ja sei ja und euer Nein nein, damit ihr nicht unter ein Gericht fallet.* Zur Unterwerfung unter Gott gehört auch die Vermeidung des Eids. Es ist stets eine zarte Sache, einen Eid zu leisten, der frei ist von Überhebung und sich an Gottes königlicher Erhabenheit nicht vergreift. Wir brauchen den Namen Gottes leicht so, als wären wir Herren und Meister über Gott und Gottes Werke, als stände es uns zu, ihm vorzuschreiben, was er tun und lassen muß. Wir setzen Dinge zum Pfand, die ihm und nicht uns gehören: unsere Seele, deren Heil und Leben am Willen Gottes hängt und nicht an unserem Willen und Entschluß, oder wie es die Juden taten, den Himmel und die Erde, über die der Mensch nicht zu verfügen hat. Mit einer solchen Verhüllung des Schwurs ist nichts gebessert; man spricht zwar nicht mehr von Gott; dennoch ist er angerufen. Denn der Himmel oder die Erde sind darum das Eidespfand, weil sie

Gottes Werke und nicht das Eigentum des Menschen sind. Nach der Regel Jesu (Matth. 5,34) mahnt auch Jakobus die Christenheit, daß sie beim Ja und Nein bleibe und darüber nicht hinausgehe.

Es gibt andere Anrufungen Gottes, die rein und ihm wohlgefällig sind, die ihn ohne Versündigung ehren und die unser Leben mit reichem Segen füllen. Sie passen für die Tage des Leidens und für den frohen Sinn. 5,13: *Leidet jemand unter euch, so bete er. Ist jemand wohlgemut, so singe er Psalmen.* Alles, was uns bewegt, soll nach oben dringen. Sitzt der Stich einer Not oder eines Unrechts, das wir leiden, in der Seele, so führe uns das zu dem, dessen Hilfe größer ist als alle Not. Erfüllt uns ein froher Mut, weil wir von Gottes Gaben umringt sind, so soll uns auch dann der Mund aufgehen und der Psalm ertönen als das Zeugnis, daß wir nicht nur die Gaben Gottes schätzen, sondern dankbar zu seiner Güte emporsehen.

5,14.15: *Ist jemand unter euch krank, so rufe er die Ältesten der Gemeinde, und sie sollen über ihm beten, nachdem sie ihn mit Öl im Namen des Herrn salbten* (Mark. 6,13), *und das Gebet des Glaubens wird den Kranken retten, und der Herr wird ihn aufrichten, und wenn er Sünden getan hat, wird ihm vergeben werden.* Auch dann, wenn Krankheit unsere Kraft lähmt und, wie es oft geschieht, auch unseren Geist umfangen hält, soll uns der Segen und die Hilfe des Gebets nicht fehlen. Hier hat die Fürbitte ihren Ort. Als die, die beten können und der Fürbitte als einem heiligen Beruf obliegen, nennt Jakobus die Alten in der Gemeinde; ihnen hat das Alter Erfahrung und die Befestigung im Glauben gebracht; sie haben auch durch ihr Alter das Vertrauen der anderen erworben und stehen darum an der Spitze der Gemeinde, mit der Fürsorge für sie betraut. Wenn Schwachheit und Krankheit den einzelnen ohnmächtig machen, soll ihm zugute kommen, daß er in eine Gemeinde hineingepflanzt ist, die für seine Schwachheit eintritt und von Männern geleitet ist, die für ihn beten können. Dabei mahnt Jakobus die Alten, nicht nur das Wort zu verwalten, sondern dem Kranken noch eine andere Hilfe zu bieten und zum Wort ein Zeichen zu fügen. Sie sollen es ihm durch eine Salbung mit Öl sichtbar machen, daß Gott die heilende Macht besitzt, die seine Krankheit wohl zum Leben wenden kann. So wird das Innerliche und Unsichtbare auch seinem Auge nahegebracht, um es ihm zu erleichtern, sich in der Gewißheit des Glaubens an Gottes Hilfe zu halten. Da eine solche Salbung im Namen des Herrn geschah, war sie mehr als ein Gleichnis. Es war so eine Verheißung in sie eingeschlossen, die aus der hilfsbereiten Gnade Gottes floß und beiden, dem Betenden und dem Kranken, die Leben erhaltende Macht Gottes vorhielt, damit er sich auf sie verlasse und um sie bitte. Jedoch hat Jakobus in der Salbung nicht ein unfehlbar wirksames Heilmittel gesehen; denn nicht das Öl, sondern das Gebet des Glaubens, sagt er, wird für den Kranken die Heilung bewirken. Das gläubige Gebet stellt sich aber bescheiden unter Gott, wartet auf seine Hilfe und ist mit seiner Führung zufrieden, welchen Weg sie uns leite, ob zum Leben oder zum Tod. Wenn Jakobus die Gemeinde daran erinnert, daß sie auch gegen die Krankheit nicht ohnmächtig ist, weil sie glauben und beten darf, schwebt ihm das Bild Jesu vor, wie er durch sein herzliches Erbarmen in Gottes Macht der Krankheit ein Ende machte. Noch lange machte es auf die Judenschaft einen starken Eindruck, daß die Jünger Jesu mit dem gläubigen Gebet vor die Kranken traten und dabei mancherlei Erfahrungen der göttlichen Hilfe machten. Diese Zeichen richteten in der Judenschaft den Blick vieler auf Jesus und zogen ähnlich wie die Ehrung und Liebe, die die Jünger den Armen erwiesen, manche zur Gemeinde hin. Darum mahnt Jakobus die Glaubenden, die ihnen gegebene Macht des Gebets nicht unbenützt zu lassen.

Dabei ist noch ein besonderer Punkt zu besprechen. Es können Sünden des Kranken im Wege stehen. Das Krankwerden ist der Anfang des Sterbens; zwischen unserem Sterben und dem Sündigen besteht aber ein bestimmter Zusammenhang. Wird uns das Leben genommen oder doch geschwächt und durch Krankheit belastet und eingeengt, so kann dies ein Gericht Gottes sein, das uns wegen unserer Versündigung trifft. Muß das die Fürbitte lähmen? Sollen wir, weil wir nicht wissen, ob der Kranke gesündigt hat und deshalb heimgesucht ist, das Beten unterlassen? Jakobus sagt: Betet im Glauben, und wenn ihr für einen Sünder betet, so ist darum eure Bitte nicht umsonst. Der Herr kann vergeben; er wird es tun, weil ihr ihn bittet, und den Kranken von der Last befreien, die er ihm seiner Sünde wegen zur Zucht und Beugung auferlegt hat.

Jakobus berührt hier den innerlichsten Punkt unserer Gemeinschaft miteinander; hier erstrecken sich das gemeinsame Gebet und der gemeinsame Glaube bis zu unserer Sünde hin und sollen uns die Hilfe verschaffen, die uns von ihren bösen Folgen befreit. Darum fordert Jakobus hier auch das Geständnis, ohne das eine solche Gemeinschaft unmöglich ist. 5,16a: *Darum bekennet einander die Sünden und betet füreinander, damit ihr geheilt werdet.* Wenn wir die Fürbitte in Anspruch nehmen, die für uns die Vergebung Gottes sucht und empfängt, so dürfen wir uns nicht in einen lügenhaften Schein hüllen und unsere Sünde verheimlichen; hier ist Aufrichtigkeit die erste Pflicht. Wie wir dem Arzt gegenüber nichts verschweigen, so sind wir noch viel mehr denen, die uns ihre Liebe und Gemeinschaft im Geiste vor Gott schenken, Wahrheit schuldig. Sie sollen wissen, für wen sie beten und welche Verschuldung in unserem Leben uns Gottes schwere Heimsuchung zugezogen hat. Da ist alle Verstellung und Unaufrichtigkeit ein unwürdiges und frevles Spiel mit Gott. Wir haben freilich recht, wenn wir wünschen, daß unsere Sünde verborgen bleibt und nicht vor den Augen der Menschen ausgebreitet wird. Gott hat die Scham dem Menschen ins Herz gepflanzt als einen Wächter, der ihn gegen das Böse empfindlich machen soll. Das Bekenntnis, das hier Jakobus fordert, ist kein schamloses Ausströmen des Unrats unserer Seele ins helle Licht. Ein rechtes Bekenntnis tut weh und demütigt; es ist selbst ein Stück Strafe; denn es nötigt uns, die bitteren Folgen unserer Versündigung zu tragen, und macht aus der bösen Lust ein Leiden. Eben darum ist es heilsam. Es ist die Bewährung der Reue und die ernste Anerkennung unserer Schuld; darum trennen wir uns im Bekenntnis von unserer Sünde und entziehen ihr unseren Willen. So können wir nun auch gläubig um die Vergebung Gottes bitten und an der Regel der göttlichen Gnade froh werden, daß er die nicht richtet, die sich selbst richten.

Wir haben auch in diesem Stück unseren Weg ohne Künstelei in Einfalt zu gehen, wie Gott uns führt. Wenn Gottes Gnade unsere Sünde bedeckt, so daß uns die Verheißung zufällt: „Wohl dem Mann, dem die Sünde bedeckt ist" (Ps. 32,1), so sollen wir sie nicht mit selbsterwählter Büßung offenbaren. Wenn uns der Ernst Gottes niederbeugt und in schweren Heimsuchungen die Bosheit unserer

Taten sichtbar und fühlbar macht, so daß wir der Hilfe der anderen bedürfen, so sollen wir unsere Sünde nicht mit verstocktem Stolz ableugnen, sondern in aufrichtigem Geständnis Gott die Ehre geben und uns der Zusage getrösten, daß denen, die sich vor ihm erniedrigen, Erhöhung widerfährt.

Die Kirchen haben versucht, was Jakobus hier vorschreibt, in ihre Ordnungen zu fassen. Die katholische Kirche schickt ihre Priester mit einem Ölfläschlein zu allen Sterbenden und zwingt ihre Glieder zur jährlichen Beichte im verschlossenen Beichtstuhl. Die evangelische Kirche liest ihre Beichtformulare sonntäglich oder jeweils vor der Feier des Abendmahls und teilt die Gemeindeglieder dem Pfarrer als seine Beichtkinder zu. Das sind schwache Versuche, ins Leben zu übertragen, was Jakobus als Pflicht, Recht und Macht der Glaubenden bezeugt. Was Jakobus meint, ist nicht Formel und Gesetz, sondern aus der Wahrheit und dem Geist geborene Tat im Bekennenden wie im Fürbittenden.

Jakobus richtet unseren zweifelnden Sinn auf, der uns hindern will, das herrliche Vorrecht, daß wir beten dürfen, zu gebrauchen, weil wir es für zu hoch und zu erhaben halten. Das Gebet, ruft er uns zu, ist eine Macht; daß ihr beten dürft, ist eine unschätzbare Gabe. 5,16b: *Die Bitte eines Gerechten, die ihre Wirkung tut, hat große Kraft.* Dem Gebet eines Gerechten schreibt er eine große Wirksamkeit zu und lenkt damit unseren Blick nach innen: wir sollen uns prüfen, ob unsere Sache eine gerechte und unser Verlangen mit dem Recht und Willen Gottes eins ist, ob wir nicht einem sündigen Begehren Raum geben und mit unserem Gebet Gott widerstreben. Als die Gerechten haben wir vor Gott zu stehen, die unter Gott auf geradem Weg gehen, von ihm geführt und darum auf dem Weg der Gerechtigkeit. Das Gebet des Sünders fällt dahin. Da dürfen wir nun freilich, soll uns die Freudigkeit zum Gebet nicht schwinden, nicht vergessen, daß die Gerechtigkeit Gottes nicht nach menschlichen Gedanken beschaffen ist; denn es gibt auch für uns mit vielfältiger Schuld belastete Menschen ein Gerechtsein vor Gott, das uns zuwächst, sowie wir seiner Gnade und seinem Gebot durch Glauben und Gehorsam untergeben sind. Jakobus sagt vom Bitten, es werde tätig und vollbringe sein Werk, nicht als fügte er hier zum Bitten noch ein besonderes Werk hinzu; das Bitten selbst heißt er hier eine wirksame Sache und kräftige Tat. Es ist kein Spiel und kann nicht im Schlaf des Leichtsinns geschehen. Es führt uns vor den Thron Gottes, stellt uns vor den Blick des Allerhöchsten und besteht darin, daß wir uns zu einem gläubigen Verlangen und zuversichtlichen Wort an Gott aufrichten. Darum ist Bewegung und Tätigkeit im Bitten, und dann, wenn unsere Seele sich zu Gottes Thron mit gläubigem Verlangen hinbewegt, wird Großes erreicht.

5,17.18: *Elia war ein Mensch von derselben Art wie wir, und er betete, daß Gott nicht regnen lasse* (Apg. 14,17), *und er ließ auf der Erde während dreier Jahre und sechs Monate nicht regnen, und er betete wieder, und der Himmel gab Regen, und die Erde ließ ihre Frucht wachsen* (1. Kön. 17,1; 18,1.42). Jakobus hält uns Elia vor mit der wunderbaren Macht seines Worts, der dem Volk den Regen nahm und gab und Dürre und Fruchtbarkeit zuteilte. Elia hatte diese Macht durch sein Gebet. Sie haftete nicht an ihm: Gott rief er an; Gottes Werk war dies; und Elia empfing es, weil er betete. So zeigt ihn uns schon die alttestamentliche Geschichte, wie er auf dem Karmel saß und sein Haupt in dringendem Gebet verbarg, bis die Wolke über dem Meer aufstieg und der Regen kam. Elia aber war ein Mensch wie wir. Wir sollen also nicht sagen: „Elia hat Gott erhört; uns erhört er nicht. Elia konnte beten; wir können es nicht." Als ein Mensch wie wir war er in dieselbe Enge und Schranke der menschlichen Bedürftigkeit und Schwachheit eingeschlossen. Freilich war er ein Prophet und betete darum um die Gottesgaben, wie er ihrer als Prophet bedurfte, um ein götzendienerisches Geschlecht zum Herrn zurückzurufen. Wir brauchen nicht die Hilfe, die dem Propheten widerfuhr, sollen darum auch nicht das Gebet eines Propheten an Gott richten. Aber für das, was wir bedürfen, ist uns das Ohr Gottes so offen, wie es Elia offenstand.

Jakobus läßt es aber nicht dabei bewenden, daß wir einander in der Krankheit beistehen und die Not der Leidenden mit Glauben und Gebet umfassen. Es gibt eine Notlage von noch schlimmerer Art und darum eine Hilfe von noch größerem Wert, die wir einander bringen sollen. Darüber spricht er noch ein Wort; dann hört er auf. 5,19.20: *Meine Brüder, wenn jemand unter euch von der Wahrheit abirrte und einer ihn bekehrte, so erkennt, daß der, der einen Sünder von seinem Irrweg bekehrt hat, seine Seele vom Tod*

retten und die Menge der Sünden bedecken wird (1. Petr. 4,8; Spr. 10,12). Von der Wahrheit abzuirren ist das schlimmste Unglück, das uns widerfahren kann. Vorher sprach Jakobus davon, daß uns die Gesundheit, jetzt, daß uns die Wahrheit verlorenging. Wegen des Verlustes der Gesundheit jammern wir; der Verlust der Wahrheit rührt uns nicht. Gerade deshalb ist er das größere und schlimmere Unglück. Abgeirrtsein von der Wahrheit bringt finstere, lügenhafte Gedanken ins Herz. Da ist uns Gott verdeckt. Solange sein Name unserer Seele heilig ist, ist der Kern und die Summe aller Wahrheit noch bei uns. Aber wenn finstere Gedanken wie Wolken uns den Blick auf Gott verschließen, dann hat die Wahrheit ihre Macht über uns verloren, und unser Leben wird zur Irrfahrt in der Dunkelheit.

„Hier", sagt Jakobus, „helft, ihr, die ihr in der Wahrheit steht! Laßt es den Irrenden erfahren, daß ihr barmherzig geworden seid durch die Barmherzigkeit Gottes und Diener Gottes, die gern das Werkzeug seiner Gnade sind." Wer den, der die Wahrheit verlor, zu ihr zurückführen kann, dem ist damit etwas Großes zuteil geworden. „Dir selbst", sagt Jakobus, „ist damit das Heil geschenkt. Du hast dem anderen geholfen und seine Seele vor dem Tod bewahrt; du hast auch dir selbst dadurch geholfen. Bist du der Bote der rettenden Gnade für andere geworden, so wird kein Tod deine Seele ergreifen und deine Sünde, die doch wahrlich groß ist, vor Gott nicht offenbar werden. Dein Lohn ist, daß du deine Seele davonträgst zum ewigen Leben und deine Sünde unter Gottes Vergebung bedeckt bleibt."

Es gibt eine hoffärtige Art, den anderen mit der Wahrheit zu dienen, wobei wir im Glanz unserer Erkenntnis wie Reiche vor die Armen, wie Erleuchtete vor die Irrenden treten. Das ist nicht die Weise des Jakobus. Er erinnert uns daran, daß es für jeden unter uns darum geht, dem Tod zu entrinnen, an dem auch uns unser Weg vorüberführt, und die Decke zu gewinnen, die unsere Sünde verschwinden läßt, weil sie uns schändete und aus der Gemeinschaft mit Gott vertriebe, wenn sie offenbar werden dürfte. Gott beruft uns zum Dienst der Liebe als solche, die selbst der Hilfe bedürftig sind.

Die Liebe und die Wahrheit verbindet Jakobus unlöslich miteinander. Er heißt uns in der Wahrheit das Mittel erkennen, durch das unsere Liebe den anderen wirklich dienen kann, und heißt uns in der Liebe das Mittel sehen, durch das die Wahrheit uns heilsam wird und uns rettet. Die Tür zur ewigen Gemeinde zeigt er uns mit seinem letzten Wort weit offen und ganz nahe. „Willst du", sagt er uns, „ins ewige Leben gelangen, sieh, hier sind die Irrenden, die die Wahrheit Gottes verlassen haben; hilf ihnen, bringe sie zurück; laß sie nicht verderben!" Wer anderen ins Leben hilft, geht selbst nicht verloren. Wer aber der Wahrheit nur für sich selber froh ist, in ihrer Erkenntnis sich hoch dünkt und die Irrenden mit hartem Sinn verderben läßt, dessen Seele wird des Todes Raub, und die Menge seiner Sünden bricht offenbar an ihm hervor.

So schließt Jakobus mit der herrlichen Verheißung Jesu. Freilich versieht er sie nach seiner Weise auch mit der ernsten Warnung Jesu, daß der Knecht, der sein Pfund vergräbt, in die Finsternis geworfen wird. Wie aber Jesus neben den unwilligen Knecht die getreuen Knechte stellt, die das Wort, das er ihnen gab, für die anderen fruchtbar machten und darum seine Freude mit ihm genießen dürfen, so hält uns Jakobus zum Schluß vor, daß wir durch den Dienst an den Brüdern die herrliche Gnade Gottes erlangen, durch die unsere Seele dem Tod entrinnen und die Menge unserer Sünden verschwinden wird.

Der Brief an die Hebräer

Kapitel 1,1-4

Die Größe Jesu

In diesem Brief geht es ausschließlich um die Herrlichkeit Jesu. Gleich in seinem ersten Wort hält er uns vor, wie groß Jesus ist, damit wir Gott danken, daß wir ihn kennen.

Es bedeutet wenig, daß uns der Schreiber dieses Briefs unbekannt geblieben ist. Weil er sich nicht bei seiner eigenen Person aufhielt und nicht von sich selbst, sondern nur von Jesus sprach, blieb sein Name der Kirche nicht erhalten. Schon in der alten Zeit hat man nur verschiedene Vermutungen über ihn geäußert. In manchen Gegenden dachte man an Paulus, in anderen an Barnabas oder an einen der Gehilfen, die Paulus begleiteten. Luther meinte, Apollos könnte so geschrieben haben. Der Schluß des Briefs zeigt, daß sein Verfasser mit Timotheus verbunden in der apostolischen Kirche als Lehrer tätig war. Paulus selbst ist nicht der Verfasser. Denn unter den Aposteln hatte jeder seine eigene Weise, wie er dachte, redete und lehrte, jeder auch seine besondere Art, wie er sich an Christus anschloß und in ihm lebte. Das ist alles in unserem Brief anders als bei Paulus. Für uns ist es genug, und wir sollen es dankbar schätzen, daß wir hier einen hochbegabten Christen und Lehrer aus der apostolischen Gemeinde hören, der vereint mit den Aposteln an der Gründung der Kirche gearbeitet hat.

Noch weniger kann uns stören, daß wir nicht wissen, an welchem Ort die ersten Empfänger des Briefes wohnten. Sie waren Hebräer, d. h. Christen von jüdischer Abkunft. Solche gab es in der ersten

Zeit in allen größeren Gemeinden, in Rom, in Kleinasien, in Alexandria; es ist nicht unmöglich, daß der Verfasser zunächst einen besonderen Kreis von jüdischen Christen irgendwo in der Diaspora im Auge hatte, der ihm persönlich bekannt war. Doch ist auch dies nicht unmöglich, daß der Brief zunächst in die Heimat der jüdischen Christenheit, in eine Gemeinde des Orients oder Palästinas, geschickt worden ist.

Wichtiger ist, darauf zu achten, wie es inwendig mit den ersten Lesern stand. Der Brief ist an die Angefochtenen gerichtet. Angefochten werden wir aber nicht nur durch stürmische Bewegungen, die uns in einen harten Kampf hineinstoßen und zu schweren Entscheidungen nötigen. Die gefährlichste und schlimmste Art der Anfechtung ist vielmehr die schleichende Schwächung des inneren Lebens, bei der äußerlich alles ruhig ist und doch im Inneren eine schwere Last auf uns liegt, die uns aufhält und sinken läßt. Die jüdischen Christen waren müde und schlaff geworden. Deswegen sagt ihnen der Brief: „Haltet die Freudigkeit und Hoffnung fest! Bleibt bei eurem Bekenntnis! Ihr habt Geduld nötig. Lauft in den Kampf, der euch verordnet ist! Stärkt die wankenden Knie!" In dieser Mahnung schlägt das Herz des Briefes; sie hat ihm seine Gestalt gegeben. Er verherrlicht Christus und macht ihn in seiner Größe deutlich, nicht um müßigen Köpfen zu gefallen, die nur in ihren Gedanken mit ihm spielen, sondern um Ermattete zu erquicken, um Schwankende aufzurichten und in ihrer Überzeugung zu stärken und im Gehorsam gegen Jesus fest zu machen.

Der Anstoß, der jene jüdischen Christen erschütterte, entstand aus dem Zwiespalt zwischen dem Ausgang Jesu und der Erwartung, mit der die Judenschaft auf den Verheißenen sah. Was das Kreuz und die Himmelfahrt Jesu geschaffen hatten, widersprach ihren Gedanken und Wünschen gänzlich und machte ihnen den Glauben an Jesus schwer. Dazu kam die innere Stärke und der ruhmreiche Vorzug der Judenschaft. Diese Christen blickten auf den Besitz zurück, den sie darangegeben hatten, und verglichen damit die Gabe, die ihnen durch Jesus zuteil geworden war. Es wollte ihnen scheinen, ihr Gewinn sei klein, lange nicht, was sie erwartet hatten. Sie wurden unzufrieden, enttäuscht und fragten: „Was hat uns Jesus gebracht zu dem hinzu, was wir schon als Juden hatten? Ist es der

Mühe wert, Christ zu sein?“ Wenn ein jüdischer Mann, der in der alttestamentlichen Verheißung lebte, Jesus den Christus nannte, so richtete er auf ihn eine unermeßliche Hoffnung, die Himmel und Erde umfaßte und die Erneuerung aller Dinge, die Verklärung der Welt, den Anbruch der Ewigkeit erwartete. Statt dessen war Jesus gestorben, zwar auch auferstanden, aber nun in himmlischer Unsichtbarkeit verborgen, und die Christenheit wurde zum Glauben berufen. Sie war freilich durch den heiligen Geist reich begabt und zum Glauben und zur Liebe kräftig erweckt. Doch war dies alles ein innerer, verborgener Reichtum, und es blieb beim Wort des Apostels: „Unser Leben ist verborgen mit Christus in Gott“ (Kol. 3,3). In ihrer äußeren Erscheinung unterschied sich die Gemeinde Jesu wenig von der Judenschaft. Auch dort war man fromm, betete zu Gott, bewahrte sein Wort im Glauben und Gehorsam und tröstete sich mit der Hoffnung auf eine selige Auferstehung zum Himmelreich. Die jüdischen Christen hatten auf mehr gerechnet, wenn einmal der Christus gekommen ist; sie erwarteten in ihm den, der die Welt Gott untertan macht und ihr eine neue Gestalt der Herrlichkeit verleiht. Davon war der Gemeinde Jesu noch nichts zugefallen. War das die Erfüllung der Verheißung oder doch der Weg zu ihr? Dazu kam die schwierige Lage, in die alle jüdischen Männer kamen, wenn sie sich zu Jesus bekannten. Sie wurden von ihrem Volk verachtet und verleugnet, mußten viele Opfer bringen und manches Leid um Jesu willen ertragen. Von all dem wären sie frei geblieben, wenn sie sich von der Judenschaft nicht getrennt hätten. Sie hatten ja auch als Juden echte, wahre Religion, unzweifelhafte Offenbarung Gottes, Anteil an seiner Vergebung und Verheißung, Zugang zu seinem Thron. Solcher Art waren etwa die versuchlichen Gedanken, die die Empfänger des Briefes innerlich belasteten. Um sie aufzurichten, ihre Ermattung zu überwinden, sie aus ihrer inneren Lähmung zu befreien, dazu stellt ihnen der Brief die Herrlichkeit Jesu dar. Er hat darum sofort über den ersten Kreis seiner Leser hinaus Verbreitung gefunden und auch für die späteren Geschlechter der Kirche Wichtigkeit erlangt; denn es war immer viel Mattigkeit in ihr. Auch unter uns gibt es manches geknickte Leben, schwankendes „Christentum“, dem es bei seiner Überzeugung doch nicht wohl ist, das heimlich die Frage in sich trägt, ob es sich auch lohne, ein Christ zu sein. Freundlich, milde, mit reicher Lehre allerdings auch mit tiefem Ernst bietet unser Brief solcher Ermattung und Unzufriedenheit das Heilmittel dar.

Er tut dies dadurch, daß er uns sagt, wer Jesus ist. Darum handelt es sich, wenn wir den Wert des Christseins ermessen wollen. Wenn wir darauf achten, was bei der Begründung der Kirche geschehen ist, kann uns die Meinung nicht kommen, es handle sich im Christentum um eine Lehre, um Theologie oder Philosophie, um eine neue Sitte und Kultur, ein neues Gesetz und eine neue Religiosität. Das apostolische Christentum war dies alles nicht. Was war es denn? Es war Verbundenheit mit Jesus. Ihn kannten die Jünger, die die Gemeinden gründeten. Ihr Verbundensein mit Jesus war ihr Reichtum und einziger Besitz, und ihre Arbeit an den Menschen bestand darin, daß sie auch ihnen von Jesus sagten und sie zu ihm führten. Alles übrige im Christentum, seine Lehre, Sitte, Kultur und Religionsübung, ist hieraus erwachsen. Das alles ist die Frucht, die die Kenntnis Jesu der Kirche eingetragen hat. Heißt uns unser Brief bedenken, wer Jesus ist, so führt er uns zur Wurzel des ganzen Christentums hin, zum Grundstein, der dessen Bau trägt. Es kann uns nichts in der christlichen Gemeinde festhalten, wenn Jesus für uns Wert und Bedeutung verloren hat, aber auch nichts uns von ihr trennen, wenn wir ihn erkannt haben in der Größe seiner Person und seines Werks.

1,1.2a: *Nachdem Gott vielfach und mannigfaltig in alter Zeit zu den Vätern in den Propheten geredet hatte, redete er im letzten Teil dieser Tage zu uns im Sohn.* Wenn die Müden und Wankenden fragen: „Was haben wir von Jesus?“, so ist ihnen zunächst zu sagen: „Ihr habt das Wort Jesu und wißt durch den Dienst der Apostel, was er geredet hat.“ Daher haben wir zuerst zu bedenken, was wir am Wort Jesu besitzen, nämlich das Wort Gottes. Wir bedürfen aber, um der Gnade und Gabe Gottes gewiß zu sein, nicht mehr als sein Wort. Mag unser Auge ihn nicht erreichen, mag er uns unsichtbar sein, mögen wir ihn nicht fühlen, nicht empfinden und noch nichts empfangen aus dem Reichtum seines Lebens und seiner Herrlichkeit: wenn wir ihn hören, wenn wir ein Wort haben, das sein Wort ist, so ist er uns nicht mehr fern und fremd, so hat er sich unserer angenommen, hat er zwischen sich und uns Gemeinschaft gestiftet und uns den Zugang zu sich und seinen Gütern erschlossen. Wenn wir aber das Wort, diese erste Gabe Gottes, geringschätzen, dann ist es uns nicht um Gott zu tun, und wir sind innerlich von ihm gelöst.

Gleich von Anfang an schaut der Brief darauf zurück, was Israel besaß. Seine Leser verglichen den Neuen mit dem Alten Bund; er tut es auch. Sie taten es mißmutig, mit einem unwilligen Herzen, das sich nach dem Alten Bund zurücksehnte; er tut es, um ihnen zu zeigen, wie nicht nur alle Gaben des Alten Bundes im Neuen ihnen erhalten sind, sondern wie sie nun durch Jesus noch viel reicher begabt und vor Israel hoch bevorzugt sind. Der Grund, auf den Israel erbaut war, und der Vorzug, den es besaß, war das Wort, das Gott zu ihm geredet hat. Aber auch im Neuen Bund hat Gott durch Jesus geredet. Wem das nichts gilt, der trennt sich nicht nur von Jesus, sondern verleugnet mit dem Neuen auch den Alten Bund. Wie können jüdische Christen noch Israeliten sein, wenn sie das Wort Gottes verachten? Und wie können sie als Israeliten ohne Falsch das Wort Gottes ehren, ohne daß sie zu Jesus kommen und bei Jesus bleiben, in dem derselbe Gott, der zu den Vätern sprach, wieder geredet hat?

Der Brief beginnt damit, daß er jenes göttliche Wort rühmt, das Israel empfangen hat. Er meint nicht, daß es zur Verherrlichung Jesu diene, wenn er am Alten Bund nur die Mängel und Schwachheiten zeige. Er stellt umgekehrt den Besitz Israels nach seiner ganzen Größe dar und mit allem Reichtum, den Gott ihm gegeben hat. Dann lenkt er den Blick auf Jesus und zeigt, wie das, was Jesus gebracht hat, noch weit über jene reichen, Israel verliehenen Gaben emporragt. Unter uns verläuft der fleischliche Zank über die „Religion" freilich so, daß jeder erniedrigt, was der andere hat, um seine eigene Meinung zur Geltung zu bringen. Die Weise der Apostel ist dies nicht. Wie hätte denn unser Brief jüdische Männer in ihrem Schwanken und in ihrer Anfechtung dadurch stärken können, daß er, was Gott ihnen früher gegeben und getan hatte, verächtlich machte! Er wollte sie nicht ungläubig machen, sondern gläubig, nicht unzufrieden, sondern dankbar gegen Gott. Darum festigt er sie zuerst in der Erkenntnis und Verehrung dessen, was ihnen früher gegeben war, und legt so das Fundament, auf das er nun die Erkenntnis des Christus und seiner Gabe aufbaut. So steht auch der Schreiber selbst zu Gott: er ist zuerst ein gläubiger Israelit gewesen und darum auch an Christus gläubig.

Das Wort Gottes hat die Geschichte Israels in immer neuer, lebendiger Fortsetzung begleitet. Gott gab nicht nur Abraham und Mose sein Wort, so daß die Späteren nichts mehr von ihm hörten, sondern er sandte auch ihnen seine Boten und ließ auch sie seine Rede reichlich hören. Auch ihrem Inhalt gab er eine große Verschiedenheit. Das Wort Gottes begleitete die Väter bei ihren mannigfachen Erlebnissen und zeigte ihnen die Größe Gottes in immer neuer Gestalt. Waren sie in Not, so kam sein Wort als Verheißung zu ihnen und brachte ihnen Hilfe und Schutz. Vor ihren Irrwegen warnte es sie mit herzlicher Klage und dringender Mahnung zur Umkehr, und über ihren Trotz und Aufruhr kam es als Urteil und Strafe mit heiligem Ernst. Gott gab ihnen sein Wort als Gesetz für die Gegenwart, damit sie lernen, dem Willen Gottes gehorsam zu sein; er gab es ihnen aber auch als Weissagung, die ihnen seine künftigen Werke und sein herrliches Reich ankündigte, damit sie einen reichen Trost besäßen; er lehrte sie weiter, mit sinnender Weisheit die Wege und Geschicke der Menschen zu verstehen, und erweckte in ihnen das gläubige Gebetswort des Psalms. Sein Wort suchte viele Wege zu ihren Herzen und machte sich ihnen in vielfältiger Form faßlich und nützlich, wie uns dies im Alten Testament, diesem vielgestaltigen Buch, vor Augen liegt.

Dennoch haben wir durch Jesus mehr empfangen als die Väter. Es war große Gnade, daß Gott diesen sein Wort so oft und so reichlich gab; aber die Gnade Gottes hat der Gemeinde Jesu noch Höheres beschert und uns sein Wort noch reichlicher und deutlicher gesandt. Denn während Gott zu den Vätern in den Propheten redete, redete er zu uns im Sohn. Mit den Propheten sprach Gott als mit seinen Knechten, die er zur Ausrichtung besonderer Aufträge mit seinem Wort ausrüstete. Dieses wurde ihnen deshalb nur teilweise gegeben entsprechend dem Auftrag, den sie auszurichten hatten. Nun hat uns Gott aber nicht nur Propheten, sondern seinen Sohn gegeben, und das ist die höchste, die vollkommene Gestalt, wie Gott mit uns reden kann. Denn der Sohn lebt in der vollkommenen Liebe und Einigkeit mit dem Vater und hat den ganzen

Einblick in dessen Rat und Willen. Darum wohnt im Sohn das Wort des Vaters ganz. Darum hat Jesus auch zu denen, die das alte, reiche Wort Gottes besaßen und darin Meister waren, gesagt: „Ihr kennt Gott nicht; niemand kennt ihn als der Sohn" (Joh. 7,28. 29; 8,19; 15,21; Matth. 11,27). Sie standen alle als die Unwissenden und Blinden neben ihm, weil sie von seiner Gemeinschaft mit dem Vater und von seinem Einblick in den Willen Gottes nichts besaßen. Aber Jesus fährt fort: „Niemand kennt den Vater als der Sohn, und wem es der Sohn will offenbaren" (Matth. 11,27). Weil er uns den Vater offenbaren will, deshalb hat er uns sein Wort gegeben, das Wort, das der Vater zuerst in ihm selbst geredet hat; und dieses Wort des Sohnes ist nun im höchsten und eigentlichsten Sinne Gottes Wort.

Die Geheimnisse der göttlichen Herrschaft hat uns Jesus nicht gedeutet; seine Unterweisung steigt vielmehr zu den Unmündigen herab und ist die schlichte, durchsichtige Zusammenfassung dessen, was schon die Schrift enthielt. Allein diese einfachen Worte Jesu bekommen eine große Herrlichkeit und Tiefe, wenn wir bedenken: da hören wir die Weisung und den Willen dessen, der mit Gott wie der Sohn mit dem Vater verkehrt. Es scheint zunächst eine geringe Sache, wenn Jesus vom Zöllner sagt: „Die Gesunden bedürfen des Arztes nicht, sondern die Kranken" (Matth. 9,12). Aber wenn wir bedenken: so schaut der eine das menschliche Leben an, der Gott kennt, wie der Sohn den Vater kennt, so wird uns dieses einfache Wort zum unersetzlichen Edelstein, zum Eckstein unseres Lebens, zur Zuversicht und Krone unseres Geistes. Es läßt sich mit einigem Recht sagen, andere weise Meister haben auch gelehrt, daß das Gesetz Gottes in der Liebe seine Summe und Erfüllung hat. Aber wenn wir erwägen, daß uns der Sohn dies sagt, dem der Sinn und Wille des Vaters gegenwärtig und aufgeschlossen ist, dann wächst solch ein Wort empor zur Majestät und tritt vor uns als das Weltgesetz, nach dem unser und aller Menschen Leben regiert und gerichtet wird. Wie mit diesem, so verhält es sich aber mit allen Worten Jesu, so schlicht sie sind.

Das Wort Gottes war den Vätern schon vor alter Zeit gegeben, und auch dies gab ihm für die Juden eine besondere Heiligkeit. Weil es zu den Alten gesagt war, hielten es die späteren in Ehren, und sie änderten nichts daran; es war ihnen das unwandelbare Gesetz. Nun war freilich das Wort Jesu daneben ein neues Wort; es erhielt aber gerade durch die Zeit, in der es uns gegeben wurde, eine ganz besondere Wichtigkeit. Denn Gott hat im Sohn am Ende dieser Tage geredet. Auch in unserem Brief steigt, wie überall in der apostolischen Predigt, die Hoffnung hoch empor; sie streckt sich mit starkem Verlangen nach den letzten Werken Gottes aus, betrachtet „diese Tage", die Tage der irdischen und zeitlichen Gestalt der Welt, als rasch dahineilend und erwartet, daß die Herrschaft Gottes bald in ihrer ewigen Gestalt erscheinen wird. Wie kurz oder lang die Frist ist, die Gott der irdischen Ordnung der Dinge zugemessen hat, müssen wir uns von dem königlichen Walten Gottes zeigen lassen; wir sollen aber mit unserem Brief bedenken, daß uns das Wort Jesu um deswillen gegeben ist, was auf diese Tage folgen wird. Auf das Wort Gottes wird das große Werk Gottes folgen, sein richterliches Handeln an der Welt, das seiner Gemeinde die Erhöhung aus der irdischen und zeitlichen Lebensgestalt ins ewige Leben bringen wird. Um uns hierfür zu bereiten und in das ewige Reich Gottes zu bringen, dazu ist uns das Wort Jesu gegeben, und dazu sollen wir es nützen. Darauf beruht die heilige Wichtigkeit seines Worts.

1,2b: *den er zum Erben von allem bestellte, durch den er auch die Weltperioden machte.* Jesus hat ein Eigentumsrecht an uns und an alle Dinge erhalten. Das Ende des Weltlaufs und das Ende unseres eigenen Lebens wird zeigen, wer er ist. Dann wird er über aller Kreatur stehen als der Herr, dem alles untertan geworden ist, von dem wir abhängen, der uns unsere Stellung, Wohnung und Gabe im Haus seines Vaters zuweisen und seine Macht an uns offenbar und herrlich machen wird. Jetzt schon darf er alles sein Eigentum heißen; denn das Anrecht an diesen Besitz hat Gott ihm schon jetzt in seine Hand gelegt. Das gibt dem Wort des Christus die unvergleichliche Bedeutung. Wir kennen und hören in ihm den, dem wir und alles, was ist, für die Ewigkeit zum Eigentum übergeben sind.

Gott, der Herr über alle Dinge, der über sie nach seinem königlichen Recht verfügt, hat Jesus zu ihrem Erben eingesetzt. Wie Jesus sein Wort von Gott empfängt, so hat er auch seine Macht von ihm.

Weil er der Sohn ist, wird er wie zum Boten des göttlichen Worts, so auch zum Erben aller Dinge. Weil er sich als Sohn dem Vater untergibt, darum steht er zuletzt über der ganzen Welt als ihr Herr. Deshalb wirft seine Macht keinen Schatten auf Gott. Christus bedeckt und verdunkelt Gott nicht. In seiner Macht erscheint vielmehr Gottes Macht, wie uns in seinem Wort Gottes Rede hörbar wird. Indem ihm Gott alle Dinge übergibt, umfaßt Gott alles mit seiner Herrschaft und macht alles seinem Willen untertan und von seiner Güte voll. Dadurch, daß wir das Eigentum Jesu werden, werden wir Gottes Eigentum.

Dem Ende und Ausgang des Weltlaufs entspricht sein Anfang: schon das Entstehen der Welt beruht auf der Herrlichkeit und Macht des Christus. Der erste Teil des Verses sagte: Gott hat seine Schöpfung für seinen Sohn geschaffen, damit sie das Reich sei, das ihm gehört. Nun sagt der zweite Teil: Die Welt ist nicht nur für den Christus bestimmt, sondern auch durch ihn entstanden. Gott berief ihn zu tätiger Mitwirkung, als er die Welt bildete; er gab ihm Anteil an seiner schöpferischen Macht, damit durch ihn die Kreatur entstehe nach dem Willen des Vaters und durch die Kraft des Vaters.

Der Brief redet vom Weltlauf mit seinen wechselnden Zeiten und Perioden, weil wir soeben nach dem letzten Ziel der Welt ausschauten, an dem die Welt ganz und gar das Eigentum des Christus werden wird. Aber vor diesem letzten Ziel liegt die lange Weltgeschichte mit ihrem rätselhaften Verlauf. Uns mag es scheinen, sie führe nicht zur Herrschaft des Christus hin. Nein! sagt unser Vers, der Weltlauf mit seinen Stufen und Wendungen bereitet Christus kein Hindernis; er selbst hat ihn so geordnet von der Schöpfung an.

Kein Bedürfnis hat Gott genötigt, sich im Sohn den Gehilfen zu geben. Die Macht Gottes ist durch keinen Mangel gehemmt und nicht durch Bedürftigkeit bewegt. Seine eigene, freie Liebe allein hat Gott bestimmt. Diese seine Liebe hat er seinem Sohn geschenkt. Sie will ihm ein Erbe schaffen und erweist sich dadurch als vollkommen, daß sie ihn selbst zum Wirken beruft und zum Schaffen ausrüstet, so daß er als der Gehilfe Gottes dessen Schöpfungsrat ins Werk setzt. Der Sohn darf nicht nur hören, was der Vater spricht, sondern auch tun, was der Vater tut. Das Werk Gottes darf er ausrichten, und dies schon am Schöpfungstag. Dadurch wird die Liebe

Gottes auch uns zuteil. Wir werden deshalb zur Herrlichkeit und Seligkeit erhöht, weil wir von unserem Ursprung an dem Sohn zum Eigentum gegeben sind.

Das Schaffen Gottes bleibt für uns ein Geheimnis, das wir nicht durchdringen; ein verständiger Geist wird hier willig die Größe Gottes ehren und seinem Schaffen die Unbegreiflichkeit freudig lassen. Aber wenn wir auch nicht mit eigenmächtigen Gedanken die Grenzen des göttlichen Geheimnisses überspringen sollen, so dürfen wir doch das Licht, das uns vom apostolischen Wort angeboten wird, an uns ziehen und benützen. Es ist aber eine große Wahrheit, daß wir ganz und gar, schon vom Ursprung unseres natürlichen Lebens an, von Christus abhängen – daß alles, was wir von Gott empfangen bis zu unserer Existenz hinab, uns durch ihn zukommt –, daß die Liebe des Vaters zum Sohn die Wurzel unseres ganzen Daseins ist und den ganzen Weltlauf erzeugt. Und der, durch den wir unser Dasein haben, ist unter uns gestanden und hat zu uns geredet; sein ist das Wort, das zu uns spricht.

Diese beiden Sätze verbinden den Blick auf Jesus mit den beiden heiligsten Überzeugungen jedes Israeliten. Dem Juden stand fest: Unser Gott ist der Schöpfer aller Dinge, und: Unserem Gott wird noch alles untertan. Diese Erkenntnis war ihm durch das Gesetz und die Propheten so eingeprägt, daß er nicht mehr an ihr rüttelte, sondern darin die heilige Wahrheit sah, die ihn von den Heiden schied. „Seht auf Christus", sagt unser Brief, „in ihm findet ihr die Herrlichkeit Gottes, wie ihr sie kennt, den Schöpfer, der die Welt mit dem Wechsel ihrer Zeiten gemacht hat, und den Vollender, der sich am Ende dieser Zeiten alles untertan machen wird. Im Sohn findet ihr ihn; denn durch ihn hat Gott alles geschaffen, und durch ihn macht er sich alles untertan, indem er alles dem Sohn zum Erbe gibt."

Die Herrlichkeit des Sohns wäre aber von uns noch nicht erkannt, wenn wir nur an seine Schöpfermacht dächten. Wie kann er zum Anfänger und Vollender der Schöpfung werden? Weil er der ist, durch den Gott sich offenbart. Jetzt erst, wenn wir auf sein Verhältnis zu Gott achten, haben wir seine Herrlichkeit erfaßt und wahrgenommen, was uns von ihm gegeben wird. 1,3: *der sich, da er der Glanz der Herrlichkeit und der Abdruck seines Daseins ist* (Joh.

1,3; 1. Kor. 8,6; Kol. 1,16) *und alles durch das Wort seiner Kraft trägt, nachdem er eine Reinigung der Sünden hergestellt hat, zur Rechten der Majestät in der Höhe setzte.* Der Satz spricht von dem ganzen Wesen und Werk des Christus in einer großen Übersicht. Das erste Wort zeigt, wie Christus mit Gott verbunden ist. Dazu wird ein doppeltes Bild verwendet; zunächst das Bild vom Licht, das seinen Schein und Glanz von sich ausgehen läßt, sodann das Bild von einem Stempel, Siegel oder einer Münze, in die scharf und deutlich eine Figur eingeprägt oder eingeschnitten ist, an der sie erkennbar ist. Die Herrlichkeit Gottes läßt ihr Licht hervorgehen als einen hellen Schein. Worin besteht dieser Glanz, in dem diese Herrlichkeit Gottes sichtbar wird? Nicht im Sonnenlicht, auch nicht in der Geisterwelt himmlischer Art, in der sich Gottes Weisheit und Macht tausendfach spiegelt; sondern der Glanz, der die Herrlichkeit Gottes offenbart, ist der Sohn. Die Kraft der göttlichen Existenz und Lebendigkeit prägt sich aus in einem Abdruck, an dem wir innewerden, daß Gott ist und wer er ist. Wer ist dieser Abdruck Gottes, in dem er uns gegenwärtig und in seiner Wirklichkeit erkennbar wird? Nicht der Weltbau in seiner Unermeßlichkeit, auch nicht das Menschenherz mit dem lebendigen Geist, der in ihm ist; sondern der Sohn allein ist die Gestalt, die sichtbar macht, wer Gott ist.

Konnten wir es anders erwarten? Können denn Dinge die Herrlichkeit Gottes ausstrahlen und seine Gegenwart kundtun? Nur der kann es, der Geist und Liebe ist wie Gott selbst. Nicht so leuchtet die Herrlichkeit Gottes hervor, daß sie sich in viele Strahlen zerteilte, und nicht so wird sein Dasein deutlich und gewiß, daß ihm mancherlei Wirkungen entströmten. So offenbaren freilich die vielen Kreaturen Gott; was sie uns sagen, müssen wir zusammensetzen und verknüpfen, damit wir fassen, wer Gott ist. Darum sind nicht sie der Glanz seiner Herrlichkeit und das Wahrzeichen seines Seins; das kann nur einer sein, der so einzig und unvergleichlich ist wie Gott selbst.

So innig und vollkommen ist die Gemeinschaft Jesu mit Gott. Wie der Glanz nichts ist an sich selbst, sondern dem Licht entströmt, das leuchtet, und wie man die Figur nicht vom Siegel lösen kann, an dem sie haftet, so schöpft der Sohn alles, was er in sich hat, aus dem Vater. Er kann und will nichts durch sich selbst und für sich selbst sein. Daß die Herrlichkeit des Vaters in ihm mit hellem Glanz leuchtet und die Gegenwart des Vaters in einem deutlichen und vollkommenen Bild in ihm erscheint, das ist sein Wesen und Beruf. Und der Vater gewährt ihm dies. Er hat ihn zum Strahl und Glanz seiner Herrlichkeit gemacht, so daß er sie offenbaren kann, wie der Schein das Licht offenbart, und er hat ihn zum Träger und Zeugen seines Daseins gemacht, so daß es in ihm sichtbar und wirksam ist.

Darum ist der Sohn für uns der Weg zu Gott, der Mittler mit ihm, die Pforte, durch die wir zum Vater gelangen. Wir Menschen wissen nichts von der Herrlichkeit und Gegenwart Gottes. Wer sieht hinauf zu dieser Höhe über die Scheidung hinweg, die uns von ihm trennt? Im Christus zeigt er sich uns. Das ist dessen erste Gabe, die zugleich die größte ist; denn sie schließt alles in sich: durch ihn geschieht es, daß uns Gott nicht mehr verborgen und abwesend, sondern offenbar und gegenwärtig ist. Wie könnten wir uns von Jesus scheiden wollen! Alles Verlangen, das sich in uns nach Gott und seiner Herrlichkeit streckt, muß uns zum Christus treiben und bei ihm festhalten, da uns Gott allein durch ihn sichtbar wird. Diese Wahrheit erklärt alle vorangegangenen Worte über die Größe Jesu. Deshalb ist er größer als die Propheten; denn die Offenbarung Gottes geschieht nicht nur durch ihn oder an ihm; er ist sie, und darum steht auch sein Wort über dem Wort aller anderen Boten Gottes. Und weil er mit der Herrlichkeit und dem Wesen Gottes eins ist, deshalb sind alle Dinge ihm und nur ihm zum Erbe gegeben, und deshalb sind sie auch durch ihn geschaffen; denn Gott wird offenbar in ihm.

Diese Worte sagen das ewige Wesen des Christus aus; er steht in dieser Einheit mit dem Vater vor und über aller Zeit. Aber diese Einheit mit dem Vater hört auch in seiner irdischen Existenz nicht auf. Da geht er freilich völlig in unsere menschlichen Schranken und Maße ein und legt, wie der Brief später sagt, das Fleisch als Vorhang über die Herrlichkeit Gottes. Christus ist aber auch so der Sohn, der uns den Vater verklärt und erkennbar macht, und einst wird diese Gabe Jesu noch ungleich größer und herrlicher werden, wenn wir ihn sehen in seiner himmlischen, ewigen Gestalt.

Das zweite Wort V. 3 geht auf das Verhältnis Jesu zur Welt: er trägt alles als der Erhalter aller Dinge, der über ihnen wacht, sie schützt, leitet und zum Ziel bringt. Alles würde zerfallen, und nichts käme auf gutem Weg zum rechten Ziel, wäre nicht alles gehalten von der Hand des Christus. Wie trägt er für alle Dinge Sorge, und wie gibt er jeder Kreatur Bestand? Durch das Wort der Macht Gottes. Durch sein Wort gibt er allem seinen Platz und zeigt er allem seine Bahn; denn sein Wort hat die göttliche Macht in sich und geschieht. Spricht er zu uns: „Lebt!", so gibt sein Wort uns Leben; schilt er uns, so bindet sein Wort uns in Ohnmacht und Tod. Wollten wir ihn lassen oder sein Wort verachten, so würden wir uns von der Wurzel trennen, aus der für uns und für die ganze Welt das Leben und Gedeihen kommt.

Daran, daß der Sohn das allmächtige Wort des Vaters verwaltet, das allem Weg und Ziel bestimmt und jedem Ding die bleibende Regel gibt, sehen wir, daß ihn der Vater zu seinem vollkommenen Ebenbild gemacht hat. Wir stehen nahe bei der Aussage des Johannes (1,1): „Christus ist das Wort." Doch bleibt zwischen beiden Stellen ein Unterschied; denn hier ist gesagt, er verwalte das Wort. Das Wort läßt sich in doppelter Weise betrachten, wie auch in der neutestamentlichen Rede ein doppelter Ausdruck dafür erscheint. Es lebt zuerst in dem, der es bildet und spricht; es ist das, was er in seinem Geiste trägt, die Spiegelung seines Wesens, worin er faßt und formt, was er selbst denkt, fühlt und will. Dieses Wort ist ein Stück unseres Wesens; das sind wir selbst. Deshalb kann Johannes sagen: Der Sohn ist das Wort, das Gott ewig bei sich hat und das Gott ist. Wiederum kann ich das Wort betrachten, wie es sich nach außen wendet zu dem, dem es gilt, und meinen Sinn und Willen denen kundmacht, an die ich es richte. So vergegenwärtigt unsere Stelle den Sohn Gottes, nicht wie er mit dem Vater verbunden ist – das taten die beiden vorangehenden Worte –, sondern so, wie er sein Auge auf alles gerichtet hält und alles im rechten Stand und Gang erhält. Darum ist er hier als der Verwalter des göttlichen Worts bezeugt. Aber jedermann sieht, wie nahe beide Gedanken zusammentreffen. Weil Christus im Sinn des Johannes das Wort ist, kann er so zur Welt reden, daß sein Wort alles hält und trägt.

Noch eins gehört zum Werk des Sohns; sonst hätten wir von ihm keinen Gewinn. Die Herrlichkeit Gottes leuchtet in ihm; kann ihr

Glanz auch uns verklären, während wir doch Sünder sind? Gott wird durch ihn offenbar; sollen auch wir Gott schauen, die wir gesündigt haben? Der Sohn nimmt sich in der Macht Gottes aller Dinge an und trägt sie alle, daß sie alle aus ihm Bestand und Kraft erhalten; gibt es auch für uns bleibenden Bestand und lebendiges Gedeihen, für uns Sünder? Es muß noch etwas Weiteres geschehen, damit das Wesen und Werk des Sohnes uns zugute komme. Noch eine Tat gehört zur Ausrichtung seines heiligen Amts, die große Tat des irdischen Lebens Jesu, die Frucht seiner Erscheinung im Fleisch, der Gewinn seines Leidens, Sterbens und Auferstehens: er hat die Reinigung von den Sünden hergestellt.

Wie Schmutz und Flecken unseren Ekel und Abscheu erregen und uns unausstehlich sind, ebenso, ja noch viel mehr würden wir, wenn unsere Gedanken aus der Wahrheit wären, an unserem inwendigen Wesen all das richten und verwerfen, was sündig ist. Mögen wir uns an die Sünde gewöhnen und an ihr Gefallen haben, Gott verwirft sie. Vor Gott ist sie Unreinheit und trägt uns die Ausstoßung aus der Gemeinschaft mit ihm und den Ausschluß von seinen Gütern ein. Aber Jesus hat für uns die Reinigung von den Sünden hergestellt. Er, der die Herrlichkeit Gottes als hellen Glanz in sich hat, hat sich mit unserer Unreinheit abgegeben und sie weggeschafft; er hat bewirkt, daß unsere Sünden nicht an uns haften und uns nicht verderben, daß wir vielmehr vor Gott als die Reinen stehen. So hat er für uns getan, was wir selbst nicht tun können und was doch die Bedingung alles Lebens für uns ist.

Dies sein Werk hat darin geendet, daß er den Thron neben Gott im Himmel erlangt hat. Dort ist er jetzt; einen solchen Christus haben wir. Die Teilnahme an der königlichen Herrschaft Gottes ist sein, nicht nur wegen seiner ewigen Einheit mit Gott, durch die er der Glanz der göttlichen Herrlichkeit ist, auch nicht nur wegen seines treuen Waltens über der Welt, wonach er alles mit dem göttlichen Wort trägt, sondern wegen der Vollendung seines heiligen Dienstes an uns Sündern, durch den er die Sünden von uns Menschen weggenommen hat. Was können wir noch Höheres suchen? Ist ein solcher Christus nicht groß genug für uns?

Vom Thron Gottes, zu dem Jesus erhoben ist, wissen wir, daß ihn die Engel umgeben, die starken und reichen Geister Gottes, die himmlische Art haben. Ist Christus wie einer von diesen geworden? Wir würden ihn noch nicht genug erheben, wenn wir ihn den Engeln gleichstellten. 1,4: *wodurch er um so viel größer als die Engel geworden ist, als der Name, den er erlangt hat, vorzüglicher als der ihrige ist.* Auch im Kreis der himmlischen Geister ist keiner, der ihm vergleichbar wäre. Dafür haben wir ein Kennzeichen und einen Maßstab in dem Namen, der für Jesus bestimmt gewesen ist. Das ist der Sohnesname, kraft dessen er auch Herr und Gott zu heißen verdient. Dieser Name ist ihm in der Schrift zum voraus zugeteilt, und nun ist er ihm zugefallen als sein Erbe und Eigentum, das niemand mit ihm teilt. Dieser Name ist kein leerer Titel, hinter dem nichts steht. Jesus hat ihn auch vor Gott nach seiner vollen Wahrheit und Kraft, und deshalb kann uns sein Name zeigen, wie hoch er über allen Engeln steht.

In den meisten anderen Briefen des Neuen Testaments wird eingangs kurz erklärt, warum die Apostel zur Feder griffen und diese Briefe verfaßten. Sie beginnen deshalb mit einigen Worten über die göttliche Berufung, die ihnen gegeben war, und über die Herrlichkeit des Evangeliums. Auch der Verfasser unseres Briefes tut dies in seiner Art, obgleich er nicht von sich selbst, sondern nur von der Größe Jesu spricht. Auch so bringt er zum Ausdruck, was ihn bewegt und zum Schreiben treibt. Weil er Jesus kennt, und zwar als den kennt, als den er ihn bezeugt, darum hat er den jüdischen Christen diesen Brief gesandt. Dabei versteht er es, schon durch die feierliche Art, wie er den Brief beginnt, uns fühlbar zu machen, wie tief ihn die Größe Jesu bewegt; es gilt ihm als die heiligste und erhabenste Sache, wenn unser Nachdenken sich auf Christus richtet. Er spricht damit sogleich die Hauptgedanken des ganzen Briefes aus. Der erste Satz faßt alles bündig zusammen, was im folgenden eingehend beleuchtet und begründet wird. An der irdischen Erscheinung Jesu sind zwei Hauptzüge herausgehoben: Jesus hat uns das Wort Gottes gebracht, und er hat uns von unseren Sünden rein gemacht. Die folgende Vergleichung des Alten Bundes mit dem Neuen wird immer wieder auf diese beiden Gedanken hinzeigen, weil in ihnen der Besitz und Vorzug der Gemeinde Jesu besteht. Und dieses doppelte Amt Jesu ist hergeleitet aus seinem Sohnesverhältnis zu Gott, das ihn zum Mittler zwischen Gott und uns macht. Das doppelte Amt Jesu hat seine Wurzel darin, daß der verborgene Gott, zu dessen Licht wir nicht hinzukommen, uns von Anbeginn an in ihm den Weg zu sich und seiner Herrlichkeit bereitet hat. An diese Einheit des Christus mit dem Vater wird uns auch die folgende Darstellung beständig erinnern; denn aus ihr stammt alle Macht und Segnung Jesu.

Kapitel 1,5-14

Jesus ist über die Engel erhaben

Es fehlte dem Alten Bund nicht an der Erscheinung himmlischer Mächte und göttlicher Boten aus der oberen Welt. Israel konnte sich rühmen, daß ihm das göttliche Wort durch Engel gebracht wurde. Die machtvollen, sichtbaren Bezeugungen Gottes, von denen die Stiftung des Alten Bundes begleitet war, der Donner und Posaunenhall, das Reden der Stimme zum Volk, die Gestalt, die im Dornbusch erschien und die an Mose vorüberging, die Wolke, die Israel begleitete und das Heiligtum erfüllte, aus der die Stimme mit Mose redete und ihm die Gesetze gab, das alles wies auf die Gegenwart und Wirksamkeit der Engel hin. Die Schrift sagte: Der Engel Gottes zog mit Israel in der Wüste. Darum ist das Gesetz ein „durch die Engel geredetes Wort" (2,2; vgl. Gal. 3,19; Apg. 7,53). Was steht nun im Neuen Bund diesem offenbaren, gewaltigen Eingreifen der himmlischen Geister gegenüber? Jesus allein! Jesus in der ganzen Menschlichkeit seiner Erscheinung, nicht umgeben von himmlischen Heerscharen, Jesus, der uns als den letzten und tiefsten Eindruck aus seiner irdischen Gegenwart sein Kreuzesbild hinterlassen hat. Aber das ist kein Rückschritt hinter das, was Israel erlebte, zurück. Jesus ist größer als die Engel. Nichts, was der Himmel in sich schließt, kann ihm verglichen werden.

Indem der Brief den Vergleich zwischen dem Alten und dem Neuen Bund an dieser Stelle beginnt, legt er zu allem Folgenden den festen Grund. Der Unterschied Jesu von den Engeln gibt uns einen reichen Blick in das Wesen Jesu, in seine Einheit mit dem Vater, in seinen Anteil an der Herrlichkeit Gottes. So lernen wir die Wurzel kennen, aus der sein Werk erwachsen ist und ewige Kraft und Gültigkeit erhalten hat, und können nun ermessen, was es bedeutet, daß er zu uns gekommen und für uns gestorben ist. Der Brief stellt Jesus später auch noch neben die menschlichen Bundesmittler und Boten des göttlichen Wortes an Israel, neben Mose und Aaron; aber hier kann er sich hernach kurzfassen. Weil nicht einmal die himmlischen Geister mit Jesus zu vergleichen sind, steht er auch hoch über Moses Glanz und Aarons Herrlichkeit.

Als Mittel, um uns die Größe Jesu deutlich zu machen, braucht der Brief die Schrift des Alten Bundes. Schon als er den ersten Blick auf Jesus mit der Bemerkung schloß, daß Jesus hoch über den Engeln steht, hat er auf den Namen hingedeutet, der im Alten Testament für ihn vorbereitet ist. Nun schlägt er es vor uns auf und heißt uns erwägen, was es über die Engel und über den Christus sagt, wie beiden durch die göttlichen Worte ihre Stellung angewiesen ist. Auf das Wort verweist uns der Brief, auf das alte Wort Gottes an die Väter und auf das Wort Jesu. Darum zeigt er uns auch, wie reich diese göttlichen Worte sind, welche Fülle und Tiefe in ihnen beschlossen liegt. Er leitet uns an, von den göttlichen Worten nicht gering zu denken und sie nicht zu entwerten, sondern ihrem hohen Flug nachzugehen. Dann sehen wir, wie schon die alttestamentlichen Worte die Herrlichkeit Jesu andeuten und ausprägen. Zugleich müssen wir bedenken, daß der Brief zu „Hebräern" spricht, denen das alttestamentliche Wort heilig und ehrwürdig blieb, auch wenn sie des Evangeliums müde wurden; denn es hatte ihr Denken und ihr Gewissen von ihrer Jugend an gebildet. Hier sucht der Brief für seine Lehre und Ermahnung den festen Grund, auf dem er ihren Glauben neu aufbauen kann. „Lest doch", sagt er ihnen, „eure Bibel; glaubt ihren großen Verheißungen; seht, wie hoch sie Christus erhebt, wie ihre herrlichsten Worte in Jesus Wahrheit geworden sind! Wenn ihr die Schrift nicht verwerfen wollt, könnt ihr von Jesus nicht lassen; denn er allein ist der Erfüller jener wunderbaren Worte der Propheten."

Die alttestamentliche Schrift enthält unermeßlich hohe Worte, die alles überragen, was von einem Engel gelten kann. Wem gelten sie? Der Brief zeigt auf Jesus hin. Jesus meinen diese gewaltigen Bibelworte, die sonst auf niemand passen, und sie heben ihn nicht nur über alle Menschen, sondern auch über alle Engel empor.

1,5a: *Denn zu welchem von den Engeln sagte er je: Du bist mein Sohn; ich habe dich heute gezeugt* (Ps. 2,7; Hebr. 5,5; Apg. 13,33)? Die Schrift enthält einen Spruch Gottes, mit dem er jemand nicht nur seinen Knecht, nicht nur seinen Boten, nicht nur seinen Stellvertreter, nicht nur den Genossen seines Thrones und seiner Herrlichkeit, nicht nur seinen Freund – nein, seinen Sohn nennt. Das gilt keinem Engel, sondern gehört Jesus zu. Dieses Wort ist sein Besitz allein. Es hebt alles weg, was zwischen ihm und Gott in der Mitte stehen könnte. Du, mein Sohn! das zieht ihn zu Gott heran und schließt ihn in Gottes Liebe zu völliger Gemeinschaft ein. Ihn erreicht das Leben und die Liebe Gottes nicht erst durch den Dienst von Boten und Mittlern; ihm strömt beides vom Vater in unteilbarer Vollkommenheit zu. Darum nennt ihn der göttliche Spruch „heute von Gott erzeugt“. Auf allem, was Himmel und Erde sonst enthalten, ruht das Wohlgefallen das Schöpfers; die Freude des Vaters dagegen haftet an dem Einzigen, an Jesus allein. Nicht nur gemacht und gebildet, nicht nur berufen und erwählt, nicht nur begabt und gekrönt – „erzeugt habe ich dich heute“, ich gab dir dein Leben; es stammt aus mir. Wie ein Vater sich freut, wenn ihm ein Sohn geboren ist, und ihn als seinen Sohn an sich zieht, so verkündigt der Psalm, daß auch Gott einen Tag hat, da er einen Sohn ins Leben ruft, von dem er bezeugt, daß er aus seinem eigenen Leben hervorgegangen ist. Wann geschah dies? Es war V. 4 gesagt, daß Jesus dadurch höher als die Engel geworden ist, daß er sich zur Rechten der Majestät in der Höhe gesetzt hat. An diesem Tag hat sich das Wort des Psalms erfüllt. Als Gott Jesus aus dem Tod erweckte und zu sich erhob, gab er ihm die Lebensgabe, die ihn über alle Engel erhöht. Auch in seiner irdischen Gestalt war Jesus der Sohn; aber indem er an unserer Sterblichkeit teilnahm und in den Tod ging, gab er die Lebensfülle Gottes weg und wurde dadurch geringer als die Engel. Mit seiner Erhöhung wurde ihm aufs neue das Leben aus Gott zuteil, und nun brach das „Heute“ für ihn an, von dem der Psalm spricht.

1,5b: *Und wieder: Ich werde ihm zum Vater sein, und er wird mir zum Sohn sein* (2. Sam. 7,14). Die Schrift redet nicht nur vom Geburtstag des Sohnes Gottes, sondern sie zeigt auch, welchen Fortgang dieser Anfang findet. Das Band, das gestiftet wurde, als Gott seinen Sohn ins Leben rief, zerreißt nicht mehr, sondern schafft eine bleibende, ewige Gemeinschaft beider. Gott wird stets als der Vater an dem Sohn handeln und ihm alles erzeigen, was ein Vater seinem Sohn erzeigt; wiederum wird der Sohn allezeit haben, was einem Sohn vom Vater zukommt. So ist nun Jesus mit Gott und Gott mit Jesus in Ewigkeit eins.

1,6: *Wenn er aber den Erstgeborenen* (Röm. 8,29; Kol. 1,15) *wieder in die Welt hineinführen wird, sagt er: Und alle Engel Gottes sollen ihn anbeten* (5. Mose 32,43). Zu welchem Ziel Gott seinen Sohn führt, wird durch die neue Offenbarung Jesu sichtbar werden. Durch das Wort Gottes, das Christus den Sohn nennt, den Gott selbst ins Leben rief, wurde er über die Welt erhöht und von uns Menschen getrennt. Es öffnete ihm den Anteil am Thron Gottes, den himmlischen Sitz. Allein Gott führt ihn, den er jetzt über die Welt erhöht hat, wieder in sie ein. Warum? Das deutet der neue Name an, den Jesus hier erhält. Während ihn das göttliche Wort „Du bist mein Sohn" als den Einzigen bezeichnet, heißt er nun der Erstgeborene. Ist er auch Gottes einziger Sohn, so bleibt er doch nicht einsam; Gott hat ihm Brüder zugeordnet, unter denen er der Erstgeborene ist. Um sich diese Brüder zu erwerben, ist er einst in diese Welt gekommen und ihnen gleich geworden; um ihretwillen führt Gott ihn wieder in die Welt zurück, um das Werk Gottes, das mit seiner ersten Erscheinung noch nicht zur Vollendung kam, an ihnen zu vollenden. Es steht noch eine Verheißung für sie aus; diese wird Christus mit seiner neuen Gegenwart an ihnen erfüllen. Und dann wird Gott allen Engeln die Weisung geben, daß sie ihn anbeten.

Dieser Zug gehört wesentlich zur Botschaft von der herrlichen Herrschaft des Christus. Wenn die Scheidewand zwischen Himmel und Erde durchbrochen wird und die himmlischen Mächte und Geister mit der Gemeinde des Christus zu einem Reich vereinigt werden, dann wird Jesus Ehre und Dienst nicht nur von den Menschen, sondern auch von den Engeln empfangen. Steht er am Ziel seines Werkes als der Erstgeborene unter seinen vielen Brüdern in königlicher Herrlichkeit, dann beugen sich in seinem Namen auch die Himmlischen und vereinigen sich mit der verklärten Menschheit zu einer einträchtigen Anbetung. Das ergibt dann den rechten Gottesdienst.

Damit wird jedoch offenbar, daß die Schrift die Engel in ein anderes Verhältnis zu Gott setzt als den Sohn. Zwischen dem Wort, das sich an Christus wendet: „Du bist mein Sohn!“, und dem Wort, das sich an die Engel richtet: „Betet Christus an!“, ist ein großer Unterschied, und dieser Unterschied gibt ein Maß für die Erhabenheit Jesu über alles, was im Himmel ist. Wenn Christus am Ziel seines Werkes steht, dann hat Gott ihn so groß gemacht, und seine Einheit mit dem Vater ist so offenbar, daß er auch für die Engel zum Spiegel der Herrlichkeit Gottes wird, vor dem sie anbeten. In der Beugung der Engel vor Christus liegt natürlich keine Abwendung und Entfremdung von Gott. Der Engel gibt das Lob Gottes nicht auf, wenn er Christus ehrt. Es ist Gott, der spricht: „Ihn sollen sie alle anbeten.“ Sie ehren Gott im Christus, den Vater im Sohn. Aber im Sohn erkennen sie den Rat Gottes, sehen sie die Tat Gottes, schauen sie hinein in den Reichtum der Weisheit und Liebe Gottes. Wo aber Gott offenbar ist, da beugen sich die himmlischen Geister mit der seligen und willigen Beugung, die die Anbetung in sich hat. Absichtlich redet hier der Brief nicht von dem, was im verborgenen Heiligtum des Himmels jetzt schon geschieht; dahin reichen menschliche Gedanken nicht; er redet vielmehr von dem, was wir einst erleben werden, wenn Christus zu uns kommt, wie wir ihn sehen werden, wenn er wieder bei uns ist. Dann werden wir den von den Engeln Angebeteten sehen.

Nach ihrer verschiedenen Stellung zu Gott erhalten Christus und die Engel auch einen verschiedenen Wirkungskreis und verschiedene Macht (V. 7–12). Auch den Engeln gibt Gott Macht. 1,7: *Und zu den Engeln sagt er: Der seine Engel zu Winden macht und seine Diener zur Feuerflamme* (Ps. 104,4). Gott legt auch Sturm und Blitz und alle Kräfte der Natur in die Hand seiner himmlischen Boten wie z. B. am Sinai, so daß sie mit ihnen ihr Werk ausrichten und in ihnen das Zeichen ihrer Gegenwart haben. Sie dürfen machtvoll in die irdische Natur eingreifen und sie als Werkzeug zur Ausrichtung ihres Berufes gebrauchen.

Allein alle diese Macht verschwindet neben der Herrlichkeit, die dem Sohn übergeben ist. 1,8.9: *Zum Sohn aber sagt er: Dein Thron, o Gott, ist für alle Ewigkeit, und der Stab der Richtigkeit ist der Stab deiner Herrschaft. Du hast Gerechtigkeit liebgehabt und den*

Aufruhr gegen das Gesetz gehaßt. Deshalb salbte dich, o Gott, dein Gott mit dem Öl des Frohlockens vor deinen Gefährten (Ps. 45,7.8). Dem Sohn gehört der Thron, und zwar ein ewiger Thron, und er führt das Zepter des Rechts. Liebe zur Gerechtigkeit und Haß gegen die Ungerechtigkeit sind der Grund und die Richtschnur seines Regierens. Darum wird ihm vor allen anderen die Salbung mit dem Öl der Freude zuteil. Sein Werk gelingt und wird für ihn selbst zum Quell reicher Seligkeit. Christus hat somit einen umfassenden Beruf: sein ist die Verwaltung des göttlichen Rechts, sein die Durchsetzung der Gerechtigkeit. In seiner Hand liegt der Sieg über alles Unrecht, die Zurückleitung des Verdorbenen und Verkrümmten in die gerade Bahn Gottes. Sein ist die Aufrichtung einer Weltgestalt, in der die göttliche Gerechtigkeit erscheint und regiert. Dazu hat er ewige und königliche Macht erhalten, und der Name Gottes ist nicht zu groß für ihn. Indem Gott ihm seinen eigenen Namen gibt, richtet er den Glauben, den Gehorsam und die Anbetung ganz auf ihn. Wo ist nun die wirkliche Größe? Was ist alle Macht über die irdische Natur, auch wenn sie Berge beben macht und in Sturm und Blitz sich kundtut, neben dem Beruf des Christus, neben dem Zepter des Rechts in seiner Hand?

Zum Sieg der Gerechtigkeit gehört die Erneuerung von Himmel und Erde. 1,10-12: *Und: Du, Herr, hast im Anfang die Erde gegründet, und die Himmel sind das Werk deiner Hände. Sie werden untergehen, du aber bleibst, und sie werden alle wie ein Gewand veralten, und wie ein Kleid wirst du sie zusammenrollen, und wie ein Gewand werden sie gewechselt werden. Du aber bist derselbe, und deine Jahre werden nicht zu Ende gehen* (Ps. 102,26-28). Wie für die ganze Natur, so kommt auch für den Himmel die Zeit, in der er durch eine neue Schöpfung ersetzt werden und wie ein Kleid, wenn es seinen Dienst getan hat und alt geworden ist, gewechselt wird. Christus aber wird nicht alt und nicht durch etwas Neues überholt oder überflüssig gemacht. Seinen Sohn wechselt Gott nicht. Was ist daneben die Macht der Engel, auch wenn sie sich so gewaltig äußert wie am Sinai? Solche Macht bleibt innerhalb der irdischen Natur. Christus dagegen steht über der ganzen Welt; wie er der Mittler der Weltschöpfung war, so macht er sie auch neu als der Mittler der Weltvollendung. Während er selbst an der Ewigkeit

Gottes teilhat, gibt er aller Kreatur und auch dem Himmel seine ewige Gestalt. Er erhebt sie durch die Offenbarung seiner Herrlichkeit zu ihrer Unvergänglichkeit.

Das Verhältnis, in dem die Engel und der Sohn zu Gott stehen, ist verschieden; darum ist es auch ihre Macht und Tätigkeit, darum weiter auch ihr Verhältnis zu uns Menschen. Mit dem Hinweis auf diesen Unterschied schließt die Vergleichung der Engel mit Christus ab. 1,13.14: *Zu welchem von den Engeln hat er je gesagt: Setze dich zu meiner Rechten, bis ich deine Feinde zum Schemel deiner Füße mache* (Ps. 110,1; Hebr. 10,13; Matth. 22,44; Mark. 12,36; Luk. 20,42.43; Apg. 2,34.35)? *Sind sie nicht alle mit Dienst beschäftigte Geister, die um derer willen zum Dienst ausgesandt werden, die die Rettung erlangen werden?* Das Werk und die Freude der Engel besteht in dem Gott anbetenden Dienst. Sooft sich einem Propheten ein Blick nach oben öffnete, sah er die Engel in tiefster Anbetung vor Gott gebeugt. Darum sind sie auch seines Auftrags gewärtig und werden zu mannigfacher Dienstleistung ausgesandt. Kniet auch Jesus mit verhülltem Angesicht vor Gottes Thron? Ruft auch er, ob auch in ungetrübter Seligkeit, so doch von unten nach oben: „Heilig ist der Herr der Heerscharen"? An ihn ergeht vielmehr das unausdenkbare göttliche Wort, das ihm den Sitz neben Gott zuweist und ihm an aller Gottesmacht Anteil gibt. So ist er in die heilige Stille und unanfechtbare Ruhe eingeführt, die um den Thron Gottes waltet, und wird nicht mehr in den Streit hienieden verflochten und nicht mehr zur Arbeit auf Erden ausgesandt. Er kann sagen: „Es ist vollbracht!" Die Krone ist sein, die ihm niemand rauben wird. Denn Christus hat die Zusage Gottes, daß Gott selbst seine Feinde völlig beugen wird. Gott nimmt sich der Sache des Christus als seiner eigenen Sache an; er setzt in die Ehre des Christus seine Ehre und in die Herrschaft des Christus seine Herrschaft. Daher sind die Feinde des Christus Gottes Feinde, und ihr Kampf gegen Christus ist Kampf gegen Gott. Darum führt Gott selbst den Streit mit ihnen, und die Macht und der Zorn Gottes beugen sie in die Ohnmacht hinab; sie müssen sich Christus unterwerfen. Darin, daß Gott seinen Namen, seine Ehre, sein Reich mit Jesu Namen, Ehre und Reich untrennbar verbindet, liegt die Gewähr und Endgültigkeit für den Sieg Jesu. Mit dem Engel dagegen verhält es sich anders. Er ist nicht das Ziel des göttlichen Werkes, sondern ein Glied im großen Schöpfungsganzen, und das Amt und Werk des Gliedes ist Dienen. Darin liegt für den Engel keine Erniedrigung, auch wenn sein Dienst den Menschen zugute kommt. Gott dienen ist nur in den Gedanken des durch Stolz verkehrten Menschenherzens eine Schande. Kam doch auch der Sohn selbst, um uns Menschen zu dienen; wie sollte der Engel nicht dazu willig sein? Und gerade darin, daß er zum Dienst gesandt wird, ist er ja über uns Menschen erhöht. Denn der Ohnmächtige und Arme kann nicht dienen; das kann nur der, dem Kraft und Reichtum aus Gott verliehen sind. Aber das ist freilich mit diesem Wort gesagt, daß wir uns nimmermehr der Engel wegen von Christus trennen können. Denn was nützte uns die Hilfe des Knechts ohne die Gabe und Gnade des Herrn?

Für die, die an der Rettung Anteil haben, mit der die Gemeinde die Vollendung erlangt, werden auch die himmlischen Geister ausgesandt, damit sie ihnen dienen. „Seht", sagt der Brief, „ihr verliert, wenn ihr Christus findet, den Dienst der Engel nicht. Hat ihn die alttestamentliche Gemeinde empfangen, so erlangt ihr ihre Hilfe und ihren Schutz noch viel mehr. Denn sie dienen Gott und darum euch, die ihr im Christus zum Heil berufen seid. Mit Christus findet ihr den ganzen Himmel, auch all das, was euch die Engel an Hilfe und Dienst darreichen können; ohne ihn helfen euch die Engel nichts."

Wir haben eine überraschende Auslegung der alttestamentlichen Schrift vor uns. Der Mann, der hier spricht, hat die Bibel anders gelesen als wir. Wir müssen zunächst allen Fleiß daran wenden, das Wort der Propheten und Apostel so zu fassen, wie sie es gegeben haben, und ihre Gedanken genau zu wiederholen. Wir lesen die Schrift als die Lernenden, die sich klarmachen möchten, was diese Worte nach der Absicht der heiligen Männer bedeuteten und was sie uns damit ans Herz legen wollten, und wir haben gelernt, wie nützlich uns hierbei die Methoden geschichtlicher Forschung und ihre Anwendung sind, die uns auf die Unterschiede zwischen den verschiedenen Zeiten und Männern aufmerksam machen. Die Auslegung unseres Briefes ist anderer Art. Denn der ihn schrieb, las die Schrift nicht als ein Schüler, sondern als ein Meister; ein Meister war er, weil er Jesus kannte. Sein Auge ruht auf zwei Dingen: auf dem Schriftwort und auf Jesus, dessen Erhabenheit und Herrlichkeit ihm aufgedeckt ist, und beides verbindet er. Eins macht das andere hell, wichtig und groß. Jesus wird ihm groß um deswillen, was die Schrift für ihn sagt; denn in ihm sind jene großen Worte der Schrift Tat und Wahrheit geworden. Die Schriftworte werden ihm groß und neu und reicher als das, was sie ursprünglich bedeuteten, um deswillen, was er an Jesus sieht. Erst durch Jesus kommt ganz ans Licht, was das Ziel des göttlichen Willens in den alten Worten war.

Fragen wir nach dem Sinn, den diese Worte für die alttestamentlichen Männer hatten, so zeigt sich ein Unterschied. Die eine Reihe dieser Worte (Ps. 2,7; 2. Sam. 7,14; Ps. 45,7.8; Ps. 110,1) hatte zunächst die Könige Jerusalems im Auge. Allein für diese blieben diese Worte Bilder, die größer waren als die Wirklichkeit. Sie sagten viel mehr, als jene Könige erlebten und ausführten. Dem Zeugen Jesu in unserem Brief ist aber an diesen Worten nichts nur Bild, Schmuck und Überschwang. Er baut auf diese Worte mit einem vollkommenen Vertrauen. Sie kommen von Gott und haben deshalb vor Gott eine unbegrenzte Wahrheit. Die alten Könige haben sie nicht ihretwegen empfangen, sondern nur darum, weil ihr Thron das Königtum Jesu vorbereitet hat. In Jesus ist dagegen die volle Wahrheit dieser Worte erschienen. Darum tut der herrliche Beruf, den die Propheten einst dem Königtum Israels zugesprochen haben, die Herrlichkeit kund, die Jesus hat. Die anderen Stellen (Ps. 97,7 und 102,26-28) reden von Gott, wie er sich in künftiger Offenbarung als Richter und Erlöser seinem Volk und aller Welt zeigen wird. Da schaut unser Brief wiederum auf Christus hin. Er weiß, wie Gott zur Erlösung seines Volkes erscheinen wird, weil er im Christus erschienen ist. Die Weise, wie die Schrift Gott als den künftigen Heiland bezeugt, macht uns deutlich, wie Jesus sich offenbaren wird, und alle Macht und Herrlichkeit, mit der die Schrift uns die verheißene göttliche Hilfe darstellt, ist Jesu Besitz.

Wir sind vielleicht geneigt, dem Verfasser unseres Briefes entgegenzuhalten, daß wir die alt- und neutestamentliche Zeit unterscheiden und auf die stufenmäßige Entwicklung der biblischen Gedanken achten müssen. Er würde uns wohl antworten: Studiert nur

Geschichte; forscht dem Unterschied der Zeiten nach; gebt euch Mühe, die Gedanken Moses, Davids, Jesajas nach ihrer besonderen Art und Begrenzung zu erfassen; nur gebt acht, daß ihr nicht schließlich nur die Menschen vor Augen habt, Menschen in recht altertümlichem Gewand, Menschen, die ihr mit großer Kunst aus dem Grabe wiedererweckt und so sprechen laßt, wie sie etwa dereinst gedacht und gesprochen haben, aber eben doch nur Menschen, während ihr für Gottes Wort und Gottes Werk blind geworden seid! Stellt nun, ihr geschichtskundigen Erforscher der prophetischen Schriften, auch eure Bibel in das Licht, das euch Jesu Kommen gibt! Wenn ihr nicht begreift, daß Israel um des Christus willen geschaffen ist und daß Mose und die Propheten des Christus wegen geredet haben, dann versteht ihr vom Alten Testament nichts. Lernt in ihm das Wort erkennen, das auf das Kommen des Christus zielt, sein Reich vorbereitet und darum von ihm seine Erfüllung bekommt. Das allein heißt das Alte Testament nicht mißverstehen, sondern verstehen.

Bei seiner Auslegung benützt der Brief die damals verbreitete griechische Übersetzung des Alten Testaments, die natürlich nicht frei von manchen Irrungen war. Es sind an einigen Stellen Zusätze beigefügt oder Änderungen vorgenommen, zum Teil mit Rücksicht auf die Denkweise der griechisch redenden Gemeinden. Das Wort: „Und es sollen ihn anbeten alle Engel Gottes" (V. 6) las der Verfasser in seiner griechischen Bibel am Schluß des Liedes Moses (5. Mose 32). In der hebräischen Bibel findet es sich dort nicht. Allerdings sind die dem Lied Moses beigefügten Worte selbst auch Bibelworte; sie sind aus Ps. 97,7 entlehnt. Sie sind aber auch so ein Beispiel für den Unterschied zwischen dem Text und der Übersetzung, die unser Brief benützt. Im hebräischen Psalm ist nämlich von den heidnischen Göttern die Rede, die alle aus ihrer falschen göttlichen Ehre herabsinken, wenn der Herr in seiner richterlichen Majestät sein Werk auf Erden vollführt. Der Übersetzer mochte nicht von „allen Göttern" reden, damit nicht die heidnische Vielgötterei eine scheinbare Rechtfertigung finde. Er setzte die Engel an deren Stelle, da sie den höchsten Anteil an göttlicher Herrlichkeit und himmlischem Wesen haben und darum in gewissem Sinn mit dem göttlichen Namen genannt werden können. Wenn wir nun dem Schreiber unseres Briefes sagen wollten: „Das Wort, das du anführst, lautet im Hebräischen anders", so würde er wohl entgegnen: „Lest nur eure hebräische Bibel; faßt sie aber so völlig und tief mit Jesus zusammen, versteht sie so eins mit Gottes Rat und Jesu Werk, wie ich meine griechische Bibel las und verstand!"

Die apostolischen Männer redeten nicht dazu, um uns ein Joch aufzulegen, das uns an der Erfassung irgendeiner Wahrheit, irgendeiner uns zugänglichen Erkenntnis hindern soll; sondern dazu haben sie geredet, um uns zu helfen und zu dienen, damit wir Gott durch Christus finden, Gottes Werk wahrnehmen und seine Gabe erlangen, die uns im Christus gegeben ist.

Kapitel 2

Auch in Jesu Erniedrigung ist Herrlichkeit

Wir kennen Jesus noch nicht ganz, wenn wir nur seine Majestät betrachten. Was er auf Erden gewesen ist, gehört nicht weniger wesentlich zu seinem Bild, und unser Brief mußte um so mehr hievon sprechen, weil die Anfechtung seiner Leser gerade mit der irdischen Gestalt Jesu zusammenhing. Die Herrlichkeit des Christus, die ihn größer als alle Engel macht, nahm kein irdisches Auge wahr; auf Erden sah man nur den dienenden und gekreuzigten Jesus. Diese Niedrigkeit Jesu erschien der Christenheit, an die der Brief gerichtet ist, als ein dunkles Rätsel. Solange wir uns aber an der irdischen Erscheinung Jesu ärgern und sie seiner himmlischen Majestät entgegensetzen, als stünde sie zu ihr im Widerspruch, so lange kennen wir Jesus noch nicht. Es leuchtet auch in seiner irdischen Niedrigkeit eine anbetungswürdige Herrlichkeit. Darum richtet nun der Brief unser Auge auf den menschlichen und sterbenden Jesus hin, damit wir auch in ihm die Größe Gottes sehen und dadurch die Einrede unseres Herzens überwinden, dem der Weg der Niedrigkeit, den Jesus gegangen ist, nicht gefällt.

2,1: *Deshalb müssen wir eifrig auf das achten, was von uns gehört wurde, damit wir nicht vorbeifahren.* Zuerst leitet der Brief aus dem Blick auf die Herrlichkeit des Christus eine Mahnung ab; er läßt es uns nicht zu, uns nur in unseren Gedanken mit Christus zu beschäftigen, sondern erinnert uns an das Ziel, zu dem uns unser Wissen von Christus bringen soll. Ist Christus höher als die Engel, was folgt für uns daraus? Daß wir auf das achten, was wir gehört haben. Wie sind wir mit Christus verbunden? Durch sein Wort. Sein Wort führt uns zu ihm und hält uns bei ihm fest. Wir haben freilich seine Herrlichkeit und erlösende Macht noch nicht gesehen; wohl aber haben wir durch das Evangelium von ihm gehört und haben vernommen, wer er ist und was er gibt. Dieses sein Wort muß in unserer Achtsamkeit und Wertschätzung steigen, je mehr die Hoheit Jesu uns erkennbar wird.

Wir sollen mit besonderem Eifer auf das achten, was wir von Christus hören, noch mehr als auf das Gesetz; denn Christus ist größer als die, die das Gesetz am Sinai verkündigten. Der Brief richtet die jüdischen Christen durch die grundlegende Überzeugung auf, die alle Juden als sichere Erkenntnis festgehalten haben. Sie würden es sich zur schweren Sünde anrechnen, sich gegen das Gesetz aufzulehnen. Das erschiene ihnen als Antastung Gottes, als Widersetzlichkeit gegen ihn, und davor fürchten sie sich. Aber mit dem Evangelium gehen sie leichtfertig um, zweifeln, klagen es an und legen ihm keine Bedeutung bei, die sie daran bände. Und doch hat das Wort, das aus der Majestät des Christus zu uns kommt, vollends Heiligkeit. Da trifft der Widerstand noch direkter und tiefer Gott selbst und wird vollends zur Auflehnung gegen ihn. Wir gestatten uns leicht ähnliche Torheiten. Gewisse sittliche Gebote und Grundsätze erkennt mancher als unantastbar an; hieran will er weder selbst rütteln noch anderen gestatten, daran zu zweifeln. Aber das Evangelium, das Wort Jesu, das Angebot der Gnade und Versöhnung in seinem Tod, die Verheißung des ewigen Lebens in seiner Auferstehung, all das rechnet er zu den zweifelhaften Dingen, die nicht bindend sind, zu denen jedermann sich nach seinem Belieben stellen kann. „Umgekehrt", sagt unser Brief, „hier habt ihr vollends ein Wort vor euch, das euch heilig sein muß, eine göttliche Weisung, unter die ihr euch gehorsam zu stellen, die ihr achtsam zu bewahren habt."

Wir haben auf das Wort zu achten, damit wir nicht vorbeigetrieben werden, etwa wie die Strömung jemand mit sich reißt und nicht zum Ufer gelangen läßt. Dieses Wort beleuchtet uns hell die Gefahr unserer Lage. Wir stehen auch ohne unser Zutun unwillkürlich in einer Bewegung drin, die uns vom Christus und seinem Wort wegführen wird, sowie wir uns ihr überlassen. Nicht erst ein außergewöhnlicher Aufruhr, eine absichtlich verübte Unbotmäßigkeit bringt uns zu Fall. Wir brauchen uns nur unserer Schlaffheit und Trägheit, unserer Glaubens- und Hoffnungslosigkeit zu überlassen, und schon ist uns das Heil Gottes entronnen und sind wir daran vorbeigetrieben. Aber wir haben ein Mittel, das uns zu festem Stand verhilft: das Wort Jesu. Wir müssen es wagen, an sein Wort uns zu halten; dann stehen wir fest.

2,2.3a: *Denn wenn das Wort, das durch Engel geredet wurde* Apg. 7,53; Gal. 3,19), *gültig wurde und jede Übertretung und jeder Ungehorsam nach dem Recht die Vergeltung bekam, wie werden wir entrinnen, wenn wir eine solche Rettung unbeachtet lassen?* Auch das Gesetz des Alten Bundes war gültig, obgleich es nur durch die Engel zu Israel kam. Dennoch ließ Gott nicht zu, daß es verachtet und verworfen wurde, sondern schützte es mit scharfer Vergeltung gegen die, die es übertraten, und jedermann mußte sagen: Gottes Gericht über die, die seinem Wort ungehorsam waren, war gerecht. Noch viel mehr hütet aber Gott sein Evangelium, das er uns durch Christus gegeben hat; er läßt es nicht verachten und entweihen. Er macht es gültig – uns zugut, wenn wir es aufnehmen, wider uns, wenn wir es für nichts achten. Trifft uns die Strafe Gottes wegen der Verachtung der Botschaft Jesu, so bleibt auch uns nur das Bekenntnis übrig: die Vergeltung Gottes ist gerecht.

Denn nicht nur die Majestät des Boten, sondern auch der gnadenreiche Inhalt seiner Botschaft macht uns schuldig, wenn wir das Evangelium geringschätzen. Eine solche Errettung achten wir gering! Wir hören von Jesus, daß wir erlöst sind und in wunderbarer Weise die Hilfe Gottes empfangen. Die Hoheit des Christus zeigt uns sofort auch die Größe seiner Gnade und die Macht seiner Hilfe. Wenn der Sohn Gottes uns rettet, so ist das eine wunderbar große Errettung. Was soll uns noch gegeben werden, wenn wir sie verschmähen? Je größer die Gnade ist, die uns Christus bringt, um so größer ist die Sünde, die durch ihre Verachtung geschieht.

2,3b.4: *Sie begann ja damit, daß sie durch den Herrn verkündet wurde und dann von denen, die ihn gehört haben* (Luk. 1,2), *bei uns bestätigt wurde, wozu Gott Zeugnis gab durch Zeichen und Wunder und mancherlei Taten der Macht* (Mark. 16,20) *und Austeilungen des heiligen Geistes nach seinem Willen* (1. Kor. 12,11). Wäre Gottes erlösende Gnade eine zweifelhafte Sache, so wäre es erklärlich, wenn wir uns von ihr abwendeten. Nun ist sie aber wohl beglaubigt und sichergestellt und deshalb aller Annahme wert. Der erste, der sie uns verkündigt hat, ist Christus selbst; er ist gekommen, um uns die Botschaft zu bringen, daß Gott uns errettet und selig macht. Seine Verheißung ist sodann der Kirche übergeben worden durch die Apostel, die sie mit ihren eigenen Ohren von Jesus selbst gehört haben. Diesem menschlichen Zeugnis ist ein göttliches Zeugnis in den Taten wunderbarer Macht, die er seinen Boten gab, zur Seite getreten. Sie haben es der Gemeinde in einzelnen Erlebnissen sichtbar vor Augen geführt, daß die allmächtige Hilfe Gottes bei ihr ist und ihr im Namen Jesu Erlösung und Seligkeit beschert. Ebenso ist die Austeilung des heiligen Geistes in der Gemeinde ein Siegel Gottes auf die große Verheißung des Christus gewesen. Dadurch hat sie in unzweifelhafter Weise erlebt, daß ihr Gott das Höchste und Heiligste gegeben und sie mit einem lebendigen und kräftigen Band an sich gezogen hat. Geteilt wurde der Geist, weil keinem alle seine Gaben verliehen wurden, sondern die einzelnen Glieder der Gemeinde je in bestimmter Richtung in ihrem Leben und Wirken durch ihn begabt und bereichert wurden. Diese Gaben können von uns nicht nach unserem Willen ausgewählt und angeeignet werden; sondern Gott teilt sie nach seinem Willen aus. Und gerade darum, weil sie nach dem Willen Gottes zugeteilt werden, bilden sie ein göttliches Zeugnis, das auf die Verkündigung seiner Gnade das Siegel drückt.

2,5: *Denn nicht Engeln unterwarf er die zukünftige Welt, von der wir reden.* Gott hat den Christus zum Herrn der neuen Welt bestellt. Darum ist Jesus zu uns gesandt; darum hat er uns eine vollkommene Erlösung verkündigt; darum hat er seine Boten bestellt, und darum hat Gott ihrem Wort sichtbar sein Siegel beigegeben. Das alles ist geschehen, weil nicht die Engel die Herren der zukünftigen Welt sind, sondern weil diese Jesus untergeben ist, und dies gerade wegen seiner Menschwerdung. Darum liegt auch nicht in dem, was Israel durch den Dienst der Engel vernommen hat, sondern in dem Wort Jesu unsere Berufung und Zubereitung für die zukünftige Welt.

Die zukünftige Welt: damit ist uns eine neue Wohnstätte und Heimat zugesagt; sie ist von höherer Art als diese irdische Natur, in der wir jetzt zu Hause sind. Und „von dieser künftigen Welt", sagt der Brief, „reden wir". Wieso denn? Es war ja davon die Rede, daß Jesus größer als alle Engel ist. Eben dies wird aber erst in einer zukünftigen Welt offenbar. Und dahin deuteten die vorangehenden Worte beständig. Wenn der Brief Christus den Erben aller Dinge nannte – wenn er ihn den Erstgeborenen hieß, den Gott wieder in die Welt einführen und dem er die Anbetung der Engel wird zuteil werden lassen – wenn er seinen Thron als ewig pries und sein Regieren als die Offenbarung der göttlichen Gerechtigkeit – wenn er von der Verwandlung des Himmels sprach, bei der Christus unveränderlich derselbe bleibt – wenn er uns auf die Stunde verwies, in der Gott alle seine Feinde vor Christus niederbeugen wird – wenn er von der wunderbar großen Errettung und Beseligung redete, die Jesus uns verkündigt hat, so sprach er damit immer nicht von dieser, sondern von der zukünftigen Welt. Das ist aber auch der Grund, warum mit der Erscheinung des Christus in dieser unserer jetzigen Heimat seine Macht und Herrlichkeit noch nicht offenbar geworden ist. Sie tritt erst in der zukünftigen Welt ans Licht. Deshalb sind wir jetzt noch auf das Wort Jesu verwiesen und dürfen es nicht geringschätzen.

Daß Jesus zum Herrn der künftigen Welt berufen ist, zeigt unser Brief mit dem 8. Psalm, der die Güte Gottes darum preist, weil sie gerade den Menschen so hoch erhebt und so reich begabt. 2,6-8a: *Es hat aber jemand an einer Stelle bezeugt und gesagt: Was ist ein Mensch, daß du dich an ihn erinnerst, und ein Sohn eines Menschen, daß du nach ihm siehst? Du hast ihn ein wenig geringer als die Engel gemacht, hast ihn gekrönt mit Herrlichkeit und Ehre, hast alles unterworfen, so daß es unter seinen Füßen ist* (Ps. 8,5-7; 1. Kor. 15,27; Eph. 1,22). Auf den Menschen, dieses nichtige Wesen, das in seiner Ohnmacht und Kleinheit verschwindet, wenn das Auge sich zum Himmel erhebt, zielt Gottes Blick, Gottes Güte und Gabe. Ihn hob er bis nahe an die Engel heran; ihm unterwarf er die Natur. Der Psalm schaut auf die Schöpfung zurück und hält uns die Fülle und Größe der Güte vor, die der Schöpfungsrat Gottes für uns enthält. Dadurch wird er auch zur Weissagung, die uns die Herrlichkeit unseres Zieles erkennen läßt und uns die vollkommene Gabe zeigt, die unser wartet. Wir sind ja das noch nicht, wozu wir geschaffen sind. Unser jetziges Leben ist voll von Störungen, mit Elend und Jammer belastet und tief erniedrigt. Wir sind aber nicht zur Knechtschaft und zum Schmerz und zur Ohnmacht geschaffen; sondern Gott hat uns eine Existenz bereitet, die der der Engel gleicht, und uns mit Ehre und Herrlichkeit gekrönt und uns alles untertan gemacht.

2,8b: *Dadurch, daß er alles ihm unterwarf, ließ er nichts übrig, was ihm nicht unterworfen wäre. Jetzt aber sehen wir noch nicht, daß ihm alles unterworfen ist.* Alles, auch dies Wort faßt unser Brief mit unbegrenzter Zuversicht und zieht nichts davon ab, sondern läßt es stehen in seiner ganzen Höhe und Weite und schaut den unermeßlichen Reichtum der Gabe Gottes darin. So reicht sie jedoch über das hinaus, was wir jetzt haben. Wir machen uns allerdings die Natur jetzt schon dienstbar, aber nur dadurch, daß wir uns ihr unterwerfen. Sie zwingt uns auch ihrerseits in ihren Dienst und wird nur durch harte Anstrengung brauchbar in einem Kampf mit ihr, bei dem wir uns aufreiben. Da ist das, was das Psalmwort sagt, noch nicht sichtbar, noch nicht erlebt als Gegenwart und Wirklichkeit. Darum las der Verfasser unseres Briefs den 8. Psalm als einen Hinweis auf Jesus; er lernte darin den Weg Jesu verstehen und erkennen, warum ihm beides zuteil werden mußte, Erniedrigung und Erhöhung. Der Psalm redet ja von beidem, von der menschlichen Würde und Herrschaft über alle Dinge. Für uns ist die letztere noch ein verheißenes Gut, das in der Zukunft liegt. Wenn wir auch dies noch nicht sehen – eins sehen wir, was mit dem Psalmwort trefflich stimmt und es zur Erfüllung bringt: Jesus sehen wir und seinen Weg aus der Niedrigkeit zur Herrlichkeit.

2,9: *Den aber, der ein wenig geringer als die Engel gemacht ist, sehen wir, Jesus, deshalb, weil er den Tod litt, mit Herrlichkeit und Ehre gekrönt, damit er durch Gottes Gnade für jeden den Tod schmecke.* An Jesus haben wir vor Augen, daß er unter die Engel erniedrigt war, wie der Psalm es sagt, und an ihm, dem Erniedrigten, sehen wir zugleich, daß er in die Herrlichkeit erhoben ist, wie der Psalm es sagt. Er war dadurch unter die Engel gestellt, daß er in die irdischen Schranken des Menschenlebens eingegangen ist. Wir sind ja noch nicht die Herren über alles, und er war es auch nicht, als er in dieser Welt in unserer Mitte stand. Damit trat er in eine Enge, unter einen Druck und in ein Leiden, das den himmlischen Geistern nicht auferlegt ist. Er wurde der Ordnung unseres Lebens untertan, diente wie wir gehorsam der Natur, trug den Druck der Verhältnisse und fügte sich ins Leiden bis zum Tod. Da war er freilich schwächer und geringer als die Engel, die Gott, wie wir 1,7 lasen, zu Sturm und Blitzen macht. Allein wir sehen nicht nur diese Niedrigkeit an ihm, sondern wir sehen ihn zugleich mit Ehre gekrönt. Er ist ja auferstanden und in den Himmel erhoben. So hat ihn Gott genau nach dem Wort des Psalms geführt und ihm gegeben, was er den Menschen zugedacht hat. Wir können uns über seinen Weg nicht wundern. Er war ihm bestimmt durch das, was Gott dem Menschen nach jenem Wort der Schrift verordnet hat.

Wir sehen, wie vollständig unser Brief das Alte Testament mit Jesus verbindet. Verkündigt es das künftige Erscheinen Gottes, auf wen soll dies zielen, wenn nicht auf den, der der Glanz der Herrlichkeit Gottes ist? Beschreibt es, was der Mensch nach Gottes Bestimmung ist und erhalten soll, an wen sollen wir dabei denken, wenn nicht an den einzigen Menschen, über dem Gottes Wohlgefallen steht? Alles Göttliche wie alles Menschliche, das das Alte Testament offenbart und bezeugt, bestimmt den Weg Jesu.

Freilich erhält für Jesus die Erniedrigung unter die Engel einen anderen Sinn, als wenn sich der Blick auf uns, die Irdischen, richtet. Für uns ist es Hoheit, daß wir an Gottes Bild in einer Weise teilhaben und etwas besitzen, was uns mit der Himmelswelt verwandt sein läßt. Aber für ihn, den Erben aller Dinge, durch den Gott alles gemacht hat, ist es Erniedrigung, wenn er unter die Engel gestellt wird. Doch handelt es sich für ihn nur um eine zeitweilige Erniedrigung; denn er mußte nur für eine kurze Frist, nur für seine irdische Lebenszeit entbehren, was der Engel hat.

Nun sehen wir aber an Jesus nicht nur Erniedrigung und Erhöhung aufeinander folgen, sondern wir sehen auch den inneren Zusammenhang zwischen beiden. Weil er den Tod erlitten hat, darum ist er mit unvergänglicher Herrlichkeit gekrönt. Seiner Erniedrigung wegen ist er verherrlicht. Gott hat an ihm nach der Regel gehandelt, daß er den Geringen heimsucht und den erhebt, von dem man sagen muß: „Was ist er denn?" Gerade weil Jesus sich bis in den Tod herabgebeugt hat, ist ihm die Fülle der Ehre und Erhebung zugeströmt. Das ist der erste und nächste Gedanke, mit dem der Brief den über die Knechtsgestalt Jesu unwilligen Sinn zurechtweist. „Seht ihr denn nicht, daß dies für ihn der Weg zur Herrlichkeit gewesen ist? Wollt ihr über das Kreuz murren, wenn ihr bedenkt, was Jesus seinetwegen empfangen hat?"

Nicht nur Jesus, nein, wir empfangen aus seinem Sterben die kostbare Frucht. Warum führt ihn Gott diesen Weg? Warum stellt er ihn zuerst unter die Engel hinab und erhebt ihn erst aus dem Todesleiden in die Herrlichkeit? Die Gnade, die gebende Güte Gottes, hat dies so geordnet. Die Gnade errichtete das Kreuz, die an uns denkt, uns Barmherzigkeit erweist und für uns Jesus sterben läßt. Der Brief macht große Schritte. Von der Herrlichkeit, die Jesus für sich selbst wegen seines Leidens empfangen hat, schaut er vorwärts zur umfassenden Bedeutung seines Todes: sein Sterben ist für uns alle der Erweis der göttlichen Gnade. Aber groß erscheinen uns diese Schritte doch nur darum, weil wir mit unserem Denken außerhalb des Evangeliums stehen und uns erst in dasselbe hineinfinden und hineinleben müssen. Die apostolischen Männer lebten darin; darum ist es ihnen so einfach, so durchsichtig, so fest und gewiß: Jesus ist für alle gestorben. Das liegt schon in seinem Christusnamen. Kann das Glied eines Hauses zweifeln, daß, was der Hausvater tut, alle umfaßt und für alle getan ist? Oder kann ein Staatsbürger zweifeln, daß der Beschluß der Obrigkeit für alle gilt und deren Tat an aller Statt geschehen ist? Ebensowenig zweifelte ein Jünger Jesu daran, daß, was Christus, der Herr und das Haupt aller, getan hat, alle umfaßt. Was Christus hat, ist aller Habe; was er getan hat, ist für alle getan. Redet er, so redet er für uns; leidet er, so leidet er für uns; lebt er, so lebt er für uns. Er scheidet sich nicht von uns; so sollen wir uns auch nicht von ihm trennen, sondern in seinem Sterben die Tat der Gnade erkennen, die für uns alle geschehen ist.

Damit ist der Hauptpunkt ausgesprochen, der alles Murren über die irdische Erscheinung Jesu zum Schweigen bringt. Ist Christus für uns alle gestorben, so können wir ihm nur danken, daß er als der Demütige und Dienende, als der Leidende und Sterbende gekommen ist. An dieser Stelle verweilt darum der Brief und betrachtet den Tod Jesu nacheinander unter drei Gesichtspunkten. Zuerst blickt er auf zu Gott und seinem Rat. War es für Gott geziemend, den Lebensgang Jesu so zu ordnen, wie es geschehen ist? Fällt nicht das Kreuz wie ein Flecken auf Gott? Wird es nicht zu einem Vorwurf gegen ihn, daß die Klage: „Warum hast du mich verlassen?" laut geworden ist? Wie steht dies mit Gottes königlicher Obmacht über allem Tun der Menschen in Einklang? Das Kreuz erscheint ja fast wie ein Zurückweichen Gottes vor der menschlichen Sünde, wie Vereitelung und Durchkreuzung seines Gnadenrats. Nein, antwortet der Brief: „Der Tod Jesu offenbart die Majestät Gottes und vollführt seinen herrlichen Rat" (V. 10). Sodann faßt er den Beweggrund ins Auge, der Christus ins Leiden führte. Was trieb ihn, frei mit eigenem, festem Willen das Kreuz als das Ziel seines Lebens zu wählen? Was bewog ihn, nicht mehr sein zu wollen als wir und kein anderes Los zu suchen als das, das uns geordnet ist? Achten wir auf das Ziel und den Willen Jesu, so sehen wir auch im Kreuz seine Herrlichkeit (V. 11–14). Endlich legt der Brief aus, was der Tod Jesu uns einträgt und als Gut und Gabe in unsere Hand legt, und damit ist vollends aller Anstoß an der Niedrigkeit Jesu beseitigt (V. 14–18).

2,10: *Denn für ihn, um dessentwillen alles ist und durch den alles ist, war es das Gebührende, als er viele Söhne zur Herrlichkeit führte, daß er den Anfänger ihrer Rettung durch Leiden vollende.* Damit wir sehen, daß der Tod Jesu der Majestät und dem Regiment Gottes völlig entspricht, sollen wir zuerst erwägen, was es heißt, daß Gott der Schöpfer ist. Um seinetwillen und durch ihn sind alle Dinge. Gott ist durch sich selbst bewogen zu allem, was er tut, und nimmt aus sich selbst die Kraft zu allem, was er schafft. An ihn sind alle Dinge gebunden nach ihrem Zweck und nach ihrem Grund. Ihren Zweck haben sie in ihm: ihm dienen sie. Ihren Grund haben sie in ihm: durch ihn entstehen sie. Das ist der feste Grund, auf dem sich die Sendung Jesu und sein Heilandswerk erbaut. Sollen wir uns wundern, daß Gott in seiner Gnade Jesus uns geschenkt und für uns in den Tod gegeben hat? Auf wen sind wir denn verwiesen von Anbeginn an, auf wen sonst als auf den Gott, der uns durch sich selbst das Leben gab um seiner selbst willen? Wie soll uns auf andere Weise die Erlösung kommen als durch ihn auf dem Wege, den er selbst nach seiner königlichen Freiheit wählt und vollbringt?

Wir müssen aber den Rat Gottes noch bestimmter ins Auge fassen: er führt viele Söhne zur Herrlichkeit. Damit erkennen wir noch deutlicher, was Gott bewogen hat, uns durch Christus zu erlösen. Wir stehen vor Gott nicht nur als das Gebilde seiner Macht und das Kunstwerk seiner Hand, das er nicht zerstören und zerfallen lassen will, weil es seiner Absicht dient und sein Vermögen sichtbar macht; sondern wir haben in Gottes Augen den vollen Wert von Personen, denen er selbst ihr Leben gegeben hat. Es handelt sich bei dem Werk Jesu um Gottes Söhne, und zwar um deren große Schar. Nicht nur der Schöpfer, der sein Werk vor dem Zerfall schützt und wiederherstellt, hat uns Jesus gesandt, sondern der Vater, der seinen Söhnen hilft, weil er sie nicht verderben lassen will. Und zwar will er ihnen nicht nur eine zeitweilige Hilfe und nebensächliche Gabe darreichen, sondern das höchste Gut, seine Herrlichkeit. Der großen Kinderschar Gottes die Herrlichkeit zu öffnen, das ist ein Ziel, das Gottes würdig ist. Alles, wodurch es erreicht wird, steht Gott wohl an und erweist seine Göttlichkeit.

Zu diesem Zweck hat Gott uns Jesus als den Anführer gegeben, damit er uns die erlösende Hilfe bringe und die Befreiung erwerbe. Daraus folgt, daß er uns gleichgeworden ist. Denn weil er ein Mensch ist wie wir, kann er unser Anführer und Vordermann sein. Weil er auf unserem Wege vorwärts ging, wird er zum Bahnbrecher für uns. Diesen unseren Anführer und Vordermann hat Gott auch vollendet und ans Ziel gebracht. Er steht nicht mehr wie wir im Werden, Suchen und Hoffen, sondern hat alles erlangt, was Gott ihm zugedacht hat. Wir sehen eben am 8. Psalm, wie fern wir noch von unserer Bestimmung sind. Aber er, unser Anführer, steht am Ziel.

Der Brief braucht gern das Wort „vollenden", um Jesu Werk und Gabe darzustellen; damit knüpft er an die Erwartung an, mit der Israel auf den Verheißenen sah. Von ihm erhoffte es die Vollendung aller Dinge, das Vollkommene und Ewige. Darum wartete auch die jüdische Christenheit mit Sehnsucht und Ungeduld auf die Erscheinung des Vollkommenen, auf den endgültigen, verklärten Lebensstand. Unser Brief sagt: „Jesus, den Gott als euren Anführer euch vorsetzte, hat das, was der Vollender haben muß; denn er selbst ist vollendet; er hat, was ihr hofft; denn er steht in der Vollkommenheit."

Zur Vollkommenheit gelangte Jesus durch sein Leiden. Im Leiden wurde sein Gehorsam vollkommen, den er Gott erzeigte, und seine Liebe, die ihn mit uns verbunden hält. Durch Leiden hat er für uns vollbracht, was für uns nötig war, und unsere Sünden gebüßt. Darum wurden ihm die Leiden zum Eingang ins himmlische Wesen, und deshalb hat er nun beides, das vollkommene Recht und die vollkommene Macht, uns sich nach zur Seligkeit zu führen. Wie kann denn im Kreuz Jesu eine Verdunkelung der Macht und Güte Gottes liegen? Hier schließt sich alles zu einem einheitlichen göttlichen Rat zusammen von der Schöpfung an durch das Leiden Jesu bis hin zu unserer Einführung in die Herrlichkeit Gottes. Weil uns im gekreuzigten Christus der vollendete Urheber des Heils gegeben ist, können wir nur dankbar sprechen: „Das geziemte Gott; so zu handeln, das ist Gottes große Art."

Wenn wir den Weg Jesu verstehen wollen, müssen wir die enge Gemeinschaft erwägen, in der er mit uns steht. Schon das vorangehende Wort hat uns an sie erinnert, wenn es Christus den Anführer nannte, der uns vorgesetzt ist, und wenn es unserer Gemeinschaft mit ihm ihren tiefsten Grund darin gab, daß wir als Gottes Söhne unser Leben von dem Gott empfangen, durch den alles geworden ist. 2,11a: *Denn der, der heiligt, und die, die geheiligt werden, kommen alle aus Einem.* Der vorangehende Vers bezeichnete die Gabe des Vaters an seine Söhne als deren Einführung in die Herrlichkeit; jetzt wird ausgesprochen, was die Voraussetzung dafür ist. Wie geht es zu, daß wir in die Herrlichkeit gelangen? Wir werden geheiligt. Es muß uns zuerst gegeben werden, was uns zur Gemeinschaft mit Gott fähig und ihm wohlgefällig macht, die Heiligkeit. Nur dann haben wir in der Herrlichkeit Gottes Raum und sie in uns. Geheiligt werden wir dadurch, daß der Heilige, der es nicht erst wird, sondern ist, zu uns kommt, uns in seine Gemeinschaft mit Gott einschließt und dadurch seine Heiligkeit auf uns überträgt.

Deshalb ist Jesus gestorben, weil seine Heiligkeit uns zur Heiligung dienen soll.

Dadurch ist der tiefe Unterschied zwischen Jesus und uns ausgesprochen: er ist der, der heilig ist und heiligen kann; wir dagegen sind die Unheiligen, die der Heiligung bedürfen. Warum hat dieser Unterschied uns nicht von ihm geschieden? Jesus und wir stammen vom selben Gott. Wie Gott nicht vergißt, daß wir aus ihm das Leben haben, so faßt auch Christus nicht nur jenen Unterschied ins Auge und sieht in uns nicht nur die Unheiligen, die mit Gott zerfallen, von ihm geschieden und entweiht sind; er achtet vielmehr auf das, was uns mit ihm gemeinsam ist: diese ganze große Schar, die jetzt zwar weder Heiligkeit noch Herrlichkeit besitzt, hat dennoch, wie er, in Gott ihren Ursprung. Damit deckt uns der Brief den Grund der Liebe Jesu und seiner Gemeinschaft mit uns auf. So wird sichtbar, was ihn zu uns zieht und was ihm an uns liebenswert ist. Er sieht in uns das Werk und die Kinder seines Vaters; er schätzt an uns den gemeinsamen Ursprung, die Herkunft von dem Einen, aus dem auch er sein Leben mit seinem ganzen Reichtum hat. Darum hat er alles mit uns geteilt, auch den Tod.

2,11b.12: *Aus diesem Grund schämt er sich nicht, sie Brüder zu heißen, und sagt: Ich werde deinen Namen meinen Brüdern verkünden, mitten in der Gemeinde dir singen* (Ps. 22,23). Jesus schreitet über die Kluft hinweg, die ihn von uns trennt. Was ist tiefer als die Scheidung zwischen dem Heiligen und den Unheiligen? Können sie denn zusammenkommen? Muß nicht der Heilige die Unheiligen meiden, wie diese ihn scheuen und fliehen müssen? Und dennoch hält er sich zu uns und will unser Bruder sein. Unser Ursprung aus Gott wiegt in seinen Augen schwerer als unsere Unheiligkeit. Der Brief erläutert Jesu Sinn mit dem Schluß des 22. Psalms, den Jesus selbst in der Kreuzesstunde zum Gefäß seines Gebets gemacht hat. Der Psalm geht in Dank und Jubel aus, aber nicht so, daß ihn David nur für sich allein abseits und einsam Gott darbringen möchte; sondern er hat Brüder, denen er den Namen Gottes verkündigen kann, eine Gemeinde, in deren Mitte er Gott loben will. Das war Jesu Sinn. Auch er will unter uns als seinen Brüdern stehen, um für uns der Zeuge der Größe und Gnade Gottes zu sein, der uns auslegt, was der Name Gottes in sich schließt. Auch er sucht eine Gemeinde, die durch ihn zum Lob und zur Anbetung Gottes bewogen wird. Darum weil Jesus den Schluß des Psalms mit ganzem Herzen als die gewisse Verheißung Gottes ergriffen hat, die ihm Brüder zugesellt, mit denen zusammen er Gott preisen kann, darum hat er sich auch den Anfang des Psalms wohlgefallen lassen und sich nicht geweigert, mit dem Psalmisten beten zu müssen: „Mein Gott, warum hast du mich verlassen?" Darum hat er den Kreuzesweg erwählt.

2,13a: *Und wieder: Ich werde auf ihn trauen* (Jes. 8,17). Gott ein wahrhaftiges Vertrauen zu erweisen, das ist unser menschlicher Gottesdienst und die Ehre, die wir Gott erweisen sollen. Aber wer ist willig, Gott zu trauen? Unser Herz, herumgeworfen zwischen Trotz und Verzagtheit, will nichts vom Vertrauen wissen. Aber wie der Prophet mitten in einem Geschlecht, das Gott mißachtete und die Hilfe überall anderswo suchte, nur nicht bei dem lebendigen Gott, dies als seine Aufgabe ergriff, daß doch er Gott vertraut, ebenso ging auch Christus mit Freuden die Bahn, die zu gehen wir uns weigern. Deswegen wollte er heraustreten aus dem Licht des Sehens und der Seligkeit des Genießens und Besitzens. Denn das Trauen hebt erst dann an, wenn das Sehen uns nicht möglich und das Haben und Besitzen uns nicht zugänglich sind, wenn die Wolke Gott verbirgt, wenn die göttliche Güte sich unserem Empfinden und Genießen entzogen hat und das Herz klagen muß: „Warum verließest du mich?" Dann an Gott sich halten, dann seiner Führung untergeben und seiner Güte gewiß bleiben, das heißt ihm vertrauen, und das ist es, was Christus freudig auf sich genommen hat. Weil er dieses Prophetenwort als ihm gesagt in sein Herz genommen hat, darum hat er sich vor dem Kreuzesweg nicht gefürchtet.

Noch in anderer Weise wird Jesaja zum Bild des Christus. 2,13b: *Und wieder: Sieh! ich und die Kindlein, die mir Gott gab* (Jes. 8,18). Der Prophet stellt seine Kinder neben sich und tritt mit ihnen vor das Volk; zusammen sind sie die lebendigen Wahrzeichen Gottes. So hat auch Jesus Kindlein bei sich, eben die Söhne Gottes, die er zur Herrlichkeit führt. Sie sind in ihrer irdischen Gestalt noch Kindlein, klein und schwach. Aber Gott hat sie ihm gegeben; und ob er auch in ihrer Mitte wie ein Mann unter Kindlein steht, er nimmt sie als eine teuerwerte Gabe aus Gottes Hand, wie er am letzten Abend betete: „Dein sind sie, und du hast sie mir gegeben" (Joh. 17,6). Er scheidet sich nicht von ihnen und verleugnet sie nicht, sondern knüpft sein Los und ihr Los untrennbar zusammen, macht seinen Reichtum zur Gabe für sie und tritt mit ihnen vereinigt vor Gott und vor die Welt.

2,14a: *Darum weil die Kindlein an Blut und Fleisch Anteil haben, nahm er auch in gleicher Weise an denselben teil.* Weil Christus zu uns gehören und mit uns verbunden sein will, hat er an sich genommen, was wir haben, nämlich Fleisch und Blut, unsere natürliche Lebensgestalt. Wenn er, was wir sind, von sich wiese und nicht an sich herankommen ließe, wo bliebe da der Brudername? Dieser wird dadurch zur Wahrheit, daß er in unsere Verhältnisse eintritt und sich uns gleichartig macht. Wie muß doch alle Unzufriedenheit mit der Niedrigkeit des Christus schwinden, wenn wir auf ihre heilige Wurzel sehen! Er tritt in sie ein, weil ihn nach uns verlangt; sollen wir ihm antworten: „So gefällst du uns nicht"? Sollen wir uns deshalb seiner schämen, weil er sich unser nicht geschämt hat, ihn darum verachten, weil er uns hochgeachtet hat als göttlichen Geschlechts? Was kann ihm die Gemeinde anderes bringen als tiefen Dank und innige Hingabe? Solche Liebe ist Herrlichkeit. Wenn Christus Fleisch und Blut annimmt, so geht er dem Tod entgegen. Denn das Fleisch und Blut ist das Sterbliche und Vergängliche, es kann das Reich Gottes nicht ererben. Wer in die menschliche Art und Natur eingeht, hat sich zum Sterben willig gemacht. Die Gabe, die Christus uns durch sein Sterben erworben hat, zeigt uns, warum er willig gewesen ist, in den Tod zu gehen.

2,14b.15: *damit er durch den Tod den kraftlos mache, der die Macht über den Tod hat, das ist den Verkläger, und alle die befreie, die durch die Furcht vor dem Tod durch ihr ganzes Leben der Knechtschaft verfallen waren.* Der Tod Jesu gilt unserem Tod, daß wir vor ihm behütet seien, und zwar gründlich, von der Wurzel aus. Der Brief heißt uns bedenken, warum das Sterben, wenn uns nicht Rettung kommt, ein unheilvolles Ereignis für uns ist. Das Unselige am Tod besteht nicht im Schmerz des Sterbens; wir tragen im Leben leicht größere Schmerzen, als sie uns der Tag oder die Tage des Sterbens bringen werden. Dieses Unselige besteht auch nicht im Verlust der Güter, die uns jetzt gehören; dieser Verlust ließe sich verschmerzen, wenn ein höheres Gut darüber stünde, aus dem ein neues Leben erblüht. Aber leer und öde starrt uns diese Zukunft an, und in diese Leere tönt die anklagende und verurteilende Stimme hinein, die jeder Mensch in sich trägt. Er hat außer sich sein Gutes, in sich das Böse, und der Tod läßt ihn mit seiner Bosheit allein. Das weissagt schlimme Gesellschaft, unselige neue Beziehungen, Verknüpfung mit unheilvollen Genossen. Bosheit hebt nicht empor zu Gott, sondern zieht in die Tiefe. Wohin? Zum Satan und in sein Reich.

Die Macht, mit der sich der Tod den Menschen unterwirft, gehört dem Satan nicht deshalb, weil er nach seiner Willkür bestimmen könnte, wann und wie wir sterben müssen. Kein Sperling fällt tot zur Erde nieder ohne Gott, der den Gang der ganzen Kreatur bestimmt. Wohl aber ist der Tod deshalb dem Verkläger dienstbar, weil er eine Kraft des Verderbens ist, die zerstörend in unser Wesen hineingreift und Elend und Ruin in ihm anrichtet. So dient der Tod dem auf das Verderben gerichteten Sinn des Verklägers und fördert dessen Macht. Auch der Tod und seine schädigende Gewalt ist von Gott geordnet. Er ist Gottes Gericht über die Sünde; aber eben darum werden wir, solange wir im Tod die von Gott Gerichteten sind, dem Satan ähnlich, der auch ein von Gott Gerichteter ist, und fallen unter seine Macht.

„Der Stachel des Todes ist die Sünde" (1. Kor. 15,56), und die dem Tod gegebene Macht bringt dem Satan die Ernte ein – diese beiden Worte der Schrift stehen in engem Zusammenhang miteinander. Ohne die Sünde stünden wir nicht in der Gefahr, das von Gott uns geschenkte Leben zu verlieren und in die Ohnmacht, Leere und Gebundenheit einer toten Existenz hinunterzusinken. Weil aber Lüge und Bosheit, diese satanischen Dinge, bei uns sind, darum sind wir vom wahrhaftigen und ewigen Leben geschieden, und unser Ausgang wäre ohne den Erlöser ein Fall hinab in die Tiefe, in die das Gericht Gottes die zerrütteten Geister verschlossen und begraben hat.

Aber der Tod des Christus ist als Gericht über unseren Verderber gekommen und hat ihn ohnmächtig gemacht. Indem Jesus an unserer Statt gestorben ist, sind wir vom Tod und darum auch vom Verkläger, dem der Tod dient und Vorteil bringt, erlöst. Jesus ist dazu gestorben, damit wir leben, und das durch den Tod Jesu uns erworbene Leben ist der Gewalt des Verklägers unzugänglich. Dieses Leben kann er uns nicht nehmen, eben weil es uns durch Jesu Tod gegeben ist. Sterben wir, so sterben wir als die, die auferstehen werden. Dieses Sterben ist kein Tod mehr, kein Verlust des Lebens, kein Versinken in die Finsternis und in das satanische Reich. Christus hat uns durch sein Blut geheiligt. Deshalb fahren wir, ob wir auch sterben, nicht zum Satan, sondern zu Christus. Das Zerstörende und Unselige am Tod, das, was uns am Sterben mit Grund in Angst versetzt, hat Jesus damit für uns getilgt.

Die Erlösung vom Todesverderben, die uns Jesus gebracht hat, kommt uns nicht erst am Ende unseres Lebens zugute, sondern verschafft uns schon jetzt eine große Wohltat. Was ist es doch für eine Entlastung und Befreiung unseres ganzen Empfindens für unser ganzes Leben, daß wir mit fester, gläubiger Gewißheit erfassen dürfen, daß wir durch Christus allem teuflischen Wesen und Werk gänzlich entnommen und von ihm getrennt sind! Wir sind unfrei und geknechtet nicht nur durch die Schranken unseres natürlichen Vermögens; wir tragen auch innerlich eine schwere Kette, die Todesfurcht. Sie spielt eine große Rolle in unserem Leben. Lähmend und hemmend fällt vom Tod her ein Schatten auf unser ganzes Leben, und all unser Dichten und Trachten, unser Genießen und Hoffen hat das Fragezeichen neben sich: „Wer weiß? Vielleicht lauert hier der Tod auf dich!“ Was tut der Mensch nicht alles unter der Herrschaft dieser Furcht! Wie mächtig wirkt sie in seinen klugen Taten wie in seinen tollen Streichen! Sie bringt ihn zur Gottlosigkeit wie zur Frömmigkeit, sie treibt ihn zum Lachen und zum Weinen. Leben wollen wir, und zwar jetzt; denn das Morgen ist nicht mehr unser; wir haben Eile und können nicht warten. Diese Furcht soll nicht verspottet werden. Das Schriftwort gibt ihr recht, indem es daran erinnert, was dieser Angst in der Tat zugrunde liegt. Aber wie sklavisch wird unsere Arbeit, wenn uns die Angst vor dem Sterben dabei treibt, und unser Genießen, wenn uns der Gedanke hetzt: „Bald bist du tot“, und unser Gottesdienst, wenn er aus der Furcht vor dem Sterben entspringt! Was ist das für ein Leben, dessen Triebrad die Angst vor dem Tod ist? Diese Last hat uns Christus abgenommen. Er ist dazu gestorben, damit wir ohne Furcht sterben und eben darum ohne Furcht leben. Nun ist Friede und Freude über den Ausgang unseres Lebens gebreitet, und der Vorblick auf unser Sterben macht unser Leben nicht mehr trübe, sondern froh und feierlich. Wir wissen, daß wir nicht für immer von dieser irdischen Natur umfangen bleiben, sondern der Stunde entgegengehen, in der unser Weg sich nach oben wenden wird.

Wer uns aber von der Todesfurcht befreien will, muß uns von unserer Sünde helfen; Sünde und Tod werden nur zusammen bezwungen. Darum legt uns der Brief weiter aus, wie der Tod Jesu uns von den Sünden erlöst. So verstehen wir noch besser, weshalb mit dem Kreuz Jesu alle Furcht vor dem Tod untergeht. 2,16: *Denn er erfaßt doch nicht Engel, sondern er erfaßt das Geschlecht Abrahams.* Wir müssen bedenken, wem Christus zur Herrlichkeit verhelfen will: nicht Engeln, die weder sterben noch sündigen, sondern uns Menschen. Mit uns tritt er in Gemeinschaft, mitten in unserer Sündigkeit und Todesfurcht. Träumen wir uns einen Christus, der als eine Gestalt voller Herrlichkeit auf Erden steht, so möchten sich an ihm wohl die Engel erfreuen, die keines Erlösers bedürfen. Aber wir Menschen mit unserer Sünde und ihren bösen Folgen, wir brauchen einen Christus, der in den Tod hinein- und durch den Tod hindurchgeht. Den Engeln stellt der Brief das Geschlecht Abrahams gegenüber; denn die jüdischen Christen warteten darauf, daß Gott die Abraham gegebene Verheißung erfüllen wird. So ist auch Christus in der Tat zum Geschlecht Abrahams gekommen gemäß dem Bund Gottes, der ihn den Kindern Abrahams verheißen hat. Gerade deshalb kam er aber nicht in einer Gestalt, in der er etwa Engeln hätte dienen können, sondern mit Fleisch und Blut; er trat in unsere Lebensstufe ein und hat sich uns gleichgestellt. Jetzt ist er so, wie wir ihn brauchen: der Erlöser von Tod und Sünde ist uns geschenkt.

2,17: *Daher war er verpflichtet, in allem den Brüdern ähnlich zu werden, damit er barmherzig und ein treuer Hoherpriester vor Gott werde, um für die Sünden des Volks Vergebung zu erwirken.* Durch seinen Anteil am menschlichen Leben und am menschlichen Sterben ist Jesus der Erbarmer geworden. Wäre er im höchsten Glanz der Himmelswelt erschienen, so würde uns damit gerade das fehlen, was wir brauchen und was uns der Kreuzesweg Jesu gibt:

der Erbarmer fehlte uns. Es versteht sich nicht von selbst, daß Jesus trotz dem, was böse, gott- und heillos an uns ist, doch nicht ein strafendes und rächendes Wort, sondern Barmherzigkeit für uns hat. Der Sünder sich zu erbarmen ist aber ein Recht, das von ihm erworben werden mußte. Um für uns ein Erbarmer zu werden, war er verbunden und verpflichtet, in allen Stücken unser menschliches Los zu tragen und unsere ganze Last auf sich zu nehmen. In der Tat hat er sich unserer nicht geschämt, hat an Fleisch und Blut Anteil genommen und hat sich an unsere Seite gestellt; dabei ist er auch bis zum letzten Schritt geblieben; er hat sich des Leidens nicht geweigert und ist für uns gestorben. Damit hat er sich das Recht erworben, barmherzig gegen uns zu sein, unsere Sünden zu vergeben und das drohende Gericht von uns abzuwenden. Weil er in so reiner und vollkommener Weise sich uns gleichgestellt hat, ist dies der Lohn und die Frucht, die er davontrug, daß er nun sein Erbarmen frei an uns betätigen kann. Dadurch ist er unser Hoherpriester vor Gott geworden. Dieser Titel Jesu ist dem Hebräerbrief eigentümlich und bildet ein wesentliches Stück seines besonderen Lehrgehalts. Solche Benennungen Jesu, die sein Werk und seine Gabe mit einem einzigen, gewichtigen Wort aussprechen, kamen den apostolischen Männern nicht von ungefähr, sondern fassen vielfältige, tiefgehende Eindrücke zusammen und werfen ein helles Licht auf ihre ganze innere Glaubensstellung. Wie der Ruf des Thomas: „Mein Herr und mein Gott!“ eine lange innere Geschichte zum Abschluß bringt, so entsteht auch das Bekenntnis des Hebräerbriefes: „Du bist unser Priester!“ aus tiefgehenden inneren Erlebnissen und bildet die Frucht einer langen, reichen Lebensgeschichte. Das Gemeinsame in aller apostolischen Verkündigung ist dies, daß sie uns Jesus als den Weg zum Vater zeigt, als unseren Mittler mit Gott, als den Sohn, der den Vater kennt, ihn uns offenbart und die Gabe seiner Gnade uns darreicht. Sie hält uns Jesus vor, damit wir in ihm Gottes gewiß werden und in den Frieden mit Gott versetzt und in sein Reich eingepflanzt werden. Diesen Kern des Evangeliums entfaltet das apostolische Wort in mancherlei Begriffen und Bildern, je nach der besonderen inneren Stellung der Apostel und Gemeinden, je nach der eigentümlichen Art, wie sie die Trennung von Gott an sich selbst erlebten und die Hinleitung zu ihm durch

Christus empfingen. Paulus hat das Gesetz als Scheidewand zwischen sich und Gott erfahren. Er ruft aus: „Was richtet das Gesetz an? Übertretung, Zorn, Tod" (Röm. 4,15). Wie ergreift er darum Jesus? Wir sind, sagt er, in ihm gerechtfertigt. Wer hat, so fragt Johannes, Gott je gesehen? Die Welt kennt ihn nicht; sie liegt im argen und entbehrt des Lichtes und des Lebens aus Gott. Aber Jesus hat ihn uns verkündigt und bringt uns zum Vater. Wie heißt er ihn darum? „Das Wort, das Fleisch geworden ist" (Joh. 1,14.18; 14,6). „Wer darf nahen zu Gott", fragt unser Brief, „wer wohnen in seinem heiligen Zelt?" Ohne Tor und Zugang steht der Himmel hoch über der Erde, und die Kluft zwischen dem Thron Gottes und dem Standort des Menschen, zwischen dem Heiligen und den Sündigenden füllt der Mensch nicht aus. Er mag sich strecken, wie er will, so reicht er nicht heran an Gott, gelangt er nicht zur Gemeinschaft mit ihm. Die Schwäche, in der er steht, die Sünde und Verirrung, in die er sich verwickelt hat, halten ihn von Gott fern. Wie nennt der Brief darum Jesus, der uns zu Gott hinführt, sein Heiligtum uns öffnet und unsere Schulden tilgt, so daß wir in der Nähe des Heiligen und in der Hütte des Allmächtigen wohnen können? Wie soll er heißen, der dies uns tut? „Unser Priester ist er."

Der Brief spricht damit das tiefste aus, was ein Jude wußte und empfand. Das Gesetz hatte es Israel mit höchstem Ernst eingeprägt, daß sein Herr und Gott über aller Welt in einem Licht wohnt, zu dem niemand hinzutreten kann. Das war der Unterschied der Juden von den Heiden. Der Heide zog seine Götter in die Welt herab und machte sie sich selbst gleich. Darum trat er freilich dreist und kühn vor sie, ja neben sie und über sie. Er behandelte sie als seine Knechte. Israel dagegen wußte: Unser Gott ist nicht wie wir. Der Schöpfer und das Geschöpf, der Heilige und der Sünder, das sind nicht unbedeutende Unterschiede, die sich übersehen und übergehen lassen; das sind totale Gegensätze. Deshalb entstand für Israel unabweislich die Frage: „Wo ist der Priester, der uns zu Gott führt, zu ihm, der in Heiligkeit und Herrlichkeit so hoch über uns erhaben ist?" Auf diese Frage gibt unser Brief die Antwort, indem er auf Jesus zeigt.

Auch hier benutzt der Brief die Schrift des Alten Testaments, um das Ziel und Werk Jesu verständlich zu machen. Das Gesetz richtete in Israel ein Priestertum auf und ordnete dessen ganzen Dienst mit großer Sorgfalt. Unser Brief blickt forschend in diesen Teil der Schrift: Was bedeutet das? Die Aufrichtung des Priestertums machte die Scheidung zwischen dem Volk und Gott offenbar. Aber sie zeigte Israel zugleich, daß Gott ihm dennoch sein Heiligtum öffnete und es vor sein Angesicht rief. Nun ist Christus gekommen, der verborgene Gott läßt sich in ihm finden, der Widersacher jeder Sünde verzeiht durch ihn väterlich, der Heilige nimmt alle unsere Schulden von uns weg und tut in ihm die Schätze seiner Gnade auf: Wer ist nun Jesus? Der Priester, wie ihn der Mensch braucht. Und was bedeuten jene Ordnungen des Gesetzes? Eine Weissagung auf Christus hin. Es gibt in der alttestamentlichen Schrift nichts Großes und Heiliges, das nach unserem Brief nicht in Jesus Wahrheit und Wirklichkeit geworden ist. Die Schrift redete von der künftigen Erscheinung Gottes voller Macht und Gnade; warum? Um auf Jesus zu zeigen! Die Schrift beschrieb den König auf Davids Thron mit wunderbar großen Worten; warum? Jesu wegen. Die Schrift pries den Menschen, wie es im 8. Psalm geschieht; warum? Jesu wegen. Die Schrift erhob den Hohenpriester und gab ihm große Heiligkeit und seinem Amt unentbehrliche Wichtigkeit; warum? Jesu wegen. Alle Würde, Ehre und Macht, die Gott in Israel gestiftet hat, fällt Jesus zu und bildet den Kranz seiner Vollkommenheit.

Damit er unser Priester werde, dazu ist Jesus Mensch geworden und hat er alles bis zum Tod mit uns geteilt. Ein Priester muß Macht haben, allerhöchste Macht, Macht vor Gott, um uns die Verzeihung Gottes zu gewähren, die Gnade Gottes uns zuzuwenden, die Gaben Gottes uns zuzuteilen. Diese priesterliche Macht hat Jesus deshalb, weil er uns in allem gleich geworden ist. Als Frucht seines Wirkens und Leidens auf Erden hat Gott sein Vergeben und allen Reichtum seiner Gnade in Jesu Hand gelegt, daß er sie uns darreichen darf. Und weil er solche Macht für uns vor Gott hat, hat er auch die Macht über den Satan und ist dieser ohnmächtig, so daß wir vor dem bösen Tod behütet sind.

Jesus ist geworden wie wir, um in seinem priesterlichen Werk treu zu sein, treu gegen Gott, dessen Willen er bis zum letzten Schritt vollführte, treu gegen uns, die er nicht fahren- und fallenläßt, obwohl er für uns sterben muß. Diese Treue macht ihn Gott lieb und wert und für uns glaubhaft und zuverlässig. Damit hat er uns seinen priesterlichen Sinn so bewährt und erwiesen, daß ein herzliches Vertrauen zu ihm in uns entspringen kann.

Weil es für Sünder keine Gemeinschaft mit Gott gibt, ist es die Aufgabe des Priesters, die Sünden zu tilgen. Das hat Christus für uns getan; unsere Sünden sind durch ihn beseitigt und bedeckt. Wir empfangen nicht, was unseren Sünden, sondern was der Heiligkeit des Christus entspricht, der sich mit uns verbunden hat. Durch ihn ist uns alles wiedergebracht, was durch die Sünde für uns verloren war. Wir waren unserer Sünde wegen von Gott getrennt; des Christus wegen sind wir mit ihm verbunden. Gott war unser Widersacher; durch Christus ist der Zugang zum Thron der Gnade für uns frei. Wir waren entweiht und geschändet; Christus ist unsere Heiligkeit. Wir versanken in den Tod; durch Christus ist uns das Leben gegeben. So ist er die Decke, die unsere Sünden verschwinden läßt, und dies kann er deshalb, weil er wie wir geworden und an unsere Stelle getreten ist.

Unser Brief redet mit Männern aus dem Judentum, denen zunächst am Herzen lag, ob Jesus die Israel gegebene Verheißung erfüllt und was er den Juden von Gott gebracht habe; darum heißt er Jesus den Priester, der die Vergebung für die Sünden des Volks, das heißt Israels, bewirkt. „Eure, der Juden Sünden", sagt der Brief, „hat Jesus zugedeckt. Daß es für euch Juden, für ‚das Volk', bei Gott Gnade gibt, daß euer Unglaube, Trotz und Fall euch nicht ins Verderben reißt, daß Gott euch Juden die Sünde nicht anrechnet und der Weg zu seinem Reich auch euch offen steht, das ist das Werk Jesu; das hat euch der am Kreuz vollendete Priester gebracht." Würden wir fragen: „Hat Jesus nicht auch der Heiden Sünde bedeckt?", so wäre die Antwort: „Gewiß! Ihr Heiden seht ja an Israel, was Jesus den Sündern tut." Weil der Brief aber zu jüdischen Männern redet, spricht er aus, daß Israel trotz seiner Sünden um Jesu willen unter der Gnade Gottes steht.

2,18: *Denn weil er litt und darin selbst versucht wurde, vermag er denen zu helfen, die versucht werden* (4,15). Wir sollen bedenken, wie vollständig Jesus sich uns gleichgemacht hat. Das Leiden mit seiner schmerzlichen Kraft, vor der das Herz zurückbebt und erschrickt, brachte ihn in eine Lage, in der er sich selbst verleugnen und sprechen mußte: „Nicht, wie ich will!“ Als der Vater ihn ins Leiden führte, war er vor die Wahl gestellt, ob er ihm auch dahin folgen wollte. Da ging sein Gehorsam durch die Erprobung hindurch und wurde bewährt. Jesus ist nicht vor dem Kreuz geflohen, sondern hat gelitten und in der Versuchung gesiegt. Wir aber stehen noch in der Versuchung und müssen erst noch in ihr bewährt werden. Nur wenn wir in ihr bestehen, kommen wir empor zum Ziel. Das bringt die Schwierigkeit und den tiefen Ernst in unser Leben. Die Angefochtenen, mit denen der Brief redet, haben recht, wenn sie ihren Weg schwer finden; denn sie stehen in der Gefahr zu fallen; es gilt, den Sieg in einem harten Kampf zu erringen. Es handelt sich für uns alle nicht nur darum, daß unsere Sünden fort und fort an der Größe der göttlichen Gnade dahinfallen, sondern um den Sieg über die Reize, die uns von Gott abziehen, um die Überwindung unserer argen Begehrungen, um die Bewährung der Wahrhaftigkeit und Lauterkeit unseres Glaubens an Gott und unserer Liebe zu ihm. Aber wir sind nicht allein in der Versuchung und brauchen darum vor ihr nicht zu erschrecken. Jesus, der selbst versucht und bewährt ist, kann uns helfen, und er verläßt uns nicht. Weil er die Versuchung überwunden und das Leiden getragen hat, darum hat er die Macht, uns vor allem Bösen zu behüten. Seine im Leiden erwiesene Sündlosigkeit, sein unter dem Kreuz erprobter Gehorsam, das ist der heilige, rechtmäßige Grund seiner Heilandsmacht.

So entfaltet der Brief vor unserem Auge immer vollständiger unsere Bedürftigkeit und zugleich die Gabe Jesu, die ihr entgegenkommt. Er fing mit dem Tod und der Todesfurcht an; das ist die Last, die alle, Fromme und Unfromme, Welt und Kirche, spüren. Aber mancher, dem das Sterben eine bedrückende Sache scheint, versteht noch nicht, warum die Sünden etwas Schreckliches und unendlich Trauriges sind. Hernach kommt für die, die die Sünde erkannt und die vergebende Gnade freudig ergriffen haben, erst noch eine dritte Not, die tiefste und innerlichste, die Sorge, wie sie der Sünde entrinnen und in der Versuchung bestehen. Die Hilfe Jesu umfaßt aber unsere ganze Not, nicht nur den Tod, sondern auch die Sünde, nicht nur die Sünde, sondern auch die Versuchung, und dies deshalb, weil er geworden ist wie wir. Wenn wir bedenken, was uns, den Knechten der Todesfurcht, unter der Last unserer

Sünden und im Sturm der Versuchung not ist, ärgern wir uns nicht mehr an der Niedrigkeit Jesu; denn gerade sie gibt uns, was wir nötig haben. Nun beten wir Jesus nicht nur in seiner himmlischen Erhabenheit an; nun ist er uns auch in seiner Kreuzesgestalt der Heilige und Anbetungswürdige.

Kapitel 3,1-6

Jesus ist größer als Mose

Von dem Jesus, der in der Himmelshöhe über allen Engeln steht, hat der Brief unseren Blick zu dem hinabgeleitet, der in Fleisch und Blut, in Versuchung und Sterblichkeit unter uns gewandelt ist. Von hier aus schaut er nun hinüber zu den menschlichen Trägern und Mittlern des göttlichen Worts und Werks im Alten Bund. Da kommt für den Israeliten zuerst Mose in Betracht. In Moses Lehre und Gebot, unter Moses Zucht und Hut war er aufgewachsen. Nun aber ist er zu Jesus gebracht, und Jesus ist ihm an die Stelle Moses getreten. Ist dieser Tausch Gewinn oder Verlust?

3,1.2: *Daher, heilige Brüder, die ihr einen himmlischen Ruf erhalten habt, betrachtet den Apostel und Hohenpriester unseres Bekenntnisses, Jesus, der gegen den, der ihn gemacht hat, treu war, wie es auch Mose in seinem ganzen Haus gewesen ist* (4. Mose 12,7). Die Gemeinde besteht aus heiligen Brüdern, weil Jesus sie geheiligt und miteinander verbunden hat. Sie hat weiter an einer himmlischen Einladung Anteil bekommen, weil Jesus ihr die Errettung verkündigt hat, die von oben kommt und sie nach oben führt. Diese großen Namen gehören der Christenheit um Jesu willen und enthalten darum einen kräftigen Antrieb zu der Mahnung, die der Brief zunächst an seine Leser richten will. „Weil Jesus euch gegen die Versuchungen, die Sünden und den Tod zu helfen vermag, wendet euer Auge hin auf ihn!“ Als der Brief die Herrlichkeit Jesu geschildert hatte, sagte er: „Achtet auf sein Wort!“ Nachdem er die Erniedrigung und den Tod Jesu besprochen hat, fährt er fort: „Seht ihn an, haltet euren Blick auf ihn gerichtet! Die Gnade und Segensfülle, die uns die irdische Erscheinung Jesu bringt, muß uns bewegen, nicht an ihm vorbei nach anderen Führern und Meistern zu sehen, sondern allein auf ihn zu blicken, der Gottes Apostel an uns und der für uns bestellte Priester ist. Die beiden Namen, die Jesus hier gegeben sind, weisen auf seine beiden Gaben hin, von denen bisher die Rede war. Als der Apostel Gottes hat er uns das Wort Gottes gebracht; als der rechte Priester hat er unsere Sünden bedeckt und uns die Gnade Gottes verschafft. Beides hält unseren Blick bei ihm fest. Zugleich wird er uns deshalb in dieser doppelten Bedeutung vorgehalten, weil der Brief ihn jetzt mit den beiden Bundesmittlern vergleichen will, die am Sinai im Auftrag Gottes vor Israel standen. Dort stehen Mose und Aaron nebeneinander, Mose, der Bote Gottes, der dem Volk die Rede Gottes überbringt, und Aaron, der Priester, der das Volk mit Gott versöhnt. Was dort getrennt in den beiden Männern erscheint, die nebeneinander Gottes Diener waren, hat Jesus in seiner Person vereinigt.

Wir unsererseits haben uns dadurch mit ihm verbunden, daß wir uns zu ihm bekannt und ihm unser Jawort gegeben haben. Auch das ist ein Band, das uns an ihn gebunden hält. Wir dürfen nicht mehr zurück, dürfen unser Wort nicht brechen, unsere Zusage nicht widerrufen. Abfall von ihm wäre schlimmer, als wenn wir ihn gar nicht gekannt hätten. Haben wir uns ihm als dem Boten Gottes an uns unterstellt und uns ihm als dem Priester, der uns verordnet ist, ergeben, nun, so bleibe es dabei! Wie steht es nun? Ist dies, daß wir jetzt auf ihn blicken und nicht mehr auf Mose, ein Verlust und nicht vielmehr der allerhöchste Gewinn?

Wenn wir an die Unterweisung des Paulus denken, könnten wir erwarten, daß wir nun auf die Not hingewiesen würden, in die das Gesetz den Menschen bringt. Unser Brief geht nicht diesen Gang. Jene Not unter dem Gesetz empfindet man nur, wenn man ihm aufrichtig mit ganzer Seele dient. Zumeist stellte sich das Gesetz dem Juden in ganz anderem Lichte dar. Mose erschien ihm als der heilsame, sichere Führer zu Gott, unter dessen Leitung er es gut hatte. Wer unter Mose stand, brauchte nicht zu fragen: „Was soll ich tun?" Durch Mose wußte er: Das ist der Wille Gottes; so diene ich ihm und wandle auf seinem Weg. Jeder Zweifel und alle Ungewißheit waren abgetan. Darum konnte denen, die zu Christus hinzugetreten waren, allerdings der versuchliche Gedanke kommen, ihr Leben sei dadurch, daß es nun Nachfolge Jesu sein sollte, schwerer geworden, und ihr Weg sei mühsamer, seit sie sich nicht mehr an der Frage zurechtfinden konnten: „Was hat Mose gesagt?" und sich nicht mehr darauf verlassen konnten: Wir halten Moses Gebot.

Mose, antwortet unser Brief, ist in der Tat ein zuverlässiger Führer, der das Gebot und den Willen Gottes recht bezeugt. Er hat das Zeugnis Gottes, daß er in seinem ganzen Hause treu gewesen ist. So bleibt ihm sein ganzer Ruhm; das Zeugnis Gottes steht ihm zur Seite und zeichnet ihn vor allen aus, auch vor Aaron und Mirjam und den Propheten allen; es weist die Gemeinde an ihn, daß sie ihn höre und ihm gehorche, weil er sie sicher leitet. Eben das war der Grund, weshalb der Jude Mose so hoch erhob. Er brauchte nicht zu fragen, ob Mose ein zuverlässiger Führer und sein Gesetz wirklich das Gesetz Gottes sei. Denn über Mose stand die Bezeugung Gottes in heller Deutlichkeit. Der Jude durfte Mose mit voller Ruhe folgen und gewiß sein, daß er damit auf Gottes Wegen ging.

Mose, sagt der Brief, ist treu und zuverlässig; aber Jesus ist es auch. Auch er hat das Zeugnis Gottes. Es steht nicht so, daß über Mose die Beglaubigung durch Gott stände, über Jesus aber nicht, daß bei Mose Gewißheit und Sicherheit wäre, bei Jesus aber Zweifel und Unsicherheit. Jesus ist ebenso sicher und zuverlässig Führer und Leiter wie Mose, und ihr seid ebenso gewiß, daß ihr den Willen Gottes tut und Gott dient, wenn ihr Jesus folgt, wie wenn ihr Mose gehorcht. Dem ist Jesus treu gewesen, der ihn gemacht hatte. Er ist das Werk Gottes gewesen, weil er sein Boten- und sein Priesteramt von Gott erhalten hat. Weil Gott in ihm geredet hat, ist er sein Bote geworden; weil Gott ihn zum barmherzigen Priester für uns bestellt und erhöht hat, ist er unser Versöhner mit Gott geworden. Er ist das nicht in eigener Wahl und Macht geworden, sondern durch den Willen und das Werk Gottes. Von dem Gott, der ihn gemacht hatte, ist er nicht gewichen, und Dienst und Gehorsam hat er ihm nicht versagt. Ihm ist er untertan geblieben, jedem Wort Gottes untergeben, und jeglichen Dienst und jegliches Werk, zu dem die Weisung des Vaters ihn berief, hat er erfüllt. Diese Treue gegen Gott, deren Siegel und Vollendung das Kreuz ist, bewirkt, daß er für uns ein sicherer Führer ist.

Also haben wir zwei zuverlässige Führer; Mose und Jesus stehen beide als die treuen Boten Gottes vor uns. Und doch können wir sie nicht in gleicher Weise ehren; denn sie haben auch nicht dieselbe Ehre vor Gott. 3,3: *Denn dieser ist größerer Herrlichkeit als Mose gewürdigt worden, in dem Maß, als der, der das Haus herstellte, größere Ehre hat als das Haus.* Jesus gehört die größere Ehre; denn Mose gehört selbst zum Haus als dessen Glied, während Jesus das Haus Gottes hergestellt hat. Sprach ein Israelit von seinem Hause, so dachte er nicht nur an die vier Wände seiner Wohnung, sondern an seine Kinder und Enkel, an sein Geschlecht. So ist auch das Haus Gottes die Gemeinde, das Volk Gottes, die ihm verbundene Schar derer, die er zu seinem Eigentum berufen hat. In deren Mitte steht Mose als einer von ihnen; er gehört wie die anderen mit zu Gottes Haus. Jesus aber steht über diesem lebendigen Gotteshaus; denn dieses ist sein eigenes Werk. Mose ist wie wir der von oben Empfangende, Jesus der Gebende, aus dessen Fülle auch Mose nahm. Wir wissen schon aus dem Eingang des Briefs, daß der Sohn der Glanz der Herrlichkeit Gottes ist. Mose sah etwas von Gottes Herrlichkeit. Warum? Weil sie ihm im Sohn entgegenleuchtete, weil Christus in seiner ewigen Gestalt ihm die Schätze Gottes öffnete. Mose verstand etwas vom Wesen und Willen Gottes; wie kam ihm das? Weil ihm das lebendige Bild Gottes, Christus, entgegenkam und ihn etwas schauen ließ von Gottes Rat und Wort. So ist auch Christus der Gründer und Gestalter des ganzen göttlichen Hauses auch in dessen alttestamentlicher Einrichtung.

Wie im Weltganzen (vgl. 1,2), so enthüllt auch in der Geschichte Israels das Ziel den Anfang. Die reife Frucht der alttestamentlichen Geschichte bildet Christus und sein Reich. Er ist jedoch der Letzte, weil er der Erste ist und von Anfang an als Mittler zwischen Gott und den Vätern steht, durch den ihnen die Offenbarung und die Gabe Gottes zuteil geworden sind. Ist dies erkannt, dann haben wir nicht mehr zwei Führer vor uns, zwischen denen wir wählen könnten, so daß wir sagen dürften: „Wir folgen wohl Mose, aber nicht Jesus." Nun steht nur noch der eine vor uns, dessen Werk auch Mose ist, und unser Blick haftet an diesem einen allein, an Jesus.

3,4: *Denn jedes Haus wird von jemand hergestellt; der aber, der alles hergestellt hat, ist Gott.* Daß es kein Haus gibt, das nicht von jemand erbaut worden wäre, ist scheinbar ein selbstverständlicher

Gedanke; aber gerade seine einleuchtende Selbstverständlichkeit gibt ihm seine durchschlagende Kraft. Auch das Haus Gottes, wie es zur Zeit Moses errichtet wurde, entstand nicht von selbst, sowenig wie irgendein anderes Haus. Die Leser müssen sich doch fragen: Woher hat Mose sein Wort und Gesetz, seine Erkenntnis Gottes und seinen Umgang mit ihm? Hat er dies alles aus sich selbst? Nimmermehr, sowenig ein Haus von selbst aus dem Boden wächst. Woher stammt denn Israel mit seinem besonderen Besitz? Wo findet sich die Wurzel, aus der es erwuchs, und die Quelle der Gaben, die es besitzt? Woher kommt ihm das alles? Doch wahrlich nicht von ungefähr, noch weniger aus seiner eigenen Anstrengung und Leistung, auch nicht aus Moses Kunst und Kraft. Wenn wir nach dem Lebensgrund Israels fragen, nach dem Erbauer dieses Hauses, dann finden wir nicht Mose, wohl aber den Sohn, der als solcher Anteil an der ganzen Gottesfülle hat. Denn von Gott geht jeder Beruf zum Bau und Dienst an seinem Haus aus, jede Begabung, die zur Arbeit an ihm tauglich macht. Der, der ein Haus Gottes errichten soll, muß offenen Zugang zu Gott haben, muß aus ihm schöpfen können, ihn sehen und kennen, ihn hören, aus ihm und für ihn leben, mit ihm in Gemeinschaft stehen. Ist Mose der, der ganz in der Gemeinschaft mit Gott lebt, oder Jesus? Je näher bei Gott, desto größer ist der Beruf, desto sicherer die Leitung, desto zuverlässiger die Führung. Aber nicht Mose, sondern nur Jesus steht ohne Schranke und Scheidung im Licht Gottes.

Allerdings ist Mose nicht nur ein Glied des Hauses wie alle die anderen; er hat vielmehr seinen besonderen Beruf und seine eigene Ausrüstung, die ihn vor allen anderen auszeichnet. Aber auch wenn wir auf die besondere Gabe Moses achten, die ihn von den anderen unterscheidet und mit Jesus vergleichbar macht, so daß ihn das göttliche Zeugnis deshalb auch treu in Gottes ganzem Haus nennt, bleibt dennoch der Unterschied zwischen beiden groß und deutlich. 3,5: *Und Mose war treu in seinem ganzen Haus als Diener zum Zeugnis für das, was geredet werden sollte, Christus aber als Sohn über sein eigenes Haus.* Mose war ein Diener; Jesus ist der Sohn. Der Dienst, den Mose zu erfüllen hatte, bestand darin, Zeugnis für das nach ihm kommende göttliche Wort zu geben. Er hatte noch nicht das letzte, höchste Wort Gottes zu bringen; sondern sein Wort war von

Anfang an darauf ausgerichtet, daß noch eine spätere Rede Gottes ergehen sollte, die nämlich, die Jesus als der Bote Gottes bringt. Deshalb ist es Moses Beruf, dem Wort des Christus als Zeuge zu dienen. Wir dürfen hierbei nicht nur an die verheißenden Worte des Gesetzes denken, sondern haben dessen ganzen Inhalt, auch seine Gebote und gottesdienstlichen Einrichtungen, ins Auge zu fassen. Es liegt in diesem Wort ein lehrreicher Wink, wie unser Brief das Alte Testament verstanden hat. Der Zweck desselben besteht nach ihm darin, Jesu Wort nach seinem Ursprung aus Gott verstehen zu lehren. Darum kam schon vor Jesus eine Rede Gottes, mit der wir das Wort Jesu vergleichen und an der wir es bewähren können. Wäre uns Gott noch völlig unbekannt und sein Wille noch gänzlich verborgen, wenn das Wort Jesu zu uns gelangt, so wäre uns kein Verständnis des Christus möglich, höchstens eine blinde Unterwerfung unter ihn, nicht aber eine innerliche Aneignung seines Wortes auf Grund eigener Prüfung. Nun ist aber Jesus nicht der einzige Bote Gottes; er hat einen Zeugen neben sich, der mit dem Zeugnis Jesu übereinstimmt und es bekräftigt, und damit ist uns das Verständnis des Christus und die Erkenntnis Gottes in ihm möglich gemacht. So waren die jüdischen Männer, an die der Brief gerichtet ist, zum Glauben an Jesus gekommen. Sie waren zuerst Mose von Herzen untertan gewesen und hatten sich von ihm sagen lassen, wer Gott ist und was er will. Dann kam Jesu Wort zu ihnen, und nun sahen sie: es ist der eine und selbe Gott hier und dort, ein und derselbe Gotteswille, eine und dieselbe Gerechtigkeit, eine und dieselbe Gnade; Mose ist Zeuge für das, was Jesus sagt. Und mit dieser Einsicht war ihr Glaube an Jesus da; damit traten sie in seine Jüngerschaft. Daher ist auch die wunderbare Verbindung von Einheit und Verschiedenheit, die die Schrift aufweist, für unseren Brief kein Anstoß und keine Schwierigkeit; sie wird ihm vielmehr zum Merkmal ihrer Wahrheit und Größe. Die Schrift hülfe uns nicht zur Erkenntnis, wenn nicht verschiedene Stimmen in ihr redeten, freilich ebensowenig, wenn diese Stimmen sich in Zank und Widerspruch gegeneinander kehrten. Die Rede des Zeugen ist nicht die gleiche wie das Wort dessen, dem er mit seinem Zeugnis dient, sonst wäre er nicht nur Zeuge; sie ist aber auch nicht gegen den Bezeugten gerichtet, sonst wäre er wiederum nicht Zeuge. Er ist es dann, wenn er mit seinem eigenen Munde redet nach dem, was ihm für seine Person gezeigt ist; aber er redet von derselben Wahrheit und von derselben Tat, von der der spricht, dessen Wort er bekräftigt. So redet Mose nicht das Wort Jesu und Jesus nicht das Wort Moses, sondern jeder hat seine eigene Rede; aber beide reden vom selben Gott, vom selben Reich Gottes, vom selben Herrn und König in diesem Reich, vom Werk derselben göttlichen Gnade und Gerechtigkeit. Aus dieser Mannigfaltigkeit, die die Einheit bewahrt, wächst uns Erkenntnis und Gewißheit zu.

Damit ist Mose ein bleibendes Amt auch in der neutestamentlichen Gemeinde zugeteilt. Wir verlieren ihn und seinen Dienst nicht, wenn wir auf Jesus blicken. Es bleibt dabei, daß er im ganzen Haus Gottes treu gewesen ist und mit seinem Dienst alle Glieder dieses Hauses umfaßt. Aber sein Platz ist nicht mehr über oder neben Jesus, so daß wir um Moses willen Jesus verlassen könnten, sondern er ist mit seinem Wort Jesus untergeordnet und in den Dienst Jesu gestellt. Wie er mit dem ganzen übrigen Haus Gottes durch Christus bereitet und begabt ist, so ist er auch für Christus gesandt, um ihm zu dienen, sein Wort deutlich und gewiß zu machen und zu ihm hinzuleiten. Denn nicht Jesus bezeugt das Wort Moses, sondern Mose bezeugt das Wort Jesu. Wie sollten wir uns vom Sohn zum Diener wenden? Sohnestreue ist mehr als Knechtestreue, sowohl im Verhältnis zu Gott, weil nur der Sohn den Vater wahrhaft kennt, als auch seinem Haus gegenüber. Nur vom Sohn gilt, daß die Gemeinde sein eigenes Haus ist; er sorgt für sie als für sein Eigentum, weil sie des Vaters Eigentum ist. Wir kommen also, wenn wir Jesus mit Mose vergleichen, zu dem gleichen Ergebnis, wie wenn wir ihn mit den Engeln vergleichen. Von diesen sagte der Brief: „Sie sind Diener, er ist der König und Herr; wenn ihr diesen findet, so verliert ihr den Dienst der Engel nicht; vielmehr sind sie zu eurem Dienst ausgesandt, weil ihr das Heil bekommen sollt." Ebenso sagt der Brief hier: „Mose ist Diener; dem Christus gehört das Haus, weil er der Sohn ist; ihr weicht damit, daß ihr auf Christus seht, nicht von Mose und seinem Wort ab; vielmehr faßt ihr gerade so, was euch das Zeugnis Moses sagen will. Laßt ihr dagegen Christus fahren, so verliert ihr alles, wie die Hilfe der Engel, so auch den Dienst Moses."

3,6: *Sein Haus sind wir, wenn wir das furchtlose Wort und den Ruhm der Hoffnung bis zum Ende fest behalten.* Ohne jede Einschränkung nehmen die Apostel alles, was Israel gegeben war, für die Gemeinde Jesu Christi in Anspruch. Sie ist das wahre Israel, die Nachkommenschaft Abrahams, das heilige Volk, das Erbe Gottes, das Haus Gottes. Warum? Weil wir das Werk des Christus sind. Dafür haben wir aber eine Bedingung zu erfüllen. Sind wir sein Haus, so ist das nicht unser Werk; das Haus baut sich nicht selbst. Wir sind es durch ihn, darum, weil er uns die Hand gereicht und die himmliche Berufung an uns gerichtet hat. Aber seine Gabe fordert von uns willige Aufnahme und legt uns das Gebot auf, an ihr festzuhalten und zu bewahren, was Christus uns erworben hat. Wir hören auf, sein Haus zu sein, und fallen aus der Gemeinschaft mit ihm heraus, wenn wir das furchtlose Wort und die Hoffnung, die uns einen starken Grund zum Ruhm und Jubel gibt, nicht festhalten. Darin besteht also das Gebot des Christus an seine Gemeinde: „Halte die freudige Zuversicht fest! Wirf den Jubel der Hoffnung nicht weg! Laß dir meine Gabe teuer sein, so daß du dich ihrer freust; laß dir das Herz weit machen und den Mund dir öffnen zu dankbarem Ruhm und Preis, wie ihn die lebendige Hoffnung gibt." Wir könnten die Freudigkeit und Hoffnung nicht festhalten, wenn sie uns nicht gegeben wäre. Wer aber zum Haus des Christus gehört, dem ist große Freudigkeit und Hoffnung verliehen. Die Glieder seines Hauses dürfen ohne Scheu mit ihm reden, dürfen ihn in allen Anliegen anrufen, dürfen seinen Namen brauchen, dürfen auf ihn als auf ihr Gut und Leben zählen. Sie sind zum Hoffen erweckt, da sein Haus nicht wieder zerfällt, sondern vom Ewigen für die Ewigkeit aufgerichtet ist. Die Müden und Ermatteten haben aber zu beachten: es gilt, das große Geschenk festzuhalten, und das geschieht nicht ohne Anstrengung. Schwer und lastend sammeln sich die trüben, dunklen Empfindungen im Herzen, wogen gegen unsere Freudigkeit und Hoffnung heran und wollen unseren Mut begraben und unsere Freude ersticken. Wir müssen diese Gaben mit festem Willen hochhalten, sollen sie nicht in diesem finsteren Abgrund unserer Seele untergehen. Der Brief ruft uns zu: Es handelt sich um euer höchstes Gut, um euer Kindesrecht im Haus Gottes. Unmutige, murrende Glieder hat Jesus nicht in seinem Haus. Können wir kein

Vertrauen zu ihm fassen, wollen wir nicht frei und fröhlich mit ihm reden, so stehen wir draußen. Wollen wir nicht hoffen, schätzen wir seinen Bau nicht als Obdach und Heimat für die Ewigkeit und als ein unvergängliches Gut, so gehören wir nicht dazu. Mit Nachdruck ist gesagt: „Den Ruhm der Hoffnung haltet fest!" Es gibt auch ein Hoffen, das zwar die künftigen Güter nicht verleugnet, aber sich ihrer nicht mehr rühmt, weil sie uns nicht mehr locken und ziehen, sondern uns kaltlassen, als wären sie wertlos und nichtig. Bei einer solchen Hoffnung sind zwar unsere Gedanken vom himmlischen Ziel noch nicht losgekommen, aber unser Begehren ist abgeschweift und nicht mehr nach vorn gewandt. Solches Hoffen wird zuschanden. Die Hoffnung hat das Rühmen bei sich, wenn sie unser Verlangen erweckt, den Wert der uns verheißenen Güter sieht und schmeckt und uns darum kräftig aufrichtet in der Erwartung dessen, was uns verliehen werden wird.

„Wenn ihr dies festhaltet": dieses „Wenn" deutet auf einen Kampf, auf die dunklen Strömungen im Herzen, die es vom verheißenen Ziel abwenden und die darum niedergerungen werden müssen. Aber dieser Kampf währt nicht ewig, sondern kommt zum Sieg. Er findet ein Ende, an dem die Hoffnung in den Empfang der gehofften Gabe übergeht. Vorerst aber behält jenes „Wenn" noch seine warnende Kraft, und der Brief scheut sich nicht, die Warnung recht eindringlich zu machen. Darum erinnert er uns, nachdem er Mose mit Jesus verglichen hat, sofort an das Verhalten der Gemeinde, die den Dienst Moses zuerst empfangen hat und dennoch wegen ihres Unglaubens untergegangen ist.

Kapitel 3,7–4,13

Israels Unglaube warnt die Christenheit

Christus ist treu, und doch können wir fallen und uns verderben. Wir sind aber gewarnt, und es ist uns gezeigt, wie wir uns um die Gabe Gottes bringen würden. Darum hält uns der Brief den 95. Psalm vor und legt dessen ernste Warnung aus. 3,7-11: *Deshalb, wie der heilige Geist sagt: Heute, wenn ihr seine Stimme hört, macht eure Herzen nicht hart wie in der Verbitterung am Tag der*

Versuchung in der Wüste, wo eure Väter mich versuchten und erprobten, und sie sahen meine Werke während vierzig Jahren. Deshalb zürnte ich diesem Geschlecht und sagte: Immer irren sie im Herzen ab. Sie aber erkannten meine Wege nicht, so daß ich in meinem Zorn schwur: Sie werden nicht in meine Ruhe eingehen (Ps. 95,7-11). Der Psalm verheißt einen Tag, an dem Gottes Stimme zu den Menschen kommt. Dann dürfen wir aber das Herz nicht hart machen, wie es Israel zur Zeit Moses tat. Das Volk hatte die Werke Gottes, die voll von seiner Güte und Hilfe waren, vor Augen; sie redeten eine mächtige Sprache und forderten es zum Glauben auf. Aber das Volk brachte es fertig, dennoch trotzig und hartnäckig Gott zu widerstehen ohne Vertrauen zu seiner Güte und ohne Furcht vor seiner Majestät. Sie versuchten ihn immer wieder. Gott versuchen ist das Gegenteil des Glaubens; denn es ist Übermut, der Gott seine Gaben abtrotzen will, der Gott beschuldigt und den Verdacht gegen ihn erhebt, er wolle oder er könne nicht helfen, während der Glaube auf die Hilfe Gottes wartet und der Güte Gottes gewiß ist. Daher war die Antwort Gottes an die, die ihn so versuchten, Zorn. Er verwarf sie, deren Herz sich immer verirrte und seine Wege nicht sehen wollte, und verweigerte ihnen den Eingang in seine Ruhe. Sie waren ein wanderndes Volk, das der Ruhe zustrebte, und Gott hatte ihnen die höchste Ruhe, den Anteil an seiner Ruhe, zugedacht. Nun war sie ihnen verloren, und sie gingen auf ihrer Wanderschaft unter. Das ist der Spiegel für die unzufriedene, murrende Christenheit, die an der Erscheinung Jesu kein Genüge hat, die sich hin und her besinnt, ob es nicht besser wäre, ihn zu verlassen, die sich wohl zu ihm bekannt hat, aber nicht bei ihrer Zusage bleibt, die wohl hofft, aber ohne Gott freudig zu rühmen.

3,12: *Gebt acht, Brüder, daß nicht in einem von euch dadurch ein böses Herz des Unglaubens sei, daß er vom lebendigen Gott wegtritt.* Wovor warnt uns der Psalm? Vor dem Unglauben, und der Brief legt uns aus, was der Unglaube ist: er besteht darin, daß wir uns von Gott wegbewegen. Wenn das Zeugnis Gottes mich erfaßt und seine Hilfe und Gabe in mein Leben tritt, aber mein Wille scheut von ihm weg, beugt sich auf mich selbst zurück und strebt aus der Nähe Gottes fort, so ist dies die Bewegung und Tat des Unglaubens. Er ist die Flucht von Gott weg, der Versuch, ihn aus unserem Leben auszuschalten, der Protest gegen ihn: „Geh! Dich will ich nicht." Was macht uns ungläubig? Das böse Herz, wie es der Psalm Israel zeigt. So sind es nach dem Brief an die Hebräer nicht die guten, sondern die bösen Regungen in uns, die von Gott wegstreben. Darüber können wir uns leicht klarwerden, und darin liegt für jeden der Beweis des Glaubens und die Widerlegung des Unglaubens. Das Gute in uns findet, wenn wir zu Gott kommen, Stärkung, Reinigung und Vollendung; das Böse in uns kommt im Unglauben auf seine Rechnung. Das entscheidet die Wahl. Ob Gott uns Christen lieb oder leid ist, ob wir ihn suchen oder fliehen, hängt von der anderen Frage ab, ob uns das Gute oder das Böse lieb ist, ob wir uns des Guten oder Bösen in uns entledigen möchten. Hier allein liegen die Wurzeln des wahrhaften Glaubens, und hier entsteht auch der Unglaube.

3,13: *sondern mahnt euch selbst jeden Tag, solange das Heute ausgerufen wird, damit keiner von euch durch den Betrug der Sünde verhärtet werde.* Der Unglaube, mit dem der Mensch sich von dem lebendigen Gott losreißt, ist Torheit, aber auch schwere Gefahr; denn der Lebendige antwortet auf solche Antastung. Aber das alles kann unser ungläubiges Herz mit großer Kunst verhüllen. Es breitet eine Decke dunkler Gedanken darüber und umgibt sich mit nichtigen Spiegelungen, die ihm keinen Blick in die Wahrheit mehr offenlassen. Es dünkt sich völlig im Recht zu sein und meint, es sei von der Wahrheit und vom Gewissen und von der Sorge um die Wohlfahrt der Menschheit und wer weiß, wovon sonst noch, geleitet, und glaubt, es gehe auf dem besten Weg dem edelsten, höchsten Ziel entgegen. Und doch ist es nur die Sünde, die eigene böse Begehrung, aus der all dieser Schein stammt. Sie erzeugt die Täuschung und hält damit den Ungläubigen in ihrem Bann fest. Darob wird sein Herz hart. Der Lichtstrahl von oben fällt darauf, aber es zuckt nicht zusammen. Die Liebe Gottes spricht zu ihm, aber umsonst; nichts rührt sich in ihm. Es starrt in sein Elend und wird nicht weich. Er schaut auf die Werte, die es wegwirft, und sie reuen es nicht. Es läuft mit aller Energie und Beharrlichkeit seinem eigenen Willen nach. Es legt Kraft in sein Sündigen hinein, die Kraft des Trotzes, der nicht nachgibt und erschrickt, bis alles verloren und verdorben ist. Darum fordert der Brief: „Haltet die

Augen offen und mahnt einander!" Die täuschende und verhärtende Macht der Sünde bewirkt, daß wir das sorgsame Auge und mahnende Wort der anderen nötig haben. So beschränkt sich auch die Christenpflicht nicht nur auf die Wachsamkeit über das eigene Herz; sie beruft uns, auch auf die anderen zu achten und ihnen mit der Weisheit zu dienen, die die Liebe gibt.

So müssen wir über uns selbst wachen und für einander sorgen jeden Tag, ohne müde zu werden, in Beharrlichkeit, solange die Stimme Gottes mahnt. Sein großer Tag kommt, jenes Heute, von dem der Psalm verheißend spricht. Daß nur nicht, wenn von oben her uns zugerufen wird: „Heute wird euch Gottes Ruhe aufgetan!", unser Herz sich als in der Sünde hart geworden erweist! Dann käme der Tag Gottes als Gericht über uns statt als Gnadentag, und wir glichen jenen Törinnen, die nicht gerüstet waren, als ihnen zugerufen wurde: „Der Bräutigam ist da!"

3,14: *Denn wir haben Anteil am Christus bekommen, sofern wir den Anfang der Beständigkeit bis zum Ende fest behalten.* Die Gemeinde Jesu hat alles empfangen, was sie für den großen Tag Gottes und den Eingang in das Reich des Christus braucht; sie kennt ja Christus und ist so mit ihm verbunden, daß sie Anteil an ihm hat. Er selbst, ihn zu kennen, bei ihm zu sein und wie er zu sein, zu empfangen, was er hat und gibt, das ist dereinst unsere Vollendung und Beseligung, und das ist uns jetzt schon gegeben, weil wir durch sein Wort im Glauben mit ihm verbunden sind. Aber unser Anteil am Christus bleibt uns nur dann erhalten, wenn wir die Haltung, die jetzt als Anfang uns gegeben ist, bis zum Ende bewahren. Wir haben uns zum Christus gestellt; daß wir aber zu ihm traten und uns auf ihn gründeten und bei ihm stehen, das ist erst der Anfang, noch nicht das Ende. Unser Anteil an ihm ist jetzt noch kein Sehen und Genießen. Die vollendende Gnadentat Gottes steht noch vor uns und wird uns nur dann zuteil, wenn wir den Anfang nicht wieder selbst zerstören und preisgeben, sondern festhalten.

Schon der Psalm gibt seiner Mahnung dadurch den Ernst, daß er an den Unglauben Israels in der Wüste erinnert. Unser Brief hebt nun diesen Teil des Psalmworts noch besonders hervor. 3,15-19: *Indem gesagt wird: Heute, wenn ihr seine Stimme hört, macht eure Herzen nicht hart wie in der Verbitterung: welche haben denn, als sie hörten, die Verbitterung bewirkt? Waren es nicht alle, die aus Ägypten durch Mose ausgezogen waren? Welchen zürnte er während vierzig Jahren? Nicht denen, die sündigten, deren Glieder in der Wüste zerfielen* (1. Kor. 10,5; Judas 5)? *Welchen schwur er, daß sie nicht in seine Ruhe eingehen werden, wenn nicht denen, die ungehorsam waren? Und wir sehen, daß sie nicht einzugehen vermochten um des Unglaubens willen.* Vor dem Fall, auf den der Psalm hinweist, hatte Israel die göttliche Bezeugung und Hilfe erlebt. Ägyptens Joch war zerbrochen, die Ausführung geschehen und die Gemeinde Gottes geschaffen. Dennoch gingen eben die, die aus Ägypten errettet waren, sämtlich durch den Zorn Gottes in der Wüste unter. Der Eifer Gottes war stark genug, um sie alle, die er doch durch seine Hilfe so hoch erhoben hatte, wieder zu verderben. Die Erlösung, die sie empfangen hatten, ging ihnen wieder verloren. Ihre Sünde, ihr Widerstreben gegen Gott, ihr Unglaube raubten sie ihnen wieder. So schützt auch uns keine Gabe, die wir empfangen haben, vor dem Fall. Wir können alles wieder durch Unglauben vereiteln.

Die Hilfe, die Mose Israel brachte, war noch nicht vollständig und die Gabe Gottes noch nicht ganz erlangt. Denn das Land war noch nicht erreicht, das dem Volk zur Heimat werden sollte. So hatten sie die eine Gabe empfangen; die andere mußten sie noch suchen; die eine Hilfe hatten sie erlebt; auf die andere mußten sie noch hoffen. Gerade weil Israel so zwischen zwei göttlichen Gnadentaten stand, ist das, was an ihm in der Wüste geschehen ist, eine dringliche Warnung für uns. Auch wir haben Gottes Hilfe und Gabe erlebt und zugleich noch zu erwarten. Christus ist gekommen; dadurch sind wir erlöst. Aber er ist uns noch verborgen, und wir sind noch von ihm getrennt; deshalb ist unsere Erlösung noch eine Verheißung, die in der Zukunft steht. In solcher Lage gilt es zu glauben. Gegründet auf die empfangene Gabe die künftige erwarten, das ist die Glaubenstat. Was wir empfangen haben, macht uns das Glauben möglich und leicht; was noch künftig ist, macht es für uns nötig und schwer. Weil wir die Gnade und Gabe Jesu kennen, ist unser gegenwärtiges Leben nicht Dunkelheit, Ungewißheit, Angst und Klage, sondern schon Glaube; weil wir seine Gnade und Gabe erst künftig empfangen, darum ist unser gegenwärtiges

Leben noch kein Sehen und Haben, sondern erst ein Glauben. Weil aber Glaube von uns gefordert ist, ist uns die Gefahr des Unglaubens nahe.

In meisterhaftem Fortschritt führen uns die Mahnungen des Briefes vorwärts: Achte auf Jesu Wort! (2,1), sieh auf ihn! (3,1), halte die Freudigkeit fest! (3,6), mache dich nicht durch Verhärtung in der Sünde ungläubig! (3,12-19.) Der Weg zum Glauben ist uns damit dargelegt. Die Apostel sagen uns nicht nur: Ihr müßt glauben! Sie zeigen uns auch, wie wir gläubig werden. Höre Jesu Wort, nimm Jesu Werk wahr, laß dir die Freude und Hoffnung ins Herz dringen, die dir aus ihm entgegenstrahlt! Nun bist du zum Glauben ausgerüstet; nun greife zu und wirf die bösen Dinge weg, die dich ungläubig machen!

4,1: *Darum wollen wir uns fürchten, da die Verheißung des Eingangs in seine Ruhe übrigblieb, daß es nicht bei einem von euch den Anschein habe, er sei zurückgeblieben.* Weil wir an Israel sehen, wie man die Verheißung Gottes verscherzen kann, wollen wir uns fürchten. Das ist ein männliches Wort. Die Furcht legt sich allerdings als ein Druck auf die Seele, als eine Last, die nicht süß ist, sondern schwer. Aber wie wir durch das Evangelium sprechen lernen: „Ich will leiden im Blick auf das, was daraus erwächst", so lernen wir auch sprechen: „Ich will mich fürchten wegen der Frucht, die die Furcht einträgt." Wir haben uns nicht künstlich in die Furcht hineinzusteigern. Künstelei führt nur zur Lüge, ob wir uns Hoffnungen machen oder Furcht in uns erwecken. Machen wir das eine oder andere selbst, so ist es nur Sünde. Aber wenn uns am Wort der Schrift im Aufblick zu Gott Furcht in die Seele fällt, dann wollen wir uns ihr nicht verschließen und sie nicht als Belastung und Verdüsterung des Lebens verscheuchen, sondern sie mit unserem Brief als einen Gewinn ansehen, als eine Gabe Gottes, für die wir dankbar sind. Denn Furcht kann eine Kraftquelle sein, sie kann das Wollen und Handeln wecken. Lernen wir uns fürchten, so laufen wir nach dem uns vorgesteckten Ziel. Wir dürfen die Furcht und den Glauben nicht auf zwei verschiedene Zeiträume unseres inneren Lebens verteilen, als müßte eine Zeitlang ein innerer Kampf durchstritten sein, in dem wir von nichts als von Furcht wissen, und dann ein Friede und eine Freude einkehren, die keine Furcht mehr kennen. So reißen wir auseinander, was verbunden unsere Kraft ausmacht, und machen beides, unsere Furcht und unseren Glauben, krank. Die Schrift weiß von solchen Perioden nichts. Unsere Stelle mahnt die zur Furcht, zu denen sie sofort spricht: „Wir, die wir glauben, gehen in die Ruhe Gottes ein" (V. 3).

Warum sollen wir uns fürchten? Verheißenes steht noch aus; denn was von Gottes Gabe in unserer Hand liegt, hat uns die ganze Erfüllung noch nicht gebracht. Diese gehört noch der Zukunft an und ist uns als Ziel vorgehalten. Dennoch, obwohl eine Verheißung vor uns steht und uns locken will, kann es uns gehen wie solchen, die zu spät kommen, so daß für sie nichts übrigblieb. Unsere Lage, die Gott uns bereitet hat, ist herrlich; die Tür steht für uns offen, die uns den Eingang in die Ruhe Gottes öffnet. Dennoch können wir es mit unserer Torheit und Bosheit dahin bringen, daß sich alles in das Gegenteil verkehrt, daß wir vor einer verschlossenen Türe stehen und es ist, als hätten wir keine Verheißung empfangen. Auch hier redet der Brief wieder in dem zarten Sinn der Liebe, den wir schwer verstehen. Wir denken bei unserer Furcht und unserem Glauben nur an uns selbst; wir fürchten für uns und hoffen für uns und sind darum arm und schwach. „Keiner unter euch!" sagt der Brief; nur wo dieser Grundsatz lebendig ist, ist Gemeinde Jesu Christi da.

Wenn wir die Verheißung verlieren, so haben wir uns selbst um sie gebracht. 4,2: *Denn wir haben wie jene eine Heilsbotschaft erhalten; aber das gehörte Wort half jenen nichts, weil sie sich nicht durch den Glauben mit denen verbanden, die es gehört hatten.* Denken wir an das, was Israel empfangen hat, so sind wir nicht verkürzt und hintangesetzt; denn das gnadenreiche Wort Gottes ist uns gegeben, das uns zeigt, daß die Verheißung gerade auch für uns bestimmt ist. Eben darum sollen wir uns fürchten, die Verheißung nicht dennoch zu verscherzen; denn auch den Israeliten, die aus Ägypten errettet wurden und in der Wüste umkamen, war das gütige Wort Gottes gegeben, das ihnen die Verheißung zutrug als für sie bestimmt. „Ihr", lautete die gute an sie gerichtete Botschaft, „seid mein auserwähltes Volk, ihr mein Erbe und Eigentum, ihr mein priesterliches Königreich; euer Gott bin ich, euch führe ich zu meiner Ruhe!" Das war Evangelium. Aber es brachte ihnen keinen Gewinn, weil sie sich von denen schieden, die das göttliche Wort gehört hatten.[1] Es wurde ihnen durch Boten überbracht, vor allem durch Mose; vielleicht denkt der Brief auch an die Väter, die zuerst die göttliche Verheißung durch Gottes eigene Rede gehört hatten. Auch hierin waren die alt- und die neutestamentliche Gemeinde in ähnlicher Lage. Auch die Christenheit hat den Sohn Gottes nicht selbst gehört, sondern sein Wort durch die Zeugen empfangen, die ihn gehört haben (vgl. 2,3). Was die Propheten dem alten Israel waren, das haben der Christenheit die Apostel getan. Von Gottes Boten soll sie sich aber nicht abwenden; sie hat sich um sie zu scharen und mit ihnen zusammenzuschließen. Das war die Sünde Israels in der Wüste, daß es sich von Mose trennte und gegen ihn auflehnte, als hätte nicht Gott mit ihnen geredet. Wiederum war es die Sünde des ungläubigen Israels zur Zeit der Apostel, daß es diese als Toren und Abtrünnige vergeblich reden ließ und aus ihrer Gemeinschaft stieß, statt sich ihnen anzuschließen und zu einer Gemeinde mit ihnen sich zu verbinden. Ebenso wäre es für die hebräischen Christen, an die der Brief gerichtet ist, ein verderblicher Sturz und der Verlust des Evangeliums, wenn sie sich von denen trennten, die Christus gehört und ihnen in seinem Auftrag das Evangelium verkündigt hatten.

Wie werden wir mit denen verbunden, denen Gott sein Wort zuerst übergeben hat? Durch Glauben. Wenn ihr Wort in unserem Herzen Glauben schafft, schließen wir uns dankbar und gehorsam an sie an, so daß wir zur innig mit ihnen verbundenen Gemeinde werden. Wenn wir uns aber ungläubig von ihrem Wort abkehren, dann ist die Schranke aufgerichtet, die uns von ihnen und dadurch auch von dem gnädigen Angebot Gottes trennt. Der Brief erinnert absichtlich nicht nur an die innere Stellung des Herzens, an die gläubige Aufnahme und Bewahrung des göttlichen Worts; er nennt ein Kennzeichen, an dem der Glaube sichtbar wird, damit wir uns nicht für gläubig halten, ohne es zu sein. Dieses Kennzeichen des Glaubens liegt in der Weise, wie wir uns zu den Boten Gottes stellen, ob wir sie verachten oder mit ihnen verbunden sind.

1 Dieser Satz ist auch so überliefert: „Das gehörte Wort half jenen nichts, weil es (das Wort) nicht durch den Glauben mit denen, die es hörten, verbunden wurde." Dann ist als die Schuld der Israeliten bezeichnet, daß sie das Wort von sich fernhielten. Das Wort durchdrang sie nicht und verwuchs nicht mit ihnen, wie es dann geschieht, wenn ihm geglaubt wird.

Wir können uns mit diesem Wort leicht verdeutlichen, warum der Brief uns gleichzeitig zu beidem bewegen will, daß wir uns fürchten und daß wir glauben und mit heller, dankbarer Freudigkeit den Ruhm der Hoffnung bewahren. Beides schließt sich nicht aus, sondern stützt und stärkt sich gegenseitig. Wir verkehren oft töricht unsere Furcht und unseren Glauben; wir fürchten, das Evangelium falle, und glauben zuversichtlich, an uns fehle es nicht. Wir mißtrauen Gott und trauen uns. Die Schrift weist uns den umgekehrten Weg. Das Wort Gottes ist gut, des ganzen Vertrauens wert; ob wir aber das Wort wollen, ob wir es aufnehmen und bewahren, das ist die fragliche Sache; um diesen Punkt hat sich unsere Sorge und Furcht zu bewegen. Also wendet uns die Furcht, zu der der Brief leitet, nicht vom gnädigen, freundlichen Wort Gottes ab; wir sollen ja unseren Unglauben fürchten, wenden uns also, je mehr wir uns fürchten, um so mehr zum gnädigen göttlichen Wort. Haben wir eine Furcht in uns, die das Wort nicht hören mag, die uns rät, es zu verlassen und zu vergessen, so ist dies die sündige Furcht; diese haben wir abzuschütteln und nicht ungläubig, sondern gläubig zu sein; denn die Verheißung Gottes steht vor uns. Haben wir dagegen die Furcht in uns, die uns zum Wort hintreibt und uns mahnt, es nicht fahrenzulassen: solche Furcht ist ein Geschenk; solche Furcht gibt Glaubenskraft.

4,3a: *Denn wir, die wir zum Glauben kamen, gehen in die Ruhe ein.* Damit wir zum rechten Glauben und zur rechten Furcht gelangen, haben wir die Verheißung Gottes ins Herz zu fassen, die unseren Weg einfach und gerade macht. Der Eingang in die Ruhe ist uns versprochen als Gottes große Gabe, die wir um so fester erfassen sollen, je mehr uns Mattigkeit und Ermüdung umfängt und unser Weg uns schwer scheinen will. Da gilt es, auf die Ruhe zu sehen, der dieser Weg uns entgegenführt. „Wir, die wir glauben, gehen in die Ruhe ein“ – keine andere Bedingung oder Forderung steht uns im Weg. Hier gilt: „Glaube nur! (Mark. 5,36.) Dein Glaube führt dich zu Gottes Ruhe.“ Aber wir wissen, was alles unserem Glauben entgegensteht und ihn ersticken will. Der Brief legt uns darum die Verheißung Gottes nach ihrer ganzen Größe und ihrer Zuverlässigkeit aus. Wir finden hier aufs schönste verbunden, was uns weit voneinander entfernt scheinen mag. Wir hören ein warnendes Wort voll von tiefem Ernst. Aber es endet damit, daß es uns die Ruhe Gottes anpreist. Auch die Warnung bleibt im Frieden Gottes und fällt nicht in eine ungläubige Aufgeregtheit und Angst. Sie will uns ja zur freudigen Hoffnung erheben. Darum richtet gerade die Warnung unser Auge zur Ruhe Gottes empor und macht uns deutlich, was diese Verheißung in sich schließt. Zu diesem Zweck hält uns der Brief drei göttliche Worte vor:

4,3b-7: *wie er gesagt hat: Wie ich in meinem Zorn schwur: Sie werden nicht in meine Ruhe eingehen* (Ps. 95,11), *obgleich die Werke von der Gründung der Welt her geschehen waren. Denn er hat an einem Ort über den siebten Tag so gesprochen: Und Gott ruhte am siebten Tag von allen seinen Werken* (1. Mose 2,2). *Und an dieser Stelle sagt er wieder: Sie werden nicht in meine Ruhe eingehen. Da nun übrigbleibt, daß einige in sie eingehen, und die, die früher die Heilsbotschaft erhielten, um des Ungehorsams willen nicht eingingen, setzt er wieder einen Tag fest: Heute, da er nach so langer Zeit durch David sagt, wie schon oben gesagt ist: Heute, wenn ihr seine Stimme hört, so macht eure Herzen nicht hart.* Der erste Spruch, mit dem der Brief die göttliche Ruhe verdeutlicht, ist das Wort über den Ruhetag Gottes, der das Schöpfungswerk beschlossen hat; der zweite ist das Wort Gottes an Israel zur Zeit Moses, daß es nicht in seine Ruhe eingehen wird; der dritte ist das Wort des Psalmisten: Heute, wenn ihr meine Stimme hört, so verhärtet eure Herzen nicht, es öffnet den Eingang in die Ruhe Gottes denen nochmals, die Gott zu ihr beruft. Das erste dieser Worte steht zum zweiten in einem deutlichen Gegensatz. Gott hat die Glaubenslosen nicht zu seiner Ruhe kommen lassen, obgleich die vorbereitenden Werke geschehen sind und Gott schon am Abschluß der Schöpfung nicht nur selbst seinen Sabbattag feierte, sondern auch für die Menschen einen solchen heiligte zum Zeichen, daß sie an seiner Ruhe Anteil haben sollten. Als Gott seine Werke schuf, häufte er nicht Gebilde auf Gebilde ohne Zweck und Ziel und gefiel er sich nicht in einem Schaffen, das endlos weitergegangen wäre. Sein Werk schritt sicher und fehllos zur Vollendung und schloß mit seinem Wohlgefallen an allen seinen Werken. So kam nach dem Schöpfungswerk die Ruhe, und diese war schon damals auch dem Menschen gezeigt; sie sollte auch für ihn das Ende seiner Wege sein. So liegt es nicht an Gott, sondern nur am Menschen, wenn ihm die Ruhe verlorengeht. Gott hat sie von Anfang an auch für uns bereitet und deshalb Israel den Sabbat gegeben als ein Zeichen, das verheißend an die Ruhe Gottes erinnern soll. Dennoch gab Gott Israel, als er es aus der Knechtschaft ausführte, den Eingang in die Ruhe nicht; denn es glaubte nicht. Aber es gibt noch ein drittes göttliches Wort, das uns nochmals die Ruhe zusagt.

4,8.9: *Denn wenn Josua sie zur Ruhe gebracht hätte, hätte er nicht später von einem anderen Tag gesprochen. Also bleibt für das Volk Gottes eine Sabbatruhe übrig.* Das dritte Wort, das die Ruhe aufs neue verheißt, zeigt zugleich, daß die Ruhe, die Josua dem Volk verschaffte, noch nicht die Erfüllung der Verheißung war. Als Gott wieder vom Eingehen in seine Ruhe sprach, war Israel schon längst im verheißenen Land. Die Wanderzeit in der Wüste war abgeschlossen, und doch glichen sie immer noch einem ruhelos weiterwandernden Volk. Deshalb, weil die göttliche Ruhe aufs neue verheißen ist, steht der Gemeinde die Sabbatfeier, die auch ihr an der Ruhe Gottes Anteil gibt, noch bevor. Denen, die Gott in seine Gemeinde berufen hat, ist nicht eine ziellose Unruhe und Arbeit auferlegt, so daß aus ihrem Werk eine endlose Anstrengung, ein Kampf ohne Sieg werden müßte. Auch unserem Dienst und unserer Arbeit ist ein Ziel der Vollendung gesetzt. 4.10: *Denn der, der in seine Ruhe einging, kam auch für sich von seinen Werken zur Ruhe wie Gott von den seinigen.* Die Ruhe Gottes, die sein Schaffen krönt, wird sich über uns ausbreiten und das Joch von unserem Nacken und die Last von unserer Schulter nehmen und auch uns die Stunde bringen, in der wir sprechen dürfen: „Es ist vollbracht!“ Unser Leben verläuft auch in dieser Hinsicht nach dem Vorbild Gottes. Darauf zielt die Schrift überallhin, daß wir unsere Hoffnung mit Gott verbinden. Was Gott hat, macht uns reich. An der Gerechtigkeit Gottes werden wir gerecht, an der Heiligkeit Gottes heilig. Die Herrlichkeit Gottes verherrlicht uns. Der Friede Gottes stellt uns in den Frieden; die Ruhe Gottes bringt uns zur Ruhe.

4,11: *Darum wollen wir uns bemühen, in jene Ruhe einzugehen, damit keiner durch dasselbe Beispiel des Ungehorsams falle.* Das

Verlangen nach Ruhe und die Freudigkeit und Willigkeit zur Arbeit und zum Werk sind damit zusammen in das Leben der Christenheit eingefügt und zur Einheit verbunden. Da wir die Sabbatfeier erst vor uns haben, ist unsere Gegenwart die Werktagswoche, und es gilt, sie wirklich zum Wirken zu nützen, damit uns der Ruhetag anbreche; es gilt, mit Eifer und Gehorsam auf dem Weg, der zum Ort der Ruhe führt, beharrlich bis zum Ziel fortzuschreiten. Wir werden aber nicht so in den Kampf, die Arbeit, die Furcht und den Fleiß der Anstrengung hineingestellt, daß wir der Ruhe vergessen müßten; sondern wir wissen, daß all dies nichts anderes als unser Weg zur Ruhe Gottes ist.

4,12a: *Denn das Wort Gottes ist lebendig und wirksam.* Der Blick auf die Verheißung Gottes zeigt uns aufs neue die Wichtigkeit und Größe des göttlichen Wortes. Wie kommen wir zur Ruhe Gottes? Das Wort Gottes sieht sie für uns vor, bringt uns das verheißene Gut und gibt uns den Anteil an ihm. Uns liegt nichts ob als zu glauben. „Wir, die wir glauben, gehen in die Ruhe ein" – weil Gott sein Wort nicht bricht, sondern an allen, die ihm glauben, zur Erfüllung bringt. Wir können uns aber gerade aus der Festigkeit und Herrlichkeit des göttlichen Wortes den Fall bereiten. Dies geschieht, wenn wir meinen, nun sei auch unserem Widerstreben gegen Gott freier Raum gegeben, als könnte uns die Gabe Gottes nicht mehr entgehen, auch wenn wir auf unseren bösen Wegen bleiben, da sich ja Gottes Wort an uns erfüllen müsse – als wäre es unserer Bosheit zur Sicherung und Förderung gegeben. Darum verbindet der Brief mit der Verheißung eine mächtige Bezeugung der Macht des göttlichen Wortes und zeigt, wie wir gerade am Wort uns den Fall zuziehen können, wenn wir nicht mit Ernst und Fleiß das Widerstreben gegen das Wort in uns überwinden.

Die Nichtigkeit unserer menschlichen Worte verleitet uns, auch Gottes Wort für nichtig zu achten. Aber Gottes Wort ist lebendig. Es lebt, weil es aus Gott hervorgeht und Gottes Sinn und Willen in sich hat. Als das Wort des Lebendigen hat es selbst am Leben teil. Das gilt in gewissem Maß schon vom Menschenwort und in höchster Wahrheit vom Wort Gottes. Gott trennt sich nicht von seinem Wort und verleugnet es nicht, als wäre es ihm fremd. Sein bleibt es, auch wenn es zu uns Menschen kommt, in unser Ohr, in unser Herz, in unseren Mund, in unser Buch. Er kennt es wohl als sein eigenes Wort, als die Äußerung seines eigenen Lebens. Darum gleicht es nicht einem toten Stoff, der dafür unempfindlich ist, was mit ihm geschieht; denn es ist verbunden mit dem lebendigen Gott.

Der Gebrauch des Wortes Gottes bringt in Berührung mit Gott; sein Mißbrauch tastet Gott an. Deshalb ist es wirksam. Gottes Sprechen und Gottes Wirken, Gottes Gedanken und Gottes Tat bleiben vollkommen eins. Wo sein Wort ist, da ist seine Kraft, und der Inhalt seines Wortes ist auch der Inhalt seines Werkes. Wir brauchen deshalb keine andere Kraftquelle und kein anderes Heilmittel als Gottes Wort. Haben wir sein Wort, so ist die Kraft nicht fern, die ihm zur Wirklichkeit verhilft. Das Wort bringt sie selbst mit sich. In der Zeit mag sich wohl beides scheiden, so daß das Reden und das Wirken Gottes auseinandertreten; dann wird das Wort zur Verheißung, die die Tat noch nicht bei sich hat. Aber im Wesen scheiden Gottes Wort und Gottes Tat sich nicht, und vor Gott fallen beide nicht auseinander. Es bleibt dabei: Gott spricht, und es geschieht.

Darum hat das Wort auch an der Heiligkeit und richterlichen Majestät Gottes teil. 4,12b: *und schneidet schärfer als jedes zweischneidige Schwert* (Offenb. 1,16; 19,15) *und fährt durch bis zur Trennung der Seele und des Geistes, der Gelenke und des Marks und richtet die Pläne und Absichten des Herzens.* Das Wort steht im selben unversöhnlichen Streit und Gegensatz gegen alle Gottlosigkeit und Ungerechtigkeit wie Gott selbst; der Eifer Gottes für die Wahrheit und Gerechtigkeit brennt in ihm. Vor dem Schwert, dem Werkzeug des menschlichen Richters, fürchten wir uns, vor dem Worte Gottes nicht. So blind und töricht sind wir. Das Wort schneidet schärfer als jedes Schwert. Trifft das Schwert den Hals des Menschen, so scheiden sich Seele und Geist, der Lebenshauch entweicht, und die Gelenke werden auseinandergerissen, die Knochen zersplittern, und das Mark zerrinnt. Diese tötende Macht hat auch das Wort. Wir reden uns freilich, von der Sünde betrogen, ein, der Widerspruch gegen das Wort sei ungefährlich; aber unser Streit gegen das Wort löscht den Lebenshauch in uns aus und läßt unseren Leib zerfallen. So hat es auch Israel in der Wüste erfahren. Warum gingen die vielen unter? Weil ihnen das Wort Gottes entgegenstand, dem sie sich widersetzten. Das brachte ihnen den Untergang, sicherer als das Schwert des erbittertsten Feindes. Das Wort wäre nicht die Lebensmacht für den, der es in Glauben und Gehorsam in sich trägt, wenn es nicht zugleich eine richtende Macht wäre, das Todesurteil für den, der es von sich wirft. Was nicht schaden kann, kann auch nicht nützen; an dem aber, was Kraft und Leben in sich hat, kann man sich auch verderben, wenn man es wider sich selbst kehrt. Darum ist das Wort Balsam und Schwert, seligmachende und verderbende Macht zugleich. Es ist keineswegs nur das Strafwort Gottes, das, wie unser Brief sagt, dem Schwerte gleicht; dies gilt nicht weniger vom reichen, freundlichen Wort der göttlichen Erbarmung und Gnade. Gerade am süßen Evangelium Gottes können wir uns verderben, können es mit unheiligem, bösem Sinn entweihen und mißhandeln und werden dann erleben, daß dieses süße, gnädige Wort Gottes mächtiger als jedes Schwert uns in den Tod begräbt.

Es gibt kein Mittel, sich der richtenden Macht des Worts zu entziehen. Hier gilt die Regel: entweder richten wir uns selbst, oder wir werden gerichtet. Entweder lassen wir willig und gehorsam das Wort sein richterliches Geschäft an uns vollziehen und das Böse in uns austilgen; dann schlägt das Gericht des Wortes uns zum Heil aus. Oder wir sträuben uns gegen das Wort und halten unsere Sünde fest; dann werden Seele und Leib am Schwertstoß des göttlichen Worts verderben.

Unser Widerstreben gegen das Wort geschieht in der stillen Heimlichkeit des Herzens. Unsere verborgenen Gedanken und Absichten kehren sich gegen das Wort und lassen es nicht über uns Herr werden. Darum zieht das Wort auch diese leisen und heimlichen Bewegungen unserer Seele in sein Gericht. Es gibt auch in unserem Innersten nichts, was wir vor ihm verbergen könnten. Wir erleben ja, wie die Wahrheit Gottes in unsere Gedanken und Absichten hineinleuchtet, sie nach ihrem inneren Recht und Wert scheidet und zur Rechenschaft zieht. Sind sie auch noch nicht sichtbar und zur fertigen Tat geworden, so läßt das Wort sie deshalb nicht hingehen, als wären sie unschuldig, sondern verfolgt das Böse mit der unerbittlichen Schärfe des göttlichen Rechts bis zu seiner Wurzel hinab, straft es und wehrt ihm das Dasein in uns. Wir müssen uns ihm unterwerfen, bis in unseren letzten Gedanken hinab und auch das im Herzen keimende Böse in uns richten und vertilgen lassen; nur dann wird es uns zum Balsam, der uns zum ewigen Leben heilt. Denn das Wort kommt von dem, der alles sieht. 4,13: *und keiner, der geschaffen ist, kann sich vor ihm verbergen, sondern alles ist bloß und festgehalten vor seinen Augen. Ihm müssen wir Rechenschaft geben.* Vor Gott und seinem Wort weichen Schein und Hüllen; vor ihm gibt es kein Entrinnen. Der alles durchschauende Gott spricht mit uns; sein heller Blick trifft uns in seinem Wort. Ihm, dem sehenden Gott, müssen wir Rechenschaft geben, wie wir sein Wort behandelt haben: ob wir es verworfen oder ob wir es bewahrt und als unsere Hilfe und unser bestes Gut in dieser Zeit geachtet haben. Dieses lebendige Wort ist nicht nur das geschriebene Bibelwort. Gott hat es bei sich und tut es uns durch all seine Boten kund. Unter diesen hat freilich die Bibel einen wichtigen Platz. Wie immer aber das Wort zu uns komme, ob wir es aus den Büchern der Propheten und Apostel vernehmen oder aus dem Mund derer, die jetzt die Gemeinde Gottes bilden, oder ob es auf irgendeinem anderen Weg in unsere Seele dringt, stets hat uns damit seine lebendige und wirksame Macht erfaßt, der wir nicht widerstreben dürfen. Haben wir aber bedacht, was das Wort Gottes ist und vermag, so steht die Verheißung hell vor unseren Augen, und wir eilen ihr zu.

Kapitel 4,14–5,10

Jesus wurde zum Priester gemacht

Von den Engeln am Sinai zu Mose, von Mose zum ungläubigen und widerspenstigen Volk, dem er dienen mußte, vom ungehorsamen Volk zum Priestertum Aarons, das ist der einfache und wohlgeordnete Gang des Briefes. Das sündige Wegstreben von Gott, das sich ihm nicht gehorsam unterwerfen will und das das Wort Gottes als Schwert und Richter gegen sich hat, hat ein Priestertum für Israel notwendig gemacht. Darum stand Aaron mit seinem priesterlichen Dienst neben Mose. Er sollte als Priester die Sünde des Volks bedecken, es gegen den rächenden Zorn Gottes schützen und es trotz seines Sündigens in der Gnade und Gemeinschaft mit Gott erhalten.

4,14: *Darum, da wir einen großen Hohenpriester haben, der durch die Himmel durchgegangen ist, Jesus, den Sohn Gottes, so wollen wir das Bekenntnis ergreifen.* Auch uns hat das Vorangehende gezeigt, warum uns ein Priester unentbehrlich ist. Wir sind in derselben Lage wie das Volk um Mose. Auch uns ist das Ziel noch fern, und der Lauf ist noch weit. Auch in uns ist dasselbe Menschenherz, das mit seiner Unlust und Unwilligkeit Gott versucht. Auch über uns steht die richterliche Macht und Schwertesschärfe des göttlichen Worts. Gerade am Wort Gottes wird die Kluft zwischen uns und Gott offenbar und unsere Abwehr und unser Widerstreit gegen ihn ans Licht gezogen. Aber auch uns fehlt der Priester nicht. Wir finden bei Jesus nicht nur, was Mose der alten Gemeinde geboten hatte, sondern auch, was ihr durch Aaron gegeben war, und wir finden dies bei Jesus überreich in vollendeter Kraft und Wirkung. Erscheint uns in seinem Wort die unermeßliche Majestät Gottes, so haben wir in ihm auch den vor Augen, der zwischen uns und Gott in die Mitte tritt und unser Weg zu Gott ist. Beugt uns sein Wort vor der Heiligkeit Gottes, so sehen wir in ihm auch den, der unsere Sünden durch sein Sterben für uns bedeckt. Wir wissen zwar, daß wir vor Gott in völliger Durchsichtigkeit aufgedeckt dastehen; wir erfahren, daß sein Gericht in unser innerstes Denken und Trachten hineinreicht; wir wissen, daß wir ohnmächtig der Macht seines richterlichen Wortes anheimgegeben sind und ganz und gar vom Spruch seines heiligen Mundes abhängen. Dennoch fliehen wir nicht von ihm weg und fürchten uns nicht so vor ihm, daß wir uns ihm entziehen wollten. Denn wir haben einen großen Hohenpriester, und darum halten wir an unserem Bekenntnis fest und bleiben bei unserer Zusage, mit der wir uns ihm übergeben haben.

Die Größe unseres Priesters zeigt sich darin, daß er durch die Himmel hindurchgegangen ist. Wir lasen schon im ersten Kapitel, daß Christus auch über die Engel im Himmel erhöht worden ist. Das erste, wozu uns der Brief angeleitet hat, war dies, daß wir hieran die Majestät und Gewalt seines königlichen und richterlichen Worts ermessen. Allein die Erhöhung Jesu über die Engel gibt auch seinem Priestertum die Größe und Herrlichkeit. Es ist die Vollmacht des Priesters, dahin zu gehen, wohin sonst niemand gehen darf. So ging der Priester ins heilige Zelt, während die Männer Israels draußen im Hof zu stehen hatten. So ging der Hohepriester ins Allerheiligste, während die übrigen Priester den Vorhang vor ihm nicht heben durften. So geht Jesus nicht nur in den Himmel, sondern durch den Himmel hindurch und über ihn empor zu Gott. Für ihn gibt es keine Schranke, an der er stillestehen müßte. Nirgends verwehrt ihm eine Warnungstafel den Zutritt; nirgends steht für ihn geschrieben: „Hier gehe kein Unheiliger hinein!" Er tritt nicht nur zu den seligen Geistern und himmlischen Mächten, sondern noch höher empor, auch über die Schranke empor, die diese von Gott trennt. Der räumliche Ausdruck stellt das innerliche Verhältnis Jesu zu Gott ins Licht und legt aus, was Christus als der Sohn Gottes besitzt: er hat den ganzen Blick in das Herz Gottes und den vollen Anteil an der Macht und Herrlichkeit Gottes; darum gibt es für ihn keine Entfernung von Gott und keine Hülle mehr, die ihm Gott zum Teil verbärge. Sein Zugang zu Gott ist vollkommen, und eben dies macht ihn für uns zum Priester. Darin besitzt er seine priesterliche Macht.

4,15: *Denn wir haben nicht einen solchen Hohenpriester, der nicht mit unseren Schwachheiten Mitleid zu haben vermöchte, sondern einen solchen, der in allem in Ähnlichkeit mit uns ohne Sünde versucht worden ist* (2,18). Je höher wir Jesus emporsteigen sehen, um so wichtiger ist es, daß wir uns auch das andere Ende seiner Bahn gegenwärtig halten: sie hat ihn zu uns herab in die Tiefe geführt. Verlieren wir ihn etwa damit, daß wir ihn über die höchste Kreatur, auch über die, die im Himmel leben, erhaben wissen? Ist er damit der Gemeinschaft mit uns entrückt, so daß er kein Mitgefühl mit uns haben kann? Er wäre nicht unser Priester, wenn ihm unsere Schwachheit unleidlich und abstoßend wäre. Priester vermag er nur zu sein, wenn er barmherzig gegen uns sein kann. Aber das ist die Spannweite der Liebe und des Werkes Jesu, daß ihn nichts von Gott scheidet und zugleich nicht einmal unsere Schwachheit uns entfremdet. Sein Auge ist nicht so von der Herrlichkeit Gottes erfüllt, daß es für unseren Jammer, unsere Armut, ja auch für die Gebundenheit unseres guten Willens, der beständig der sündlichen Reizung unterliegt, nur den strafenden Blick des Widerwillens und des Zorns und nicht den Blick des Mitleids hätte;

vielmehr trennt ihn, weil ihn nichts vom Vater trennt, auch nichts von uns. Aus der Herrlichkeit der Liebe, mit der er dem Vater hingegeben ist, entsteht die Vollkommenheit seiner Liebe, die ihn ganz mit uns zusammenschließt. So ist das, was Gottes ist, ihm ganz eigen und vollkommen zugänglich, und gleichzeitig bewegt ihn auch unsere innere Not, und er nimmt an ihr mit barmherzigem Mitgefühl Anteil.

Diese priesterliche Vollmacht hat er, weil er sich uns gleichgestellt hat; er hat jede Versuchung an sich herantreten lassen, hat denselben Kampf, in dem wir stehen, in gleicher Weise wie wir auf sich genommen und hat ihn, ohne in Sünde zu fallen, bestanden. Daß er selbst in allem, ohne daß Sündliches dabei mitwirkte und daraus entstand, versucht worden ist, das gibt ihm das Vermögen, auch gegen die Sündigenden barmherzig zu sein. Der Reine darf verzeihen, der erprobte Reine, der das Böse an sich selbst bezwungen hat. Der Reine vermag ein Freund der Sünder zu sein, ohne daß er die heilige Ordnung Gottes antastet, das Böse beschönigt, der Sünde Vorschub leistet und den Willen Gottes verdunkelt. Nachdem er ihn selbst geheiligt hat, hat sein Erbarmen freien Raum.

Jesus ist frei von Sünde versucht worden. Das ist das einzige, was er nicht mit uns geteilt hat und auch nicht hat teilen dürfen, wenn er unser Priester sein wollte. Wäre er auch darin uns gleich geworden, daß seine Versuchung ihn zu Fall gebracht hätte, so wäre er nicht über alle Himmel emporgestiegen; denn die Sünde zieht in die Tiefe hinab. So wäre er auch nimmermehr unser Priester, der mit unseren Sünden Erbarmen haben darf. Darin, daß er wohl in der Versuchung, aber nicht in deren Ausgang uns gleich geworden ist, ist seine priesterliche Macht begründet.

4,16: *Darum wollen wir mit frohem Mut zum Thron der Gnade hinzutreten, damit wir Barmherzigkeit empfangen und Gnade finden, so daß uns zur rechten Zeit geholfen wird.* Christus ist zu Gottes Thron gegangen, damit der Thron Gottes für uns nicht der Thron des Gerichts, des Zorns und der Vergeltung bleibe, sondern der Thron der Gnade werde, wo sie herrlich waltet und ihre Gaben an die Herzutretenden austeilt. Wir kommen vor ihren Thron durch Glauben und Bitten, durch Hoffen und Lieben, dadurch, daß unsere Herzen im Namen Jesu sich nach oben strecken. Seinetwegen kommen wir nicht vergebens. Erbarmung und Hilfe zu rechter Zeit, das ist der Segen, den das Priestertum Jesu uns vom Thron der Gnade vermittelt.

Sind wir mit unserem Hohenpriester nicht besser daran als Israel mit den seinigen? Der Brief zählt nun auf, was alles nach dem Gesetz zum priesterlichen Amt erforderlich war. Nichts von all dem fehlt Jesus, und erst er hat es in Wahrheit. 5,1: *Denn jeder Hohepriester wird aus Menschen genommen und für Menschen bestellt zu dem, was für Gott zu geschehen hat, damit er Gaben und Opfer der Sünden wegen darbringe.* Der Priester mußte ein Mensch unter Menschen sein; er mußte zu denen gehören und mit denen leben, denen sein Amt zugute kommen sollte. Das ist die erste Eigenschaft, die ein Priester haben mußte. Sodann wurde er der Menschen wegen eingesetzt, nicht Gottes wegen – nicht Gott bedurfte des priesterlichen Werks –, auch nicht seinetwegen zu seiner eigenen Ehre und Erhöhung, sondern der Gemeinde wegen. Sein Amt war ein Dienst, der den Menschen getan wurde, dessen Frucht und Ertrag der Gemeinde zufallen sollte. Dieser Dienst hatte aber darin seinen besonderen Charakter, daß er sich nicht wie jede natürliche Handreichung sonst an Menschen, sondern nach oben an Gott wandte. Der Priester leistete der Gemeinde Hilfe in ihrem Verhältnis zu Gott und ihrem Verkehr mit Gott. Er verschaffte ihr die Gnade und Hilfe Gottes und griff für sie in den göttlichen Reichtum hinein, um aus dem Schatz Gottes für sie diejenige Gabe zu holen, deren wir bedürfen, die wir uns aber nicht selbst verschaffen können. Was uns der Vermittlung des Priesters bedürftig macht, sind unsere Sünden. Sie stehen zwischen Gott und uns und verwehren es uns, selbst die Hand nach der Gabe Gottes auszustrecken. Darum war das Opfer die Hauptsache am priesterlichen Dienst.

Das ist ein Kerngedanke unseres Briefes, der öfters wiederkehrt. Ohne Opfer gibt es kein Priestertum. Wer opfert, handelt priesterlich, und wie das Opfer ist, so ist der Priester. Mit unserem Sündigen raffen wir die Gaben Gottes an uns und reißen unsere von Gott uns anvertrauten Kräfte von ihm los. Wir nehmen seinem Namen die Ehre, seinem Gebot die Gültigkeit, seiner Güte das Ziel, das sie in uns sucht. Wie sollen wir diesen Raub anders aufheben und heilen als durch das Opfer? Statt zu nehmen, müssen wir lernen, Gott zu geben, statt an uns zu reißen, was sein ist, ihm darzubieten, was unser ist. Dazu brauchen wir aber den Mittelsmann, der von Gott ermächtigt ist, vor ihn zu treten und ihm unsere Gabe darzubringen, und ermächtigt, des Opfers wegen im Namen Gottes zu vergeben und Gnade zu erzeigen. In der Hand der Sünder ist auch die Gabe sündig. Nur in der Hand des Priesters ist das Opfer rein und wohlgefällig.

5,2.3: *der gegen die mild gesinnt sein kann, die fehlen und sich verirren, weil auch er selbst Schwachheit an sich hat, und um ihretwillen ist er verpflichtet, wie für das Volk, so auch für sich selbst der Sünden wegen Opfer darzubringen.* Soll uns der Priester gegen unsere Sünden mit seinem Opfer behilflich sein, so muß er Milde und Nachsicht üben können. Wenn er jeder Sünde den rächenden Zorn entgegenstellte, wäre er für uns nicht ein Priester, sondern ein Richter und nicht für uns, sondern gegen uns eingesetzt. Hierbei denkt der Brief an die Schranken, in denen sich das alttestamentliche Priestertum nach dem Gesetz halten mußte. Es durfte nicht jede Sünde mit dem Opfer sühnen und nicht jedem Übeltäter Hilfe bieten. Es gab hier eine Grenze, an der der Priester abtreten mußte und der Altar dem Schuldigen verschlossen blieb, weil hier das Werk des Richters begann und die Gemeinde den Bösen aus ihrer Mitte auszurotten hatte. Das geschah dann, wenn das Gebot mit bewußter, frecher Empörung verachtet worden war. Wenn aber Unwissenheit und Betörung die Sünde erzeugt hatten und in reuiger Abwendung von ihr das Gebot als gültig und heilig geehrt wurde, dann durfte der Priester sein versöhnendes Werk üben. Für die Blinden und Verirrten war er eingesetzt. Ihnen erwies Gott durch ihn Barmherzigkeit.

Der alttestamentliche Priester war zum geduldigen Ertragen der Sünde darum wohl befähigt, weil er in derselben Schwachheit wie die Gemeinde um ihn her stand. Er war selbst ein Sünder und darum zum Erbarmen mit den Sündern genötigt, die er nicht richten konnte, ohne daß sein Gericht ihn selbst traf. Darum ließ es das Gesetz ihm auch nicht zu, nur für die Gemeinde zu opfern, als wäre er selbst rein und heilig und nur das Volk sündig und seines Opfers bedürftig, sondern es verpflichtete ihn, ganz ebenso für sich selbst zu opfern wie für das Volk. Es ließ ihm keine Überhebung über die Gemeinde zu, als dürfte er seine Sünde vergessen, sondern stellte ihn in deren Mitte; er war in derselben Sünde und derselben Versöhnung bedürftig, und erst, nachdem seine eigene Sünde durch das Opfer bedeckt war, konnte er für die anderen der Priester sein.

5,4: *Und keiner nimmt sich selbst die Ehre, sondern er bekommt sie, wenn er von Gott berufen wird wie auch Aaron.* Noch eine weitere Eigenschaft gehört wesentlich zum Priestertum und bildet dessen notwendige Grundlage. Diesen Dienst kann niemand sich selbst wählen oder nehmen. Dazu bedarf es der Berufung durch Gott. Priesterliche Macht kann allein von Gott als seine Gabe empfangen werden; nur er kann einen Menschen ermächtigen, in seinem Namen Gnade zu erzeigen und Hilfe darzureichen. Ein selbst erwähltes Priestertum ist Lüge und Trug, Überhebung über Gott, Zauberei und Götzentum. Solche göttliche Berufung hatte Aaron in der Tat empfangen; denn er war durch die Einsetzung Gottes zum Priester geworden.

„Also", mochte ein jüdischer Mann sagen, „was fehlt uns denn? Es ist uns ja alles dargereicht, was wir brauchen. Gott hat uns einen Priester gegeben, dessen Opfer unsere Sünde tilgt und dessen Segen ihren Fluch von uns nimmt." Ist Jesus, so antwortet unser Brief, durch eigene Wahl zum Hohenpriester geworden? Fehlt ihm die Berufung und Einsetzung durch Gott? 5,5.6: *So hat auch der Christus nicht sich selber verherrlicht, um Hoherpriester zu werden* (Joh. 8,54), *sondern der hat es getan, der zu ihm gesprochen hat: Du bist mein Sohn, ich habe dich gezeugt* (Ps. 2,7); *wie er auch an einer anderen Stelle sagt: Du bist Priester für ewig nach der Ordnung Melchisedeks* (Ps. 110,4). Die Gemeinde Jesu weiß um die Herrlichkeit, die er als der Auferstandene und zu Gott Erhöhte hat. Fiel ihm denn diese Herrlichkeit durch den Griff seiner eigenen Hand zu, ohne Gott, wider Gott? Nein! Das war die Gabe des Gottes, der zu ihm sprach: „Du bist mein Sohn." Der Sohn macht sich nicht selbst zum Sohn; der Vater macht ihn dazu; das Wort des Vaters hebt ihn in das Sohnesrecht und die Sohnesherrlichkeit empor, in der er unser Hoherpriester ist. Dieses erste Schriftwort redet allerdings noch nicht unmittelbar vom Priestertum Jesu, wohl aber von dessen Ursprung. Aus der Sohnesstellung Jesu vor Gott stammt alles, was er als Priester für uns vermag und ber. Unser Glaube ist ein kleiner Beitrag für das Volk Gottes auf dem Weg zur Vollendung (40).

Sonntag, 9. Juli **Hebräer 12, 1–11**

Die Hebräer hatten wegen ihres Glaubens zu leiden. Nicht alle von ihnen besaßen diesen fest in der Wirklichkeit Gottes verankerten Glauben. Sie standen in Gefahr, müde zu werden. Die Glaubenszeugen haben uns Mut gemacht, die Verheißung fester zu fassen und zuversichtlich vorwärts zu gehen. Aber Glaube bedeutet Kampf, Kampf bis aufs Blut. Wenn Christen im Kampf müde werden, so hat das meist zwei Gründe: 1. Sie wollen ihre Lasten selber tragen oder lassen sich durch Dinge beschweren, die ihnen den Blick auf die Verheißung verdunkeln. 2. Sie schenken begangenen Sünden nicht die rechte Aufmerksamkeit oder suchen sie zu verharmlosen. Beides sollen wir abwerfen, d. h. loslassen, freigeben. Der Blick auf Jesus ist dabei die entscheidende Hilfe. Wenn wir an seiner Herrlichkeit teilhaben wollen, dann haben wir auch an seinem Leiden teil, dann sind seine Feinde auch unsere Feinde. Durch Leiden werden wir geschult und erfahren die besondere Liebe und Zuneigung Gottes.

Montag, 10. Juli **Hebräer 12, 12–29**

Die Offenbarung am Sinai stand unter dem Zeichen der Furcht. Unsere Hoffnung steht unter dem Zeichen der Herrlichkeit. In den Versen 22–24 wird zum ersten Mal deutlich ausgesprochen, was wir eigentlich im Glauben besitzen: Wir sind „zu der festlichen Gemeinde der Erstgeborenen“ im Himmel hinzugetan worden. Wir stehen in Verbindung mit der himmlischen Welt, mit Myriaden von Engeln; der himmlische Priesterkönig, Jesus, bewegt sich unter uns. Das ist ein gewaltiger Trost und Ansporn. Darum werden wir angewiesen, füreinander zu sorgen, darauf zu achten, daß das Böse unter uns nicht Wurzeln schlagen kann (15). Heiligkeit soll das Merkmal der Gläubigen sein (14). Und noch einmal: Wir haben es nicht mit sichtbaren Dingen zu tun, sondern mit unsichtbaren Wirklichkeiten. Sie sollen unter uns lebendig sein; sie machen unsere Hoffnung aus.

Frage: Besteht mein Leben darin, daß ich Gott aus Dankbarkeit in heiliger Scheu und Ehrfurcht diene (28)?

Dienstag, 11. Juli **Hebräer 13, 1–6**

Unsere Zugehörigkeit zur Himmelsgemeinde der „vollendeten Gerechten" bestimmt unser Leben auf der Erde. Die göttliche Reinheit und Klarheit im Himmel soll sich in allen irdischen Verhältnissen widerspiegeln. Die Bruderliebe ist das Leitmotiv der Christen in ihrem Umgang miteinander. Es mag vieles mangelhaft sein, aber sie darf nicht fehlen. Wir mögen in vielem Recht haben, wenn aber die Liebe fehlt, sind wir in jedem Fall im Unrecht. Gastfreundschaft ist ein wichtiges Zeichen unserer Freiheit im Herrn und eine praktische Möglichkeit, Bruderliebe zu üben. Auch die Ehe wird geheiligt (vgl. Eph. 5, 25–33). Christen sind frei von Geldgier! Wie sehr sollten wir uns das sagen lassen. Unser Reichtum ist Gott selbst. Entweder Gott oder Mammon, niemand kann beiden zugleich dienen. Die Geldsucht ist eine Erfindung des Teufels, um das Werk Gottes in Fesseln zu legen. Wie oft schon ist es ihm gelungen!

▶ Genügsamkeit ist ein vornehmer Schmuck.

Mittwoch, 12. Juli **Hebräer 13, 7–25**

In Vers 9 ff wird uns gezeigt, wer es den Hebräerchristen schwer machte. Es waren ihre Volksgenossen, die am alten jüdischen Glauben mit seinen Vorschriften und Opfern festhielten. In V. 10 wird eine klare Trennung zwischen Juden und Christen vollzogen. Nachdem das Opfertier geschächtet war, wurde dessen Leib außerhalb des Lagers verbrannt. Genauso wurde Jesus (das wahre Opferlamm) außerhalb der Stadt Jerusalem gekreuzigt. Die Christen sind immer dort, wo ihr Herr ist. In dieser Welt ist unser Platz außerhalb des Lagers, bei Jesus am Kreuz. Das „Lager" steht hier für alle äußerliche, institutionelle, sakrale Frömmigkeit, wie sie das Judentum kennzeichnete. Wir gehören zum himmlischen Altar (10). Zweimal werden die Vorsteher erwähnt. Sie sind Vorbild, ihnen soll man gehorchen, weil sie von Gott beauftragt sind.

▶ Wir wollen V. 20 und 21 für uns überdenken: Was hat der „Gott des Friedens" getan, und was will er noch tun?

12.–23. 7. Kinderfreizeit Odersbach. Wolfgang u. Hildegard Schmitt tut. Dazu fügt nun der Brief noch ein zweites Schriftwort, das ihn meint und ihm das Priestertum als göttlichen Auftrag ausdrücklich überträgt, und zwar für ewig, so, wie es Melchisedek hat.

5,7-10: *Er brachte in den Tagen seines Fleisches dem, der ihn aus dem Tod retten kann, Bitten und Flehen mit starkem Geschrei und Tränen dar und wurde, weil er Gott fürchtete, erhört und lernte; obgleich er Sohn ist, durch das, was er litt, den Gehorsam* (Röm. 5,19; Phil. 2,8; 1. Petr. 1,2) *und wurde vollendet und dadurch für alle, die ihm gehorchen, der Urheber ewiger Errettung und von Gott ein Hoherpriester nach der Ordnung Melchisedeks genannt.* Blicken wir auf den Lebensgang Jesu. Wie deutlich tritt hier ans Licht, daß er nicht eigenwillig und eigenmächtig sein Amt an sich riß, sondern es aus Gottes Händen entgegennahm! Er hat während seines irdischen Lebens nie, wenn ihm das Sterben nahe trat, zur Selbsthilfe gegriffen, sondern Gott allein als den geehrt, der ihn vom Tode erretten konnte. Er hielt sich ans Bitten und wartete auf die Erhörung. Gott hat ihn auch nicht umsonst bitten lassen; Jesus ist erhört worden. Der Tod hatte keine Gewalt über ihn, sondern das Kreuz wurde für ihn die Pforte zum ewigen Leben. Aber wie mußte er die Erhörung suchen? So, daß er sich sorgsam und folgsam völlig der Regierung Gottes unterwarf. Die Hilfe Gottes wurde ihm zuteil, weil er nicht nach der Regung seines eigenen Willens keck zufuhr, sondern sein Verlangen unter die Regel stellte: wenn der Vater es will! Wenn dieses auch rein und recht war, hielt er es dennoch zurück, bis der Vater geredet und der Vater geholfen hatte, und gab sich in seine Hände. Weil er nur auf diesem Weg die Erhörung suchen durfte und finden konnte, darum wurde ihm das Leiden nicht erspart; er mußte vielmehr im Leiden bewähren, daß er Gott nicht in Ungeduld und Eigenwillen vorgriff, und so im Leiden eine Schule des Gehorsams durchlaufen, eine Übung der völligen Ergebung in Gott, und dieser Gehorsam hat ihn zum Priester gemacht.

So fehlte ihm auch das höhere Gegenbild zu jener Schwachheit nicht, die Aaron mit allen anderen Gliedern der Gemeinde teilte, und zu jenen Opfern, die der Priester für sich selbst darzubringen hatte. „Ärgert euch doch nicht", sagt der Brief, „an der Erniedrigung Jesu! Er hat sich allerdings euch völlig gleichgestellt. Auch er ist vor Gott als der Bittende gelegen; auch seine Stimme ist zum lauten Ruf geworden, der Gottes Ohr gesucht und Gottes Hilfe begehrt hat; auch in sein Gebet haben sich die Tränen gemischt. Er bittet nicht nur für euch; er hat auch für sich selbst gebeten.“ Das war sein Opfer, das er Gott darbrachte. Gehorsam gab er ihm; seinen Willen ließ er ihm ganz und gar, und dieses innerlichste, wahrhaftige Opfer brachte er nicht nur im Blick auf uns dar, sondern auch im Blick auf seine eigene Person, auf den Ausgang seines eigenen Lebens. Es ist somit auch bei ihm wahr: aus den Menschen wird der genommen, der Priester sein soll, ein solcher, der ihre Schwachheit an sich selbst trägt. Jesus aber hat sich durch seine Schwachheit nicht von Gott scheiden lassen, sondern in ihr den Gehorsam geübt. Daher hat er seine priesterliche Macht.

Wir werden besonders an die Stunde in Gethsemane denken und an die Bitten Jesu am Kreuz, obwohl dieses sein Flehen und Bitten, diese sorgsame Zurückhaltung, diese Gehorsamsübung im Leiden nicht nur auf seine letzten Stunden einzuschränken ist. Der Vorblick auf das Leiden, wie er schon längst vor Jesu Seele offen lag, war auch schon Leiden; jene Nächte des Gebets, von denen uns die Evangelien erzählen, all die sorgsame Zurückhaltung, in der er vom Anfang seiner Arbeit an durch keinen Erfolg sich blenden ließ, nach keinem augenblicklichen Vorteil haschte, sondern sich geduldig schmähen, verkennen und anfechten ließ und in stiller Gelassenheit mit ansah, wie die Dinge sich mehr und mehr dem Kreuz zuwandten: das alles gehörte auch zur Gehorsamsschule und zum Gebetsopfer, von dem hier gesprochen wird.

Die Schwere dieses Weges lag darin, daß er im Gegensatz zur Sohnesstellung Jesu stand. „Obgleich er der Sohn ist, lernte er durch sein Leiden das Gehorchen.“ In der Bahn des Sohnes lag freilich nicht Ungehorsam, aber auch nicht eine solche Gehorsamsschule, sondern ein freies, volles Zusammenstimmen des väterlichen Willens mit dem seinigen, ein Verhalten des Vaters zum Sohn, das ihm Macht und Raum gab, ohne Hemmung und Not dem Willen des Vaters zu dienen, ein Auftrag des Vaters, der dem Sohn den Gehorsam zum Leben machte, nicht aber ihn in den Tod führte, zur Ehre, nicht aber zur Erniedrigung. Aber nicht einmal seinen Sohnesnamen machte Jesus gegen die Entscheidung des Vaters geltend; er überließ es dem Teufel, zu folgern: „Weil du Gottes Sohn bist, so schaffe dir allewege Brot!" Vielmehr schöpfte Jesus aus seinem Sohnesnamen Trieb und Kraft zu einer Hingebung, die ihn auch im Tod nur auf den Vater blicken und nur im Bitten die Errettung suchen ließ.

Dieser neue Blick auf Jesu Leiden ergänzt und erklärt dessen erste Betrachtung, die das zweite Kapitel enthält. Dort war uns gezeigt, was Jesus zu uns zieht; hier, was ihn mit dem Vater verbunden hält. Dort sahen wir im Leiden den Bruder, der mit seinen Brüdern alles teilt; hier den Sohn, der dem Vater alles übergibt. Nun sehen wir auch deutlicher, worin die Versuchung Jesu bestand: er war wie wir auf das bloße Gehorchen gewiesen. Damit kennen wir auch den Grund seiner Macht, an der der Tod und der Satan scheitern und die Sünden vergehen müssen. Seine Liebe zu den Brüdern, mit der er sich uns gleichgestellt hat, und sein Gehorsam gegen den Vater, in dem er dem Vater und seiner Leitung untergeben geblieben ist, das sind die beiden Edelsteine, die das Kreuzesbild Jesu schmücken und ihm vor Gott, Engeln und Menschen eine Herrlichkeit geben, die nie vergeht.

Jesus hat gelitten und gehorcht; so wurde er vollendet. So ist er an das Ziel gekommen, wo ihm nichts mehr gebricht und fehlt. Seine Einheit mit dem Vater ist vollkommen geworden. Er hat ihm Gehorsam erzeigt bis ans Ende; darum ist er ins himmlische Wesen erhöht worden. Nun erlöst und errettet er uns. Wir empfangen auf demselben Weg das Heil, auf dem er es uns erworben hat. War er gehorsam, so kann auch uns nur der Gehorsam helfen. Denn er, der gehorsam geworden ist, zieht nicht die Widerspenstigen zu sich. Ihm sollen wir gehorsam werden, wie er es dem Vater war. Dann fällt uns die Frucht seines Gehorsams, der ihn in die Vollkommenheit erhob, dadurch zu, daß er uns die ewige Errettung verschafft. Weil er dies kann und soll, darum hat Gott ihm auch den Priesternamen gegeben, und dies nicht nur so, daß er ihn Aaron gleichstellte; vielmehr hat Gott Jesus ein Priestertum von neuer und höherer Art zugeteilt, das nicht in Aaron, sondern in Melchisedek seinen Namen und sein Vorbild empfangen hat.

Kapitel 5,11–6,20

Das Strafwort an die Trägen

5,11: *Darüber haben wir ein reiches Wort, dessen Sinn schwer zu deuten ist, da ihr an den Ohren träg geworden seid.* Das Priestertum Jesu, das nicht auf der Stufe Aarons bleibt, sondern der Stellung Melchisedeks entspricht, beschäftigt die Gedanken des Schreibers. Da möchte er uns noch vieles sagen und sein Wort reich machen. Wie könnte er Jesus höher preisen und uns kräftiger zu ihm ziehen als dadurch, daß er das Priestertum Jesu mit seiner Gnade und Kraft hell und groß herausstellt? Wir sehen ja auch sofort, daß der begonnene Vergleich der alttestamentlichen Priester mit Jesus noch nicht beendigt ist. Es ist uns gesagt, daß das, was das alttestamentliche Priestertum zu einer gnadenvollen Einrichtung machte, bei Jesus nicht fehlt. Damit ist aber der tiefe, große Unterschied, der beide voneinander trennt, noch nicht aufgewiesen. Und doch hat die Beschreibung des alten Priesters (5,1-4) diesen Unterschied schon berührt. Dort amtet als Priester der Mensch und der Sünder, der für sich selbst opfern muß. Damit hat das Gehorsams- und Gebetsopfer Jesu wohl einige Ähnlichkeit, ist aber doch von höherer Art und gibt seinem Priestertum einen unendlich größeren Wert. Wir sollen auch diesen Unterschied verstehen lernen. Wie uns der Brief von Mose nicht nur sagte, daß auch Jesus treu war, so gut wie Mose, sondern wie er weiter Mose neben Jesus verschwinden ließ, wie das Haus neben dem verschwindet, der es errichtet hat, so wird er uns nun zeigen, wie das Priestertum Aarons neben der priesterlichen Macht Jesu dahinfällt und nutzlos wird.

Aber diese höchste und heiligste Aufgabe, die im Kreuz sich offenbarende Gnade Jesu darzustellen, hat ihre besondere Schwierigkeit. Es geht um das Zarteste, Reinste, Lieblichste, was einem Menschen hier in dieser Welt gesagt werden kann. Aber ob er es versteht? Auf die Seele des Schreibenden fällt die Sorge, ob es ihm gelingen wird, sein Wort den jüdischen Christen hell zu machen. Denn sie waren träg zum Hören geworden, besonders dann, wenn vom Kreuz Jesu gesprochen wurde. Sie sollten im Tod Jesu das Opfer erkennen, das er für sie gebracht hat, und in seiner unsichtbaren Verborgenheit seinen priesterlichen Gang ins Heiligtum erfassen. Eben das aber waren die Dinge, an denen ihr Anstoß und ihre Unlust, bei Jesus zu bleiben, entsprang. So deutlich der Verfasser des Briefes diesen Christen den Tod Jesu darstellen und so groß er ihnen dessen Segen vormalen mochte, so ließ sich doch nicht ändern, daß sie noch nicht im Genuß des himmlischen Wesens und Lebens standen, sondern sich zum Glauben und Hoffen bequemen mußten. Solange sie dessen überdrüssig waren und etwas anderes suchten, wandten sie ihr Ohr unwillig von allem ab, was der Zeuge Jesu ihnen über das Priestertum Jesu sagen mochte. Darum tritt der Brief zuerst in einen ernsten Kampf mit ihrer Unlust und ihrem Widerwillen ein. Nur wenn hier der Sieg gewonnen war, wird das Wort, das ihnen das Kreuz Jesu deutet, bei ihnen eine gute Stätte finden.

Die Mahnung besteht aus vier Worten. Voran geht ein Strafwort (5,11–6,3); dann folgt ein Drohwort (6,4–8), dann ein Trostwort (6,9-12); den Schluß bildet eine Verweisung auf das Wort Gottes und seine Festigkeit, das uns zu einer lebendigen Hoffnung zu erwecken vermag (6,13-20).

5,12: *Denn während ihr der Zeit wegen verpflichtet seid, Lehrer zu sein, habt ihr wieder nötig, daß euch jemand die den Anfang bildenden Elemente der Worte Gottes lehre* (Gal. 4,3.9; Kol. 2,8.20), *und seid solche geworden, die Milch nötig haben, nicht feste Speise* (1. Kor. 3,2). Es ist beim Evangelium nicht auf ein endloses Hören abgesehen, so daß man es uns immer und immer wieder sagen müßte; sondern wir sollen es so hören, daß wir es fassen und es uns zum inwendigen Eigentum aneignen. Damit sind wir dann auch befähigt, es anderen darzubieten. Nicht auf das Lernen fällt der Tadel. Denn der Wahrheitsschatz Gottes ist unerschöpflich, und das Lernen kann darum nicht aufhören. Der Tadel fällt vielmehr auf die Unlust zum Lernen, die immer noch des Lehrers bedürftig ist, auf die Schwerfälligkeit, die sich nicht selbst vorwärts bewegen, sich nicht selbst in den Wegen Gottes zurechtfinden will, die darum immer gestoßen und getrieben werden muß, wenn kein Stillstand oder gar Rückgang eintreten soll.

Und nun bedürfen jene Christen des Lehrers sogar noch für die einfachen Grundwahrheiten des göttlichen Worts. Die vielen göttlichen Worte stehen nicht alle nebeneinander auf derselben Ebene, dienen nicht alle demselben Bedürfnis und haben nicht alle dasselbe Gewicht. Die einen enthalten die Grundlage aller Frömmigkeit; andere bauen darauf mancherlei weiterführende Einsicht in die Regierung und in die Wege Gottes. Die einen bewirken den Anfang unserer Gemeinschaft mit Gott, die anderen führen diesen Anfang ins Wachstum und machen unsere Gemeinschaft mit Gott reich, wirksam und fruchtbar. Diesen Unterschied im Wort und in der Erkenntnis Gottes veranschaulicht unser Brief, wie Paulus 1. Kor. 3,2, durch das Gleichnis, das vom Unterschied in der Ernährung je nach der Stufe des Wachstums hergenommen ist. Von der Milch wird der heranwachsende Mensch zur festen Nahrung geführt. Wir dürfen auf die Erstlingsgestalt des göttlichen Worts, die mit der Milch verglichen ist, keinen Tadel oder Makel werfen. Vielmehr sind diese Fundamente der heilsamen Wahrheit, die den Anfang des Christenstandes bewirken, für uns das Wichtigste, Heiligste und Heilsamste. Ein Säugling bedarf der Milch und keiner anderen Nahrung; er ist nicht schlecht genährt, wenn er nur Milch erhält. So sind auch die anhebenden, einfachen Gottesworte nichts Leeres, Bedeutungsloses, Verächtliches, sondern gerade das, was der Mensch in den Anfängen seines inwendigen Lebens braucht, eine köstliche Speise, die seligmachende Gotteskraft. Auch wenn wir wachsen und innerlich erstarken, werden diese schlichten Grundworte für uns niemals leer und kraftlos, gleichsam abgenützt und aufgebraucht; sondern sie bleiben der Eckstein, auf dem der ganze innere Bau ruht, die Wurzel, aus der alles Wachstum sich speist; wir haben immer wieder zu ihnen zurückzukehren; wir dürfen sie bei allem Fortschritt der Erkenntnis nie so überschreiten wollen, daß wir sie hinter uns zurückließen. Aber diese Grundgedanken des göttlichen Worts sollen unser inneres Eigentum werden, das wir uns nicht immer wieder fraglich machen lassen, sondern das von uns erkannt und mit uns verwachsen ist. Weil die einfachen Grundworte des Evangeliums den jüdischen Christen wieder unsicher und undeutlich geworden waren, darum schilt sie unser Brief. Wenn wir sie aber ergriffen haben, dann dürfen wir uns nicht auf diesen Anfang beschränken, als trügen wir die Wahrheit Gottes nun reich genug in uns, sondern müssen uns nach der Fülle und Klarheit des göttlichen Worts ausstrecken, um im Verständnis der göttlichen Dinge reich zu werden. Jene anfangenden Worte sind nicht schon das Ganze, was Gott uns zu erkennen gibt. Wer sich gegen die weiterführende Einsicht sträubt und vor dem zunehmenden Licht verschließt, macht sich krank, gerade wie ein erwachsener Mensch, der nichts als Milch erträgt, die Gesundheit verloren hat.

Der Brief legt uns aus, warum wir nicht schlaff und satt beim ersten Anfang der Erkenntnis Gottes stehenbleiben dürfen, als wäre er für uns genug, und benützt auch dazu das Gleichnis von den verschiedenen Altersstufen. 5,13.14: *Denn jeder, der Milch bekommt, ist im Wort der Gerechtigkeit unerfahren; denn er ist unmündig. Den Vollkommenen dagegen gehört die feste Speise, denen, deren Zustand es mit sich bringt, daß sie geübte Sinneswerkzeuge haben, so daß sie das Gute und das Schlechte zu unterscheiden vermögen.*

Wer sich noch nichts anderes anzueignen vermag als den einfachen Grundsatz des Evangeliums, der lebt noch unselbständig in einer geistigen Kindheit mit engem, beschränktem Sehfeld, blinden Urteilen und törichten Hoffnungen und Befürchtungen. Daher rührt es, daß er die feste Speise, die hoch emporragenden göttlichen Worte nicht erträgt. Und zwar ist es das Wort der Gerechtigkeit, worin er unkundig bleibt. Beim Wort Jesu handelt es sich nicht um irgendwelchen Luxus des Geistes, der uns etwa nur zum Genuß diente und als geistiges Prunk- und Prachtstück den inneren Hausrat zierte. Jesus zeigt uns vielmehr in seinem Wort, was Gerechtigkeit ist, wie wir mit dem guten Willen Gottes in Übereinstimmung kommen und sein Wohlgefallen erlangen. Deshalb zeigt uns sein Wort die Arbeit, die wir auszuführen haben: unseren Beruf. Unmündigkeit im Verständnis bedeutet darum auch Schwäche im Handeln, Unfähigkeit zum Dienst, den wir Gott und Christus an den Menschen um uns her zu erweisen haben. Der Träge, der sich mit den Anfängen zufriedengibt, bleibt darum nicht ohne Schuld; sein Verhalten ist gewissenlos. Er hat die Gerechtigkeit nicht lieb, sondern nimmt es leicht, wenn es in seinem Leben ungerecht zugeht und er von der guten Bahn Gottes abweicht. Wer sein Trachten auf die Gerechtigkeit richtet, muß in seiner Einsicht zur Reife streben, zum Stand eines herangewachsenen Christen.

Es liegt nicht am göttlichen Wort, wenn wir in unserem geistlichen Leben Kinder bleiben. Denn das Wort Gottes bietet auch den Reifgewordenen das, was sie brauchen, die feste Speise, die ihrem Aufnahmevermögen entspricht. Wir werden niemals über die göttlichen Worte hinauswachsen; sie wachsen vielmehr mit uns, geben uns immer neue Blicke, immer hellere Einsichten und stellen uns immer größere Aufgaben, die in jedem Augenblick unsere ganze Kraft in Anspruch nehmen. Die Werkzeuge eines reifen Christenstands sind die zur Unterscheidung des Guten und Bösen geübten Sinne. Wie die natürlichen Sinne im Kind noch unentwickelt sind, aber durch Übung sich schärfen, so daß nun auch das, was zuerst nur einen dunklen Eindruck machte, scharf erfaßt und nach seinem Nutzen oder Schaden richtig beurteilt wird, so sind wir zunächst über das Gute und das Böse im unklaren und unwissend, täuschen uns selbst und greifen fehl. Wir lassen uns blenden durch den lokkenden Schein, der das Böse verhüllt, und erschrecken vor den Schwierigkeiten, die das Gute begleiten. Nicht nur in unserem Urteil über andere, sondern auch bei uns selbst täuschen wir uns mannigfach. Wozu uns im Grunde nur der sündige Trieb des Herzens bewegt, das halten wir für die allerschönste Frömmigkeit. Wir meinen, im Glauben zu handeln, und es ist Übermut, oder aus Glauben etwas zu unterlassen, und es ist Trägheit. Wir sträuben uns gegen eine Zumutung, als wäre sie die allergrößte Torheit und ganz verkehrt, und sie ist doch die gute Weisung Gottes. Oder wir stehen ratlos und schwankend vor einer Entscheidung, wo doch offenkundig nur ein Weg zum guten Ziel führt. Wir haben aber nicht nur Sinne zur Unterscheidung der Speisen, sondern auch einen Sinn, der die Bosheit des Bösen und die Güte des Guten empfindet und beide voneinander zu unterscheiden vermag. Wer hier den hellen Blick hat, durch Schein und Verhüllungen hindurchschaut und merkt, woher die geistigen Antriebe kommen und wohin sie zielen, welche von oben stammen und nach oben führen und welche von unten kommen und nach unten ziehen, der gleicht dem reifen Mann, dem sich die Tiefe des göttlichen Worts geöffnet hat und dessen reiche Schätze zufallen. Nicht der Glanz und die Keckheit der Gedanken und die Fertigkeit der Rede macht den Unterschied zwischen den reifen und den unreifen Christen, zwischen den Unmündigen und den Erleuchteten; nein, die Richtigkeit und Feinheit, mit der das Gute und das Böse unterschieden wird, ergibt diesen Unterschied. Diese

Klarheit und Kraft des Urteils und der Unterscheidung gewinnen wir nur dadurch, daß wir uns im Gehorsam gegen die erkannte Wahrheit üben. Erraffen, erträumen läßt sich das nicht; es muß erarbeitet sein. Eben hiezu ist uns das Wort gegeben als das Richtmaß, an dem wir prüfen und unterscheiden lernen. Das Wort muß mit seinem reichen Inhalt gehört und ergriffen sein und auf uns selbst und alles, was uns bewegt, ernstlich angewandt werden. Wir müssen es mit seiner richtenden Macht, mit der es die Gedanken und Begehrungen scheidet, in uns hineindringen lassen. Dann setzt es den inneren Sinn in Bewegung und übt ihn und erzeugt die Klarheit und Sicherheit des Blicks, die nicht mehr schwankt, während die Trägen, die des Wortes überdrüssig sind, Kinder bleiben müssen.

Erst dann, wenn das Wort diese Arbeit in uns angeregt und zu ihrem Ziel gebracht hat, wenn das innere Unterscheidungs- und Urteilsvermögen in uns herangebildet ist, können wir feste Speise in uns aufnehmen. Nun dürfen wir die Augen aufschlagen; nun wächst das Evangelium vor uns, und vorher ungeahnte Schätze der Erkenntnis Gottes öffnen sich für uns. Wir dürfen etwas vom Reichtum seiner Weisheit sehen. Warum können wir dies aber nur, nachdem wir unsere Sinne so geübt haben? Weil wir diese Gaben erst jetzt gebrauchen und verwenden können. Wir empfangen diese Gaben nicht, wenn sie unnütz und unfruchtbar in uns liegenbleiben oder nur dazu dienen sollen, uns selbst damit zu zieren. Was wollten wir mit der Weisheit Gottes beginnen, solange wir noch Kinder sind, urteilslos Gutes und Böses durcheinander mengen und nicht wahrnehmen, was das gottgewollte Ziel unserer Wege ist? Wir bringen uns lediglich in Gefahr, wenn wir die Milch verlassen, ohne auf die Übung unserer Sinne bedacht zu sein. Wir lassen uns von unserer Torheit betrügen, steigen auf Höhen, die doch nur Höhen der Einbildung sind, schweifen träumend in die Weite und sitzen in Wahrheit doch nur in unserem engen Winkel fest, meinen, Gottes Stimme zu hören, und horchen doch nur dem Geplauder unseres Herzens zu. Was schützt uns davor, Irrlichtern nachzulaufen und Steinchen zusammenzulesen, um schließlich zu entdecken, daß alle unsere Mühe eitel und unser Leben leer und unfruchtbar war? Hier heißt es: Übe deine Sinne, damit du an ihnen einen Wertmesser habest, der dich sicher leiten kann!

Was folgt nun aber auf diesen Tadel? Lautet sein Ende so: „Ihr habt noch Milch nötig und seid noch Kinder; so müßt ihr eben bei den Anfangsgründen stehenbleiben und könnt nicht ganze und reife Christen werden!"? Nein! Unser Brief führt uns zum entgegengesetzten Schluß: 6,1a: *Darum wollen wir jetzt das den Anfang bildende Wort des Christus lassen und uns zur Vollkommenheit wenden.* Stimmt dies zusammen? Gewiß! Es würde nicht stimmen, wenn das Vorangehende nur eine Klage wäre. Aber es ist ein Tadel, der so ernst gemeint ist, wie er lautet, und den behaftet, dem er gilt. Für eine bloße Klage wäre der entsprechende Schluß freilich dieser: „Leider seid ihr noch Kinder und bleibt es wohl auch." Der Tadel dagegen findet seine gerade Fortsetzung in dem Aufruf: „Nun hört die Kinderei auf, und mit der geistigen Trägheit ist es aus; jetzt fängt etwas Neues an; ihr sollt ins Ganze wachsen und das Vollkommene ergreifen!" Der Brief weicht nicht vor der Unwilligkeit der Leser zurück und ergibt sich nicht mutlos in sie. Der Wunsch seines Verfassers und das Ziel seiner Arbeit ist dies, die Leser zur Vollkommenheit hin in Bewegung zu bringen; er hat ihnen ja gesagt, wie die Mehrung und Vertiefung ihrer Erkenntnis ihnen zugänglich und nützlich sein wird. Denn er hat sie gemahnt: „Übet eure Sinne, damit ihr das Gute und das Böse unterscheiden könnt!"

6,1b.2: *Und wollen nicht wieder das Fundament legen mit der Buße von toten Werken und mit dem Glauben an Gott, mit der Lehre von den Taufen und mit der Auflegung der Hände, mit der Auferstehung der Toten und dem ewigen Gericht.* Die elementaren Grundlagen des Christenstandes werden in sechs Punkte gefaßt, von denen je zwei und zwei zusammengehören: Buße und Glaube, Taufe und Handauflegung, Auferstehung und ewiges Gericht. Hier lernen wir die apostolische Missionspredigt kennen und hören, was einem Mann vorgelegt wurde, wenn er zur Gemeinde Jesu herzugerufen und Christus ihm zum erstenmal verkündigt wurde. Das erste, was ihm gesagt wird, zielt in sein inneres Leben hinein; hier hat die Botschaft vom Christus zunächst ihr Werk an ihm auszurichten. Er muß sein Sinnen und Trachten von seinem unfruchtbaren, eiteln, gottlosen Tun und Treiben lösen, das von Geist und Leben verlassen ist, anderen nicht zum Leben hilft und ihn selbst ums Leben bringt. Diese argen Werke können mancherlei Form und Farbe haben. Sie können gottesdienstlicher Art sein oder der Weltlust frönen; einerlei, was unwahr und böse ist, führt zum Tod; das muß er fahrenlassen. Denn nun wird ihm der Lebendige verkündigt, der lebendige Gott und der lebendige Christus, in dem er selbst zum ewigen Leben berufen ist. So entsteht in seinem Inwendigen für etwas Neues Raum. Dieses Neue ist der Glaube an Gott. Das ist die Gabe, die der zur Gemeinde Jesu Kommende durch das Wort Jesu empfängt; nun lernt er, fröhlich und herzlich auf Gott zu vertrauen, seine Verheißung zu ergreifen, um Jesu willen getrost zu sein und auf das Reich Gottes zu warten. Das ist aber zugleich auch die Aufgabe, an die ihn das Evangelium weist. Er kann sich nicht anders zu Jesus bekennen als so, daß er Gott trauen lernt und sich in seinem Vertrauen nicht erschüttern läßt trotz allem, was um ihn her und in ihm selbst die Macht und Größe Jesu verhüllt und zu widerlegen scheint.

Nun kommt als zweites die Mahnung: „Laß dich taufen!" Mit der Taufe wird jene innere Gesinnung und Herzensbewegung in eine Tat zusammengefaßt, mit der Verheißung Jesu beschenkt und dadurch festgemacht. Sie bringt die Buße und den Glauben zu einem inneren Schluß, der der Anfang eines neuen Lebens ist. Wenn von der Lehre über die Taufen gesprochen wurde, also von mancherlei Taufen, deren Unterschied durch eine Lehre deutlich gemacht wurde, so haben wir daran zu denken, daß einem jüdischen Mann das Taufen eine altgewohnte Sache war. Er übte es, wenn er sich zu den Pharisäern hielt, jeden Tag. Täglich wusch er sich nach dem Gesetz, um jede Unreinigkeit abzutun und ein reines Glied der Gemeinde Gottes zu bleiben. „Wozu denn", mußte er fragen, „noch eine neue Taufe?" – „Jawohl!" wurde ihm geantwortet, „eine neue Taufe, eine einzige statt deiner vielen, eine solche, die nicht auf die Befleckung von außen zielt, sondern auf all dein Sündigen, die Taufe des Christus, die dir die Gnade Jesu bringt, dir um Jesu willen Vergebung gibt und dich in sein Werk und in den Anteil an seinem Tod und seiner Auferstehung einschließt." Mit der Taufe werden wir die Handauflegung eng zu verbinden haben, wie wir aus der Apostelgeschichte sehen: über den Getauften wurde unter Handauflegung gebetet, daß Gott ihnen die Gabe seines Geistes verleihen möge (Apg. 8,15-17; 9,17; 19,6). Auch die Handauflegung schloß eine Verheißung ein. Sie war die Versicherung und der Ausdruck der segnenden Fürbitte, und diese ist nicht unkräftig, sondern es ist ihr die Verheißung gegeben. Die apostolischen Männer segneten im Glauben und ließen sich im Glauben segnen, d. h. in der Gewißheit, daß die Fülle des Christus und der Reichtum des göttlichen Geistes über ihnen stand, aus dem sie Gnade um Gnade nehmen konnten. Aus dieser Zuversicht heraus legten sie segnend die Hand auf den, der durch die Taufe neu zur Gemeinde hinzutrat; auch er sollte wissen, daß er ein Gesegneter des Herrn war, in dem Christus und der Geist Gottes Wohnung machten.

Nun wurde dem Neueingetretenen aber noch ein drittes gesagt: „Du bist jetzt aufgerichtet und kannst wandeln; jetzt fasse das Ziel ins Auge! Du gehst der Auferstehung entgegen, dem, der dich aus Tod und Grab in sein Reich zu ewigem Leben erwecken wird. Und auch dies bedenke: du wirst in ihm deinen Richter finden. Halte dir gegenwärtig, daß sein Urteil ewige Geltung hat und dein Geschick für immer bestimmt! Danach handle! Nun geh ans Werk!"

Damit war in der Tat der Grund zu einem rechtschaffenen Christenstand völlig gelegt. Das war kräftige Milch, mit der ein Mensch Gottes sich ernähren konnte. Es war ihm damit die Güte und Gabe Gottes zu Glauben und Hoffnung vorgehalten und der Ernst Gottes zu Buße und Gottesfurcht bezeugt. Aber auch wenn ich meine toten Werke von mir getan habe und Gott mir in herzlichem Vertrauen gewiß und teuer geworden ist, wenn ich die Kraft der Taufe und die Macht der Segung und des Gebetes kenne und das Auge auf das himmlische Ziel und auf die enge Pforte, die zu ihm führt, gerichtet halte, welch ein weites Feld liegt noch vor mir, das mein Blick noch nicht durchdringt! Wieviel fehlt noch, um die Länge, Breite, Tiefe und Höhe der Gabe Gottes und die Liebe des Christus zu erfassen! Darum wollen wir, sagt der Brief, den Grund nun gelegt sein lassen und uns höher heben.

Wohin haben wir nun die folgende Unterweisung, die uns die Größe und Herrlichkeit des Priestertums Jesu sichtbar macht, zu rechnen, zur Milch oder zur festen Speise? Zu den Grundlagen des Christenstands oder zu der tieferen Erkenntnis, die uns erst mit dem inneren Wachstum erreichbar wird? Unsere Stelle enthält zwei Aussagen; sie sagt einmal, daß die Leser noch Unterricht über die Elemente des göttlichen Worts nötig haben, und sodann, daß jetzt nicht nur von diesen Elementen die Rede sein soll, sondern der Lehrende und die Lernenden miteinander das Vollkommene suchen wollen. Beiden Aussagen entspricht die folgende Ausführung; sie dient beiden Zwecken zugleich. Solange ich mich am Tod Jesu ärgere und sein Kreuz mir ein dunkles, leidiges Rätsel scheint, bleibt mir keiner der eben aufgezählten Ecksteine des Christenstands fest. Ein solcher Anstoß bringt sie alle ins Schwanken und wirkt zerstörend in die Grundlage meines Christenlebens hinein. Denn das Kreuz Jesu ist es, das uns von den toten Werken frei macht und zum Glauben aufrichtet; auf seinen Tod sind wir getauft, und kraft der Vergebung und des Neuen Bundes in seinem Blut erwarten wir von ihm das ewige Leben. Nun hilft uns der Brief zu der Einsicht, daß der Ausgang Jesu seine Zubereitung zum Hohenpriestertum für uns ist, so daß uns sein Tod nicht mehr ein finsteres, drückendes Ereignis bleibt, sondern ein Glied in seinem Heilandswerk voller Kraft und Gnade wird. Eben damit aber gründet er den Christenstand nur um so fester in jene Fundamente des Glaubens. Im folgenden aber spricht der Brief über Jesu Tod und Erhöhung nicht nur dazu, um uns mit Christus in Buße und Glaube zu verbinden und so die Grundlage des christlichen Lebens in uns zu legen; er verbindet vielmehr den Tod Jesu mit großen, weitreichenden Gedanken, die den verborgenen Hintergrund des Kreuzes Jesu aufdecken und dessen Beziehung zum alttestamentlichen Wort, zur himmlischen Welt, zum ewigen Wesen Jesu, zu Gottes verborgenem Leben und Willen beleuchten. Er will uns den Reichtum der göttlichen Weisheit, der sich im Kreuz Jesu offenbart, zu erkennen geben und uns dadurch bewegen, im Blick auf Jesus, der für uns gestorben ist, alles andere zu vergessen; denn all unser Verlangen kann nur in seiner Gabe zur Ruhe kommen. So dient uns der Brief als Führer zur Vollkommenheit. Denn der Fortschritt des Christenstands entsteht nicht daraus, daß wir das Evangelium in verschiedene Stücke zerlegen und jetzt von dem einen, dann von dem anderen die Rede wäre. Der Gegenstand des Evangeliums ist ein einziger, unteilbarer: der Gott und Vater Jesu, der in Jesus unser Heiland ist. Um dieses eine bewegt sich die ganze apostolische Lehre, und der Fortschritt liegt in der Weise, wie wir uns diesen ihren einzigen Inhalt immer völliger aneignen und immer tiefer in unsere Erkenntnis und Liebe aufnehmen. Darum bewirkt auch der Einblick in den Tod Jesu beides, den Anfang und das Wachstum unseres Christenstands. Es ist der Christus allein in seinem Sterben und Auferstehen, dessen Erkenntnis die Grundlage unseres Christenstands bildet und uns so dann zur Vollkommenheit emporführt.

„Wir wollen", hieß es, „uns zur Vollkommenheit wenden." Das bedarf aber noch einer Einschränkung. 6,3: *Und dies werden wir tun, sofern Gott es erlaubt.* Versteht es sich denn nicht von selbst, daß Gott uns diesen Fortschritt erlaubt? Sind wir denn nicht dazu berufen, uns in einen reifen, ganzen Christenstand zu erheben? Da uns das Evangelium dazu antreibt, warum ist denn hier ein solcher Vorbehalt nötig? Die Voraussetzung, die sich der Brief vorbehält, hat aber für ihn einen großen Ernst. Es ist nicht von vornherein zweifellos, daß uns der Weg nach oben offensteht. Gott kann ihn auch verschließen. Wollten wir meinen, wir könnten in unserer Trägheit und Unwilligkeit verharren, solange wir wollen, der Fortschritt zu einem entschlossenen Christenstand sei uns immer noch möglich, sowie wir nur Lust dazu hätten, so könnte das leicht eine gefährliche Täuschung sein. Denn wir könnten an eine verschlossene Türe klopfen und die Antwort empfangen: „Zu spät!" Wir stehen unter einer göttlichen Rechtsverwaltung, die nicht nur gewährt und gibt, sondern auch versagt und entzieht, nicht nur begnadigt, sondern auch vergilt. Das gibt dem Tadel, der die schlaffe Stumpfheit der Leser rügt, seine Schärfe und sein Gewicht; er läßt sich nicht in einem unfruchtbaren Bedauern erledigen oder gar leichtsinnig überhören. Hier hat nur der tiefste Ernst Platz; denn es handelt sich um die größte Gefahr.

6,4-6: *Denn es ist unmöglich, die, die einmal erleuchtet wurden und die himmlische Gabe kosteten und am Heiligen Geist Anteil erhielten und das gute Wort Gottes und die Kräfte der kommenden Welt kosteten, wenn sie gefallen sind, wieder zur Buße zu erneuern, da sie für sich selbst den Sohn Gottes kreuzigen und schänden.* Wir können uns unheilbar verderben und in eine Tiefe fallen, aus der es keine Aufrichtung mehr gibt. Bedenken wir, was wir vom Christus empfangen haben! Wir sind durch ihn erleuchtet worden; es ist in unserem Bewußtsein hell geworden; das Auge ist uns aufgegangen. Aus den lügenhaften Einbildungen und dem gedankenlosen Brüten sind wir aufgerüttelt worden. Wir haben gesehen, was der Mensch ist, in welcher Gefahr er steht und mit welcher Güte Gott ihn gesucht und errettet hat. Wir haben in Jesus unseren Herrn und Erlöser erkannt und sind zum Glauben an ihn gebracht worden. Mit Absicht steht gerade in diesem Zusammenhang unter den Gaben Gottes die Erleuchtung voran. Das Licht, in das wir gestellt sind, begründet unsere Verantwortlichkeit, weil es uns die Freiheit zum Handeln, die Macht zu einem entschlossenen, bewußten Wollen gibt. Diese Freiheit verleiht unserer Entscheidung Gewicht und folgenreiche Gültigkeit. Licht ist aber nicht die einzige Wirkung, die von Jesus ausgeht; es sind mit ihm himmlische Gaben verbunden, Lebenswirkungen himmlischer Art. Da Jesus von oben kommt, hat auch alles, was wir von ihm empfangen, himmlischen Ursprung und himmlisches Ziel, ewigen Wert und unvergängliche Dauer. Was er uns bringt, wird aus dem Himmel her in unser irdisches Leben hineingelegt. Wir empfangen durch ihn Geist und Wort und Kraft: Geist, denn Christus vollbringt sein Werk an uns im heiligen Geist, so daß wir, so gewiß wir mit ihm verbunden sind, so gewiß Anteil am heiligen Geist Gottes erlangt haben; Wort, und zwar das gute Wort Gottes, das Wort seiner Freundlichkeit und Gnade, das uns kräftig erfassen und sich in uns wirksam erweisen kann, so daß wir es kosten und schmecken; Kraft, weil sein Wort von der Kraft nicht geschieden ist; denn es ist lebendig und wirksam. Und zwar hat es die Kräfte bei sich, die die ewige Weltgestalt schaffen, Leben wecken und Herrlichkeit erzeugen; in ihren Bereich und unter ihre Wirkung sind wir durch Jesus gestellt. Das ist unsere Ausrüstung; das sind die Pfunde, die wir aus der Hand Jesu empfangen haben. Es ist uns damit viel gegeben; müssen wir nicht dankbar sagen: „Wir sind reich begabt?" Wir haben hier eine Bezeugung des Christenstands nach seiner inneren Größe vor uns, doch nicht so, als wäre nur von einer besonderen geistlichen Vollkommenheitsstufe die Rede. Die Worte wenden sich ja zunächst an Christen, die wegen ihrer Unmündigkeit getadelt werden müssen und der Mahnung bedürfen: „Nun ist es endlich Zeit, daß es einen tüchtigen Fortschritt bei euch gibt." Freilich wird nicht von einem erträumten, eingebildeten Christenstand gesprochen, der nur äußerlich nachgeahmt ist und nur in christlichen Worten besteht; vielmehr ist von einem Christenstand die

Rede, in dem Jesus die bewegende Macht geworden ist und für uns nicht ein toter Mann und leerer Name blieb – von einem Christenstand, in dem die Gabe Jesu von uns bewußt erkannt und empfunden und für uns zur Erfahrung und zum Erlebnis geworden ist.

Dennoch ereignet es sich, daß wir fallen. Was uns zu Fall bringt, woran wir stürzen, ist hier nebensächlich. Es kann auf mancherlei Art geschehen. Für den Ausgang, der sich für uns daraus ergibt, ist der Anlaß gleichgültig. Es kann geschehen, daß jene Erleuchtung und Begabung uns nicht aufrecht hält, nicht über die Sünde hinwegträgt und nicht wirklich an Gott bindet. Wir können den Anschluß an Jesus aufgeben, das Verlangen von der Gnade Jesu losreißen, können den Willen in das Böse hineinlegen und zum fertigen Werk vollenden. Dann haben wir uns für immer verdorben, und unsere Erneuerung ist unmöglich geworden. Der Schaden ist geschehen und wird nicht mehr geheilt. Einmal wird der Mensch ins Licht und ins Leben geboren, nicht zwei, drei oder viele Male. Ein solcher Sturz geschieht nicht dann, wenn wir mancherlei Regungen der sündlichen Begierde in uns erleiden, nicht einmal dann, wenn sie uns oft verlocken, überwinden und zu Fehltritten hinreißen. Wenn unser Brief den Lesern vorhält, daß sie träg zum Hören sind, so schließt das vielerlei Versündigungen in sich, die keineswegs leichtzunehmen sind, und doch warnt er sie erst vor einem solchen Sturz. Wenn Jesus ein mitleidiger Hoherpriester heißt, so hat er nicht nur für eingebildete und vorgestellte, sondern für wirkliche und ernste Sünden Erbarmen. Aber es gibt eine Grenze; wenn sie überschritten wird, wird das Sündigen unverzeihlich und wirkt zerstörend, da es uns inwendig tödlich verwundet und der Gewalt der Sünde rettungslos ausliefert.

Beschränkt dieses Wort die unerschöpfliche Größe der göttlichen Gnade, die jeder reumütigen Bitte zugänglich ist? O nein! Es steht nicht so, daß wir uns zwar bußfertig wieder aufrichten möchten, aber Gott uns nun in seinem rächenden Zorn darniederdrückte. Vielmehr besteht die Unheilbarkeit des Schadens darin, daß niemand mehr uns zur Buße bringen, niemand mehr unser Begehren aus der Gebundenheit an die Bosheit befreien und auf Gott hinwenden kann. Da hilft keine Mahnung und Lehre mehr, und das zur Buße rufende Wort ist ohnmächtig für uns geworden. Wir kennen ja schon all das, womit es uns locken will, und haben das alles schon erprobt, aber umsonst. So kann es uns nicht mehr bewegen. Wir haben das Wort innerlich entweiht und entkräftet; so bietet es uns keine Stütze mehr, an der wir Halt gewinnen und uns zu Gott erheben könnten. Die Umkehr ist immer unsere Erneuerung, unser Aufstehen aus unserem Fall. Ist uns die innere Wendung noch möglich, so ist uns der Zugang zur Gnade Gottes geöffnet, und damit ist jeder Schade heilbar und alle Macht der Sünde zu überwinden. Wenn der verlorene Sohn sich aufmacht und zum Haus des Vaters zurückkehrt, klopft er gewiß nicht umsonst an des Vaters Türe. Aber die Gefahr ist die, daß er nicht mehr aufstehen und das Vaterhaus nicht mehr suchen kann, sondern todesmatt in der Fremde liegenbleibt, vielleicht stumpf und hart, vielleicht auch höchst reuig, elend und verzweifelnd, aber in diesem wie in jenem Fall unfähig, nun der Fremde zu entlaufen, wie er einst dem Vaterhaus entlief, unfähig zum Verlangen, doch wenigstens als Taglöhner wieder in die Ordnung und das Glück des väterlichen Hauses aufgenommen zu werden.

Wir haben zu erwägen, wie die, die abfallen, sich am Christus vergehen. Er hat ihnen den Reichtum des göttlichen Worts und der himmlischen Kräfte gebracht, den wir eben dankbar überblickten, und sie, die Abfallenden, tun ihm erneut an, was ihm im Saal des Hohen Rats und vor Pilatus und auf Golgatha angetan worden ist, und dies in noch schlimmerer Weise. Christus hat sich ihnen bezeugt, und sie haben gewußt, wer er ist und was seine Gabe ist; aber um bösen Begehrungen zu folgen, stoßen sie ihn weg, verleugnen sie ihn, zählen sie ihn zu den Toten und legen ihn mit Hohn und Spott ins Grab. Sie töten freilich nur sein Werk in ihnen; aber das trifft ihn selbst. Sie verderben seine Gabe; aber die Gabe und der Geber lassen sich nicht scheiden. Wir können seine Gabe nicht wegwerfen, ohne ihn selbst damit zu verwerfen. Es handelt sich hiebei darum, was er selbst uns wert ist. Entledigen wir uns seiner Gabe, so stellen wir uns unter die Zahl derer, die ihm mit Schmähung antworten und ihn zu den Toten werfen.

Ein solcher Angriff auf Christus ist für uns um so sündlicher und verderblicher, je weniger uns die Entschuldigung gilt: „Sie wissen nicht, was sie tun." Israel, das Jesus kreuzigte, hüllte sich in seine blinden Vorurteile, in seine törichte Schriftgelehrsamkeit, in seinen leeren Gesetzesdienst und seine scheinbare Frömmigkeit; unter dieser Decke sah es die Herrlichkeit Jesu nicht. In dieser seiner Blindheit und Unwissenheit hatte es nach der einen Seite hin einen Schutz. Sie bewahrte es vor dem tiefsten Fall und hielt ihm den Rückweg zu Jesus offen, wenn die Decke von seinen Augen genommen wird. So hat Paulus, so fanatisch er Jesus verfolgte, ihn doch nicht sich selbst gekreuzigt. Wenn aber wir in unseren Herzen über Jesus das Todesurteil sprechen und die Schmach des Lügners, der uns getäuscht und betrogen habe, auf ihn werfen, so wissen wir, was wir tun. Wir handeln so, nachdem wir erleuchtet worden sind. Wie in den Tagen seiner irdischen Erscheinung, so läßt Jesus sich auch von uns kreuzigen. Er fällt dem Recht und Gericht Gottes nicht in die Arme und wehrt uns deshalb nicht, wenn wir ihm Schmach und Schimpf antun. Wir sollen nur das eine wissen: töten wir ihn, so haben wir unseren Heiland getötet, den, der allein uns hilft, ohne den es für uns keine Rettung gibt. Wir haben den Balsam verschüttet, den uns Gott dargereicht hat; so bleibt die Wunde offen, und wir sterben an ihr. Wir haben den Priester umgebracht; so ist uns das Heiligtum verschlossen und kein Altar mehr zugänglich.

Das Evangelium bleibt; die Gnade bleibt; der Wille Gottes, daß allen geholfen sei, bleibt. Das alles besteht aber gerade darin zu Recht, daß Gott Christus erhöht und an denen verherrlicht, die ihm gehorchen. Wenn wir uns gegen Christus auflehnen, so sollen wir wissen, daß Gott nicht Jesus preisgibt und verleugnet, sondern uns. Wir sollen es bedenken, daß uns unsere Seligkeit in ihm gegeben ist und seinetwegen, nicht unseretwegen. Ihn soll ich nicht töten, nicht meinen Spott mit ihm treiben; ihn soll ich als den Lebendigen ehren, für mich, in mir ehren, so gewiß er meine einzige Hilfe ist. So will Gott mein Heil. Das ist die Gnade, die Gott mir und aller Welt erweist, das die Wahrheit, die er von mir erkannt und anerkannt wissen will und in der er mich selig macht.

Wir würden freilich unrecht tun, wenn wir dieses Wort auf irgend jemand anwenden wollten, um ihm zu sagen: „Mit dir ist es vorbei!" Damit würden wir uns gegen das Gebot Jesu verfehlen: „Richtet nicht!" Auch den ersten Lesern des Briefs ist diese Warnung keineswegs in dem Sinn gesagt, daß sie sie auf sich beziehen und sagen sollten: „Für uns gibt es keine Hoffnung mehr." Der Verfasser des Briefs fährt nachdrücklich fort: „Ich stelle euch noch nicht unter dieses Wort." Die Grenze zwischen demjenigen Sträuben und Trotzen, Lügen und Sündigen, das unter der Geduld Gottes steht, und demjenigen Ungehorsam, der den endgültigen Schritt von Gott weg vollzieht und die Verwerfung des Christus in sich schließt, die den Menschen das Leben kostet, diese Grenze bestimmt Gott allein. Er wird seine Langmut und seine Rechtsverwaltung jedem Menschen gegenüber zur vollkommenen Einheit bringen und an jedem seine fleckenlose Gerechtigkeit offenbaren. Aber wie er nun beides jedem einzelnen gegenüber abmißt und einigt, das ist allein seine Sache und nur seinem Auge, nicht uns, aufgedeckt. Für unser Auge ist die innere Lebensentwicklung der Menschen um uns her gänzlich undurchsichtig und verborgen.

Dies gilt auch für unsere eigene Selbstprüfung und Selbstbeurteilung. Wir haben auch für uns den Richter allein in Gott zu suchen und mit dem Apostel zu sprechen: „Ich richte mich selber nicht" (1. Kor. 4,4). Wenn wir uns aber, obwohl wir glauben und das Wort und den Geist Jesu haben, vielfältigen Fallens und Sündigens anklagen müssen, fällt dann dieses Wort nicht als eine erdrückende Last auf uns? Ein Gleichnis mag zur Antwort dienen. Es ist zweifellos, daß einer für immer lahm werden kann, so daß es keine Heilung mehr für ihn gibt. Soll ich nun, wenn meine Füße mich schmerzen, mich hinsetzen und jammern: „Viele Leute werden unheilbar lahm; sicherlich bin ich es auch! Sicherlich kann ich nicht mehr gehen!"? – Mache die Probe! Versuche, aufzustehen! Suche die Heilung! Dann wird es sich zeigen, ob du unheilbar bist oder nicht. Ganz ebenso haben wir bei aller Versündigung und bei jeglichem Fallen aus diesem Wort nur die Weisung zu ziehen, daß wir mit ganzem Ernst die Buße suchen. Es gilt auch hier die Probe zu machen, ob wir unseren Willen noch von unserer Bosheit trennen können und sie zu richten und zu hassen vermögen, ob wir noch zu Jesus herzutreten können und ihn zu bitten vermögen: „Sei nicht tot für mich! Nein, sei für mich der Lebendige, nicht der Geschmähte, sondern der Hochgelobte ewiglich!" Es ist unter allen Umständen, mögen sie für uns noch so belastend sein, ein Mißbrauch unseres Wortes, wenn wir es dazu benützen, um uns die Umkehr zu verschließen oder zu erschweren und, fern von Gott und Christus, in unserem Elend zu bleiben. Gerade auch solch eine verzweifelnde Unbußfertigkeit verleugnet Christus und behandelt ihn als tot. Unser Brief spricht so ernst und offen von der Gefahr, an deren Rand wir wandeln, nicht damit wir uns hineinstürzen und in den Wogen der Verzweiflung untergehen, sondern damit wir uns mit um so größerem Ernst und Eifer von ihr abkehren und aus aller unserer Sünde hinausstreben hin zu dem, neben dem es keinen anderen Namen unter dem Himmel gibt, in dem uns geholfen wird.

Übrigens steht unsere Stelle im Neuen Testament nicht vereinzelt; sie hat namentlich in den Worten Jesu manche Parallelen. Den Pharisäern, die ihn keck und verwegen lästerten, sagte Jesus: „Hütet eure Zunge! Wenn ihr mich lästert und einen Fresser und Säufer, einen Freund der Zöllner und Sünder nennt, so ist zwar auch dies Sünde; aber es soll euch vergeben sein. Allein den heiligen Geist lästert nicht! Da, wo euch der Geist Gottes ins Auge leuchtet, wo euch Gott ohne Hülle in seiner offenbaren Macht, Majestät und Heiligkeit entgegentritt, da beugt euch und schweigt! Wenn ihr gleichwohl zu lästern wagt, so habt ihr die Brücke zerstört, die euch zu Gott bringen könnte, und euch um das ewige Leben gebracht." Allerdings ist ein Unterschied zwischen beiden Stellen. Jesus redet von einem Widerstand gegen ihn, bei dem der Mensch das Evangelium gar nicht an sich herankommen läßt, sondern sich mit aller Macht der Bezeugung des göttlichen Geistes entzieht und sie nicht hören will. Dieses Widerstreben kann schließlich bis zu einem bleibenden, unheilbaren Bruch getrieben werden. Unser Brief spricht dagegen von demjenigen Widerstand gegen Jesus, der sich in uns erheben kann, nachdem wir das Evangelium angenommen haben und kennen: wir können uns ihm wieder entziehen und der Hand wieder entschlüpfen, die uns ergriffen hat. Auch dieser Kampf gegen Christus setzt sich nicht endlos fort, sondern führt schließlich zum endgültigen Sturz. Jesus hat aber nicht nur mit seinen Feinden so ernst geredet, sondern ganz ebenso auch mit seinen Jüngern. Denken wir an jene Törinnen, die auf das Hochzeitsfest warteten, aber in ihrem Leichtsinn den Ölkrug daheim ließen und nun abgewiesen wurden, wie man einen unbekannten Menschen abweist, der in der Nacht an die Haustüre klopft (Matth. 25,8-13); oder an jenen

Knecht, der das Geld seines Herrn empfangen hatte wie die anderen, aber nicht im Besitz seiner Gabe blieb und nicht zur Freude seines Herrn kam, weil er in seinem Unmut die empfangene Gabe unbenützt ließ (Matth. 25,24-28); oder an jenen Mann, der zum Gastmahl des Königs geladen war, aber kein festliches Kleid für nötig hielt und darum ins Gefängnis geworfen wurde (Matth. 22,11-14); oder an jene Schosse am Weinstock, die nicht Frucht bringen und darum abgeschnitten und verbrannt werden (Joh. 15,2.6) – überall hören wir dieselbe Warnung, die unsere Stelle ausspricht. So redet auch Johannes von einem Sündigen innerhalb des Christenlebens, das zum Tod führt, vor dem dann auch die Fürbitte verstummen muß, weil ihr die Zuversicht der Erhörung fehlt (1. Joh. 5,16).

6,7.8: *Denn ein Boden, der den Regen trinkt, der oftmals auf ihn kommt, und Gewächse hervorbringt, die für die brauchbar sind, um derentwillen er auch bearbeitet wird, erhält Segnung von Gott. Bringt er aber Dornen und Disteln hervor, so ist er unbrauchbar und nahe beim Fluch; für ihn ist das Ende der Brand.* Wir sollen am Acker ein Bild des inneren Lebens sehen. Gott gibt ihm, damit die menschliche Hand ihn bestellen kann, den befruchtenden Regen. Das entspricht der inneren Ausstattung, die als himmlische Gabe durch Christus uns verliehen wird. Wächst auf dem bestellten Acker die brauchbare, edle Saat heran, so entspricht dies der Bewahrung der empfangenen Gabe in Glauben und Gehorsam, wodurch sie zu ihrem Ziel in uns kommt. Auf einem solchen Acker ruht die Segnung Gottes zu neuer Fruchtbarkeit. Das heißt: die Gabe, die wir in redlichem Dienst Gottes bewahrt haben, erhält uns unter der Segnung der Gnade Gottes mit ihrer reichen Vergebung und steigenden, fortschreitenden Begabung. Wenn dagegen Dornen und Disteln auf dem Acker wachsen, soll ihm dann der befruchtende Regen immer wieder zuteil werden? Soll Gott Dornen und Disteln nähren? In die Dornen gehört der Brand; ein solcher Acker wird mit Recht zur Wildnis. Das Bild will uns lehren, daß keine Gabe Gottes schon dadurch, daß wir sie empfangen, uns sicher ist und ein Segen für uns bleibt. Wenn wir sie ungebraucht lassen, wenn sie von uns nicht durch rechtschaffenen Dank und Dienst für ihren Geber fruchtbar gemacht wird, verlieren wir sie. Wir können uns jeden Segen in Unsegen verwandeln, auch den Segen des Christus, wenn wir ihn nicht zu seiner Frucht und seinem Ziel kommen lassen, dadurch daß unser Wollen und Wirken, Trachten und Handeln von ihm erweckt und regiert wird. Wir stehen unter dem Gesetz und werden es nicht aufheben, das Jesus am unfruchtbaren Feigenbaum bestätigt hat: Was keine Frucht trägt, muß verdorren (Matth. 21,18-21).

Eine solche Warnung wäre nutzlos, wenn sie zu spät käme. Wer schon dem Tod verfallen ist, dem kann man nicht mehr zurufen: „Hüte dich! Stürze nicht!" Mögen auch in anderen Gemeinden Zustände eingetreten sein, die den Lehrer, der hier spricht, zu seinem strafenden Wort mit seinem erschreckenden Ernst nötigten, so kam doch für die jüdischen Christen, an die er unseren Brief schrieb, seine Warnung noch nicht zu spät; sie hatten sich noch nicht vom Christus geschieden und waren noch nicht in einen Fall verwickelt, der ihnen den Raum zur Umkehr genommen hätte. Gerade deshalb werden sie gewarnt, aber auch wieder getröstet und ermutigt; denn die Warnung sollte nicht Verzagtheit und Verzweiflung wirken. 6,9.10: *Wir sind aber, Geliebte, überzeugt, daß von euch das Bessere gilt und das, was zur Rettung führt, obschon wir so reden. Denn Gott ist nicht ungerecht, daß er euer Werk und die Liebe vergäße, die ihr gegen seinen Namen dadurch bewiesen habt, daß ihr den Heiligen dientet und dient.* Jetzt, da der Verfasser das erschütternde Bußwort an seine Leser gerichtet hat, redet er sie als seine Geliebten an; denn eben dann, wenn das Wort zur Buße treibt, die Schuld enthüllt und den Tod androht, füllt es sich notwendig auch mit der innigen, warmen Liebe. Ohne sie verlöre das Bußwort seine Kraft, die es nur dann behält, wenn es aus der Liebe stammt. Seine Liebe zu ihnen hat den Verfasser des Briefes getrieben, seine Leser vor dem Fall dadurch zu schützen, daß er ihnen dessen Verderblichkeit vor Augen stellte. Seine Zuversicht, daß sie, obschon er sie zu warnen hat, doch zum Heil gelangen, gründet sich auf die Werke, mit denen sie ihre Liebe bewährt haben. Ist das nicht Ruhm der Werke? Gewiß. Was soll er denn rühmen? Etwa ihre Trägheit, ihre Lieblosigkeit, ihr leeres Geschwätz? Das rühmt er nicht. Oder ihren Glauben? Auch dann, wenn dieser ihr Herz nicht für den Namen Gottes brennend und ihre Hände nicht für die bedrückten Heiligen Gottes regsam machen kann? Einen solchen Glauben rühmt der Zeuge Jesu nicht. Aber daran, daß diese Christen einst und jetzt mit

Ernst und Eifer sich ans Dienen gemacht und sich weder des göttlichen Namens noch seiner Gemeinde geschämt haben, daran richtet er seine Zuversicht für sie auf, und das darf auch ihnen selbst Zuversicht zu Gott geben. Sie sollen es Gott zutrauen, daß er nicht ungerecht ist und ihren Dienst nicht vergißt. Wie unser Sündigen unter den Augen Gottes geschieht und darum nicht ungefährlich ist, sondern uns, wenn es zur Verstockung auswächst, verderben muß, so achtet Gott nicht weniger auch auf unser gutes Werk, das wir in seinem Namen tun. Wie er den verdirbt, der seinen Namen entheiligt und seinen Sohn schmäht, so lohnt er auch dem, der seinen Namen liebt und seinen Heiligen dient. Der Lohn, den wir bei ihm suchen und von ihm erwarten sollen, besteht eben darin, daß er uns in der Gemeinschaft mit Christus erhält, vor dem endgültigen Fall bewahrt, unsere Trägheit und Schwachheit uns vergibt, uns immer wieder sein freundliches Wort mit seinen ewigen Kräften schmecken läßt und uns dadurch zu neuem Eifer stärkt.

Wird hierdurch der Glaube verkürzt? Nimmermehr. Die Leser sollen nicht dazu an ihr Werk denken, um ungläubig zu werden und ihre Zuversicht von Christus abzuziehen, als wären sie sich selbst genug, als könnten sie wegen ihrer Werke die Gnade und Gabe des Christus entbehren; vielmehr dürfen sie auf ihr treues Werk zurückblicken, damit sie Mut fassen zu glauben, Mut, die Vergebung und Bewahrung Gottes zu suchen und mit Freudigkeit zum Thron der Gnade hinzutreten. Es ist wohl wahr, daß das Werk aus dem Glauben kommen muß, soll es ein rechtschaffener Gottesdienst sein; aber es ist ebenso wahr, daß der Glaube aus dem Werk kommt; denn wir können nicht zu Gott hinzutreten, wenn wir gegen ihn untreu sind und ihm nicht gehorchen, weil unser böses Gewissen kein Vertrauen zu ihm aufkommen läßt. Darum müssen wir uns von unserer Sünde lösen, wenn wir Jesus glauben wollen. Das ist das innige, unzerbrechliche Gefüge des Lebens. Beidseitig ist es ineinandergeschlungen, und die Wirkung läuft hin und her vom Glauben zum Werk, vom Werk zum Glauben, und keines besteht ohne das andere.

Mit Bedacht sagt der Brief: „Dem Namen Gottes habt ihr Liebe erzeigt." Wollen wir Gott nicht nur in Worten, sondern in der Wahrheit und im Werke lieben, wie wollen wir es machen? Wir sehen ihn nicht, und doch ist er uns gegenwärtig. Wie? Dadurch, daß er uns seinen Namen gibt. Sein Name liegt in unserem Herzen; deshalb kann es an ihn denken, kann es ihn nennen: Gott! Sein Name ist Gottes Zeichen und Stellvertreter bei uns; ihn können wir schätzen, hochhalten, heiligen, über alles andere stellen und mit ganzem Herzen und aller Kraft lieben. Daran, wie wir uns zum Namen Gottes stellen, zeigt sich, wie wir uns gegen Gott verhalten. Sein Name lebt aber zugleich in allen, die zu seinem Licht berufen sind. Darum treibt uns die Liebe gegen den Namen Gottes zum Dienst an den Heiligen. Wir hören auch von Paulus, wie treu und opferwillig die Gemeinden für die bedrängten Teile der Kirche sorgten, vor allem für die Erhaltung der Gemeinde in Jerusalem.

Nun gilt es aber, nicht nur einmal und nicht nur früher vom Eifer der Liebe sich bewegen zu lassen. 6,11.12: *Wir begehren aber, daß jeder von euch denselben Eifer beweise, damit die Hoffnung Gewißheit bis zum Ende erhalte. Nicht träge sollt ihr werden, sondern Nachahmer derer, die durch Glauben und Geduld die Verheißungen erben.* Der Brief bittet: „Erhaltet in euch den Eifer, den ihr früher bewieset, unvermindert; laßt nicht nach! Geht nicht zurück! Kämpft gegen die Erkaltung eurer Liebe! Wenn ihr zurückgeht, nähert ihr euch jener Gefahr, die den für immer begräbt, der ihr erliegt. Laßt die Liebe nicht nur nicht erlöschen, sondern auch nicht abnehmen! Das ist eure Sicherung. Nur dann könnt ihr völlig hoffen. Wenn ihr euch selbst beschuldigen müßt, daß euer Eifer geschwunden ist, wie soll da die Hoffnung ihr volles Maß und ihre Kraft behalten?“ Kein Wunder, daß uns die Verheißung nicht mehr anzieht und bewegt, wenn wir uns im Bewußtsein unserer Untreue vor dem Urteil des Christus fürchten müssen! Bleiben wir aber ernst und treu im Dienst, zu dem uns Gott beruft, so wird mit jedem Schritt weiter auf diesem Wege die Hoffnung lebendiger; wir erfahren, daß uns das Leben im Glauben nicht nur Versuchung, sondern auch Erprobung bringt. Dann können wir auch am Glauben festhalten, können gläubig und geduldig warten und trennen uns nicht von der Gemeinde, die sich Gottes im Vertrauen getröstet und deshalb erfahren wird, daß ihr Vertrauen und Warten sie nicht zuschanden werden läßt, sondern zu Erben der verheißenen Güter macht. Wir sind nicht die ersten, die den Glaubensweg gehen müssen. Die jüdischen Christen hatten nicht nur das Beispiel der Väter, sondern auch das der Apostel und der übrigen treuen Gemeinde Jesu vor Augen. Waren sie nicht innerlich krank, so machten diese Beispiele des Glaubens sie selbst zum Glauben willig und fähig.

Die dreifache Gestalt des christlichen Lebens ist uns hier in einer anderen Ordnung gezeigt als im ersten Korintherbrief (13,13). Dort heißt es: glauben, hoffen, lieben; hier: lieben, hoffen, glauben. Jene Ordnung ist die, in der das Christenleben beginnt. Dadurch, daß wir Christus gläubig erfassen, kommen wir zum Hoffen und werden von unserer selbstsüchtigen Begierde los, und so wird die Liebe in uns geboren. Aber auch die Ordnung, die hier dargestellt ist, ist richtig und wahr, daß nämlich an der Liebe, die wir üben, das Hoffen entspringt und Liebe und Hoffnung die Glaubenskraft geben. Diese Ordnung zeigt, wie sich das Christenleben da, wo es begründet ist, erhält und zunimmt. Da heißt es: Diene dem Namen Gottes an den Menschen, dann kannst du hoffen und im Hoffen glauben, und dies auch dann, wenn das Gehoffte in die Ferne tritt und die gegenwärtige Lebenserfahrung ihm nicht entspricht!

So wollen uns diese Worte zur Selbstprüfung anleiten, ob wir im Eifer der Liebe nicht kalt und lässig geworden sind. Aber wir sollen den Blick nicht so auf uns richten, daß er an unserer Person haftenbleibt. Denn der Glaubensgrund, der unserem Hoffen und Glauben Inhalt, Kraft und Sieg verleiht, liegt nie in uns; er steht über uns im Wort Gottes. Darum schließt dieser mahnende Abschnitt damit, daß er uns nochmals, ähnlich wie in 4,12, auf die Festigkeit des göttlichen Wortes verweist; es ist gerade so beschaffen, daß es uns zum geduldigen, gläubigen Warten geschickt und tüchtig macht. Das zeigt uns der Brief an der Weise, wie Gott mit Abraham geredet hat.

6,13-15: *Denn als Gott Abraham die Verheißung gab, schwur er, weil er bei keinem Größeren schwören konnte, bei sich selbst und sagte: Fürwahr, ich werde dich sicherlich segnen und dich sicherlich mehren* (1. Mose 22,16.17). *Und so wartete er in Geduld und erlangte die Verheißung.* Abraham ist das erste und deutlichste Beispiel, wie man durch Glauben und Geduld erlangt, was Gott verspricht. Gott gab ihm auch sein Wort in einer Weise, die eben darauf berechnet war, ihn zum gläubigen Warten zu bewegen, nämlich verbunden mit einem Eid. Ein Eid scheint für Gott unmöglich zu sein, da er ja eine Berufung auf einen Höheren ist. Wir Menschen wenden uns mit dem Eid an Gott und bezeugen damit, daß wir in seiner Macht stehen: in der Macht seines Wissens, da er als der unbestechliche Zeuge uns und unser ganzes Handeln kennt, und in der Macht seines Gerichtes, da er über dem Recht wacht und auf Unrecht mit seiner Vergeltung antwortet. Das ist der Ernst bei jedem Eid. Er ist nicht ein leeres Wort, weil Gott nicht vergeblich angerufen wird. Wir haben damit unsere Sache mit dem Namen Gottes verknüpft und in die Hand Gottes gelegt, und das bindet, auch wenn wir in unserem Leichtsinn und unserer Gedankenlosigkeit uns diese Bindung nicht zum Bewußtsein bringen. Wessen Wahrheit und Gerechtigkeit soll nun das Wort Gottes fest und gewiß machen? Gott hat niemand über sich, auf den er sich berufen könnte. Und dennoch hat er geschworen, nämlich bei sich selbst, und hat Abraham sein eigenes Leben zum Pfande gesetzt, indem er ihm sagte: „So gewiß ich lebe, wirst du das Verheißene empfangen." Und auf ein solches Wort hin, das ihm Gott eidlich bekräftigt hatte, faßte Abraham den Mut, geduldig zu warten, und warf er das Mißtrauen und Verzagen aus seinem Herzen hinaus. Er harrte aus, obwohl sich die Verheißung verzog, und behandelte sie dennoch als eine untrügliche Macht, dessen gewiß, daß sie dennoch geschehen wird; und sein Warten täuschte ihn nicht, das Verheißene kam.

6,16: *Denn Menschen schwören bei dem Größeren, und der Eid ist für sie das Ende jeder Einrede zur Bestätigung.* Der Wert des Eides, um dessen willen auch Gott schwört, besteht darin, daß er jeden Widerspruch unmöglich macht. Wenn wir dem, der uns eine eidliche Versicherung gibt, dennoch widersprächen, so würden wir ihn beschuldigen, er treibe ein frevles Spiel mit dem Heiligsten, er verachte Gottes Regiment und stürze sich selbst in die Verdammnis hinein. Zu einem solchen Vorwurf sind wir nur dann berechtigt, wenn wir dazu durch eine offenkundige Tatsache gezwungen sind. Sonst aber müssen wir unsere Einrede einstellen. Der andere hat sich auf Gott berufen und sich in Gottes Hände geworfen; nun ist die Sache uns entzogen und Gott übergeben.

Eben dies ist auch der Zweck beim göttlichen Eid. Gott sieht voraus, daß der Mensch Einreden gegen ihn erheben wird: „Deine Verheißung bleibt aus; dein Wort erfüllt sich nicht; kann ich auf dich bauen? Lässest du mich nicht im Stich?" Allen solchen Einreden kommt Gott zuvor und schneidet sie ab, indem er spricht: „Sieh, mich selbst, meine Gottheit, Macht, Wahrheit und Gerechtigkeit mache ich zum Bürgen meines Wortes; ich will nicht leben, wenn mein Wort sich an dir nicht erfüllt." Nun können wir sein Wort nicht von uns weisen, ohne ihn selbst für nichts zu achten. Gott macht durch seinen Eid unseren Zweifel und Unglauben zur Gottlosigkeit und läßt uns nur den einen Weg offen, daß wir seine Verheißung bewahren in Geduld.

6,17.18: *Deshalb machte sich Gott, da er den Erben der Verheißung die Unwandelbarkeit seines Rates in besonderer Weise zeigen wollte, durch einen Eid zum Bürgen, damit wir durch zwei unwandelbare Dinge, in denen es unmöglich ist, daß Gott lüge, einen starken Trost haben, wir, die wir uns dahin flüchten, die vor uns stehende Hoffnung zu ergreifen.* Durch die Weise, wie Gott die Verheißung eidlich bestätigt hat, haben wir zwei unwandelbare Dinge vor uns, die uns über den gnädigen Willen Gottes gewiß machen, sein Wort, das schon an sich unwandelbare Festigkeit hat, und seinen Eid, und sind dadurch aufs kräftigste zum Hoffen gemahnt. Denn um unsere Hoffnung handelt es sich ja bei all dieser Bezeugung, Versicherung und Herablassung Gottes, die sich des Eides nicht weigert. Es ist nicht eine schwere Pflicht, ein hartes Opfer, wozu uns Gott so nachdrücklich ermahnt. Nein! Eine Hoffnung legt er uns vor, und diese Hoffnung macht unsere einzige Zuflucht aus. Woran sollten wir uns halten, wie anders uns wehren gegen die Mächte, die uns verderben wollen, als dadurch, daß wir die Hoffnung erfassen? Hier ist sie uns angeboten; wir dürfen uns zu ihr flüchten und in ihr geborgen sein. Nur das eine gilt es: daß wir sie festhalten und bewahren. Und damit wir sie nicht wegwerfen, fügt Gott zu seinem Wort noch seinen Eid. Was könnte er mehr tun? Gottes unerbittliche Festigkeit war uns vorgehalten, mit der er uns widersteht, wenn wir seine Gnade entweihen und mißbrauchen; dann läßt uns Gott fallen, so tief, daß wir nicht mehr aufstehen können, sondern verloren sind. Aber dieselbe unwandelbare Festigkeit kommt auch der Verheißung zu. Gott erweist sich auch an dem, der auf ihn hofft, als unbeweglich und unwandelbar dadurch, daß nichts seine Verheißung aufheben und die Hoffnung, die er schenkt, zuschanden machen kann.

6,19.20: *Sie haben wir wie einen Anker der Seele, der sicher und fest ist und in das hineingeht, was innerhalb des Vorhangs ist, wohin als Vorläufer für uns Jesus hineinging, da er nach der Ordnung Melchisedeks zum Hohenpriester für ewig wurde.* Die Leser des Briefs schwankten in müder Ungeduld. Solche Stöße mögen die Seele wohl treffen. Furcht und Zweifel mögen sie schütteln und der Druck und die Lust der Welt sie heftig zum ungläubigen Murren wider Gott erregen. Aber wie das Schiff in den Wellen durch den Anker am Meeresgrund festgehalten ist, so ist auch unsere unruhige Seele durch einen Anker gehalten, der nicht reißt: das ist die Hoffnung, die Gott uns dargeboten hat. Sie stillt die Ungeduld und überwindet die Erschütterungen und hält uns bei Gott fest. Denn diese Hoffnung reicht zu Gott hinauf in sein verborgenes Allerheiligstes. Wohl liegt für uns ein Vorhang vor dem Thron Gottes, so daß wir Gott nicht sehen und mit unserem Fleisch und Blut nicht in sein Licht zu treten vermögen. Aber dieser Vorhang hindert unsere Hoffnung nicht; sie geht durch ihn hindurch und ruht in Gott und erhält uns darum auch in unserer irdischen Geschiedenheit von ihm bei ihm.

Wie kommt unsere Hoffnung dazu, so hoch zu steigen? Warum muß der Hoffende nicht draußen vor dem Vorhang bleiben? Jesus ist ins Allerheiligste hineingegangen, nicht für sich allein, sondern als der Vorläufer seiner Gemeinde, der den Weg in das Heiligtum Gottes auch uns erschlossen hat. An Jesus hängt unsere Hoffnung; er ist ihr Grund. Mit ihm geht sie bis zum Thron Gottes, und durch ihn sind die Seelen der Seinen im Heiligtum Gottes verankert. An ihm sehen wir, was wir hoffen dürfen, nämlich, daß auch wir in das Heiligtum Gottes eingehen werden. Aber dieser Vorläufer, der für uns in den Tempel Gottes gegangen ist und ihn für uns geöffnet hat, eben der ist der Priester; der Gang Jesu zu Gott, der unserer Hoffnung die Bahn nach oben frei gemacht hat, ist sein priesterliches Werk. So hat uns der Brief wieder zu der Stelle zurückgeführt, von der er ausgegangen ist.

Werden wir nun willig sein, darauf zu hören? Der Brief hat über die Stumpfheit und Unreife der Leser geklagt, die nicht hören möchte. Wird diese überwunden sein durch das, was er ihnen inzwischen vorgehalten hat? Er hat alle Saiten ihrer Seele in Bewegung versetzt, hat getadelt und gelobt, aufs tiefste erschreckt und aufs höchste getröstet. Er hat ihnen den Schaden ihrer Trägheit gezeigt, die das Wort nicht fassen und verarbeiten wollte, und zugleich den Schaden ihrer Lauheit, die den Eifer der Liebe erkalten ließ. Er hat ihnen die Größe der Gabe vorgehalten, die sie schon empfangen haben, und die Gefahr des Falles, der ihr Leben für immer zerstören würde, aber auch die Gewißheit der Hoffnung, die Gott ihnen aufs festeste bezeugt und verbürgt hat. Muß das alles für sie nicht ein starker Antrieb zum Hören und Forschen sein? Der Mittelpunkt, den diese mannigfaltigen Worte nirgends aus dem Auge lassen, ist die Herrlichkeit des Christus. Weil Christus so groß ist, darum ist der Fall derer, die ihn kennen, so tief, und weil Christus so groß ist, darum ist Gottes Verheißung so fest bezeugt und die Hoffnung so freudig und so reich. Ist aber die Furcht in uns erweckt, Christus zu verlieren, und die Hoffnung in uns entzündet, ihm ins Allerheiligste nachzukommen, dann werden wir wach; dann öffnet sich unser Ohr; dann blicken wir gern auf Jesu Kreuz und freuen uns an jedem Einblick in sein priesterliches Werk.

Kapitel 7,1–10,18

Jesus der vollkommene Priester

Nun folgt die eingehende Ausführung über das Priestertum Jesu. Sie zeigt, wie es den alttestamentlichen Gottesdienst weit überragt und die vollkommene Gnade Gottes in sich schließt, so daß das alttestamentliche Priestertum daneben verschwinden muß. Der Brief verweilt hier so lange, weil am Tod und an der Unsichtbarkeit Jesu aller Anstoß und Zweifel in der jüdischen Christenheit entstand. Hier mußte diese klarsehen lernen und verstehen, daß das Sterben Jesu am Kreuz und sein Weggehen zu Gott nicht ein Unglück und Verlust ist, sondern sein Heilandswerk für die Welt bedeutet. Es kam alles darauf an, daß jene Christen von Herzen zum Tod Jesu ja sagten und nicht etwa nur erklärten: „Obwohl du gestorben bist, glauben wir an dich", sondern: „Gerade weil du gestorben bist, bleiben wir bei dir." Sodann ist der Tod Jesu diejenige Tat Gottes, durch die das Gesetz durchbrochen und überschritten und die Gemeinde darüber emporgehoben worden ist. Es wurde aber jedem jüdischen Mann schwer, das Gesetz als etwas Vergangenes dahinten zu lassen. Er konnte von ihm nicht loskommen, wenn er nicht verstand, was der Tod Jesu vor Gott und für die Menschheit bedeutet. Darum verwendet der Brief allen Fleiß der Belehrung und alle Sorgfalt der Begründung darauf, die Bedeutung und den Segen des Hingangs Jesu zu Gott erkennbar zu machen.

Der Verfasser geht dabei von dem Psalmwort aus, das das Priestertum Jesu mit dem Priestertum Melchisedeks vergleicht. „Warum", fragt er, „wird das Priestertum des Christus nach Melchisedek und nicht nach Aaron benannt?" So zeigt er denn, wie groß Melchisedek im Alten Testament dasteht, damit deutlich werde, wie schon jenes Psalmwort den Vorzug des Christus vor den levitischen Priestern ausspricht und die neue und höhere Art seines Priestertums anzeigt (7,1-10).

Sodann stellt das angeführte Psalmwort Jesus über das Gesetz empor, das dem levitischen Priester seine priesterliche Macht verlieh. Auch dadurch wird wieder die Größe Jesu erkennbar: er besitzt das Priestertum nicht nur des Gesetzes wegen, sondern um des Lebens willen, das ihm eigen ist (7,11-25).

Christus steht neben den anderen Priestern als der Heilige neben den Sündern und als der Sohn Gottes neben den sterblichen Menschen. Dieser Unterschied macht ihn zum rechten Hohenpriester für uns (7,26-28).

Mit der Person des Priesters steht die Art des Heiligtums in Übereinstimmung, in dem er seinen Dienst vollbringt. Christus übt ihn nicht in einem irdischen, sondern im himmlischen Heiligtum. Das macht sein Priestertum unvergleichlich groß (8,1-6).

Weiter hängt die Kraft des Priestertums von dem Bund ab, durch den es angeordnet ist. Das Amt des Christus beruht auf dem neuen, besseren Bund (8,7-13).

Das Priestertum Christi hat auch schon in der alttestamentlichen Ordnung des Gottesdienstes seine Vorausdarstellung und Vorankündigung gefunden. Denn der Versöhnungstag zeigt die Grenze und Vergänglichkeit des alten Priestertums und stellt zugleich den priesterlichen Gang Jesu ins wahrhaftige Heiligtum mit dem wirksamen Opfer seines eigenen Blutes weissagend dar (9,1-14).

So ergibt sich die Notwendigkeit des Todes Jesu, damit die Gabe Gottes uns zu eigen, das himmlische Heiligtum für uns offen und das künftige Gericht des Christus in Heil und Leben für uns verwandelt ist (9,15-28).

Auf diese Weise hat uns Christus eine wirkliche Erlösung von der Sünde verschafft und alles vollkommen hergestellt, was nötig ist, damit wir am Reich Gottes teilhaben, während in der alttestamentlichen Ordnung das Opfer die Sünde nicht wegzuschaffen vermochte und der Priesterdienst nicht zu seiner vollendeten Wirkung kam (10,1-18).

Kapitel 7,1-10

Melchisedek zeigt die Hoheit Jesu

7,1-3: *Denn dieser Melchisedek, ein König von Salem, ein Priester des höchsten Gottes, der Abraham entgegenging, als er von der Tötung der Könige heimkehrte, und ihn segnete, dem Abraham auch den Zehnten von allem zuteilte, dessen Name zuerst bedeutet: „König der Gerechtigkeit", sodann auch „König von Salem", das heißt: „König des Friedens", der keinen Vater, keine Mutter, kein Geschlechtsregister, weder Anfang der Tage noch Ende des Lebens hat, sondern dem Sohn Gottes ähnlich gemacht ist, bleibt Priester für immer.* Das Psalmwort, das dem Christus verheißen hat, daß er ewiglich Priester in Melchisedeks Weise sein wird, knüpfte an die Geschichte 1. Mose 14,17-20 an. Diese läßt uns die Größe Melchisedeks deutlich erkennen und damit auch verstehen, wie Großes Jesus mit jener Verheißung zugesagt ist. Zunächst führt Melchisedek erhabene, inhaltsreiche Namen. Er heißt König der Gerechtigkeit und König des Friedens. So spricht sein Name aus, was Christus in Wahrheit ist. Aber hieß denn seine Stadt nicht von alters her Salem? Und kann sein Name Melchisedek ihm nicht aus einem zufälligen Anlaß gegeben worden sein? Gewiß! Nicht darum handelt es sich, was diese Namen für Melchisedek oder seine Zeitgenossen bedeuten, sondern nur darum, daß diese Titel ausdrücken, wer Jesus ist und welche Bedeutung er für die Menschheit hat. Nicht abgesehen vom Christus, sondern erst in der Vergleichung mit ihm erhält das von Melchisedek Ausgesagte Bedeutsamkeit, und hier hat für unseren Brief kein Zufall Platz. Wenn Gott den zum Bild des Christus macht, der ein König der Gerechtigkeit und des Friedens heißt, so ist damit gezeigt, was uns im Christus gegeben ist.

Sodann wird Melchisedek ohne irgendeine Angabe über Vater und Mutter und Geschlecht in die Erzählung eingeführt, während z. B. die Erzväter alle sorgfältig in ihren Geschlechtszusammenhang eingereiht werden. Melchisedek dagegen steht für sich allein da, anders als der levitische Priester, der, wenn er zum Altar treten wollte, zuerst gefragt wurde: „Wie hieß dein Vater? War er aus Aarons Geschlecht? Wie hieß deine Mutter? War sie eine reine Jungfrau aus Israel nach dem Gesetz? Wo ist dein Stammbaum? Weist er ohne Lücke deine priesterliche Abkunft unzweifelhaft nach?" Davon hing für den früheren Priester sein Priesterrecht ab, nicht aber für Melchisedek. Hierin ist dieser das Bild des Christus, der sein Priestertum nicht vom Vater oder von der Mutter her besitzt und nicht kraft des Geschlechtsregisters ererbt hat; denn es haftet an ihm allein, an seiner Person; ihn selbst hat Gott zum Priester gemacht. Durch diesen persönlichen Besitz des Priestertums, das er nicht als Erbe auf dem Weg natürlicher Abstammung empfangen hat, stellt Melchisedek die Größe Jesu dar.

Weiter gibt die Schrift auch keine Angabe über die Lebensdauer Melchisedeks und berechnet die Zahl seiner Jahre nicht, während beides bei den Vätern sorgfältig angegeben wird, eben weil es hier auf eine miteinander verbundene Reihe von Geschlechtern ankommt. Melchisedek dagegen hat weder Vorgänger noch Nachfolger und wird nicht in eine Reihe von anderen Priestern eingefügt. So wird auch Jesus von niemand abgelöst und tritt seinerseits an keines anderen Stelle, sondern umfaßt mit ewigem Leben und unvergänglicher Kraft alle Geschlechter und den ganzen Weltlauf und vollbringt ein ewiges Werk, das für alle gültig ist.

So ist Melchisedek ein Abbild, zu dem Christus das Urbild ist. Wenn er in jenem Psalmwort mit Christus verglichen ist, so geschieht dies nicht, weil Christus dem Melchisedek ähnlich gemacht wäre. Der Sohn Gottes ist der Erste, und Melchisedek war ihm nachgebildet und mit ihm in Ähnlichkeit gebracht. Es ist das Höchste, was zur Ehre Melchisedeks gesagt werden kann, daß er in manchem die Züge des Christus an sich trägt.

Zu aller Größe, die die Schrift Melchisedek zuteilt, fügt sie als das Wichtigste und Herrlichste noch das hinzu, daß er fortwährend Priester bleibt, wie der Psalm sagt: „Du bist ewig Priester in Melchisedeks Art." Wie kann aber Melchisedek ein immerwährendes Priestertum haben? Vielleicht würde der Schreiber auf diese Frage antworten: „Genug, daß das Schriftwort bezeugt: . . . ‚ewig Priester wie Melchisedek'; was fragt ihr mehr?" Vielleicht hat er sich aber auch weitere Gedanken darüber gemacht. Sicherlich meint er es nicht so, daß er Melchisedek als ein himmlisches Wesen bezeichnen wollte, das nur zeitweilig in menschlicher Gestalt erschienen wäre. Darauf führt weder im Alten Testament noch hier irgendein Wort. Drei Männer sind miteinander verglichen: Aaron, Melchisedek, Jesus. Zwischen Aaron, dem Menschen, und Jesus, der Fleisch und Blut, wie wir es an uns haben, angenommen hat, steht sicherlich nicht Melchisedek, der Engel. Es gehört ja nach 5,1-4 wesentlich zum Priestertum, daß der Priester aus den Menschen genommen ist, wie denn Jesus gerade darum Priester ist, weil er uns in allem gleich geworden und in die menschliche Versuchung und in das menschliche Leiden und Sterben eingegangen ist. Nach all dem kann nicht ein Priester, der nur als vorübergehende Erscheinung in menschlicher Gestalt aufgetreten wäre, als Jesu Bild bezeichnet werden. Sollen wir sagen: Melchisedek ist auch über seinen Tod hinaus unter den verstorbenen Gerechten Priester; was er auf Erden getan hat, setzt sich nicht mehr in irdischer Form, wohl aber in einer höheren Lebensstufe fort? So lesen wir V. 8, daß Melchisedek das Zeugnis habe, daß er lebt. Dieses Zeugnis empfängt er in dem angeführten Wort des Psalms. So würde aber die Stelle auf ein Gebiet hinzeigen, das sonst von der Schrift nicht berührt wird. Sie redet nicht von der Art, wie sich das menschliche Leben jenseits des Todes fortsetzt, wie unsere Stellung und unser Beruf drüben mit dem zusammenhängt, was wir auf Erden waren. Wir haben vielmehr daran zu denken, was Melchisedeks Priestertum bleibend für den Gang der Menschheit bedeutet und gewirkt hat. Vom Blut Abels sagt der Brief, daß es noch redet (11,4; 12,24); es ruft auch heute noch den Richter an, daß er das dort geschehene Unrecht wiedergutmache; es ruft, bis Abel mit der Auferstehung zum ewigen Leben den vollen Ersatz für das Verlorene gefunden hat. Ähnlich wird hier das Priestertum

Melchisedeks als ein fortwirkendes Tun betrachtet, das nicht der Vergangenheit verfallen ist, sondern bleibende Bedeutung hat. Das Psalmwort zeigt, das sein Priestertum vor Gott nicht zu Ende, sondern gegenwärtig ist; also hat es eine fortdauernde Wirkung und Gültigkeit. Was nach Gottes Sinn hier auf Erden geschieht, geschieht zwar in der Zeit, aber es vergeht nicht mit der Zeit. Wie sich die Zukunft vor Gottes Auge mit der Gegenwart verbindet und in seinem Willen schon gegeben ist, so vergeht auch das, was durch Gott und für ihn geschehen ist, nicht; es reicht in die Gegenwart hinein und erhält sich in bleibender Frucht. Wenn Melchisedek einst vor Abraham als der Priester Gottes gestanden ist und mit dem Namen Gottes gesegnet hat, so wirkt diese Handlung unvergänglich fort. Gott hat diese Segnung bestätigt und sein Amen zu ihr gegeben; die priesterliche Bitte Melchisedeks ist an- und aufgenommen. Darum läßt sich mit Grund sagen, daß Melchisedek auch heute noch vor Gott als Priester steht.

So verhält es sich auch mit der Tat Jesu auf Golgatha. Auch sie wirkt mit unvergänglicher Kraft durch alle Zeiten fort. Das dort vergossene Blut heißt unser Brief ewig wirksam; er sagt, daß es jetzt noch redet, und heißt es das Blut der Besprengung, das uns rein macht (12,24). Und doch ist das Blut, das dem Leib Jesu am Kreuzholz entströmte, längst verwest. Ewig ist es nicht an sich selbst, sondern in seiner Wirkung und Frucht. Diese reicht durch alle Zeiten hindurch bis in unser Herz hinein. Gott vergißt nicht, was dort geschehen ist. Jenes Blut ist das bleibende Fundament, auf dem nun der ganze Lauf der Weltgeschichte beruht. Es macht, daß Gnade und Geist in unvergänglicher Kraft in der Gemeinde Jesu und damit in der Menschheit wirksam sind.

Wir werden Melchisedeks Größe noch deutlicher erkennen, wenn wir zugleich bedenken, für wen er zum Priester wurde: für Abraham. 7,4-6: *Seht aber, wie groß der ist, dem Abraham, der Patriarch, von der Beute den Zehnten gab! Zwar haben auch die, die unter den Söhnen Levis das Priestertum erhalten, ein Gebot, nach dem Gesetz den Zehnten zu nehmen vom Volk* (4. Mose 18,21), *das heißt von ihren Brüdern, obgleich sie aus der Lende Abrahams hervorgegangen sind; der aber, dessen Geschlecht nicht von ihnen hergeleitet wird, hat von Abraham den Zehnten genommen und den, der die Verheißungen hat, gesegnet.* Wer scheint höher und Gott näher zu stehen als Abraham? Er ist ja der Mann, der die Verheißung empfangen hat. Und dennoch zeigt uns die Schrift einen anderen, den Abraham über sich erhebt, vor dem er sich beugt, den er als seinen Priester zwischen sich und Gott stellt. Denn er gibt ihm den Zehnten von der Beute, den er Gott weihen will, und empfängt dafür die Segnung von ihm. Dadurch stellt Melchisedek dar, wie Christus mit seinem priesterlichen Amt und Werk über den Kindern Abrahams steht und über dem Priestertum, das ihnen gegeben war. Das Recht, den Zehnten zu empfangen, war nach dem Gesetz eine große Ehre und Auszeichnung. Niemand hatte es sonst als die Priester aus dem Stamm Levi. Es war ein Kennzeichen der Würde, die den Priester über das Volk erhob. Es handelte sich ja beim Zehnten um die Gabe, die das Volk für Gott heiligte und Gott darbrachte. Sie in Empfang zu nehmen, gehört zum Auftrag der Priester. Darum gibt ihnen das Gesetz ausdrücklich den Befehl, vom Volk den Zehnten einzusammeln, obgleich sie ja ihre Brüder sind. Als Priester sind sind sie aber über ihre Brüder erhöht, und das Volk ist verpflichtet, ihre Heiligkeit zu ehren, indem es ihnen den Zehnten erstattet. Diese priesterliche Ehre und Würde hat auch Melchisedek, obwohl er seiner Herkunft nach nicht zum priesterlichen Stamm Levis gehört, und zwar empfängt er sie sogar von Abraham. Das hebt ihn über Aaron und seine Söhne empor.

7,7: *Es wird aber ohne jeden Einwand das Geringere vom Höheren gesegnet.* Daran, daß Abraham von Melchisedek gesegnet werden konnte, wird also sichtbar, daß, was Abraham besaß und von ihm her sein Volk empfing, noch nicht das Höchste war. Es gibt eine noch reichere Segnung, eine noch größere göttliche Gabe. Melchisedek aber weist mit seinem Segen darauf hin, wie auch für das Geschlecht Abrahams samt dessen Priestern erst mit Christus der rechte Priester kommt.

7,8-10: *Und hier bekommen sterbende Menschen die Zehnten, dort aber der, der das Zeugnis erhielt, daß er lebt; und um die Sache ganz zu sagen, durch Abraham ist auch von Levi, der die Zehnten bekommt, der Zehnte genommen worden; denn er war noch in der Lende des Vaters, als ihm Melchisedek entgegenging.* Der levitische Priester besaß seine Ehre nur für eine kurze Frist;

denn er starb dahin; ein anderer trat an seine Stelle, und sein Priesterrecht ging in fremde Hände über. Aber der Name Melchisedeks ist in der Schrift und seine Person vor Gott lebendig geblieben; ihm ist also die priesterliche Ehre und Macht nicht mehr verlorengegangen. Zuletzt drückt die Beugung Abrahams vor Melchisedek auch die Unterordnung des levitischen Priesters unter Melchisedek aus. Der Zehnte ist ihm von Abraham auch für Levi erstattet worden. Denn der Sohn steht nicht über dem Vater, und was dieser tut, legt die Stellung des Sohnes fest. Er stammt ja aus ihm und hat sein Dasein aus ihm. So erkennen wir nun, warum die Schrift Christus nach Melchisedek genannt hat. Sie wollte ihn damit über die alten Hohenpriester erhöhen und uns von Aaron wegweisen und allein zu Christus hinwenden.

Kapitel 7,11-25

Jesus steht über dem Gesetz

7,11: *Wenn darum durch das levitische Priestertum Vollendung vorhanden wäre – denn dem Volk war über dieses ein Gesetz gegeben –, warum wäre es noch nötig, daß ein anderer Priester nach der Ordnung Melchisedeks aufgestellt werde und daß er nicht nach der Ordnung Aarons genannt werde?* Daraus, daß Jesus nicht mit Aaron gleichgestellt, sondern über ihn erhoben ist, ergibt sich, daß das Priestertum der Söhne Aarons die Vollendung nicht bringt. Israel wartete ja auf den Anbruch der vollkommenen Weltgestalt. Vollendung versprach ihm die Verheißung. Aber vom levitischen Priester konnte es sie nicht empfangen, und wer sie von ihm erhoffte, täuschte sich. Das levitische Priestertum machte nur einen Anfang, über den es nicht hinausgehen konnte. Es berief die Gemeinde zu Gott; aber die vollkommene Gemeinschaft, zu der Gott seine Söhne mit sich verbinden will, brachte es noch nicht. Es gab dem Volk Vergebung, aber noch nicht die Vergebung, die die Sünde mit allen ihren Folgen gänzlich tilgte. Es besorgte einen Gottesdienst, der Anbetung Gottes war, und bediente ein Heiligtum, auf dem der Name Gottes ruhte; aber die wahrhaftige Anbetung war das noch nicht, und jenes Heiligtum war nicht Gottes wahrhaftiges Haus. Es blieb überall bei einem unfertigen Anfang; der levitische

Priester hatte nicht das Vermögen und nicht den Beruf, Israel die vollkommenen Güter zu geben. Deshalb mußte aber für dieses Priestertum ein Ende kommen, an dem es einem höheren Priester weichen muß. Denn das Anfängliche und Vorbereitende fällt dahin, wenn der kommt, der das Vollkommene bringt. Daraus ist weiter die Erkenntnis zu gewinnen, daß das Gesetz nur zeitweilig galt; denn Israel war durch das Gesetz an den levitischen Priester gewiesen. Gesetz und Priestertum gehörten als ein Ganzes zusammen. Das Gesetz hatte zur Voraussetzung, daß ein Priestertum in Israel vorhanden war. Darum erschrak der Jude vor dem Gedanken, daß das Priestertum der Söhne Aarons erlöschen müsse. Das Gesetz stand diesem ja zur Seite und forderte dessen Dienst; wie konnte denn von einem anderen Priestertum die Rede sein? Auch aus diesem Grunde ist unserem Brief das Psalmwort wichtig, das Christus einen Priester nicht in Aarons, sondern in Melchisedeks Weise nennt. Denn hier führt das Wort der alttestamentlichen Schrift selbst über das Gesetz hinaus; weil es von einem neuen und anderen Priestertum spricht, kündigt es damit auch das Ende des Gesetzes an.

7,12-17: *Denn wenn das Priestertum geändert wird, findet notwendig auch eine Änderung des Gesetzes statt. Denn der, über den dies gesagt wird, hat zu einem anderen Stamm gehört, aus dem keiner mit dem Altar zu tun hatte. Denn es ist offenkundig, daß unser Herr aus Juda hervorgegangen ist, zu welchem Stamm Mose nichts von Priestern sprach, und dies ist noch in besonderem Maße deutlich, wenn ein anderer Priester in Ähnlichkeit mit Melchisedek aufgestellt wird, der es nicht nach dem Gesetz eines fleischlichen Gebots, sondern nach der Kraft unauflöslichen Lebens geworden ist. Denn er erhält das Zeugnis: Du bist Priester für ewig nach der Ordnung Melchisedeks* (Ps. 110,4). Dafür, daß die Einsetzung eines neuen Priesters eine Veränderung des Gesetzes bedeutet, gibt der Brief einen doppelten Beweis. Der eine bezieht sich auf eine einzelne bestimmte Ordnung des Gesetzes, an der in anschaulicher Weise sichtbar wird, daß das Priestertum des Christus das Gesetz durchbricht und ihm ein Ende macht. Der andere Beweis geht auf den inneren Grund des Priestertums Jesu zurück, der viel tiefer liegt als das Gesetz. Zunächst gehört Christus nicht zum Geschlecht

Aarons, wie dies schon der Hinweis auf Melchisedek anzeigt. Christus stammt aus Juda als der Sohn Davids; dennoch ist er der wahrhaftige Priester. So ist die gesetzliche Ordnung, die nur die Söhne Aarons zum Priestertum beruft, aufgelöst. Sodann aber, und dies macht die Überordnung des Christus über das Gesetz vollends deutlich, bezeichnet ihn das Psalmwort als den ewigen Priester. Er besitzt also die Kraft unauflöslichen Lebens, und dies erhebt ihn hoch über das Gestz des fleischlichen Gebots.

Was darum besteht, weil das Gesetz es so gebietet, besitzt die Kraft des Lebens nicht; wo aber die Kraft des Lebens vorhanden ist, da bedarf es keines Gesetzes und Gebotes. Warum sind Gesetz und Kraft Gegensätze? Gibt denn nicht auch das Gesetz Kraft? Der levitische Priester stützte sich, wenn er ins Allerheiligste oder zum Altar trat, darauf: „So ist es geboten; ich gehorche dem Gebot", und das gab ihm Kraft. Daher versah er seinen Dienst in Treue, und darum harrte er täglich bei ihm und brachte seine Opfer auch dann noch dar, als z. B. in Jerusalem schon die fürchterlichste Hungersnot wütete. Aber das Gesetz erscheint doch nur dann als Stütze und Kraft, wenn ihm die Unordnung und die Willkür gegenübersteht, der Aufruhr mit dem Elend und der Ohnmacht, in die die Empörung gegen die göttlichen Ordnungen versetzen muß. Wenn aber neben dem Gesetz das Leben erscheint, so zeigt es sich, daß das Gesetz eine schwache Sache ist. Es schafft wohl Formen; aber sie sind leer. Das Institut ist da, das Amt ist da, der Beruf ist da; aber das Gesetz bringt mit seinem Gebot kein Leben hinein. Wir erfahren es ja auch in der Kirche, wie schwach und ohnmächtig alle unsere gesetzlichen Institutionen sind. Wir läuten wohl zur festgesetzten Stunde den Gottesdienst ein; aber gibt es deshalb einen Gottesdienst? Wir ordinieren wohl nach unseren Kirchenordnungen Geistliche; aber sind es deshalb Geistliche? So stellte das alttestamentliche Gesetz Priester und Opfer auf; aber damit, daß beide nach dem Gesetz eingerichtet waren, war die Kraft noch nicht da, die wirksam ins Innere der Menschen greift und machtvoll hinaufreicht in die Himmelshöhe. An allen Institutionen haftet darum etwas Sinnbildliches. Sie stellen etwas vor, sind es aber nicht; sie weisen nach innen und oben und sprechen eine Verpflichtung aus; aber sie haben in sich nicht die Kraft zu ihrer Verwirklichung.

Deshalb bleibt das Gebot fleischlich. Damit ist es nicht gescholten, als käme es nicht von Gott. Fleischlich heißt es nicht deswegen, weil es aus dem Fleisch stammte und die Erfindung des Menschen wäre, sondern weil es sich mit dem Fleisch abgeben muß und nur mit der natürlichen Art des Menschen und ihrem Leistungsvermögen rechnen kann. Das Gebot vermag mit seiner Verordnung nichts anderes zu erfassen und zu bewegen als das Fleisch. Er erreicht nur das Natürliche an uns; darauf legt es Beschlag. Was für einen Priester setzte es ein? Einen Menschen von Fleisch und Blut; der erschien im Tempel; den schickte das Gesetz zur geordneten Stunde ins Allerheiligste; mehr konnte es nicht. Was für ein Opfer setzte es ein? Ein Opfer von Fleisch und Blut; das konnte es als Gabe für Gott fordern, mehr nicht. Was baute es für ein Heiligtum? Ein Haus, wie es Fleisch und Blut errichten kann, mehr nicht. Was für einen Segen legte es in den Mund des Priesters? Ein Wort, wie es Fleisch und Blut sprechen kann, mehr nicht. Was für einen Sabbat schuf es? Einen Tag, an dem Fleisch und Blut zur Ruhe kam, mehr nicht. Das Gesetz kann nicht mehr erreichen, weil es auf das angewiesen und beschränkt ist, was wir Menschen sind und haben, und wir sind Fleisch. Aber damit hört das Gesetz auf, ewig zu sein; es ist erkannt als unvermögend, die Vollendung zu geben. Es ordnet das Tun und Lassen des Fleisches, und das ist das Wandelbare und Vergängliche, das abgetan wird, wenn das Vollkommene kommt.

Aber Christus empfängt sein Priestertum nicht durch Gesetz und Gebot, das ihm nur den Namen und Titel, die äußere Form und Gestalt eines Priesters gäbe. In ihm ist das Leben erschienen und damit die Kraft. Sein priesterliches Werk ist die Tat eines Lebendigen. Segnet er, so ist sein Segen Leben. Tilgt er unsere Sünden, so hat der Lebendige sie verziehen. Die Heiligkeit, die er uns gibt, hat die Kraft des Lebens in sich. Die Gemeinschaft mit Gott, die er stiftet, vermittelt sich in ihm, dem Lebendigen. Da sind mit dem Namen des Priesters zugleich die Kräfte da, durch die aus dem Namen die Wahrheit wird; nicht ein figürliches Priestertum tritt hier auf, sondern dessen innerliche Wirkung, und das Amt ist erfüllt mit Macht. Das ist nun das Ewige. Christus ist in der Kraft unauflöslichen Lebens Priester. Unauflöslich erschien dem Juden das Gesetz; und es war es auch für ihn. „Der wird der Kleinste im Himmelreich heißen, der auch nur ein Strichlein an ihm auflöst" (Matth. 5,19). Nur Gott löst das Gesetz ab, und er hat es durch die Sendung des Christus beseitigt. Seinem Wesen und Inhalt nach war das Gesetz nicht unauflöslich, weil es dem Fleisch angepaßt war und auf das beschränkt blieb, was ein Mensch in seiner irdischen Gestalt vermag. Das Leben dagegen, das in Jesus ist, das nicht aus dem Fleisch, sondern von oben stammt, ist unauflöslich. Das ist das wahrhaft Göttliche, das kein Tod zerbricht, das wahrhaft Heilige, das keine Macht der Finsternis entweiht, das wahrhaft Wirksame, dessen Reichtum sich nie erschöpft und dessen Kraft nie erlahmt. Darum ist das Priestertum Jesu unvergänglich. Dieses priesterliche Herz hört nicht auf zu schlagen; dieser priesterliche Mund verstummt nicht und täuscht nie; diese priesterliche Hand wird nicht leer und matt.

7,18.19: *Denn die Abschaffung des vorangehenden Gebots geschieht wegen seiner Schwäche und Nutzlosigkeit; denn das Gesetz brachte nichts zur Vollendung. Dafür geschieht aber die Einführung einer besseren Hoffnung, durch die wir zu Gott nahen.* Ist denn das Gebot aufgehoben? Ja! Das Wort mußte heraus, obgleich es für ein jüdisches Ohr eine harte Rede war. Das fleischliche Gebot und die Kraft des unauflöslichen Lebens lassen sich nicht zusammenfügen, als könnte das Fleisch der Kraft Gottes nachhelfen, als bedürfte der wahrhafte Priester der Unterstützung dessen, der nur den Namen des Priesters hat. Die Empfänger des Briefs haben den alten Priester und das Gebot, das ihn einsetzte, gänzlich fahrenzulassen. Und warum sollten sie unter dem alten Gesetz bleiben wollen, wenn es sich doch als kraftlos und darum als nutzlos erwies? Denn es ließ ja alles unfertig, hielt im Äußerlichen fest und war nur ein Vorbote, dessen Amt beendet ist, wenn der kommt, um dessentwillen er gesandt ist. Hätten sie nichts Besseres empfangen, so hätten sie freilich diese Anfänge und Schattenrisse des Gesetzes in hohen Ehren zu halten. Nun aber folgte auf das vorangehende Gebot die Einführung einer besseren Hoffnung. Auch das Gesetz gab Israel einige Hoffnung. Es bildete in seinen Einrichtungen die ewigen Güter ab und wies verheißend auf sie hin. Aber wie anders ist die Hoffnung, die aus dem Blick auf Christus erwächst! Da ist der Priester, in dem die Herrlichkeit Gottes wirklich leuchtet, das Opfer, in dem wir zur Ruhe kommen, weil es die vollkommene Gabe voll versöhnender Kraft ist; da ist die Heiligkeit, die uns wahrhaft in das Bild Gottes verwandelt und unserer Unreinheit ein Ende setzt. Hier wird uns eine Hoffnung dargereicht, die uns dazu bewegt, daß wir zu Gott hinzutreten; denn hier ist uns der Weg zu ihm so geöffnet, daß unser Herz zu ihm emporgehoben wird.

7,20-22: *Und wie es nicht ohne Eidesleistung geschieht – denn jene wurden ohne Eidesleistung zu Priestern, er aber mit einer Eidesleistung durch den, der zu ihm sagt: Der Herr schwur, und es wird ihn nicht gereuen: Du bist für ewig Priester* (Ps. 110,4) –, *so ist Jesus auch der Bürge eines besseren Bundes geworden* (9,15; 12,24). Da lernen war das priesterliche Werk nach einer neuen Seite kennen. Es ruht auf dem Bund, den Gott angeordnet hat. Wie der Bund ist, so ist der Priester. Der Bund gibt dem Priester seine Macht vor Gott und seine Macht über uns. Weil uns Gott in den Bund mit sich stellt, darum kann der Priester für uns bitten, und sein Gebet wird erhört; darum darf er für uns opfern, und sein Opfer versöhnt; darum wird seine Heiligkeit uns zur Heiligung. Weil der Dienst des Priesters aus dem Bund Gottes fließt, darum ist er dessen Bürge für uns. Wir bedürfen des Bürgen; denn wir sind zum Mißtrauen und Verzagen geneigt, zweifeln an der Verheißung und geben die Hoffnung auf. Darum steht der Priester vor uns, bekräftigt uns die Verheißung des Bundes, zeigt uns seine Zuverlässigkeit und wehrt dem Zweifel, der ihn verachtet. Wir könnten somit den Bund nur dann ablehnen und verlassen, wenn wir unseren Priester verleugnen wollten. So gewiß dessen Werk besteht und zu seinem Ziel kommt, so gewiß besteht der Bund. Im Blick auf ihn dürfen uns nicht einmal unsere Sünden zum Zweifel am Bund bewegen. Denn wenn wir den Bund durch Unglauben und Untreue stören und verletzen, so erhält der Priester uns durch sein versöhnendes Handeln im Bund Gottes und gewährt uns dadurch dessen Güter, daß er uns heiligt. Auch der alttestamentliche Priester war Bürge eines Bundes. Aber der neue und höhere Priester kommt auf Grund eines besseren Bundes. Alles wird mit ihm neu. Das Gesetz ist umgewandelt und der alte Bund durch den neuen Bund ersetzt.

Nun benützt der Brief auch die Einleitung zu der Weissagung

über das Priestertum des Christus in Ps. 110,4: „Ich habe geschworen, und es wird mich nicht gereuen!" Nur bei diesem Priester spricht die Schrift von einem göttlichen Eid. Wir wissen schon, was unserem Brief ein Eid Gottes bedeutet: er bekundet die Unwandelbarkeit des göttlichen Rates und soll unsere Widerrede gänzlich zum Schweigen bringen. Die Festigkeit der Zusage, mit der Gott den Christus zum Priester macht, steht mit dem höheren Zweck und der größeren Herrlichkeit seines Priestertums in Übereinstimmung. Es entspricht hier alles einander aufs trefflichste: der Bund, auf dem das Priestertum Christi beruht, die Kraft, die es in sich hat, die Hoffnung, die es darreicht, die Art, wie es ihm von Gott eidlich zuerteilt wird – das alles bezeugt gleicherweise, wie weit Jesus die alten Priester überragt.

7,23-25: *Und dort sind sie in größerer Zahl zu Priestern geworden, weil sie durch den Tod verhindert wurden zu bleiben. Er aber hat, weil er für ewig bleibt, das Priestertum, das nicht vergeht. Deshalb kann er auch für immer die retten, die durch ihn zu Gott kommen, da er immer lebt, um für sie einzutreten.* Der Vorzug des Priestertums Jesu ist weiter darin zu erkennen, daß Israel viele Priester erhielt, von denen einer nach dem anderen durch den Tod die priesterliche Würde verlor, während wir den einen Priester haben, der über den Tod erhöht ist und das Priestertum für immer in seiner Hand behält. Was für eine Sicherheit und innere Geschlossenheit gewinnt unser Verhältnis zu Christus dadurch, daß er immer lebt! Wir verdanken ihm den Anfang unserer Seligkeit; denn durch ihn kommen wir zu Gott. Schafft Christus jedoch nur den Anfang? Müssen wir den Fortgang und die Vollendung bei einem anderen suchen? O nein! Er macht keinem Nachfolger Platz. Wir werden durch Christus alles erlangen, was als Gabe und Hilfe von oben zu uns herniederströmt. Er wird für immer unser Priester bleiben, durch den uns das Heiligtum Gottes offensteht. Zu allen Zeiten und auf allen Stufen unseres Lebens können wir auf ihn zählen. Er hilft uns jetzt, morgen, bis zum Tod, nach dem Tod. Mögen wir irgendwelchen Punkt in unserem Leben ins Auge fassen, das ist gewiß: Christus ist bei uns. Das ist der unvergleichliche Friede, das unendliche Glück, das im Glauben an Christus liegt und nirgends sonst in ähnlicher Weise möglich ist: Unser Verbundensein mit ihm bricht nicht ab, endet nicht, hat keine Grenzen und Schranken; seiner sind wir gewiß.

Er lebt, um für uns einzutreten. Auch in seiner Erhöhung und Herrlichkeit macht Christus unsere Sache zu seiner Sache, unsere Bitte zu seiner Bitte, unser Bedürfnis zu seinem Anliegen vor Gott. Sein Erbarmen mit uns steigt für uns zu Gott empor und sucht die Gnade und Gabe des Vaters für uns. Wie ganz anders ist das Bitten Jesu als unser menschliches Bitten! Jetzt ruft er nicht mehr zu Gott wie einst, mit Geschrei und Tränen in der tiefen, heiligen Furcht, die sich unter den Willen Gottes in völliger Ergebung beugt. Nun redet er mit dem Vater als der Sohn im Licht seines völligen Einsseins mit ihm. Er redet mit ihm uns zugut als der, der sich nicht schämt, unser Bruder zu heißen. Weil er sich zu uns erniedrigt hat, darf er jetzt auch in seiner Herrlichkeit sprechen: „Siehe, ich und die Kindlein, die du mir gegeben hast"; er darf seine eigene Gemeinschaft mit dem Vater für uns fruchtbar machen, so daß die Liebe des Vaters, in der er selbst steht, auch uns umfaßt. So reich und vollkommen und doch so göttlich einfach ist das Werk der Gnade Gottes, die uns im Sohn den Mittler und Bürgen des Neuen Bundes gegeben hat.

Kapitel 7,26-28

Jesus steht über den früheren Priestern

Als der Brief zum ersten Mal die Eigenschaften eines Priesters aufzählte (5,1-4), zeigte er auf dessen menschliche Schwachheit hin, die ihn selbst zu den Sündern stellt und nötigt, nicht nur für die Gemeinde, sondern auch für sich selbst zu opfern; denn diese seine eigene Schwachheit lehrt ihn Milde und erleichtert es ihm, den Verirrten Hilfe und Handreichung zu bieten. Darauf sagte der Brief zunächst: „Auch Jesus wurde schwach! Seht doch den bittenden und weinenden Christus, seht ihn, wie er Gehorsam lernt! Ihr braucht nicht mit dem dumpfen Staunen fern von ihm zu stehen, sondern dürft ein Herz zu ihm fassen." Allein gerade in dieser Hinsicht besteht zwischen Christus und den alten Priestern keineswegs nur Ähnlichkeit, sondern neben ihr zugleich ein tiefer, wichtiger Unterschied. Denn Jesus ist nicht ein Sünder wie jene und muß mit seinem

Opfer nicht für sich selbst Vergebung suchen; er ist vielmehr darum der Priester geworden, weil er in aller Gleichartigkeit mit uns Menschen der Reine und Heilige geblieben ist. Auf diesen Unterschied Jesu von der Priesterschaft Israels hat der Brief schon durch seine bisherigen Aussagen über das priesterliche Werk Jesu nachdrücklich aufmerksam gemacht; jetzt spricht er ihn nach seiner ganzen Größe in einer zusammenfassenden Betrachtung aus. Aber dieser Unterschied des Christus von Aaron ist kein Nachteil und Hindernis für sein Priestertum, sondern macht dessen Vorzug aus. Ein Hoherpriester, wie Christus es ist, ist eben das, was wir Menschen brauchen.

7,26-28: *Denn ein solcher Hoherpriester war für uns auch der passende, der heilig, frei vom Bösen, unbefleckt, von den Sündern geschieden und höher als die Himmel geworden ist, der nicht täglich nötig hat, wie die Hohenpriester zuerst für die eigenen Sünden Opfer darzubringen, dann für die des Volks. Denn dies tat er einmal, als er sich selbst darbrachte. Denn das Gesetz bestellt Menschen zu Hohenpriestern, die Schwachheit haben, das Wort der Eidesleistung dagegen, die nach dem Gesetz stattfand, den Sohn, der für ewig vollendet ist.* Jesus ist heilig, in sich selbst frei vom Argen und durch die Welt um ihn her nicht befleckt. Oben wurden wir an die Kraft des unaufhörlichen Lebens erinnert, von der alles erfüllt ist, was Christus tut. Allein solche Lebenskraft ist nur da, wo Heiligkeit und Freiheit von aller Verderbnis der Sünde ist. An den, der ohne Sünde versucht worden ist, ist das verklärende Wort des Vaters ergangen: „Du bist mein Sohn." Wo soll nun aber der Heilige seinen Platz erhalten? In unserer Mitte, unter uns Sündern? Nein, hierher gehört er nicht! Und wenn er in seiner Barmherzigkeit uns gleich wurde und in unsere Mitte trat, so hat er doch nicht hier seinen bleibenden Ort, sondern ist von den Sündern getrennt, aus der Gemeinschaft mit ihnen herausgenommen und höher gestellt worden als alle, die im Himmel in Gottes Nähe leben. Nur von uns Sündern, nicht vom Himmel wird gesagt, daß Christus von ihm geschieden sei. Uns, den Sündern, ist er jetzt verborgen und unsichtbar; dem Himmel ist er gegenwärtig und offenbar. Aber auch dieser steht unter Christus, in der Beugung vor ihm. Denn er ist da, wo auch die Himmlischen nicht sind, nämlich im Vater in jenem Einssein, das das Herrlichkeitsgeheimnis des göttlichen Wesens ist.

Damit fällt aber die Notwendigkeit des beständigen Opferns für Christus weg, und von einem Opfer seiner eigenen Sünde wegen kann noch weniger die Rede sein. Auch er hat ein Opfer gebracht, sich selbst, der Sünde seiner Brüder wegen. Nur durch dieses Opfer hat er sich seinen priesterlichen Zutritt zu Gott erworben. Aber von diesem Opfer gilt: „Es ist vollbracht!" Es hat ewigen Wert. Weil keine Sünde und Befleckung an ihm haftet, ruht auf ihm das göttliche Wohlgefallen, das ihm bleibt. Hier gibt es nichts zu erneuern, weil nichts veralten und hinfällig werden kann. Sein Opfer steht nun in ewiger Frische über aller Zeit.

So führt der Vergleich zwischen dem Priester Israels und Jesus zu dem gleichen Ergebnis wie der Vergleich zwischen Mose und Jesus. Dort steht der Mensch, hier der Sohn, und dem Sohn tritt keiner zur Seite, am allerwenigsten, wenn es sich nicht nur, wie bei Mose, um die Ausrichtung einer göttlichen Botschaft handelt, sondern um die Ausübung des Priestertums mit der tätigen Wirkung und Macht aus und vor Gott, wie sie ein Priester haben und üben soll. Beim Priestertum hängt alles davon ab, wie nahe der Priester selbst Gott steht. Was suchen wir denn bei ihm? Gott! Wohin soll er uns bringen? Zu Gott! So muß zuerst er selbst ihn kennen und in Gemeinschaft mit ihm stehen. Niemand ist jedoch dem Vater so nahe wie der Sohn; niemand ist mit ihm eins als er. Darum kann auch niemand in Kraft und Wahrheit Priester sein als er allein; es ist ein unermeßlicher Unterschied, wenn dort der Mensch als Priester steht, der selbst der Sünde gegenüber ein Schwächling ist, und hier der Sohn, der ewige Vollendung empfangen hat. Deshalb brauchte es dort ein Gesetz, damit ein Priestertum zustande kam: der von Schwachheit umfangene und durch Sünde von Gott geschiedene Mensch kann nicht Priester sein, wenn es ihm nicht befohlen wird. Christus dagegen ist durch ein neues und höheres Wort Gottes, das durch Gottes Eid das Siegel der unveränderlichen Festigkeit und Gültigkeit erhalten hat, zu seinem priesterlichen Amt berufen.

Wollen wir nun sagen: „Israel hatte es besser! Es hatte seinen Priester in der Mitte, und dessen Opfer geschah täglich vor seinen Augen, während unser Priester unsichtbar ist und sein Opfer einmal in ferner Vergangenheit geschehen ist"? Allein wir sehen ja, daß dieser Unterschied darin beruht, daß dort der Mensch und Sünder und hier der reine und vollkommene Sohn Gottes den Priesterdienst ausübt. Wer ist nun der rechte Priester, der Sünder oder der Heilige, der Geschwächte oder der Vollendete, der Mensch oder der Sohn? Wer hat die priesterliche Macht, die uns wahrhaft mit Gott versöhnt? Nur ein solcher Hoherpriester entspricht dem, was wir brauchen. Nur der Heilige und zu Gott Erhöhte, nur der Sohn ist der Weg zu Gott.

Kapitel 8,1-6

Jesu Priesterdienst geschieht im himmlischen Heiligtum

Beim priesterlichen Werk handelt es sich um das persönliche Verhalten Gottes zu uns, darum, daß Gott uns seine Gnade und Gabe zuwende, und um unser persönliches Verhalten zu Gott, darum, daß wir mit unserem Verlangen und Willen zu Gott herzutreten. Eine solche Wirkung auf das innere Leben der Person geht nicht von sachlichen Heilmitteln und toten Besitztümern aus, sondern stammt aus der inneren Kraft und Lebendigkeit, die der Priester selbst in sich trägt. Darum war bisher davon die Rede, wer Jesus selbst nach seinem inwendigen Wesen ist. Damit stehen aber auch Ort und Art seines priesterlichen Waltens in innerem Zusammenhang. Das Heiligtum, das Jesus übergeben wird, und die Gaben, die er Gott darbringt, entsprechen seinem inneren Wesen. Auch in dieser Hinsicht wird uns jetzt die unvergleichliche Herrlichkeit des Christus gezeigt.

8,1.2: *Ein Hauptpunkt aber bei dem, was gesagt wird, ist: wir haben einen solchen Hohenpriester, der sich zur Rechten des Throns der Majestät in den Himmeln gesetzt hat als Diener des Heiligtums und des wahrhaftigen Zeltes, das der Herr aufgeschlagen hat, nicht ein Mensch.* Ein Hauptpunkt am Priestertum Jesu ist, daß er zur Rechten des göttlichen Throns seine Stätte hat. Eben noch wurde uns gesagt, daß er höher als der Himmel geworden ist (7,26, vgl. 4,14). In bezug auf den Himmel wechselt also der Ausdruck des Briefs; er sagt beides von Christus, daß er im Himmel und daß er über dem Himmel ist. Dieser Wechsel rührt daher, daß der Blick zum Himmel uns an ein Doppeltes denken läßt: vor allem an Gott und an die Erscheinung und Offenbarung der göttlichen Lebens-

und Herrlichkeitsfülle, dann aber auch an die höchsten Werke der Schöpfung, die Gott am nächsten stehen und an seiner Vollkommenheit den reichsten Anteil haben, an das Reich der höchsten Geister, in denen Gott sich besonders verherrlicht hat. Ist nun vom Himmel so die Rede, daß dabei vor allem an Gott gedacht ist, so wird gesagt, daß Christus im Himmel ist. Überwiegt dagegen der Gedanke an die höchsten geschaffenen Wesen, so sagt unser Brief, daß Christus höher als der Himmel ist.

Auf der Erhöhung Jesu in den Himmel beruht, wie uns das erste Kapitel sagte, seine königliche Macht; sie ist aber ebensosehr der Grund seiner priesterlichen Macht. Es hat für sein priesterliches Wirken die größte Bedeutung, daß ihm selbst das Reich der göttlichen Kräfte und des göttlichen Lebens nicht verschlossen ist, so daß er nicht aus der Tiefe für sein Volk zu Gott rufen muß, sondern mit ihm als der spricht, der zur Rechten seines Throns sitzt. Die Erhöhung Jesu zum Thron Gottes ist sein Sieg über die Welt; nunmehr ist er seinen Feinden entzogen und überlegen und wird den Triumph behalten. Jesu Erhöhung zu Gott verleiht aber auch seinem priesterlichen Dienst an uns die Vollkommenheit; sie macht sein Verzeihen und Fürbitten gültig und wirksam und schafft seiner Barmherzigkeit freie Bahn. Nun kann sie sich, erfüllt mit der erlösenden Gnade und Gabe Gottes, uns zuwenden.

Durch seine Erhöhung ist Jesus in das wahrhaftige Heiligtum eingegangen. Was ist der „Himmel"? Wie soll ein Mund aussprechen, was kein Auge gesehen hat? Und dennoch ist uns allen eins gewiß, eben das, was unsere Stelle sagt: „Der Himmel ist ein Heiligtum." Im einleitenden Wort des Briefes (1,3) war Jesu Sitzen zur Rechten Gottes bezeichnet als ein Sitzen in der Höhe. Aber die hohen Wesen, in deren Mitte Jesus lebt, sind zugleich heilige Wesen. Sie ragen nicht nur durch die Fülle, Stärke und Macht ihres Lebens hoch über unseren irdischen Bereich empor; sie tragen das Bild Gottes, sind der Spiegel, in dem sein Angesicht erglänzt; die Anbetungswürdigkeit Gottes erscheint in ihrem Wesen und erfüllt ihr Wort. Sie loben Gott ohne Rast und Ruhe. So bilden sie den einzigen Tempel, der es in Wahrheit ist, den Tempel, den Gott selbst erbaut hat. Und wie kann ein wirklicher Tempel entstehen anders als durch Gottes eigenes Werk? Neben ihm sinken alle anderen Tempel zum leeren Gleichnis und trüben Abbild herab. In dieses wahrhaftige Heiligtum ist nun Christus als dessen Pfleger und Diener eingeführt. Er ist sein lebendiger Mittelpunkt; in ihm strömt alles zusammen, was der Himmel als Lob und Anbetung Gottes darzubringen hat.

8,3-6: *Denn jeder Hohepriester wird bestellt, um Gaben und Opfer darzubringen. Deshalb ist es notwendig, daß auch dieser etwas habe, was er darbringen kann. Wäre er nun auf der Erde, so wäre er nicht Priester, da die vorhanden sind, die nach dem Gesetz die Gaben darbringen, die dem Abbild und Schatten dessen dienen, was im Himmel ist, wie Mose die göttliche Anweisung erhielt, als er das Zelt herstellen sollte. Denn er sagt ihm: Sieh! du sollst alles nach dem Vorbild machen, das dir auf dem Berg gezeigt worden ist* (2. Mose 25,40; Apg. 7,44). *Nun hat er aber einen vorzüglicheren Dienst erlangt, je besser der Bund ist, dessen Mittler er ist, der wegen besserer Verheißungen verordnet worden ist.*

Jesus konnte nur droben Priester sein; denn auf Erden hatte er keinen Raum. Ein Priester muß opfern; das ist die Verrichtung, die ihn zum Priester macht. Das konnte Jesus aber auf Erden nicht, weil das Gesetz die irdischen Gaben anordnete, die Gott dargebracht werden sollten, und für sie die dazu nötigen Priester bestellte. Nur um deren Zahl zu vermehren oder sie abzulösen, dazu ist Christus nicht gesandt. Er kann seinen Gottesdienst nur droben ausrichten. Sich selbst in der Vollkommenheit seines Gehorsams und in der Reinheit seiner Liebe hat er zur Gabe gemacht, mit der er den Vater droben ehrt. Und wenn wir auch von solchem Gottesdienst nur eine geringe Ahnung haben, so ist doch das gewiß, daß er höher ist als alles, was in der irdischen Welt Gott an Verehrung und Anbetung dargebracht wurde und wird.

Auch hier macht uns der Brief darauf aufmerksam, wie groß schon das war, was Israel von Gott gegeben war. Er schilt die Hütte, die Aaron zu priesterlicher Bedienung anvertraut war, nicht, als wäre sie kein Heiligtum gewesen. Auch sie stand zu den himmlischen Dingen in Beziehung und brachte sie in irdischen Formen zur Abbildung. Denn Mose wurde von Gott ein Urbild von ihr gezeigt, so daß das Heiligtum nach göttlichem Muster und Plan gebaut wurde. Aber damit wurde es doch nur einem Schatten gleich, der allerdings die Gestalt dessen, der ihn wirft, nachzeichnet, aber seine Figur nur umrißhaft andeutet. Sicherlich hat es eine himmlische Beziehung, wenn Mose ins Allerheiligste das göttliche Gesetz hineinlegen muß. Aber anders liegt das Gesetz in der Mitte des himmlischen Lebens- und Herrlichkeitsreiches; anders liegt es im Allerheiligsten Moses. Dort liegt es nicht in Stein gegraben, sondern erfüllt es das Allerheiligste als lebendige Liebe und Macht. Sicherlich weist es nach oben, wenn im Allerheiligsten über der Lade die Cherubim stehen, wenn im Heiligtum der Leuchter brennt, wenn auf goldenem Altar der Weihrauch entzündet wird und die Nahrung des Volkes, die Brote, vor Gott niedergelegt werden. Aber was ist das alles neben der himmlischen Thronstätte Gottes und neben dem Licht, das droben leuchtet, neben dem Feuer der Anbetung, das sich droben entzündet, neben der Speise, die das himmlische Leben nährt, und neben dem himmlischen Dank, der Gott über seiner himmlischen Gabe den ihm verherrlichenden Lobpreis darbringt. So zeigt sich auch hier wieder die Hoheit des Christus, der in seinem Tempel nicht nur Schatten und Bilder um sich hat, sondern Leben, Geist und Herrlichkeit der Himmelswelt.

Wenn für den alttestamentlichen Priester nur ein irdisches Zeichen des göttlichen Thrones errichtet war, Jesus dagegen zur Ausübung seines Priestertums in den Himmel selbst erhoben ist, so hat dies seinen Grund in dem großen Unterschied, der zwischen dem Neuen Bund in Christus und dem Alten Bund besteht. Gottes ganzes Werk dient seinem Bund, auch sein Handeln an seinem Sohn. Sein Blick richtet sich nicht nur auf Jesus allein; sondern Jesus steht vor seinem Auge als der Mittler des Neuen Bundes, den er uns bringen soll. Wiederum schaut Gott nicht nur auf uns allein; sondern wir stehen vor seinem Blick als die Glieder des Bundes, in den er uns durch Christus versetzt hat. So ordnet es die Liebe Gottes. Sie schließt uns mit Christus, Christus mit uns zusammen; sie begabt uns des Christus wegen, Christus unseretwegen. Sie verherrlicht Christus, damit er uns priesterlich dienen kann, und verherrlicht uns, weil Christus unser Priester ist. Warum genügt also das alte Heiligtum nicht mehr? Die Gabe, die uns Christus bringt, ist größer als die frühere, und der Bund, den Christus aufrichtet, besser als der erste. Darum wurde Christus zur Ausübung seines priesterlichen Dienstes an Stelle des alten Heiligtums der Himmel selbst aufgetan und ein höherer Gottesdienst zuteil. Nun strömen uns die Gnadengaben nicht mehr aus einem irdischen, sondern aus dem wahrhaften, oberen Heiligtum zu.

Kapitel 8,7-13

Der Priesterdienst Jesu geschieht nach dem Neuen Bund

Darf aber überhaupt von einem neuen Bund geredet werden? Kann denn ein Bund Gottes alt werden? Ist ein solcher nicht seinem Wesen nach ewig und unveränderlich? Muß es nicht für immer bei dem Bund bleiben, den Gott selbst einmal gestiftet und geordnet hat? Ein neuer Bund – das klingt nicht weniger unerwartet und unglaublich als die Abschaffung des Gesetzes. Aber schon die Schrift gibt uns durch ihre Weissagung das Recht, von einem neuen Bund zu sprechen, und heißt uns auf einen solchen hoffen, da sie den alten Bund als der Besserung bedürftig beschreibt. 8,7-12: *Denn wenn jener erste Bund ohne Tadel wäre, so würde nicht ein Platz für einen zweiten gesucht. Denn er schilt sie und sagt: Sieh! es kommen Tage, spricht der Herr, da werde ich für das Haus Israels und das Haus Judas einen neuen Bund vollenden, nicht wie der Bund war, den ich für ihre Väter gemacht habe, am Tag, da ich ihre Hand ergriff, um sie aus dem Land Ägypten herauszuführen. Denn sie blieben nicht in meinem Bund, und ich achtete ihrer nicht, spricht der Herr. Denn dies ist der Bund, den ich für das Haus Israels anordnen werde nach jenen Tagen, spricht der Herr: Ich gebe meine Gesetze in ihren Geist und werde sie auf ihre Herzen schreiben und werde ihnen zum Gott sein, und sie werden mir zum Volk sein, und nicht mehr wird jeder seinen Mitbürger und Bruder lehren und sagen: Erkenne den Herrn! Denn alle werden sie mich kennen vom Kleinen an bis zu ihren Großen. Denn ich werde gegen ihre Ungerechtigkeiten gnädig sein und ihrer Sünden nicht mehr gedenken* (Jer. 31,31-34). Das große Wort Jeremias, das der Brief anführt, spricht einen Tadel aus, allerdings zunächst gegen Israel, das nicht im Bund Gottes blieb, sondern mit seinem sündigen Trotz aus ihm ausbrach. Aber dieser Tadel dehnt sich auch auf den Bund selbst aus, der durch den Widerstand des Volkes wertlos und unfruchtbar geworden war und nicht die Kraft in sich trug, Israels Widerstreben zu überwinden. Darum versprach Gott, ihn durch einen neuen Bund zu ersetzen, der reicher und kräftiger sein und nicht mehr gebrochen wird, sondern uns wahrhaft zu Gott führt und bei ihm erhält. Was ist das Neue, das Gott geben und womit er den Mangel des Alten Bundes heilen will? Er gibt seinem Gesetz eine andere Gestalt. Das Neue im Bund Gottes mit den Menschen besteht darin, daß sein Gesetz nun in sie eingeht und sich in ihnen die Herrschaft verschafft. Gott stellt es nicht nur vor uns hin, auf Tafeln und im Buch, im Mund von Propheten und Priestern; sondern nun sind der Geist und das Herz seiner Gemeinde, die der Alte Bund unbeschrieben ließ, wie Tafeln, auf die er sein Gebot nunmehr schreibt. So bleibt sein Gebot nicht nur ein gehörtes Wort, von dem die Hörer sich abwandten; es ist nun in ihnen selbst gewurzelt und mit ihnen verwachsen. In dieser Gestalt wird das Gebot sich nicht nur dadurch als lebendig und kräftig erweisen, daß es die Menschen mit der Schärfe des Schwerts durchbohrt und ihre Gedanken und Begehrungen richtet; jetzt wird es seine lebendige Kraft dadurch zeigen, daß es unser Denken und Trachten nach dem Sinn Gottes gestaltet und mit der Reinheit und Güte Gottes erfüllt. Damit wird auch die Unkenntnis Gottes aus der Gemeinde verschwinden. Sie wird nicht mehr aus zwei Klassen bestehen, von denen die eine Gott kennt, die andere aber der Mahnung und Bitte bedarf: „Erkenne ihn doch!" So stand der Prophet unter seinem Volk. Er kannte Gott, war von ihm unterwiesen und hörte ihn mit sich reden. Aber er allein erkannte ihn. Das Volk um ihn her kannte Gott nicht; es war imstande, fremden Göttern nachzulaufen, so daß immer wieder der eine den anderen mahnen mußte, sich doch an den Herrn allein zu halten. Daraus ergab sich das schmerzensreiche Leiden im prophetischen Beruf und die Unvollkommenheit des Alten Bundes. Wenn Gott aber sein Gebot in unseren Herzen lebendig macht, so kennen wir ihn. Damit fällt die Decke von den Augen, und der Name Gottes wird uns hell. Nun ist er uns allen zugänglich, und wir werden in ihm eins. Der Grund, auf dem dieser neue Verkehr Gottes mit uns Menschen ruht, besteht darin, daß Gott unsere Sünde vergibt. Bliebe sie vor seinen Augen stehen, so käme sein Gebot nimmermehr in unser Herz und seine Erkenntnis nicht in unseren Sinn.

Hier ist zuerst Vergebung nötig, die uns die Sünden abnimmt. Auf sie wird dieser Neue Bund gestellt sein.

Dazu bedarf es freilich eines neuen Priestertums. Der Neue Bund will tiefer nach innen wirken; so muß er auch höher oben beginnen. Nur was von oben kommt, dringt nach innen. Um Herz und Sinn zu erneuern, so daß das Gesetz Gottes darin lebendig wird, um uns alle zu erfassen und in die Kenntnis Gottes einzuführen, um die Ungerechtigkeit mit ihrer von Gott trennenden Macht völlig abzutun, dazu müssen wir einen solchen Priester haben, wie er in Jesus erschienen ist. Ein Mann, der nur äußerlich durch ein Gesetz mit dem priesterlichen Amt bekleidet ist, der nur Zeichen der göttlichen Heiligkeit und Gnade in den Händen hat und nur in irdischen Grenzen, so wie es Fleisch und Blut vermag, seinen Priesterdienst ausrichten kann, vermag jene Wirkungen nicht hervorzubringen; das vermag nur einer, der in unbegrenzter Gemeinschaft mit Gott vom Thron Gottes aus in Geist und Kraft den Priesterdienst an uns vollzieht.

Auch bei dieser Stelle dürfen wir nicht vergessen, daß unser Brief, wenn er vom Werk und von der Größe Jesu spricht, nie nur an die gegenwärtige Welt und an diejenigen Gaben denkt, die uns jetzt im Glauben an Christus zufallen. Es bleibt bei dem früheren Wort: „Wir reden von der zukünftigen Welt" (2,5). Unser Brief hält uns Christus als den Hohenpriester der zukünftigen Güter vor (9,11). Auch die lebendige Wirkung des göttlichen Gesetzes in unseren Herzen und das allgemeine Aufleuchten der Erkenntnis Gottes in uns allen, das Mahnung und Lehre überflüssig macht, deutet über unsere irdische Welt hinaus auf die vollkommene Gemeinde des Christus hin. Diesem Ziel dient aber das ganze Werk Jesu, auch seine gegenwärtige Gestalt. Auf dieses Ziel hin ist Jesu Erhöhung zu Gott und sein Einssein mit ihm ausgerichtet. Alles, was Jesus für uns getan hat, tut und tun wird, dient dieser Heilsabsicht Gottes mit uns. Es handelt sich bei allem, was Christus ist und was wir an ihm sehen und von ihm empfangen, um die Herstellung einer Gemeinde Gottes, die Gott wahrhaft kennt und von seinem Gesetz inwendig bewegt und beherrscht ist.

Vorerst kommt es dem Verfasser des Briefs noch gar nicht darauf an, zu zeigen, wie der Tod und die Erhöhung Jesu der hier ausgesprochenen Verheißung entspricht und dient; er will seine Leser vor allem vom Alten Bund losmachen. 8,13: *Dadurch, daß er sagt: „Einen neuen", hat er den ersten zum veralteten gemacht. Was aber veraltet und greisenhaft wird, ist nahe bei der Beseitigung.* Wenn Gott von einem neuen Bund spricht, ist der bisherige zum alten gemacht, und unser Hoffen und Verlangen ist von ihm abgezogen und in eine andere Bahn gelenkt. „Ihr könnt euch", sagt der Verfasser seinen jüdischen Christen, „nicht verwundern, wenn der alte Bund mit seinem Gesetz, Heiligtum und Priestertum gänzlich untergeht und beseitigt wird. Gerade das mußtet ihr vielmehr erwarten." Allerdings kann auch das Veraltete, Überholte und greisenhaft Gewordene noch eine Zeitlang fortbestehen. So ist auch der alte Bund nicht sofort dahingefallen, als Gott durch den Propheten von einem neuen redete, ja nicht einmal dann, als Jesus kam, seinen Priestergang ins rechte Heiligtum vollbrachte und sich eine neue Gemeinde sammelte und heiligte. Scheinbar bestanden ja das Gesetz, der Tempel und das Priestertum Israels fort wie bisher. Aber sie sind doch nur eine Ruine; ihr Bestehen hat keine Wahrheit mehr, und schließlich kommt die Stunde, in der dies alles völlig beseitigt wird.

Kapitel 9

Der neue Versöhnungstag

Wir kennen nun den Unterschied, der zwischen dem alten und neuen Priester und dem alten und neuen Heiligtum besteht. Jetzt können wir den Gottesdienst betrachten, wie jener und dieser ihn übt, und auch hier findet sich die Herrlichkeit und Kraft unzweifelhaft auf der Seite Jesu. 9,1: *Auch der erste Bund hatte zwar Satzungen für den Gottesdienst und das Heiligtum nach der Weise der Welt.* Auch der alte Bund gab Israel Großes, göttliche Ordnungen, die seinen Gottesdienst so regelten, daß er vor Gott gerecht und ihm wohlgefällig war, und dasjenige Heiligtum, das Gott als einziges nicht nur Israel, sondern der Menschheit gab; allen, die in der Welt lebten, tat er damit seine gnädige Gegenwart kund und schenkte ihnen die Gelegenheit, ihm mit ihren Gaben zu nahen und sich an seinem Altar die Vergebung und die Hilfe zu holen. Aber die Einrichtungen des Gottesdienstes und des Heiligtums selbst verkündigten Israel deutlich, daß das noch nicht das Vollkommene war; dieses sollte vielmehr erst dann kommen, wenn der Christus kommt.

Der Brief zählt auf, was Israels Heiligtum zur Zeit Moses enthielt. 9,2-5: *Denn ein Zelt wurde hergestellt, das vordere, in dem der Leuchter und der Tisch und die Auflegung der Brote war* (2. Mose 25,23.30.31), *das das Heilige genannt wird; aber hinter dem zweiten Vorhang war ein Zelt, das das Allerheiligste genannt wird, das einen goldenen Räucheraltar enthielt und die Bundeslade, die auf allen Seiten mit Gold bedeckt war* (2. Mose 26,33), *in der der goldene Krug mit dem Manna* (2. Mose 16,33) *und der Stab Aarons, der Blüten getrieben hatte* (4. Mose 17,8), *und die Tafeln des Bundes waren, über ihr aber die Cheruben der Herrlichkeit, die den Deckel der Lade, wo die Versöhnung geschieht, beschatteten* (2. Mose 25,15-18). *Darüber ist jetzt nicht im einzelnen zu sprechen.* Hier ist alles genannt, was nach dem Gesetz zur Ausstattung des Heiligtums gehört hat.[1] Nicht darauf achtet der Brief, wie es jetzt im Tempel Jerusalems stehe und was jetzt dort geschehe, sondern einzig darauf, was für ein Heiligtum nach der Schrift von Mose für Israel errichtet worden sei. Denn er vergleicht die göttliche Gabe, die der alte Bund Israel verschafft hat, mit dem, was Jesus uns bringt; den Bericht über das, was Israel von Gott empfing, finden wir aber in der Schrift. In all dem, was das heilige Zelt enthielt, erkennt der Verfasser die Regeln, nach denen Gott seinen Verkehr mit uns bestimmt, und die Abbilder himmlischer Dinge. Er will jetzt aber nur einen einzigen Punkt hervorheben, das, was nach dem Gesetz am Versöhnungstag geschah. An diesem Tag wurde besonders deutlich, was das alte Priestertum vermochte. Sowohl die Gnade und Macht, die ihm zugeteilt war, als die Schwachheit und Unvollkommenheit, die an ihm haftete, wurde an jenem Festtag sichtbar. 9,6.7: *Da dies so hergestellt war, gehen die Priester beständig in das vordere Zelt hinein und verrichten die Gottesdienste. Aber in das*

[1] Eine Abweichung von den Anordnungen des Gesetzes entsteht nur dadurch, daß in V 4. der goldene Räucheraltar zum Allerheiligsten gerechnet ist, obwohl er im vorderen Teil des Zeltes stand. Das ist vielleicht dadurch verursacht, daß der Verfasser schon hier an denjenigen Gottesdienst denkt, der am Versöhnungstag geschah, an dem im Allerheiligsten ein Rauchopfer dargebracht wurde. Dann trug aber der Hohepriester eine goldene Schale mit dem Rauchwerk in das Allerheiligste, während sich für das täglich darzubringende Rauchopfer ein goldener Altar im heiligen Teil des Zelts befand.

zweite Zelt geht einzig der Hohepriester einmal im Jahr hinein, nicht ohne Blut, das er für sich selbst und für die Verfehlungen des Volkes darbringt (3. Mose 16,2.14.15). Am Versöhnungstag betrat der Hohepriester das Allerheiligste mit der Schale voll Opferblut, um für sich und das Volk die göttliche Vergebung zu erlangen. Aber nur der Hohepriester durfte dies tun, während nicht nur der Gemeinde, sondern auch den Priestern das Allerheiligste gänzlich verboten und verborgen war, und auch er durfte es nur jenes einzige Mal im ganzen Jahr. Was war die Absicht des heiligen Geistes, wenn er Mose unterwies, das Heiligtum und den Priesterdienst so einzurichten und seinen inneren Teil dem menschlichen Blick und Zutritt so völlig zu entziehen? 9,8-10: *Wodurch der heilige Geist dies deutlich macht, daß der Weg ins Heiligtum noch nicht offenbar ist, solange das vordere Zelt besteht. Dieses ist ein Gleichnis für die gegenwärtige Zeit. Bei diesem werden Gaben und Opfer dargebracht, die den, der Gott den Dienst darbringt, nicht im Gewissen zu vollenden vermögen, die nur zu Speisen und Getränken und mannigfachen Taufen hinzukommen, als Satzungen für das Fleisch, die aufgelegt sind, bis die Zeit der Besserung kommt.* Gäbe es für uns gar keinen Weg ins Heiligtum, sollten wir wegen unserer Sünden von Gott geschieden sein, wollte er uns nicht zum Thron seiner Gnade herzulassen, so hätte es in Israel kein Allerheiligstes und keinen Versöhnungstag gegeben, und Gott hätte der alten Gemeinde nicht wenigstens in einem Bild und Zeichen seine Wohnung in ihrer Mitte zugesagt. Der Versöhnungstag bezeugte: Es gibt einen Weg ins wahrhafte Heiligtum; aber er bezeugte zugleich: Der Weg dorthin ist noch nicht offenbar. Sonst hätte das Gesetz nicht einen Vorbau vor das Allerheiligste gestellt und den Gottesdienst nicht einzig auf ihn beschränkt. Darum hat aber auch das Heiligtum Moses nicht ewigen Bestand, sondern ist nur ein Gleichnis für die Gegenwart. Das heilige Zelt hat seinen Zweck erfüllt und verschwindet, wenn das wahre Heiligtum uns aufgeschlossen ist.

Der Brief sagt nicht, das Zelt sei ein Gleichnis für die vergangene Zeit; denn es steht ja auch für uns noch der Vorhang vor dem Thron Gottes, und wir sind noch nicht ins himmlische Wesen erhöht. Christus ist in das himmlische Heiligtum Gottes eingegangen als unser Vorläufer und hat uns dadurch den Weg dorthin bereitet (vgl.

6,20; 10,20). Deswegen ist unsere Hoffnung durch den Vorhang nicht mehr gehindert, sondern ist durch ihn hindurch dorthin gerichtet, wo Christus ist. Allein es ist erst unsere Hoffnung, die zum Allerheiligsten Gottes erhöht ist, noch nicht unser Lebensstand. Wäre uns das Heiligtum jetzt schon sichtbar, so wären wir schon in die Ruhe Gottes eingegangen. Wer im Heiligtum steht, der hat an Gottes Ruhe teil. Wir haben aber die Verheißung, daß wir die wahrhaftige Feier des Sabbats erlangen werden, noch vor uns. Weil auch für uns das verheißene Gut noch aussteht und noch nicht alles geschehen ist, was der Gnadenrat Gottes umfaßt, darum gilt die weissagende Bedeutung des alten Heiligtums auch noch für uns. Seine Aufrichtung verspricht uns mehr als dies, daß wir unser Herz und unsere Gedanken, unser Bitten, Hoffen und Glauben aufwärts schicken dürfen; sie stellt uns eine Zulassung zur Gemeinschaft mit Gott vor Augen, die erst mit der neuen Gegenwart des Christus zu Stand und Wesen kommen wird. Dann erst wird es heißen: Sieh, eine Hütte Gottes bei den Menschen, und er wird wohnen in ihrer Mitte, und dann ist das Zeichen, das mit der alten Hütte gegeben war, erfüllt.

Dem Zelt, das nur ein Zeichen war, entsprachen die Opfer; sie waren von derselben unvollkommenen Art. Sie konnten dem, der sie im Gehorsam gegen die Ordnung Gottes und zu seiner Ehre darbrachte, nicht innerlich und nicht so helfen, daß ihm ganz geholfen war. Denn sie konnten ihm nicht so die Vollendung geben, daß er sie auch nach dem Urteil seines Gewissens besaß. Ehe aber die Herrlichkeit an unserem Äußeren erscheinen und uns zur Vollendung führen kann, muß unser inneres Leben, in das unser Gewissen hineinleuchtet und worüber es sein Urteil spricht, in den vollendeten, fertigen Zustand gebracht sein. Im Herd unseres inneren Lebens, in der Werkstätte unserer Gedanken und Begehrungen, in dem, was unser Bewußtsein erfüllt und hier einem stillen, aber unbestechlichen Gericht unterliegt, muß Ordnung, Friede und Eintracht einkehren; das Bewußtsein der Schuld und des Mangels muß getilgt, die Empörung und der Streit der sündigen Begierden aufgehoben, der innere Riß, Zwiespalt und Bruch geheilt werden. Nun war in Israels Opfer wohl Trost, Beugung unter Gott und Aufrichtung durch Gott. Es erweckte zum Glauben und zur Buße, zu

Dankbarkeit und Hingabe an Gott. Aber eine vollkommene Vergebung, die unsere Sündigkeit völlig und ewig beseitigt, war nicht darin, auch nicht eine völlige und ewige Heiligung, die unsere sündigen Begierden sterben läßt und uns zum vollkommenen Dienst Gottes führt. Mit dem Opfer verschwanden der verurteilende Spruch des Gewissens, die knechtende Furcht vor dem Tod, die zitternde Angst vor dem Gericht, der lockende, gegen das Wort Gottes verhärtende Reiz der Sünde nicht. Darum blieb Israel auch das Allerheiligste noch verschlossen, und seine Gemeinschaft mit Gott war noch unvollkommen und gehemmt. Es blieb am alten Opfer derselbe Mangel wie am alten Gesetz. Wie das Gesetz nicht in das Herz hineingeschrieben war, so brachte auch das Opfer kein gereinigtes Gewissen hervor, das, weil es ihm das Wohlgefallen Gottes zu bezeugen vermochte, die Herzen mit Friede und Freude erfüllte.

Von welcher Art das Opfer war, zeigen auch die weiteren Dinge, die das Gesetz mit dem Opfer verband; diese kamen zu denjenigen Satzungen hinzu, die anordneten, was das Volk zu essen und zu trinken hatte und wie es sich durch mannigfache Waschungen reinigen sollte. Auf das Opfer folgte das Opfermahl; es diente dazu, die natürliche Speise des Volkes zu heiligen. Wenn ein Israelit unrein geworden war und sich durch das Bad wieder reinigte, wurde die Gültigkeit des Bades durch das Opfer fest. Da zeigt es sich, wieweit das alte Opfer förderlich und nützlich war. Das alles waren gerechte, heilige Satzungen für den natürlichen Menschen, göttliche Offenbarungen, die feststellten, was gerecht und gut für Israel war; aber es waren Ordnungen für „das Fleisch", das heißt zwar nicht für die Sünde, sondern gegen die Sünde, der sie als Damm entgegengestellt waren, um die Gottvergessenheit einzuschränken, aber doch nur für „das Fleisch", für den natürlichen, irdischen Bestand und Lauf des Lebens, damit dieser unter Gottes Güte, Geduld und Schutz erhalten blieb. Das alles war der natürlichen Art des Menschen auf seiner irdischen Stufe angepaßt. Darin war keine Kraft, die von oben kam und nach oben führte, nicht Geist und Leben aus dem Allerheiligsten. Mit seinem Opfer, seinen Mahlzeiten, seinen Waschungen blieb der Israelit in der Gemeinschaft seines Volkes und unter dem göttlichen Segen, der seinem Volk verheißen war. Aber es war ein Natursegen, Gaben und Güter, wie Fleisch und Blut sie nötig hat, die ihm Glück und Wohlsein bringen für die kurze Frist, bis das Fleisch zerfällt. Darum war dies alles nur verordnet, bis das Bessere käme und Gott seine vollkommene Gabe offenbaren würde.

9,11.12: *Christus aber, der als Hoherpriester der zukünftigen Güter kam, ging durch das größere und vollkommenere Zelt, das nicht mit Händen gemacht* (Mark. 14,58), *das heißt nicht von dieser Schöpfung ist, auch nicht durch das Blut von Böcken und Rindern, sondern durch das eigene Blut einmalig in das Heiligtum hinein und hat eine ewige Erlösung erlangt.* Da uns Christus durch sein Priestertum die ewige Gabe Gottes darreichen soll, hat er mit seinem Priestertum nicht mehr in der alten Hütte Raum; auch kann er nicht das alte Opfer hiezu brauchen. Und doch behält sein priesterlicher Gang mit dem des alten Hohenpriesters Ähnlichkeit. Er hat einen neuen Versöhnungstag heraufgeführt, der dem ähnlich ist, den der Hohepriester des Alten Bundes gefeiert hatte. Das Gesetz erweist sich auch in diesem Stück nicht als leer und nichtig, sondern kommt durch Christus zur Erfüllung, da er auf höherer Stufe wiederholt, was das Gesetz mit seinem Gleichnis auf dem irdischen Boden eingerichtet hatte. Wie dort der Hohepriester am Versöhnungstag durch das Heiligtum hindurch ins Allerheiligste ging, so ging auch Christus mit seiner Erhöhung durch ein Heiligtum hindurch ins Allerheiligste. Aber das Heiligtum, das er durchschritt, ist der Himmel mit seinen Engeln und Geistern, und das Allerheiligste, das für ihn geöffnet wurde, ist der Thron Gottes. Und wie der Hohepriester einst kraft seines Opfers in das Allerheiligste treten durfte mit dem Blut in der Hand, so hat auch Christus in Kraft seines Opfers und Blutes seinen Priestergang vollbracht. Aber das, was ihm den Zutritt zu Gott gewährt hat, ist sein eigenes Blut gewesen.

Nicht das steht hier, daß Christus sein Blut in den Himmel gebracht hat, als gäbe es zwei Heilmittel, Christus und neben ihm, von ihm gesondert und unterschieden, noch sein Blut. Hier gibt es überhaupt keine Heilmittel, sondern nur einen Heilsmittler; mit ihm, mit Christus selbst, haben wir es zu tun und nicht neben ihm auch noch mit seinem Blut. Vielmehr sagt die Stelle, daß Christus durch sein Blut, d. h., weil er sein Blut Gott am Kreuz geopfert hat, den Zugang zu Gott gefunden hat. Und zwar durfte er nicht nur für sich selbst vor Gott treten, um selbst an der Herrlichkeit Gottes teilzuhaben; vielmehr hat er den Zutritt zu Gott als unser Priester erlangt, der sich mit uns verbunden hat, uns Vergebung und Erlösung bringen und uns mit dem begaben will, was ihm der Vater gibt. So war auch der alte Hohepriester nicht seiner selbst wegen in das Allerheiligste eingetreten, sondern um der Sünden des Volkes willen; die Gemeinde sollte im Bund und in der Gnade Gottes erhalten werden. Die Ermächtigung dazu hatte er kraft des Opferblutes, mit dem er das Allerheiligste betrat. Ebenso hat der priesterliche Gang Jesu zu Gott, dessen Frucht und Gewinn uns zufallen, uns das Heiligtum öffnen und uns zum Thron der Gnade führen soll, darin seinen Grund, daß er sein Blut dahingegeben hat. Darum gibt ihm der Vater seine priesterliche Macht; deshalb erhöht er ihn und in ihm auch uns.

Einmal ging der Hohepriester ins Allerheiligste; einmal hat auch Jesus seinen priesterlichen Gang vollbracht. Es gibt nicht viele Versöhnungstage, sondern nur einen einzigen. Aber der Priestergang des Christus geschieht nun wirklich ein einziges Mal und nicht wie der des alten Priesters jedes Jahr. Sein Opfer hat das volle Wohlgefallen Gottes; an ihm ist darum nichts zu wiederholen oder zu ergänzen; denn es hat uns die ewige Erlösung gebracht.

9,13.14: *Denn wenn das Blut der Böcke und Stiere und die Asche der Kuh, mit der man die unrein Gewordenen besprengt, zur Reinheit des Fleisches heiligt* (4. Mose 19,9.17.19), *wieviel mehr wird das Blut des Christus, der durch ewigen Geist sich selbst ohne Makel Gott darbrachte, unser Gewissen von toten Werken reinigen, damit wir dem lebendigen Gott dienen.* Der alttestamentliche Priester hatte zu seinem priesterlichen Werk nur schwache Mittel, Blut und Asche, wie man sie erhält, wenn ein Tier geschlachtet und verbrannt wird. Dennoch waren seine Opfer nicht unnütz; denn sie machten Israel rein, so daß es das heilige Volk Gottes blieb. War ein Jude unrein geworden und dadurch vom Tempel und auch vom Verkehr mit seinem Volk ausgeschlossen, so half ihm das Opfer und Besprengungswasser, in dem die Asche der verbrannten Kuh enthalten war. Zur Reinheit „des Fleisches“ half es ihm, zu einer Reinheit, die seinen natürlichen Lebensstand betraf, die ihn aber nicht höher hob, als Fleisch und Blut steigen kann. Die innere Unreinheit der Sünde überwand ein solches Opfer nicht. Der Jude konnte seinetwegen nur sagen: „Ich bin rein und heilig, soweit es einem Glied der sündigen, im Fleisch lebenden Gemeinde möglich ist." Wenn aber schon das alte Opfer eine zeitweilige und äußerliche Reinheit gab, sollen wir denn Jesu Blut für unkräftig halten? Es schafft noch viel gewisser und kräftiger seine höhere Frucht, unsere innerliche Reinigung. Denn Jesus hat sich selbst Gott dargebracht; das verschafft seinem Blut die Kraft. Wir dürfen nicht nur Jesu Wunden und Blut betrachten, wenn wir fassen wollen, was mit seinem Sterben geschehen ist. Hinter diesem Äußeren steht ein Inwendiges und gibt jenem die Kraft. Das macht den Vorzug des Blutes Jesu vor jedem anderen Opfer aus, daß es sich hier nicht nur um ein äußeres Zeichen handelt, das weder von innen kommt noch nach innen dringt; hier ist vielmehr der leibliche Vorgang die Folge, Frucht und Vollendung dessen, was inwendig in Jesus vor sich gegangen ist. Jesus hat dem Vater seinen Willen gegeben, hat alles, was er ist und hat, in Gottes Hand gelegt und ihm nichts vorenthalten, sondern alles, seine ganze Person, ihm hingegeben. Das ist es, was das Blut des Christus zum Opfer macht: es ist für Gott vergossen. Die vollkommene Liebe schüttet es aus, eine wahrhafte Liebe, die nicht nur Gott genießen, sich in seiner Freundlichkeit ergötzen und an seinem Reichtum sich selbst verherrlichen will, sondern Gott in seiner Majestät vor Augen hat, über ihm sich selbst vergißt und sich vor ihm in den Tod beugt, weil sie ihn ehren und ihm in seinem heiligen Gericht und seiner versöhnenden Gnade dienen will. Hier gilt: er entäußerte sich selbst und stellte Gott als Herrn und König, Richter und Heiland über sich. Das ist die Weihe, die Jesu Blut kostbar macht. Keine Gabe, die Gott je geweiht wurde, kann ihm verglichen werden; denn keine andere Gabe beschließt in sich, was Jesu Blut in sich trägt: eine Hingabe an Gott, die Gott allein vor Augen hat und sich völlig zum Werkzeug seiner Gerechtigkeit und Gnade macht.

Es hat freilich guten Grund, wenn unser Brief nachdrücklich nicht nur auf den inneren Sinn und Willen Jesu, sondern auf sein äußeres, leibliches Opfer, nicht nur auf seinen Gehorsam und seine Liebe, sondern auf sein Blut verweist. Der Brief tut es nicht nur dem alttestamentlichen Gesetz zulieb, das den Hohenpriester mit der Schale voll Blut in das Allerheiligste gehen hieß; hierin besteht vielmehr die Wahrheit und Völligkeit des Opfers Jesu. Er opferte

Gott nicht nur sein Verlangen und Wünschen, ohne daß dies Tat wurde und durch den Leib die Vollendung erhielt. Was nur innerlich bleibt, bleibt eben damit auch ohnmächtig und gebunden. Es fehlt ihm noch die Wahrheit; denn es ist noch nicht bewährt. Eben diese geteilte, nichtige Liebe, die sich Gott nur in Wünschen und Gedanken hingibt, aber den Leib mit seinem Empfinden und Erleben sich selbst vorbehalten will, macht unsere Befleckung aus. Die Aufgabe Jesu bestand nicht darin, sich nur in Gedanken Gott hinzugeben; sondern es galt, den Kreuzblock anzufassen und die Hand hinzuhalten, damit der Nagel in sie dringe, und sie bluten zu lassen. Nun war seine Beugung vor Gott Wahrheit und seine Hingabe an ihn vollkommen. Nun war das Opfer geschehen und vollbracht; nun war es Tat. Das Opfer Jesu ist ein Ganzes, bei dem das Inwendige und Auswendige vollkommen zusammenstimmt, und darin besteht seine Herrlichkeit.

Jesus hat sich selbst unbefleckt Gott dargebracht. Was sollte eine Gabe, auf der das Auge Gottes nicht mit Wohlgefallen ruhen kann? Deshalb forderte das Gesetz schon vom Opfertier, daß es ohne Makel und Schaden war. Wer nur ein krankes und geschädigtes Tier dem Altar gönnen wollte, würde ja Gott nicht ehren, sondern triebe mit ihm seinen Spott. So konnte auch Jesus sich Gott als das ihm geheiligte Opfer dargeben, weil er unbefleckt war. Er hatte Gott bisher nicht verlassen und verleugnet; darum verlor er ihn auch auf dem Kreuzesweg nicht. Er hatte für Gott getan, was es nach seinem irdischen Auftrag zu tun gab, und kein Ungehorsam verklagte ihn; deshalb konnte er nun das Leiden und Sterben im Dienst der Gnade an unserer Statt vollbringen. Er war in der Liebe des Vaters geblieben und hatte sie nicht getäuscht; so konnte er ihr jetzt auch sein Blut zum Werkzeug darbieten, so daß in ihm eine ewige Erlösung gestiftet und es für viele zur Vergebung der Sünden vergossen ist.

Durch ewigen Geist hat Jesus sich selbst Gott dargebracht. Die gottesdienstlichen Ordnungen des Gesetzes waren dem natürlichen Lebensstand des Menschen, „dem Fleisch", angepaßt. Jesu Opfer geschah dagegen nicht durch diejenigen Kräfte, die in dem natürlichen Wesen des Menschen liegen, sondern wurde durch den Geist vollbracht. Woher kam sein Opfersinn und Heilandswille, der ihn zu seinem priesterlichen Werk trieb? Aus dem Geist. Woher kam ihm die Kraft, das Kreuz zu tragen, sein Blut zu vergießen und Gott zu ehren bis zum letzten Atemzug? Aus dem Geist. Und woher stammte seine Macht, den Tod zu bezwingen, so daß er aus ihm erhöht wurde zum Heiligtum Gottes und dort für uns eingetreten ist? Aus dem Geist.

Der Geist ist das ewige und lebendige Band, das Jesus innerlich mit dem Vater zusammenschließt. Aus Gott empfing er, was er in seinem Herzen trug, durch die Gemeinsamkeit desselben ewigen Geistes. Aus dieser göttlichen Wurzel seines ganzen Lebens erwuchs auch sein Gang zum Kreuz. Nach seiner äußeren Gestalt erschien er damals freilich als der von Gott Verlassene, und er hat die Bitterkeit dieser Lage wahr und tief empfunden. Aber innerlich, in der Gestalt seines Herzens, lebte er gerade auf seinem Kreuzesweg in vollkommener Einheit und Gemeinsamkeit mit Gott, dem er sich ganz zu eigen gab. Der Zug, der den Sohn zum Vater zog, daß er sich ihm darbrachte und opferte, der ihn mit dem Vater einig machte, so daß er der Gnade des Vaters zum Werkzeug und seinem Bund zum Mittler dient, das ist der Geist, der ewige Geist, weil es Gottes Geist ist, der den Sohn mit dem Vater in ewiger Gemeinschaft verbunden hält. Darum hat das Blut Jesu ewige Kraft. Weil es aus dem geistlichen, göttlichen Sinn und aus der geistlichen, göttlichen Kraft vergossen worden ist, kann seine Wirkung nicht veralten. Hier ist der Rat und Vorsatz Gottes verwirklicht, wie er durch den ewigen Geist Jesus gezeigt und ins Herz geschrieben war. Gott verleugnet den Sinn und das Werk seines Geistes nicht. Das durch den Geist vollbrachte Opfer zieht uns zu Gott.

Darum ist das Blut Jesu unvergleichlich kräftiger als die anderen Opfer und vermag unser Gewissen zu reinigen. Da wir Jesu Opfer vor Augen haben, sagt uns unser Gewissen mit klarem, festem Spruch, daß unsere ganze Sündigkeit beseitigt ist und wir Gott dafür loben müssen, daß er uns alle unsere Sünden vergeben hat. Wir dürfen deshalb nicht mehr über unsere Schwachheit klagen und uns als arm und ohnmächtig bejammern. Das sind wir freilich in uns selbst; aber hier steht der vollkommene Gehorsam und die fleckenlose Heiligkeit Jesu, die uns vor Gott zugehört und auch für uns bestimmt ist. Noch weniger dürfen wir uns von der bösen Lust erregen und knechten lassen. Denn wir können wissen, daß wir aller

Bosheit und Gottlosigkeit völlig entrinnen werden und im Christus alles finden, was unser Leben gut, rein und Gott wohlgefällig macht. Das gibt uns auch jetzt, da wir noch unser natürliches Leben zu führen haben, einen starken Schutz, der der bösen Begierde die Kraft entzieht. Sie sinkt dahin, wenn wir bedenken, was uns das Opfer Jesu gibt. Deshalb ist das Blut des Christus eine Kraft, die uns in unserem Innersten ergreift und dort Frieden stiftet und Reinheit schafft.

Sollte es nur unsere Gedanken anrühren? Nein, es vermag viel tiefer zu greifen: Es kann unser Gewissen von den toten Werken frei machen. Unser Werk wirkt auf uns zurück und ist am allerwenigsten für uns selbst bedeutungslos; vielmehr ernten wir zuerst und zumeist seine Frucht. Werke sind Erzeugnisse unseres Geistes, und mit diesen Kindern unseres Willens bleiben wir verbunden und verflochten. Es strömt ein starker Einfluß von ihnen in unser Inneres zurück. Sind sie tot, so verderben wir uns an ihnen; sie verunreinigen und zerstören uns.

Das Gesetz machte dem Israeliten die Berührung eines Leichnams zur Unreinheit. Es stellte auch hierin ein Gleichnis auf, dessen Wahrheit darin besteht, daß unsere toten Werke uns beflecken. Das Tote, das wir wirken, zeigt, daß wir den lebendigen Gott nicht kennen und von ihm geschieden sind, und führt uns immer tiefer von ihm weg. Das wird in den Anklagen und Ängsten sichtbar, die in unserem Inneren auf unsere toten Werke folgen. Tot, erstorben, ohne Lebenswurzel und ohne Lebensfrucht ist für uns alles, was nicht in Gott getan ist. Dies nichtige und leere Treiben befleckt unser ganzes Innenleben. Es verunreinigt unsere Gedanken mit unzähligen eitlen Bildern voll Narrheit und Lüsternheit. Es erzeugt in unserem Gemüt die schwarzen Flecken, die als Last, als Schwermut und Unfriede, als Verzagtheit und Gewissensangst auf unserer Seele liegen. Es befleckt unsere Begehrungen, verrückt ihnen das Ziel, verdreht und verstrickt sie in unordentliche Aufregung und entzündet sie zum heißen Brand der Leidenschaft. All dieser Unrat in unserem Inneren wird uns vor Jesu Kreuz offenbar, und sein Blut treibt ihn hinweg. Nun zerrinnen die leeren Schatten und lügenhaften Spiegelbilder, die aus unseren toten Werken vor uns aufsteigen, das Gemüt erhebt sich über die dunklen Wolken, die sich aus der finsteren

Tiefe der Seele empordrängen, und unsere Liebe wird frei und richtet sich auf. Wir haben im Blut Jesu den lebendigen Gott vor uns, und er wird unser Gott; nun beginnen wir, für Gott zu leben.

Das ist das Ziel bei jedem Opfer; es beruft zum Dienst Gottes und will eine priesterliche Gemeinde herstellen, die dem lebendigen Gott dienen will und kann. Sollte das Blut Jesu uns nicht wirksam vor Gottes Angesicht stellen und uns nicht willig machen, ihm zu dienen? Es will auch uns Priesterrecht geben. Wenn wir aber Gott dienen mit allem, was wir tun, so vollbringen wir keine toten Werke mehr. Wir begegneten dem Ruf zur Abwendung von den toten Werken schon früher, nämlich da, wo von den Elementen des Christenstands die Rede war (6,2). Dort trat das Gebot vor uns: „Löse deinen Sinn von ihnen ab." Hier zeigt sich uns die Quelle der Kraft, um dieses Gebot zu erfüllen. Es wird uns durch das Evangelium deshalb Umkehr von den toten Werken befohlen, weil das Blut Jesu uns von ihnen reinigt, so daß wir nicht mehr an sie gebunden und von ihnen unterjocht sein müssen, weder in Selbstanklage und Gewissensangst, noch in Begehrlichkeit und Lüsternheit. Wir sehen, wie der Brief durch seine reiche Lehre zugleich die Elemente des Evangeliums hell und deutlich macht.

So ist die Bezeugung des Priestertums Jesu zum dankbaren Preise seines Blutes geworden. Da zuckte das jüdische Herz zusammen und hatte mit dem Ärgernis des Kreuzes viel Mühe und Kampf. Darum redet der Brief nicht von der Kraft des Blutes Jesu, ohne uns zu zeigen, wie der Tod des Christus keinen Verzicht auf die Verheißung mit sich bringt und uns vom Empfang des ewigen Erbes nicht ablenkt, vielmehr das rechte, notwendige Mittel ist, durch das wir die Verheißung erlangen. 9,15: *Und deshalb ist er der Mittler eines neuen Bundes* (12,24; 7,22), *damit ein Tod zur Erlösung von den Übertretungen, die beim ersten Bund geschehen waren, stattfinde und dadurch die Berufenen die Verheißung des ewigen Erbes empfangen.* Die Angefochtenen klagten: „Wir erwarteten, wenn Christus komme, führe er uns in das verheißene Erbe ein; die Verheißung war uns ja schon seit alters gegeben und das Erbe uns schon längst durch die Berufung Gottes in Aussicht gestellt; was uns Christus bringen sollte, das wäre endlich der Besitz der Heilsgüter selbst; statt dessen kam er und erlitt den Tod." – „Gewiß", antwortet der Brief, „dazu ist Jesus in der Tat gekommen, damit sich die Verheißung an uns, den Berufenen, erfülle, so daß wir in den Besitz des ewigen Erbes gelangen. Die Berufung, die Gott an uns gerichtet hat, soll durch ihn an uns in Erfüllung gehen. Diesem Ziel dient sein ganzes Werk. Es wird aber durch sein Sterben nicht verhindert, sondern erreichbar gemacht. Denn wir empfangen das Verheißene deshalb, weil Jesus gestorben ist. Und dies ist darum so, weil er zuerst den neuen Bund Gottes mit uns verwirklichen mußte. Ihr wurdet ja unter dem alten Bund zu Übertretern, und eure Übertretungen waren die Wand, die euch vom ewigen Erbe schied. Zuerst mußtet ihr von euren Übertretungen frei gemacht werden, und das Mittel, durch das dies geschah, war Jesu Tod."

Wie der Tod Jesu zur Erfüllung der Verheißung dient, verdeutlicht der Brief an einem Testament. 9,16.17: *Denn wo ein Testament ist, muß der Tod dessen beigebracht werden, der das Testament errichtete. Denn ein Testament ist bei Toten fest, da es nie Kraft hat, wenn der lebt, der es errichtete.* Ein Testament wird nicht dadurch vernichtet, daß der stirbt, der es macht; vielmehr bekommt es erst durch seinen Tod die Geltung und wird nun erst zum Vollzug gebracht. Weil die Gemeinde in den Neuen Bund des Christus, der sie von ihren Übertretungen frei macht und ihr den Anteil am ewigen Erbe verleiht, durch seinen Tod versetzt ist, darum ist sein Bund sein Testament für uns, sein letzter Wille, durch den er darüber verfügt, was nach seinem Tode geschehen soll, und dieses sein Testament tritt gerade dadurch, daß er gestorben ist, in Kraft. Es hatte keine Wirkung ohne seinen Tod.

Der Verfasser des Briefs läßt uns immer tiefer und vollständiger im Neuen Bund das Werk Jesu erkennen. Er nannte Jesus zuerst den Bürgen des Bundes, der uns über ihn gewiß macht (7,22). Der Bund ist Gottes Stiftung; Jesus sichert dessen Ausführung. Dann hieß der Brief Jesus den Mittler des Bundes, der unsere Gemeinschaft mit Gott herstellt (8,6). Gott stiftet durch Jesu Werk den Neuen Bund. Hier heißt er nun den Bund das Testament, das Jesus selbst für uns errichtet hat. Der Bund ist Jesu eigene Stiftung uns zugut, durch die er uns seine Gaben und Güter zugeteilt hat. Hier hebt das spätere Wort das frühere nicht auf; denn von Gottes Werk wird nichts abgezogen, wenn Jesu Werk in unsere Erkenntnis tritt. Jesus ist auch in der Stiftung des Neuen Bundes völlig und ganz der Diener des göttlichen Willens und das Werkzeug des göttlichen Rates. Seinen Dienst richtet er aber mit seinem eigenen Willen als seine eigene Tat aus; darauf macht uns unser Brief um so mehr aufmerksam, je fester er unseren Blick an den Tod Jesu heftet. Das Kreuz Jesu macht offenbar, daß er selbst den Neuen Bund für uns durch sein eigenes Verdienst erworben hat.

Es lag dem Verfasser des Briefs nahe, den Bund Jesu als sein Testament für uns darzustellen, weil dasselbe griechische Wort sowohl den Bund als das Testament bezeichnete. Auch hatte ja die Schrift das Verheißungsgut schon längst unser Erbe genannt. Die Anwartschaft auf dieses Erbe erhalten wir durch das Testament Jesu. Freilich besteht zwischen unseren menschlichen Testamenten und dem Testament des Christus ein wesentlicher Unterschied. Unsere Vergabungen beziehen sich auf irdische Güter, die nicht gleichzeitig zwei Besitzer haben können. Darum erhält unser Testament erst mit unserem Tode Kraft. Beim Testament des Christus ist dagegen das Erbe, das es auf uns überträgt, der unerschöpfliche Lebensschatz Gottes. Da findet keine Enterbung Jesu statt, damit wir Erben werden; vielmehr besteht unser Erbe gerade in der Gemeinschaft mit ihm. Er bleibt reich, wenn er uns reich macht, und offenbart seine Herrlichkeit darin, daß er uns zu sich erhöht. Deshalb redet die Schrift sonst nicht vom Testament Gottes und des Christus, sondern von ihrem Bund mit uns; denn der Bund verbindet die Lebenden zu unauflöslicher Gemeinsamkeit. Aber diese Unähnlichkeit hebt die Ähnlichkeit zwischen der Stiftung Jesu und unseren Testamenten doch nicht völlig auf; denn Jesus ist mit dem Willen gestorben, sein Eigentum auf uns zu übertragen und uns seine eigene Seligkeit und Herrlichkeit zugänglich zu machen. Er hat dazu das Kreuz auf sich genommen, damit wir, nachdem er für uns gestorben ist, in den Besitz des ewigen Erbes gelangen. Seine Vergabung an uns leidet darum durch seinen Tod keinen Schaden; er konnte sie uns nur durch seinen Tod verschaffen, und wir erlangen sie nur deshalb, weil er für uns gestorben ist. So ist seine Gabe allerdings sein Testament und seine Hinterlassenschaft an uns.

Damit stellt sich uns die Heilsamkeit des Todes Jesu von einer neuen Seite dar. Weil der Tod unserem Leben das Ende bereitet, gibt er unseren Handlungen Unwiderruflichkeit, so daß sie fortan aller Abänderung und Umwandlung entzogen sind. Dieselbe befestigende Macht hat auch der Tod Jesu für sein Heilandswerk. Seine versöhnende Liebe ist erst dann zu ihrem Ziel gelangt und hat erst dann ihre Kraft und Gültigkeit gewonnen, als sie ihn zu diesem letzten Schritt geführt hatte. Das war nun aber in der Tat der letzte Schritt. Mit seinem Sterben hat seine Liebe ihr Maß ganz erfüllt; nun steht sie bewährt da, unantastbar und unwiderruflich. Der Tod gibt seinem Testament das Siegel unverletzlicher Gültigkeit. Er war noch nicht unser Erlöser, bis er starb. Nun aber, nachdem er gestorben ist, ist er es unabänderlich. Darum sollen wir unseren Widerwillen gegen das Kreuz Jesu fahrenlassen und an sein Ende keine zweifelnden Gedanken hängen, als wäre dadurch die Verheißung fraglich gemacht; wir sollen uns vielmehr sagen: Das Testament Jesu ist nicht schlechter als das meinige; verliert das meinige durch meinen Tod seine Geltung nicht, so erhält das seinige noch viel mehr durch seinen Tod Kraft und Sicherheit. So wird uns Jesu Kreuz statt zum Anstoß vielmehr zum Grund einer gewissen Hoffnung; denn unsere Berufung ist durch den Tod Jesu unwiderruflich geworden.

Von dem allgemein menschlichen Recht, das die natürlichen Lebensverhältnisse ordnet, geht der Brief nun zum göttlichen Gesetz hinüber, das Israel gegeben war. 9,18-22: *Deshalb ist auch der erste Bund nicht ohne Blut eingeweiht worden. Denn als jedes Gebot nach dem Gesetz von Mose dem ganzen Volk gesagt war, nahm er das Blut der Rinder und der Böcke mit Wasser und scharlachfarbener Wolle und Ysop* (3. Mose 14,4; 4. Mose 19,6) *und besprengte das Buch und das ganze Volk und sagte: Dies ist das Blut des Bundes, den euch Gott gebot* (2. Mose 24,6-8). *Und das Zelt und alle Geräte des Dienstes besprengte er in derselben Weise mit dem Blut* (3. Mose 8,15.19), *und fast alles wird nach dem Gesetz mit Blut rein gemacht, und ohne Ausschüttung von Blut geschieht keine Vergebung.* Auch der Alte Bund hatte sich diese bestätigende, abschließende Kraft des Todes zunutzen gemacht. Das Opfertier mußte sterben, damit der Bund fest und gültig sei. Er wurde am Sinai mit Opferblut geschlossen, und alle seine Heiligtümer, die

Gemeinde, das Gesetz, die Stiftshütte und ihre Geräte wurden mit Blut rein und heilig gemacht. Auch wurde keinem Sünder Vergebung gewährt, ohne daß das Blut seines Opfers für ihn am Altar ausgegossen war. So wurde Israel durch das Blut des Opfers beständig daran erinnert, daß der Bund mit Gott das Leben in Anspruch nimmt. Dieser Bund heiligt das Leben für Gott. Auch das Letzte, Höchste, das Blut, ist sein und muß ihm gegeben werden; die Übertretung des Bundes kostet das Leben und kann nur durch den Tod gebüßt werden. Diese Majestät eignet dem Neuen Bund noch viel mehr. Darum steht auch Jesus unter der Regel, daß er den Neuen Bund durch sein Testament herzustellen hat.

9,23: *Darum war es nötig, daß zwar die Abbilder dessen, was in den Himmeln ist, durch dieses Mittel, das dagegen, was in den Himmeln ist, durch bessere Opfer als dieses rein gemacht werden* (Kol. 1,20). Jesus erschließt uns das höhere, himmlische Heiligtum, und auch dieses bekommt die Reinheit wie sein Abbild, das Mose für Israel machen durfte, durch das Blut eines Opfers, nämlich durch das Selbstopfer Jesu. Wie kann aber von einer Reinigung der himmlischen Dinge die Rede sein? Sie sind ja unbefleckt. Sie sollen aber unser Heiligtum werden, das uns Sündern offen und zugänglich ist, so daß wir zu ihm den Zutritt haben, jetzt mit unserem Hoffen und Bitten, einst im Schauen und Anteilhaben. Deshalb bedürfen auch diese himmlischen Dinge einer Reinigung, nicht wie das Unreine einer solchen bedarf, damit es rein werde, sondern wie das Reine ihrer bedarf, damit es rein bleibe und vor Entweihung und Befleckung gesichert sei, auch dann, wenn die Trennung zwischen uns und den himmlischen Dingen beseitigt wird. Wie das Heiligtum des Gesetzes darum durch das Opfer gereinigt wurde, weil es unter einem sündigen Volk stand, so wird hier auch vom Himmel gesagt, daß er durch das Blut Jesu rein gemacht wurde, weil er uns Sündern aufgeschlossen wird. „Ihr könnt", sagt unser Brief, „nicht ohne weiteres in den Himmel treten, sowenig, als es sich von selbst verstand, daß Israel einen Tempel Gottes besaß. Das Heilige kann nicht euer werden, solange es als euer Eigentum in die Befleckung und Verunreinigung hinabgezogen wäre. Nun verleiht euch das Blut Jesu die Würdigkeit für das Himmlische. Darum hat Christus sich für euch vor Gott bis in den Tod gebeugt, damit ihr erhöht werden könnt, ohne daß eure Erhöhung die Ordnung des Himmels stört. Jetzt, nachdem er Gott sein Blut gegeben hat, kann euch himmlisches Gut und Leben zuteil werden, ohne daß es dadurch entheiligt und erniedrigt ist." Durch den Tod Jesu wahrt die Gnade Gottes ihre heilige, ernste Majestät, eben jetzt, da sie uns Sünder umfaßt. Darum bewirkt das Blut Jesu, daß zwischen dem Himmel und uns Gemeinschaft entstehen kann, ohne daß unsere Unreinheit auch ihn unrein macht, unser Unfriede den himmlischen Frieden aufhebt und unser Ungehorsam den himmlischen Gottesdienst entstellt. Auch dann, wenn wir den Eingang in den Himmel empfangen, ist er durch das Blut Jesu rein gemacht.

Nun überschaut der Brief den ganzen Weg Jesu: alles schließt sich bei ihm zu einem großen Ganzen zusammen und ergibt einen echten, vollkommenen Versöhnungstag. 9,24-26: *Denn Christus ging nicht in ein Heiligtum hinein, das mit Händen gemacht wurde und eine Nachbildung des wahrhaften ist, sondern in den Himmel selbst, um jetzt vor Gottes Angesicht für uns offenbar zu werden, und nicht, um sich oftmals darzubringen, wie der Hohepriester jedes Jahr mit fremdem Blut in das Heiligtum hineingeht, da es sonst nötig wäre, daß er oftmals von der Gründung der Welt an leide; jetzt aber ist er einmal am Ende der Zeiten zur Aufhebung der Sünde durch sein Opfer offenbar geworden.* Jesus erschien einmal auf Erden am Ende der Zeiten zur Vorbereitung des großen Wendepunktes der Zeit, mit dem das Ewige erscheint. Da kam er nicht, um zu herrschen, sondern um zu leiden. Von hier tritt er zuerst ins Heiligtum vor Gottes Angesicht; dorthin führt ihn sein Weg zunächst. Gott hat er sich geheiligt; so stellt er sich ihm dar als die lebendige, ihm wohlgefällige Gabe. Hernach kehrt er zu uns zurück, damit auch wir ihn sehen. Da schließt sich eines eng und sicher ans andere an und führt uns der Erlösung zu. Die erste Erscheinung Jesu legt den Grund zur Erlösung der Gemeinde; denn da hat er durch seinen Tod ihrer Sünde ein Ende gemacht, da er sie durch das göttliche Vergeben verschwinden ließ. Darauf entzieht ihn sein Gang unserem Blick, und wir müssen auf ihn warten, wie das Volk im Vorhof auf den Hohenpriester wartet. Aber er sorgt auch damit für unser Heil, weil er für uns in die Gegenwart Gottes trat. Der Blick des göttlichen Wohlgefallens, das ihm selbst gehört, umfaßt in ihm auch uns. Dann aber kommt die Stunde, in der auch er wie der Hohepriester seinen priesterlichen Gang damit schließt, daß er zu seiner Gemeinde, die auf ihn wartet, wiederkehrt. 9,27.28: *Und wie den Menschen bevorsteht, einmal zu sterben, danach aber das Gericht, so wurde auch der Christus einmal dargebracht, um die Sünden vieler wegzunehmen, und wird nun zum zweiten Male ohne Sünde sichtbar werden zur Rettung für die, die auf ihn warten.* Bei seiner neuen Offenbarung kommt Christus in einem noch höheren Sinn ohne Sünde, als dies schon von seiner irdischen Erscheinung gegolten hat. Auch damals war er heilig und unbefleckt, jedoch von der Sünde versucht und bekämpft, und sein priesterlicher Dienst war auf sie gerichtet. Ihretwegen kam er, und ihretwegen opferte er sich, um für sie der Versöhner zu sein. Wenn er aber von Gott her wieder zu uns zurückkommt, geschieht es nicht mehr unserer Sünden wegen; dann bricht unsere Erlösung an. Dadurch entspricht sein Weg dem Gang des menschlichen Lebens. Wir ernten in zwei Stufen die Frucht der Sünde. Sie führt uns zum Tod; aber damit sind wir unserer Verschuldung noch nicht entgangen; sondern wir werden hernach vor den Richter gestellt werden, der unser ewiges Geschick bestimmen wird. Dem entspricht Jesu doppelte Erscheinung. Er hat das Sterben mit uns geteilt und das Gericht, dem wir alle entgegengehen, in seiner Hand. Er kommt daher das erste Mal als Sterbender zu uns, den Sterbenden, und bewirkt durch seinen Tod, daß unser Tod für uns keine Strafe und kein Unglück ist, weil er die Sünde für uns aufgehoben hat. Er kommt zum zweiten Male zu uns, denen das Gericht geordnet ist, und wandelt uns das Gericht in den Empfang der Seligkeit. Das ist der leuchtende Abschluß seines priesterlichen Ganges zu Gott.

Kapitel 10,1-18

Das Opfer Jesu nimmt die Schuld völlig weg

10,1: *Denn das Gesetz, das den Schatten der zukünftigen Güter hat* (Kol. 2,17), *nicht die Gestalt der Dinge selbst, ist nie imstande, durch dieselben Opfer, die sie jedes Jahr immerfort darbringen, die, die hinzutreten, zu vollenden.* Die zukünftigen Güter, die Gott dann der Menschheit gibt, wenn er ihr die Vollendung beschert, wurden

Israel am Versöhnungstag in einer Abzeichnung vorgestellt, die einem Schatten vergleichbar ist, der die Dinge wenigstens in ihrem Umriß andeutet. Der Gang Jesu nach Golgatha, seine Himmelfahrt, seine Wiederkunft, die Versöhnung, die er uns erworben hat, der Eingang in das himmlische Heiligtum, den er erschließt, die Verklärung, die er der Gemeinde durch seine Wiederkunft bringt, das sind die Güter, die die Verrichtung des Hohenpriesters am Versöhnungstag einigermaßen abzeichnete. Aber die wirkliche Gestalt dieser Dinge, in der sie sichtbar und gegenwärtig sind, enthielt das Gesetz noch nicht. Darum mußte das alte Opfer jährlich in derselben Weise wiederholt werden, und auch darin liegt ein deutliches Zeichen, daß es nicht die vollendete Hilfe bedeutet. Israel blieb mit seinem Opfer auf demselben Fleck stehen, auf dem es stand. Sein Gottesdienst bewahrte das Volk in derjenigen Gnade und Gabe Gottes, die es empfangen hatte; aber er erhob es nicht zu dem Ziel, an dem uns die ewigen Güter zugeteilt werden. Jesu Gang ist von anderer Art. Einmal wurde er der Sünden wegen unter uns offenbar; einmal hat er sich selbst zum Opfer in den Tod gegeben; einmal ersteht er aus dem Tod und erscheint für uns vor Gottes Angesicht; einmal kehrt er wieder in Herrlichkeit und bringt uns die Seligkeit. Jeder Schritt Jesu ist ein ganzes, vollendetes Werk, das sein Ziel erreicht und keiner Wiederholung bedarf. Auch sein Sterben hat uns etwas Ganzes und Vollkommenes gebracht, den vollen Sieg über das Böse, die ganze Aufhebung aller unserer Sünde, die vollkommene Reinheit vor Gott. So steigt unser Leben in geradem Lauf empor; es durchläuft nicht mehr wie ein Kreisel, der nicht von der Stelle rückt, stets dieselbe Bahn, sondern gelangt von Stufe zu Stufe zuerst zum Opfer Jesu, das uns Vergebung bringt, und dann zu seiner Herrlichkeit, die uns Errettung schafft.

10,2: *Hätte man sonst nicht aufgehört, sie darzubringen, da denen, die den Gottesdienst üben, nachdem sie einmal gereinigt sind, das Gewissen keine Sünde mehr vorhält?* Wenn wir das Opfer wiederholen, so zeigt sich daran, daß wir durch dasselbe noch nicht gereinigt sind, daß unser Gewissen vielmehr noch mit unseren Sünden beschäftigt ist. Solange wir opfern, sind wir innerlich noch nicht von ihnen los geworden, sondern liegen sie als Schuld in uns und verklagen uns, und wir streiten in unseren Gedanken gegen sie, erklären, entschuldigen, verurteilen und verwerfen sie, fassen gute Vorsätze und mühen uns vielfältig mit unseren Sünden ab. Zugleich liegen sie auch als lockende Lust in uns, verkehren unser Begehren und Trachten, übertäuben unser Gewissen und machen, daß wir gegen dasselbe streiten und es mißachten. So müssen wir immer wieder zum Opfer unsere Zuflucht nehmen, weil wir immer wieder sündigen und unser Inneres mit den Sünden verflochten und unter sie verknechtet bleibt. Davon hilft uns kein Opfer nach der Weise des alten Gottesdienstes. Wir können, wenn wir uns selbst verklagen müssen, nicht erwidern: „Sei nur ruhig! Du hast ja geopfert." Jene Anklage spottet unserer armen Gabe und erwidert: „Opfere du nur! Ein Sünder bist du doch!" Wir können, wenn uns eine sündige Lust bewegt, auch nicht sagen: „Ich habe geopfert! Weiche, böse Begierde!" Sie wird über uns lachen und sagen: „Opfere du nur! Ich bin doch in dir, meine Wurzeln sind in deinem Innersten, und du folgst mir doch!" Mögen wir Opfer an Opfer reihen, so erreichen wir doch keine Reinheit; sie flieht vor uns, und kein Gottesdienst, den wir vollbringen, zieht sie zu uns heran, nachdem wir einmal durch unsere böse Tat zu Sündern geworden sind. Macht das Opfer Jesu das an die Sünden gebundene Gewissen frei? Ja! Im Glauben an ihn können wir der Anklage, die in uns laut wird, antworten: „Christus ist für uns gestorben, steht für uns im Allerheiligsten Gottes und kommt von Gott her mit seiner Herrlichkeit zu uns; wo sind nun unsere Sünden?" Ebenso können wir im Glauben an Jesus der sündigen Lust antworten: „Du wirst völlig vergehen; alle sündlichen Flecken werden von uns weichen, weil uns das Opfer Jesu von allem Bösen trennt, so daß wir geheiligt sind und einmal in Vollkommenheit Gott dienen werden."

10,3.4: *Vielmehr entsteht durch sie die Erinnerung an die Sünde Jahr um Jahr. Denn es ist unmöglich, daß das Blut von Stieren und Böcken Sünden wegnehme.* Woher rührt es, daß das Opfer Jesu unser Gewissen neu macht, während jedes andere Opfer ihm nichts hilft? Das hängt an dem dargebrachten Opfer. In Israel wurde das Blut eines Tieres dargebracht; hier ist Jesus das Opfer, der Sohn des himmlischen Vaters und unser ewiger Herr. Das Tier kann uns weder helfen noch verzeihen; denn es steht tief unter uns. Christus dagegen kann uns verzeihen; denn er steht über uns und ließ sich zu uns herab und nahm sich unserer Sünden an. Das Tier kann nicht für uns handeln; es erleidet unfreiwillig den Opfertod. Christus dagegen tritt mit eigenem, freiem Willen in der Kraft seiner Liebe für uns ein, handelt an unserer Statt mit Gott und an Gottes Statt mit uns. Darum ist uns mit dem Opfer Jesu eine vollkommene Vergebung erworben, an der ein neues Gewissen entsteht, das nicht mehr in die Schuld und Macht der Sünde gebunden, sondern von der Gnade und Macht des Christus befreit ist.

Die Wirkung des alttestamentlichen Opfers bestand somit darin, daß es die Erinnerung an die Sünden wach erhielt. Es ließ den Opfernden seine Schuld nicht vergessen, sondern hielt sie ihm immer wieder vor. Darin bestand sein Segen. Denn es ist ein großes Glück für den, der gesündigt hat, wenn er an seine Übertretungen denkt. Das Böse hat täuschende Kraft. Es versteckt sich vor uns, weil es unser Herz hart macht, und übt gerade dadurch seine Herrschaft über uns, daß es sich vor uns verbirgt. Darum war das Opfer dem Israeliten als ein Bußzeichen gegeben, das ihn nötigte, in seine Sünde hinabzublicken, und ihn zum Bekenntnis vor Gott anleitete. Damit brachte es aber noch nicht Reinigung. Wir mögen uns noch so reuig in unsere Sünden vertiefen und uns noch so ernstlich vorhalten, wodurch wir uns vergangen haben: darin liegt noch keine reinigende Kraft. Auch vor Gott brachte das Opfer die Sünde in Erinnerung; denn die Gemeinde bekannte ihm damit ihre Schuld. So wurde das Opfer zur Bitte um Vergebung und zur Anrufung der Gnade. Dadurch wurde jene Erinnerung an die Sünde für das Volk hilfreich. Sie war dies nur dann, wenn sich der Blick zugleich nach oben zur Geduld und Barmherzigkeit Gottes kehrte. Aber auch so war das Opfer noch nicht Reinigung und Befreiung. Denn nicht, daß wir um Gnade bitten, sondern daß wir Gnade empfangen, macht uns rein. Ist aber nicht auch das Opfer Jesu ein mächtiger Bußruf, da wir ja nicht auf sein Kreuz blicken können, ohne an unsere Sünden zu denken? Ging nicht Jesus eben dazu in den Tod, damit wir nimmermehr vergessen, daß wir Sünder sind? Und ist sein Opfer nicht auch ein Ruf nach oben, eine Bitte um Gnade unserer Sünden wegen? Gewiß! Ohne das wäre es kein Opfer, das für uns Sünder Gott dargebracht ist, und nicht mit dem zu vergleichen, was der Priester Israels am Altar tat. Aber das Opfer Jesu ist mehr als nur ein Ruf zur Buße und die Ermutigung zur Bitte um Gnade, und weil es mehr als dies ist, bedarf es keiner Wiederholung, sondern ist es für immer vollbracht. Inwiefern ist es denn mehr? Es ist zugleich die Antwort Gottes auf jene Bitte, die uns bezeugt, wie Gott sich zu unserer Sünde stellt; es ist die Darbietung einer Gnade, die uns vergeben hat und uns trotz unserer Sünde das Allerheiligste aufschließt. Diese Tat der Gnade macht, daß uns das Opfer Jesu nicht nur die Erinnerung an die Sünden bewirkt, sondern zur Reinigung von ihnen dient und uns Vollendung schafft.

10,5-9: *Deswegen kommt er in die Welt und sagt: Opfer und Darbringung begehrtest du nicht; aber einen Leib bereitetest du mir. An Brandopfern und Sündopfern hattest du kein Gefallen. Da sagte ich: Sieh! ich komme; in der Rolle des Buches ist von mir geschrieben, damit ich, o Gott, deinen Willen tue* (Ps. 40,7-9). *Während er zuerst sagte: Opfer und Darbringungen und Brandopfer und Sündopfer begehrtest du nicht und hattest an ihnen kein Gefallen, die doch nach dem Gesetz dargebracht werden, hat er alsdann gesagt: Sieh! ich komme, um deinen Willen zu tun. Er hebt das erste auf, damit er das zweite bestätige.* Die unvollkommene Wirkung der alttestamentlichen Opfer führte dazu, daß Jesus im 40. Psalm die Vorschrift für sich fand. Dort erwägt der Psalmist, nachdem er die Hilfe Gottes erfahren hat, auf welche Weise er Gott danken könnte. Soll er es durch Opfer tun? Sie sind nicht das, worauf der Wille Gottes zielt und wozu ihn seine Güte leiten will; sondern der rechte Dank ist, daß er in herzlichem Gehorsam den Willen Gottes tut, wie er ihm im Gesetz gezeigt ist. Diese Erkenntnis leitete Jesus auf seinem Weg; in ihr fand er die Regel für seinen Beruf. Da er wußte, daß Gott auch von ihm nicht Brand- und Schlachtopfer begehrte, trat er nicht neben Kajaphas oder an dessen Stelle zum Altar oder ins Allerheiligste des Tempels in Jerusalem. Er hieß zwar den Tempel das Haus seines Vaters und eiferte gegen dessen Verunreinigung; aber nicht dort suchte er seinen Beruf, sondern erkannte ihn, wie es der Psalmist gesagt hatte, darin, daß er gehorsam in herzlicher Unterwerfung unter Gott den Willen Gottes tue. Das war das Opfer, das Gott bei ihm suchte, und die Ehrung, mit der er Gott zu verherrlichen hatte. Indem er aber die Opfer des Gesetzes beiseite ließ, hat er sie aufgehoben, und dies gerade dazu, um den Willen Gottes auszurichten. Im Gehorsam gegen die Weisung seines Vaters und zur Erfüllung seines Berufes hat er die alte Opferordnung abgetan. So kann seine Gemeinde nicht mehr zu ihr zurückkehren.

Statt Brand- und Schlachtopfer gab Gott ihm den Leib als das, was er ihm opfern sollte. Diese Fassung der Psalmstelle gibt freilich nur die griechische Übersetzung des Alten Testaments. Der hebräische Grundtext sagt statt dessen, daß Gott dem Menschen das Ohr gegraben hat. Den Opfern wird das Ohr entgegengesetzt, mit dem Gott den Menschen ausgerüstet hat, damit er auf ihn höre und ihm gehorche. Nicht mancherlei Geschenke und Gaben soll er Gott darbieten; sie sind nicht das, was Gott von ihm begehrt; wohl aber soll er auf den Willen Gottes achten und auf sein Gebot merken. Das gibt den rechten Gottesdienst. In der griechischen Übersetzung des Psalms war, ohne daß man sicher wüßte, wie es dazu kam, an die Stelle des Ohrs der Leib gesetzt worden, und diese Fassung der Psalmstelle benützt unser Brief, um uns den Weg Jesu klarzumachen. Sie trifft im höchsten Sinn bei Jesus zu. Ihm gab Gott, als er in die Welt kam, den Leib, nicht damit er ihm nur äußerlich als Hülle und Umkleidung diene, sondern so, daß der Leib ihn in die ganze Wirklichkeit des Menschseins hineinstellte, die auch das Innerste seines Geistes menschlich gestaltete. Diesen Leib empfing Jesus, damit er an ihm das Mittel habe, den Willen Gottes zu tun, und ihn zur Opfergabe mache, mit der er Gott ehrt. Er sollte sie nicht aus der Natur um sich her nehmen, sondern an sich selbst finden. Seinen Leib und damit sein menschliches Leben sollte er in Gottes Hand legen und Gott gehorsam in den Tod dahingeben. So richtete er den Willen Gottes aus.

10,10: *Durch diesen Willen sind wir mit einem Male geheiligt worden durch die Darbringung des Leibes Jesu, des Christus.* Der Wille Gottes, der Jesus zu uns gesandt, ihn mit seinem Leib ausgestattet und diesen seinen Leib von ihm zum Opfer gefordert und angenommen hat, hat uns heilig gemacht. Damit ist unsere Scheidung von Gott aufgehoben und uns die Verzeihung geschenkt. Nun sind wir im Christus mit Gott verbunden und zu seinem Eigentum erhoben. Nun ist uns Heiligkeit zugeteilt.

10,11-13: *Und jeder Priester steht Tag um Tag und vollzieht den Dienst und bringt oftmals dieselben Opfer dar, die nie imstande sind, Sünden wegzunehmen. Aber dieser brachte ein einziges Opfer für die Sünden dar und setzte sich für immer zur Rechten Gottes und wartet nun weiter, bis seine Feinde zum Schemel seiner Füße gemacht werden* (1,13). Nicht nur für die Opfernden, sondern auch für die Priester bedeutet die Verschiedenheit in der Wirkung des Opfers einen großen Unterschied. Wie die Opfernden nie fertig wurden, so standen auch die Priester in einer Arbeit, die nie zum Ende und zur Ruhe kam. Sie hatten einen endlosen Dienst zu vollziehen. Christus dagegen ist nach seinem einmaligen Opfer in die vollkommene Ruhe Gottes eingegangen. Allerdings ist sein Werk auf Erden noch nicht beendet. Er hat hier noch Feinde; allein sie ziehen ihn nicht mehr in den Streit und Kampf hinab. Er kann warten, bis sie zu seinen Füßen liegen. Die Stunde ihrer Beugung kommt. 10,14: *Denn durch eine einzige Darbringung hat er für immer die vollendet, die geheiligt werden.* Jesus hat auf Erden nicht nur Feinde, sondern auch solche, die geheiligt werden, weil sein Opfer und Priestertum ihnen zugute kommt und Anteil an der Heiligkeit verleiht. Aber auch sie liegen nicht als Sorge und Arbeit auf ihm; denn er hat sie mit seinem einzigen Opfer vollkommen gemacht, weil er alles für sie getan hat, was ihnen nötig ist. Der Weg zu Gott ist ihnen nicht unvollständig und unvollkommen, sondern ganz geöffnet. Die Güter des ewigen Lebens sind ganz für sie erworben, und die Gnade Gottes, in die sie aufgenommen sind, bricht nicht ab, sondern hebt sie sicher zur Vollkommenheit empor.

10,15-18: *Es ist aber auch der heilige Geist für uns Zeuge. Denn nachdem er gesagt hat: Dies ist der Bund, den ich für sie anordnen werde nach jenen Tagen, spricht der Herr, ich gebe meine Gesetze in ihre Herzen und werde sie auf ihren Geist schreiben, sagt er: Und ihrer Sünden und Übertretungen werde ich nicht mehr gedenken* (Jer. 31,33.34). *Wo aber diese Vergebung ist, da findet kein Opfer um der Sünde willen mehr statt.* Oben, Kapitel 8–12, hat der Brief durch diese Weissagung Jeremias gezeigt, daß der Alte Bund einem neuen weichen wird. Nun zeigt er mit ihr, daß der Neue Bund keinem anderen mehr den Platz räumen wird; denn das Werk Jesu bedarf keiner Ergänzung und Fortsetzung, sondern sein einmaliges Opfer bringt uns Vollendung. Denn die Gaben des

Neuen Bundes, wie Jeremia sie beschreibt, sind so beschaffen, daß sie die Gemeinde vollkommen und keines Opfers mehr bedürftig machen. Wenn uns Gott sein Gesetz ins Herz schreibt und Vergebung für unsere Sünden gewährt, hat kein weiteres Opfer Raum.

Somit errichtet der Brief eine starke Grenzscheide zwischen der alt- und der neutestamentlichen Frömmigkeit. Dort ist Erinnerung an die Sünde, hier Vergebung; dort keine Reinigung, hier Heiligung; dort bleibt alles unfertig, hier ist Vollendung. Aber bewährt sich dieser Unterschied im Leben und Stand der christlichen Gemeinde? Gehört nicht auch zum Christenwandel die tägliche Buße, in der wir unserer Sündhaftigkeit eingedenk bleiben, allezeit ein wachsames und demütiges Auge auf sie gerichtet halten und mit Fleiß unsere Reinigung suchen, nach dem Wort Jesu, der uns um Vergebung unserer Schulden bitten heißt ganz ebenso wie um das tägliche Brot? Da scheint die Verschiedenheit vom alttestamentlichen Gottesdienst gering. Aber der tiefe und gänzliche Unterschied, von dem unser Brief spricht, entsteht nicht durch uns, besteht auch nicht in dem, was wir in uns selbst sind und tun, sondern er besteht kraft dessen, was Christus für uns getan hat und tun wird. Die Gabe Gottes im Christus stellt aber nicht nur einen fließenden, gradweisen Unterschied her, sondern schafft etwas gänzlich Neues und bringt den wahrhaften Fortschritt zur Vollkommenheit. In Christus haben wir, die wir an ihn glauben, vollkommene Vergebung, vollkommenen Zugang zu Gott, vollkommene Heiligkeit, vollkommene Einführung in die ewigen Güter. Nicht das, was wir jetzt sind, haben und tun, ist vollkommen; aber der Ausgang und die Frucht des Werkes Jesu sind wahrhafte Vollkommenheit. Diese vollkommene Gabe Jesu ist uns schon jetzt, obgleich wir noch von ihm getrennt sind und auf ihn hoffen, in seinem Wort dargeboten. Innerlich können wir sie jetzt schon ergreifen und wissen, daß er uns mit seinem Werk vollendet hat. Das gibt uns, seiner Gemeinde, ein neues Bewußtsein vor Gott, das der alttestamentlichen Gemeinde noch nicht gegeben war, weil sie das Werk des Christus noch nicht vor sich sah, einen völligen Frieden mit Gott, eine völlige Zuversicht zu ihm, eine vollkommene Gewißheit, daß wir aus unserer Sünde herausgehoben und mit Gott verbunden sind. Solche Gewißheit ist eine Kraft, die mit mannigfaltiger Frucht und Wirkung unser Leben und Handeln gestaltet und erfüllt. Wir haben aber diese Kraft nur dadurch in uns, daß wir festhalten, daß uns das Werk Jesu Vollkommenheit erworben hat; in ihm hat sie ihren Grund und ihre Wahrheit, nicht in uns. Das will sagen: wir tragen unseren Reichtum während unseres irdischen Lebens durch Glauben in uns. Deshalb schließt auch unser Brief an die Erläuterung des Priestertums Jesu die Glaubensmahnung an.

Kapitel 10,19-39

Die Mahnung zum Glauben

Auch der lange, lehrhafte Abschnitt über das Priestertum Jesu endet mit einem mahnenden Wort. Der Segen des Todes und der Erhöhung Jesu ist uns vorgehalten; nun gilt es, ihn zu benützen und in unserem Herzen eine Macht werden zu lassen, die uns in Bewegung bringt.

10,19-22a: *Da wir also, Brüder, frohen Mut zum Eingang ins Heiligtum durch das Blut Jesu haben, den er als einen neuen und lebendigen Weg durch den Vorhang, das ist durch sein Fleisch, für uns hergestellt hat, und einen großen Priester über Gottes Haus haben, wollen wir mit wahrhaftem Herzen in der Gewißheit des Glaubens hinzutreten.* Zuerst spricht die Stelle noch einmal aus, was wir durch Jesu Tod empfangen haben. Zwar dringt unser Auge noch nicht in das Heiligtum hinein; denn wir stehen an unserem irdischen Ort, der vom himmlischen Heiligtum geschieden ist, und sind uns auch unserer Unfähigkeit und Unwürdigkeit, dorthin eingelassen zu werden, wohl bewußt. Dennoch blicken wir in der fröhlichen Gewißheit zu ihm empor, daß es eine Pforte für uns hat und uns geöffnet wird. Die Furcht, wir könnten von seiner Schwelle weggewiesen werden, ist überwunden, und der Zweifel, ob wir ihm wohl nahen dürfen, ist weg. Das Heiligtum Gottes ist uns zum Grund und Quell der Freude geworden; denn wir werden es sehen, an der Anbetung dort teilnehmen und den Reichtum der Offenbarung Gottes genießen, der seinen himmlischen Tempel erfüllt. Die Weihe, die uns ermächtigt, den Tempel Gottes zu betreten, ist das Blut Jesu; durch dieses haben wir diese Zuversicht empfangen.

Diese offene Pforte hat das Heiligtum für uns durch Jesus erhalten, da er uns den Weg dorthin durch sein Fleisch wie durch einen Vorhang hindurch neu hergestellt hat. Hier sind zwei Gedanken aufs engste miteinander verknüpft. Es ist einmal an das himmlische Heiligtum gedacht, wohin uns Jesus durch seinen Tod den Weg gebahnt hat, und zugleich an die irdische Erscheinung Jesu unter uns. Auch er war ein Tempel Gottes, in dem Gott unter uns gegenwärtig war. Aber auch an ihm war das Allerheiligste durch einen Vorhang verhüllt und unsichtbar gemacht. Dieser Vorhang war sein Fleisch, seine menschliche Art und Natur. Sie verhüllte die Herrlichkeit Gottes in ihm, doch nicht so, daß sie uns dadurch unerkennbar und unerreichbar würde; im Gegenteil: gerade das Menschsein Jesu ist das Mittel, durch das wir zum Heiligtum Gottes gelangen. Denn dadurch, daß der Christus als Mensch bei uns gewesen ist und aus seinem Leib sein Opfer gemacht hat, sind wir in die Gemeinschaft mit Gott berufen und versetzt. So beleuchtet das Wort noch einmal den Grund unserer Zuversicht, die wir im Blick auf das obere Heiligtum haben: sie beruht auf dem Tod und der Erhöhung Jesu. Die Knechtsgestalt Jesu ist kein Hindernis für unsere Zuversicht; denn sie war die Hülle, in der das ewige Leben Gottes verborgen ist, und diente Jesus dazu, uns die göttliche Gnade zu verschaffen. Wir wissen aber auch, daß er nun in der Herrlichkeit Gottes lebt, und wissen darum auch, daß der Tempel Gottes für uns offen ist. Weil uns in Jesus und durch seine Tat der Eingang in das Heiligtum erschlossen worden ist, heißt der Weg dorthin ein lebendiger Weg.

Nachdem wir zuerst erwogen haben, ob der Tempel Gottes einen Eingang für uns habe, läßt V. 21 uns in sein Inneres hineinschauen. Der Tempel hat eine offene Pforte, und darin finden wir den großen Priester, den wir kennen, dem Gottes Haus nach dessen gnadenvoller Ordnung überwiesen ist, daß er es zu ihm hinführe.

Das ist unsere Lage vor Gott. Was haben wir nun zu tun? Tritt herzu! Bleibe nicht in der Ferne stehen, während doch der Weg für dich hergestellt ist! Wende dich nicht vom Heiligtum ab, während es dir offensteht! Fliehe nicht vor Gott, während du einen großen Priester hast! Daß wir herzutreten, das ist die Absicht Gottes, der uns in Christus sucht. Wir wollen so zu ihm gehen, daß unser Anschluß an ihn wahrhaftig ist – nicht mit einem geteilten Herzen, das doch innerlich von Gott wegstrebt und eigenwillig und unwillig das Heiligtum und seinen Priester verachtet. Die Weise, wie uns Gott zu sich führt, muß uns das ganze Herz abgewinnen und ihm zuwenden. Ihm gegenüber ist Unaufrichtigkeit, Zurückhaltung und Verstellung Sünde. Wir haben ihm offen und ehrlich unser Inneres aufzuschließen, wie er uns mit einer ganzen, wahrhaftigen Gabe sein Heiligtum geöffnet hat.

Wie sollen wir hinzutreten? In ganzem, gewissem Glauben. Durch den Tod Jesu ist uns jeder Grund zum Argwohn genommen und entkräftet. Der Zweifel gegen Gott ist uns zum Unrecht und der Verdacht gegen ihn zur Sünde gemacht. Der ganze Glaube, der nicht mehr von argen Gedanken des Mißtrauens und Zweifels niedergedrückt und geknickt ist, ist das, was uns allein, aber auch wirksam mit dem Heiligtum Gottes und seinem Priester verbindet.

10,22b.23: *An den Herzen besprengt und so vom bösen Gewissen befreit und am Leib in reinem Wasser gebadet, wollen wir das Bekenntnis der Hoffnung festhalten, so daß es nicht schwankt; denn der, der die Verheißung gab, ist treu.* Mit dem Glauben ist uns zugleich eine unendliche Hoffnung gegeben, eben die, daß das Heiligtum Gottes sich für uns öffnen wird und wir bei unserem Priester sein werden. Sind wir gläubig, so haben wir uns zu dieser Hoffnung auch bekannt; damit haben wir die Pflicht, das Bekenntnis zu dem, was wir hoffen, so in uns zu tragen, daß es nicht schwankt und nicht verstummt. Wir schreiben uns durch unsere Hoffnung ein priesterliches Vorrecht zu; denn wir wollen ja zum Heiligtum Gottes gelangen. Wir haben aber auch die Heiligung erhalten, wie sie nach dem Gesetz der Priester empfing. Der Brief erinnert an die Weise, wie die Priester zu ihrem Dienst an der Stiftshütte geweiht wurden: durch Besprengung mit dem Opferblut und durch ein Bad. Dadurch, daß Christus uns sein Opfer zugeteilt und dessen Frucht uns zu eigen gegeben hat, sind wir von ihm besprengt, nicht nur in der Weise, wie die alten Priester geheiligt wurden, deren Glieder das Opferblut berührte, sondern so, daß die Besprengung unser Herz erreicht und uns in unserem inneren Leben geheiligt hat. Der Tod Jesu ist jetzt für uns und in uns eine Macht; er erfaßt uns innerlich, stillt die Anklage unseres Gewissens und nimmt uns die böse Sucht und die wirren Gedanken ab, gegen die sich der verdammende Spruch des Gewissens wendet, der es uns verwehrt, uns Gott zu nahen und in sein Heiligtum zu treten. Aber auch unser Leib hat durch die Taufe das priesterliche Zeichen erhalten, durch das uns die Gnade Gottes im Blut Jesu vorgehalten und zugeeignet ist. Indem der Brief hier das Gewissen und den Leib nebeneinanderstellt, will er uns sagen, daß das priesterliche Werk Jesu nichts an unserem menschlichen Wesen unberührt läßt, sondern uns ganz zu einem heiligen Bild Gottes nach Seele und Leib reinigt. Wir gehen ja in das Heiligtum Gottes durch Auferstehung ein.

10,24.25: *Und wir wollen aufeinander achten zur Erweckung des Eifers in der Liebe und in löblichen Werken und unsere Versammlung nicht verlassen, wie es bei einigen Gewohnheit ist, sondern uns mahnen, und dies um so mehr, je mehr ihr den Tag nahen seht.* Den Glauben und die Hoffnung hat nicht jeder einzelne für sich allein zu bewahren; denn wir sind mit vielen zu einer Gemeinde verbunden durch dieselbe Hoffnung, zu der wir berufen sind und uns bekennen. Daraus geht die dritte Mahnung hervor: Habt aufeinander acht! Seid einander nicht gleichgültig! Öffnet das Auge, damit ihr seht, was in den anderen vorgeht, wo Schaden und Gefahr sich ihnen nahen! Es wäre eine innere Unwahrheit, an der wir zugrunde gingen, wenn wir den Menschen um uns her keine Bedeutung zumessen und uns nicht von Herzen mit ihnen verbinden wollten, sondern nur für unser eigenes Leben das höchste Ziel erstrebten und uns durch Christus zu Gott ins Allerheiligste erheben wollten. Sind wir selbst so hoch gewürdigt, so ist uns damit jede Geringschätzung und Verachtung der anderen verwehrt. Wir haben auf die anderen zu achten und sie auf uns achten zu lassen. Keiner ist hier des anderen Vormund, jeder des anderen Gehilfe. Wir haben darum auch von ihnen das mahnende Wort anzunehmen, wie wir selbst es ihnen gönnen. Ihre Mahnung mag oft fehlgreifen, mahnen, wo keine Mahnung nötig ist, und am unrechten Orte tadeln, wo der Schaden doch nicht liegt. Allein das entbindet uns nicht von der Pflicht, sie zu hören. Besser ist es, wir machen einen mangelhaften und ungeschickten Versuch, einander zu dienen, als wir unterlassen unseren Dienst ganz und gar.

Eins freilich darf nicht fehlen; sonst wird diese Achtsamkeit auf einander uns zur Sünde und den anderen zur bitteren Quälerei: sie muß geschehen, um den Eifer der Liebe zu erwecken. Es liegt in der Wahl des Worts „Ereiferung der Liebe“ ein vielsagender Hinweis auf den gewöhnlichen Lauf des Lebens. Treten wir Menschen einander nahe, so daß es zu einer inneren Berührung zwischen uns kommt, so wirkt das wohl als Anregung und bringt Eifer in unser Leben, aber oft genug einen eigenwilligen Eifer, an dem sich der Streit entzündet und das Leben im Ärger und Haß vergiftet wird; dann kann die Einsamkeit, in der jeder seines Weges geht und keiner sich um die anderen kümmert, daneben als ein Glück erscheinen. „Vor euch“, sagt der Brief, „die ihr durch Christus in eurem Inneren gereinigt seid, soll man sich nicht mehr dadurch schützen müssen, daß man euch aus dem Wege geht. Ihr sollt einander so nahe treten und so füreinander dasein können, daß der daraus entstehende Eifer in euch und in den anderen der Eifer der Liebe ist und sich an eurer Eintracht die Freude und die Kraft zum guten Werke stärken. Solange ihr noch in selbstischem, herrischem Eifer oder gar mit den Augen des Neides und des Hochmuts aufeinander achtet, in der Absicht, euch an der Erniedrigung des anderen zu erhöhen, solange euer Zusammensein sofort der Liebe gefährlich wird und Hader erzeugt, solange haltet euch zurück und schweigt!“

Deshalb sollen wir da nicht fehlen, wo die christliche Gemeinschaft gepflegt wird. Die innere Ermattung der Männer, an die der Brief zunächst gerichtet war, zeigte sich auch darin, daß sie sich von den Versammlungen der Gemeinde zurückzogen. Sie werden nicht an die eigene Förderung erinnert, die ihnen die Teilnahme an diesen Zusammenkünften bringt; mehr Gewicht legt der Brief darauf, ihnen deutlich zu machen, daß sie damit eine Liebespflicht versäumen und den Dienst nicht ausrichten, zu dem sie an den anderen berufen sind. Die Teilnahme an den Zusammenkünften der Gemeinde gibt ihnen Gelegenheit zum mahnenden Wort.

Dies alles soll mit stetig wachsendem Eifer geschehen. Denn je mehr die Zeit sich dehnt, um so näher rückt ihnen der große Tag, der ihnen den Spruch des Richters bringen wird und die Vollendung ins himmlische Wesen bringen kann. Die Länge der Zeit wirkt auf jeden Eifer, zu dem uns nur die natürlichen Triebe bewegen, hemmend und schwächend ein. Er wird sich am Anfang am stärksten regen; hernach, wenn dieselbe Aufgabe und Arbeit immer wiederkehrt, nimmt er ab. Die Gewohnheit hat eine abstumpfende Macht. Allein im Leben eines Christen darf die Länge der Zeit nicht zu einem Ermatten der Liebe und Anstrengung führen. Denn er läuft nach einem Ziel, das ihm mit jedem Tag näher rückt, und je näher das Ziel vor uns steht, um so eifriger, nicht um so schlaffer soll der Lauf werden.

So gibt uns dieses mahnende Wort einen kurzen, aber reichen und vollständigen Überblick über den ganzen Christenstand. Es erinnert zuerst an die Frucht des Todes Jesu, an den Frieden der Versöhnung mit Gott. Das ist die Gabe, die mit der Erkenntnis Jesu unser Eigentum geworden ist. Von hier aus bezeichnet es uns die dreifache Bahn, auf der uns die Gabe Gottes tätig macht. Dadurch ist unser Herz zum Glauben, zum Hoffen und zum Lieben berufen. Und den Schluß macht der Ausblick auf den kommenden Tag, der uns das ewige Gut verschaffen wird.

Nun erinnert der Brief noch einmal an die Gefahr, die jedem Christenleben droht, in ganz ähnlicher Weise wie in dem Abschnitt, den er der Besprechung des Priestertums Jesu vorangestellt hat (6,4-8; 12,16.17). Dort richtete der Brief den Blick seiner Leser auf die Tiefe des Verderbens, in die wir fallen können, damit sie aufhorchen, ihre Ermattung abschütteln und sich nach der Vollkommenheit ausstrecken. Jetzt haben sie gehört, was der Verfasser ihnen über Christus sagt. Aber damit, daß sie seine Lehre vernahmen, hat diese ihr Ziel noch nicht erreicht. Jetzt muß erst noch das eigentliche Hören beginnen, das das Herz dem Wort aufschließt und zu dem bewegt, was das Wort in uns schaffen will. Darum ruft er ihnen an dieser Stelle nochmals zu: „Es handelt sich um Leben oder Tod." 10,26-31: *Denn wenn wir freiwillig sündigen, nachdem wir die Erkenntnis der Wahrheit erlangt haben, bleibt kein Opfer für die Sünden mehr übrig, sondern ein angstvolles Warten auf das Gericht und den Eifer des Feuers, das die Widersacher verzehren wird. Hat jemand das Gesetz Moses ungültig gemacht, so stirbt er ohne Erbarmen nach der Aussage von zwei oder drei Zeugen* (5. Mose 17,6; Matth. 18,16). *Wieviel schlimmer, meint ihr, wird die Strafe sein, die dem zuerkannt werden wird, der den Sohn Gottes mit Füßen trat und das Blut des Bundes, durch das er geheiligt wurde, als gemein an-*

sah und den Geist der Gnade mißhandelte? Denn wir kennen den, der gesagt hat: Mein ist die Vollstreckung des Rechts; ich werde vergelten (5. Mose 32,35; Röm. 12,19)*; und wieder: Der Herr wird sein Volk richten* (Ps. 135,14). *Schrecklich ist es, in die Hände des lebendigen Gottes zu fallen.* Gerade die Vollkommenheit des Opfers Jesu, wie sie im Vorangehenden dargestellt war, wirft auf den Ernst dieser Drohung neues Licht. Weil es vollkommen ist, ist es auch das einzige, das uns von Gott dargeboten wird. Das muß uns dazu bewegen, daß wir uns reinigen lassen; das muß uns zum Glauben erwecken und zum Hoffen führen und zur Liebe reizen. Wenn sich dieses Opfer für uns als nutzlos erweist und Christus vergeblich für uns gestorben ist und wir dennoch glaubenslos werden und hoffnungslos und lieblos bleiben, wenn uns sein Blut nicht von der Sünde lösen und vor ihr nicht bewahren kann, wo sollen wir ein anderes Opfer finden, das unsere Sünden deckt, wo einen anderen Priester, der uns zu Gott führt, wo eine andere Gnade, die uns aufrichtet? Hier ist das reinigende Opfer, hier der versöhnende Priester, hier die heiligende Gnade und nirgends sonst; denn hier ist sie in Vollkommenheit. Die Vollkommenheit des Opfers Jesu hat zur Folge, daß von der Weise, wie wir uns zu Christus stellen, für uns die Entscheidung über Leben oder Tod abhängt.

Dadurch, daß wir Christus kennen, wird unser Sündigen überaus sündig, weit sündiger als vorher. Denn nun geschieht es mit Willen, weil wir die Erkenntnis der Wahrheit besitzen. Solange wir ohne Kenntnis der Wahrheit handeln, ist noch nicht unser ganzer Wille in dem, was wir tun. Wir tasten noch im Dunklen, und das Ziel, zu dem unser Handeln führt, ist noch nicht von uns vorausgesehen, darum auch nicht eigentlich von uns gewollt. Wir lassen uns treiben und ziehen und geben den verlockenden Reizen nach, ohne deutlich wahrzunehmen, welch bösartigen Mächten wir gehorchen. Diese Abhängigkeit, Gebundenheit und Unwissenheit im Sündigen hat für uns damit ihr Ende erreicht, daß in Christus die Wahrheit vor uns trat und ihr Licht in uns aufleuchtete. Jetzt verleugnen wir nicht mehr einen uns noch unbekannten Gott, sondern den, den wir in seinem Sohn kennen; wir verachten Christus nicht mehr deshalb, weil er uns arm und ohnmächtig scheint, sondern nachdem er seine versöhnende Macht an uns erwiesen hat; wir werfen nicht mehr eine Gabe weg, die wir für wertlos halten, weil uns die Dinge, nach denen die sündige Lust sich streckt, bezaubern, sondern wir wissen, daß die Gabe Jesu Geist und Leben ist, und die Sünde ist uns als Scheidung von Gott nach ihrer tödlichen und teuflischen Macht aufgedeckt. Jetzt erst ist unser Sündigen ganz und gar sündlich geworden; denn es kommt jetzt nur dadurch zustande, daß unser Wille sich Gott entgegenstemmt. Damit hat die Bosheit uns innerlich im Kern unserer Person zu Widersachern Gottes gemacht.

Nicht in denen, die Christus nicht kennen, geschehen die großen, argen Sünden, sondern im Christenleben geschehen sie. Erst auf dem Acker des Christus kommt es zum Wachstum des giftigen Unkrauts. Die Höhe, auf die uns sein Werk vor Gott stellt, macht unseren Fall tief, tiefer als vordem. Nachdem wir zum Gehorsam berufen und befreit sind, kommt nun erst die Versuchung zum gründlichen Ungehorsam. Nachdem wir beten gelernt haben, kann unser Mund auch lästern, und wer die Wahrheit kennt, der kann erst wirklich lügen. Wenn die Liebe uns vergeblich besucht hat, dann entbrennt der tiefe Haß. Das Heilige muß zuerst in unsere Hand gegeben sein, ehe wir es antasten und entweihen können. „Wieviel mehr", sagt der Brief, „ist euch gegeben als den Alten! Euch hat Gott nicht nur durch das Gesetz mit sich verbunden, sondern durch seinen Sohn und durch das heiligende Blut des Neuen Bundes und durch den Geist, den euch die Gnade gab und der sie in euch bezeugt. Das sind die Bande, mit denen Gott euch zu sich gezogen hat. Wenn ihr sie antastet und entheiligt, seid ihr viel tiefer verschuldet als die Übertreter des Gesetzes. Aber wie ernst ahndete schon das Gesetz seine Übertretung! Eure Strafe wird noch größer sein. Zwar ist nicht wie einst unter dem Gesetz sofort der Richter zur Stelle, der euch das Leben abspricht; sondern ihr müßt auf den Tag des göttlichen Gerichts warten, der den Feuereifer Gottes enthüllen wird; aber das ist ein schreckliches Warten. Es wird auch an euch nach dem Wort des Gesetzes gehandelt werden, daß das Urteil nach der Aussage zweier oder dreier Zeugen gesprochen wird. Ihr habt jetzt im Christus und in seinem Blut und in seinem Geist die Zeugen des gnädigen Willens Gottes vor euch, die euch die Berufung zu Gott bringen und Heiligkeit und Gnade darbieten. Sie werden als verklagende Zeugen wider euch stehen, wenn ihr sie mißbraucht und verhöhnt. Ihr selbst verwandelt euch die Zeugen eurer Errettung in die Zeugen eurer Schuld. Christus, sein Blut und sein Geist machen die Größe eurer Sünde offenbar. Vor ihnen verstummt euer Mund."

Christus können wir verwerfen; aber Gott entrinnen wir nicht. Die Trennung und Verhüllung, die jetzt Gott für uns in die Ferne rückt, wird fallen. Wir werden ihn finden und er uns. Aber nun finden wir nur noch Gott, Gott ohne Christus, ohne den Mittler, in dem er uns seine Gnade erweist, ohne den Priester, der mit seinem Opfer unsere Sünden deckt und uns in den Frieden des Allerheiligsten geleitet. Getrennt von Christus finden wir nur noch den Gott, der das Recht zum Siege bringt, der die Rache in seine Hand genommen hat und für alle Bosheit zum verzehrenden Feuer wird. Soll es für uns nicht schrecklich sein, in Gottes Hände zu fallen, so dürfen wir Christus nicht mit Füßen treten, sondern müssen uns in Glauben und Gehorsam ihm untergeben als sein Haus, über das Gott ihn zum Priester gesetzt hat. Dann bringt uns die Offenbarung Gottes das ewige Leben; ohne Christus stoßen wir in Gott nur auf die rächende Zornesmacht.

Der Brief will auch an dieser Stelle seine Leser nicht nur schrekken, sondern aufrichten und trösten. Das, womit er sie tröstet, sind die Leiden, die sie um Jesu willen getragen haben. 10,32-34: *Erinnert euch aber an die früheren Tage, in denen ihr, nachdem ihr erleuchtet waret, ein schweres Ringen, das euch die Leiden brachten, bestanden habt und teils durch Schmähungen und Bedrückungen zum Schauspiel gemacht, teils zu Genossen derer wurdet, die in solche Lage gebracht wurden. Denn ihr habt auch mit den Gefangenen mitgelitten und den Raub eurer Habe mit Freuden angenommen, da ihr erkennt, daß ihr eine bessere und bleibende Habe besitzt.* Die jüdischen Christen, an die der Verfasser schreibt, hatten allerdings noch nicht das Schwerste dulden müssen. Ihr Leben und ihre Freiheit waren bisher verschont geblieben, da es der Judenschaft noch nicht gelungen war, sich für ihren Kampf gegen Jesus auch die römischen Behörden dienstbar zu machen. Sie hatten aber Jesu wegen Schmach getragen und sich treu und mutig zu denen gestellt, die Härteres als sie selbst leiden mußten, und auch Beraubung und Schädigung an ihrer Habe auf sich genommen. Solche

Leiden können für sie ein Trost sein und ihnen Zuversicht geben. Es gehört zur schönen Lehrkunst unseres Briefes, daß er seinen Trost aus ihren Leiden zieht, die doch wesentlich zu der Ermattung beitrugen, die über sie gekommen war. Sie werden gedacht haben: Wäre es in den Augen unserer Verwandten, Freunde und Mitbürger keine Schande, ein Christ zu sein, wären nicht so viele Nachteile und Verluste damit verbunden, so wäre unsere Freude an Jesus größer und unser Bekenntnis zu ihm zuversichtlicher. „Nein", ruft ihnen der Brief zu, „weil ihr gelitten habt, dürft ihr getrost sein." Er mahnt diese Christen nicht nur, nachdem sie so viel an die Sache Jesu gesetzt und gewagt haben, nun nicht zurückzugehen, sondern er zeigt ihnen in dem Leiden, das sie seinetwegen getragen haben, ein Band, das sie mit ihm verbunden hält und darum innerlich Grund zu Freudigkeit und Zuversicht gibt. Wir können in allen Verhältnissen erproben, wie sehr die Gemeinschaft gefestigt und vertieft wird, wenn man füreinander leiden muß! Ein solches Leiden bindet Herz und Herz noch fester zusammen als die gemeinsame Freude und der Genuß, den uns die Liebe gewährt. Das gilt auf höherer Stufe auch für unseren Anteil am Christus. Wer für ihn gelitten hat, der hält ihn fest. Er hat es erlebt, daß er von ihm ergriffen ist und ihn ergriffen hat, daß er ihn nicht lassen kann, weil er ihm mehr wert ist und höher steht als jedes andere Gut. Das Leiden bringt die Liebe allerdings in Versuchung; allein wenn sie diese überwindet, macht es sie bewährt und ihrer Kraft bewußt. So begründet und mehrt es die Zuversicht und Freudigkeit, und aus dem Leiden selbst wird ein Quell des Trostes. Das ist die Art des Evangeliums, daß es allem, was uns widerfährt, einen anderen, neuen Wert verleiht, den die natürliche Empfindung nicht darin zu finden vermag. Es läßt uns in dem, was wir für ein Unglück halten, Glück und Segen erkennen und zeigt uns in dem, was wir als unser Glück begehren, die Versuchung und Gefahr. Es kehrt unsere Gedanken darüber, was für uns gut ist oder schlimm ist, um; denn es gibt uns einen neuen Maßstab für die Dinge in die Hand. Wir messen sie nun an dem ewigen Gut, das uns durch Christus zugefallen ist. Damit tritt alles in ein neues Licht.

10,35: *Darum gebt euren frohen Mut nicht auf, der eine große Vergeltung hat.* Verdient es denn Lohn, wenn wir uns die Freudigkeit und Zuversicht bewahren? Eben dies sucht ja Gott bei uns. Daß wir mit getrostem, mutigem Sinn seinen Namen in uns tragen und Christus als unser Heil und Leben fröhlich rühmen, das ist es, was uns Gott mit seiner reichen Gabe lohnt. 10,36-39: *Denn ihr braucht Standhaftigkeit, um den Willen Gottes zu tun und die Verheißung zu bekommen. Denn es währt noch eine kleine Zeit, wieviel es auch sei, dann wird der, der kommt, kommen und nicht zögern. Mein Gerechter wird aber aus Glauben leben, und wenn er weicht, hat meine Seele an ihm kein Gefallen* (Hab. 2,3.4). *Für uns aber kommt nicht in Betracht, daß wir weichen zum Verderben, sondern daß wir zum Gewinn der Seele glauben.* Die Freudigkeit vergeht uns, wenn wir nicht allem Druck und Kampf eine ausharrende Beständigkeit entgegensetzen. Aber der Brief tröstet uns mit dem Wort der Verheißung, daß Christus zu uns kommen wird. Er versäumt und verläßt die Gemeinde nicht, und gemäß der Fülle der Verheißung, die im apostolischen Wort überall auftritt, ruft auch unser Brief uns zu: „Es währt nur eine kleine Zeit! Bald kommt er. Dann erwächst für euch aus dem Glauben das Leben, aus dem Glauben, der nicht zurückgewichen, sondern bei Christus geblieben ist, obwohl es galt, auf ihn zu warten und zu hoffen." Wer sich von ihm zurückzieht, bringt sich um die Seele und stürzt sich selbst in den Tod. Wir aber, die wir glauben, gewinnen die Seele, den Ort und Herd unserer Lebendigkeit. Sie wird nun mit ewigem Leben erfüllt, so daß sie aller Gefahr des Todes entnommen ist.

Es wird uns hier dasselbe Wort Habakuks vorgehalten, das auch im Eingang des Römerbriefs (1,17) und im Galaterbrief (3,11) steht. Es ist aber hier nicht ganz in derselben Weise gebraucht wie dort. Wenn Paulus in diesen Spruch den ganzen Inhalt des Römerbriefs zusammenfaßt, so drückt er damit aus, wie köstlich und selig die Stellung ist, die Gott uns durch das Evangelium bereitet hat: wir dürfen an ihn im Christus glauben; wir sind nicht auf unser eigenes Werk verwiesen und nicht mit einem Gesetz belastet, sondern stehen vor der Gabe Gottes und vor dem Werk Jesu, dürfen uns an Jesus anschließen und uns aneignen, was er für uns erworben hat, und haben Gerechtigkeit und Leben in ihm. Damit spricht das Wort des Propheten die Herrlichkeit und Größe des Evangeliums aus. Eben deshalb ist es ein Evangelium, weil es uns zum Glauben beruft und uns sagt, daß wir unser Vertrauen auf Christus stellen dürfen. Auch unser Brief blickt auf die reiche Gabe Gottes, auf der der Glaube ruht, hebt aber zugleich die Anstrengung hervor, die es kostet, den Glauben zu bewahren, und die Schwierigkeiten, die ihm entgegenstehen.

Der Glaube hat zwei Seiten, die ihm beide eigen sind; er bringt uns ein Haben, das aber noch nicht vollständig ist, und ein Wissen, das doch in gewissem Sinn ein Nichtwissen bleibt. Auf das Empfangen, das uns, den Glaubenden, geschenkt worden ist, wird noch ein anderes, höheres Empfangen folgen. Was Christus uns erworben hat, gehört uns zu, weil er es uns gibt. So ist es unser; wir sind reich, weil wir an ihn glauben. Aber wir haben es noch nicht in uns, solange uns Christus auf sich trauen heißt; so lange ist seine Gabe noch in seiner Hand. Dennoch dürfen wir sie unser heißen, weil wir auf ihn zählen dürfen. Darum ist der Glaube beides: Friede, tiefe Ruhe und volles Genügen und zugleich Streben und Verlangen und ein Laufen nach dem uns vorgesteckten Ziel. Er ist unser Glück und Gut und selbst die allerhöchste Gabe, deren wir uns als unseres Reichtums rühmen dürfen, und zugleich ein Anspruch und eine Aufgabe, die von uns unter Kampf und Anspannung zu übernehmen und zu ihrem Ende zu führen ist.

Wenn unser Brief den Anspruch, der im Glauben an uns gestellt ist, ins Auge faßt, so folgt er hierin dem unwilligen, müden Sinn der jüdischen Christenheit. Sie wäre froh, wenn sie, statt glauben zu müssen, zum Sehen und Genießen dessen käme, was ihr die Verheißung in Aussicht stellt. Wer sich an Jesu Lebensgang stößt, wird sich auch gegen seinen Anspruch auflehnen, daß er Glauben von uns fordert. Die Gabe wird ihm zu klein, die Aufgabe zu groß erscheinen. Darum ist der Brief noch nicht zu Ende, nachdem er uns gezeigt hat, wie Jesus durch seinen Tod und seine Erhöhung unser Priester geworden ist, dessen Kreuz und Himmelfahrt voll von Segen und Gaben für uns sind; sondern er fügt noch einen neuen, lehrhaften Abschnitt hinzu, der das Wesen und die Frucht des Glaubens bespricht, damit wir erkennen, was uns denn eigentlich von Gott zugemutet ist.

Nun erst, nachdem der Brief Jesu Tod und Erhöhung ausgelegt hat, spricht er über den Glauben. Wir sollen zuerst die Güter ansehen, die uns Christus erworben hat, weil sie uns zum Glauben bewegen. Kann er uns noch schwerfallen, wenn wir erkannt haben, was wir bei Christus finden? Kann der Glaube uns als eine harte Pflicht erscheinen, nachdem ihn Jesus auf solche Gaben und Güter gegründet hat? Und doch ist auch uns die Betrachtungsweise des Glaubens, die der Brief vor Augen hat, sehr geläufig. Man hört die Klage oft genug: „Nur Glaube – das ist ein beschwerliches und bedenkliches Ding." „Nur glauben?" sagen wir. „Wir wollen wissen!" Und auch die noch tiefere Ungeduld ist unter uns vorhanden, die nicht nur auf das Erkennen, sondern auf das Werk zielt und die Herrlichkeit und Macht des Christus nicht nur glauben, sondern erlebt haben will. Nach Macht verlangen viele, nach Macht der Heiligung, die uns ganz erneuert, nach Macht der Heilung, die allen Schaden von uns nimmt, nach der Macht der Herrlichkeit. Den Glauben aber, bei dem wir zwar in uns selbst arm und ohnmächtig sind, aber wissen, daß Christus reich und mächtig ist, wie gering schätzen ihn viele! Hören wir darum, was unser Brief uns vom Glauben sagt.

Kapitel 11

Der Glaubensweg der Alten

Wer unter den Lesern zum Glauben unwillig ist, der sehe zurück auf Israel! Ist es denn eine neue, unerhörte Forderung, daß wir Gott glauben sollen? Ist diese Aufgabe etwa erst der Gemeinde Jesu gestellt? Nein! Auf Glauben war aller Verkehr und jede Gemeinschaft der Menschen mit Gott von deren ersten Anfängen an begründet. Auch der Weg Israels war zu allen Zeiten ein Glaubensweg. Keiner von den Alten konnte Gott anders dienen als dadurch, daß er ihm Glauben erwies, und sie haben sich dessen nicht geweigert, sondern freudig Gott eines ganzen Vertrauens wert geachtet, das zu jedem Gehorsam und zu jedem Opfer willig war. Wer sich des Glaubens entschlägt, der ist nicht nur kein Christ, sondern auch kein Israelit mehr; er verläßt die Bahn der Väter und wirft weg, was ihre Größe und Ehre, ihre Kraft und ihren Sieg ausgemacht hat. Es läßt sich aber an den Vätern nicht nur die Art und das Wesen des Glaubens erkennen, sondern auch dessen Frucht und Wert. Sie haben Gott nicht umsonst geglaubt. Ihr Glaube betrog sie nicht; er fiel nicht als eine leere Hoffnung dahin. Gott bekannte sich zu ihrem Glauben, und alles Große und Herrliche, was die Geschichte Israels aufweist, wurde im Glauben erlangt und war die Gabe Gottes an die, die Glauben übten. Wer des Glaubens müde ist und auf Gottes Hilfe und Gabe verzichtet, der verleugnet alle Zeugnisse von der Macht und Gnade Gottes, die er in der Geschichte Israels aufgerichtet hat.

Während bisher in der Vergleichung der beiden Testamente der Blick vorwiegend auf den Unterschied zwischen ihnen gerichtet war, hebt der Brief hier wieder wie oben, als er vom Unglauben Israels redete (3,7–4,13), die Gleichheit zwischen beiden hervor: beide verlangen vom Menschen in derselben Weise, daß er an Gott gläubig sei. Auf den Unterschied kam es dem Brief dann an, wenn er von der Gabe Gottes sprach. Wir sollen erkennen, wie weit das Werk und die Gabe Jesu alles, was vor ihm von oben den Menschen dargereicht war, überragt. Hier aber, wo vom Verhalten der Menschen die Rede ist, zeigt der Verfasser des Briefes auf die Gleichartigkeit zwischen der alt- und neutestamentlichen Gemeinde hin. Er geht mit seinem Wort hilfreich und dienend den Müden und Matten nach. Klagen sie: „Die Gnade Gottes ist klein und unsere Aufgabe groß", so antwortet er: „Die Gabe Gottes ist groß, da euch mehr gegeben ist als den Alten, und eure Aufgabe ist klein, da nicht mehr von euch gefordert wird als von den Alten; glauben mußten auch sie." Hernach freilich folgt auch jetzt eine Erinnerung an den Vorzug des neuen Bundes vor dem alten. „Ihr habt es besser als die Alten", fährt der Brief fort (12,1-3), „da ihr Christus, den Anfänger und Vollender des Glaubens, kennt."

Weil der Brief gegen Glaubensmattigkeit kämpft, erklärt und beschreibt er zuerst, was der Glaube ist. „Seht euch an", sagt er, „was Gott von euch fordert. Glauben sollt ihr; das dünkt euch schwer. Was ist denn der Glaube, der euch als so harte Zumutung erscheint?" 11,1.2: *Glauben ist aber das Bestehen bei Gehofftem, eine Überführung von Dingen, die nicht gesehen werden. Denn durch diesen haben die Alten das Zeugnis erlangt.* Bei dieser Beschreibung dessen, was im Glauben in uns vorgeht, haben wir auf zwei Punkte zu achten: einmal auf die Beschaffenheit der Gegenstände, mit denen wir es beim Glauben zu tun haben, sodann auf die Art, wie wir uns zu diesen Dingen verhalten.

Die Dinge, mit denen wir im Glauben in Berührung stehen, werden gehofft. Damit ist nach unten und nach oben die Grenze abgesteckt, an der das Glauben aufhört. Wenn keine Hoffnung in mir lebt, wie soll ich glauben können? Wie Gott trauen, wenn ich nichts von den guten und vollkommenen Gaben weiß, die er mir zugeteilt und zugesprochen hat, so daß ich sie erhoffen darf? Dem Guten können wir trauen, dem, der uns nach seiner Güte Gutes gibt. Darum geht unserem Glauben immer die Verheißung Gottes voran und verschafft ihm seinen Inhalt und Gegenstand. Zugleich ist damit dem Glauben die Grenze nach oben gezogen, an der er sein Ziel erreicht. Wenn die Verheißung sich erfüllt hat, wenn das Gehoffte in meine Hand gekommen ist und ich es nun besitze und genieße, dann bedarf es keines Glaubens mehr. Darum handelt es sich beim Glauben um Dinge, die man nicht sieht; wo aber das Sehen beginnt, da hört das Glauben auf. Es können sehr wohl Dinge sein, die wir einst sehen werden, dann, wenn sie uns gegeben sind und die Verheißung und Hoffnung sich erfüllt hat. Aber jetzt stehen sie noch nicht vor uns und geben sich uns noch nicht kund mit der hellen Deutlichkeit und wirksamen Gegenwart, die man ein Sehen heißt, sondern sie sind uns noch verborgen, für unser Auge unerreichbar. Die Dinge des Glaubens sind gehofft; das zeigt, wie sie unser Verlangen und Begehren erwecken; sie entzünden es und kehren es zu sich, daß wir uns nach ihnen als nach unserem Ziel und Gut ausstrecken. Sie sind nicht sichtbar; das zeigt, wie sie sich zu unserem Erkennen verhalten; sie berühren unser Wahrnehmen noch nicht und besitzen noch keine Gestalt und Faßbarkeit für uns, sondern sind durch eine Hülle für uns bedeckt.

Nun haben wir aber weiter darauf zu achten, wie wir uns zu diesen Gegenständen verhalten. Was bedeuten uns diese Dinge, die wir hoffen? Eine Hoffnung kann uns ein Spielzeug sein, das wir hie und da beschauen, um uns an ihm zu ergötzen, ein Gast, mit dem wir uns gelegentlich unterhalten, der aber keine Macht über uns hat und keinen Einfluß auf unseren inneren Haushalt übt. Wir können sie unserer Einbildungskraft überlassen oder sie in einem Winkel unseres Kopfs aufspeichern, während unser Denken, Trachten und Handeln von ihr unberührt bleibt und unser Leben seinen Weg geht, als wären jene gehofften Dinge gar nicht da. Das heißt nicht glauben. Glauben heißt: beim Gehofften bestehen. Dort haben wir nun den Standort, auf den wir uns stellen, von dem aus wir uns orientieren; wir haben unser Auge auf die gehofften Dinge gerichtet und legen sie mit ihrem ganzen Gewicht in die Waage unseres Geistes. Wir ziehen sie bei allem, was wir denken und tun, mit in Rechnung, lassen unser Urteil von ihnen bestimmen und unser Begehren von ihnen regieren. Wir binden unser Herz fest an sie, so daß es nicht von ihnen loskommen kann. So sind sie eine Macht in unserem Leben, die uns trägt und bewegt. Das heißt gläubig sein.

Aber wie können die Glaubensdinge eine Macht in uns werden, während wir sie doch nicht sehen? Sie bleiben uns dennoch nicht unbekannt und ungewiß, obwohl sie unser Auge nicht wahrnimmt. Glaube ist Überführung von Dingen, die man nicht sieht. Sie haben ihre Zugänge zu uns und bezeugen sich uns, von außen und von innen, durch die mancherlei Wege und Mittel, durch die Gott uns Menschen anspricht. Sie tun sich uns als eine Macht der Wahrheit und Gerechtigkeit kund, die uns innerlich ergreift, festhält und keinen Widerspruch aufkommen läßt, sondern Gewißheit schafft. Dann, wenn Vernunft und Wille fest an das Unsichtbare gebunden sind, so daß wir weder mit unseren Gedanken noch mit unserem Begehren von ihm loskommen, dann ist Glaube da. Er entsteht freilich, wie der Vers mit wohlerwogener Absicht sagt, nur durch eine Überführung, die uns zurechtweist und unsere nächsten Gedanken widerlegt. Denn das Sichtbare ist uns so nahe und redet so laut zu uns, daß es unseren Geist zuerst beschäftigt und an sich zieht. Da nur, meinen wir, sei Wirklichkeit, und hier hätten wir die Stützen unseres Lebens zu suchen. Wir müssen, denken wir, uns an das halten, was wir sehen, wenn wir nicht in die Wolken bauen und in die Luft greifen wollen. Aber so laut und wirksam das Sichtbare uns faßt und fesselt, dennoch ist die Stimme des Unsichtbaren noch lauter und mächtiger; sie läßt uns keine Ruhe, sondern drängt sich uns auf; sie zerstört jenen Schein, widerlegt jene falschen Hoffnungen und wendet uns vom Sichtbaren ab; sie hält uns fest bei dem, was wir doch nicht sehen, sondern nur hoffen können, und läßt es zur gewissesten Gewißheit und mächtigsten Macht in uns werden.

In der Warnung vor dem Unglauben (Kap. 4,1 ff.) waren wir auf das Wort gewiesen als auf den festen Grund, auf den wir uns als Glaubende zu stellen haben. Das stimmt mit der Erläuterung des Glaubens, wie sie uns hier gegeben wird, aufs beste überein. Im Wort wird uns das, was wir hoffen dürfen, vorgestellt und das, was wir nicht sehen, vergegenwärtigt. Nur fügt unsere Stelle zu der früheren Aussage hinzu, daß das Wort, das uns gegeben ist, nicht ein bloßes Wort ist, sondern von Wirklichkeiten spricht, die vorhanden sind und Macht und Leben haben, und dies auch dann, wenn das Wort noch Verheißung ist. Sie sind vor Gottes Augen da, sind in seinem Willen gegründet, im Christus uns bereitet, mit seinem königlichen und priesterlichen Werk für uns erworben und zu unserem Eigentum gemacht.

Scheint uns nun das Glauben schwer? Allerdings setzt die Darstellung, die diese Stelle von ihm gibt, hell ins Licht, wo die Schwierigkeit für das Glauben liegt und was die Glaubensaufgabe und den Glaubenskampf ausmacht. Wir müssen das Gegenwärtige fahrenlassen und uns an das Zukünftige halten; wir können im Sichtbaren nicht ruhen, sondern müssen im Unsichtbaren unser Ziel und unsere Kraft, unseren Trost und unsere Freude suchen. Denn das, was wir sehen und haben, ist noch nicht derart, daß es uns hielte und trüge, zu Gott erhöbe und am Reichtum des Christus Anteil gäbe. Das macht die Unvollkommenheit und den Mangel unseres gegenwärtigen Christenlebens aus und bringt die Not der Anfechtung hinein, der wir mit ernster Anstrengung unserer ganzen inneren Kraft zu begegnen haben. Allein die Angefochtenen können an unserem Wort auch dies erkennen, wie leicht und erquickend der Glaube ist. Den Glauben vermögen wir nimmermehr selbst aus uns hervorzubringen; denn nicht wir dringen zum Unsichtbaren empor, um es zu erfassen, sondern es kommt zu uns und erfaßt uns, so daß wir von ihm überzeugt werden. Und dieses Unsichtbare erweist sich uns nicht als ein schreckhaftes Ding, sondern ist so beschaffen, daß wir mit Verlangen darauf hoffen dürfen. Ist es denn schwer, an das uns zu halten, was unsere höchsten Hoffnungen erfüllt? Nichts ist von uns verlangt, als daß wir die Gaben, die Gott uns verheißt, so daß wir auf sie hoffen, nicht gleichzeitig wieder geringschätzen und verachten und das, wonach wir verlangen, nicht zugleich auch verleugnen, sondern es in Wahrheit unser Gut sein lassen, so daß wir uns mit entschlossener Liebe zu ihm hinwenden.

Diese Darstellung des Glaubens umfaßt alle seine Formen und Äußerungen von seinen einfachsten Anfängen an. Wer immer in irgendwelcher Lage des Lebens Glauben übte, war durch ein Unsichtbares getrieben, das ihm eine Hoffnung gab, von der er sich erfüllen ließ. Aber der Blick des Briefs ist keineswegs nur auf die anfänglichen und alttestamentlichen Stufen des Glaubens, sondern auf dasjenige Glauben gerichtet, das den Christus ergreift. Auch der Glaube an Christus sucht Dinge, die noch gehofft werden müssen; denn das vollständige Werk des Christus geschieht in der zukünftigen Welt, und seine ganze Gabe besteht im ewigen Leben. Und auch, was seine Erscheinung uns als gegenwärtigen Besitz gebracht hat, ist alles unsichtbar. Es war wohl sichtbar, daß er sein Blut vergossen hat; daß aber dieses Opfer für uns die ewige Erlösung und vollkommene Reinigung bedeutet, das sehen wir nicht. Wir sehen wohl, daß Gott ihn von der Erde weggenommen hat; daß er aber als unser Priester in das Allerheiligste Gottes und zum Thron seiner Majestät erhöht ist und dort nach seiner Barmherzigkeit uns vertritt, das ist unsichtbar. So ist auch die christliche Gemeinde, so wie sie jetzt auf Erden ist, ganz auf das Unsichtbare und Zukünftige gewiesen; sie hat Gott im Christus einen solchen Glauben zu erweisen, wie er hier gekennzeichnet ist.

Fällt dieser Glaube uns schwer, so sollten wir auf die Alten sehen, an denen wir wahrnehmen, wie reich der Glaube sich lohnt und wie wirksam er ist. Über ihnen steht das Ja Gottes in Wort und Tat. Gott hat sich zu ihnen bekannt; er ist für sie eingetreten und hat durch seine Hilfe und durch seinen Segen offenbar gemacht, daß ihr Werk vor ihm nach seinem Geheiß und Willen getan war und ihr Weg ihm wohlgefiel. Warum haben sie in Gott den Zeugen gefunden, der sich auf ihre Seite gestellt, sie verteidigt, alle Anklagen niedergeschlagen und ihre Gerechtigkeit besiegelt hat? Darum, weil sie glaubten, und zwar so, wie es V. 1 dargestellt ist, darum, weil sie die Hoffnung, die Gott ihnen vorhielt, ergriffen und dabei blieben, obgleich sie die Erfüllung nicht sahen.

Nun geht der Brief durch die Erzählungen des Alten Testaments, um uns zu zeigen: einmal, wie die Alten stets vor dieselbe Glaubensaufgabe gestellt waren wie wir und sich auf Unsichtbares gründen mußten; sodann, wie sie sich gegen diese Aufgabe nicht sträubten, sondern die Verheißung Gottes höher achteten als alles, was vor Augen lag; endlich, wie das Zeugnis Gottes ihrem Glauben Antwort gab und ihn nicht zuschanden werden ließ, sondern ihnen als Frucht und Lohn ihres Glaubens große Hilfe und Segnung widerfahren ist.

11,3: *Durch Glauben verstehen wir, daß die Weltperioden durch ein Wort Gottes bereitet worden sind, damit das Sichtbare nicht aus dem entstanden sei, was zur Erscheinung kommt.* Schon das erste Blatt der Bibel, das die Erschaffung der Welt durch Gott verkündigt, fordert uns zum Glauben auf. Unser Brief spricht aber nicht nur darum zuerst von der Weltschöpfung, weil die Schrift mit ihr beginnt; sondern er weist damit auf die erste, elementare Erkenntnis, auf die Wurzel aller Frömmigkeit hin. Was hatte Israel vor den Heiden voraus? Es kannte Gott als den Schöpfer und Herrn der Welt. Was bliebe ihm noch, wenn es diese Erkenntnis wegwürfe? Kein Israelit kann sich verleugnen, ohne aufzuhören, Israelit zu sein. Aber diese Erkenntnis, die alles Weitere trägt, ist Sache des Glaubens. Schon sie stellt uns vor ein unsichtbares Geschehen. Wenn die Empfänger des Briefs vom Unsichtbaren nichts wissen wollen, wenn ihnen der Glaube lästig ist und sie nur sehen möchten, was bleibt ihnen noch von der Schrift und von all dem, was Israel als heilig ehrt? So widersprechen sie schon dem Zeugnis des ersten Blattes der Schrift, und es bleibt ihnen nichts als Heidentum, Leugnung Gottes und Gottlosigkeit.

Weil Gott die Welt und ihre Ordnung durch sein Wort gemacht hat, ist das Sichtbare nicht aus Dingen und Kräften entstanden, die erscheinen und sich dem Auge darbieten, sondern ist, was die Welt hervorgebracht hat und regiert, unsichtbar. Wir sehen wohl, daß die Dinge um uns her geworden sind; aber die schaffende Kraft, die sie erzeugt, und die Weise, wie sie gemacht werden, sehen wir nicht. Wir würden sie auch nicht gesehen haben, wenn wir an den Schöpfungstagen dabeigewesen wären. Wir hätten wohl gesehen, daß die Erde sich vom Wasser schied und mit Pflanzen und Tieren bedeckte und der Mensch auf ihr erschien, aber wir hätten nicht den Finger Gottes gesehen, der hier schöpferisch am Werke war. Das Geschaffene wäre vor unseren Augen dagestanden; aber beobachtet hätten wir es nimmermehr, woher und wie. Denn es ist das Wort Gottes, das die schaffende Kraft in sich hat und die Dinge macht, und dieses Wort ist nichts Sichtbares. So ruht die gesamte Welt auf einem unsichtbaren Grund, und schon unsere natürliche Existenz stammt aus einer Höhe, wohin unser Auge nicht dringt. Sollen wir uns denn verwundern, wenn Gott auch unser Herz und sein Verlangen nicht an das Sichtbare, sondern an das Unsichtbare bindet und uns im Unsichtbaren unsere Heimat und unser Erbe suchen heißt? Dennoch, obgleich die Welt uns den Schöpfer und sein Wirken nicht sichtbar macht, läßt sie uns ihn erkennen. Daß die Welt das Werk und Gebilde Gottes ist, das ist für uns keine unerreichbare Einsicht und keine unfaßliche Wahrheit, der unsere Vernunft widerspräche; vielmehr erkennen wir dies und werden dessen gewiß. Wenn wir mit vernünftigem Nachdenken auf den Bestand und Lauf der Dinge achten, uns selbst und unseres Lebens Gang ansehen und damit vergleichen, was uns die Schrift über das göttliche Schaffen und Regieren sagt, so kommen wir zu keinem anderen Ergebnis als zu dem, daß die Welt das Werk Gottes ist, und zwar das Werk seines Wortes, das voll von seiner Macht und Weisheit ist. Diese Wahrnehmung wird der Erwerb und Besitz unserer Vernunft.

Aber durch Glauben erkennen wir das. Wenn uns die unsichtbaren Dinge innerlich nicht nahe wären und uns von ihrer Existenz nicht Kunde gäben, so hätte nie jemand vermutet, daß die Welt das Werk Gottes ist. Und wenn wir gegen jene Bezeugungen des Unsichtbaren das Ohr verstopfen, ihnen widerstreben und uns ihnen entziehen, so können wir allerdings meinen, das Sichtbare allein bringe die Welt hervor und regiere sie, und einen Schöpfer gebe es nicht. Wir müssen uns innerlich ans Unsichtbare binden lassen, wenn unsere Vernunft zur Erkenntnis kommen soll, daß die Welt uns den Schöpfer bezeugt, und hier greift auch die Art und Richtung unseres Hoffens und Trachtens folgenreich ein. Wenn unser Herz an dem, was vor Augen liegt, satt und befriedigt würde, wie könnten dann unsere Gedanken über die Welt emporsteigen! Die Welt nötigt uns, über sie emporzuschauen, dadurch daß sie uns nirgends ein Gut bietet, in dem wir zur Ruhe kämen; damit treibt sie auch unsere Gedanken in die Höhe und macht sie achtsam und offen für das, was

Gottes ist. Wenn wir aber in sündiger Verkehrtheit unser Begehren nur zum Irdischen und Sichtbaren wenden, dann freilich verkehrt sich auch unsere Vernunft in Torheit, und wir finden in der Welt nichts als die Welt und nichts von Gott.

Der Erschaffung der Welt entspricht die Weise, wie Gott von Anfang an die Väter führte und mit ihnen verkehrte. 11,4-6: *Durch Glauben brachte Abel Gott ein reicheres Opfer als Kain dar* (1. Mose 4,4). *Durch ihn erhielt er das Zeugnis, er sei gerecht, da Gott bei seinen Gaben als Zeuge sprach, und durch ihn redet er noch, nachdem er gestorben ist* (12,24; 1. Mose 4,10). *Durch Glauben wird Henoch weggenommen, damit er den Tod nicht sehe, und wurde nicht gefunden, weil ihn Gott weggenommen hatte* (1. Mose 5,24). *Denn vor seiner Wegnahme ist ihm bezeugt, daß er Gott gefallen habe. Ohne Glauben ist es aber unmöglich, Gott zu gefallen; denn der, der zu Gott hinzutritt, muß glauben, daß er ist und für die, die ihn suchen, zum Vergelter wird.* Abel legt sein Tier als Opfer auf den Altar. Soll nur das gelten, was vor Augen ist, so war er ein Tor und handelte in Unverstand. Warum verbrennt er sein Tier? Er faßt nach Unsichtbarem und greift nach Gaben, die er nur hoffen kann. Henoch wandelte so, daß Gottes Wohlgefallen auf ihm ruhte. War es das Sichtbare, was sein Herz bewegte? Nein! Zu Gott trat er hinzu und begehrte nach der Freundschaft und dem Lob Gottes und stellte dieses Ziel über alles, was ihm die Welt vor die Augen hielt. Es tritt aber niemand zu Gott hinzu anders als im Glauben. Wenn ich nicht glaube, daß Gott ist, suche ich ihn nicht. Wir mögen uns wohl einen Gott denken und vorstellen, träumen und dichten; allein deshalb tut unser Herz und Wille keinen Schritt zu Gott hin. Zuerst muß es uns Gewißheit sein, daß wir es in Gott mit einer Wirklichkeit zu tun haben; dann erst rechnen wir ernstlich mit ihm. Man hat sich oft eingeredet, man könne die Religion auch dann behalten und pflegen, wenn man sie zu einer Art Dichtung mache, die das Leben verschönere und bereichere und die Zucht und Sitte stärke und stütze. Aber solch eine poetische Religion ist keine Kraft, die uns bewegen könnte. Wenn wir uns unseren Gott selbst machen, ist er uns nichts wert. Anders aber steht es, wenn Gott da ist ohne uns und über uns: für uns, wenn wir ihn suchen, gegen uns, wenn wir ihn verleugnen. Jetzt wird es bedeutsam und wichtig, wie wir uns ihm gegenüber verhalten; nun lassen wir uns ernstlich mit ihm ein und treten zu ihm herzu. Allein Gott, den Unsichtbaren, als Wirklichkeit behandeln, das eben ist die Glaubenstat.

Ohne die Gewißheit, daß wir es in Gott mit einer lebendigen Macht zu tun haben, kann kein Gottesdienst bestehen; mit ihr verbindet sich aber noch eine zweite Überzeugung, die wir ebenso notwendig in uns tragen und bewahren müssen, wenn wir Gott dienen wollen: nur der tritt zu ihm, der gewiß ist, daß ihm Gott vergelten wird. Wer wird ihn suchen, wenn er sich mit dem Gedanken trägt, er tue es umsonst? Wir reden nur zu dem, der uns antwortet, und suchen nur den, der sich finden läßt. Kümmern wir uns um Gott, so tun wir das in der Gewißheit, daß Gott in unser Leben eingreift und sein Verhalten dem unsrigen entsprechen läßt nach einer festen, göttlich bemessenen Gerechtigkeit, die unserem Suchen Frucht und Lohn zuteil werden läßt. Aber diesen Lohn haben wir noch nicht vor Augen und in der Hand, wenn wir ihn suchen. Da gründen wir uns auf das Unsichtbare und Zukünftige und sind zum Glauben geführt.

Abel und Henoch zeigen uns beide, wie Gott den Glauben ehrt und belohnt. Das Opfer Abels war nicht unnütz; Gott nahm es an und gab Abel das Zeugnis, er sei vor ihm gerecht. Sein Opfer hatte in Gottes Augen höheren Wert als das Opfer Kains. Warum? Nicht die Art der Gabe bewirkte dies, sondern der Glaube. Diesen sah Gott an, ihn schätzte er, und der Glaube Abels war es, der ihn auch nach dem Tod noch reden machte. Es ist dabei an das göttliche Wort gedacht: „Die Stimme des Bluts deines Bruders schreit zu mir" (1. Mose 4,10). Was gab dem Blut Abels die Stimme, die zu Gott drang und ihn als den Richter und Rächer seines Todes herbeirief? Hier zeigt sich, was der Glaube schafft. Er hat Abel Gott teuer gemacht und bewirkt, daß er in seinen Augen wertgehalten war. Nach unserer Stelle fiel diese Rede Abels nicht nur in die Vergangenheit, sondern tönt vor Gott noch fort und ist bei ihm unvergessen, bis Gott Abel im Himmelreich mit seiner Auferstehung aus dem Tod alles vollkommen wiedererstattet hat, was ihm der Mörder nahm. In anderer Weise hat Henoch den Lohn des Glaubens geerntet. Weil er im Glauben zu Gott herzugetreten war, nahm Gott ihn zu sich; er fand in Gott den Retter vor dem Tod.

11,7: *Durch Glauben fürchtete sich Noah, als er von Gott über das, was noch nicht sichtbar war, Aufschluß erhielt* (1. Mose 6,13.14), *und stellte eine Arche zur Rettung seines Hauses her; durch ihn verurteilte er die Welt und wurde ein Erbe der Gerechtigkeit, die beim Glauben ist* (1. Mose 6,9; 7,1). Was bewog Noah, mitten in einer sorglosen Welt die Arche zu erbauen? Sein Auge sah noch keine Gefahr. Er hatte nichts als ein Wort Gottes, das von dem kommenden Gericht sprach und ihn Errettung hoffen ließ. Aber durch dieses göttliche Wort ließ er sich zur Furcht bewegen und wartete nicht, bis er dessen Erfüllung mit Händen greifen konnte. Das war Glaube, und durch ihn errettete er sein Haus. Die ganze Welt stand gegen ihn, verspottete seine Furcht und verachtete das göttliche Wort, das ihm keine Ruhe ließ, weil sie sich mit Sicherheit auf das verließ, was vor Augen lag. Aber Noah wagte es, die Welt zu verurteilen; er gab nicht ihr recht gegen Gott, sondern Gott recht gegen die Welt. Und sein Urteil erhielt die göttliche Bestätigung und wurde in der Tat für die Welt die Verurteilung. Noahs Tat nahm ihr jede Entschuldigung; denn sie brachte ans Licht, daß die Menschen um ihn her nur an ihrer eigenen Schuld untergingen, wegen ihres Unglaubens und ihrer Gottlosigkeit.

Damit ist eine neue Seite an der Glaubenshaltung berührt: der tiefe Gegensatz, in den sie uns zu der Welt um uns her führt. Unser Leben erhält im Glauben einen Grund und ein Ziel, die ohne Glauben niemand kennt und versteht. Die Welt teilt unsere Hoffnung nicht und achtet das Unsichtbare, an das wir uns halten, für einen Traum. Da trennen sich die Wege, und dieser Zwiespalt führt zu einem harten Kampf. Das macht den Glaubensweg schwer, aber auch groß. Es ist ein hoher Standort, auf den der Glaube Noah erhob. Er vertrat als Zeuge Gottes das Recht Gottes gegen eine Sünderwelt und machte die Gerechtigkeit Gottes gegen sie offenbar. Auch hierbei wird unser Brief an die Lage der christlichen Gemeinde denken, zumal an die der hebräischen Christenheit. Sie stand mit ihrem Bekenntnis zu Jesus einsam und verlassen da, mitten im heftigsten Widerspruch ihres Volkes. Auch ihre Aufgabe war, Gott recht zu geben gegen das Urteil der Menschen, die Christus verwarfen, und deren Unglauben zu verurteilen. „Will euch das schwerfallen", sagt ihnen der Brief, „so seht auf Noah; auch er stand allein wider eine sündige Welt." Während die Welt am Gericht Gottes unterging, bekam Noah die Gerechtigkeit, wie dies die Schrift dartut, die ihn einen Gerechten heißt (1. Mose 6,9). Die Gerechtigkeit ist ein Erbe; denn Gott allein teilt sie aus und verleiht sie dem, der in seinem Urteil und Gericht besteht. Wie Noah sie deshalb empfangen hat, weil er Gott Glauben erzeigt hat, so wird die Gemeinde Jesu darum als die Erbin der Gerechtigkeit dastehen, weil sie Gott Glauben hält.

In besonderem Maße sind die Erzväter Zeugen dafür, was der Glaube ist und was er erlangt. 11,8-16: *Durch Glauben wurde Abraham, als er gerufen wurde, gehorsam, um nach einem Ort auszuziehen, den er zum Erbe erhalten sollte, und er zog aus, ohne zu wissen, wohin er gehe* (1. Mose 12,1.4). *Durch Glauben ließ er sich im Land der Verheißung wie in einem fremden Land nieder* (1. Mose 23,4) *und wohnte in Zelten mit Isaak und Jakob, den Miterben derselben Verheißung. Denn er wartete auf die Stadt, die Grundmauern hat, deren Baumeister und Schöpfer Gott ist* (12,22; 13,14; Offenb. 21,2.19). *Durch Glauben bekam auch Sara ihrerseits Kraft zur Begründung des Geschlechts auch über ihr Alter hinaus* (1. Mose 17,19; 21,2), *da sie den für treu ansah, der ihr die Verheißung gegeben hatte. Deshalb stammten sie auch von einem einzigen und erst noch von einem Erstorbenen ab* (Röm. 4,19) *wie die Sterne des Himmels an Zahl und wie der Sand am Rand des Meers, den man nicht zählen kann* (1. Mose 22,17). *Gläubig starben diese alle, ohne die Verheißung erlangt zu haben, sondern so, daß sie sie von ferne sahen und begrüßten und bekannten, daß sie Fremdlinge und Beisassen auf der Erde seien* (1. Mose 23,4; 47,9). *Denn die, die solches sagen, zeigen an, daß sie ein Vaterland suchen, und wenn sie an jenes gedacht hätten, aus dem sie ausgezogen waren, hätten sie Zeit gehabt, wieder umzukehren. Nun aber begehren sie ein besseres, das heißt ein himmlisches. Deshalb schämt Gott sich ihrer nicht, ihr Gott genannt zu werden* (2. Mose 3,6; Matth. 22,32; Mark. 12,26; Luk. 20,37); *denn er bereitete ihnen eine Stadt* (Offenb. 21,2). Die Last, die die Väter durch Glauben zu tragen hatten, war schwer und die Entbehrung, in die ihr Glaubensweg sie führte, groß. Abraham mußte die Heimat preisgeben und sich der göttlichen Führung überlassen, ohne daß Gott ihm sogleich schon das Ziel gezeigt hätte, zu dem er ihn bringen wollte. Als er im Land der Verheißung stand, mußte er sich wie auch Isaak und Jakob lediglich an der Hoffnung genügen lassen und sich der Verheißung getrösten. Sie blieben Fremde, die keine andere Wohnung hatten als das bewegliche Zelt. Der verheißene Sohn blieb aus, bis im Blick auf die natürliche Kraft jede Hoffnung erloschen war. Der Tod nahm sie dahin, ehe die Verheißung sich an ihnen erfüllt hatte; nur von ferne hatten sie sie gesehen, als sie sterben mußten. Aber sie beharrten willig und männlich bei der Hoffnung, die Gott ihnen gab; Abraham gehorchte dem göttlichen Ruf, und Sara ließ sich im Blick auf Gottes Macht und Treue nicht durch die Erstorbenheit ihres Leibes irremachen. Sie ließen es sich gern gefallen, zeitlebens Fremdlinge zu sein, und schauten nicht mit Bedauern nach der alten Heimat, die sie verlassen hatten, zurück, sondern vorwärts auf die Stadt, die Gott selbst erbaut, und auf das himmlische Vaterland. Diese Worte sprechen den Kern und das Ziel der Verheißung aus, die Abraham empfangen hat, und geben so der Hoffnung, die ihn erfüllt hat, ihren höchsten Ausdruck. Allerdings versprach die Verheißung Abraham zunächst eine neue Heimat auf Erden, nämlich den Besitz Kanaans. Aber die Absicht Gottes zielte, als er Abraham berief, über das alles weit hinaus auf das Reich Gottes in seiner ewigen Gestalt. Soll darum ganz ausgesprochen werden, was Abraham in seinem Herzen trug, als er sich von der Verheißung Gottes bestimmen und führen ließ, so ist zu sagen: Es war auch für ihn schon das, was auch uns als das Kleinod unserer Berufung vorgehalten ist und das Ziel unseres Christenlaufs ist: die Stadt, die nicht Menschen erbauen, sondern Gott, in die Gott uns als in unsere bleibende Heimat führt; sie ist nicht aus dem Material dieser irdischen Natur, sondern zum ewigen Bestand nach Gottes eigener Kunst und Macht hergestellt; in ihr werden wir als lebendige Gemeinde um Gottes Thron versammelt sein. Wie sollte Abraham nicht die alte Heimat vergessen und die Mühsal der Wanderschaft willig tragen? Allerdings hatte sein Wanderzelt keine Fundamente; es wurde rasch errichtet und rasch wieder abgebrochen, so daß man seine Stätte nicht mehr kennt. Aber er sah eine Stadt vor sich, die auf unerschütterlichem Fundament errichtet ist und nicht mehr abgebrochen wird, sondern dem, der ihr Bürger geworden ist, für immer zur Heimat wird. Darum starben die Väter auch so, wie es dem Sinn und der Kraft des Glaubens entspricht, nicht enttäuscht, nicht verzagend, sondern der Verheißung auch noch im Tode gewiß. An ihnen sehen die jüdischen Christen den Weg, der ihnen selbst vorgezeichnet ist. Auch sie haben zwischen ihrem irdischen und ihrem himmlischen Vaterland zu wählen, da sie die irdische Heimat wegen ihres Bekenntnisses zu Jesus verloren haben und unter ihrem eigenen Volk Fremdlinge geworden sind. Gott verlangt aber von ihnen damit nichts Schwereres als von den Vätern, an denen sie sehen, was Glauben heißt. Glauben heißt: nicht zurückschauen nach dem, was verloren ist und preisgegeben werden mußte. Glauben heißt: willig ein Fremdling sein auf Erden. Glauben heißt: die Stadt Gottes sich geöffnet sehen und sich an ihr in Hoffnung freuen.

Es fehlte auch im Leben der Väter nicht an göttlichen Zeugnissen, die die Kraft und den Segen des Glaubens erweisen. Der Glaube machte Sara zur Mutter des verheißenen Sohnes, der zum unzählbaren Geschlecht heranwuchs, das das verheißene Land zum Eigentum empfing. All dies wird aber an Wert und Bedeutung dadurch weit übertroffen, daß Gott sich ihrer nicht geschämt, sondern sich nach ihnen genannt und sich für immer darin seinen Namen und sein Erkennungszeichen gegeben hat, daß er der Gott Abrahams, Isaaks und Jakobs ist. Das hat er deshalb getan, weil er ihnen die ewige Stadt bereitet hat. Er verband seinen Namen mit ihrer Person, weil er an ihnen den Reichtum seiner Gnade offenbaren und sie zum Erweis und Zeugnis seiner Größe machen wollte. Er hat ihnen damit zugesichert, daß an ihnen offenbar werden soll, was er denen ist, deren Gott er sein will. Unser Brief wiederholt damit die Auslegung des göttlichen Namens „Gott Abrahams, Isaaks und Jakobs", die Jesus den Sadduzäern gab, als sie über die Auferstehung der Toten spotteten. Schwerlich sind unsere Worte ohne eine bewußte Erinnerung an jene Antwort Jesu geschrieben. Die Worte Jesu waren ja der ersten Gemeinde wohlbekannt und wurden ernstlich von ihr erwogen und bedacht.

Nach diesem umfassenden Überblick über das Leben der Erzväter werden noch zwei einzelne Punkte hervorgehoben, an denen ihr Glaube sich in besonderem Maße als wirksam erwies: die Opferung Isaaks und die Segnung der Söhne durch die Väter vor ihrem

Tod. 11,17-22: *Durch Glauben hat Abraham den Isaak dargebracht, als er versucht wurde, und seinen einzigen Sohn brachte er dar, der die Verheißungen erhalten hatte* (1. Mose 22; Jak. 2,21), *zu dem gesagt worden war: Nach Isaak wird dir das Geschlecht genannt werden* (1. Mose 21,12), *da er bedachte, daß Gott auch aus den Toten zu erwecken vermag* (Röm. 4,17); *deshalb bekam er ihn auch durch ein Gleichnis zurück. Durch Glauben segnete Isaak den Jakob und Esau auch mit dem, was zukünftig war* (1. Mose 27,27.39). *Durch Glauben segnete Jakob, als er starb, jeden der Söhne Josephs und beugte sich nieder auf die Spitze seines Stabs* (1. Mose 48,14; 47,31). *Durch Glauben erwähnte Joseph am Ende seines Lebens den Auszug der Söhne Israels und gab über seine Gebeine Befehl* (1. Mose 50,24). Abraham soll den einzigen Sohn opfern, der ihm doch als der Stammvater für das ihm verheißene Geschlecht bezeichnet war. Da scheint Gott selbst seine Verheißung umzustoßen und das göttliche Wort sich selbst aufzuheben. Das nötigt Abraham zur höchsten Anspannung des Glaubens. Es gibt für diesen Zwiespalt keine Lösung als die, daß er Gott zutraut, daß er durch den Tod seines Sohnes hindurch seine Verheißung erfüllen wird. Er muß sein Vertrauen über jede Schranke und Begrenzung erheben und die Wahrheit und Macht Gottes als schrankenlos erfassen, so daß sie auch am Tod keine Grenze findet, sondern aus dem Tod wieder auferwecken kann. Abraham glaubte auch damals nicht umsonst; Gott gab ihm den Sohn wieder, den er ihm im Glauben geopfert hatte, und dies, daß Abraham seinen Sohn vom Altar weg wiedererhielt, heißt der Brief einen zeichenhaften Vorgang; er denkt dabei deutlich an den Ausgang Jesu. Die Gemeinde hat Jesus sterben sehen und muß sich an den Auferstandenen halten. Dadurch wird ihre Aufgabe dem Glaubensweg Abrahams verwandt; denn auch sie muß es Gott zutrauen, daß der Tod seinen Gnadenrat nicht aufhebt, daß er vielmehr aus dem Tod erwecken und durch den Tod hindurch seine Verheißung erfüllen kann. Auch sie wird das nicht umsonst von Gott erwarten, sondern wenn sie ihm Glauben hält, den, der sich selbst am Kreuz geopfert hat, wieder empfangen. Dann wird sie ihn wiederfinden als ihren Heiland in Macht und Herrlichkeit.

Der Segen, den die Väter über ihre Söhne sprachen, war darum in besonderer Weise eine Äußerung ihres Glaubens, weil sie hier über das, was ihnen verheißen war, verfügten, als wäre es ihr gegenwärtiger Besitz. Sie rechneten das zu ihrer Habe, die sie ihren Söhnen hinterlassen konnten, nicht nur als Wünsche, sondern mit machtvoll segnendem Wort. So fest eigneten sie sich die Gaben Gottes an, so gewiß waren sie ihrer.

Auch Moses Lebensgang ist ein großes Glaubenszeugnis. 11,23-29: *Durch Glauben wurde Mose nach seiner Geburt drei Monate lang von seinen Eltern verborgen, weil sie sahen, daß das Kindlein schön war, und sie fürchteten den Befehl des Königs nicht* (2. Mose 2,2). *Durch Glauben lehnte es Mose, als er groß geworden war, ab, ein Sohn der Tochter Pharaos zu heißen, da er es weit vorzog, mit dem Volk Gottes bedrängt zu werden* (2. Mose 2,11), *als den nur eine Zeitlang währenden Genuß der Sünde zu haben, und in der Schmach des Christus (13,13) den größeren Reichtum sah als in den Schätzen Ägyptens; denn er blickte auf die Vergeltung. Durch Glauben verließ er Ägypten, ohne den Zorn des Königs zu fürchten* (2. Mose 2,15); *denn er harrte aus, als sähe er den Unsichtbaren. Durch Glauben hat er das Passamahl gehalten und das Ausschütten des Bluts vollzogen, damit der Verderber ihre Erstgeborenen nicht anrühre* (2. Mose 12,12.13). *Durch Glauben zogen sie durch das Rote Meer wie über trockenes Land, während die Ägypter, als sie es versuchten, ertranken* (2. Mose 14,22.27). Schon die Erhaltung Moses nach seiner Geburt war eine Glaubenstat seiner Eltern. Sie ließen sich durch die Schönheit des Kindes zur Hoffnung erwecken, hielten sie auch gegen den Befehl des Königs fest und überwanden mit ihr die Furcht vor ihm. Später öffnete sich für Mose die Wahl, ob er ein Sohn der Tochter Pharaos heißen oder ein Israelit bleiben wollte. Auf jenem Wege winkte ihm Genuß, und die Schätze Ägyptens lagen vor ihm; auf diesem Wege traf ihn Bedrückung und Schmach. Nun war freilich dieses Leiden ein Mitleiden mit dem Volk Gottes, zu dem zu gehören über alle Schätze ging, und die Schmach war die Schmach des Christus, des von Gott mit Ehre und Würde Gekrönten, den keine Schmähung der Menschen erniedrigen kann. Dagegen war jener Genuß eine Genuß der Sünde; denn er mußte durch Verleugnung des Volkes Gottes erkauft werden. Deshalb war er auch vergänglich und währte nur kurze Zeit, da die

Sünde zwar mit Genuß anfängt, aber in Jammer und Tod endet. Allein hätte Mose das Unsichtbare nichts gegolten, hätte er sich von dem bestimmen lassen, was gegenwärtig ist, so wäre seine Wahl alsbald getroffen gewesen; dann hätte er nicht alle Lust und Ehre des Lebens für Not und Schmach verlassen. Mose hat anders gewählt. Warum? Er stand im Glauben und zog die Not und Schmach vor, weil ihr der Lohn von Gott folgen wird. Der Brief nennt die Schmach, die damals auf Israel lag, auf den Christus geworfene Schmach, weil ihm Israel ganz und gar des Christus wegen existiert. Um des Christus willen hat Gott Israel geschaffen und berufen; so trifft alles, was Israel geschieht, ihn. Auch alle Feindschaft und Verfolgung, die über Israel ergeht, richtet sich, wenn ihr letzter Sinn ausgesprochen werden soll, gegen ihn; so ist der Hohn, mit dem Pharao Israel mißachtet, die auf Christus geworfene Schmach. Der Brief will durch diesen Hinweis den jüdischen Christen die Anwendung dessen, was sie an Mose sehen, auf ihre eigene Lage leicht machen. Sie fanden freilich, als sie zur Gemeinde Jesu traten, nicht Ehre und Genuß, sondern zogen sich Mißhandlung und Schmach zu, eben die Schmach, die auf Christus liegt. Sie konnten aber an Mose sehen, wie der Glaube urteilt und wählt.

Hernach trat Mose vor Pharao, und jenes wunderbare Ringen begann, bei dem er allein ohne irgendein sichtbares Hilfsmittel dem mächtigsten Mann der damaligen Welt gegenüberstand; er erregte dessen grimmigen Zorn und beugte sich doch nicht vor ihm, sondern brachte Schlag um Schlag über ihn, bis er schließlich mit seinem Volk Ägypten verließ. Was gab Mose diese Festigkeit? Der Brief hat es unübertrefflich schön gesagt: „Er stand fest, als sähe er den Unsichtbaren." Und wenn er nun Israel, als es noch in Ägypten war, das Passa halten ließ und zur Verschonung der Erstgeburt die Häuser mit dem Blut bezeichnete, wenn er mit der ihm anvertrauten Schar auf den Meeresgrund trat, damit der ihnen der Weg zur Rettung werde, so waren das alles Taten, die sich von allem Sichtbaren völlig entfernten und allein mit der Hilfe Gottes als der allergewissesten Macht rechneten. Und nach seinem Glauben ist ihm auch geschehen.

11,30.31: *Durch Glauben fielen die Mauern Jerichos, als sie während sieben Tagen um sie herumgezogen waren* (Jos. 6,20).

Durch Glauben kam die Dirne Rahab nicht mit denen um, die ungehorsam waren, da sie die Kundschafter mit Frieden aufnahm (Jos. 2; 6,25; Jak. 2,25). Aus der späteren Geschichte erwähnt der Brief nur noch den Umzug um Jericho, wo Josua die Waffen niederlegte, selbst vom Kampf abstand und das Volk darauf zählen hieß, daß Gott für es streiten wird; dazu noch die Tat der Rahab, die der Kunde vom Gott Israels ihr Herz öffnete, den Eindruck seiner Größe und Majestät über sich mächtig werden ließ, sich deshalb von ihrem Volk trennte, ihr Leben wagte und es eben damit gewann. Dann faßt der Brief, was die Schrift weiter noch von Beispielen des Glaubens enthält, kurz zusammen. 11,32-38: *Und wozu rede ich weiter? Denn die Zeit wird mir fehlen, wenn ich erzähle von Gideon, Barak, Simson, Jephta* (Richt. 6,11; 4,6; 15,20; 12,7), *David und Samuel und den Propheten, die durch Glauben Königreiche überwanden, Gerechtigkeit wirkten* (1. Kön. 3,27), *Verheißenes erlangten, den Rachen von Löwen verstopften* (Dan. 6,23), *die Kraft des Feuers löschten* (Dan. 3,23-25), *der Schärfe des Schwerts entrannen, aus Krankheit zu Kraft gelangten* (2. Kön. 20,5), *im Kampf stark wurden, die Heere der Fremden in die Flucht trieben. Frauen bekamen ihre Toten durch Auferstehung wieder* (1. Kön. 17,23; 2. Kön. 4,36). *Andere aber wurden gemartert und nahmen die Befreiung nicht an* (2. Makk. 6), *damit sie eine bessere Auferstehung erlangten. Andere kosteten Hohn und Schläge, dazu Bande und Gefängnis, wurden gesteinigt, zersägt, starben den Tod durch das Schwert, gingen in Schafsfellen und Ziegenhäuten herum, litten Mangel, wurden bedrängt und geplagt, deren die Welt nicht wert war, irrten herum in den Wüsten und Bergen und Höhlen und in den Spalten der Erde.* Der Brief erinnert teils an die Siege, die die Alten erfochten, und an die Wunder der Hilfe, die sie erlebten, z. B. Daniel, die drei Männer im Feuerofen, Hiskija, die Witwe in Sarepta, die Sunamitin, teils an den Märtyrermut, mit dem sie das Schwerste um Gott litten und alles für ihn opferten, auch wenn sie sich durch die Verleugnung Gottes und das dem heidnischen Gott dargebrachte Opfer hätten retten können. Beides, jene Siege und Errettungen und dieses Leiden und Sterben, beides ist die Erweisung und Wirkung desselben Glaubens. Beides zeigt ihn in seiner Lebendigkeit und Kraft. Nicht nur der Sieg und die Hilfe von oben sind das

Siegel des Glaubens; der Leidensmut und die Willigkeit zum Sterben sind es nicht weniger. Der Weg, auf dem Gott die Alten führte, war sehr verschieden; den einen half er, den anderen half er nicht; die einen sahen seine Wunder, die anderen nicht. Aber nicht nur jene waren die Gläubigen; diese waren es auch; und nicht nur jene verherrlichten Gott mit ihrem Leben; auch diese priesen ihn mit ihrem Tod. Der Glaube macht zu allem stark und willig, zum Siegen und zum Fallen, zum Leben und zum Sterben; er folgt Gott, wohin er führt.

Das Leiden der Glaubenden zeigte, daß die Welt ihrer nicht wert war. Das Urteil Gottes und das Urteil der Welt widersprechen sich hier vollständig. Nach der Meinung der Menschen waren sie nicht würdig, in der Welt zu leben, weshalb sie sie vernichten wollten und zur Flucht in die Wüsten und Berge nötigten. In Wahrheit sind ihre Leiden, ihre Einsamkeit und Verborgenheit im Versteck der Berge und Höhlen vielmehr der Beweis dafür, daß sie eine Würde und Größe besaßen, für die die Welt keinen Raum hat und zu niedrig und sündig ist. Ihr Geschick ist die Verurteilung der Welt und überführt diese, daß sie gegen Gott streitet und seinem Gericht entgegenreift.

Dieser Überblick über das Leben der Väter macht den Glauben vor uns groß. Er steht als eine fruchtbare, wirksame Kraft vor uns, die in mannigfaltiger Weise in unser Leben eingreift und es auf den Weg Gottes stellt. Er gibt unserer Vernunft die Erkenntnis Gottes, bewegt uns zum Opfer und Gottesdienst, erweckt in uns die Furcht vor der Drohung und dem Gericht Gottes und schafft den Gehorsam gegen die Weisung Gottes; er lehrt uns, das Himmlische über das Irdische und das Ewige über das Zeitliche zu stellen; er wendet unser Herz von der Lust zur Sünde ab und macht es zum Leiden für Gott und sein Reich willig; er befreit uns von der Menschenfurcht und beseitigt die Angst vor ihrem Zorn; er macht uns fähig und würdig, Großes zu wirken für die Welt und Großes zu leiden von der Welt. Und diese lebendigen Wirkungen des Glaubens sind von der Antwort Gottes begleitet und getragen, der immer wieder in mancherlei Weise den Glaubenden bezeugt, daß er ihr Vertrauen sieht, lohnt und erfüllt.

11,39.40: *Und alle diese, obwohl sie durch den Glauben das*

Zeugnis erlangt haben, bekamen die Verheißung nicht, weil Gott um unsertwillen etwas Besseres vorgesehen hat, daß sie nicht ohne uns vollendet werden sollten. Zwar haben die Alten in Wort und Werk für ihren Glauben das Zeugnis Gottes reichlich empfangen, das für sie eintrat und sie als seine Knechte kennzeichnete; aber die Verheißung ist an ihnen noch nicht in Erfüllung gegangen, so daß diese ganze große Schar beständig im Glauben auf sie warten und im Glauben sterben mußte. Sie sahen wohl einzelne Verheißungen und Zusagen Gottes geschehen; aber die eine große Verheißung, Christus und sein Reich, wurde ihnen noch nicht erfüllt, die Tore der ewigen Stadt wurden ihnen noch nicht aufgetan, und vollendet und ans Ziel gebracht wurden sie noch nicht. Dies geschah wegen der Christenheit. Denn für die ganze Gemeinde Gottes beginnt die Vollendung zur selben Zeit, dann, wenn die herrliche Herrschaft des Christus erscheint. Bis dahin läßt Gott die Zeit sich dehnen und die Geschlechter einander folgen; er gibt der irdischen Gestalt der Dinge immer wieder neue Frist, weil er eine noch größere Zahl zu seinem Hochzeitsmahl laden und in sein Reich einpflanzen will. Der Späteren wegen müssen die Früheren warten, Gott Glauben erweisen und im Glauben nicht nur leben und leiden, sondern auch sterben, ohne die Verheißung zu empfangen; denn der Festsaal Gottes ist noch nicht voll, und noch sind nicht alle Garben Gottes reif geworden. Mußten aber die Alten unsertwegen im Glauben verharren, damit auch wir im Reich Gottes noch Raum hätten, wie sollten wir uns weigern, ihnen auf ihrem Glaubensweg nachzugehen und wie sie zu hoffen mit der lebendigen Hoffnung, die an den Unsichtbaren gebunden ist?

Kapitel 12

Der christliche Glaubensweg

12,1.2: *Darum wollen auch wir, da wir eine so große Wolke von Zeugen um uns herum haben, jede Bürde und die uns umringende Sünde ablegen, durch Standhaftigkeit in dem uns bereiteten Ringen laufen und dabei auf den Anfänger und Vollender des Glaubens, auf Jesus, sehen, der statt der vor ihm stehenden Freude das Kreuz ertrug, da er die Schande nicht achtete, und sich zur Rechten des Thrones Gottes gesetzt hat.* Auch wir sind zum Glauben berufen. Denn auch uns ist die herrliche Hoffnung vorgehalten, die wir jetzt noch nicht in unsere Hand bringen können, die aber unser Verlangen an sich zieht, so daß es sich nach ihr streckt. Nun besteht aber auch unsere Aufgabe wie die der Alten darin, daß diese uns im Glauben geschenkte Hoffnung über jedes andere Verlangen der Seele die Oberhand gewinne und kein anderes Ziel in uns aufkommen lasse neben dem einen, das uns die Verheißung zeigt. Denn ihr hat unser ganzes Leben und Handeln zuzustreben, wenn wir zu ihrer Erfüllung gelangen sollen. Das verlangt Wachsamkeit und Anspannung, die der Anstrengung des Läufers vergleichbar ist, der in der Rennbahn das Ziel als erster erreichen will: er setzt mit gesammeltem Willen seine ganze Kraft dafür ein. Dafür haben wir uns von allem frei zu machen, was als Bürde auf uns drückt. Kein Wettläufer tritt mit einer Last auf dem Rücken in die Bahn. Wir empfinden selbst im inneren Urteil des Geistes, was uns als Belastung hemmt, was unsere Hoffnung schwächt, den Eifer, dem verheißenen Ziele zuzueilen, lähmt und uns in Gefahr bringt, es aus dem Auge zu verlieren. Was sich so als beschwerende Bürde im Urteil unseres Gewissens erkennen läßt, davon gilt: „Leg es ab, und sei es an sich selbst noch so erlaubt und angenehm!" Eines aber läßt sich nennen, das unter allen Umständen und für alle den Lauf nach diesem Ziel verhindert und ihn mißlingen läßt. Das ist die Sünde. Sie ist der Todfeind unseres Hoffens und hebt das Streben nach dem verheißenen Gut auf. Wenn der Brief sagt, daß sie um uns her aufgestellt ist und uns umschließt, so ist auch diese Wendung aus dem Vergleich des Christenlebens mit dem Wettlauf geschöpft. Es ist, wie wenn ein Läufer in dichtem Gedränge stünde, so daß er, um laufen zu können, sich erst freie Bahn machen müßte. So vertritt uns die Sünde den Weg von außen und von innen. Es bedarf darum eines männlichen, durchgreifenden Ernstes, wenn unser Lauf nicht zum Stillstand kommen soll.

Wie können wir Laufende sein? In der beharrenden Tragkraft, die zu dulden weiß. Von der Notwendigkeit der Geduld ging die Glaubensmahnung aus (10,36); zur Geduld kehrt sie zurück. Aller echte Fortschritt im Glauben trägt seine Frucht in der Geduld. „Den Wettkampf laufen durch Geduld" – wie bedeutsam sticht diese

Erläuterung von dem gebrauchten Bild ab! Der Wettlauf malt uns die erregteste Bewegung. Da ist jede Faser des Leibes gespannt, er fliegt die Bahn entlang; da ist kein Augenblick des Ruhens, alles ist Bewegung, vorwärtsdrängende Kraft, stürmische Eile. Und nun heißt das erläuternde Wort, das angibt, wie dieser Lauf zu vollziehen ist: geduldig sein, stillehalten, fest und aufrecht stehen unter dem Druck, der auf uns liegt. Das, sagt der Brief, bringt euch vorwärts; so lauft ihr zum Ziel. Dazu braucht eure ganze Kraft! Ihr habt sie nötig, wenn ihr geduldig sein wollt. Geduld auf dem Weg Jesu ist nicht Schwäche; sie wird nur bewahrt, wenn wir alle Kraft zusammennehmen. So verbindet der Brief die Beharrung und die Bewegung, das Stillestehen und das Laufen aufs engste miteinander. Im Christenlauf hat keine unordentliche Unruhe Raum; jede Last niederlegen bedeutet nicht vor der Aufgabe fliehen, die uns drückt. Die Geduld, die wir beweisen sollen, ist das Gegenteil zur Nachgiebigkeit, wie sie die willenlose Schlaffheit übt, und die Energie, die wir an unseren Christenberuf setzen sollen, ist das Gegenteil zur heißen Ungeduld, die über alle Schranken springt. Weil wir uns innerlich kräftig nach vorn bewegen, darum stehen wir fest unter unserer Last, und dadurch, daß wir entschlossen unter unserer Bürde bleiben, bewegen wir uns hin zu unserem Ziel.

Der Blick auf die Alten macht uns hiezu willig; denn sie umgeben uns als eine Wolke von Zeugen. Oben war gesagt, daß sie selbst das Zeugnis Gottes empfangen haben; deshalb richten sie auch an uns ein Zeugnis aus. Weil Gott für sie gesprochen hat, reden sie zu uns als Zeugen dafür, was Glauben ist und wie es belohnt wird. Schwerlich ist beim Zeugenamt der Alten daran gedacht, daß sie unserem Lauf zusehen. Das Zuschauen macht noch nicht zum Zeugen. Das Wort macht den Zeugen, das Wort, womit er von dem spricht, was er selbst gesehen hat. Die Alten haben erlebt, was der Glaube ist und kann; so rufen sie uns in dieselbe Bahn, wehren dem Zweifel und der Mattigkeit und machen uns zum Glauben Mut. Sie umringen uns; denn ob sie auch der Tod wegnahm, so ist doch ihr Zeugnis nicht verstummt, sondern zu uns gedrungen; in ihm sind sie uns gegenwärtig und werden uns zur Glaubensmahnung und Ermunterung.

Beim Wettlauf fällt auch dem Auge eine wichtige Rolle zu. Es hat unverrückt auf das Ziel zu sehen. Wir schauen bei unserem Lauf auf Jesus; so bleiben wir auf dem Glaubensweg, da er der Anfänger und Vollender des Glaubens ist. Der Anfänger des Glaubens: das heißt nicht nur, daß er in der Reihe der Glaubenden der erste ist, sondern damit ist gesagt, daß der Glaube derer, die ihm folgen, durch ihn und sein Werk entsteht. Wie er nicht nur deshalb der Anfänger unserer Rettung heißt (vgl. 2,10),[1] weil er selbst zuerst die Rettung erlangt hat, sondern deshalb, weil er sie für uns erworben hat, so heißt er hier der Bahnbrecher und Vordermann des Glaubens, weil er uns zum Glauben beruft und führt. Er ist dessen Urheber, weil er unseren Christenlauf so eingerichtet hat, daß er ein Lauf im Glauben ist: nicht im Schauen, aber auch nicht in Hoffnungslosigkeit und Angst, sondern in der Gewißheit, die die Gabe Gottes vor sich sieht, so daß wir sie ergreifen können. Jesus hat uns zu solcher Zuversicht das Recht und den Grund verschafft. Er hat uns die Dinge erworben, die wir hoffen, die wir zwar noch nicht sehen, deren wir aber dennoch in ihm gewiß sind und bei denen wir durch ihn verharren dürfen. Er hat uns die zukünftigen Güter nahe gebracht als das uns vorgesteckte Ziel, nach dem wir in Geduld mit dem Einsatz unserer ganzen Kraft laufen können. So ist der Glaube die Gabe Jesu an uns.

Jesus reicht uns den Glauben vollkommen dar; er ist dessen Vollender. Das ganze Gut des Himmelreichs ist uns in ihm erschlossen und die allerhöchste Gottesverheißung uns in ihm vorgehalten. Und dies alles hat er uns so ganz nahe gebracht, so fest und sicher zu unserem Eigentum gemacht und so mächtig und siegreich alles, was uns davon trennt, überwunden, daß wir nun glauben dürfen und können mit einer völligen Zuversicht.

Der Brief hat den Segen des Todes Jesu mit dem Wort beschrieben: „Jesus macht das Gewissen vollkommen" (9,9). Nun fügt er das andere Wort dazu: „Jesus macht den Glauben vollkommen." Wir müssen beide Worte zusammenfassen, um sie zu verstehen. Wie kann ich ein vollkommenes Gewissen erhalten, das nicht mehr von Sünden verstört wird? Jesus reicht uns durch sein Kreuz den vollkommenen Glauben dar, der in ihm alles gefunden hat, was wir bedürfen, die ewige Erlösung und den vollkommenen Sieg, der

1 In beiden Stellen ist dasselbe Wort gebraucht (vgl. Apg. 3,15).

darum nicht mehr durch Zweifel und Furcht zerspalten ist und nirgends auf eine Grenze stößt, wo wir unsere Hoffnung und Zuversicht begraben müßten. In solch vollkommenem Glauben ist unser Gewissen vollkommen geheilt. Wiederum, weil in Jesu priesterlichem Werk unserem Gewissen in Wahrheit die Heiligung bereitet ist, deshalb sind die Schranken von unserem Glauben entfernt, so daß eine vollendete Zuversicht aus ihm werden kann.

Die Gedanken der jüdischen Christen waren also töricht, wenn sie bei Christus etwas anderes suchten als Glauben und sich einredeten, für Christus zieme es sich nicht, von denen, die zu ihm hinzutreten, noch Glauben zu fordern. Nein, gerade das ist sein Werk, daß er uns in den Glauben stellt, und das seine Größe und Herrlichkeit, daß er dies vollkommen tut. Hierin führt er über die alten Männer Gottes hinaus. Jesus ist nicht nur einer unter den vielen Zeugen, die die Art und Kraft des Glaubens erweisen; er ist dessen Urheber, der macht, daß wir im Glauben das himmlische Gut ergreifen, und dessen Vollender, der macht, daß unser Glaube reif und völlig wird. Dagegen gilt auch vom Glauben der Alten das Wort, daß das Gesetz nichts zur Vollendung brachte, weil es die höchste und größte Hoffnung noch nicht darreichen konnte (7,19). Wollte jemand fragen, wie denn Jesus der Anfänger des Glaubens sein könne, während doch von der Weltschöpfung her alle Alten Glauben übten und durch Glauben die Gaben Gottes empfingen, so würde der Brief antworten: Wer hat das Haus Gottes hergestellt (3,3)? Ist es nicht der Christus? So ist auch den Alten von Anbeginn an durch ihn das unsichtbare Gut vorgehalten und die Hoffnung dargeboten worden. Er ist der alleinige Mittler der Menschen mit Gott, durch den auch die Alten auf die Gnade und Gabe Gottes gegründet und ihrer gewiß und froh geworden sind. Schon die Alten empfingen seine Gaben, wenn sie ihn auch noch nicht kannten. Nun aber, nachdem er erschienen ist und wir ihn kennen, ist der Glaube zur Vollkommenheit gekommen.

Jesus hat uns mit seinem eigenen Lebensgang den Glaubensweg vorgezeichnet. Er trat auch hierin an unseren Ort und mutet uns nichts zu, was nicht er selbst in höchster Weise auf sich nahm. Auch er wurde ein Zeuge, der uns zum Glauben beruft. Vor ihm hatte Freude gelegen, die Freude des Sohns, der mit dem Vater alles teilen und in dessen Herrlichkeit und Macht greifen durfte, frei von Leid und Ohnmacht. Dieser Freude entsagte er. Er entäußerte sich selbst; er wollte leiden und erwählte das Kreuz. Das ist eine ähnliche Wahl, wie wenn Abraham das Vaterland mit der Fremdlingschaft und Mose die Ehre und Schätze Ägyptens mit dem Ungemach Israels vertauschten, nur noch unermeßlich größer und gewaltiger. Denn hier handelt es sich nicht nur um den Verzicht auf eine irdische Heimat und auf eine Ehre, die, weil sie mit Sünde erkauft ist, täuscht und zerrinnt; sondern Jesus entsagt wahrhafter, bleibender und vollkommener Freude, wie sie allein der Sohn aus dem Vater schöpfen konnte. Das ist das unermeßliche Opfer seiner Liebe; zu solcher Selbstverleugnung in freier Entsagung war sie fähig.

Es wird aber von Jesus nicht auch wie von den Alten gesagt: „Durch Glauben ertrug er das Kreuz." Denn das Verhältnis Jesu zu Gott und seinem unsichtbaren Reich ist ein anderes als das Verhältnis, in dem wir Menschen zu Gott stehen. Er stand nicht in unserer Entfernung von Gott und nicht unter der Verhüllung, die für uns über allem liegt, was Gottes ist; wir haben darum eine Überführung vom Unsichtbaren nötig, die unsere Einreden niederschlägt, und bedürfen einer Bindung an die Gaben Gottes, damit wir fest bei ihnen stehen. So glauben, wie es 11,1 beschrieben ist, ist die Sache des Sünders, der von Gott gewichen und geschieden ist. Unser Glauben geschieht in Überwindung eines inneren Zwiespalts und ist der Sieg in einem Kampf, der nicht im Sohn Gottes ist. Darum ist, was dieser tut, unserem Glaubensweg wohl ähnlich, doch nicht völlig gleich. Doch ist, was er tut, nicht kleiner, sondern unendlich größer als das, was uns obliegt. Wie sollen wir es auch nur in Gedanken fassen, wie groß seine Entsagung war? Der Ausgang zeigt uns aber auch, daß der Glaube nicht täuscht. Er hatte recht, die Schande des Kreuzes nicht zu achten und es sich wohlgefallen zu lassen, daß sein Name nun für immer „der Gekreuzigte" lautet und er aller Welt im Kreuzesbild bekannt wird. Das war der Weg, der ihn zum Thron Gottes führte. Seine Erniedrigung hat ihn erhöht, und seine Entsagung hat ihn reich gemacht.

Der gekreuzigte Christus – welch eine Flut von Spott und Einreden erweckte diese Botschaft in der jüdischen und heidnischen

Welt! So erfährt der Glaube Widerspruch, und er wird ihn immer erfahren. Aber sollen wir uns vor ihm fürchten und uns durch ihn erweichen lassen? Jesus hat uns gezeigt, wie wir uns zu verhalten haben. 12,3: *Nehmt euch doch den zum Beispiel, der ein solches Widersprechen der Sünder gegen sich ertragen hat, damit ihr nicht müde werdet, wenn eure Seelen ermatten.* Dieses Leiden begleitete die Arbeit Jesu beständig; alle machten ihm Einwürfe, die Freunde und die Feinde. Sie hatten alle an ihm zu tadeln, zu meistern, zu zweifeln, zu schelten. Es fehlte ihm in ihren Augen alles: Macht, Beruf, Ernst, Frömmigkeit, und da sie Gott viel besser zu kennen und viel geistlicher und frömmer zu sein meinten als er, so mußten sie die Ehre und das Reich Gottes gegen ihn verteidigen und hängten ihn darum ans Kreuz. Jesus läßt sie widersprechen und geht ruhig seinen Gang durch den Tod zur Herrlichkeit. Und doch waren alle diese anderen Sünder! Wie peinlich und widerwärtig wird dadurch ihr Widerspruch! Der Sünder schweige doch! Statt dessen widersprechen sie in schamlosem Übermut. Und Jesus verschließt ihnen in seiner Geduld den Mund nicht, fürchtet sich aber auch vor ihren Einreden nicht, sondern bleibt in fester Beharrung auf Gottes Weg. „Macht es ihm nach!" sagt der Brief. Wer ist euch Autorität, der eine Heilige oder die Tausende von Sündern, die ihm widersprechen? Was beweist das Wort eines Sünders? Was weiß er von Gott? Als verdiente ein Sünder Glauben!

Das Leiden, das mit dem Christenlauf verbunden ist, darf uns kein Hindernis des Glaubens sein und ist kein Gegengrund gegen unsere Zuversicht. 12,4: *Denn ihr habt im Ringen gegen die Sünde noch nicht bis aufs Blut Widerstand geleistet.* Der schwerste Kampf war den Lesern bisher noch erspart worden; denn ihr Blut war noch nicht von ihnen gefordert. Gott hatte sie schonlich geführt. Und doch müssen sie sich, auch wenn es das Leben gilt, ohne Murren willig erfinden lassen. Wie könnten sie aber das Letzte ertragen, wenn sie bei den kleinen Opfern ermatten? Ihr Leiden ist ein Kampf gegen die Sünde. Auch dieses Wort hat aufrichtende, tröstende Kraft. Es hält uns die Notwendigkeit und Unvermeidlichkeit des Leidens vor. Mit der Sünde ist kein Friede möglich; vor ihr dürfen wir nicht zurückweichen, ihr den Sieg nicht lassen. Ihr muß widerstanden sein, was immer es uns kosten mag. Dabei ist der Wechsel im Ausdruck gegenüber dem dritten Vers bedeutsam. Jesus leidet unter dem Widerspruch der Sünder; wir kämpfen im Leiden gegen die Sünde. Das Schlachtfeld ist ein anderes geworden. Jesus wird von außen durch die Sünde angefochten; sie tritt ihm in den Sündern um ihn her entgegen. Auch wir leiden unter dem Widerstreit der Sünder um uns her; aber unser Kampf ist nicht nur ein Widerstreben gegen die fremde, sondern auch gegen die eigene Sünde. Mit der Einrede von außen verbündet sich der Zug des eigenen Herzens, und die eigene Begierde stimmt jener bei. Sind wir zum Leiden willig, so widerstehen wir beiden zugleich und dämpfen beide. Um so weniger können wir uns dem Leiden entziehen, weil wir gegen unsere Sünde nicht feig sein dürfen. So ist uns ja das Leiden heilsam und dienlich, weil es uns reinigt und von unserem schlimmsten Feind befreit.

12,5-8: *und habt die Tröstung vergessen, die sich mit euch wie mit Söhnen bespricht: Mein Sohn, schätze die Züchtigung des Herrn nicht gering, und werde nicht matt, wenn du von ihm zurechtgewiesen wirst. Denn der Herr züchtigt den, den er liebt* (Offenb. 3,19); *er schlägt jeden Sohn, den er annimmt* (Spr. 3,11.12). *Um Züchtigung zu empfangen, haltet stand. Gott geht mit euch wie mit Söhnen um; denn wo ist ein Sohn, den der Vater nicht züchtigt? Wenn ihr aber ohne Züchtigung seid, an der alle Anteil gehabt haben, dann seid ihr unechte Kinder und nicht Söhne.* Wollen wir im Kampf aufrecht bleiben, so darf freilich unser Glaube nicht wanken. Wir müssen auch dann Gottes und seiner Gnade gewiß sein und seine Gaben vor uns sehen. Es ist jedoch nur unser stumpfer, die Tröstung Gottes vergessender Sinn, der im Leiden eine Beeinträchtigung des Glaubens sieht. Schon im Eingang zur ganzen Betrachtung über den Glauben und seine Macht sprach der Brief vom Leiden um Jesu willen als von einer Stärkung und Mehrung unserer Freudigkeit, weil es die Echtheit und Rechtschaffenheit unseres Christenstandes bewährt (10,32–35). Nun ergänzt und vertieft er jene Betrachtung. Nicht nur wir bewähren im Leiden unseren Christenstand; auch Gott bewährt durch dasselbe an uns seinen väterlichen Sinn. Wir dürfen uns um des Leidens willen getrost an Gott halten; denn Gott handelt damit väterlich an uns, erweist uns damit seine Güte und bezeugt uns so, daß wir seine Kinder sind.

So zerbricht das Leiden den Glauben nicht, sondern befestigt ihn. Wir dürfen im Leiden selbst einen Beweggrund sehen, der uns zu einem kindlichen Vertrauen zu Gott ermutigt. Das zeigt der Brief durch das Schriftwort, das vom Zweck des Leidens handelt. Es dient uns zur Zucht, als Gottes Gegenmittel gegen die Sünde, mit dem er uns von ihr befreit und vor ihr bewahrt. Eben darum ist es nicht der Bote seines Zorns, sondern seiner Güte. Der Zorn begräbt in die Sünde; die Güte Gottes löst und reinigt von ihr. So ist das Leiden auch nicht unser Ausschluß aus der Gemeinschaft Gottes und unsere Verstoßung aus seinem Reich, vielmehr die Erfahrung seiner Gnade, da er es zum Kennzeichen seiner Kinder macht. „Ihr könnt", sagt der Brief, „nicht wünschen, daß ihr nichts leiden müßtet. Dann hättet ihr Grund zum Zweifel, ob ihr Gottes Kinder seid, und müßtet euch fragen, ob sich Gott denn eurer annehme, wenn er euch die Zucht nicht gewährt, deren ihr bedürft und deren alle gewürdigt worden sind, die er zu sich berufen hat. Daraus entstände ein Grund zu der Sorge, ob ihr nicht nur den Namen und Schein von Kindern Gottes habt, wenn ihr wohl in der Gemeinde Jesu steht und doch – ohne Leiden um Jesu willen – nicht in Wahrheit Gottes Kinder seid, nicht aus Gott geboren und nicht von ihm anerkannt."

12,9.10: *Wir hatten sodann die Väter unseres Fleisches zu Zuchtmeistern und scheuten uns vor ihnen. Wollen wir uns nicht vielmehr dem Vater der Geister unterwerfen und dadurch leben? Denn jene züchtigten für wenige Tage, wie es ihnen gut schien, er aber so, wie es heilsam ist, damit wir an seiner Heiligkeit Anteil erhalten.* „Setzt doch", mahnt der Brief weiter, „Gott nicht unter eure irdischen Väter herab! Ihr habt sie nicht deshalb für eure Feinde gehalten, weil sie euch unter ihre Zucht stellten, und habt sie deshalb nicht verlassen und gehaßt; sie blieben eure Väter, die ihr achtetet und ehrtet. Wollt ihr Gott verlassen und ihm widerstreben, weil er euch dieselbe Wohltat erweist? Gott ist größer als eure menschlichen Väter. Sie sind Väter eures Fleisches, Gott ist der Vater der Geister; ihnen verdankt ihr eure natürliche Existenz; was aber als Geist in eurem natürlichen Wesen lebt und euch ins himmlische und ewige Wesen erhebt, das habt ihr nicht von ihnen; das stammt aus Gott. Es ist nicht nur ein Bild, wenn ihr ihn Vater heißt. Ihm kommt dieser Name in viel höherer Wahrheit zu als den menschlichen

Vätern. So ist auch seine Zucht viel größer und köstlicher. Eure Väter züchtigten euch für wenige Tage; dann entwuchset ihr ihrer Zucht, und auch wenn sie der Tod nicht von euch trennte, so war doch ihre erziehende Arbeit an euch zu Ende; sie hatten nicht mehr die Mittel und die Macht, in euer inneres Leben einzugreifen und das Böse von euch fernzuhalten. Und auch das, was ihr durch eure Zucht für euer Leben behieltet, ist doch nur für die kurze Frist eurer irdischen Existenz von Wert. Den Kern eures Herzens erreichten ihre Zuchtmittel nicht. Sie konnten euch nicht zum Glauben erwecken und nicht Gott untertan machen. Nur von denjenigen Erscheinungen und Äußerungen der Sünde, die im Verhalten gegen die Menschen hervortreten, konnten sie euch durch ihre Zucht befreien. Sie mußten sich dabei von ihrem Gutdünken leiten lassen; auch wenn sie es in bester Meinung mit aller väterlichen Treue taten, so geschah es doch immer mit dem beschränkten Blick und der tastenden Hand eines Menschen, der bald straft, wo es nicht nötig ist, bald das wirklich Verderbliche unbestraft läßt, das mit aller Schärfe weggeschnitten werden müßte. Die Zucht Gottes steht über all dieser Unzulänglichkeit. Sie begleitet euch durch euer ganzes Leben, wirkt eine unvergängliche Frucht, ist geordnet nach seiner vollkommenen Weisheit und bringt euch ans höchste Ziel." Wer sich seiner Zucht unterwirft, gewinnt das Leben und tritt in die Zahl derer, auf die Gott seine Heiligkeit legt. Die, die er mit sich verbindet, sind heilig, weil er heilig ist, und dazu führt uns die göttliche Zucht, weil sie uns vom Bösen trennt, uns zu Gott zieht und mit ihm vereint. Darin aber, daß wir sein Eigentum sind, besteht unsere Heiligkeit.

12,11: *Zwar scheint jede Züchtigung für jetzt nicht Freude, sondern Traurigkeit zu sein; später aber gewährt sie denen, die durch sie geübt worden sind, die Frieden schaffende Frucht der Gerechtigkeit.* Gottes Schläge bringen uns freilich Schmerzen; sie wären nicht Zucht und brächten uns nicht Hilfe gegen unsere Bosheit, wenn sie uns nicht weh täten. Sie bereiten uns zunächst nicht Frieden, sondern Unruhe, Kampf und Erschütterung. Aber sie bringen uns dadurch Übung, und die Übung stärkt; ihr Ertrag ist die Gerechtigkeit: das richtige Verhalten, der Gehorsam gegen Gottes Gebot, der sein Wohlgefallen hat. Damit ist uns aber auch der Schutz Gottes verliehen, und sein Friede breitet sich über uns aus. Als der

Brief oben von der Unlust der Leser zum Hören sprach, rief er ihnen zu: „Es handelt sich um das Wort der Gerechtigkeit!" (5,13.) Hier, wo er von ihrer Unlust zum Leiden redet, ruft er ihnen zu: „Es handelt sich um die Frucht der Gerechtigkeit!" Auf das Verlangen nach der Gerechtigkeit, nach der Eintracht mit Gottes gutem Willen, greift er hier und dort zurück. Ist dies der Grundtrieb unseres Herzens, so überwinden wir jede Unlust und Unwilligkeit zum Leiden.

Der ernstere Kampf als der mit dem Leiden bleibt stets der mit der Sünde. Darum folgt auf den Trost, der uns auch im Leiden den Vater erkennen und ehren heißt, ein zur Wachsamkeit mahnendes Wort. 12,12.13: *Deshalb richtet die erschlafften Arme und die gelähmten Knie auf, und stellt mit euren Füßen gerade Bahnen her* (Jes. 35,3), *damit das, was lahm ist, nicht nebenaus komme, vielmehr geheilt werde.* „Seid ihr schlaff und müde", fragt der Brief, „was soll aus den Lahmen werden?" Er stellt die mit müden Knien wankend und schwankend Einhergehenden und die gelähmt Nachhinkenden nebeneinander. Diese sind noch schlimmer daran als jene, und ihre Lage wird vollends trostlos, wenn sogar die, die gehen können, sich der Mattigkeit hingeben. Dann werden die Gelähmten vollends vom Weg abkommen und liegenbleiben. „Wenn ihr aber", sagt die Stelle, „selbst den Glauben tapfer bewahrt, euch zu eurer Hoffnung bekennt und geraden, festen Ganges auf eurer Bahn vorwärts schreitet, so kommt nicht nur ihr selbst voran, sondern helft ihr auch den Lahmen; sie werden durch euren Dienst wieder heil." Der Brief legt uns auch hier wie 10,24.25 die Liebespflicht ans Herz, die nicht zuläßt, daß wir schwach werden; wir müssen um derer willen, die noch schwächer sind, stark und mutig sein. 12,14: *Strebt nach dem Frieden mit allen und nach der Heiligung, ohne die keiner den Herrn sehen wird* (Ps. 34,15; Röm. 14,19; Matth. 5,9; Jak. 3,18). Zwei Worte nennen der Christenheit, worauf sie ihren Fleiß zu richten haben: Friede und Heiligung. Friede ist das Ziel, das wir im Verkehr miteinander zu erreichen haben, und zwar mit allen ohne Unterschied und Ausnahme. Die Heiligung gibt unserem persönlichen, inneren Leben seine Art; sie bezeichnet, was wir für uns selbst zu suchen haben. Der Friede einigt uns mit den Menschen, die Heiligung entsteht aus unserer

Gemeinschaft mit Gott und bringt uns mit Gottes reiner Art in Übereinstimmung. Darum ist sie uns unentbehrlich, damit wir unser letztes Ziel erreichen und den Herrn sehen. Weder der Friede noch die Heiligung lassen sich ohne Wachsamkeit und angestrengte Arbeit gewinnen; zu beiden führt uns nur ein ernstlicher Lauf.

12,15.16: *und haltet Aufsicht, daß keiner von der Gnade Gottes wegbleibe, daß keine Wurzel der Bitterkeit nach oben wachse und schade und nicht die vielen durch sie befleckt werden, daß keiner ein Hurer oder gemein sei wie Esau, der für eine einzige Speise seine Erstgeburt verkaufte* (1. Mose 25,33.34; Hebr. 6,4-6; 10,26-31). Die Leser dürfen nie vergessen, daß sie auch in ihrem eigenen Kreise keineswegs vor bösartigen Dingen gesichert sind; die Gnade kann auch da, wo man sie kennt und rühmt, verscherzt werden; so gut wie in Israel (vgl. 5. Mose 29,18) kann sich unter ihnen eine Wurzel der Bitterkeit, ein Gewächs mit bitterem Saft und bitterer Frucht befinden, das alles um sich her vergiftet. Wir Menschen sind immer einander gefährlich. Die Gemeinschaft, in die wir miteinander treten, kann uns zur höchsten Förderung dienen, aber auch zu unserem Schaden ausschlagen, wenn wir einander innerlich zurückhalten, verwirren und beflecken. Wir brauchen darum im christlichen Gemeindeleben stete Achtsamkeit, damit es sich nicht in sein Gegenteil verkehre und den christlichen Ernst und die Lauterkeit verderbe, statt sie zu fördern.

Der Brief hebt die unreine Entzündung der geschlechtlichen Lust als den stets vorhandenen und besonders gefährlichen Feind hervor. Er versteckt sich, ist zäh und schwer zu beseitigen und zerrüttet das ganze geistige Leben des Menschen. Damit stellt er die leichtfertige Geringschätzung des Heiligen zusammen; wie die Unzucht den Leib in seinen höchsten Funktionen mißbraucht und entweiht, so gibt es auch eine Entweihung des Geistes, die das Göttliche gewöhnlich und gemein macht. Das konnte damals leicht bei den festlichen Mahlzeiten geschehen, sowohl wenn die Christen unter sich das Mahl der Liebe hielten, bei dem sie auch den Becher Jesu tranken, als wenn sie sich mit Nichtchristen am festlichen Tisch vereinigten und nun im Taumel der festlichen Erregung den Gegensatz verschwinden ließen, der sie, die für Gott Geheiligten, von allen anderen schied. Darum hält der Brief den Gemeinden das

Bild Esaus vor, der seine Erstgeburt verachtete, weil ihn die Schüssel Jakobs lockte. Was soll ihm die Erstgeburt? Er muß ja, sagt er, doch einmal sterben, und damit endet doch alles im Nichts. Sein Beispiel warnt die Matten, denen ihre Berufung gleichgültig wird und ihre Heiligung wertlos scheint; auch sie kann ein jämmerlicher Genuß, der für einen Augenblick ihre Sinne erregt, dazu verleiten.

12,17: *Denn ihr wißt, daß er auch später, als er den Segen erlangen wollte, verworfen wurde. Denn er fand nicht Raum zur Buße, obgleich er sie mit Tränen suchte.* Zum dritten Male werden wir daran erinnert, daß wir uns unheilbar verderben und für immer fallen können, und auch hierfür ist Esau eine Veranschaulichung. Er hat die Erstgeburt mit Wissen und Willen verkauft; den Segen des Vaters dagegen will er festhalten. Aber er bekommt ihn nicht; auch der Segen geht ihm verloren, ohne daß er es weiß und will. Nun weint er freilich, und es reut ihn nicht nur, daß er jetzt um den Segen kam, sondern auch, daß er früher die Erstgeburt verkaufte. Zweimal, klagt er, hat mich Jakob betrogen! Er möchte nun gern, er hätte nicht getan, was er getan hat; aber nun war es zu spät. Das Neue, was hier zu den beiden früheren warnenden Worten hinzukommt, besteht in der Erinnerung, daß wir bei solchem Fall keineswegs stumpf und unempfindlich bleiben müssen, sondern in tiefe Reue und großen Jammer sinken können, aber in eine ohnmächtige Reue, die nicht zum Ziel gelangt und uns nicht aufrichtet, sondern sich in dem Wunsch verzehrt: Ich wollte, ich wäre ein anderer, als ich bin! Solche Reue ist der Sold der Sünde und das Gericht Gottes über sie. Da wird dem Menschen die Erkenntnis seiner Sünde allerdings gegeben, aber als Strafe, und das Licht dringt in seinen Geist, aber als Qual: es wird zum brennenden Feuer. Auch durch dieses Wort wird nicht zweifelhaft, daß Gott keine bußfertige Bitte verwirft. Denn das Unselige in jener Reue ist gerade dies, daß all ihr Elend den Trotz doch nicht zerbricht; das Begehren bleibt doch darauf gerichtet: Weg von Gott! O daß ich ihn vergessen könnte! – wie denn in Esaus Buße tiefer Zorn und Grimm lodert. Er wollte wohl, er hätte anders gehandelt und könnte ungeschehen machen, was er tat. Nun ist es aber geschehen. So soll es Jakob büßen, und Esau greift zum Schwert. Unsere Stelle sagt mit tiefem Blick in jene Geschichte: Er fand die Buße nicht, sosehr er bereute, was geschehen war, und so lebhaft er wünschte, daß er nicht so gehandelt hätte.

Nun wird noch einmal das, was der neutestamentlichen Gemeinde im Unterschied von dem, was Israel empfangen hat, gegeben ist, in einem großen Überblick zusammengefaßt. 12,18-21: *Denn ihr seid nicht zum Berg hinzugekommen, den man mit den Händen greifen kann, und zum angezündeten Feuer und zur Dunkelheit und Finsternis und zum Sturm und zum Schall der Posaune* (2. Mose 19,16.18.19; 5. Mose 4,11) *und zur Stimme der Worte, worauf die, die sie hörten, baten, daß das Wort nicht an sie gerichtet werde* (2. Mose 20,19); *denn sie ertrugen die Verordnung nicht: Auch wenn ein Tier den Berg berührt, muß es gesteinigt werden* (2. Mose 19,13); *und sogar Mose – so furchtbar war die Erscheinung – sagte: Ich bin voller Furcht und Zittern* (5. Mose 9,19). Was der Alte Bund war, zeigt sich an seinem Gründungstag am Sinai. Dort ist wohl Offenbarung der Majestät Gottes; aber sie offenbart sich nur an irdischen Dingen und Kräften, durch Feuer und Sturm, und es ist eine schreckende Majestät, die den Menschen nicht zu sich nahen läßt. Kein Tier, geschweige denn ein Mensch soll den Berg berühren, und unter dem Schrecken dieses Worts weigert sich das Volk, Gottes Stimme zu hören, und auch Mose erbebt. 12,22-24: *sondern ihr seid zum Berg Zion hinzugekommen* (Offenb. 14,1; Röm. 11,26) *und zur Stadt des lebenden Gottes* (11,10; 13,14), *zum himmlischen Jerusalem* (Gal. 4,26; Phil. 3,20), *und zur festlichen Versammlung der Tausende von Engeln* (Offenb. 5,11) *und zur Gemeinde der Erstgeborenen, die in den Himmeln aufgezeichnet sind* (Luk. 10,20; Phil. 4,3; Offenb. 3,5; 13,8), *und zu Gott, dem Richter aller, und zu den Geistern der vollendeten Gerechten und zu Jesus, dem Mittler des Neuen Bundes* (7,22; 9,15), *und zum Blut der Besprengung, das Besseres sagt als das Abels* (11,4; 1. Petr. 1,2; 1. Mose 4,10). Für uns trat an die Stelle des Sinai der Zion. Da bleiben wir ja, wie es scheint, auf dem Boden des Alten Testaments. Allein vom Zion ging die Verheißung aus. Auf dem Zion wohnte der gesalbte König, dem das Reich verheißen ist, und auf dem Zion wohnte Gott in seinem Heiligtum, in das der Hohepriester für die Sünde des Volkes treten durfte. So wies der Name Zion auf den Thron des ewigen Königs und das Heiligtum des ewigen Hohenpriesters hin. Zu diesem Zion sind wir hinzugetreten und haben den Ort gefunden, wo unser König und Hoherpriester wohnt. Hier offenbart sich Gott in anderer Gestalt als auf dem Sinai. Hier finden wir den segnenden und gebenden Gott; er läßt uns zu seinem Thron als zu einem Gnadenthron herzutreten und öffnet uns sein Haus, daß wir als seine Söhne in ihm bleiben dürfen. Darum steht um den Zion her die Gottesstadt, ein Jerusalem, in dem das Volk Gottes seine Wohnung empfängt. Wie der Zion, so wird auch das ehemalige Jerusalem zum Bild und zur Weissagung eines höheren Jerusalem von himmlischer Art. Mit der Stadt fanden wir auch ihre Bürger und sind unter die Glieder dieses Gemeinwesens eingereiht. Es umspannt und verbindet den Himmel und die Erde. Die Scharen der Engel gehören ihm an und die Gemeinde der Erstgeborenen. Die Engel sind die himmlischen Glieder dieses Reiches, die Erstgeborenen die irdischen. Dafür, daß unter der Gemeinde der Erstgeborenen die Gemeinde Jesu auf Erden zu verstehen ist, spricht, daß von den Namen ihrer Glieder gesagt ist, sie seien im Himmel aufgeschrieben. Ihr Name, noch nicht ihre Person, ist im Himmel. Das ist ihre Ehre und Würde: Gott kennt sie als die Seinigen. Ihre Ehre spricht auch ihr Name „Gemeinde der Erstgeborenen" aus. Wer immer von der übrigen Menschheit an der Gnade und dem Leben Gottes teilhaben wird, sie sind diejenigen Glieder seines Hauses, die zuerst ins Leben erweckt und mit der besonderen Gabe und dem reichen Erbe beschenkt worden sind; sie sind „die Erstlinge unter Gottes Geschöpfen", wie Jakobus denselben Gedanken mit einem anderen Bild zum Ausdruck bringt (1,18). Der Herr und König dieses Reiches ist der Richter aller. Warum wird hier hervorgehoben, daß Gott der Richter ist, während doch die Stelle uns den Reichtum und die Gnade des Evangeliums vorhalten will? Allein gerade das ist die große Gabe des Evangeliums, daß wir mit unserem Richter versöhnt sind und in seinem Wohlgefallen stehen. Das große Gemeinwesen, in das wir eingebürgert sind, ist von Gerechtigkeit durchwaltet. Sein Haupt ist der Richter, der jedes Unrecht abstellt, allen Unterdrückten Recht schafft und jedem einzelnen Glied seine Stellung und Gabe nach seiner heiligen Rechtsordnung erteilt.

Das Reich Gottes verbindet nicht nur den Himmel und die Erde, sondern vereinigt auch die Vergangenheit mit der Gegenwart. Der

Tod setzt ihm keine Grenzen. Die Geister der vollendeten Gerechten gehören auch dazu. Wenn sie hier, anders als 11,40, „vollendet" heißen, so hat dies darin seinen Grund, daß hier der Blick auf ein anderes Ziel gerichtet ist. Dort war der Gedanke auf das vollkommene Reich des Christus gerichtet, das noch nicht erschienen, sondern für die Alten noch zukünftig ist wie für uns. Hier wird auf den Lebenslauf der Alten, auf ihren Wandel und Kampf auf Erden zurückgeschaut. Den haben sie vollbracht; sie stehen in dieser Beziehung am Ziel als die Vollendeten, anders als wir, die wir noch unterwegs zum Ziel sind. Aber auch mit ihnen sind wir schon verbunden als Glieder des einen großen Leibes des Christus.

Von den vollendeten Gerechten steigt der Blick zu dem empor, der unter ihnen allen der Größte ist, zu Jesus. Er hat im Reich Gottes nicht nur die Stellung eines Gliedes; vielmehr hat er durch sich selbst den Neuen Bund vermittelt und trägt ihn. Neben ihn wird sein Blut gestellt, durch das er uns das Bürgerrecht in diesem Reich erworben hat. Es ist das Blut der Besprengung, weil Jesus, als er sein Blut dem Vater dargab, das in Wahrheit vollbrachte, was der Priester im Gleichnis tat, wenn er mit den Blutstropfen die Zeichen besprengte, die die gnädige Gegenwart Gottes und seinen Willen zu vergeben andeuteten. Denn er ließ am Kreuz sein Blut vor Gottes Angesicht dazu fließen, damit uns die Vergebung verliehen sei. Dieses Blut ist nicht stumm, sondern spricht zu Gott und zur Welt. Es ruft nicht wie Abels Blut den Rächer herbei, sondern den Vater und Geber. Die ewige Liebe gab ihm seine Stimme; zu ihr spricht es, und sie spricht durch dieses Blut zu uns. Von ihr erbittet es für uns Vergebung und Erlösung, Leben und Herrlichkeit, und uns verkündigt es, daß sein Begehren erfüllt ist und Gottes Gaben uns gegeben sind.

So haben wir unendlich Größeres gefunden, als am Sinai zu finden war. Das Reich Gottes ist uns in seiner Größe und Weite, in seiner himmlischen und ewigen Ausbreitung aufgetan. Aber auch hier verfährt der Brief nach der Regel: je größer die Gabe, desto tiefer der Ernst. Wir sollen uns warnen lassen durch das, was am Sinai geschah. 12,25: *Gebt acht, daß ihr den, der redet, nicht abweist. Denn wenn jene nicht entrannen, die den abwiesen, der ihnen auf der Erde Anweisung gab, so wird dies noch viel mehr uns ge-*

schehen, wenn wir uns von dem abwenden, der von den Himmeln her spricht. Noch einmal verweist uns der Brief auf das Wort. Mit dem Wort fing er an, und mit dem Wort endet er. „Höret Jesus! Lehnt Gottes Wort nicht ab!" – das ist die Mahnung, die sich aus dem Blick auf das Reich Gottes für uns ergibt. Sie wird uns durch den Hinweis darauf, was Israel am Sinai tat, ans Herz gelegt. Dort verbat sich das Volk die Rede Gottes. Unser Brief macht mit einem feinen Wink darauf aufmerksam, wie sehr diese Weigerung mit dem ferneren Verlauf der Geschichte in Einklang stand und ihn einleitete. Angesichts der schreckenden Majestät Gottes sank das Volk Israel in eine Furcht, die Gott nicht hören mochte. Diese Furcht, die vor seinem Wort floh, war sündig; sie machte alsbald, sowie der Schrecken von dem Volk wich, dem trotzigen Murren Platz und war der Anfang vom Untergang Israels. Am Sinai wurde das göttliche Wort auf der Erde gegeben: der Engel Gottes stieg auf den Berg hernieder. „Euch", sagt der Brief, „wurde das Wort vom Himmel her gegeben. Nicht am Sinai, sondern durch Jesus habt ihr das wahrhaft vom Himmel kommende Wort gehört. Jesus hat auch während seines irdischen Lebens als der Sohn geredet, der sein Wort aus dem Himmel hatte. Der Vater sprach in ihm zu euch vom Himmel her." So erhält Gottes Wort im Mund Jesu seine volle Majestät.

Auch die das Irdische erschütternde Macht, mit der Gott sich am Sinai geoffenbart hat, fehlt dem Reich des Christus nicht, sondern wird sich bei seiner Erscheinung noch gewaltiger äußern und Himmel und Erde umwandeln. 12,26.27: *Damals erschütterte seine Stimme die Erde; jetzt aber hat er verheißen und gesagt: Noch einmal werde ich nicht nur die Erde, sondern auch den Himmel bewegen* (Hagg. 2,6). *Das Wort „noch ein einziges Mal" zeigt die Umwandlung des Erschütterten an, da es ja gemacht worden ist, damit das bleibe, was nicht erschüttert wird.* Wenn der große Zusammenhang, den das göttliche Reich zwischen den Himmlischen und Irdischen, den Verstorbenen und den Lebenden gestiftet hat, in Kraft hervorbrechen und erscheinen wird, dann gibt es eine gänzliche Erschütterung der gegenwärtigen Welt. Jetzt ist jener Zusammenhang noch verborgen und unsichtbar, weil die Natur sich als Grenze und Scheidewand zwischen die untere und obere, die diesseitige und jenseitige Region stellt. Darum sehen wir unseren Zion noch nicht, bei dem Gott uns mit allen, die er zum ewigen Leben erschaffen hat, zu einem neuen Jerusalem versammeln wird. Gott wird ihn zu seiner Zeit hervorstellen und dazu die natürliche Welt, die jetzt besteht, abbrechen und neu gestalten. Wollten wir fragen: Wie kann denn dieser natürliche Bau verwandelt werden?, so antwortet unser Brief: Er ist ja gemacht und ein Gebilde seines Schöpfers. Was gemacht ist, kann auch umgestaltet werden; denkt an den Schöpfer, so wißt ihr, wer die Kraft hat, deren es zur Verklärung der Welt bedarf! Diese Erschütterung der natürlichen Dinge, die die Offenbarung des Christus bringen wird, ist jedoch die letzte. Dann hören die Schwankungen und Wandlungen auf. Sie währen, wie es schon die Weissagung angedeutet hat, nicht endlos fort. Die Ruhe Gottes ist ja das uns gegebene Ziel. Aus jener letzten Erschütterung tritt dann derjenige Weltbau hervor, der mit ungetrübtem Glanz von Gottes vollkommener Güte Zeugnis gibt, der Gottes ewigen Ruhm ausmacht und darum nicht mehr abgebrochen und beseitigt wird.

12,28.29: *Deshalb, weil wir ein Königtum erhalten, das nicht erschüttert werden kann, wollen wir dankbar sein, wodurch wir Gott dienen, wie es ihm wohlgefällig ist, mit Zucht und Furcht. Denn auch unser Gott ist ein verzehrendes Feuer* (5. Mose 4,24; 9,3). Durch die Offenbarung des Christus erhält auch seine Gemeinde an seiner Herrschaft teil, und ihre königliche Würde hat dieselbe von jeder Erschütterung und Vergänglichkeit befreite Ewigkeit wie alles, was die neue Welt umfassen wird. Was soll die Christenheit im Blick auf das ihr bereitete Ende tun? Gott danken und ihm dienen, und sie dient ihm eben dadurch, daß sie ihm für seine Gabe dankt. Aus ihrem Dank entsteht ihre Anbetung, durch die sie Gott preist, und ihre Willigkeit zum Opfer und zum Gehorsam, mit dem sie ihn ehrt. So hoch sich aber die Hoffnung und der Dank der Christenheit erheben, sie verliert damit die Beugung vor Gott nicht; vielmehr hat ihr Gottesdienst gerade dann, wenn er aus dem Dank für die ihr gegebene ewige Herrlichkeit entsteht, sein Merkmal an der Zucht und Furcht: an der Zucht, die, der Majestät Gottes eingedenk, bescheiden und demütig darauf bedacht ist, nichts zu versäumen, nichts zu verderben, und die mit allem Eifer tut, was uns zum Empfang des göttlichen Reiches führt. So findet sich auch das, was Israel zunächst aus der Erscheinung Gottes am Sinai lernen sollte, im Christenleben unverkürzt wieder, nämlich die Furcht Gottes; sie kann und darf nicht verschwinden. Denn Gott bleibt der, als den er sich am Sinai erwiesen hat; er bleibt ein verzehrendes Feuer für jeden, der sich in Hoffart über ihn erheben und seine Herrlichkeit an sich ziehen will.

Kapitel 13

Die Ordnung der christlichen Gemeinden

Der Brief hält uns noch mit einigen großen Strichen vor, was einer christlichen Gemeinde obliegt und wie sie ihren Wandel rein und richtig führt. 13,1: *Die Bruderliebe bleibe* (1. Thess. 4,9). Unter den Aufgaben der Christenheit bekommt die Bruderliebe den ersten Platz. Da sie auf das Bekenntnis zum Christus gegründet ist, verbindet sie alle miteinander zu einer einträchtigen Gemeinschaft, in der jeder, der sich redlich zum Gehorsam gegen Jesus entschlossen hat, für den anderen ein Bruder ist. Die Gemeinsamkeit des christlichen Glaubens und Hoffens macht uns ja im tiefsten und heiligsten Bestreben eins. Darum mahnt unser Brief nicht, daß die Bruderliebe entstehen, wohl aber, daß sie bleiben soll. Wenn wir Menschen uns nahe zueinandergesellen und nicht nur neben-, sondern miteinander leben, bleiben die Schwierigkeiten und Stöße nicht aus, die die Liebe gefährden. Die auf Christus gegründete Liebe braucht aber daran nicht zu scheitern; sie ist willig, die Last der anderen zu tragen, und hat so die Macht, trotz solcher Schwierigkeiten „nie aufzuhören", wie Paulus 1. Kor. 13,8 sagt, sondern zu bleiben, wie unsere Stelle mahnt.

13,2: *Die Gastfreiheit vergeßt nicht; denn durch sie haben einige, ohne daß sie es wußten, Engel bewirtet* (Röm. 12,13; 1. Mose 18,3; 19,2). Weil die Gemeinden einen lebhaften persönlichen Verkehr untereinander pflegten und ihre Glieder sich gegenseitig aufsuchten, gab es mancherlei Anlaß zur Gastlichkeit. Der Brief erinnert daran, daß der Gastfreie hierbei nicht nur gibt, sondern leicht auch Großes empfängt. Als größtes Beispiel dafür dient ihm Abraham, der Engel zu seinen Gästen hatte. Gott braucht aber nicht nur die Engel als seine Boten, sondern verwendet auch Menschen in seinem Dienst und legt uns oft durch sie seine große Gnade nahe. 13,3: *Denkt an die Gebundenen als Mitgebundene, an die Geplagten als solche, die selbst auch im Leibe sind.* Neben den Fremden bedürfen die Verfolgten besonderer Liebe. Mancher wurde wegen seines christlichen Wortes und Wandels durch die rohe Hand eines Machthabers ins Gefängnis gelegt. Dann muß sich das Band der Gemeinschaft bewähren, die die Beschimpften nicht verleugnet, sondern sich den Mißhandelten gleichstellt, weil das, was diesen angetan ist, alle trifft. Auch wenn andere Kränkungen und Bedrängnisse getragen werden müssen, sollen wir solches Leid der anderen als unser eigenes ansehen, weil auch uns, solange wir im Leibe leben, vielerlei Leid treffen kann.

13,4-6: *Die Ehe stehe bei allen in Ehren, und das Bett sei unbefleckt; denn Hurer und Ehebrecher wird Gott richten* (Eph. 5,6; 1. Thess. 4,6). *Euer Benehmen sei rein von Habgier, da ihr euch mit dem, was vorhanden ist, begnügt* (Phil. 4,11; 1. Tim. 6,6; Matth. 6,25). *Denn er hat gesagt: Ich werde dich nicht aufgeben und dich nicht verlassen* (5. Mose 31,6), *so daß wir mit Zuversicht sagen: Der Herr ist mir zum Helfer; ich werde mich nicht fürchten; was wird mir ein Mensch tun?* (Ps. 118,6.) Von den natürlichen Aufgaben hebt der Brief die beiden wichtigsten hervor, die ins Leben jedes Christen und in das Gedeihen jeder Gemeinde am tiefsten eingreifen, die reine Führung der Ehe und die richtige Schätzung des Geldes. Eine ehrenhafte Ehe, die weder die Frau noch den Mann herabwürdigt und innerhalb wie außerhalb des ehelichen Verkehrs von allem Unreinen geschieden ist, und die Freiheit von lüsterner Begehrlichkeit, die das gierige Haschen nach Geld abgetan hat, weil wir mit dem zufrieden sind, was uns gegeben ist, das sind zwei wesentliche Merkmale der christlichen Lebensführung. Von den Sorgen und Ängstlichkeiten, die uns an das Geld knechten, werden wir aber nur im Glauben frei, im Vertrauen auf Gottes Führung und Versorgung. Daraus gewinnen wir den freien Mut, der sich vor den Menschen nicht mehr fürchtet und von ihnen unabhängig geworden ist. Wie groß zeichnen uns schon diese wenigen Worte den christlichen Beruf! Der weite, reiche Kreis der Gemeinde Jesu, in die wir in brüderlicher Liebe eingewurzelt sind, umgibt uns;

im eigenen Haus besitzen wir die ehrenhafte Ehe und die edle, nicht liederliche, sondern wahrhaft glaubensstarke Sorglosigkeit. Das sind drei große Güter; sie zieren den Mann.

13,7: *Gedenkt an eure Vorsteher, die euch das Wort Gottes gesagt haben. Seht den Ausgang ihres Wandels an und ahmt ihren Glauben nach.* Die ersten Männer, die die Gemeinde leiteten, sind schon durch den Tod abgerufen worden. Wir dürfen hier in erster Linie an die Apostel denken und an die ihnen als Gehilfen verbundenen Männer, die mit ihnen die Gründungsarbeit in der Kirche getan haben. Ihr Dienst, den sie den Gemeinden taten, ist mit ihrem Tod nicht zu Ende; denn weil sie diesen das Wort Gottes übergeben haben, ist ihre Arbeit an ihnen unvergänglich. Die Gemeinden haben deshalb ihrer zu gedenken, auch nachdem sie gestorben sind. Dazu steht ihr Ende als ein Wahrzeichen da, auf das sie ihren Blick gerichtet halten sollen; haben doch manche unter ihnen das Leben um Jesu willen geopfert. Sie hätten aber Jesus nicht mit ihrem Tod preisen können, wenn sie ihm nicht zuerst mit ihrem Leben gedient hätten; ihr Ausgang wächst aus ihrem Wandel hervor. So soll in den Gemeinden unvergessen bleiben, welches der Weg der Apostel war und wie sie ihn durch ein williges, freudiges Sterben zu Ehren Jesu vollendeten. Damit auch wir dieser Mahnung nachkommen können, liegt die Apostelgeschichte in unseren Händen. Sie macht uns sichtbar, wie die Apostel wandelten, und zeigt uns auch an einem Beispiel, das für alle gilt, an Stephanus, wie sie starben.

So kommen auch diese Apostel und ihre Gehilfen zu der Reihe der Zeugen hinzu, die uns den Glaubensweg vorzeichnen (Kap. 11). Darum hebt der Brief den Blick von den dahingegangenen Führern zu Jesus empor, der der Gemeinde nicht verlorengeht. 13,8: *Jesus Christus ist gestern und heute derselbe und ist es in Ewigkeit.* Wäre Jesus nicht unwandelbar derselbe, so könnten wir nicht auch nach dem Tod der Apostel im selben Glauben ihren Weg fortsetzen. Aber ob auch Apostel und Lehrer sterben, Christus bleibt. Bei ihm finden wir allezeit dieselbe Leitung, Wahrheit und Gnade. Daher geht durch den Tod der Apostel nichts vom Grund ihres Glaubens verloren, und der Weg der Christenheit bleibt immer derselbe.

13,9: *Durch mannigfache und fremde Lehren laßt euch nicht wegtreiben. Denn es ist gut, daß das Herz durch die Gnade befestigt werde, nicht durch Speisen, die denen nichts halfen, die nach ihnen ihren Wandel ordneten.* Wir vermögen das apostolische Wort nicht zu bewahren, wenn wir nicht die irreleitenden Stimmen abwehren. Mancherlei geistige Einflüsse und verführerische Lehren machten sich in den Gemeinden breit; der Schutz, den der erleuchtete Blick der apostolischen Männer ihnen geboten hatte, fehlte ihnen nun. Sie mußten sich selbst gegen sie wehren und sich allein im Gewoge der Gedanken zurechtfinden, die aus dem Juden- und Heidentum in die Gemeinden hineinströmten und sich mit dem Evangelium vermischten. Sie hatten daher achtsam darüber zu wachen, auf wen sie horchten. Der Brief nennt die neuen Lehren bunt und fremd. Beide Eigenschaften gaben ihnen Reiz und lockende Kraft; beide zeigten aber zugleich ihre Nichtigkeit und Gefährlichkeit. Die bunte Mannigfaltigkeit gab den fremden Gedanken den Schein des Reichtums und der Tiefe und fesselte die Neugier, als fände sich hier eine erstaunliche Weisheit. Zugleich gab ihnen ihr fremdartiger Charakter den Reiz der Neuheit. Aber gerade der Unterschied dieser Lehren von dem den Gemeinden gegebenen und wohlbekannten Wort, das in seiner schlichten Einfalt bis zur Wurzel des Geistes dringt, mußte ihnen auch zeigen, daß sie von diesen Gedanken nichts zu erwarten hatten und durch sie von ihrem Weg abgelenkt wurden. Ihr Urteil wäre schon verkehrt gewesen, wenn sie das apostolische Wort deshalb verachteten, weil es ihnen eine längst bekannte und kindlich einfache Sache schien. Der Brief nennt den Gemeinden ein anderes Ziel. Statt allerlei neuen Lehren nachzuhängen und wunderliche Systeme aufzubauen, haben sie es für eine große Gabe und einen köstlichen Gewinn zu achten, wenn das Herz an der Gnade fest wird. Die schwankenden Gedanken, die doch nur lockere, lose Meinungen und trübe Vermutungen bleiben, geben uns keinen Halt, ziehen uns vielmehr von dem weg, was uns hält und trägt, und erzeugen nur ein schwankendes, gespaltenes Herz. Fest ist die Gnade Gottes, die in ihrer Vollkommenheit unerschütterlich steht; sie ist das einzige, was auch uns Festigkeit verleiht und uns zum Stehen bringt.

Der Brief wird bei den mancherlei Lehren, vor denen er warnt, zunächst an jüdische Meinungen über Gott und die himmlischen Dinge denken. Ihnen gegenüber waren die jüdischen Christen um so sicherer, je vollständiger und dankbarer sie erkannten, wieviel ihnen, der Gemeinde Jesu, im Unterschied von Israel gegeben und wie reich ihr Gottesdienst geworden war. Deshalb stellt der Brief der Gnade die Speisen entgegen. Denn zu den Dingen, die für die Gemeinde Jesu vergangen waren und keinen Raum mehr in ihr hatten, gehörten auch die heiligen Speisen Israels. Auf diese, zum Beispiel auf das Passamahl, war Israel stolz und sah darin ein wichtiges Kennzeichen seiner Erwählung. Es war auch eine schöne Sache, wenn ganz Israel an den Festen zum Tempel zog und an diesem geheiligten Ort als Gottes Tischgenossenschaft mit dem Opfer die festliche Mahlzeit hielt. Aber es wäre töricht, wenn die jüdischen Christen sich nach diesen Dingen mit Bedauern zurücksehnten. Speisen machen das Herz nicht fest. Dieses bedarf einer anderen Nahrung, um stark und gesund zu werden. Es nährt sich an der Gnade, in der Gott uns den Christus gegeben und uns zu ihm berufen hat.

13,10: *Wir haben einen Altar, von dem zu essen die keine Vollmacht haben, die dem Zelt dienen.* Was das alte Opfermahl abbildete, fehlt unserem Gottesdienst nicht. Wenn das Volk und in besonderem Maß seine Priester vom Altar her die Speise empfingen, so war auch das ein Gleichnis, dem die Gabe Jesu in neuer Weise Wahrheit gab. Es gebricht uns nicht an einem Altar; wir haben einen solchen, der uns nährt. Wir wurden ja soeben daran erinnert, wie die Gnade als fest machende Kraft in das Herz eingeht. Diese Gnade ist uns aber auf einem Altar erworben worden, am Kreuz Jesu. An dieser heiligen Speisung gibt der Gottesdienst nach der alten Weise des Gesetzes keinen Teil. Nicht einmal die Priester, die doch sonst diejenigen Opfer essen durften, die dem übrigen Volk verboten waren, können an ihr teilnehmen. Um sie zu empfangen, gibt es nur einen Weg: man muß zu Jesus, dem Mittler des Neuen Bundes, und zu seinem Blut im Glauben hinzugetreten sein. Weil Israel dieses Blut verachtet, weiß es nichts von der speisenden, nährenden Kraft, die der Tod Jesu besitzt, nichts davon, daß wir nach Jesu Wort sein Fleisch als die rechte Speise essen und sein Blut als den rechten Trank trinken dürfen. Dafür ist der Gottesdienst nach der alten Weise des Gesetzes kein Ersatz. Obwohl also die Gemeinde Jesu keinen Zugang mehr zum Altar Israels hat, sind dennoch nicht die an Christus Glaubenden, sondern die ungläubige Judenschaft vom rechten Altar und von der wahren Kommunion ausgeschlossen und geschieden.

Das war den Priestern schon durch die ihnen gegebene Opfervorschrift angezeigt. 13,11.12: *Denn die Leiber der Tiere, deren Blut durch den Hohenpriester der Sünde wegen in das Heiligtum hineingetragen wird, werden außen vor dem Lager verbrannt* (3. Mose 16,27). *Deshalb litt auch Jesus, damit er das Volk durch sein eigenes Blut heilige, außen vor dem Tore.* Von denjenigen Opfern, deren Blut für die Gemeinde und den Hohenpriester ins Allerheiligste kam, durften auch die Priester nicht essen; sie wurden draußen vor dem Lager verbrannt. Ganz ebenso ist auch das Opfer Jesu, das die Sünden wirklich tilgt, ihnen verschlossen und entzogen, und ihr Priesterrecht gilt hier nichts. Deshalb, weil am Opfer Jesu das alte Israel und seine Priester keinen Anteil haben, gerade wie sie von der heiligsten Art der Sündopfer nicht essen durften, starb Jesus außerhalb der Heiligen Stadt. Es ging ihm ähnlich wie dem Leib der Opfertiere. Wie diese aus dem Lager hinausgeschafft wurden, so wurde er zur Stadt hinausgestoßen; wie diese vom Feuer, so wurde er von der Glut der Leiden verzehrt. Sein priesterlicher Beruf führte Jesus in diese Leidenstiefe hinab, damit sein Blut zum versöhnenden Opfer werde, durch das er das neue Israel schafft, das durch seinen Tod geheiligt ist. Als er aus Jerusalem hinausgeführt und draußen vor dem Tor ans Kreuz gehängt wurde, wurde das alte Israel und sein Gottesdienst beseitigt und abgetan. Nicht nur die Sünde der Menschen und der Trotz der Juden bewirkte, daß er zur Stadt hinausgehen mußte; so war es Gottes Weg. In Wahrheit war nicht Jesus der Ausgestoßene; sondern Jerusalem wurde durch seinen Ausgang vom Reich Gottes ausgeschlossen und die alte Hütte Gottes durch einen neuen Altar ersetzt.

„Wohin wollt ihr euch nun stellen?" fragt der Brief. „Wollt ihr bei Israel zurückbleiben, nachdem Jesus aus ihm ausgegangen ist?" 13,13: *Darum wollen wir zu ihm hinaus vor das Lager gehen und seine Schmach tragen* (11,26). Die Mahnung: Geht Jesus nach vor das Lager hinaus! bedeutet: „Scheidet euch von der ungläubigen Judenschaft; ertragt es willig, daß euer Volk euch die Tür weist und euch nicht mehr zu seinen Gliedern zählt!" Allerdings warf dieser Ausgang Schmach auf die jüdischen Christen; sie zogen aus als die Abgefallenen, als die Verächter des Gesetzes und die Verräter an ihren Brüdern und an ihrem Gott. Es war aber die Schmach des Christus, die sie damit trugen, dieselbe Schmach, die Christus selbst trug. Das wandelt sie in Ehre um.

Sie können sich nicht besinnen, ob sie bleiben oder ausziehen wollen. 13,14: *Denn hier haben wir keine bleibende Stadt, sondern die zukünftige suchen wir* (12,22; 11,10; Gal. 4,26; Phil. 3,20). Alles, was die jüdische Christenheit um Jesu willen preiszugeben hatte, war doch nur ein geringer und vergänglicher Besitz, keine unzerstörbare Stadt, keine ihnen für immer gehörende Heimat. Auch das alte Jerusalem war es nicht; denn auch dort konnte sie nicht für immer heimisch sein. Die künftige Stadt, die mit der neuen Offenbarung des Christus erscheinen wird, ist die bleibende, und zu ihr hin ist ihr Verlangen gewendet. Wenn die jüdische Christenheit aber nach der heiligen Stadt begehrt, dann ist ihre Wahl getroffen; dann hat sie im Glauben die Kraft, Jesus nachzugehen auch auf dem Weg der Schmach, auf dem er sie aus Israel ausführt. Dann gibt sie alles auf, nur Jesus nicht.

13,15.16: *Darum wollen wir durch ihn Gott beständig das Opfer des Lobs darbringen, das ist die Frucht der Lippen, die seinen Namen bekennen. Das Wohltun und die Gemeinschaft vergeßt nicht; denn durch solche Opfer erlangt ihr Gottes Wohlgefallen* (Ps. 50,14. 23). Auch wenn die jüdischen Christen sich vom alten Israel, von seinem Tempel und Altar trennen mußten, blieb ihnen doch ein Opfer, das sie Gott beständig darbringen können, das herrlichste von allen, das die Weissagung Hos. 14,3 der künftigen Gemeinde Gottes zugeteilt hat: das Opfer des göttlichen Lobs. Allerdings rief der Zuruf: „Geht Jesus nach vor das Lager hinaus!" die jüdischen Christen zu einem schweren Gang. Er schnitt jedem jüdischen Mann tief und schmerzlich ins Herz. Allein deshalb mußte ihr Leben nicht voller Klage werden; denn Christus überwiegt alles, was sie seinetwegen preisgaben, so reich und überschwenglich, daß sie durch ihn zum beständigen Lob Gottes erhoben waren. Wie sollten sie den Namen Gottes nicht preisen im Blick auf die zukünftige Stadt, deren Bürger sie schon geworden waren? Das war ihr Opfer, das dem Opfer Jesu als ihre Antwort entsprach. Und noch etwas anderes gab es neben der Frucht der Lippen, was sie Gott zum Wohlgefallen als heiliges Opfer üben durften und was das unvergängliche Kennzeichen und die beständige Arbeit der Gemeinde Jesu bildet: sie durften wohltun und die Gemeinschaft mit denen, die der Hilfe bedurften, dadurch festhalten, daß sie ihnen gaben, was ihrem Bedürfnis entsprach. Diesen Dienst durften sie in der Gewißheit üben, daß sie damit nach dem Willen Gottes handelten und sein Wohlgefallen hatten.

13,17: *Gehorcht euren Vorstehern und seid nachgiebig. Denn sie wachen für eure Seelen, da sie Rechenschaft geben werden, damit sie dies mit Freude tun und nicht seufzend; denn dies wäre für euch kein Gewinn.* Damit eine Gemeinde ihrem Gottesdienst obliegen, Gott preisen und den Menschen wohltun kann, muß Friede und Ordnung in ihr sein. Deshalb sind ihre Glieder den Männern, die sie leiten, Unterordnung und Nachgiebigkeit schuldig. Alle Ordnung der ersten Gemeinde war auf die Freiheit gebaut; es gab in ihr keine der staatlichen Einrichtung nachgebildete Polizei und Amtsgewalt. Da wurde die Gemeindeleitung freilich unmöglich, wenn jeder störrisch und eigensinnig seiner Meinung folgen wollte. „Gebt den Vorstehern nach", sagt der Brief, „auch wenn es nicht nach eurem Sinn geht!" Er erinnert an die Schwere ihres Dienstes. Sie stehen nicht zu ihrem Vergnügen oder ihrer Ehre wegen an der Spitze der Gemeinde. „Ihre Arbeit erfordert ernstes, anhaltendes Gebet, für das sie die Nacht opfern; sie wachen eurer Seele zugut, damit ihr vor Schaden bewahrt werdet, der euch um das ewige Leben brächte." Es liegt eine ernste Verantwortung auf ihnen, und sie haben dem kommenden Richter Rechenschaft abzulegen, der ihnen die Leitung der Gemeinde dazu übergeben hat, damit sie an allen ihren Gliedern seiner Gnade dienen und sie vor Fall und Verirrung behüten. „Macht ihnen", mahnt der Brief, „ihren Dienst nicht durch Trotz und Eigensinn schwer!" Wenn wir unsere eigenen Meinungen und Interessen störrisch verfechten, versprechen wir uns davon irgendeinen großen Nutzen. Aber dieses Verhalten bringt uns keinen Gewinn, und aller Nutzen ist dahin, wenn wir damit denen, die im Namen Jesu der Gemeinde dienen, ihr Werk schwer machen.

13,18.19: *Betet für uns; denn wir sind überzeugt, daß wir ein gutes Gewissen und den Willen haben, mit allen löblich umzugehen* (2. Kor. 1,12; Apg. 23,1). *Ich mahne euch, dies eifrig zu tun, damit ich euch bald zurückgegeben werde.* Den Lehrern der Gemeinde schließt der Verfasser des Briefes sich selbst an und bittet für sich um ihre Fürbitte. Ein rechtschaffenes Gebet bedarf jedoch der Zuversicht, die in der Gewißheit ruht, daß wir nach Gottes Sinn und Willen beten. Darum sagt der Verfasser der Gemeinde, daß sein Gewissen für seine Arbeit und seinen Wandel mit seinem Zeugnis einsteht, weil er im Verkehr mit allen nichts anderes begehrt, als was der guten Regel Gottes entspricht. Darum darf er sie bitten, für ihn zu beten, und die Gemeinde darf mit Zuversicht die Gnade und Gabe Gottes für ihn erbitten.

13,20.21: *Aber der Gott des Friedens, der den großen Hirten der Schafe* (Jes. 62,11) *durch das Blut des ewigen Bundes* (Sach. 9,11) *unseren Herrn Jesus, aus den Toten heraufgeführt hat, rüste euch in allem Guten zu, damit ihr seinen Willen tut, und schaffe in euch durch Jesus Christus, was vor ihm wohlgefällig ist. Sein ist die Herrlichkeit in alle Ewigkeiten. Amen.* Wie der Verfasser die Fürbitte der Gemeinde begehrt, so bringt auch er seine Fürbitte für sie vor Gott. Gott handelt an ihr als der Gott des Friedens, der sie in den Frieden stellt, und dazu hat er ihr, den Schafen, einen großen Hirten gegeben, der die Herde Gottes leitet und pflegt. Mit dem Hirten breitet sich der Friede über die Herde aus. Darum hat ihn Gott aus den Toten emporgeführt im Blut des ewigen Bundes. Denn die Auferweckung Jesu ist die Frucht und Folge der versöhnenden Kraft seines Blutes und der Stiftung des ewigen Bundes, der in seinem Tod für uns verwirklicht ist. Als der Auferweckte und ewig Lebendige wurde er seiner Gemeinde zurückgegeben, damit er nun in neuer Kraft ihr Hirt sei, unter dessen Schutz uns nichts mangeln wird, weil mit seinem Tod und Blut der ewige Bund Gottes sie umfaßt. Auf diesen Bund gründet der Verfasser seine Fürbitte; durch ihn hat sie ihre Gewißheit und Zuversicht. Was erbittet er denn für die Christenheit? Worin besteht die Gabe Gottes, die er für sie begehrt? Daß Gott sie in allem Guten tüchtig mache. Daß wir fähig werden, Gott in Wahrheit dadurch zu dienen, daß wir tun, worauf sein Wille zielt, daß wir dazu gelangen, mit unserem eigenen Werk das, was Gott will, auszurichten, das ist das herrliche Ziel der

Sendung Jesu, das sich an uns erfüllen soll, und die große Gabe, auf die unser Verlangen und Bitten vor allem gerichtet sein muß. Wir werden aber den Willen Gottes nicht tun, wenn nicht Gott selbst uns dazu ausrüstet. Wir können ihm nur mit dem Glauben und mit der Liebe dienen, die er selbst uns gibt, und kommen nur dadurch in seine Bahn, daß er selbst durch Christus das ihm Wohlgefällige in uns schafft. Solche Zurüstung durch Gott gibt uns alles Gute. Kein Makel oder Schade soll in unserem Leben bleiben, gegen den wir nicht die gnädige Hilfe und Gabe Gottes suchen und empfangen. Wir sehen hier noch einmal, was unser Brief meint, wenn er von dem spricht, der nach dem Zeugnis seines Gewissens vollkommen ist, und wie wir diese Vollkommenheit bei Jesus gewinnen (9,9.14; 10,14.22). Darauf, daß wir wissen, daß wir von Gott durch Jesus die Zurüstung zu allem Guten empfangen, beruht unsere Ruhe, unser Friede und die von Anklagen frei gemachte Vollendung unseres Gewissens. Wenn wir aber bedenken, was Christus aus uns macht, wie er uns zu allem Guten bringt, unsere Sünde gänzlich tilgt und uns durch seine mächtige und sieghafte Gnade in die Gemeinschaft einführt, so daß unser Leben in die Bahn Gottes kommt und wir seinen Willen tun, dann verstehen wir auch, warum dem Verfasser des Briefes im Blick auf den Christus das Herz übergeht zur Anbetung Gottes, und verstehen wir, warum er den jüdischen Christen in ihrer Anfechtung diesen Brief als einen fortwährenden Preis der Herrlichkeit und Größe Jesu geschrieben hat.

Es folgen noch einige persönliche Mitteilungen, die allerdings zu unserer Kenntnis des Verfassers und seiner Wirksamkeit wenig beitragen. 13,22-25: *Ich ermahne euch aber, Brüder, ertragt das Wort der Mahnung; denn ich schrieb euch kurz. Erfahrt, daß unser Bruder Timotheus freigelassen ist, mit dem ich euch sehen werde, wenn er bald kommt. Grüßt alle eure Vorsteher und alle Heiligen. Die aus Italien grüßen euch. Die Gnade ist mit euch allen.* Die wichtigste Nachricht, die wir hier erhalten, ist die, daß der Verfasser verbunden mit dem Gehilfen des Paulus und im Kreis der von Paulus begründeten Gemeinden seine Arbeit tat. Auch für die Zeit des Briefs gibt uns dieser Satz dadurch einen Wink, daß er, ohne Paulus zu erwähnen, von Timotheus erzählt, daß er aus dem Gefängnis entlassen ist. Solange Paulus lebte, hat die Zeit und

Kraft des Timotheus ganz der Arbeit des Paulus gehört; an eine Reise des Timotheus zusammen mit dem Verfasser unseres Briefes läßt sich daher erst nach dem Tod des Paulus denken. Auch dieser Lehrer drückt in seinem Schlußwort dieselbe Empfindung aus, die Johannes am Ende seiner beiden kleinen Briefe ausgesprochen hat, daß nämlich das geschriebene Wort kein ausreichender Ersatz für die persönliche Gemeinschaft ist. Obgleich unser Brief eine sorgfältig überdachte und groß angelegte Darstellung derjenigen Überzeugungen ist, die jetzt nach dem Urteil des Verfassers der jüdischen Christenheit den rechten Weg zeigen, hat er doch das Gefühl, er habe sich auf weniges beschränkt und das, was er diesen Christen sagen wollte, kurz gefaßt. Er freut sich deshalb an dem Gedanken, daß er bald bei ihnen sein wird. Im persönlichen Verkehr mit ihnen will er die Arbeit, die er jetzt brieflich tat, fortsetzen und vollenden, alle Mattigkeit und Verdrossenheit, die sich von Jesus abwendet, überwinden, den Glauben und die Hoffnung in ihnen beleben und ihnen die Größe der Wohltat zeigen, die Jesus uns durch sein Kreuz erwiesen hat.

Inhalt

Der erste Brief des *Petrus*

Der Brief des *Judas*

Der zweite Brief des *Petrus*

Der Brief des *Jakobus*

Der Brief an die *Hebräer*